Karl-Heinz Witzko
Die Kobolde

Zu diesem Buch

Wir Menschen hassen Kobolde. Aber das beruht auf Gegenseitigkeit! Nichts bereitet den klugen und boshaften Geschöpfen mehr Vergnügen, als sich unbemerkt in die Menschenwelt zu schleichen und dort ihrem Gewerbe nachzugehen: Kinder, Tiere und Großmütter gegen bösartige Wechselbälger auszutauschen. Stets konnten sie sich dabei auf die Unterstützung ihrer Assistentin Tür verlassen. Doch nun schmiedet die Tür eigene Pläne. Als sie die Kobolde nach einem Raubzug ohne Vorwarnung im Reich der Menschen zurückläßt, droht größte Gefahr. In einer feindlichen, magischen und bizarren Welt müssen die runzligen Helden einen Weg finden, in ihre Heimat zurückzukehren. Und eine dunkle Macht ist ihnen dicht auf den Fersen ...

»Die Kobolde« ist das unwiderstehliche neue Epos für alle Fans von Zwergen, Elfen und Orks.

Karl-Heinz Witzko, geboren 1953, ist diplomierter Statistiker und hat zahlreiche Fantasy-Romane voller Wortwitz und schillernder Phantasie geschrieben. Seine skurrilen Einfälle holt sich der Autor während ausgedehnter Spaziergänge im Teufelsmoor bei Bremen. Und vor einigen Jahren machte er dort seine erste Bekanntschaft mit Kobolden – als sein Jagdhund einen solchen von einem Ausflug wohlbehalten nach Hause brachte.

Karl-Heinz Witzko

Die Kobolde

Roman

Piper
München Zürich

Über die berühmtesten Geschöpfe der Fantasy liegen bei Piper vor:
Markus Heitz: Die Zwerge
Markus Heitz: Der Krieg der Zwerge
Markus Heitz: Die Rache der Zwerge
Michael Peinkofer: Die Rückkehr der Orks
Michael Peinkofer: Der Schwur der Orks
Stan Nicholls: Die Orks
Karl-Heinz Witzko: Die Kobolde
Julia Conrad: Die Drachen (auch Serie Piper 6617)
Julia Conrad: Der Aufstand der Drachen (Serie Piper 6620)
Mary Gentle: Die letzte Schlacht der Orks (Serie Piper 8533)
Franz Rottensteiner/Erik Simon (Hrsg.): Tolkiens Geschöpfe
Karen Haber (Hrsg.): Tolkiens Zauber (Serie Piper 6610)

Von Karl-Heinz Witzko liegt im Piper Verlag vor:
Das Traumbeben. Magus Magellans Gezeitenwelt 5
(auch Serie Piper 6545)

ISBN 978-3-492-70127-3
© Piper Verlag GmbH, München 2007
Umschlaggestaltung: HildenDesign, München –
www.hildendesign.de
Umschlagabbildung: Caroline Delen, England
Autorenfoto: Florian Lacina
Karte: Erhard Ringer
Satz: Filmsatz Schröter, München
Druck und Bindung: Pustet, Regensburg
Printed in Germany

www.piper.de

»Deep in the darkest hour of a very heavy week,
Three Earthmen did confront me, and I could hardly speak.
They showed me nineteen terrors, and each one struck my soul,
They threw me thirteen questions, each one an endless hole.«

Seatrain, 13 Questions

1. Kraut und Rüben und ein einsames Haus

Der Nachthimmel war weitgehend wolkenlos, und die Luft roch nach nachlässig gemähten Stoppelfeldern, an deren Rainen zahlreiche Roggenhalme stehen geblieben waren. Man hätte meinen können, es wäre Sommer, doch das war es nicht.

»Kraut und zwei Rüben«, flüsterte Riette. Wie immer fing sie viel zu früh zu zählen an.

Brams, dessen Finger die Vorderkante einer Tür umschlossen, mit der er und die anderen drei Kobolde wie mit einer Bahre durch die Dunkelheit eilten, wandte den Kopf zu ihr um. Viel mehr als einen dunklen Umriß am hinteren Ende der Tür konnte er nicht von ihr erkennen.

Hutzel, links hinter ihm, dessen neuerdings überaus auffälliges Profil sich scharf gegen den Nachthimmel abzeichnete, hob die freie Hand und deutete den Hang hinab zur Mühle.

»Augen nach vorne, Brams«, mahnte er. Ob er mit der rechten Hand tatsächlich die Tür trug oder nur so tat und sich in Wirklichkeit auf sie stützte, war nicht zweifelsfrei zu erkennen.

Wenigstens in dieser Hinsicht mußte sich Brams um Rempel Stilz, der auf der rechten Seite der Tür rannte, keine Sorgen machen. Rempel Stilz schleppte gerne schwere oder sperrige Gegenstände von einem Ort zum anderen.

Als Hutzel seine Aufforderung wiederholte, richtete Brams die Augen erneut zum Bach, der unten am Talrand floß, aber dessen Gurgeln noch lange nicht zu hören war. Gerade in diesem Augenblick meldete sich Riette erneut hinter ihm. Vergnügt rief sie die nächste Zahl: »Fünf Kraut und vier Rüben!«

Brams ärgerte sich. Oft genug hatte er Riette den Sinn des Zählens nahezubringen versucht.

Warum tat man so etwas überhaupt? Die Antwort war einfach: Bei dieser Art von Missionen zählte man, um den Überblick nicht zu verlieren. Man wollte wissen, wieviel Zeit bereits verstrichen war, um unliebsamen Begegnungen vorzubeugen. Menschen konnten bekanntlich äußerst unbeherrscht handeln, wenn sie Kobolde bei der Arbeit ertappten.

Daher begann man mit dem Zählen sinnvollerweise erst, wenn man ein Haus betreten hatte. Es sei denn, es war von einem Zaun umgeben. Dann konnte man auch sofort nach dem Überklettern dieses Hindernisses damit beginnen. Das war sogar ratsam, wenn mit scharfen Hunden zu rechnen war. Doch solange das Zielobjekt noch vier Meilen entfernt lag und kaum mehr war als ein verschwommener Lichtfleck in der Dunkelheit, ergab Zählen keinen Sinn!

Diesen einfachen Sachverhalt hatte Brams Riette oft genug erklärt. Doch jedesmal hatte er sich von ihrem gelangweilten »Ja, ja, das weiß doch jeder, Brams!« täuschen lassen. Er hatte nicht wahrhaben wollen, daß seine Worte an ihr abperlten wie Wasser am Pürzel einer Ente.

Brams erkannte plötzlich, daß er sich in Wirklichkeit auch über sich selbst ärgerte. Er war viel zu leichtgläubig.

»Siebzehn Kraut und fünf Rüben«, schmetterte Riette in die Nacht hinaus.

»Und wenn dich jetzt jemand hören würde?« murmelte Brams düster. »Was dann? Was dann?« Die Frage hallte so gewichtig in seinen Ohren wider, daß er ernsthaft über sie nachsinnen mußte. Was dann? Ja, was denn dann? Was, wenn jemand Riette hörte? Die Folgen wären allemal schwerwiegend, wahrscheinlich nicht einmal abzuschätzen! Wenn jetzt zum Beispiel ...

Er seufzte. Was sollte denn groß geschehen? Es war mitten in der Nacht. Das einzige Haus weit und breit war ihr Ziel, nämlich die Mühle unten am Bach. Ansonsten gab es hier nur Gras, Büsche und Bäume. Sicherlich, Spitzmäuse, Hamster, Eulen bevölkerten die Gegend zuhauf, doch die waren allesamt nicht sehr geschwätzig. Jedenfalls nicht hier, im Land der Menschen, wo man – anders als zu Hause – nicht mit ihnen reden konnte.

Doch halt!

Plötzlich fiel Brams der gesuchte Beobachter ein: ein einsamer Wanderer! Natürlich, ein einsamer Wanderer mochte Riette hören. Durch schieren Zufall könnte er auf dem sanft abfallenden Hang des Hügels, verborgen hinter einem Busch, sein Nachtlager aufgeschlagen haben. Womöglich hatte er ursprünglich in der Mühle übernachten wollen. Er hatte vielleicht bescheiden um Unterkunft gebeten, doch der Müller und seine Frau waren ihm mit Knüppeln entgegengetreten und hatten gedroht: »Verschwinde, du Lump und einsamer Wanderer! Für deinesgleichen ist hier kein Bleibens! Husch, husch!« Also war dem nun zusätzlich enttäuschten einsamen Wanderer nichts anderes übriggeblieben, als sich ins Gestrüpp zu betten. Da lag er nun, ausgesetzt den Launen von Wind und Wetter, nicht ahnend, daß sich genau ein Arglang von seinen Füßen entfernt das Ausflugsloch eines Hornissennestes befand. Armer Kerl! Das würde ein böses Erwachen geben.

Unzufrieden brach Brams sein Gedankenspiel ab. Wie so oft war wieder einmal die Phantasie mit ihm durchgegangen. Was sollte sein mühsam herbeizitierter einsamer Wanderer schon tun? Solange er sie nicht dabei beobachtete, wie sie in die Mühle einstiegen, würde er alles versuchen, um sich gegen die Wirklichkeit zu sperren. Menschen waren so. Wenn sie etwas wirklich gut konnten, dann war es, Dinge nicht wahrzunehmen, die sie nicht wahrnehmen wollten.

In seinem Geiste würde aus vier Kobolden, die mit einer großen Tür den Hügel hinabrannten, im Nu ein achtbeiniger Drache werden oder sogar ein wanderndes Gebüsch. Das Beste, was man womöglich von ihm erwarten konnte und wenigstens ein Gran Wahrheit enthielte, wäre das Eingeständnis: Ich sehe *einen einzigen* Kobold, der einen riesigen Kessel voller Gold und Silber trägt...

Das war noch so eine menschliche Eigenheit. Dermaßen viel Gold und Geschmeide, wie sie sich ständig zu sehen einbildeten, konnte es gar nicht geben.

Damit war Brams am Ende seiner Überlegungen angelangt. Für einige Zeit kreisten seine Gedanken nur noch um den vor ihnen liegenden Weg. Er wich Kaninchenhöhlen und Ameisenhügeln aus und lauschte dem Trappeln der vier Paar Füße und Riettes unnötigem Zählen.

Dann beschloß er, etwas zu unternehmen.

Wenn Riette durch einen unvorhergesehenen Zwischenfall beim Zählen unterbrochen würde, so müßte sie wieder von vorne beginnen. Das war einsichtig, oder? Würde sie kurz danach abermals gestört, so müßte sie es ein drittes Mal tun. Wenn sie jetzt aber nicht nur dreimal unterbrochen würde, sondern gar alle fünfzig Arglang, so wäre sie bis zur Mühle gut sechzig bis achtzig Mal gezwungen, neu zu beginnen.

Vielleicht lernte sie auf diese Art, was Worte ihr nicht beizubringen vermochten. Und falls nicht, so wäre das Ganze ein hübscher Streich.

Brams grinste und verwirklichte seinen gerade gefaßten Plan augenblicklich.

Laut stieß er eine Warnung aus: »Obacht! Sofort stehenbleiben! Kein Mucks!«

Er blieb stehen.

Hutzel und Rempel Stilz verharrten ebenfalls. Riette hingegen rannte unbekümmert weiter. Brams bemerkte diese Schwachstelle seines Planes, als ihm die Türkante schmerzhaft in den Rücken gerammt wurde, sie danach Wirbel für Wirbel an seinem Rückgrat hochschrammte und schließlich heftig gegen sein Hinterhaupt stieß. Als er stürzte und unter der Tür begraben wurde, hörte er ein munteres »Siebzigtausend Kraut und ... owei, owei, owei!«

Einige Herzschläge lang blieb Brams ruhig liegen. Er sog den Geruch der feuchten Erde ein und lauschte dem Zirpen der Grillen, die ihre Weibchen mit verlogenen Versprechen oder maßlosen Übertreibungen anzulocken versuchten. Dann krabbelte er unter der Tür hervor und brüllte herzhaft: »Scheißtür!«

»Jetzt bin ich es wieder!« beschwerte sich die Tür umgehend. »Dabei weiß ich nicht einmal, was ich angeblich verbrochen haben soll. Aber so ist das ja immer! Geht etwas schief, so gibt man der Tür die Schuld! Wenn es regnet, so heißt es: Bestimmt war es die Tür! Regnet es nicht – na klar! –, so war sie es auch. Eigentlich braucht ihr gar keine Gründe. Hackt nur auf der Tür herum! Das ist euch doch das Liebste. Aber was tätet ihr Kobolde ohne uns Türen? Woanders sind wir hochgeschätzt! Schreibt euch das hinter eure kleinen Ohren! Ist euch überhaupt bewußt, daß es viel mehr Lieder über Türen gibt als über Kobolde?«

Knarrend hob die Tür an zu singen: »Eine Tür zu deinem Herzen, mein Schnurzi-Purzi-Schatz! ... Wohlgemerkt, es heißt nicht: ein Kobold zu deinem Herzen, mein Schatz. Nein, eine Tür! ... Oder«, die Tür sang erneut, »wer klopft so spät noch an meine Tür? ... Hat man je gehört: Wer klopft so spät noch an meinen Kobold?«

»Ist ja schon gut«, unterbrach Brams die Mischung aus Gezeter und Singsang. »Ich meinte doch gar nicht dich.«

»Ach so? Du meintest also eine andere Tür. Gibt es denn noch eine andere Scheißtür hier? Wie seltsam, daß ich keine sehe.«

Brams seufzte: »Schwamm drüber! Es tut mir leid.«

»Und damit soll wohl alles vergeben und vergessen sein?« nörgelte die Tür weiter.

Als ginge ihn alles nichts mehr an, griff Brams entschlossen nach dem vorderen Ende des fünften Gruppenmitglieds.

»Wir haben heute nacht noch viel zu erledigen«, brummte er.

Umgehend nahm die Bande ihre Hatz den nächtlichen Hügel hinab wieder auf.

Etwas später bemerkte Brams, daß Riette erneut zu zählen begonnen hatte. Der Klang ihrer Stimme erinnerte ihn an den Streich, den er ihr hatte spielen wollen. Er war noch immer überzeugt, daß er – abgesehen von der kleinen Schwachstelle – ein guter Streich gewesen wäre. Zu schade, daß er just an der Person gescheitert war, der er gegolten hatte.

Urplötzlich verspürte Brams einen heftigen Schmerz am Bauch, knapp oberhalb des Gürtels.

Verdammte Steckmücken, dachte er und verbesserte sich sogleich. So schmerzhaft stachen nur Pferdebremsen.

Er sah an sich hinab, ohne aber den schnell flüchtenden Schatten eines geflügelten Blutsaugers ausmachen zu können. Statt dessen entdeckte er etwas viel Größeres, mit dem er auf den ersten Blick nichts anzufangen wußte. Erst nach und nach ergab das, was er sah, für ihn Sinn.

Aus dem Beutel, den Brams seitlich am Gürtel trug, wand sich ein Tentakel. Obwohl er eigentlich sehr schlank war, wies er an der Spitze eine kräftige Zange auf. Die Backen, die auf Brams' Bauch zielten, öffneten sich langsam, aber stetig. Brams konnte leicht abschätzen, wie lange es dauern würde, bis sie ihre größte Weitung erreicht hätten und erneut zuschnappen würden.

So lange wollte er nicht warten.

»Obacht! Sofort stehenbleiben!« rief er aufgeregt.

Noch während er die Worte ausstieß, entsann er sich, was beim letzten Mal geschehen war.

Nein, diesen Fehler wollte er unter keinen Umständen wiederholen. Dieses Mal würde er sich nicht die Tür von Riette in den Rücken rammen lassen.

Entgegen seiner eigenen Aufforderung rannte Brams daher weiter.

Daß wiederum etwas nicht wie erwartet verlief, erkannte er, als ihm die Tür aus der Hand gerissen wurde. Sein Schwung trug ihn noch ein paar Schritt weit, bis er sich zum zweiten Mal in dieser Nacht im Dreck wiederfand. Unverzüglich schlug er nach dem Tentakel. Der feine Faden mit der kräftigen Zange verschwand blitzschnell dorthin, woher er gekommen war. Brams zog die Schnur des Beutels kräftig zu und verschloß ihn mit einem Knoten. Sodann raffte er sich auf und blickte zu seinen Gefährten.

Wie er sich inzwischen zurechtgelegt hatte, waren sie im Gegensatz zu ihm nicht weitergerannt, sondern gehorsam stehengeblieben, als er die Warnung ausgestoßen hatte. Die Folgen waren im Grunde nicht so unvorhersehbar gewesen.

Rempel Stilz hatte die Tür losgelassen. Die Fäuste in die Hüften gestemmt, starrte er entschlossen ins Dunkel. Er schien auf alles vorbereitet zu sein.

Anders Hutzel. Aufgeregt blickte er nach links und nach rechts, wobei er »Wo? Wo? Wo?« flüsterte. Sein neues Profil ließ die alltägliche Bewegung äußerst gefährlich erscheinen. Brams bildete sich ein, ein »Wusch! Wusch!« zu hören, als Hutzels lange Nase die Luft durchschnitt.

Die Tür hingegen jammerte. Wie üblich dachte sie nur an sich.
»Nicht loslassen! Ich werde nur noch von zweien von euch gehalten. Nicht loslassen!«

Riette hatte sich für den direkten Weg entschieden. »Hallo, ist da jemand?« rief sie mehrmals. »Hallo?«

Aus nur ihr bekannten Gründen ließ sie dabei ihre Stimme ein Spektrum an Gefühlen durchwandern. Während ihr erstes »Hallo?« noch hilflos und verängstigt klang, hörte es sich bald lockend, ja geradezu einladend an. Dabei blieb es jedoch nicht. Wenig später gemahnte Riettes »Hallo?« an ein bösartiges Knurren und sodann an ein Versprechen roher Gewalt. Hätte in der Dunkelheit tatsächlich ein Unhold gewartet, und wäre er von noch so schlichtem Gemüt gewesen, so hätte er unweigerlich begreifen müssen: Hier rief kein argloses Frauenzimmer, nein, hier lauerte in Wirklichkeit der Inbegriff des Zerreißens, Zermatschens und Zerpflückens – und alles anderen, was man als Unhold nicht selbst zugefügt bekommen wollte.

»Hallo? Ist dort jemand?« erschallte es nochmals voller Niedertracht.

Rempel Stilz gab sein Bemühen auf, jemanden in der Dunkelheit ausfindig zu machen, und wandte sich an Brams.

»Und? Was ist?« verlangte er zu wissen.

Brams beachtete ihn nicht. Wortlos erhob er sich, strich seinen Umhang glatt und zupfte die Kapuze zurecht. Zum Abschluß verschränkte er die Arme hinter dem Rücken und setzte eine strenge Miene auf. Es war Zeit für ein ernstes Wort.

Im Grunde war Brams kein Freund von Standpauken. Für seinen Geschmack ging es dabei immer viel zu ernst zu, was eigentlich seltsam war, da das Wort gar nicht so einschüchternd klang. Es erinnerte an Pauken und Trompeten.

Eine Standpauke mit Pauken und Trompeten, überlegte Brams versonnen, das war kein schlechter Einfall. Man müßte es eben wörtlich umsetzen. Solange er spräche, würde die Pauke mit dumpfen Schlägen die Schwere seiner Worte unterstreichen. Und für den Fall, daß das Ganze vielleicht doch zu ernst und trübsinnig wurde, hätte man die Trompete, die die Stimmung mit einem fröhlichen Tröten sofort wieder auflockern würde. Selbstverständlich bekäme jeder Anwesende Bunten Kuchen gereicht und soviel euterwarme Milch, daß anschließend niemand mehr den Heimweg ohne zu schwanken antreten könnte. Und da man überdies – wie geschickt! – Pauken und Trompeten schon da hätte, würde selbstverständlich zum Tanz aufgespielt werden. Es würde gesungen und gelacht werden. Das wäre etwas Feines!

Brams wollte schon begeistert in die Hände klatschen, als ihm plötzlich bewußt wurde, wie weit er von seinem ursprünglichen Vorhaben abgeschweift war. Er hielt gerade noch rechtzeitig inne und bedachte seine Begleiter mit einem prüfenden Blick.

Rempel Stilz und Hutzel befanden sich mittlerweile in einer angeregten Unterhaltung. Riette dagegen hatte augenscheinlich die Lust verloren, unsichtbare Unholde anzulocken. Statt dessen sang sie leise. Wie jemand, der sich nicht mehr so recht an die Worte eines Liedes erinnerte, unterbrach sie sich allenthalben und wiederholte mal zweifelnd, mal freudig überzeugt eine halbe Strophe. Seltsam genug, denn ihr Lied war das in allen Sprachen bekannte La-la-la.

Einzig die Tür schien noch halbwegs bei der Sache zu sein.

»Wir sollten die Mission sofort abbrechen«, sprach sie hastig. »Wenn so vieles schiefgeht wie heute, dann ist nichts Gutes mehr zu erwarten. Laßt uns umkehren, solange es uns überhaupt noch möglich ist. Ich hatte die ganze Zeit über ein schlechtes Gefühl! Ein verdammt schlechtes Gefühl sogar. Glaubt mir, auf mein Gefühl kann man sich verlassen. Kein Zaudern mehr. Flink, Kobolde! Jeder packt bei mir an, dann tragt ihr mich geschwind zu den beiden Kastanien zurück. Von da an übernehme ich. Aber jetzt laßt uns gehen! Nun macht schon! Los! Alle! Auf vier: eins, zwei ... Na los, ihr müßt nicht warten, bis ich *vier* gesagt habe ... Macht schon! Drei, hört ihr? Drei!«

Unversehens ließ Brams die Hand auf den Beutel an seiner Hüfte klatschen.

»Wer hat den Wechselta.(lg) besorgt?« fragte er grimmig.

Augenblicklich herrschte Stille. Selbst die Grillen schienen mehrheitlich ihr Zirpen eingestellt zu haben. Brams war von seinem Erfolg gänzlich überrumpelt. Verlegen räusperte er sich erneut und flüsterte: »Wer hat den Wechselta.(lg) besorgt?«

Niemand dachte daran, etwas zu erwidern. Schweigen, allgemeines Schweigen, sonst nichts! Brams war so verwirrt, daß er unwillkürlich die Luft anhielt, um besser hören zu können. Atmeten seine Gefährten überhaupt noch?

Rempel Stilz erhob plötzlich die Stimme. Sie klang unendlich einsam in dieser Stille.

»Das ist leicht zu beantworten, Brams. Entweder warst du es oder es war einer der anderen«, gab er erschöpfend Auskunft.

»Ich war es nicht«, beteuerte Riette zaghaft mit piepsigem Stimmchen.

»Die Tür war es«, behauptete Hutzel.

»Natürlich! Wieder einmal war es die Tür«, sagte die Tür erregt und verstummte sogleich wieder. Brams maß sie mit einem langen, festen Blick. Sie schien nicht vorzuhaben, sich ausführlicher in dieser Angelegenheit zu äußern.

»Weißt du, was Wechselta.(lg) bedeutet?« sprach er sie an.

»Ja«, antwortete sie knapp.

Brams ließ ihr einige Augenblicke Zeit. Als sie keine Anstalten machte fortzufahren, fragte er weiter: »Und? Was bedeutet es?«

»Wechselta.(lg) heißt *Wechseltalg, leicht gehässig*«, leierte die Tür gehorsam herunter.

»*Leicht* gehässig!« wiederholte Brams. »*Leicht!* Aber dieser Wechselta.(lg) hat eine Zange herausgebildet und mich damit in den Bauch gezwickt. Wechselta.(lg) tut so etwas nicht. Es sei denn, er wäre nicht mehr frisch! Doch dann nennt man ihn nicht mehr Wechselta.(lg), sondern Wechselta.(ug).«

»Hä?« gab Rempel Stilz verwundert von sich.

»Wechseltalg, *unglaublich gehässig*«, erklärte Brams in lehrerhaftem Ton.

»Pfff!« stieß Rempel Stilz verächtlich aus. »Jetzt übertreibst du aber, Brams. Das bißchen In-den-Bauch-Zwicken nennst du unglaublich gehässig? *Unglaublich gehässig* ist etwas ganz anderes!«

»Das sehe ich genauso«, pflichtete Hutzel ihm bei. »In den

Bauch zwicken ist allenfalls *leidlich lästig*, also hätten wir es höchstens mit Wechselta.(ll) zu tun.«

»Na, na, na, Hutzelgabler«, widersprach Riette. »In den Bauch zwicken, zumal mit einer Zange, kann *reichlich lästig* sein. Ein eindeutiger Fall von Wechselta.(rl)!«

»Aber bloß, wenn man sich die Zunge verknoten will«, gab Hutzel geringschätzig zurück.

Ungeduldig trommelte Brams mit den Fingern auf der Tür. »Könnten wir diese Sprachbetrachtungen beenden und unser Augenmerk wieder auf die Erfüllung unserer Mission richten? Das Zeug ist jedenfalls alles andere als frisch.«

»Hat er denn bereits begonnen, sich zu verwandeln?« erkundigte sich Hutzel.

Brams überlief es heiß. Daran hatte er gar nicht gedacht! Mißtrauisch blickte er auf seinen Beutel. Der Inhalt schien sich zu bewegen. Aber vielleicht war das auch Einbildung.

»Ich glaube nicht«, sagte er zögernd. »In was sollte er sich denn verwandeln?«

»Na, in dich!« schlug Hutzel vergnügt vor.

Erneut betrachtete Brams den Beutel. Er hatte noch nie von einem Fall gehört, daß Wechselta.(lg) die Gestalt seines Trägers angenommen hätte. Die Folgen wären gewiß schwerwiegend und wahrscheinlich nicht abzuschätzen!

»Nein, hat er nicht!« sagte er rasch. »Bestimmt nicht. Wird er auch nicht. Keine Sorge!«

»Na dann!« meldete sich plötzlich wieder die Tür zu Wort. »Mag sein, daß der Wechselta.(lg) vielleicht einen einzigen, lumpigen Tag zu alt ist oder vielleicht auch ein Jahr. Aber nun ist wirklich nicht die Zeit für lange Ansprachen und gegenseitige Schuldzuweisungen! Ich jedenfalls habe für derlei Kindereien kein Verständnis. Laßt uns die Mission wie geplant zu Ende bringen, solange der Wechslta.(lg) noch für etwas gut ist. Packt an, Kobolde, packt an!«

Brams folgte ihrer Aufforderung. Warum hatte er heute nacht nur ständig das Gefühl, daß alles anders verlief, als es eigentlich sollte?

Die Mühle kam rasch näher. Das Licht, das aus einem der Fenster fiel und bisher den Weg gewiesen hatte, war merklich schwächer geworden, so, als hätte jemand den Docht einer Öllampe heruntergedreht. Zweifellos war das ein gutes Zeichen, bedeutete es doch, daß sich die arglosen Bewohner zur Ruhe begaben.

Nun hörte Brams auch den Mühlbach. Er floß auf der abgewandten Seite der Mühle, wodurch das womöglich schwierige Überqueren dieses Hindernisses entfiel. Das eigentliche Mühlgebäude war schmucklos. Sein Untergeschoß bestand gänzlich aus dicken Eichenbalken. Sie waren eisenhart. Das mußten sie auch sein, da sie das Gewicht der großen Mühlsteine zu tragen hatten.

Das Mühlhaus schloß sich im rechten Winkel daran an. Ein Karrenweg führte zu ihm. Einstmals war das Haus von einem Zaun umgeben gewesen, von dem aber nur noch drei Latten zeugten. Einsam ragten sie aus dem Boden und erinnerten an drei alte Bauern, die geduldig darauf warteten, daß der Müller bei Tagesanbruch sein Handwerk aufnahm und ihr Korn mahlte.

Nahebei lag ein umgekippter Steintrog. Das eine Ende verschwand im hochstehenden Gras, das andere zeigte auf einen Karren, der auf halbem Weg zum Haus abgestellt war. Er war zwar einachsig, aber das erklärte nicht ganz, warum er so schief dastand.

Brams ließ die Tür los und ging zu dem Gefährt, um seine Neugier zu befriedigen. Es besaß nur noch ein Rad. Das erklärte natürlich alles!

Aus den Augenwinkeln nahm er eine Bewegung wahr. Rempel Stilz war neben ihm in die Hocke gegangen und besah sich die Unterseite des Karrens. Wegen der Dunkelheit konnte dort nicht viel für ihn zu erkennen sein. Dennoch verkündete er einen Augenblick später: »Die Achse ist ebenfalls gebrochen. Wie schändlich! Der Müller hätte sie längst gegen eine neue ersetzen können. So aufwendig ist das doch überhaupt nicht. Ich brauchte vielleicht eine halbe Stunde dazu – das Anfertigen der Achse eingerechnet!«

»Die wäre dann aber nur schlicht und ohne Zusätze.« Der Einwand kam von Riette, die ebenfalls hinzugestoßen war.

Rempel Stilz zuckte die Schultern. »Sicherlich, eine schlichte Karrenachse ohne Zusätze und Besonderheiten. Doch gib mir etwas mehr Zeit...«

Riette klopfte sacht gegen die Seitenwand des Karrens. »Ein bißchen Farbe könnte das alte Holz auch vertragen.«

»Sie bemalen ihre Karren nicht«, erwiderte Rempel Stilz.

»Das erklärt vieles«, seufzte Riette.

Rempel Stilz nickte zustimmend. »Welche Farbe würdest du verwenden?«

Das Quietschen der Tür aus ein paar Arglang Entfernung unterbrach ihre Unterhaltung. »Haben wir heute nichts mehr vor? Falls dem so sein sollte, könnte ich dann, bitte schön, heimgetragen werden?«

Brams konnte der Tür nur zuzustimmen. Sie hatte selbstverständlich recht! Soviel Zeit war nicht übrig, daß man sie bedenkenlos mit einem alten Karren vertrödeln durfte! Aufmunternd nickte er Riette zu. Die Koboldin sah ihn verständnislos an. Plötzlich wurden ihre Augen groß. Aufgeregt flüsterte sie: »Kraut und siebzehn Rüben!«

Brams schenkte ihr ein knappes Lächeln, bevor er die Augen zusammenkniff und angestrengt vom Müllerhaus zur Mühle starrte. Leise knurrte er: »Hund!«

Eigentlich hat Brams damit nur sagen wollen: »Nun laßt uns zuerst einmal herausfinden, ob es irgendwo einen Wachhund gibt, liebe Freunde.«

Das war aus seiner arg verkürzten Äußerung jedoch nicht unbedingt herauszuhören. Daher war Brams reichlich verwundert, als Rempel Stilz jäh die Fäuste hochriß und Riette flugs hinter seinen breiten Rücken sprang. Dort hüpfte sie auf und ab und stieß streitlüsterne Worte aus: »Der blöde Köter soll bloß kommen! Links ein Haken und rechts einer und dann noch mal links! Danach einen Tritt dahin, wohin es kein Hündchen mag!«

»Hier gibt es überhaupt keinen Hund«, sprach Hutzel ruhig. Er stand noch immer bei der Tür, die er als einziger nie verlassen hatte.

»Woher willst du das wissen, Hutzelberger?« fragte ihn Riette.

»Das sagt mir mein Näschen«, erwiderte Hutzel und warf den Kopf in den Nacken, so daß die Kapuze von seinem Haupt rutschte. Das lange, spitze Ding, das er seit ein paar Tagen im Gesicht trug und die Bezeichnung »Näschen« ganz und gar nicht verdiente, zielte auf den Nachthimmel.

Wie jeder wußte, hatte Hutzel kürzlich eine Wette mit einem Reiher abgeschlossen. Ein paar Tage später war er mit diesem schnabelartigen *Ding* im Gesicht aufgetaucht. Leider hatte er niemandem anvertraut, ob er die Wette gewonnen oder verloren hatte. Und nun wollte ihn keiner danach fragen.

Denn wenn Hutzels neue Nase sein stolzer Gewinn war, wäre er vielleicht gekränkt und enttäuscht, daß überhaupt Zweifel aufgekommen waren. So, als hätte man zu ihm gesagt: »Was, das soll ein Gewinn sein, Hutzel? Ha, ha, ha! Da lachen ja die Hühner! Dieser durchtriebene Reiher hat dich Trottel ganz schön über den Teich gezogen.«

War andererseits die Nase das Zeichen, daß Hutzel die Wette verloren hatte, so hätte man, statt die verfängliche Frage zu stellen, gleich zu ihm sagen können: »Welch Glück, daß du den häßlichen Zinken los bist, alter Freund! Kennst du schon einen Einfaltspinsel, mit dem du um deine Ohren und Füße wetten kannst?«

Da war es doch besser zu schweigen, selbst um den Preis ungestillter Neugier.

Brams wollte sich nicht länger mit dieser Nase beschäftigen. Doch die Vorstellung, daß irgendwo im seichten Wasser eines Weihers ein Reiher stünde, ausgestattet mit der Stupsnase eines Kobolds, hatte etwas zutiefst Beunruhigendes. Sie ließ ihn einfach nicht los.

Er riß sich zusammen und hob die rechte Hand. Mit drei Fingern zeigte er zuerst zum Himmel und dann nachdrücklich zu Boden. Mit der anderen Hand wies er rasch auf Rempel Stilz, danach auf sich und schließlich zu dem erleuchteten Fenster.

»Rempel Stilz soll ihm folgen, während wir anderen drei hier warten«, übersetzte Riette die stillen Handzeichen.

Brams verzog das Gesicht. Auch über solche überflüssigen

Erklärungen würde er zu gegebener Zeit mit ihr reden müssen, dachte er und eilte zum Haus.

Unter dem Fenster verschränkte Rempel Stilz die Hände zu einem Steigbügel. Brams setzte den Fuß hinein und stemmte sich hoch.

Das Fenster hatte zwar Läden, aber sie waren nicht geschlossen. Nur ein Vorhang, der leicht in der nächtlichen Brise flatterte, verwehrte den Blick ins Haus. Brams schob ihn behutsam zur Seite und spähte in das dahinter liegende Zimmer. Es schien leer zu sein.

Er blickte auf einen Herd und einen Kamin, der auf beiden Seiten zwei schmale Simse aufwies. Auf dem einen brannte eine Kerze. Ihr Licht fiel auf Pfannen, Töpfe und Backformen, die an Haken an der Wand hingen. Neben einer schmalen Bank entdeckte Brams etwas, das er zuerst für den Rahmen einer breiten, aber sehr niedrigen Tür hielt. Auf den zweiten Blick erkannte er darin ein Butzenbett. Es war mit zwei Klappen verschlossen. Zweifellos schlief das ahnungslose Müllerpaar in der Wandnische.

Die Wiege stand ein Stück vom Herd entfernt, wo sie nicht im Weg war. Das Kind darin war ohne Frage der Grund für die brennende Kerze. Wahrscheinlich fürchtete es sich in der Dunkelheit.

Brams hatte genug gesehen. Er ließ sich wieder hinab und gab Hutzel und Riette das Zeichen, die Tür zu bringen. Vorsichtig richteten sie sie mit vereinten Kräften auf und lehnten sie gegen die Hauswand.

Die Tür gab knappe Anweisungen: »Links, links! Noch ein Stück. Halt! Näher an die Wand heran. Noch näher. Gut!«

Als Brams zum ersten Mal Zeuge geworden war, wie eine Tür mit einer Wand verschmolz und danach Tür und Wand so aussahen, als hätten sie schon immer zusammengehört, war er tief beeindruckt gewesen. Das hatte sich mit der Zeit gelegt. Nach ein oder zwei Dutzend solcher Erfahrungen hatte er sich an den Anblick gewöhnt und sich gefragt, warum sich Türen auf dieses offenbar gar nicht so schwere Kunststück so viel einbildeten. Hutzels Meinung teilte er jedoch auch heute noch nicht. Der hatte noch kürzlich behauptet: »Jeder Trottel, der lange genug an einer Wand lehnt, verschmilzt irgendwann damit. Das ist ein ganz natürlicher Vorgang.«

Auch dieses Mal ereignete sich das Unbegreifliche, das die Türen in einer längst toten Sprache schwülstig als *Makkeron Optalon* bezeichneten und was »die größte Leistung« bedeutete. Von einem Augenblick auf den anderen sah die Tür aus wie jede beliebige andere der Mühle.

Brams drückte ihre Klinke hinunter und betrat das Haus. Sogleich bemerkte er, daß er sich getäuscht hatte. Das Müllerpaar schlief keineswegs! Aus dem Butzenbett waren rhythmisches Knarren und die gleichmäßige Stimme einer Frau zu hören: »Jetzt aber... Jetzt aber... Jetzt aber...«

Brams vergewisserte sich mit einem raschen Blick, daß die Läden des Bettes noch immer heruntergeklappt waren, und trat zur Wiege. Der Säugling, der darin lag, hatte ein rotes Gesichtchen und schien im richtigen Alter zu sein.

»Bringen wir es rasch hinter uns«, flüsterte Brams, als Rempel Stilz und Riette ebenfalls bei der Wiege standen. Im Geiste ging er die Liste durch: »Haarfarbe?«

»Blond«, antwortete Rempel Stilz.

»Paßt!« bestätigte Brams. »Geschlecht?«

»Ein Junge«, erwiderte Rempel Stilz einen Herzschlag später.

»Paßt!« betätigte Brams erneut. »Augen?«

»Sind beide geschlossen«, erklärte Rempel Stilz. »Haben wir aber gleich!«

Er beugte sich zur Wiege. Das Kind gab einen unleidigen Ton von sich.

»Blau«, wisperte Rempel Stilz. »Es hat hellblaue Augen.«

»Paßt! Größe?«

»Laß mich raten«, erwiderte Rempel Stilz gedehnt. »Vielleicht ein knappes dreiviertel Arglang?«

»Wie knapp? Ich muß es ganz genau wissen.«

»Ein oder zwei Rechtkurz weniger. Eher zwei. Ja, zwei. So groß wie Riette also.«

»Paßt genau«, meinte Brams und beendete damit die Prüfung. Geschwind löste er das Säckchen mit dem Wechselta.(lg) von seinem Gürtel. Derweil schlug Riette die Bettdecke zurück und schob den Säugling sacht zur Seite. Wieder stieß er einen unzufriedenen Laut aus.

Brams nestelte den Verschluß des Säckchens auf und ließ den zähflüssigen Inhalt gleichmäßig neben dem Säugling in die Wiege tropfen.

Er war keineswegs zufrieden mit dem, was er sah. Üblicherweise hatte Wechselta.(lg) dieselbe Farbe wie das Haupterzeugnis eines Kleinkindes, das wochenlang mit Spinat gefüttert worden war. Dieser erschien ihm jedoch etwas zu gelb zu sein.

Wenn das nur gutging!

Doch schon kam Bewegung in die grünlich-gelbbraune Masse. Winzige Tentakel bildeten sich, tasteten nach dem Säugling und zogen sich sogleich wieder zurück. Danach geschah gar nichts weiteres mehr, außer daß einige bislang separate Tröpfchen Wechselta.(lg) sich mit der Hauptmasse vereinigten.

Das war ein bißchen wenig!

Angespannt sah Brams auf. Riette schüttelte ungeduldig den Kopf und verkündete besorgt: »Dreizehn Kraut und achthundert Rüben!«

Brams preßte die Lippen zusammen. Als wüßte er nicht selbst, daß die Zeit nicht stehenblieb.

»Sieben Kraut und neunzehn Rüben«, drängte Riette.

Doch nun begann es!

Mit einem leisen Schmatzen erhob sich – kaum mehr erwartet! – ein nacktes Kinderbein aus der formlosen Masse. Zuerst wechselte seine Farbe noch zwischen Grün und Braun, dann färbte es sich hellrosa. Mit einem abermaligen Schmatzen gesellte sich ein einzelner Arm zu dem Bein. Als nächstes entstanden ein Paar Lippen. Sie zitterten und sonderten einen Speichelfaden ab. Nun war auch ein Auge zu entdecken. Rege blickte es von links nach rechts und blieb auf dem Arm hängen.

Während der Wechseltalg immer mehr die Form eines Kindes annahm, betrachtete das einzelne Auge, zu dem erst spät ein zweites hinzukam, den Arm mit der winzigen Hand und den Fingerchen, die sich zur Faust schlossen und wieder öffneten. Besonders schienen es ihm Daumen und Zeigefinger angetan zu haben. Mit behaglichem Glucksen verfolgte der entstehende Wechselbalg, wie sich ihre Spitzen berührten und wieder voneinander entfernten. Schließlich bewegte sich das Ärmchen zu dem echten Säugling und kniff ihn kräftig in die Wange.

Das echte Kind hob sogleich lauthals zu schreien an.

Brams' Herz raste. Doch Riette bewies Geistesgegenwart. Im Nu hatte sie ein Röhrchen an den Lippen und blies *Sanftpuder* in die Wiege.

Brams wich hastig zurück, um nicht versehentlich den feinen, glitzernden Staub einzuatmen. Das fehlte noch: eine Schar Kobolde, die bis zum Morgen mit sich und der Welt zufrieden um die Wiege herum stünden! Eine knappe Warnung wäre durchaus angebracht gewesen!

Das Plärren erstarb fast sofort. Brams trat wieder an die Wiege heran, wobei er sich die Nase vorsichtshalber zuhielt.

Der Säugling hatte den Daumen in den Mund gesteckt und nuckelte friedlich daran. Sein mittlerweile fast vollständig entwickeltes Ebenbild dagegen lächelte auf eine Art, die Brams frösteln ließ – so, als wüßte der Wechselbalg genau, daß der Sanftpuder seinesgleichen nichts anhaben konnte.

Die kleinen Äuglein blitzten bösartig auf, als das Geschöpf lauthals zu schreien anfing.

Der Anblick war in höchstem Maße beunruhigend: ein Säugling mit knallrotem Kopf, der wie am Spieß brüllte und sich offensichtlich köstlich dabei amüsierte!

Erschrocken starrte Brams zum Butzenbett. Nur noch ein paar kurze Augenblicke fehlten, bis der letzte Rest Wechselta.(lg) sich verwandelt hatte. Danach würden er und die anderen mit dem Müllerkind verschwinden, und niemand bekäme je etwas von dem Austausch mit.

Seine Lippen formten tonlos Worte wie in einer stummen Beschwörung: Haltet aus! Kümmert euch nicht um den Balg! Nur noch ein kleines Weilchen, dann sind wir wieder weg!

Doch schon beraubte die Frauenstimme Brams jeglicher Hoffnung.

»Das Kind schreit«, stellte sie fest.

»Ich höre es«, brummte eine Männerstimme.

»Steh auf und schau nach, was Friedi fehlt!« verlangte die Frau.

»Doch wohl nicht jetzt«, erwiderte der Mann empört. »Gleich! Ein bißchen noch ... Jetzt aber!«

»Nichts da, jetzt aber«, widersprach die Frau. »Hurtig! Schau nach!«

Das Knarren aus dem Wandbett hörte auf und wurde durch ein unzufriedenes Brummeln ersetzt. Die Zeit war um!

Ohne zu zögern griff Rempel Stilz in die Wiege, hob das Müllerkind heraus und rannte mit ihm zur Tür. Obwohl der Säugling etwa gleich groß war wie er selbst, trug er ihn dank seiner beachtlichen Körperkräfte mit einer Leichtigkeit, als wöge er nicht mehr als eine Feder.

Hutzel stand bereit. Rasch riß er die Tür auf, und ein Kobold nach dem anderen rannte in die Dunkelheit hinaus.

»Hinter den Karren, schnell!« befahl eine Stimme.

Brams war froh, daß ihm einer der anderen die Entscheidung abgenommen hatte, und bog nach rechts zu dem angegebenen Ziel ab. Umgehend stolperte er über den umgekippten Trog und stürzte. Jemand trat auf ihn drauf und stürzte ebenfalls. Dann noch jemand.

»'tschuldigung«, flüsterte Hutzel in sein eines Ohr.

»Kein Kraut und fünfzig Rüben«, wisperte Riette in sein anderes.

Brams kämpfte sich unter beiden hervor und richtete sich ein Stück auf. Über den Rand des Trogs hinweg lugte er zum Haus.

»Kackmist!« kam es leise über seine Lippen. Sie hatten die Tür vergessen!

In der offenen Tür stand der Müller. Sein langes Nachthemd reichte fast bis zum Boden. Nachdenklich rieb er sich den Kopf.

»Wer hat denn vergessen, den Riegel vorzuschieben?« brummte er, trat ins Haus zurück und schloß die Tür.

Brams stieß erleichtert die Luft aus: »Puh!«

Riette tat es ihm gleich:»Kackpuh!«

Beiden war bewußt, daß ihnen nur ein kleiner Aufschub gewährt worden war. Über kurz oder lang würde dem Müller auffallen, daß er eine Tür geschlossen hatte, die es noch nie an dieser Stelle gegeben hatte. Zudem eine mit Klinke – wahrscheinlich die einzige im ganzen Haus. Die Tür mußte schleunigst entfernt werden. Möglichst dann, wenn der Müller nicht gerade auf sie schaute. Denn selbst ihm würde es seltsam erscheinen, wenn sie unter seinen Augen verschwände.

Brams sprang auf und rannte, gefolgt von Hutzel und Riette, zum Haus. Ein weiteres Mal ließ er sich zum Fenster hinaufhelfen. Während seine Gefährten links und rechts der Tür Aufstellung nahmen, lugte er durch einen Spalt im Vorhang ins Haus. Wie befürchtet, schaute der Müller in Richtung der Tür.

Er hatte seinen Sohn – oder das, was er für ihn hielt – aus der Wiege genommen und schaukelte ihn auf den Armen. Dabei sprach er besorgt:»Was hat denn mein kleiner Friedebrech?«

Plötzlich zog er eine Hand unter dem Kind vor. Er betrachtete sie und hielt den vermeintlichen Säugling hoch, um ihn von allen Seiten begutachten zu können.

Brams erkannte sogleich, was den Müller störte. Auf der Rückseite des Wechselbalgs, in der Gegend des Gesäßes, hatte der Wechselta.(lg) noch immer nicht ganz seine neue Form angenommen.

Da der Müller in seiner Einfalt nicht ahnen konnte, was er in Wahrheit sah, rief er aus:»Mein Sohn ist ein Hosenscheißer!«

»Mach ihn sauber«, verlangte die Frauenstimme aus dem Butzenbett.

Der Müller sah sich ratlos im Zimmer um. Schließlich griff er nach einem Tuch, das verdächtig nach der Schürze seiner Frau aussah, und machte sich daran, den Hintern seines Stammhalters sauberzuwischen.

»Säuberst du ihn?« vergewisserte sich die Frauenstimme.

»Ja, ja«, brummte der Müller gedankenverloren.

Brams bedauerte den armen Menschen unendlich. Der gute Müller hatte keine Vorstellung, was er soeben anrichtete.

Wechselta.(lg) haßte es, wenn Fitzelchen von ihm abgerubbelt wurden! Dafür würde sich der Wechselbalg mit erheblich gesteigerter Bosheit rächen. Für diese unselige Tat würden der Müller und seine Frau noch viele Jahre bezahlen müssen.

Als der Müller seine verhängnisvolle Tätigkeit als verrichtet ansah, wandte er sich endlich ab, so daß die Tür aus seinem Blickfeld rückte. Brams gab das vereinbarte Zeichen und ließ sich vom Fenstersims gleiten. Blitzschnell entfernten Hutzel und Riette die Tür von der Wand. Brams packte mit an. Geschwind trugen sie das fünfte Gruppenmitglied im Eilschritt davon. Hinter dem Karren schloß sich ihnen Rempel Stilz mit dem Säugling an.

Etwa zweihundert Arglang von der Mühle entfernt, hob die Tür zu zetern an: »Das habt ihr mit Absicht getan!«

»Ach was«, widersprach Brams. »Warum sollten wir?«

»Weil ihr Kobolde ständig jemandem Streiche spielt.«

»*Jemandem*«, wiederholte Brams betont. »Jemandem! Vielleicht auch uns gegenseitig. Aber doch nicht uns selbst! Das wäre widersinnig. Wir brauchen dich doch.«

»Gut, daß du das nicht vergessen hast«, gab die Tür schnippisch zurück. »Vergiß es nie!«

Sie verstummte einen Augenblick und sagte dann argwöhnisch: »Vielleicht wolltet ihr euch ja an mir rächen?«

»Wofür?« meinte Brams verwundert.

»Nun, ich habe eigene Ansichten. Ich gebe Widerworte. Ich bin nicht so willfährig wie andere Türen, die ihr vielleicht kennen mögt.«

»Unfug«, brummte Hutzel grob. »Kennt man eine Tür, kennt man alle. Ich wüßte allerdings einen wirklichen Grund. Er hat aber nichts mit eigenen Ansichten zu tun, sondern mit eigenen Versäumnissen.«

Die Tür ging nicht auf seine Worte ein und fragte auch nicht, was er damit meinte. Hutzel äußerte sich nicht weiter dazu. Ein unbefangener Beobachter hätte meinen können, daß zwischen beiden ein seltsames Einverständnis herrschte.

Nun ging es für einige Zeit wieder schweigsam den Hügel aufwärts. Etwa auf halber Höhe des Hangs begann Riette erneut zu zählen. Erst nachdem ihr Brams zweimal versichert hatte, daß die Mission erfolgreich beendet sei, hörte sie unwillig damit auf.

Endlich kamen die beiden Kastanien in Sicht, wo die Kobolde die Menschenwelt betreten hatten.

»Da liegt einer«, raunte Rempel Stilz, der vorausstapfte.

Brams folgte seinem Blick. Tatsächlich, da lag jemand im Gras. Ein Mensch, gekleidet in Eisen: ein Ritter!

»Wie seltsam!« murmelte er. »Als wir den Hügel hinabgingen, stellte ich mir einen einzelnen Schläfer vor. Jetzt liegt da wirklich einer.«

Er ließ die Tür los und trat zu dem Liegenden. Das vordere Viertel einer abgebrochenen Lanze ragte aus der geborstenen Rüstung.

»Dem hat jemand einen ganz bösen Streich gespielt«, stellte Hutzel fest, als er neben Brams trat. Riette kam ebenfalls herbei. Sie stieß den Ritter mit ihrer Fußspitze an, aber er rührte sich nicht.

»Lachen konnte er über den Streich auch nicht mehr«, urteilte sie.

»Ich hoffe, daß künftig nicht alles eintritt, was ich mir manchmal vorstelle«, sagte Brams ernst. »Das wäre mir gar nicht recht.«

»Und ich hoffe, daß ihr jetzt zurückkommt und mich das letzte Stück zu den Bäumen tragt«, brachte sich die Tür in Erinnerung.

Brams und die anderen taten wie geheißen. Sie trugen die Tür zu einer Stelle zwischen den beiden Kastanien und richteten sie auf. Als sie sie losließen, blieb sie ohne zu schwanken stehen. Für sich genommen, war das eine gewisse Leistung, doch war sie nicht annähernd so beeindruckend wie die, welche die Tür bei der Mühle vollbracht hatte, als sie mit der Hauswand verschmolzen war. Daher wäre jedem, der nicht ahnte, was noch käme, unverständlich geblieben, warum die Türen auch hierfür einen angeberischen Begriff aus der längst toten Sprache verwendeten: *Ephipotmakkeron Optalon* – »die mit überhaupt gar nichts zu vergleichende Leistung«.

Worin diese unvergleichliche Leistung bestand, enthüllte sich erst, als Brams die Klinke drückte und die Tür öffnete. Dahinter wartete eine schummrig ausgeleuchtete Diele.

Alle Kobolde, die Brams kannte, sahen eine Diele. Da sie auf Einbildung beruhte, unterschied sie sich von Betrachter zu Betrachter. Sie war etwas, das der überforderte Geist hinzuerfand, damit das, was ihm das Auge berichtete, ein bißchen Sinn ergab. Schließlich mußte er schon damit zurechtkommen, daß eine Tür, die man eben noch getragen hatte, sich plötzlich in nichtvorhandenen Türangeln bewegen ließ und daß hinter ihr nicht das sichtbar wurde, was sie verdeckte, sondern etwas ganz anderes, das man vom Freien aus betreten konnte, ohne daß ein Türrahmen oder gar Wände zu erblicken gewesen wären.

»Na, das war's doch mal wieder«, sprach Brams und ging zügig durch die Tür. Er war froh, nach Hause zu kommen, ins Koboldland-zu-Luft-und-Wasser.

2. Willkommen zu Hause, Brams!

Im Koboldland-zu-Luft-und-Wasser war es gerade Mittagszeit. Die Sonne schien auf lose gruppierte Häuser, die durch Felder und Beete voneinander getrennt und durch schmale Wege miteinander verbunden wurden. Manche Häuser erinnerten an Baumstrünke, Pilze oder verwelkte und zusammengerollte Blätter vom letzten Herbst, andere an aufeinandergestapelte Kiesel oder halb aus dem Boden gezogene Rüben mit üppigem Kraut. Hin und wieder waren die Wege kniehoch mit Laub bedeckt. Um diese Stellen machten Brams und seine Begleiter wohlweislich einen Bogen, da sie wußten, daß das Laub nicht zufällig dort lag, sondern etwas verbarg, was zu einem Streich gehörte, der auf ein Opfer wartete. Oft genug sollte dieser Eindruck allerdings auch nur zum Schein erweckt werden, um die Wachsamkeit der Vorübergehenden einzuschläfern.

Die Tür hatte darum gebeten, in ihrer Stammkneipe abgesetzt zu werden. Sie trug den Namen *Zum fein geölten Scharnier* und sah aus wie ein großer Backstein. Links und rechts des Eingangs lehnten zwei eisenbeschlagene Eichentüren. Die beiden waren die Rausschmeißer der Schenke und hatten die Aufgabe, unerwünschten Gästen den Zutritt zu verwehren. Darunter verstanden sie im wesentlichen »Kobolde in Alltagslaune oder gar in beschwingter Stimmung«. Brams fand diese Regelung vernünftig. Seines Erachtens mußte ein Kobold völlig niedergeschlagen sein, um sich in dem abweisenden Gemäuer wohl fühlen zu können, in dem es ständig unheimlich knarrte und quietschte und – bösen Zungen zufolge – die Türen sich angeblich gegenseitig verstohlen ihre Knaufe zeigten.

Nachdem die Tür zum *Fein geölten Scharnier* gebracht worden war, verabschiedeten sich Riette und Hutzel, da ihre Anwesenheit nicht weiter vonnöten war. Rempel Stilz, der das Müllerkind trug, kam noch bis zum Krämer mit.

Das Haus des Krämers wurde von einem großen, blau und grün gestreiften Zelt verborgen. Der Besitzer hatte es um sein ursprüngliches Heim herum aufgeschlagen, da er zwar die Annehmlichkeiten seines gewohnten Zuhauses weiterhin genießen, aber auch gleichzeitig in einem Zelt wohnen wollte. Einmal im Jahr wurden seine Nachbarn an das Haus im Zelt erinnert, nämlich dann, wenn der Krämer die Zeltplanen zum Waschen abnahm.

Über dem Zelteingang hing ein Schild. Ursprünglich war darauf *Abrechnungen und anderer Kram* zu lesen gewesen. Doch dann hatte jemand die erste Silbe durchgestrichen, so daß die Schrift für eine Weile verkündete: *Rechnungen und anderer Kram*. Das wiederum war eines Tages in die vorläufig letzte Inschrift geändert worden: *Rechenkrämer*.

Vor dem Zelt stand eine Theke. An ihrem Ende saßen Erpelgrütz und Mopf, die beiden Gehilfen des Rechenkrämers, und würfelten. Ihre Kapuzenmäntel waren grün-blau wie das Zelt. Jedesmal, wenn jemand an ihnen vorbeiging, sprang einer von beiden auf und schrie erregt den anderen an: »Was wagst du mich nicht zu betrügen, du Klump! Dir will ich gleich etwas borgen!«

Worauf sich der andere zu verteidigen pflegte: »Meiner Treu, du Gurke! Ich Möhre bei allem, was mir eilig ist: Mein Spiel war völlig unehrlich!«

Als die beiden Gehilfen Brams und Rempel Stilz erkannten, erhoben sie sich ebenfalls von ihrer Bank, doch dieses Mal ohne sich gegenseitig zu beschuldigen.

»Welche Überraschung! Der Bramsel und der Rempler. Da seid ihr ja wieder! Und, wie lief's?«

»Wie sollte es laufen?« erwiderte Rempel Stilz und legte das immer noch friedlich am Daumen nuckelnde Müllerkind auf die Theke. »Alles innerhalb der Spezifikationen.«

»Das werden wir gleich sehen«, erwiderte Erpelgrütz streng. Gemächlich griff er unter die Theke und zog ein großes Buch hervor. Wichtigtuerisch befeuchtete er die Finger mit der Zunge und blätterte durch die Seiten, bis er die gewünschte gefunden hatte. Laut las er vor: »Größe?«

»Etwa ein Dreiviertel Arglang, meine ich«, antwortete Mopf, nachdem er das Kind mit Handlängen abgemessen hatte.

»Paßt!« rief Erpelgrütz aus und bedachte Brams und Rempel Stilz mit einem tiefschürfenden Blick, so als wisse er von einem Geheimnis, das beide ängstlich zu hüten versuchten, doch dessen Enthüllung nun bevorstand.

Er ließ einige Herzschläge verstreichen, bis er fortfuhr: »Haarfarbe?«

»Blond«, sagte Mopf.

Rempel Stilz unterbrach die beiden: »Wieso Überraschung? Wie lange waren wir denn weg?«

Seine Gegenüber schauten einander fragend an. »Fünf, sechs Wochen? Vielleicht sogar sieben?«

»So lange!« stieß Rempel Stilz erschrocken aus und rannte davon. Nach vielleicht zwanzig Schritten blieb er stehen, wandte sich um und rief: »Brams, hab's eilig!« Schon rannte er weiter.

Die beiden Gehilfen sahen ihm mißbilligend hinterher, dann fragte Erpelgrütz: »Wo waren wir stehengeblieben?«

»Bei blond«, meinte Mopf.

»Was war blond?« verlangte Erpelgrütz in scharfem Ton zu wissen.

Beide beugten sich über das Buch. Brams dachte nicht daran, so lange zu warten, bis sie herausgefunden hatten, daß »blond« weder auf die Körpergröße noch auf die Augenfarbe des Säuglings zutreffen konnte. Statt dessen erkundigte er sich: »Ist er da?«

»Ja. Geh einfach rein«, erwiderte einer der beiden, ohne von dem Buch aufzublicken.

Brams schritt zum Zelteingang, schob das Tuch davor zur Seite, drückte die Klinke der dahinter befindlichen Haustür und trat ein.

Der Rechenkrämer stand mit dem Rücken zur Tür und arbeitete an einem komplizierten Flechtwerk aus Stangen, Röhren und Rinnen, das von seinem Schreibpult aus zu den rund hundert Kerzen führte, die den Raum erhellten. Er war ähnlich gekleidet wie seine Gehilfen. Große Ruß- und Ölflecke zeigten, wo er sich die Hände an seinem Umhang abgewischt hatte.

Brams schob die Kapuze vom Kopf und machte sich bemerkbar: »Moin-Moin!«

Vom Schreibpult her erklang ein gackerndes Lachen. Moin, der Rechenkrämer, hatte den Scherz zwar sicher schon Tausende Male gehört, freute sich aber immer wieder aufs neue, wenn jemand Späße über sein Äußeres machte.

Moin war gewiß der größte Kobold, den Brams je gesehen hatte. Manche behaupteten, daß Zwergenblut in seinen Adern flösse. Das stimmte zwar genausowenig, wie wenn Rempel Stilz vorgab, Trollblut in den seinen zu haben, aber irgendwie versuchte man sich eben, Moins stattliche Körpergröße zu erklären.

Vor einigen Jahren hatte jemand die Behauptung aufgestellt, daß es unhöflich sei, Moin einfach nur mit »Moin!« zu begrüßen. Das reiche vielleicht bei einem Kobold gewöhnlicher Größe, aber bei einem so langen Kerl wie ihm spreche man mit einem knappen »Moin!« nur den halben Kobold an, also entweder nur die obere oder nur die untere Hälfte. Angemessener sei es, beide Teile zu berücksichtigen und ihn daher »Moin-Moin!« zu rufen. Das war hängengeblieben. Moin störte es nicht. Ihm gefiel es sogar.

»Ich habe gleich Zeit für dich«, erklärte er.

»Ich kann warten«, erwiderte Brams und sah sich neugierig um, ob sich etwas an der Einrichtung des Empfangsraums verändert hatte. Die Röhren schienen jedoch das einzig Neue zu sein. Ansonsten waren die Wände wie gewohnt mit Schiefertafeln behängt, auf die als Beweise von Moins Können mit Kreide einfache und schwierige Berechnungen geschrieben waren. So stand etwa auf der Tafel gleich beim Eingang

$3 + 7 = 12$.

Auf den flüchtigen Betrachter mochte diese Kostprobe von Moins Fertigkeiten nicht allzu vertraueneinflößend wirken. Ein weniger flüchtiger Betrachter konnte aber erkennen, daß sowohl die Drei als auch die Sieben in anderen Handschriften geschrieben waren als die Zwölf. Tatsächlich war nicht einmal das Pluszeichen in derselben! Nachträglich hatten flinke Finger die Ziffern so verändert, daß man jetzt nur noch sagen konnte, irgendeine Rechnung hatte irgendwann einmal als Ergebnis Zwölf gehabt.

Diese Tafel war beileibe kein Einzelfall. Allenthalben waren die Kreidezeichen verändert worden, so daß das, was mittlerweile auf den unzähligen Schiefertäfelchen stand, fast immer völlig unsinnig war. Allerdings gab es ein paar wenige Ausnahmen. Dazu gehörten etwa die Tafeln, die so hoch hingen, daß nur Moin an sie heranreichte. Ebenfalls dazu gehörte die Universaltafel. Sie bestand nicht aus Schiefer, sondern aus grünem Stein, und die Zeichen darauf waren aus Gold.

Auf Moins Universaltafel standen Berechnungen in allen ihm bekannten Rechen- und Zahlensystemen, ausgeführt in den fremdartigsten Zeichen. Manche der Völker, von denen sie stammten, schienen in Pfeilspitzen zu rechnen, andere in Symbolen, die an Tiere, Pflanzen, Wellen oder Wolken erinnerten. Brams konnte mit keinem dieser Zeichen etwas anfangen und daher nicht beurteilen, ob diese Berechnungen mehr Sinn ergaben als die auf den weiter unten hängenden Tafeln. Soweit es nach ihm ging, würde diese Frage allerdings bald entschieden sein.

»Und, wie lief's?« erkundigte sich Moin, ohne von seiner Tätigkeit abzulassen.

»Wie hatten ein paar Schwierigkeiten«, räumte Brams ein. »Der Wechselta.(lg) war zu alt.«

»Wer hat ihn besorgt?« hakte Moin nach.

»Die Tür«, erklärte Brams.

»Besorg dir eine andere Tür«, riet ihm Moin sogleich.

»Jeder macht einmal Fehler, Moin-Moin.«

»Sicher, Brams. Einen Fehler, zwei Fehler, vielleicht auch drei. Besorg dir endlich eine neue Tür!«

»Ich weiß nicht«, brummte Brams unentschlossen. In gewisser Hinsicht hatte Moin sicherlich recht, aber er konnte sich einfach nicht dazu durchringen, der Tür den Laufpaß zu geben. »Was treibst du eigentlich?« fragte er.

»Es war mir hier immer etwas zu dunkel«, erklärte Moin.

Dem konnte Brams nur zustimmen. Deswegen hatte er Moin schon frühzeitig geraten, Lichtöffnungen in die Zeltplane vor seinen Fenstern zu schneiden oder wenigstens helleren Stoff zu verwenden. Moin hatte für diesen Vorschlag jedoch nur eine sehr knappe Antwort übrig gehabt: »Stillos!«

Brams beschloß, seine Meinung über die Neuerung für sich zu behalten und allenfalls laut zu denken. »Wie lange mag es wohl jedesmal dauern, diese vielen Kerzen anzuzünden? Doch gewiß eine halbe Stunde?«

»Ha!« rief Moin so begeistert, als habe er genau auf diesen Einwand gewartet. »Es ist eine Sache weniger Augenblicke! Siehst du die Rinnen, die zu den einzelnen Kerzen führen? Lampenöl heißt das Geheimnis! Ich schlage mit einem Steinschloß einen Funken. Der Funke entzündet das Lampenöl, das dann durch die Rinnen zu den Kerzen läuft und auf ihre Dochte tropft. Das entzündet sie, und schon brennen die Kerzen! Das ist es im wesentlichen.«

»Aber es dauert sicher einige Zeit, sie wieder zu löschen?« erwiderte Brams.

Moin warf ihm einen strengen Blick zu: »Du suchst offenbar etwas, das du bemängeln kannst, Brams. Auch daran habe ich gedacht. Über jeder Kerze befindet sich ein Hütchen, das sich senkt und die Flamme löscht. Ich kann alle Hütchen gleichzeitig mit diesem Klingelzug betätigen!«

Er trat zur Wand hinter dem Pult und zog an einem breiten Lederband, das dort herunterhing. Dutzendfaches Klappern erklang. Überall erloschen die Kerzen, und im Nu wurde es so dunkel, daß man kaum noch die Hand vor Augen sah.

»Oh«, ertönte Moins überraschte Stimme. »Das hatte ich nur zeigen, aber nicht tatsächlich vorführen wollen. Wo ist denn gleich ... Autsch! Autsch!«

Etwas fiel klappernd zu Boden. Brams beschloß, die unvorhergesehene Gelegenheit zu nutzen. Rasch schlich er zu Moins Universaltafel und stellte sich mit dem Rücken vor sie. Flink tastete er nach der Stelle, die er für die Änderung ausersehen hatte, und zog die eigens mitgebrachte Schablone und die Goldkreide unter seinem Mantel hervor. Er drückte die Schablone gegen die Tafel und begann zu malen. Nun zahlte es sich aus, daß er die letzten beiden Tage – er verbesserte sich: die letzten beiden Tage vor fünf bis sieben Wochen – damit zugebracht hatte, hinter dem Rücken einen Fisch an die Wand zu malen. Zunächst frei Hand, was ziemlich klägliche Ergebnisse geliefert hatte, dann mit der Schablone. Wer hätte gedacht, daß er diese neue Fertigkeit beinahe umgehend einsetzen könnte?

»Na also!« meldete sich Moin wieder. Das Kratzen eines Zündrades erklang, und zahlreiche feurige Linien schossen durch die Dunkelheit. Überall entflammten Kerzen. Geschwind trat Brams von der Universaltafel weg. Staunend rief er »Ah!« und »Oh!«, um davon abzulenken, daß er Kreide und Schablone noch in den Taschen verschwinden lassen mußte.

»Wunderbar, nicht?« fragte Moin.

»Ein Wunderwerk, ein ganz verwunderliches Werk«, lobte Brams. »Jeder wird es haben wollen.«

Unauffällig lugte er zu der Universaltafel, auf der nun eine neue Gleichung prangte: Drei aufrechte Pfeilspitzen – plus? Minus? Vielleicht auch geteilt durch? – einen aufgedunsenen Fisch sind gleich sieben liegende Pfeilspitzen.

Hervorragend! Man erkannte gar nicht, daß der Fisch nur aufgemalt war. Besser hätte er es auch im Hellen nicht hinbekommen!

»Ha!« lachte Brams erfreut.

»Ist etwas?« erkundigte sich Moin mißtrauisch.

»Nein, nein«, beschwichtigte ihn Brams rasch. »Ich bin nur so ergriffen. Doch jetzt laß uns die Abrechnung machen.«

»Gut«, erwiderte Moin und schlug einen dicken Wälzer auf, der auf seinem Pult lag. *Laufende Missionen* stand auf dem Einband. Seine Hand griff nach einer goldenen Gänsefeder und tauchte sie, ohne sie zuvor zu spitzen, in ein Tintenfaß. Die Feder war offenbar belebt, aber nicht sonderlich klug, wie ihr melodisches Flüstern bewies: »Nasse, schwarze Füße – fein!«

»Wie rechnest du, Brams?« fragte Moin. »Ich vergesse es immer wieder. Nach dem üblichen Schlüssel?«

»So ist es«, antwortete Brams rasch. Moin begann zu schreiben.

»Gewohnte Mannschaft?«

»Ja.«

»Schade.« Moin blickte auf. »Wenn du eine kleine Mission übernehmen würdest, so könnte ich alles zusammen abrechnen und euch dafür zu einem erheblichen Teil in Buntem Kuchen und Süßer Milch ausbezahlen.«

Brams lief der Speichel im Mund zusammen.

»Wann soll das sein?« fragte er. Seine Stimme wechselte dabei ungewollt die Tonhöhe, als befände er sich wieder im Stimmbruch.

»Gleich morgen.«

»Unmöglich«, erklärte Brams widerstrebend. »Ich war eben erst fünf bis sieben Wochen weg.«

»Sechs!« verbesserte ihn Moin. »Für dich waren das jedoch sowieso nur wenige Stunden.«

»Mehr als ein Tag«, widersprach Brams. »Aber das ist bedeutungslos. Hier sind sechs Wochen verstrichen. Da kann viel geschehen. Ich muß mich erst wieder auf das laufende bringen.«

»Dann nicht«, sagte Moin kühl und widmete sich wieder der Abrechnung. Dabei murmelte er düster. Hin und wieder verstand Brams einzelne Worte, wie etwa »unglaublicher Verlust« … »einfach im Stich lassen« … »schlimme Notlage« … »niemand mehr trauen« … »kümmerlicher Freundschaftsdienst, pah!«

Die Stimmung war auf einmal sehr frostig.

Brams räusperte sich und fragte zaghaft: »Was geschieht jetzt eigentlich mit dem Müllerkind?«

Moin murmelte weiter: »… das plötzlich wissen?… ihm die Not anderer Leute doch sonst völlig gleichgültig.« Er verstummte und sah auf. »Sagtest du etwas?«

»Das Müllerkind, was geschieht mit ihm?« wiederholte Brams.

»Sonst willst du das nie wissen«, entgegnete Moin, als wolle er ihn der Gedankenlosigkeit bezichtigen.

»Die Vorgaben waren dieses Mal sehr genau. Darüber habe ich mich gewundert«, erklärte Brams.

Moin lächelte und legte die Schreibfeder beiseite. »Tatsächlich ist es eine sehr spannende Geschichte. Kennst du dich mit dem Strohschwindel der Dämmerwichtel aus?«

»Nur ganz allgemein. Die Dämmerwichtel reden einem Einfaltspinsel ein, sie könnten Stroh zu Gold spinnen. Glaubt es der Pinsel, so muß er einen Vertrag unterschreiben, bei dem er der Dumme ist. Ich habe aber nie verstanden, wie das im einzelnen abläuft. Der Pinsel bekommt ja tatsächlich Gold. Irgendwo muß es herkommen.«

»Luft«, erklärte Moin. »Das Geheimnis heißt Luft. Man kann Gold unwahrscheinlich dünn hämmern. Einen Klumpen, gerade mal so groß wie das erste Glied meines kleinen Fingers, könnte ich so breit klopfen, daß sich daraus ein Gewand für dich schneidern ließe, Brams. Bei dem Strohschwindel wird diese hauchdünne Goldplatte in schmale Streifen geschnitten – wie Strohhalme eben. Diese Goldstreifen bauscht man ein wenig auf, und schon hat man einen riesigen Ballen Goldes, der aber so gut wie nichts wert ist. Dann kommt das dicke Ende: Hier ist dein Stroh, jetzt gib mir das vereinbarte Schwein, das Kind, den Schwiegervater und so weiter. Manchmal geben dir die Dämmerwichtel auch scheinbar die Gelegenheit, sie übers Ohr zu hauen. Du gewinnst zusätzlich fast mühelos ein Wunderelixier, etwa einen Schönheitstrank, den Nektar der ewigen Jugend und so weiter und so fort. Den mußt du aber sofort trinken, da er angeblich sonst seine Wirkung verliert. Hinter diesen schön klingenden

Namen verbirgt sich allerdings grundsätzlich etwas, das dir die Kraft raubt. Sobald du den Wundertrank intus hast, erscheint dir dein falscher Goldballen unsagbar schwer.«

»Die Wirkung des Trankes verliert sich doch sicher irgendwann wieder?« unterbrach ihn Brams.

»Sicherlich«, bestätigte Moin. »Aber meist besitzt der Pinsel seinen Goldballen ohnehin nicht lange, da ihm jetzt auch jeder, dem er begegnet, unsagbar kräftig erscheint. Dadurch wechselt das trügerische Gold rasch seinen Besitzer, und die Spuren werden verwischt. Du glaubst gar nicht, wie viele Legenden es gibt, in denen ein Mensch anfangs Gold von einem Kobold gewinnt – sie können uns nämlich nicht von Dämmerwichteln unterscheiden – und anschließend von einem Troll windelweich geprügelt und ausgeraubt wird. Es gibt sogar eine Redewendung bei ihnen: Auf den Fersen des Kobolds folgt der Troll! Ich weiß nicht genau, was sie bedeutet. Vermutlich: Das dicke Ende kommt noch!«

»Du kennst dich gut aus, Moin-Moin«, warf Brams ein.

»Mein Geschäft bringt das mit sich, Brams. Allerdings hatte ich in jungen Jahren ein Verhältnis mit einer Dämmerwichtelin, was nicht gerade zu meinen schönsten Erinnerungen zählt.«

»Hört sich unnötig schwierig an, Moin-Moin. Warum halten es die Dämmerwichtel nicht wie wir: nachts mit der Tür ins Haus und mit Schwein, Schwager oder Kind wieder raus?«

»Das kann viele Gründe haben. Einer davon ist, daß Dämmerwichtel gierig, verlogen und allgemein unnütz sind. Es gibt aber auch andere. Stell dir vor, es ginge dir um ein Königskind. Königskinder leben in Burgen und Schlössern. Da mußt du womöglich mit deiner Tür durch zehn, zwanzig Mauern, bis du bei ihm bist, und dabei ständig auf der Hut vor jähzornigen Wachen und blutrünstigen Hunden sein. Vielleicht haben sie auch Fallen aufgestellt? Wer weiß? Es hat seine Gründe, warum seit der Zeit des Guten Königs Raffnibaff kein Wechseltrupp mehr versucht hat, ein Königskind auf die herkömmliche Weise auszutauschen. Und diejenigen, die's damals versuchten, kehrten nie wieder heim.«

»Schön und gut, aber was hat das alles mit dem Müllerkind zu tun?«

»Ist das nicht offensichtlich? Der Pinsel war eine Frau, die dem Dämmerwichtel ihr Erstgeborenes für die Kunst des Goldspinnens versprochen hatte. Offenbar haben sich zwei Gleichgesinnte getroffen, da sie den Einfall hatte, dem Dämmerwichtel ein fremdes Kind statt ihres eigenen zu übergeben. Dazu mußte das Ersatzkind natürlich gewisse Voraussetzungen erfüllen.«

»Wird der Dämmerwichtel das nicht bemerken?«

»Das muß nicht meine Sorge sein«, erklärte Moin. »Ich besorge nur das Kind. Tatsächlich ist die Angelegenheit noch viel verwickelter. Der Dämmerwichtel handelte nämlich nicht auf eigene Faust. Es gibt Hinterleute.« Er schlug das Buch der Laufenden Missionen zu. »Das mache ich später fertig. Warum schaust du nicht heute abend vorbei? Ich habe eine Kuh.«

»Eine Kuh!« rief Brams ungläubig aus, wobei seine Stimme zwischen »eine« und »Kuh« abermals einen plötzlichen Sprung tat.

»Nur vorübergehend. Sie ist sozusagen auf der Durchreise zu ihrem neuen Besitzer. Aber ich dachte mir, wenn sie schon mal da ist, dann kann ich sie auch melken. Schau vorbei, Brams. Ich lade noch ein paar Freunde und Nachbarn ein, und dann gießen wir uns alle kräftig einen hinter die Binde! Ewig werde ich die Kuh ja nicht besitzen.«

»Ich komme gerne«, versprach Brams. »Aber wir reden auf keinen Fall über etwas Geschäftliches.«

»Wo denkst du hin!« antwortete Moin empört. »Nur ein geselliges Beisamensein unter Freunden. Dazu ein guter Schluck und ein paar lustige Geschichten – das ist alles.«

Mit diesen Worten kehrte er Brams den Rücken zu und beschäftigte sich demonstrativ wieder mit seiner Beleuchtungsmaschinerie.

»Bis heute abend, Brams. Bring Durst mit!«

Brams verabschiedete sich.

Draußen, vor dem Haus, entdeckte er nur noch einen von Moins Gehilfen. Gelangweilt saß er an der Theke und spielte mit den Würfeln. Der andere Gehilfe brachte offenbar gerade das Müllerkind weg.

Brams machte sich auf den Nachhauseweg, wobei er aufmerksam nach Anzeichen von Veränderung Ausschau hielt. Sechs Wochen waren nicht wenig! Noch nie hatte eine seiner Missionen so lange gedauert. Doch Reisen in das Menschenland waren bekanntlich unvorhersehbar. Manchmal verging viel Zeit, manchmal weniger. Wie lange man unterwegs gewesen war, erfuhr man erst, wenn man wieder zurückkam und jemanden fragen konnte.

Einer Legende nach war einmal ein Kobold so schnell wieder von einem Ausflug ins Menschenland zurückgekehrt, daß er sich selbst im Türrahmen begegnet war. Das hatte tragische Folgen gehabt, da sich einer von beiden – Brams wußte nicht, ob der abreisende oder der ankommende Kobold – augenblicklich in eine grünlich-gelbbraune Masse verwandelt hatte, wodurch das erste Wechselta.(lg) entstanden sein sollte. Doch vermutlich war diese Geschichte erfunden.

Offenbar wußten nicht einmal die Türen, warum die Reisen unterschiedlich lange dauerten. Fragte man sie, so fiel wieder einmal ein Begriff in einer längst toten Sprache: *Hoplapoi Optalon*. Daran liege es! Aber das sei viel zu kompliziert, um es jemandem zu erklären, der sich nicht damit auskenne.

Brams hatte noch nie erlebt, daß eine Tür den geheimnisvollen Begriff in eine etwas lebendigere Sprache übersetzt hätte. Stillschweigend war er daher zu der Überzeugung gelangt, daß *Hoplapoi Optalon* entweder »die Dümmste Frage« oder »rutsch mir doch den Buckel runter« bedeutete.

Einmal hatte er sogar einen Elfenmystiker deswegen befragt. Dessen Erklärung hatte zuerst unerwartet unelfisch und unmystisch geklungen: »Denke an Fettaugen auf einer Suppe, kleiner Freund. Manches Mal schwimmen sie beieinander und berühren sich wie scheue Rehlein, ein andermal tun sie es nicht.«

Das klang einfach. Zum Zeichen, daß er diesen Satz verstanden hatte, hatte Brams erwidert: »Und manches Mal schöpft jemand mit dem Löffel ein Fettauge ab und verschluckt es.«

Der Elfenmystiker war darauf in nachdenkliche Stille versunken. Drei Stunden später hatte er die Unterhaltung für beendet erklärt. Als Brams ihn das nächste Mal aufsuchen wollte, erfuhr er von den Nachbarn, daß der Elfenmystiker aufgehört habe, ein Mystiker zu sein, und in ein fernes Land gezogen sei. Auch habe er seit Brams' letztem Besuch unter schweren Alpträumen gelitten.

Brams war nun nicht mehr weit von seinem Zuhause entfernt. Auffällig hob es sich von den wurzel-, pilz- und nußförmigen Häusern seiner Nachbarn ab. Überall besaß es Winkel. Sein Grundriß war rechtwinklig, ebenfalls die Tür an der Vorderseite sowie die beiden Fenster rechts und links davon. Auch das Dach lief in einem spitzen Winkel zu. Den Giebel hatten ursprünglich zwei gekreuzte Einhornköpfe verziert. Nachdem sie aber fahrlässig von jemandem belebt worden waren, waren sie blitzschnell von unbekannter Hand entfernt worden.

Brams hatte das Haus von seinem Vorbesitzer an einem Abend erworben, als seine Gedanken vom überreichen Genuß Süßer Milch schon arg verwirrt gewesen waren. Deswegen hatte er erst am nächsten Tag durchschaut, was an dem vermeintlichen Vorzug des Hauses so seltsam und verwirrend geklungen hatte: »Und das Beste überhaupt – innen ist das Haus viel kleiner, als man von außen denken könnte!«

Je näher Brams seinem Zuhause kam, desto mehr verlangsamte er seine Schritte. Unauffällig schaute er sich mit halbgesenkten Augenlidern um. Nirgends war ein Lebenszeichen auszumachen. Die Häuser wirkten verlassen und unbewohnt.

Doch halt! Hatte sich dort nicht gerade ein Vorhang bewegt? War nicht für einen winzigen Augenblick lang ein Haarbüschel zu sehen gewesen?

Brams gähnte und räkelte sich überzogen.

»Wie schön, nach dieser langen Abwesenheit wieder zu Hause zu sein«, sagte er überlaut und schaute rasch zu dem Fenster, hinter dem er glaubte, eine Bewegung wahrgenommen zu haben. Doch nichts! Falls dort jemand herausgeschaut hatte, so verhielt er sich inzwischen vorsichtiger.

Im Grunde war eine Bestätigung überflüssig. Brams fühlte, daß er von Dutzenden Augenpaaren beobachtet wurde. Überall lauerten vermutlich seine Nachbarn und warteten in Vorfreude, mit kaum noch zu unterdrückendem Kichern und vor den Mund gepreßten Händen darauf, daß er sich gleich zum Narren machen und auf ihre wohl vorbereiteten Streiche hereinfallen werde.

Brams bemerkte, daß die Tür seines Hauses einen Spaltbreit offenstand.

Was war das? dachte er. Nachlässigkeit oder eine Warnung?

Er trat näher an die Tür heran und stieß sie mit der Fußspitze auf. Lautlos schwang sie nach innen. Prüfend ließ Brams den Blick über das Bett, den Tisch, den Schrank und die vielen Dinge wandern, die sich im Lauf der Zeit angesammelt hatten. Als ihm nichts Verdächtiges auffiel, trat er über die Schwelle und schlug die Tür hinter sich zu. Ohne Umschweife ging er zum Bett und rüttelte an den Stützpfosten des Baldachins. Er fiel nicht herab. Als nächstes hob er das Bett an. Auch dessen Füße waren nicht abgesägt worden. Brams kratzte sich am Kinn. Was war es wohl? Was war nicht so, wie es sein sollte?

Auf dem Tisch entdeckte Brams ein paar Tropfen Marmelade. Nach sechs Wochen hätte echte Marmelade längst eingetrocknet sein müssen. Vorsichtig beugte er sich über sie und schnupperte an ihnen.

Aha, dachte er und lächelte zufrieden, zumal als er entdeckte, daß die Tröpfchen nicht fruchtig rochen, sondern nach Leim. So hatten es sich die Nachbarn also vorgestellt: Der Heimgekehrte setzte sich an den Tisch, stützte sich mit den Ellenbogen auf und klebte dann fest!

Zufrieden über diese Entdeckung, griff er nach dem Stuhl. Das Möbelstück zerfiel sogleich in seine Einzelteile. Brams betrachtete einen Augenblick lang versonnen die Rückenlehne in seiner Hand und lehnte sie dann gegen den Tisch.

»Mein Stuhl«, rief er so laut, daß man ihn draußen hören mußte. »Das ist ja ein feiner Streich!«

Dann ging er wieder zur Tür. Wenn das alles war, was die Nachbarn ausgeheckt hatten, so würden sie jetzt aus ihren Verstecken kommen.

Als Brams die Haustür berührte, schwang sie nach außen auf. Die ging doch immer nach innen auf, dachte er aufgeschreckt und sprang blitzschnell vom Hauseingang zurück. Schon platschte es, als sich der wassergefüllte Eimer entleerte, den augenscheinlich jemand vor wenigen Augenblicken erst draußen über der Tür aufgehängt hatte. Brams lachte triumphierend. Ein paar Spritzer hatte er zwar abbekommen, doch er war längst nicht so naß, wie er es ohne sein geistesgegenwärtiges Handeln geworden wäre.

Er streckte den Kopf ins Freie. Nach wie vor war draußen niemand zu sehen. Offenbar wartete noch immer ein Streich auf ihn.

Brams blickte zurück zum Tisch.

Hoppla, dachte er. Das ergab ja überhaupt keinen Sinn! Wenn der Stuhl auseinanderfiel, sobald man ihn berührte, so konnte man sich nicht mehr an den Tisch setzten und an der Tischplatte festkleben. Waren etwa für den Leim und den zerlegten Stuhl zwei unterschiedliche Urheber verantwortlich, die sich nicht miteinander abgesprochen hatten? Nein, solche Stümperei war keinem seiner Nachbarn zuzutrauen. Das ganze mußte eine Ablenkung sein, um ihn glauben zu machen, alles sei überstanden! Doch wie sah der wirkliche Streich aus?

Bestimmt war es am aufwendigsten gewesen, die Tür so zu präparieren, daß sie nach beiden Seiten aufschwang. Offenbar war es also wichtig, daß er naß wurde.

»Nehmen wir an, ich wäre naß«, murmelte Brams. »In dem Fall würde ich gleich meinen nassen Kapuzenmantel gegen einen trockenen auswechseln. Und der hängt ...«

Brams blickte zum Kleiderschrank. Aber natürlich! Dort lag die Antwort. Unwillkürlich mußte er an Moins Worte denken: »Auf den Fersen des Kobolds folgt der Troll. Das dicke Ende kommt noch.«

Wenige Schritte brachten Brams zu seinem Schrank. Etwa ein Arglang von ihm entfernt blieb er stehen und betrachtete ihn aufmerksam. Der blau bemalte Kasten mit den roten Herzen auf den Türen sah aus wie immer. Zweifellos durfte man die Türe nicht öffnen. Irgend etwas geschah dann, doch was? Das Auge verriet es nicht, eine eingehendere Untersuchung war daher notwendig.

Brams sah sich nach etwas um, das er anstelle einer Leiter verwenden konnte. Er entschied sich für den Stuhl neben seinem Bett, unter den er üblicherweise die Pantoffeln stellte. Diesen Stuhl hatte er vor etlichen Jahren den Anhängern einer finsteren Blutgottheit entwendet. Wegen der garstigen Schnitzereien hatte Brams ihn ursprünglich für einen leichten, frühmorgendlichen Aufwach-Scherz verwenden wollen, aus dem dann aber doch nichts geworden war.

Eingehend untersuchte Brams den ehemaligen Strangulierstuhl des Gottes Spratzquetschlach auf seine Festigkeit. Als er überzeugt war, daß sich niemand an ihm zu schaffen gemacht hatte, trug er ihn zum Schrank, stellte ihn seitlich daneben und kletterte hinauf. Mit einem Ruck hob er den Deckel seines Kleiderschranks an und schaute ins Innere. Er erblickte vier kammgeschmückte Köpfe und ebenso viele Paar Vogelaugen, die überrascht zu ihm aufblickten.

»Wer verbirgt sich alles in meinem Schrank?« fragte Brams streng.

»Hier ist niemand außer uns Hühnern«, antwortete aufgeregt einer der großen braunweißen Vögel.

»Ich nehme an, daß ihr laut gackernd und flügelschlagend aus dem Schrank kommen solltet, sobald ich die Türe öffne?« vergewisserte sich Brams.

»Gack!« bestätigte das Huhn.

»Der Plan hat sich geändert. Sobald ich die Schranktüre öffne, werdet ihr gesittet heraustreten, zur Haustüre gehen und mein Haus verlassen. Verstanden, Hühner?«

»Gack!«

»Können wir lieber zum Fenster hinaus? Ein Fenster! Lieber ein Fenster!« gackerten die anderen Hühner durcheinander.

»Meinetwegen«, erwiderte Brams, ohne eine Miene zu verziehen. Er kletterte wieder vom Stuhl herunter und öffnete die Schranktür.

Das Huhn, mit dem er zuerst gesprochen hatte – offenbar die Wortführerin – kam mit gestelztem Schritt heraus und schaute sich gewissenhaft um.

»Im ganzen Haus gibt es weder Körner noch etwas anderes aufzupicken«, erklärte Brams laut, damit die vier nicht unnötig trödelten.

Ein Huhn nach dem anderen schritt zum Fenster, hüpfte auf die Fensterbank und von da ins Freie. Brams nahm denselben Weg nach draußen. Ein schneller Blick zur Haustür bestätigte ihm, was ihm die Hennen in ihrer Aufregung unabsichtlich verraten hatten: Der Wassereimer war inzwischen wieder aufgefüllt worden!

Hühner mochten vielleicht nicht die schlauesten Vögel sein, doch manchmal lohnte es sich, ihnen aufmerksam zuzuhören.

Brams brauchte nicht lange zu warten, denn jetzt endlich zeigten sich seine Nachbarn. Jung und alt kamen lachend und kreischend aus ihren Häusern geströmt und riefen: »Willkommen, Brams! Wir haben dich schon vermißt! Sag, wie ist es dir ergangen?«

Der Heimgekehrte hob spielerisch mahnend den Finger und rief anerkennend, wie es gutes Benehmen verlangte: »Das war vielleicht ein Streich! Beim Guten König Raffnibaff, welch ein Streich!«

Nachdem alle viel gelacht hatten, wurden Neuigkeiten berichtet. Ausführlich wurde erzählt, wer was in den letzten Wochen getan und wer wem welchen Streich gespielt hatte. Brams konnte zu der Unterhaltung nicht viel beisteuern, da für ihn seither nur ein einziger Tag vergangen war.

Als sich die Nachbarn zerstreut hatten, war es schon fast an der Zeit, sich für den Besuch bei Moin herzurichten. Brams schlüpfte aus dem erdfarbenen Kapuzenmantel, den er während des Ausflugs in das Menschenland getragen hatte, und ging zum Schrank. Zum Glück hatten sich die Hühner zu benehmen gewußt.

Er ließ die Finger über die ordentlich aufbewahrten, frischen Kleidungsstücke wandern. Sollte er einen gelben Kapuzenmantel tragen oder einen grünen oder vielleicht einen blauen?

Nach kurzem Anprobieren entschied sich Brams gegen Grün und Blau, da er in beiden Farben zu sehr wie einer von Moins Angestellten aussah und den Rechenkrämer nicht auf falsche

Gedanken bringen wollte. Statt dessen wählte er einen vornehmen purpurnen Umhang aus, den er noch nicht lange besaß.

Sodann machte er sich auf den Weg. Beim Denkmal des Guten Königs Raffnibaff kam ihm in den Sinn, kurz bei Rempel Stilz vorbeizusehen, zu dessen Heim es nur ein geringfügiger Umweg war.

Rempel Stilz' Haus erinnerte an eine verschrumpelte Kastanie, nur daß es um einiges größer war. Ein Stück entfernt von der weit offenstehenden Haustür wartete eine ganze Schar junger und alter Kobolde und Koboldinnen. Brams wunderte sich, daß die Unterdessenmieter seines Freundes noch immer da waren. Offenbar hatte Rempel Stilz zuerst versucht, sie mit guten Worten zu überzeugen, bevor er sich für die gewohnte, handgreiflichere Vorgehensweise entschied.

Rempel Stilz mußte nicht vor Streichen auf der Hut sein. Wenn er unterwegs war, zogen stets seine Unterdessenmieter ein. Sie achteten darauf, daß niemand die Beine von Tischen und Stühlen absägte oder Hühner im Kleiderschrank versteckte. Das hatte große Vorteile.

Es hatte aber auch große Nachteile! Für gewöhnlich vergaßen die Unterdessenmieter nämlich binnen weniger Stunden, daß Rempel Stilz' Haus gar nicht ihr eigenes war und sie nur darin bleiben durften, währenddessen er abwesend war.

In der Haustür erschien Rempel Stilz. Er hielt einen anderen Kobold an Kapuze und Hosenbund gepackt. Mit den Worten »Das ist der letzte!« warf er ihn schwungvoll hinaus.

»Hui!« rief der andere Kobold trotzig während des kurzen Flugs und rollte sich erstaunlich gewand ab, als er auf dem Boden aufkam. Unmittelbar danach stand er aufrecht. Offensichtlich verfügte er über viel Übung.

»Gib Bescheid, wenn du uns wieder brauchst«, verabschiedete er sich im Namen aller anderen.

»Geht klar«, erwiderte Rempel Stilz und wollte die Tür schließen. Da entdeckte er Brams.

»Brams!« rief er. »Warte auf mich. Ich komme mit.«

»Wohin kommst du mit?« fragte Brams. Doch Rempel Stilz

hatte die Tür bereits zugemacht. Als er sich wieder zeigte, trug er ebenfalls einen purpurnen Kapuzenmantel. Er deutete auf seinen. »Wir sehen aus wie Brüder.«

»Ja«, erwiderte Brams abwesend. »*Wohin* kommst du mit, Rempel Stilz?«

»Zu Moin-Moin. Er hat doch derzeit eine Kuh zu Hause. Ich bin ebenfalls zu ihm eingeladen. Macht es dir etwas aus, wenn wir einen kleinen Umweg gehen?«

»Keineswegs«, sagte Brams und folgte ihm. »Er hat mir gar nicht erzählt, daß du auch eingeladen bist.«

»Hat er sich wohl nachträglich überlegt. Sein Gehilfe Erpelgrütz hat es mir ausgerichtet. Ich, du, einige Freunde und Nachbarn.«

Brams schüttelte den Kopf. »Wenn ihm das früher eingefallen wäre, so hätte ich es dir doch gleich sagen können. So etwas! Offenbar denkt Moin-Moin nur noch an seine Beleuchtung.«

Ihr Weg führt an einem Schnittlauchfeld vorbei. Die dunkelgrünen Pflanzen wuchsen in Büscheln von zwanzig oder dreißig Halmen. Etwa ein Achtel Arglang trennte ein Büschel vom nächsten. So standen sie in langen Kolonnen, viele Tausend von ihnen. Manche blühten und sahen aus, als trügen sie violette Hüte. Das machte sie zu natürlichen Anführern.

Mit einem Mal verstand Brams den Sinn des Umweges. Er verdrehte heimlich die Augen, ließ sich aber sonst nichts anmerken. Manchmal war Rempel Stilz doch sehr leicht zu unterhalten!

Sie waren nur noch wenige Arglang von dem Feld entfernt, als ein dünnes Stimmchen von seinem Rand ertönte.

»Vorsicht, Kobolde im Anmarsch!« rief eine der Pflanzen. »Bestimmt wollen sie uns einen Streich spielen. Seid wachsam, tapfere Schnittläuche! Habt acht, Kameraden! Schließt die Reihen, Geschwister, Brüder, Schwestern, Artgenossen! Hört nicht auf ihre trügerischen Reden!«

Der Warnruf wurde aufgenommen und über das ganze Feld weitergegeben. Dann herrschte wieder Stille. Angespannte Stille, knisternde Stille.

Brams und Rempel Stilz gingen schweigend weiter, als hätten sie nichts gehört. Erst fast am Ende des Feldes ergriff Rempel Stilz in scheinbar beiläufigem Ton das Wort. Nur ein leichtes Beben der Stimme verriet seine wahren Gefühle.

»Seltsam«, wunderte er sich. »Was macht denn der Blumenkohl im Schnittlauchfeld?«

Er schloß die Hand zur Faust, preßte sie an die Brust und begann stumm zu zählen, indem er Finger für Finger wieder öffnete: Daumen, Zeigefinger, Mittelfinger ...

Weiter kam er nicht, denn schon verwandelte sich die geordnete Welt des Schnittlauchs in Wirrwarr. Zahllose Rufe klangen durcheinander: »Ein Eindringling! Ein Blumenkohl! Wo ist er? Schaut euch um, Kameraden! Wir sind unterwandert! Fremde unter uns!«

»Gleich«, flüsterte Rempel Stilz in Vorfreude. »Gleich kommt es!«

Und schon ertönte der Ruf, auf den er gewartet hatte: »Achtung, wackere Schnittläuche! Alle durchzählen!«

»Eins ... zwei ... drei«, erscholl es zackig.

»Dazu brauchen sie die ganze Nacht und den halben Tag«, kicherte Rempel Stilz leise. »Auf dem Rückweg müssen wir unbedingt noch einmal hier vorbei. Ich werde dich dann fragen, warum der Blumenkohl ständig ›Fünf! Fünf! Fünf!‹ schreit. Dann fangen sie nämlich wieder von vorne an.«

Brams fühlte sich an den Streich erinnert, den er Riette hatte spielen wollen. Mißmutig tadelte er seinen Begleiter: »Das Gemüse zu ärgern ist kein Zeichen von Reife.«

»Sie haben es verdient«, widersprach jener. »Die Schnittläuche sind gänzlich humorlos.«

»Gilt das nicht für jedes Gemüse?« meinte Brams.

»Es gibt durchaus Ausnahmen«, erklärte Rempel Stilz.

»Nenne mir eine.«

»Kartoffeln.«

»Kartoffeln?« wiederholte Brams zweifelnd.

»Erstaunlich, nicht? Aber es gibt Anzeichen dafür«, erklärte ihm Rempel Stilz begeistert. »Natürlich haben sie dasselbe Problem wie alle Knollen. Es dauert sehr lange, bis man eine Regung bei ihnen bemerkt.«

Brams dachte über das Gehörte nach, bis sie Moins Zelt und Haus erreicht hatten. Dort kam zu seiner Überraschung gerade Hutzel an. Er trug ebenfalls ein purpurnes Mäntelchen. Auf seinen Umhang und die der anderen deutend, fragte er: »Planen wir eine Verschwörung?«

»Nicht, daß ich wüßte«, antwortete Rempel Stilz und blickte fragend zu Brams. Der kam jedoch nicht mehr dazu, eine Antwort zu geben, denn von der rückwärtigen Hausseite kam ein Laut, der ihn alles andere vergessen ließ: »Muh!«

3. Äpfel und Birnen
und der Fortschritt der Wissenschaft

Wolken verbargen die meisten Sterne, und die Luft roch nach violetten und dunkelbraunen Blättern, die in klammer Kälte vermoderten. Man hätte meinen können, es wäre Herbst, doch das war es nicht.

Abermals war es nachts, und wiederum rannten Brams und seine Gefährten mit ihrer Tür über nasses Gras.

»Warum sind wir hier?« fragte Hutzel im Laufen.

»Weil wir Einfaltspinsel sind«, brummte Rempel Stilz.

»Richtig! Ich wollte es nur noch einmal hören. Und warum sind wir Pinsel?«

»Weil wir zuließen, daß uns Moin-Moin mit Süßer Milch betrunken machte«, antwortete Brams widerstrebend. »Nachmittags noch sagte ich ihm ausdrücklich, daß ich über nichts Geschäftliches reden wolle!«

»Für jemanden, der das nicht wollte, warst du sehr redselig«, erinnerte ihn Hutzel.

»Du hättest mich zum Schweigen anhalten können«, gab Brams

schnippisch zurück.»Wenige Worte hätten genügt: Sei still, Brams!«

Er hob die freie Hand, spreizte drei Finger ab und sprach: »Drei! Nur drei Worte!«

Hutzel seufzte. »Ich fühlte mich nicht dazu in der Lage. Ich wurde sozusagen von den Ereignissen überrollt. Es hätte uns mißtrauisch machen sollen, daß er uns allesamt einlud.«

»Ich wurde nicht eingeladen«, warf die Tür ein. »Ich werde nie zu solchen Treffen eingeladen. Man vergißt mich regelmäßig. Bei meinesgleichen ist das ganz anders. Ich habe viele Freunde und Bekannte unter den Türen. Ich bin sehr begehrt, und wir haben immer viel Spaß miteinander.«

»Es gibt triftige Gründe dafür, daß ihr Türen nie eingeladen werdet«, behauptete Hutzel bedeutungsvoll. Er ließ einen Augenblick verstreichen, dann lachte er. »Ihr Türen schnappt immer so leicht ein!«

Die Bemerkung brachte Brams aus dem Tritt. Er lachte, stolperte und hatte einen Augenblick lang Mühe, nicht zu stürzen.

»Moin-Moin ist uns haushoch überlegen«, rief Rempel Stilz aus. »Da können wir einfach nicht mithalten.«

»Er ist schlauer als wir alle zusammen«, stimmte Riette fröhlich zu. »Aber das ist nicht schlimm. Soll ich jetzt mit dem Zählen beginnen?«

»Du bist nicht dran«, erinnerte Brams sie knapp. »Ich weiß übrigens, warum Moin-Moin so ist, wie er ist. Als junger Kobold hatte er eine Liebschaft mit einer Dämmerwichtelin. Sie hat ihn unentwegt betrogen und übers Ohr gehauen. Wenn er sich dann darüber beklagte, so redete sie ihm ein, daß er sich alles einbilde und es in Wahrheit ganz anders gewesen sei. Blauäugig und gutherzig, wie Moin-Moin in dem Alter war, nahm er ihr diese Lügen ab. Selbst daß sie ihn Zakaria nannte, obwohl sie wußte, daß er Moin hieß, machte ihn nicht argwöhnisch. So ging das viele Monate lang, vielleicht sogar Jahre! Solch anhaltende Tücke verändert einen Kobold von Grund auf. Seither kann man ihm nicht mehr trauen.«

»Weißt du das, oder erfindest du das gerade?« erkundigte sich Riette.

»Ich erfinde es selbstverständlich«, räumte Brams ein. »Andernfalls hättet ihr womöglich bereits davon gehört, und ich hätte mir das Erzählen ersparen können. Irgendwie muß man es sich ja erklären, daß er uns auf so heimtückische Weise hereingelegt hat.«

»Mir erscheint die Geschichte völlig glaubwürdig«, sagte Rempel Stilz. »Besonders, daß sie ihn immerzu Zakaria nannte, finde ich sehr ergreifend.«

»Die Geschichte stimmt aber nicht«, stellte Riette fest. »Es war nämlich ganz anders. Tatsächlich hat Moin-Moin die Dämmerwichtelin hintergangen. Eines Tages lockte er sie unter einem Vorwand in seinen Keller. Dort hat er sie mit einem so langen Seil gefesselt, daß man kaum noch etwas von ihr erkennen konnte. Sie sah aus wie ein Wollknäuel! Dann hat er ihr gedroht: Wenn sie ihm nicht alle Geheimnisse und Schwindeleien der Dämmerwichtel verrate, so werde er seinen Freund, den Riesen, holen, damit er sie zu Matsch zertrete!«

»Matsch?« wiederholte Hutzel bestürzt.

»Jawoll, Hutzelhuber! Matsch, Brei, Mus! Nur ein langer, feuchter Strich werde von ihr übrigbleiben.«

»Weißt du das, oder erfindest du das gerade?« fragte Brams zweifelnd.

»Eine Freundin hat es mir erzählt«, behauptete Riette.

»Welche Freundin?«

»Na, die eben«, erwiderte Riette schnippisch. »Meine Freundin. Die Spinne.«

»Die Spinne?«

»Nicht nachfragen«, zischte Hutzel. »Sei einfach still, Brams! Moin-Moin hat überhaupt keinen Keller.«

»Vielleicht ja jetzt nicht mehr«, murmelte Brams vor sich hin. »Wenn da ständig der Riese drauftreten muß, damit man nichts von seinen Familienstreitigkeiten erfährt ... Ich wußte nicht einmal, daß er einen Riesen kennt!« Er beschloß, das Gesprächsthema zu wechseln. »Ich habe Moin-Moin einen Streich gespielt«, verkündete er. »Ich habe die Universaltafel verändert!«

»Was hat er gesagt, als er deinen Streich bemerkte?« fragte Riette.

»Er hat ihn noch nicht bemerkt«, kicherte Brams. »Ich bin nämlich sehr geschickt vorgegangen...«

»Bestimmt hat er ihn sofort bemerkt«, beharrte Riette. »Er wollte es dir nur nicht zeigen. Moin-Moin ist ungeheuer schlau! Dem kann man nichts vormachen. Mich stört das ja nicht. Soll ich jetzt zählen?«

»Nein«, sagte Brams unwirsch. Er war ein bißchen enttäuscht darüber, daß sein Streich nicht mehr Beachtung fand. Gleichzeitig fragte er sich aber, ob Riette vielleicht recht hatte. Womöglich war ihre jetzige Lage eine Folge des Streichs? Streich und Gegenstreich? Nein, das war sicher übertrieben!

Brams beschloß, noch einmal von vorne zu beginnen. Kichernd wiederholte er: »Ich habe Moin-Moin einen Streich gespielt.«

In dem Augenblick lief Rempel Stilz ohne ein Wort zu verlieren davon. Als ihn die Nacht beinahe verschluckt hatte, blieb er stehen und rief: »Ist das dieselbe Gegend wie gestern... Ich meine, wie gestern und vielleicht noch ein paar Wochen dazu?«

»Nein«, erwiderte Brams verwirrt. »Der Müller wohnte in einem Tal mit einem Bach. Warum fragst du?«

»Auwei!« ließ Rempel Stilz verlauten. »Auwei! Auwei!«

Er bückte sich nach etwas. »Kommt rasch her, das müßt ihr euch ansehen!«

Alle Kobolde gehorchten aufs Wort. Keiner wartete, keiner zögerte, keiner verschwendete irgendeinen Gedanken an die Tür. Nicht einmal als sie empört ausrief: »Das wird ja immer schöner! Jetzt lassen sie mich einfach fallen und im Gras liegen!«

Rempel Stilz hatte mittlerweile etwas Großes vom Boden aufgehoben. Wegen des schwachen Lichtes konnte man jedoch nur schwer erkennen, was es war.

»Was ist das?« fragte Hutzel und machte einen Schritt auf ihn zu. Dabei stieß er sich den Fuß an etwas, das im Gras lag. Neugierig ging er in die Hocke, um nachzusehen, worum es sich handelte.

Derweil beantwortete Rempel Stilz seine Frage: »Es ist ein einzelner Arm mit Eisen drum herum.«

»Schon wieder so ein übler Streich«, stieß Brams aus und sah sich mißtrauisch um.

»Hier liegt ein Kopf«, meldete sich Hutzel vom Boden. »Abgehackt und ebenfalls in Eisen gepackt.«

»Ich habe den Rest gefunden, Hutzelheimer«, rief Riette zunächst triumphierend. Doch dann wurde ihr Tonfall grüblerisch. »Das ist aber seltsam! Dem fehlt zwar der Kopf, aber er hat schon ausreichend Arme. Er muß einen überzähligen Arm besessen haben.«

»Nicht nur einen zusätzlichen Arm«, sagte Brams mit unbewegter Miene, nachdem er sich einen vermeintlichen Maulwurfshügel näher angesehen hatte. »Hier liegt sein anderer Kopf. Laßt uns die Mission lieber schnell zu Ende bringen, bevor uns ein ähnlich böser Streich gespielt wird.«

Alle waren damit einverstanden, und auch die Tür hörte sofort zu zetern auf, als sie von dem zerhackten Ritter erfuhr.

Das Ziel ihrer gegenwärtigen Unternehmung war ein Dorf, das sich mit Unterbrechungen zu beiden Seiten einer Straße hinzog. Wahrscheinlich besaß es sowohl Gemeindeweiden wie auch einen Dorfplatz, doch davon war nichts zu erkennen. Alles, was man sah, waren lichtlose Häuser mit spitzen Dächern.

Etwas weiter abseits der Straße standen Scheunen. Sie waren erheblich kleiner als die Häuser und auf niedrigen Stelzen errichtet worden, und zwar so, daß die Scheunenböden überhingen. Damit erhoffte man allerlei Nager davon abzuhalten, sich an den Vorräten gütlich zu tun.

Brams und seine Gefährten näherten sich den Häusern von der der Straße abgewandten Seite. Unter einer der Scheunen blieben sie stehen, um nach Hunden Ausschau zu halten. Nun konnten sie auch erkennen, daß das Haus, auf das sie es abgesehen hatten, an der Rückseite nur eine Tür, aber keine Fenster besaß.

»Das wird dieses Mal nicht so leicht wie gestern werden, das Kind zu finden«, meinte Rempel Stilz.

»Wir wollen nicht das Kind austauschen, sondern den Großvater«, teilte ihm Brams mit.
»Wer will denn einen Großvater?« fragte Hutzel.
»Nachtalwen«, erklärte Brams.
»Nachtalben?« wiederholte Hutzel verwundert, so wie er ihn verstanden hatte. »Lassen die neuerdings ihre Opfer nach Hause liefern, damit sie sie mit Alpträumen plagen können? Das nenne ich aber stinkfaul!«
»Nicht Nachtal-b-en«, sagte Brams und betonte das »B«, »sondern Nachtal-w-en. Du weißt schon: flink, durchscheinend, gut riechend!«
»Das beantwortet nicht meine Frage«, erwiderte Hutzel. »Was wollen die Nachtal-w-en mit einem menschlichen Großvater? Du weißt schon: langsam, undurchsichtig, gelegentlich muffelnd?«
»Nachtalwen werden nicht alt, jedenfalls nicht so alt, daß man es ihnen ansieht«, erläuterte Brams. »Die Vorstellung, einen alten Großvater zu haben, der ihre Kinder auf den Knien wiegt, begeistert sie. Moin-Moin setzt große Hoffnungen in diese Sache. Wenn der Großvater gut bei den Nachtalwen ankommt, wollen sie vielleicht noch eine Großmutter.«
»So ist das also«, stieß Hutzel erleichtert aus. »Endlich verstehe ich, worüber ihr beiden gestern abend während des Zechgelages spracht, als du zu ihm sagtest, du könntest mit Leichtigkeit Dutzende, ja, Hunderte oder gar Tausende Großmütter besorgen.«
»Ich weiß nicht, wovon du redest«, sagte Brams abweisend, obwohl er sich mittlerweile sehr gut an diesen Teil der Unterhaltung erinnerte.
Riette zischte plötzlich: »Da kommt jemand.«
»Woher?« flüsterte Brams.
»Wahrscheinlich aus dem Haus, aber ich habe ihn gerade erst entdeckt.«
Brams spähte vorsichtig unter dem Scheunenboden hervor. Tatsächlich, ein einzelner Mensch! Er ging leicht nach vorne gebeugt und bewegte sich langsam und unsicher. Während er ungeschickt an einem Strick nestelte, der ihm als Gürtel diente, brabbelte er unverständlich.

So ein Zufall, dachte Brams und blickte Bestätigung suchend zu Rempel Stilz.

»Man muß ja auch mal Glück haben«, wisperte jener zuversichtlich.

Brams schaute zu Riette. Sie wartete angespannt auf ihren Einsatz. Er nickte zufrieden und hob die Hand. Gelassen beobachtete er, wie das ahnungslose menschliche Sippenoberhaupt Schritt um Schritt näher kam. Dann ließ er plötzlich die Hand fallen.

Flink sprang Riette unter dem Scheunenboden hervor und blies der Gestalt Sanftpulver ins Gesicht. Das Brabbeln verstummte. Der Mann blieb stehen.

Brams klatschte in die Hände. »Das war ein Kinderspiel! Laßt es uns schnell zu Ende bringen!« Rasch ging er die Anforderungsliste durch: »Haarfarbe? ... Ach, unwichtig! Augenfarbe ebenfalls, Größe auch. Was haben wir noch? Sein Alter ... Wie alt ist er, Riette?«

»Hm«, antwortete die Koboldin unschlüssig. »Schwer zu entscheiden. Hutzelbacher, kommst du kurz her?«

Hutzel gehorchte. Beide tuschelten. Brams wartete eine Weile, dann brachte er sich in Erinnerung. »Alter?«

»Mittelalt.«

»Was soll das heißen: mittelalt?«

»Feste Haut, kaum Falten und ...« Ohne Vorankündigung sprang Riette auf Hutzels Schultern. Sie reckte sich. Der Mensch stieß ein würgendes Geräusch aus, dann verkündete Riette: »Noch alle Zähne!«

Schon stand sie wieder neben Hutzel. »Vermutlich geschlechtsreif und in der Blüte seiner Jahre. Mittelalt eben.«

»Ein mittelalter Großvater«, seufzte Brams.

»Er ist der Falsche«, nahm ihm Rempel Stilz die Worte vorweg.

»Ja, der Falsche«, bestätigte Brams.

Völlig unerwartet begann der falsche Großvater mit vor Entsetzen bebender Stimme zu sprechen: »Seine ... Hand ... in ... meinem ... Mund.«

Er klang wie jemand, der im Schlaf spricht, doch die Worte kamen viel langsamer über seine Lippen.

»Was ist das?« riefen alle Kobolde gleichzeitig. Daß jemand unter dem Einfluß von Sanftpulver eigenständig redete, war höchst ungewöhnlich.

Einige Augenblicke verstrichen, dann sprach der Mann erneut voller Furcht: »Erdmännchen, viele Erdmännchen! Sie sind gekommen, um mich zu holen. Ich will ihnen nicht folgen, doch ich muß es unweigerlich tun. In ihren unterirdischen Bau werden sie mich entführen. O Graus, unsittliche Dinge werden sie mit mir anstellen! Eines wird sich auf mich legen und eines unter mich. Ihr guten Götter und Geister! Laßt nicht zu, daß sich das mit der spitzen Nase unter mich legen wird!«

»Erdmännchen? Was ist das für ein Unsinn?« fragte Hutzel, aber niemand wußte ihm eine Antwort zu geben.

»Ihr verderbten Götter«, flehte unterdessen der Betäubte weiter. »Erspart mir das mit der Dolchnase!«

»Ja, ja, ist schon gut«, versuchte Hutzel ihn zu beruhigen.

»Oho!« rief Brams plötzlich aus. »Eines drunter, eines drüber? Ich glaube, ich weiß, wovon er redet: Succubi und Incubi!«

»Das wäre mir aber ein arg schlauer Bauernopa«, widersprach Hutzel. »Woher sollte er wohl Incubi und Succubi kennen?«

»Ich bin kein Bauer«, sprach der Mann weiter, »sondern bettete nur in der Scheune mein Haupt zur Ruhe. Ich bin Magister Dinkelwart von Zupfenhausen, bewandert in den Sieben Künsten und Dreiunddreißig Wissenheiten! Ihr guten Götter, bitte, bitte nicht das mit der Spießnase!«

»Und nun?« drängte Riette. »Wie geht es weiter?«

Brams zuckte die Schultern. »Sperren wir ihn eben in der Scheune ein. Da stört er wenigstens nicht.«

So wurde es getan. Als die Scheunentür verschlossen war, war das Flehen des Magisters nur noch schwach zu vernehmen: »Ihr Götter, ihr Götter! Nicht das mit der Schwertnase!«

»Alle fertig?« fragte Brams, als jeder wieder seinen Platz an ihrer Tür eingenommen hatte. Dann begann er zu zählen: »Drei Äpfel und keine Birne!«

Geschwind rannten die Kobolde mit der Tür zum nächsten Haus. An einer freien Stelle, gleich neben zwei Fässern, in denen die Hausbewohner Regenwasser sammelten, stellten sie die Tür auf und lehnten sie gegen die Wand. Innerhalb weniger Augenblicke war sie mit dieser verschmolzen. Brams öffnete sie und ließ seine Begleiter an sich vorbei ins Haus. Er folgte als letzter und schloß hinter sich die Tür.

Ein prächtiges Schnarchen füllte das stockdunkle, überraschend warme Zimmer. Die Luft roch überaus würzig.

»Man sieht überhaupt nichts«, beschwerte sich Rempel Stilz.

»Geduld«, vertröstete ihn Brams und wartete darauf, daß seine Augen sich an die Dunkelheit gewöhnten. Er hörte leises Schlurfen. Anscheinend konnte einer seiner Gefährten nicht abwarten, bis er wieder etwas sah.

»Vier Äpfel und zwölf Birnen!« gab Brams mahnend bekannt.

Plötzlich ertönte ein lautes »Quak-Quak!«, gefolgt von einem »Platsch-Platsch-Platsch!«, als sich schwimmhautbewehrte Füße rasch entfernten. Ein zweites »Quak-Quak!« antwortete. Ganz in der Nähe raschelte es, und etwas Großes richtete sich auf. Es machte »Mäh!«

»Die haben ihr gesamtes Vieh im Haus«, zischte Hutzel.

Brams streckte die Hand nach dem Schaf aus. Seine Finger berührten sofort einen warmen Körper mit dichter Wolle. Abermals erklang ein »Mäh!«

Nun war ein neues Geräusch zu vernehmen. Etwas sprang, wartete, sprang erneut und kam dabei immer näher.

»Miau!« ertönte es ganz nah. »Miau ... iiii!«

Das zweite Miauen klang anders als das erste: erschrocken, beleidigt, verängstigt? Die nachfolgenden Geräusche verrieten, daß die Katze die Flucht angetreten hatte.

Riettes fröhliche Stimme brachte Licht ins sprichwörtliche Dunkel: »Voll erwischt!«

Dann kam von irgendwo aus dem Raum ein tiefes Knurren.

Umgehend fühlte Brams, wie ihn jemand zur Seite drängte, um an die Türklinke zu gelangen. Er erkannte Hutzel an der Stimme: »Ein Hund!«

»Rückzug!« verkündete Brams knapp und wandte sich um. Er

wunderte sich, daß die Tür noch nicht geöffnet war. Fand Hutzel etwa die Klinke nicht?
 Ein weiteres Knurren drang aus dem Dunkel. Vielleicht näher, vielleicht aber nur lauter. Noch immer hatte Hutzel die Tür nicht geöffnet. Brams hörte ihn daran rütteln und Worte ausstoßen, die ihm die Haare zu Berge stehen ließen: »Geh endlich auf!«
 »Ich will doch!« antwortete die Tür verzweifelt. »Aber ich klemme. Ich klemme!«
 Aufgeregt tastete Brams nach der Klinke, um gemeinsam mit Hutzel daran zu rütteln. Allein, die Tür verhielt sich wie zugenagelt. Alles, was ihre abwechselnden Ausrufe »Geh auf, geh endlich auf!« bewirkten, war die hilflose Antwort der Tür:
 »Laßt das! Ihr brecht mir noch die Klinke ab!«
 Der Lärm im Haus nahm zu. Quaken mischte sich mit Mähen, dann schlug auch noch der Hund an.
 Sein kurzes Bellen wurde überraschend beantwortet.
 »Trau dich doch!« erklang Riettes Stimme. »Komm doch her, feiger Köter!«
 Brams rang nach Luft.
 »Haltet ihr den Mund zu!« japste er und erschrak über den Klang seiner eigenen Stimme. Angst, Verzweiflung, Kopflosigkeit schwangen darin mit. Gefühle, die jede Mission zum Scheitern verdammen mußten. Brams atmete tief durch und sprach ruhig gegen die aufwallende Panik an: »Drei Äpfel und siebzehn Birnen. Jemand soll ihr den Mund zuhalten.«
 »Schon erledigt!« vermeldete Rempel Stilz, der als einziger in Frage kam. Gleich danach schimpfte er: »Sie beißt!«
 »Sie tritt auch«, drohte Riettes unsichtbare Stimme.
 Der Hund bellte jetzt durchgehend. Wie nicht weiter erstaunlich, mischte sich schroff eine verschlafene Männerstimme in den Lärm ein: »Bei allen verderbten Göttern, was ist denn hier los?«
 Genau in diesem Augenblick sprang die Tür auf.
 In Windeseile waren Hutzel, Brams, Rempel Stilz und Riette aus dem Haus hinausgerannt. Wenige Augenblicke später hatten sie die Tür von der Wand getrennt und sich wieder mit ihr unter die Scheune zurückgezogen.

»Das war doch keine Absicht!« verteidigte sich die Tür. »So etwas ist mir noch nie passiert. Es lag an den Umständen. Der zerhackte Ritter ... der Hund ... Wenn ihr Türen wärt, so verstündet ihr, wovon ich rede.«

Keiner ging darauf ein.

»Was nun?« fragte Rempel Stilz, als es im Haus wieder still wurde. »Brechen wir die Mission ab? Moin-Moin wird das nicht gefallen.«

»Wir versuchen es noch ein zweites Mal«, entschied Brams fest entschlossen.

»Ich lasse mich nicht noch einmal mit einem Hund einsperren«, erwiderte Hutzel ruhig. »Ich gehe nicht hinein.«

»Ich kann doch nichts dafür«, verteidigte sich die Tür. »Andere Leute machen auch gelegentlich Fehler.«

»So?« meinte Hutzel abweisend. »Wer? Wann?«

»Erst gestern«, erwiderte die Tür. »Ich mußte mehrmals Anweisungen geben, bis ich richtig an der Wand stand.«

»Ich werde gehen«, verkündete Riette kühn. »Rempel Stilz wird mich begleiten. Zusammen geben wir's dem bösen Hündchen!«

»Das werde ich schön sein lassen«, berichtigte Rempel Stilz sie sogleich. »Ich bleibe ebenfalls hier.«

»So kommen wir nicht weiter«, seufzte Brams. »Wie Rempel Stilz sagte: Moin-Moin wird das nicht gefallen. Vielleicht hat er sich sogar eine Gemeinheit ausgedacht, falls wir ihm keinen Großvater bringen. Am Ende holt er seinen Freund, den Riesen.«

»Ich gehe nicht«, beharrte Hutzel. »Und es gibt auch keinen Riesen. Im ganzen Koboldland-zu-Luft-und-Wasser hat es noch nie einen Riesen gegeben.«

»Wohl gibt es einen Riesen«, widersprach Riette munter. »Er wird uns alle zertreten. Nur vier Striche werden übrigbleiben!«

Sie zeichnete mit dem Fuß vier Striche auf den Boden: »Brams, Rempel Stilz, Hutzelfisch, Riette ...«

»Das ist wahr«, stimmte Rempel Stilz zu. »Moin-Moin ist so durchtrieben, daß er bestimmt an diese Möglichkeit gedacht hat. Doch ich werde trotzdem nicht noch einmal hineingehen.«

Riette nickte:»Moin-Moin ist uns unglaublich haushoch überlegen. Aber mich stört so etwas nicht.«

Brams starrte eine Zeitlang wortlos auf den dunklen Umriß des Bauernhauses.»Wie wär's, wenn wir nicht unsere Tür nähmen, sondern eine der ihren, also die gewöhnliche Haustür? Wärt ihr dann eher bereit?«

»He, was soll das werden?« beschwerte sich die Tür sogleich.»Menschliche Türen schlagen, knarren, quietschen, klemmen! Jeder weiß das.«

»Dem kann ich mich nur anschließen«, sagte Hutzel.»Auch wenn ich es als passender empfunden hätte, wenn jemand anderes als eine gewisse Tür den letzten Einwand vorgebracht hätte.«

»Bitte!« sagte Brams, des Streitens leid.»Wir könnten die Tür ölen und vielleicht oben und unten ein wenig abhobeln. Und wenn wir schon dabei sind: Wißt ihr, daß es große Vorteile hat, wenn man eine Tür nach beiden Seiten öffnen kann?«

»Der Hund kann uns dann leichter verfolgen«, warf Riette ein.

»Hast du überhaupt dein Werkzeug dabei?«

»Nein«, mußte Brams zugeben.»Laßt mich einen Augenblick nachdenken. Mir wird schon etwas einfallen.«

Er verließ die anderen und schlenderte von der Scheune weg. Ab und zu blieb er stehen und schaute entweder zur Scheune oder zum Haus zurück.

»Ein ganz einfacher Sachverhalt«, murmelte er.»Der Großvater ist im Haus, und wir können nicht hinein. Also macht man am besten ...«

Brams hatte keine Ahnung, was man am besten machte. Er hoffte darauf, daß ihm einfallen würde, wie der Satz weitergehen mochte. Als er nach einiger Zeit noch immer keine Ahnung hatte, was man am besten machte, beschloß er, einen radikalen Schritt zu wagen und noch einmal von vorne zu beginnen.»Im Grunde ist es doch furchtbar einfach! Der Großvater ist im Haus, und wir können nicht hinein. Deswegen ... Deswegen also ...«

Doch noch immer fiel ihm keine Fortsetzung des Satzes ein. Vielleicht ging er ja das Problem unnötig kompliziert an? Große Ideen waren stets schlicht. Sie begannen nicht zaudernd und umständlich mit »deswegen also«, sondern kurz und knackig mit »da« oder »weil«. Wie: Der Großvater ist im Haus, und wir können nicht hinein, weil ... weil ... weil wir uns nicht trauen! Hm. Da sah man einmal wieder, daß auch große Ideen nicht immer zum Ziel führten.

Brams' Fuß stieß gegen etwas, das im Gras lag. Mißtrauisch sah er zu Boden und dachte: Es wird doch nicht schon wieder ein abgehackter Kopf sein! Doch es war kein blutverschmierter Schädel, sondern nur ein Krug, dessen oberer Rand, Schnabel und halber Hals abgebrochen waren. Brams stieß ein weiteres Mal mit der Fußspitze gegen den Krug und hob ihn dann auf. Erstaunlicherweise war der Henkel noch unversehrt. Dem schwachen Geruch nach zu schließen, schien die letzte Flüssigkeit, die der Krug enthalten hatte, Milch gewesen zu sein. Wie passend!

Ein Becher Süße Milch wäre jetzt das richtige, dachte Brams. Das würde ihn gewiß aufbauen! Oder vielleicht auch zerstören.

Urplötzlich blitzte in seiner Erinnerung ein Bild des vergangenen Abends auf: Moin-Moin, der kameradschaftlich den Arm um seine Schultern gelegt hatte, während sie auf und nieder hüpften und ihre leeren Becher schüttelten. Dazu sprach eine beschwingte Stimme, die Brams länger und besser kannte als jede andere: »Sag nicht Großvater, Moin-Moin! Sag einfach, wie viele du von mir haben willst!«

Brams drehte den Krug zwischen den Händen und überlegte, was er mit ihm anfangen solle. Eigentlich war es eine Vergeudung, einen Krug wegzuwerfen, dessen Bauch, Henkel und halber Hals noch unbeschädigt waren. Bestimmt hätte man die Scherben wieder ankitten können. Notfalls hätte man den Rest mit Ton neu modelliert. Etwas Geschick und Farbe vorausgesetzt, hätte man den Krug alsbald wieder mit Wasser füllen können oder ...

»Hervorragend!« murmelte Brams. Jetzt wußte er, wie sein Satz enden mußte.

Eilig kehrte er zu seinen Gefährten zurück. Den Krug schwenkend, rief er: »Schnell, ich brauche etwas Ähnliches!«

»Was ähnelt einem zerbrochenen Krug?« fragte Hutzel. »Ein zerbrochener Stuhl oder ...«

»Ein Gefäß«, erklärte Brams und machte sich sogleich selbst auf die Suche. Riette wurde als erste fündig. Sie roch streng, als sie mit einem Breinapf zurückkam.

»Lag im Misthaufen«, erklärte sie. »Völlig unnötig weggeworfen. Wahrscheinlich aus Versehen.«

»Sehr gut!« sagte Brams und nahm den Napf entgegen. »Du und Hutzel, ihr haltet euch bereit. Rempel Stilz kommt mit mir.«

»Nicht so schnell«, antwortete Rempel Stilz mißtrauisch. »Wie sieht dein Plan aus? Ich gehe nicht mit dir in das Haus.«

»Mein Plan?« wiederholte Brams genüßlich. »Alle großen Pläne sind bekanntlich einfach, liebe Kobolde. Sie beginnen nicht mit *deswegen also* oder mit *weil* ...«

»Sondern?« unterbrach ihn Rempel Stilz.

»Mit *daher*«, antwortete Brams stolz. »Der Großvater ist im Haus, und wir können nicht hinein. Daher locken wir hin heraus!«

»Ein guter Plan!« lobte ihn Rempel Stilz. »Wie willst du das anstellen?«

»Ich werde es dir zeigen«, versprach Brams und bedeutete Rempel Stilz, ihm zu folgen. Er führte ihn zu den Fässern, in denen die Hausbewohner Regenwasser sammelten. Dort ließ er ihn den zerbrochenen Krug füllen.

Anschließend ging er mit ihm um das Haus herum bis zum erstbesten Fenster. Dort angekommen, streckte Brams Rempel Stilz den Napf entgegen. »Jetzt gieß das Wasser hinein! Aber du mußt den Krug dabei sehr hoch halten.«

»Ich werde etliches verschütten«, wandte Rempel Stilz ein. »Und lauter wird es dadurch ebenfalls.«

»So soll es auch sein«, bestätigte Brams. »Es muß ordentlich und gut hörbar plätschern.«

Rempel Stilz hielt den Krug über den Kopf und goß den Inhalt in Brams' Napf. Als er voll war, hob Brams seinerseits den Napf über den Kopf und goß den Inhalt zurück in den Krug, den Rempel Stilz nun gesenkt hielt. Nachdem das Wasser auf diese Weise viermal vom Krug in den Napf und wieder zurück geplätschert war, meinte Brams: »Hier ist der Großvater nicht. Laß uns zum nächsten Fenster gehen.«

»Das Wasser verrät dir das?« fragte Rempel Stilz erstaunt.

»Nein, daß er sich noch nicht gerührt hat, verrät mir das«, erwiderte Brams geheimnisvoll und ging zum nächsten Fenster, wo sich alles wiederholte. Gerade hatte Rempel Stilz zum zweiten Mal den Napf in den Krug zurückgegossen, als aus dem Haus Geräusche drangen.

»Sapperlot!« sagte eine alte Stimme. »Sapperlot. Jede Nacht den gleichen Ärger!« Sie ging in trockenes Husten über und meldete sich danach erneut: »Oh, oh! Ah!«

»Er kommt!« zischte Brams und eilte mit Rempel Stilz im Gefolge zu den anderen zurück. Alle zusammen duckten sie sich, damit sie nicht gleich entdeckt würden.

Und schon öffnete sich die Haustür. Eine Gestalt im Nachthemd trat heraus. Sie hatte es bis zu den Knien hochgezogen und hielt mit schnellen Trippelschritten auf ein Latrinenhäuschen zu. Dabei hustete sie und stieß kurze, gequälte Laute aus. »Oh! Oh! Oh!«

»Dieses Mal prüfen wir lieber vorher nach, ob er es ist«, schlug Riette vor.

Dagegen hatte niemand einen Einwand vorzubringen. Riette verstellte dem mutmaßlichen Großvater den Weg. Auch die anderen zeigten sich.

»Aus dem Weg! Hab's arg eilig!« rief der Großvater gequält, als er Riette erblickte, dann verharrte er jäh.

Er schaute von der Koboldin zu ihren Begleitern und stieß entgeistert aus: »Vier Erdmännchen mit purpurnen Mäntelchen!«

Seine Worte verwirrten Riette so sehr, daß sie darüber vergaß, dem alten Mann das Sanftpulver ins Gesicht zu pusten. Statt dessen entschuldigte sie sich für ihre Kleidung: »Wir hatten es heute morgen eilig, so daß ich nicht mehr zum Umkleiden kam.«

Diese Erklärung war jedoch verschwendet, da der Großvater mit einem Seufzen in Ohnmacht fiel. Riette vergewisserte sich, daß es ihm wohl erging, dann schritt Brams zur Tat und goß

Wechselta.(lg) neben ihm aus, der unverzüglich die Form des alten Mannes anzunehmen begann.

»Wie bekommen wir den Wechselbalg ins Haus, wenn er fertig ist?« fragte Riette.

»Gar nicht. Wir lassen ihn einfach liegen«, entschied Brams.

»Weiß er denn, daß er ins Haus soll?«

»Das ist mehr eine Frage des Wollens als des Sollens«, erklärte Hutzel, der sich dazugestellt hatte. »Vielleicht versteckt sich der Wechselbalg zunächst und beobachtet aus dem Verborgenen heraus, wie ihn alle suchen. Manchen ist das ihr Liebstes. Vielleicht geht er auch gleich schlafen, damit er morgen frisch ist und schon in aller Frühe zu nörgeln anfangen kann. Niemand ist in der Lage, das Handeln eines Wechselbalgs vorauszusehen. Aber gewiß wird er nicht lange allein sein wollen. Wo bliebe denn da der Spaß?«

Als sich die grünlich-gelbbraune Masse in Gänze verwandelt hatte, schulterte Rempel Stilz den echten Großvater.

»Daß mir das nicht zur Gewohnheit wird«, ermahnte er seine Gefährten. Man konnte kaum noch etwas von ihm erkennen, da seine Last so viel größer war als er selbst. Dann ging es auf den Heimweg.

Nach einiger Zeit wurde der Großvater wieder wach, so daß Riettes Sanftpulver doch noch benötigt wurde. Unter seinem Einfluß hätte der alte Mann zwar allein gehen können, sofern man ihn alle paar Schritte dazu aufgefordert hätte, doch Rempel Stilz wollte ihn nicht mehr absetzen.

»Ich habe mich gerade daran gewöhnt, ihn zu tragen«, behauptete er. »Vielleicht schläft er ja auch wieder ein.«

Das wünschten sich alle, denn das aberwitzig langsame Jammern des Alten über die *grau...sa...men...Erd...männ...chen* war auf die Dauer schwer zu ertragen.

Schließlich erfüllte sich dieser Wunsch.

Als die Kobolde die Stelle erreichten, wo sie die abgehackten Körperteile gefunden hatten, erstarben alle Gespräche.

Die Nacht hatte mittlerweile viel von ihrer Kraft verloren und wich dem Morgen. Hell war es zwar noch längst nicht, aber man konnte schon recht gut die hohen Holundersträucher und Buchen erkennen, die hier wuchsen. Brams wußte, daß er nicht der einzige war, der sie argwöhnisch im Auge behielt. Doch je länger er sie betrachtete, desto mehr strahlten sie etwas Unheimliches aus, so als stünden sie im Bunde mit dem, der den einstigen Besitzern der Arme und Köpfe den bösen Streich gespielt hatte.

Dieses beklemmende Gefühl war Brams unvertraut. Wenn ihm zu Hause, im Koboldland-zu-Luft-und-Wasser, eine Buche unheimlich erschienen wäre, so hätte er sie einfach zur Rede gestellt. Der Baum hätte dann wahrscheinlich geantwortet, daß er nicht nur im Augenblick unheimlich herumstünde, sondern es schon den ganzen verflossenen Tag lang getan habe, genaugenommen sogar die letzten Jahre und Jahrzehnte, weswegen man ihm jetzt bloß nicht dumm kommen solle.

Solchen herablassenden Äußerungen war zuzuschreiben, daß Buchen noch mehr als alle anderen Bäume im Ruf standen, nicht nur aalglatt zu sein, sondern keinerlei Spaß zu verstehen. Sie selber störten sich nicht daran. Geflügelt war das Wort einer ihrer Ahnen: Wer Humus hat, braucht keinen Humor!

Doch hier war nicht das Koboldland-zu-Luft-und-Wasser! Hier hielt man Buchen ihre unheimliche Erscheinung weder vor noch trug man sie ihnen nach. Hier erduldete man sie.

»Schneller! Schneller!« rief Brams.

Niemand verlangte eine Erklärung für die Eile. Jeder empfand offenbar ähnlich. Alle legten einen strammeren Schritt vor.

Erst nachdem der unheimliche Ort schon ein ganzes Stück hinter ihnen lag, gingen die Kobolde wieder langsamer. Brams wollte gerade bekanntgeben, daß bald alles überstanden sei, da er glaube, daß die Stelle, wo sie die Tür aufstellen müßten, nicht mehr weit weg sein könne, als eine Stimme ertönte: »Bleibt stehen, ihr Kobolde!«

»Tut das nicht!« widerrief dies umgehend eine andere Stimme quietschend. »Lauft, so schnell ihr könnt! Rennt um unser Leben, Kobolde!«

Sie gehörte der Tür, die während des gesamten Heimweges noch kein Wort verloren hatte. Brams, der diesmal ihr hinteres

Ende trug, war jedoch schon langsamer geworden, um sich nach der Herkunft der Stimme umzusehen. Nun wurde ihm die Türkante mit einem Ruck aus den Händen gerissen, als seine Gefährten lospreschten.

Rempel Stilz folgte ihnen nicht minder geschwind mit dem Großvater.

»Bleibt stehen!« rief Brams, während er immer noch herauszufinden versuchte, wer sie gerufen hatte. Daß jemand sie wahrnahm und dann auch noch richtig einordnete, war alles andere als üblich. Tatsächlich war es so unüblich, daß nicht auszuschließen war, daß ihnen jemand gerade einen Streich spielte.

»Bleibt doch stehen!« rief Brams den anderen ein weiteres Mal hinterher.

»Eben, bleibt doch stehen, ihr Kobolde«, schloß sich die fremde Stimme unaufgefordert seinem Wunsch an. Sie war jetzt unzweifelhaft als weiblich zu erkennen.

»Bleibt stehen! Es ist wichtig! Es geht mir nicht um den, den ihr gerade verschleppt. Der ist mir völlig einerlei.«

Das war zuviel für Brams. Die Fremde wußte nicht nur, wer sie waren, sondern auch, was sie taten! Er rannte nun ebenfalls.

»Bleibt doch stehen«, drängte die Stimme hinter ihm. Brams hatte das unbehagliche Gefühl, daß sie näher gekommen war. Er blickte über die Schulter zurück. Tatsächlich! Eine weiß leuchtende Gestalt lief ihnen hinterher!

Brams versuchte eine List. »Wir sind gar keine Kobolde. Wir sind Erdmännchen!«

Die Gestalt blieb stehen.

Hervorragend, dachte Brams und klatschte in die Hände. Das war leichter gewesen, als er gedacht hatte.

Doch zu früh gefreut! Abermals erklang die Stimme: »Erdmännchen? Was ist das denn für ein hanebüchener Unfug?«

Die weiße Gestalt nahm die Verfolgung wieder auf. Brams versuchte eine neue List. »Na gut, wir sind keine Erdmännchen. Wir sind Dämmerwichtel! Ein Mißverständnis. Geh also deiner Wege!«

»Dämmerwichtel, Schlemmerwichtel!« schallte es zurück. »Das ist ja noch besser! Gerade euch suche ich!«

Da Brams auf die Schnelle keine weitere Lüge einfiel, verließ er sich nun lieber ausschließlich auf seine Beine. Er rannte, so schnell er konnte. Zwanghaft schaute er immer wieder nach hinten.

Ohne Zweifel, die Gestalt kam näher und näher und näher!

Er blickte wieder nach vorn. Genau vor ihm stellten Hutzel und Riette soeben die Tür auf. Brams ruderte mit den Armen, um nicht gegen sie zu rennen.

»Tür auf!« kreischte er schrill. »Tür auf!«

Doch bevor er gegen die Tür donnern konnte, wurde er ein Opfer des Taus, der das Gras und das alte Laub feucht und rutschig gemacht hatte. Brams glitt aus und rammte Rempel Stilz. Den störte es zwar nicht, doch der Aufprall weckte den Großvater. Sofort nahm er seine quälend langsame Beschwerde wieder auf: »Erd...männ...chen! Ü...ber...all... pur...pur...ne... Erd...männ...chen.«

Hutzel hatte mittlerweile die Tür geöffnet, und die vertraute, schlecht beleuchtete Diele wurde sichtbar. Er ließ Riette als erste vorbei, dann winkte er Rempel Stilz hindurch, bevor er den beiden folgte.

»Was tut ihr da?« rief die Frauenstimme bedenklich nah. »Ihr verschwindet ja! Wohin wollt ihr Wichtel?«

Brams schubste Hutzel ungeduldig in die Diele, sprang ihm hinterher und zog die Tür hinter sich zu.

Später war er sich nicht mehr ganz sicher, ob sie nicht am Ende zugedrückt worden war, als jemand auf der anderen Seite gegen sie prallte. Doch da kümmerte es ihn schon nicht mehr, denn er war wieder zu Hause, im Koboldland-zu-Luft-und-Wasser.

4. Der letzte der blauen Klabautermänner und die Liebe der Kobolde zur See

Brams stand vor dem Kleiderschrank und ließ den Zeigefinger unschlüssig über die verschiedenfarbigen Kapuzenmäntel gleiten. Als ihm einfiel, daß der purpurne in der Wäsche lag, entschied er sich für einen braunen. Er schlüpfte hinein und knöpfte gewissenhaft die etwa fünfzig Knöpfe zu, die ihn auf der Vorderseite zusammenhielten. Als er damit fertig war, sah er an sich hinab und murmelte unzufrieden: »Ich sehe aus wie ein Erdmännchen.«

Die Erinnerung an die nur zwei Tage zurückliegende Mission – genauer gesagt, deren seltsamen Abschluß – veranlaßte ihn, den braunen Umhang wieder auszuziehen und statt dessen in einen grünen mit roter Kapuze zu schlüpfen.

»Schon besser«, sagte er zu sich selbst.

Er fragte sich, was Hutzel Dringendes von ihm wollte. Seine Nachricht war nicht sonderlich aufschlußreich gewesen: »Triff mich nach dem Essen auf dem Letztacker. Erzähle niemandem davon. Schon gar nicht Riette!«

Der letzte Satz war mehrfach unterstrichen.

Hutzels Grund für das Treffen mußte wichtig sein, da der Letztacker der einzige Ort im ganzen Koboldland-zu-Luft-und-Wasser war, wo man nicht mit Scherzen rechnen mußte. Denn dorthin wurden Kobolde gebracht, die niemandem mehr einen Streich spielen wollten, Igel, denen die Nase eingetrocknet war, oder Blumen, die verwelkt waren.

Aber es gab auch Ausnahmen.

Pappeln etwa blieben lieber da liegen, wo sie umgestürzt waren, damit Pilze und Schwämme auf ihnen wachsen konnten. Das Handeln dieser sogenannten Pilzväter und Pilzmütter entsprang jedoch nicht Selbstlosigkeit, sondern dem Wissen, daß die Pilze als besonders einfältige Geschöpfe sie irrtümlich für ihre Ahnen hielten und sich noch in Generationen zuflüstern würden: Wer immer brav Stil und Häubchen reckt, wird eines Tages ebenso groß wie Ahnvater und Ahnmutter Pappel.

Dieser Streich war der einzig bekannte, den Bäume je ausgeheckt hatten. Daß sie ihn den Pilzen seit unendlich langem Jahr für Jahr aufs neue spielten und diese immer wieder darauf hereinfielen, sprach für keine der beiden Seiten.

An der Tür klopfte es. Das kommt mir jetzt gar nicht gelegen, dachte Brams. Trotzdem antwortete er: »Herein!«

Überrascht erkannte er in seiner Besucherin Riette. Sie trug einen blauen Umhang mit zurückgeschlagener Kapuze. Ihr Haar hatte sie in ein Handtuch gewickelt. Brams mußte sogleich an Hutzels Botschaft denken: Erzähle niemandem davon. Schon gar nicht Riette!

Der Grund für die Ermahnung war leicht zu verstehen. Wußte Riette etwas, so wußten es auch bald ihre Freunde die Spinne und der Efeu.

»Ich habe keine Zeit, da ich dringend wegmuß«, begrüßte Brams sie.

»Das weiß ich«, antwortete Riette fröhlich.

»Das weißt du?« wiederholte Brams verwirrt.

»Aber ja«, versicherte Riette. »Schließlich bin ich hier, um dich abzuholen.«

»Du holst mich ab?« erwiderte Brams, noch immer verwirrt. »Wohin will ich denn gehen?«

»Zum Meer«, erklärte Riette.

»Ich will nicht zum Meer«, widersprach Brams kopfschüttelnd. Sofort fiel ihm ein, daß das nicht die beste Antwort gewesen war. Denn die nun naheliegende Frage lautete: Wohin willst du denn dann? Was sollte er antworten, wenn Riette sie ihm stellte? Gleichgültig, was er ihr vorlog, sie konnte in jedem Fall sagen: Ich begleite dich!

Am besten hätte er sofort antworten sollen: Ich habe nicht die geringste Ahnung, wohin ich gehen will, muß aber umgehend aufbrechen.

Dannach hätte er sie geschwind zur Tür hinausschieben sollen.

Doch Riette stellte die befürchtete Frage gar nicht, sondern ergriff mit beiden Händen fest seinen Unterarm und hüpfte auf und ab. Dazu rief sie mit absichtlich quengeliger Stimme: »Zum Meer! Zum Meer! Zum Meer!«

Als Brams der Kopf dröhnte und sein Arm taub wurde, gab er sich geschlagen. Wenn Hutzels Anliegen wichtig war, würde er sicher auf ihn warten. Und einmal am Meer, fände sich gewiß eine Möglichkeit, Riette zu entwischen.

Brams unterdrückte ein Lächeln: Schließlich waren Meere doch berüchtigt dafür, daß ständig etwas in ihnen verlorenging: Schiffe, Passagiere, ganze Inseln...

»Dann soll es so sein. Laß uns rasch zum Meer aufbrechen«, sagte er entschlossen. »Ich muß nur noch in meine Schuhe schlüpfen.«

»Aber du willst doch nicht etwa so gehen!« empörte sich Riette.

»Nein?« fragte Brams.

»Nein«, erwiderte sie fest. »Klabautermänner tragen keine grünen Kapuzenmäntel.«

»Sie tragen überhaupt keine Mäntel«, brummte Brams vor sich hin. »Sie tragen Anzüge, rauchen Pfeife und haben rote Haare. Ich habe braune Haare und bin auch kein Klabautermann.«

Plötzlich stutzte er. Mit einem Mal verstand er, worauf Riette abzielte.

»Willst du damit andeuten, daß Snickenfett endlich sein Schiff fertig gebaut hat?« fragte er.

Riette bestätigte die Vermutung: »Heute ist sogar Stapellauf!«

»Hm«, erwiderte Brams. »Hm. Was wäre denn eine dem Anlaß entsprechende Kleidung, so man kein Klabautermann ist?«

Wortlos deutete Riette auf ihren Kapuzenmantel.

Brams nickte. Er ging zum Kleidschrank, um sich abermals umzuziehen. Während er nach einem blauen Gewand suchte, setzte sich Riette auf den Stuhl neben seinem Bett und ließ die Beine baumeln.

»Der Stuhl ist nicht dazu gedacht, daß man sich auf ihn setzt«, belehrte Brams sie. »Ich stelle ausschließlich meine Pantoffeln unter ihn.«

»Hier ist der einzige Ort, von dem aus man ihn nicht sehen

kann«, gab Riette ungerührt zurück und blieb sitzen. Brams ließ sie gewähren. Sie tat ja doch meist, was sie wollte.

Schweigend knöpfte er die letzten Knöpfe zu und ging dann zu ihr.

»Beine hoch!« forderte er sie auf. Wie gewohnt stellte er seine Pantoffeln unter den ehemaligen Strangulierstuhl des Götzen Spratzquetschlach und schlüpfte in die Schuhe. Den Senkel des einen Schuhs schnürte er sorgfältig zu, beim anderen täuschte er es nur vor. Nun war er ausgehbereit.

Riette sprang auf und hakte sich bei ihm ein.

Der Weg zum Meer führte sie am Denkmal des Guten Königs Raffnibaff vorbei. Da der einstige und vor langer Zeit verschwundene Herrscher des Koboldlands-zu-Luft-und-Wasser nichts von seiner Beliebtheit eingebüßt hatte und nach wie vor mehr oder weniger unvergessen war, wurde das Denkmal wie an jedem anderen Tag rege umlagert. Während auf dem Sockel aus rotgeädertem schwarzem Stein wie immer Kobolde saßen und sich sonnten oder miteinander schwatzten, fragten aufgeregte Koboldkinder allenthalben, ob einer der Sitzenden vielleicht der Gute König sei. Manchmal sagte man ihnen die lautere Wahrheit, manchmal spielte man ihnen einen Streich, um sie auf das Erwachsensein vorzubereiten: »Klar ist das der König! Sogar mit allen zweihundert Brüdern und Schwestern. Lauf rasch zu ihm und trage ihm ein paarmal das schöne Liedchen vor, das du zu Hause nicht mehr singen darfst!«

Der Irrtum war nicht weiter erstaunlich, da es eine Statue des richtigen Königs gar nicht gab. Ihr Fehlen war ein beliebter Gegenstand von Streitgesprächen, zumal zu vorgerückter Stunde, wenn alle Beteiligten reichlich der Süßen Milch zugesprochen hatten.

Manche vertraten die Ansicht, der letzte Streich des Guten Königs habe darin bestanden, seine durchaus vorhandene Statue so gut zu verstecken, daß sie seit seinem Fortgang niemand gefunden habe. Andere widersprachen heftig. Ganz im Gegenteil habe Raffnibaffs letzter Streich darin bestanden, allen einzureden, es habe eine Statue gegeben, damit für alle Zeiten die weniger im Geiste beleuchteten Kobolde vergebens nach ihr suchen sollten.

Einig waren sich jedoch alle darüber, daß es ein großer Vorteil war, daß niemand wußte, wie der letzte König eigentlich ausgesehen hatte. Denn nur so wurde er für alle Abkömmlinge seines Volkes zugleich zum Vorbild. Man konnte sagen: groß wie der Gute König Raffnibaff! Aber auch: klein wie der Gute König Raffnibaff! Und: schlank, wie der Gute König Raffnibaff! Ja sogar: groß und schlank wie der kleine, dicke Gute König Raffnibaff!

Das einzige, was man sicher von König Raffnibaff noch wußte und was auch der Hauptgrund seiner anhaltenden Beliebtheit war, war die letzte Botschaft an sein Volk, die Erklärung seiner Abdankung. Obwohl die hehren und gütigen Worte mühelos auf dem Denkmalsockel Platz gefunden hätten, hatte man darauf verzichtet, sie anzubringen. Ohnehin waren sie in das Herz eines jeden Kobolds eingraviert: »Liebe Kobolde, ihr braucht mich nicht länger mehr als König! Ich wünsche euch allen auch weiterhin noch viel, viel Spaß!«

Welch schöne Worte! Und welch edle Gesinnung sich in ihnen offenbarte: Habt viel Spaß! Das ist das Wichtigste, was eurem scheidenden König am Herzen liegt.

Diese Worte waren überhaupt nicht mit dem zu vergleichen, was die Könige anderer Länder ihren Völkern hinterließen. Oft klang deren Vermächtnis in etwa so: »Ich bin Haßlach, der mächtige König der Haßlachen. Von großer Zahl sind meine Krieger! Ihre Leiber verdunkeln die Sonne. Das Trampeln ihrer Hufe läßt die Erde beben. Viele Länder habe ich verheert. Allerorten brechen Schweiß und Schrecken aus, sobald mein Name fällt!«

Nach Meinung der Kobolde konnte nur die geringe Bildung dieser Könige dafür verantwortlich sein, daß ihre Selbstbeschreibung so verblüffend der eines großen Heuschreckenschwarms ähnelte. Jedenfalls, sowie man das Hufetrampeln durch ein passenderes Geräusch ersetzte.

Mit einem König wie dem Guten Raffnibaff konnten sie keinesfalls mithalten. Nach seinem Weggang hatte es keinen weiteren Koboldkönig mehr gegeben, wofür jedoch nicht die Frage des Mithaltenkönnens verantwortlich war, sondern vielmehr seine letzten Worte: Ihr braucht mich nicht länger mehr als König!

Frühzeitig waren sie so gedeutet worden, daß nun überhaupt kein König mehr nötig sei. Die Anhänger dieser Meinung hatten seinerzeit Schützenhilfe von unerwarteter Seite bekommen, nämlich von den Bäumen.

»Genau so ist es gemeint«, hatte der älteste und weiseste von ihnen geurteilt. »Ein Streich, der eines Baumes würdig wäre!« Danach war er mit majestätischem Krachen umgeknickt und hatte Schwämme und Pilze angelockt.

Da Brams dank Riette früher als geplant von zu Hause aufgebrochen war, hatte er gehofft, Hutzel womöglich beim Denkmal des Guten Königs Raffnibaff anzutreffen. Dort hielt er sich nämlich öfter auf. Auch auf einen gemeinsamen Bekannten war er eingestellt gewesen. Eigens darum hatte er zu Hause den Schnürsenkel seines einen Schuhs nur zum Schein zugebunden. Er hatte sich vorgestellt, unter dem Vorwand, den Senkel schnüren zu wollen, zum Denkmalsockel zu gehen, dort – gleich neben dem erhofften gemeinsamen Bekannten – den Fuß aufzustützen und heimlich, ohne ihn anzublicken, zu flüstern: »Richte Hutzel aus, daß ich *ihr* in die Hände gefallen bin. Sag einfach, ich sei in *ihren* Händen! Er weiß dann schon, was gemeint ist.«

Doch sosehr sich Brams umschaute, einen gemeinsamen Bekannten oder gar Hutzel selbst konnte er nirgends ausmachen. Allzu auffällig durfte er sich jedoch nicht bemühen, wenn er bei Riette keinen Verdacht erwecken wollte.

Als die Koboldin immer heftiger an seinem Arm zerrte, ergab sich Brams seinem Los. Hutzel würde eben warten müssen!

Ohne Gegenwehr folgte Brams seiner Begleiterin zur Küste.

Der vollständige Name des Meeres lautete Koboldmeer-zu-Land-und-Luft. Es hatte die beruhigende Form eines Grabens von etwa zehn Arglang Breite, der sich im Zickzack etliche hundert Arglang in die Länge zog. Da man das gesamte Meer zu Fuß in nicht viel mehr als einer Stunde gemütlich umrunden konnte, war es ein beliebtes Ausflugsziel.

Riette und Brams erreichten es an seinem schmalen Ende. Dort lag Snickenfetts Schiff vor Anker.

Klabautermänner waren eigentlich nichts anderes als Kobolde, die ihr Herz an die See verloren hatten. Abenteuerlust und das Verlangen, sich salzige Luft um die Nase wehen zu lassen, hatten die meisten dazu bewogen, das Koboldland-zu-Luft-und-Wasser für immer zu verlassen. Jetzt befuhren sie auf Schiffen vieler Völker unbekannte Meere, warnten die Seeleute vor drohenden Gefahren oder spielten ihnen ausgiebig Streiche.

Snickenfett war der einzige Klabautermann, der im Koboldland-zu-Luft-und-Wasser zurückgeblieben war.

Anders als sonst warteten an der Planke, die vom Ufer an Bord führte, geduldige Besucher. Snickenfett stand am Heck des Schiffes. Er trug einen frisch gebügelten und gestärkten Matrosenanzug und hatte das rote Haar sorgfältig zerzaust. Ab und zu nahm er einen Zug aus einer Pfeife mit dickem Kolben, und dazwischen sprach er mit ihr. Vielleicht war sie belebt, vielleicht führte er auch nur Selbstgespräche, wie es womöglich unter Klabautermännern üblich war, die einsam und kühn die Meere befuhren. Brams bildete sich ein, dergleichen schon einmal gehört zu haben.

»Gibt's Neues, Brams?« fragte plötzlich eine verwaschene Stimme. Sie gehörte Schüttkoppen, einem muschelbewachsenen Barsch, der im Koboldmeer-zu-Land-und-Luft lebte. Brams kannte ihn schon länger und begrüßte ihn freundlich.

»Neues?« sagte er laut und überlegte, wann er Schüttkoppen zuletzt gesehen haben mochte. Es fiel ihm nicht ein, aber länger als ein paar Tage mußte es in jedem Fall her sein. Von den letzten beiden Missionen konnte er ihm also noch nicht berichtet haben. Das holte er jetzt nach. Er schilderte dem Barsch, wie er und die anderen das Müllerkind und den Großvater beschafft hatten. Besonderes Gewicht legte er auf die Beschreibung der zunehmenden Zahl von Seltsamkeiten. Er erwähnte die bösen Streiche, die zuerst nur einem Ritter, dann gleich mehreren von ihnen gespielt worden waren. Schließlich kam er zum unerwarteten Auftauchen der Weißen Frau.

»Du weißt doch, was eine Weiße Frau ist?« fragte Brams den Barsch. »Das ist eine Fee! Beschwören kann ich allerdings nicht, daß sie wirklich eine Weiße Frau war und nicht nur eine Frau in Weiß. Aber sie wußte alles über uns. Alles, Schüttkoppen, alles!«

Brams schwieg einige Augenblicke, in denen er sich mit flauem Gefühl an die Vorfälle erinnerte. Dann dachte er an die Gebote der Höflichkeit und fragte den Barsch, dessen Kopf ein wenig aus dem Wasser herausschaute: »Und, wie geht's selbst?«

»Muß ja«, antwortete Schüttkoppen, »muß ja!«, und schwamm weg.

Wie bei ähnlichen Anlässen zuvor dachte Brams, daß sein Bekannter ein viel besserer Zuhörer war als ein Redner.

»So ist das eben«, murmelte er vor sich hin.

Jäh fiel ihm auf, daß er allein war.

Nun, nicht ganz allein, es gab immer noch das endlos gegen die gezackte Küste anrollende Meer, die angewachsene Menge an der Planke und Snickenfett auf seinem Schiff. Doch eine stand nicht mehr an seiner Seite, nämlich Riette. Brams sah eine günstige Gelegenheit gekommen, sich davonzustehlen.

Schon nach wenigen Schritten brachte ihn ein lauter Ausruf zum Stehen. »Huhu, Brams, hier bin ich!« Riette mußte lange geübt haben, um so markerschütternd schrill schreien zu können.

Brams sah seine Begleiterin bei der Planke stehen. Alle Kobolde um sie herum hielten entweder die Hände auf die Ohren gepreßt oder winkten und riefen ganz außer sich: »Brams, komm her! Komm unbedingt schnell her!«

Offenbar herrschte allgemein die Furcht, Riette könne einen weiteren ihrer ekelhaften Schreie ausstoßen.

Eine andere Gelegenheit wird kommen, dachte Brams gelassen und gesellte sich zu Riette.

Auf dem Schiff war keine Veränderung zu entdecken. Noch immer schmauchte Snickenfett seine Pfeife oder unterhielt sich mit ihr. Ein baldiges Ende war nicht abzusehen.

Brams fühlte Riette an seinem Ärmel zupfen. »Schau mal, wer da kommt«, sagte sie und gab auch gleich die passende Antwort darauf. »Der Hutzelburger!«

Brams folgte ihrem Fingerzeig. Überrascht nahm er zur Kenntnis, daß Hutzel tatsächlich mit großen Schritten auf sie zukam.

»Was machst du denn hier?« wisperte Brams, als er heran war.

»Ich vernahm ein grauenhaftes Kreischen«, erklärte Hutzel. »Für einen Augenblick dachte ich, daß vielleicht doch ein Riese ins Koboldland-zu-Luft-und-Wasser eingedrungen sei. Schließlich kann man sich ja auch einmal irren.«
Er verstummte, und seine Augen verengten sich zu Schlitzen, dann raunte er: »Dinge gehen vor. Beunruhigende Dinge!«
Brams machte eine verstohlene Kopfbewegung zu Riette hin. Doch Hutzel schien den Hinweis nicht zu verstehen. Als hätte er ihre Anwesenheit nicht bemerkt, wiederholte er: »Dinge gehen vor! Unverständliche Dinge. Wir sollten darüber reden!«

Angestrengt suchte Brams nach einer Möglichkeit, Hutzel bewußtzumachen, daß eines dieser »unverständlichen Dinge« gleich neben ihm stand und jedes Wort mitbekam.

Doch Hutzel schien seine eigene Ermahnung zur Verschwiegenheit völlig vergessen zu haben. »Etwas geht vor«, sagte er gewichtig.

Nun mischte sich Riette in die Unterhaltung ein. »Siehst du, Brams. Selbst der Hutzelgruber dachte daran, sich dem Anlaß entsprechend blau zu kleiden.«

Hutzel zog die Brauen hoch. Wortlos hielt er einen seiner Ärmel gegen Riettes Kleidung, den anderen gegen Brams' Kapuzenmantel. Nun war zu erkennen, daß Hutzel nicht nur ebenfalls Blau trug, sondern sogar haargenau den gleichen Farbton.

»Dinge gehen vor«, sagte er ein weiteres Mal. »Wie neulich. Bist du immer noch davon überzeugt, Brams, daß wir keine Verschwörung planen?«

Brams mußte zugeben, daß dieser Zufall – erst allesamt purpur, dann allesamt blau gekleidet – durchaus erstaunlich war, zumal wenn man bedachte, daß niemand anderes außer ihnen an der gesamten Meeresküste einen blauen Kapuzenmantel trug.

Rasch blickte er zu Snickenfett. Auf einmal war er sich nicht mehr ganz sicher, daß der Matrosenanzug des Klabautermanns überhaupt blau war. Genausogut konnte seine Farbe ein dunkles Violett sein.

Ein Verdacht stieg in ihm auf. Spielten ihm Hutzel und Riette vielleicht einen Streich? Das ließ sich nachprüfen!

So nebensächlich wie möglich fragte Brams: »Wußtest du denn von Riette, daß ich hier zu finden sei?«

Mit einer raschen Bewegung sah er Hutzel voll ins Gesicht in der Erwartung, ein erheitertes Aufblitzen in seinen Augen zu entdecken. Doch genau gleichzeitig schien jener einen ähnlichen Entschluß gefaßt zu haben. Hutzels spitze Nase schwenkte plötzlich gefährlich herüber! Blitzschnell warf Brams den Kopf zurück, um ihr zu entgehen.

Heiterkeit konnte er in dem kurzen Augenblick nicht erkennen.

»Wir waren doch beim Letztacker verabredet«, zischte Hutzel. Brams blickte auffällig zu Riette. »Du weißt schon ...«
Hutzel folgte seinem Beispiel. »Ich weiß«, bestätigte er.
»Was weißt du?« mischte sich Riette neugierig ein.

Hutzel antwortete nicht sofort, sondern sah sie fest an, bevor er sie unvermittelt fragte: »Warum trägst du ein Handtuch auf dem Kopf?«

Riette griff wortlos nach dem Knoten, der das Handtuch zusammenhielt, und löste ihn. Ihre Haare kamen zum Vorschein. Sie waren leuchtendblau.

»Und?« meinte sie mit gesenkten Lidern, während sie das Handtuch umständlich zusammenfaltete.

Brams hatte plötzlich das unbestimmte Gefühl, daß sie irgendeine Antwort von ihm erwartete. Verlegen kratzte er sich am Kinn, um Zeit zu schinden. Schließlich entschied er sich zu lügen.

»Hübsch«, sagte er. »Sehr hübsch. Steht dir.«

»Hübsch?« wiederholte Riette. Trotz der Kürze des Wortes schaffte sie es, daß sich ihre Stimme zwischen seinem Anfang und dem Ende bedenklich in die Höhe schraubte. »Steckst du etwa unter einer Decke mit ihnen?«

»Wie?« gab Brams verständnislos zurück. »Keinesfalls. Mit wem überhaupt?«

»Ein Streich«, urteilte Hutzel kühl. »Jemand spielte ihr einen Streich.«

»Darauf kannst du einen lassen!« spuckte Riette verächtlich aus. »Meine Nachbarn! Nachdem unsere letzte Mission nur drei

Tage dauerte, dachte ich, es sei nicht nötig, allzugenau nach Streichen Ausschau zu halten. Das war ein Fehler!« Sie deutete auf ihr Haar. »Blaubeeren. Ein ganzer Topf voll.«

»Blaubeeren?« wiederholte Brams ungläubig.

»Blaubeeren«, bestätigte Riette gewichtig.

Brams beugte sich zu ihr. Er fand keine Blaubeeren in ihrem Haar. Allenfalls Blaubeerensaft konnte für ihren Zustand verantwortlich sein, wenn man einmal davon absah, daß die Farbe für Blaubeeren viel zu sehr strahlte. »Warum wäschst du sie nicht aus?«

»Zauberblaubeeren«, erklärte Riette kopfschüttelnd. »Die kann man nicht auswaschen.«

»Zauberblaubeeren?« sprach ihr Brams nach. Ratlos blickte er zu Hutzel. Der zuckte die Schultern. Offenbar hatte auch er noch nie etwas von Zauberblaubeeren gehört. Statt jedoch einen Kommentar abzugeben, griff er in Riettes Haar und ließ es durch die Finger gleiten. »Seltsam«, murmelte er. »Fühlt sich völlig verklebt an, aber man sieht es ihm gar nicht an.«

Er ließ Riettes Haar sein und betrachtete eingehend seine Hand. »Noch seltsamer! Es bleibt auch gar nichts an der Haut haften.«

»Zauberblaubeeren eben«, bekräftigte Riette.

»Sicherlich wird herauswachsen, was man nicht herauswaschen kann«, tröstete Brams sie.

»Vielleicht«, entgegnete Riette zweifelnd. »Vielleicht.«

Plötzlich hob ein Schieben und Drängeln an. Offenbar hatte Snickenfett das Zeichen gegeben, daß nun alle sein Schiff betreten dürften. Niemand wollte der letzte sein. Erst an Bord wurde Brams bewußt, daß er und Hutzel eine günstige Gelegenheit verpaßt hatten, verlorenzugehen. Doch jetzt war es dafür zu spät, denn das Schiff bewegte sich bereits.

Snickenfett begann sogleich mit lauter Stimme seemännisch klingende Kommandos zu rufen, wiewohl nirgendwo eine Mannschaft zu erblicken war: »Anker anluven! Achterpiek achteraus sacken! Backbord Brassen betütern! Helling heißen! Smutje platt vor den Wind!«

Brams bezweifelte, daß diese Befehle überhaupt eine Auswirkung auf das Verhalten des Schiffes hatten. Längst hatte er bemerkt, daß viele seiner Teile belebt waren und dadurch viel besser als Snickenfett wußten, welche Aufgaben sie zu erledigen hatten. Seeleute wurden dadurch nicht nur überflüssig, sondern hätten sogar den ordentlichen Ablauf der Dinge gestört. Hinzukam, daß es auch gar nicht Aufgabe des Klabautermanns war, die Tätigkeit des Steuermanns auszuüben. Worin sie in Wirklichkeit bestand, zeigte Snickenfett, nachdem das Schiff schon ein ganzes Stück im Zickzack-Kurs durch das Meer gesegelt war. Urplötzlich ertönte von überall Poltern, Quietschen und Knacken. Luken klapperten einzeln, im Duett oder gar Terzett. Taurollen rauschten, als sie sich auf- und wieder abwickelten, und von unsichtbarer Hand wurden Klapse und Ohrfeigen ausgeteilt. Manchmal waren die vielfältigen Geräusche kaum zu erahnen, ein andermal nahm der Lärm solche Ausmaße an, daß er sogar die Trommler des Königs von Burakannt übertönt hätte, so daß ihnen nichts anderes übriggeblieben wäre, als mit schamgebeugten Schultern vor ihren Herrscher zu treten, um ihre Niederlage einzugestehen. Der hätte sie dann vermutlich enthaupten lassen, wie es seine Angewohnheit war, wenn ihm etwas nicht so recht behagte.

Nachdem Snickenfett ausgiebig sein Können bewiesen hatte, zeigte er sich bereit, Fragen der Passagiere zu beantworten. Sie kamen zuhauf.

»Warum fahren wir im Zickzack?«

Hierauf wußte Snickenfett ganz überlegen zu antworten: »Weil das Meer im Zickzack verläuft.«

»Warum verläuft das Meer im Zickzack?« lautete die nächste Frage.

Auch diesmal war Snickenfett nicht um eine Antwort verlegen: »Das hat irgend etwas mit dem Wind zu tun oder so. Sähe das Meer anders aus, könnte man anscheinend nur segeln, wenn der Wind genau von hinten käme. Man nennt das kreuzen oder so.«

Umgehend hob sich die nächste Hand. »Aber wir fahren doch gar nicht im Kreuz. Warum spricht man daher nicht eher von Zicken und Zacken?«

»Zicken? Mit dem Schiff zicken?« wiederholte Snickenfett mit spitzer Stimme die Frage, offenbar um sich zu vergewissern, daß er sie auch richtig verstanden hatte. Als ihm niemand widersprach, sagte er grübelnd: »Gute Frage. Sehr gute Frage! Warum kreuzt man mit dem Schiff, anstatt mit ihm zu zicken?«

Nachdenklich nahm er zwei tiefe Züge aus seiner Pfeife und wechselte dabei einige Worte mit ihr. Dann rief er laut: »Mann über Bord!«

Augenblicklich verwandelten sich das Deckstück, auf dem der Fragensteller stand, und die benachbarte Reling in eine Rutsche, so daß er und drei andere Kobolde in seiner unmittelbaren Nähe sich plötzlich im Wasser wiederfanden. Dieser Streich stieß bei allen auf Begeisterung und wurde mit fröhlichem Kreischen belohnt, und zwar gleichermaßen von jenen, die ins Wasser gefallen waren, als auch von denen, die noch an Bord waren. Ihr Entzücken steckte Snickenfett an, so daß er bald ganz ausgelassen abwechselnd nach links oder rechts deutete und »Mann über Bord!« oder »Frau über Bord!« rief.

Er hörte erst damit auf, als er sich eines guten Drittels seiner Passagiere entledigt hatte. Diejenigen, die er ins Wasser befördert hatte, beeilten sich, an Land zu kriechen, und liefen johlend an beiden Küsten neben dem Schiff her.

»Weitermachen!« verlangten sie übermütig. »Wei-ter-ma-chen!«

Wer gedachte hatte, daß Snickenfett am Ende seiner Einfälle angelangt sei, sah sich freudig enttäuscht. Die nächste Überraschung wartete schon. Doch zuvor verfolgte der Klabautermann das Ziel, seine Mitreisenden zu besänftigen. Er streckte beide Arme V-förmig in die Luft und senkte sie dann langsam wieder, wobei seine Hände kleine kreisende Bewegungen vollführten. Dabei beschwor er die anderen Kobolde mit gleichförmig tiefer Stimme: »Still! Still! Still!«

Seine Bemühungen waren so erfolgreich, daß nicht nur an Bord des Schiffes jeder Lärm erstarb, sondern auch an den Gestaden des Meeres bald nur noch im Flüsterton gefordert wurde, daß endlich die nächsten Schiffsreisenden ins Wasser geworfen würden.

»Rein mit ihnen! Rein mit ihnen!« lautete der leiser werdende Gesang der Brandung.

Schließlich hielt Snickenfett einen Finger vor die Lippen und gebot: »Pssst!«

Nun schwieg selbst der letzte. Auch von Land kam kein Geräusch mehr. Einzig das Knarren der Taue und das gelegentliche Schlagen der Segel standen völliger Stille noch im Wege.

Snickenfett richtete sich kerzengerade auf und ließ seine Äuglein über die Passagiere wandern. Bedächtig zog er an der Pfeife und stieß dichte Qualmwolken aus. Plötzlich flüsterte er: »Was kommt jetzt?«

Niemand versuchte eine Antwort zu geben, und auch Snickenfett blieb sie schuldig. Statt dessen stellte er die Frage erneut, allerdings etwas lauter: »Was kommt jetzt?«

So ging das noch zwei weitere Male, wobei die Stimme des Klabautermanns jedesmal mächtiger und eindringlicher wurde. Als die Spannung kaum noch zu ertragen war, stieß er eine derart dichte Qualmwolke aus, daß er von ihren Schwaden vollständig eingehüllt wurde. Aus der Wolke heraus brüllte er unvermittelt: »Kalfatern!«

»Lauf!« rief Hutzel sogleich.

Er packte Brams am Arm, so daß dieser hinter ihm herstolpern mußte. Brams ertrug diese Behandlung nur unwillig. Zu gern hätte er gewußt, was Snickenfett im Schilde führte.

Das war jedoch erst zu erkennen, als urplötzlich einige Kobolde quiekend auseinanderstoben. Schuld daran war ein offensichtlich belebter Gegenstand, der auf dem Deck zwischen ihnen hin und her sauste. Er hatte eine gewisse Ähnlichkeit mit einer Spritztüte, mit der man auf Kuchen und Torten Glückwünsche schreibt oder kleine Blümchen malt, war aber um etliches größer. Wie bald zu erkennen war, suchte sich die seltsame Spritztüte jeweils ganz bestimmte Kobolde aus. Diese verfolgte sie so lange, bis es ihr glückte, sie in die Enge zu treiben und zu stellen. Hatte sie dieses Ziel erreicht, so richtete sie sich vor ihren Opfern nach Schlangenart auf. Sie wog sich vor ihnen, zischte aber nicht. Schließlich besprühte sie sie von oben bis unten mit einer zähen schwarzen

Flüssigkeit. Sie stank nach Teer und war offenbar ebenso klebrig, aber nicht heiß.

Binnen kurzem hatte die *Kalfatertüte* ein noch größeres Durcheinander angerichtet, als es Snickenfett zuvor mit seinen »Mann-über-Bord«-Rufen getan hatte. Deswegen wollten jetzt alle Kobolde, die das Schiff frühzeitig hatten verlassen müssen und am Ufer neben ihm hergelaufen waren, wieder zurückkehren. Sie sprangen ins Wasser, schwammen zum Schiff und versuchten, an der Bordwand hochzuklettern. Doch Snickenfett hatte Vorsorge getroffen. Der gesamte Schiffsrumpf war mit besonders glitschigen Algen bepflanzt, die ein Entern völlig ausgeschlossen machten. Zwei, höchstens drei Klimmzüge – mehr schafften auch die besten Kletterer nicht, bis sie unweigerlich von der Bordwand abglitten und zurück ins Wasser plumpsten. Diesen unerwarteten Streich betrachteten die im Wasser Paddelnden als kleine Entschädigung dafür, daß sie nicht ebenfalls geteert wurden wie die an Bord Verbliebenen.

Währenddessen war Brams von Hutzel an einen Ort gezerrt worden, wo sie beide halbwegs sicher vor der Kalfatertüte waren, nämlich unter die Stiege, die zum Achterdeck hochführte. Dort befand sich auch die Tür der Kapitänskajüte. Sie war so sorgfältig poliert worden, daß man sich in ihr spiegeln konnte. Eingelegte goldene Lettern verkündeten stolz: Der Kapitän! Das Wort war jedoch nachträglich durchgestrichen und mit winziger Schrift um die Bemerkung ergänzt worden: »Falls es einen gäbe, gibt aber keinen.«

Als sich Brams zufällig gegen die Tür der Kapitänskajüte lehnte, fand er sich so unerwartet auf allen vieren wieder, daß ihm erst auf dem Boden bewußt wurde, warum er überhaupt gestürzt war.

»Schwingtür! Warum hat er denn hier eine Schwingtür eingebaut?« eiferte er sich und schaute in die Kajüte. Sie war völlig leer. Weiter verwunderlich war das nicht, da Snickenfett während seiner Fragestunde erwähnt hatte, daß er in einem anderen Teil des Schiffs sein Zuhause hatte.

Brams erhob sich und deutete vorwurfsvoll auf den oberen und

unteren Teil der Tür.»Hier ein kleiner Riegel und da einer, dann kann so ein Unglück nicht mehr geschehen. Snickenfett hätte das bedenken sollen. Hast du dein Werkzeug dabei, Hutzel?«
»Kümmere dich nicht um die Tür«, antwortete sein Begleiter.»Sie soll wahrscheinlich so sein. Laß uns lieber miteinander reden. Jetzt ist gerade eine gute Gelegenheit. Wir müssen unbedingt miteinander reden.«
»Worüber denn?« fragte Brams ahnungslos.»Darüber, daß du einen blauen Kapuzenmantel trägst und ich auch?«
»Nein, deswegen nicht«, beruhigte ihn Hutzel.»Es geht um die Sache, derentwegen ich dich auf dem Letztacker treffen wollte. Ich will, daß du der Tür einen Tritt gibst!«
»Dieser?« entgegnete Brams und zeigte unsicher auf die Kapitänstür.
»Nein, unserer natürlich«, erklärte ihm Hutzel.»Ich will, daß du sie loswirst, bevor sie unser aller Verderben wird. Sie hat genügend Fehler begangen. Daß sie uns nun sogar mit Hunden einsperrt, geht einfach zu weit!«
»Ich weiß nicht«, sagte Brams unglücklich.»Sie war doch so lange dabei und ist durch dick und dünn mit uns gegangen – bildlich gesprochen. Du weißt, wie ich es meine. Wir sind mit dieser Tür durch dick und dünn gegangen.«
»Aber manchmal auch nicht«, erinnerte ihn Hutzel.»Letztes Mal mußten wir ihretwegen vor dick und dünn stehen bleiben! Wie viele Entschuldigungen willst du dir denn noch für ihr Versagen einfallen lassen?«
»Das tue ich doch nicht«, versuchte Brams ihn zu beschwichtigen.»Ich sage doch nur: Jeder hat einmal eine schwierige Phase. Wir hatten in letzter Zeit viel zu tun. Vielleicht ist die Tür nur überarbeitet?«
»Wovon soll die denn überarbeitet sein?« erregte sich Hutzel.»Sich öffnen, sich schließen – davon kann man sich doch nicht überarbeiten!«
»Jetzt wirst du ungerecht«, warf ihm Brams vor.»Das *Makkeron Optalon* und das *Ephipotmakkeron Optalon* sind doch bestimmt ein bißchen mehr als nur *Tür auf, Tür zu.*«

»Ach, Augenwischerei!« stieß Hutzel verächtlich aus. »Wenn diese Optalonerei wirklich so schwere Arbeit wäre, dann müßten sich die Türen nicht eigens schwere Begriffe dafür ausdenken. Eine Kuh stehlen – das ist schwere Arbeit! Zumal, wenn sie schläft. Dennoch kann man die Tätigkeit mit zwei sehr leichten Wörtern beschreiben: Kuh, wegtragen!«

»Aber wir brauchen doch eine Tür«, wandte Brams ein. »Was sollten wir ohne eine Tür ausrichten?«

»Es kann ja auch eine andere Tür sein!« Hutzel senkte die Stimme. »Zufälligerweise unterhielt ich mich kürzlich mit einer. Sie hätte Lust, bei uns mitzumachen. Sie ist Birke in der dritten Generation. Damit wäre sie sogar leichter als unsere jetzige Tür.«

»Du hat schon mit ihr gesprochen?« fragte Brams vorwurfsvoll. »Das hättest du nicht tun sollen. Ich schlage vor, daß wir unserer Tür noch eine Gelegenheit zur Bewährung geben. Wenn sie dreimal hintereinander ...«

Hutzel fiel ihm ins Wort: »Warum sagst du nicht gleich, daß wir so lange warten sollen, bis zwei von uns durch ihre Schuld gefressen wurden? Nichts da, Brams! Meinetwegen ist sie das nächste Mal noch dabei, aber dann ist ein für alle Mal Schluß! Und morgen triffst du dich mit der anderen Tür. Birke, wie gesagt. Sie wird dir gefallen. Wenn's dir zu schwer fällt, so rede ich eben mit der alten Tür.«

»Nein, das mache ich schon«, versicherte Brams, der nicht wußte, was er noch entgegensetzen sollte.

Unbemerkt von den beiden hatte das Schiff mittlerweile das Ende des Meeres erreicht. Die meisten Passagiere waren bereits von Bord gegangen, als es Brams auffiel. Er wunderte sich, daß sie offenbar nicht vorhatten, wieder mit dem Schiff zurückzufahren. Um so erstaunter war er, als er bei einem Blick über die Reling fast alle Mitreisenden wieder entdeckte. Sie standen an den Küsten aufgereiht nebeneinander und hielten dicke Taue, die vom Schiff herabhingen.

»Was soll das denn?« rätselte er.

»Was meinst du wohl?« erschallte sogleich eine Antwort.

Snickenfett hatte nur ein paar Arglang entfernt gestanden und Rauchringe in den Himmel geblasen. Nun kam er mit schwankendem Seemannsschritt heran. »Sie stehen an, um das Schiff zu unserem Heimathafen zurückzuziehen. Irgendwie müssen wir ja wieder dorthin.«

»Das Schiff wird gezogen?« gab Brams verblüfft zurück. »Ich dachte, es könne auch gegen den Wind segeln?«

»Das kann es auch«, bekräftigte der Klabautermann. »Gegen den Wind! Aber nicht rückwärts.«

Brams heuchelte Erstaunen. »Was es nicht alles gibt.«

Heimlich gab er Hutzel einen Stoß und zischte ihm ins Ohr, für den Fall, daß er den Hinweis nicht verstand, schleunigst zu verschwinden: »Drei Äpfel und fünf Birnen!«

Doch Snickenfett sprach bereits weiter: »Seid ihr nicht die beiden, die mit der Blauhaarigen gekommen sind?«

»Ja, wieso?« fragte Brams und gab Hutzel einen weiteren Stoß.

»Na, was habe ich dir gesagt?« murmelte Snickenfett zu seiner Pfeife. Danach widmete er sich wieder Brams. »Sie bat mich, Plätze am fünften Tau für euch freizuhalten, weil ihr beiden doch so abergläubisch seid und es eure Glückszahl sei. Das habe ich gern für euch getan. Ihr könnt jetzt dorthin gehen und anfassen.«

Mit einem plötzlichen Wusch-Wusch durchschnitt Hutzels Nase die Luft.

»Wo ist sie?« fragte er scharf und hielt nach Riette Ausschau. Dabei reckte er den Hals so sehr, daß Brams schon beinahe überzeugt davon war, daß sein Gefährte nicht nur die Nase mit dem Reiher getauscht hatte. Doch Riette war nirgends zu erblicken.

»Ihr müßt euch keine Sorgen um sie machen«, erklärte Snickenfett leutselig. »Es geht ihr gut. Sie war sehr beschwingt, als sie sich verabschiedete.«

»Das glaube ich gerne«, knurrte Hutzel und ging voran zur Planke. Sie federte stark unter seinem Schritt, als er an Land ging, da er unnötig fest auftrat.

Beim fünften Seil wurden Brams und Hutzel bereits sehnsüchtig erwartet, da sie ihre Meinung zu einer Frage abgeben sollten, über die ihre Mitreisenden hitzig stritten: Gehörten sie zur leeseitigen oder luvseitigen Schiffszugmannschaft?

Hutzel verblüffte alle mit seiner Antwort: »Zu beiden!«

Dann entfernte er sich vom Ufer.

Sogleich erhob sich Protest.

»Ich komme ja wieder«, versprach er. »Wartet und fangt bloß nicht ohne mich an!«

»Keine Frage, beim Guten König Raffnibaff!« ertönte es von allen Seiten.

Brams wunderte sich, was Hutzel vorhatte. Er sah ihn zu einer Gruppe junger Kobolde schlendern und eifrig auf sie einreden. Derweil kam er sich im Schatten des Schiffes immer kleiner vor. Von Land aus betrachtet, wirkte es mindestens sechsmal so groß wie von Bord aus.

Schließlich kam Hutzel zurück. Verschmitzt lächelnd nahm er seinen Platz ein, und das Ziehen des Schiffes begann.

Trotz der Schwere der Arbeit wurde Brams bald von Neugier übermannt.

»Was ist los?« keuchte er.

»Streich und Gegenstreich«, erwiderte Hutzel zufrieden. »Ich habe die Jungen angestiftet, das Wort an Riettes Tür zu schreiben.«

»Welches Wort denn?«

»Das mit den beiden Silben.«

»Davon gibt es sehr viele, Hutzel.«

»Nun denk mal mit, Brams«, bat ihn Hutzel. »Das Wort mit den beiden Silben: hm-hm!«

»Hm-hm?«

»Hm-hm!«

»Hm? Ich weiß nicht, was du meinst, Hutzel.«

»Nun, paß doch auf: Hm-hm-Riette!«

»Hm-hm-Riette?« wiederholte Brams. Dann verstand er ihn endlich.

»O weh!« rief er aus. »Sie wird ihnen etwas antun!«

»Keine Sorge«, beruhigte ihn Hutzel. »Ich habe sie zur größten Vorsicht ermahnt. Sie wissen, worauf sie sich einlassen.«

»Wenn das nur gutgeht!« seufzte Brams.

Das Ziehen des Schiffes zur anderen Meerseite erwies sich als so anstrengend, daß Brams erst nach einiger Zeit wieder Lust verspürte, die Unterhaltung fortzusetzen.

»Erst die Schwingtür und jetzt das hier«, klagte er. »Ich habe des Gefühl, daß Snickenfett sich einiges nicht gründlich genug überlegt hat.«

»Diesen Eindruck teile ich«, stimmte Hutzel zu.

»Ich auch«, meldete sich ein weiterer Kobold zu Wort. »Ist euch bewußt, daß er der einzige Klabautermann ist, der bei uns geblieben ist? Alle anderen fahren längst auf fremden Schiffen über wilde Meere. Ich meine, das muß doch etwas zu bedeuten haben.«

Noch eine weitere Stimme mischte sich in das Gespräch ein: »Sieh da, der Bramsel und der Verhutzelte.«

Brams blickte auf und erkannte Erpelgrütz. Mit den Händen in den Manteltaschen schlenderte Moins Gehilfe gemütlich neben dem Schiff und seiner Zugmannschaft her.

»Was willst du denn?« fragte Brams ihn unfreundlich.

»Ihr seid morgen in aller Frühe dran«, verkündete Erpelgrütz fröhlich. »Moin-Moin hat eine dringende Aufgabe für euch. Das soll ich euch ausrichten.«

»Davon wissen wir überhaupt nichts«, erwiderte Hutzel mißmutig. »Sicherlich ist das ein Irrtum.«

»Muß ich euch erst den Vertrag zeigen, den ihr an einem gewissen feuchtfröhlichen Abend unterschrieben habt?« erwiderte Erpelgrütz und lachte wie jemand, der sich jahrelang auf eine abgrundtiefe Bosheit gefreut hatte.

5. Unauffällige Anwesenheit

Nach einiger Zeit bewegte sich das Schiff schon recht gleichmäßig rückwärts im Zickzack-Kurs durch das Meer. Snickenfett schritt glücklich an der Reling entlang – erst steuerbord, dann backbord. Gelegentlich rief er aufmunternd auf seemännisch zu den Zugmannschaften an Land: »Pullen! Und pullen! Und pullen!«

Er schien ganz zufrieden mit dem Verlauf der Jungfernfahrt zu sein.

Die Tür der Kapitänskajüte schwang auf und zu. Sie folgte in ihrer Bewegung weder dem Rhythmus, den die Zugmannschaften vorgaben, noch dem der sachten Dünung, die das Schiff anhob und wieder senkte. Auch vom schläfrig wehenden Wind ließ sie sich nichts sagen. Sie gehorchte ihrem eigenen Takt.

Die goldenen Buchstaben, die stolz »Der Kapitän« verkündeten, blitzten in der Sonne auf und warfen das Licht zurück an Land, einer Botschaft gleich: Blink! Blink! Blink-blink! Blink-blink-blink!

»So! So! So!« murmelte die Tür. »Den Tritt geben? Das wird meine liebe Schwägerin aber gar nicht gerne hören.«

6. Die Weiße Frau schreitet ein

Der Himmel war sternenlos, und tiefhängende Wolken belagerten den Mond. Die Luft roch nach einem kalten Winterabend, an dem allerorten Schornsteine qualmen und das Fett von Hammeln und jungen Schweinen in die Feuer gekrönter Häupter tropft, während sie schläfrig und mit halbgeschlossenen Augen darüber nachdenken, ob das kommende Jahr geeignet dafür sein könnte, eine Stadt im Nachbarland mit einer Jahreszahl und zwei noblen

Wörtern zu schmücken: Schlacht von. Man hätte meinen können, es wäre Winter, doch das war es nicht.

Wenn Brams sich eingebildet hatte, daß der Wechsel vom Koboldland-zu-Luft-und-Wasser in das Menschenland ausreiche, um Hutzel verstummen zu lassen, so sah er sich enttäuscht. Er dachte überhaupt nicht daran, das Thema zu wechseln! Kaum, daß er aus der schlecht beleuchteten Diele in das diesseitige Land getreten war, fuhr er auch schon mit seiner Beschwerde fort: »So geht das einfach nicht mehr weiter. Notfalls müssen wir uns absprechen.«

»Platz da! Nicht stehenbleiben!« rief Rempel Stilz und schob Hutzel nachdrücklich zur Seite, sobald er als dritter aus der Tür trat. Auch er nahm das Gespräch wieder auf: »Ich weiß gar nicht, wie du dir das vorstellst, Hutzel. Ich greife immer einfach in den Schrank und nehme den erstbesten Kapuzenmantel heraus. Bevor du mich darauf hingewiesen hast, ist mir nicht einmal aufgefallen, daß er heute grün ist.«

»Meiner ist aber auch grün«, beharrte Hutzel. »Brams' Mantel ebenso. Und Riettes...«

»Ja, was kann ich denn dafür?« polterte Rempel Stilz los.

»Nichts!« versuchte Brams ihn zu beschwichtigen. »Er meint doch nur...«

In diesem Augenblick griff eine Hand aus der Türöffnung und riß Rempel Stilz die Kapuze vom Kopf.

»Dachte ich's mir!« rief Riette vergnügt und sprang als letzte aus der Tür.

Brams stutzte, als er entdeckte, daß Rempel Stilz neuerdings kahlköpfig war.

»Was ist aus deinen schönen Locken geworden?« fragte er ihn betroffen.

»Habe ich verliehen«, erklärte Rempel Stilz. »An Stint! Aber ich bekomme sie zurück, wenn wir wieder zu Hause sind.«

»Man kann seine Haare nicht verleihen«, widersprach Riette. »Er hat sie dir einfach abgeschnitten. Das ist alles. Er wird dir bloß abgeschnittene Locken zurückgeben.«

»Wieso kann ich meine Haare nicht verleihen?« brauste Rempel Stilz auf. »Mancher verleiht sogar seine Nase, und da sagt auch keiner was.«

»Was?« warf Hutzel ein und strafte ihn damit Lügen.

Brams gefiel die Wendung, die das Gespräch nahm, überhaupt nicht.

»Wer ist denn Stint?« lenkte er ab.

»Einer meiner Unterdessenmieter. Du kennst sie doch!«

»So sieht man sich also wieder«, sagte eine Frauenstimme.

»Stint?« rätselte Brams. »Das waren doch etliche.«

»Der, den ich als letzten rauswarf, als du kürzlich bei mir warst. Das wirst du doch noch wissen.«

»So sieht man sich also wieder!«

»Nein, eigentlich nicht«, gab Brams zu. »Aber könnte vielleicht doch etwas Wahres an Riettes Worten sein? Warum sollte sich Stint deine Haare ausleihen?«

»Selbstverständlich habe ich recht!« rief Riette und hüpfte auf einem Bein. »Recht habe ich.«

»Vielleicht kennt Stint jemanden mit eklig klebrigen blauen Haaren?« schlug Hutzel grinsend vor.

»So sieht man sich also wieder!«

Mit einem Mal fiel Brams auf, daß die Stimme, die er nun zum dritten Mal vernommen hatte, zu keinem seiner Begleiter paßte. Er sah sich nach ihrer Herkunft um und rief erschrocken aus: »Die Weiße Frau!«

Tatsächlich, da stand sie, nur ein kleines Stück entfernt, beinahe in Griffweite.

Sie war hochgewachsen und maß bestimmt ein und dreiviertel Arglang, wiewohl Brams im Zustand seiner augenblicklichen Schreckensstarre auch zwei bis drei Arglang für möglich gehalten hätte. Ihr langes, weißblondes Haar war zu einem Zopf geflochten und als Kranz um ihr Haupt gewickelt. Brams verspürte Enttäuschung. Die Weiße Frau kam ihm etwas zu *erdig* vor. Sie hatte ein schmales Gesicht und – wie er meinte – graue Augen, war aber überhaupt nicht so zart und luftig, wie er sich eine Fee stets vorgestellt hatte. Schon die Gelenke ihrer leicht geröteten Hände waren so dick wie der Unterschenkel eines Kobolds. Und auch ihr Gewand war nicht reinweiß, sondern leicht gelblich. Hierfür war zwar zweifellos das Mondlicht verantwortlich, aber hätte eine Weiße Frau nicht eher von innen heraus leuchten sollen? Einzig eine gewisse Kühle und Unnahbarkeit, die von ihr ausging, entsprach Brams' Erwartungen. Doch das war zuwenig.

Schade, dachte er. Sehr schade!

»Ihr wolltet letztes Mal nicht hören«, ergriff die Weiße Frau das Wort. »Merkt euch: Ich bekomme immer, was ich will – so oder so.«

Die silbernen Ringe, die sie an den Handgelenken trug, rutschten mit leisem Klingeln ihre Unterarme hinab, als sie in die Hände klatschte und ausrief: »Ergreift sie!«

Mit einem Mal regte sich überall um Brams und seine Gefährten herum Leben. Blendlaternen leuchteten auf, und hinter Bäumen und Büschen traten unter lautem Rascheln, Knacken und Zweigebrechen Menschen hervor. Sie trugen Helme, die bei manchen sogar die Gesichter bedeckten. Ihre Oberkörper, gelegentlich auch die Arme, wurden von eisernen Rüstungen geschützt, die an den Hüften zu kurzen, metallenen »Röcken« auffächerten. Einige waren barfuß, andere trugen Schuhwerk aus Holz, Filz und Leder.

So also verlaufen die üblen Streiche, auf deren Überreste wir stießen, dachte Brams schicksalsergeben.

Gebannt sah er zu, wie die Menschen langsam, aber unaufhaltsam mit ihren Spießen, gezückten Schwertern, erhobenen Äxten und Mordwerkzeugen aller Art vorrückten. Nicht gegen irgendein Ziel, sondern genau gegen ihn, ganz allein ihn. Wie von fern vernahm Brams das harsche Bellen von Befehlen, das Scharren von Metall und das Klappern von Rüstungsteilen.

Er wußte, wie diese Begegnung enden würde und zwangsläufig enden mußte.

Schon sah er im Geiste einen besonders rohen Waffenknecht auf sich zukommen: Er war mit einer Axt bewaffnet, und sein halbes Gesicht wurde von einem nachtschwarzen, zerrupften Krausbart bedeckt, auf den er womöglich auch noch stolz war. Wie Brams nicht verborgen blieb, war auch die Axt in einem kläglichen Zustand – rostig und schartig. Eine Schande! Dennoch blitzte sie im Mondlicht auf, als der Bärtige sie hob und sie wieder herabsauste – zweimal hintereinander. Jedem Schlag folgte ein Geräusch, wie es noch nie an Brams' Ohren gedrungen war. Dennoch wußte er sofort, was es bedeutete. Er mußte nicht erst nach links schauen oder nach rechts. Denn jenseits aller Zweifel stand für ihn fest, daß das Geräusch von seinen Armen stammen mußte, die abgetrennt auf den Boden polterten!

Doch damit hatte der Krieger noch nicht genug. Brams spürte seine Hand im Nacken, die ihn auf Augenhöhe hochriß. Abermals blitzte die Axt, und Brams wußte, daß er nun auch keine Beine mehr besaß.

Hätte damit sein Leiden ein Ende?, fragte er sich. Vermutlich nicht!

»Griffwechsel«, verkündete der Bärtige nun. Er ließ Brams' Nacken los und fing ihn geschickt an den Haaren wieder auf. Dann erfüllte die Axt ein weiteres Mal ihre Pflicht, so daß Brams nur noch aus einem Kopf bestand. Den warf der Krieger achtlos unter einen Busch. Wie um sich zu entschuldigen, rief er hinterher: »Um den Rest kümmere ich mich später! Notfalls mußt du mich daran erinnern.«

Eine laute Stimme befreite Brams aus seiner hilflosen Erstarrung.

»Mir nach«, brüllte Rempel Stilz. »Mir nach! Beim Guten König Raffnibaff, beweg endlich die Beine, Brams!«

Folgsam rannte Brams hinterher. Befreit ließ er die Arme schlenkern, als ihm bewußt wurde, daß er sie noch immer besaß. Und nicht nur sie, auch die Beine. Welch ein Glück! Doch echte Erleichterung wollte sich dennoch nicht einstellen. Entsetzt erkannte er nun, daß Rempel Stilz geradewegs auf einen Eisengekleideten zuhielt. Er rannte nicht an ihm vorbei, wie es bei einer Flucht sinnvoll gewesen wäre, sondern geradewegs auf ihn zu! Sah er das Hindernis denn nicht?

Brams öffnete den Mund, um eine Warnung zu schreien, doch er brachte nur ein schwaches Röcheln heraus, das viel zu leise war, um von jemand anderem als ihm selbst gehört zu werden: »Vor...sicht...Rem...pel...«

Dann wurde sein armseliges Gestammel auch noch übertönt! »Mir nach!« dröhnte nun Hutzels Stimme an seinem Ohr. Rempel Stilz war plötzlich vergessen. Abermals handelte Brams so, wie es ihm gesagt worden war. Nach ein paar Schritten murmelte er unzufrieden: »Ich darf nicht jedem hinterherrennen, der ›Mir nach!‹ schreit.« Dennoch beließ er es dabei.

Ein unerwarteter Stoß ließ ihn stolpern, stürzen und unter ein Gebüsch rollen. Hutzel warf sich gewand neben ihn.

»Sei still, Brams«, flüsterte er. »Sei bloß still.«

Schwere Stiefel trampelten vorbei. Sie waren noch nicht außer Hörweite, als ihre Besitzer auch schon wieder kehrtmachten. Eine Stimme verkündete mürrisch, doch nicht so unzufrieden, wie sie unter diesen Umständen hätte klingen sollen: »Sie sind entkommen. Die verfluchten Wichtel sind entkommen!«

Brams zählte zwei Bewaffnete, die sich von ihnen entfernten. Einen Untersetzten, der mit hängenden Schultern eine schwere Doppelaxt trug, und einen Schmalen, der seinen Spieß aufrecht und eng vor dem Leib hielt, als wolle er sich damit schützen.

Brams' Augen suchten Rempel Stilz und fanden ihn. Wie erwartet war er mit dem Eisengekleideten zusammengeprallt. Er hatte ihn zwar umgerannt, irrte nun aber offensichtlich stark benommen ziellos umher. Jemand mußte ihm den Weg weisen! Brams winkte: »Hierher, Rempel Stilz, hierher!«

»Schweigen solltest du, Brams, schweigen!« fuhr ihn Hutzel sogleich an, packte ihn an der Kapuze und zerrte ihn zu einem benachbarten Gebüsch.

Im Gegensatz zu Rempel Stilz, der sich hilflos umblickte, um herauszufinden, woher die Stimme gekommen war, hatten die beiden Bewaffneten sehr wohl ihren Ursprung erkannt. Sie wendeten und kehrten zurück. Vor einem Strauch, der in der Nähe des Busches wuchs, unter dem sich Brams und Hutzel zuerst versteckt hatten, hielten sie inne. Der größere der beiden verkündete laut: »Laß uns diesen Busch untersuchen, Kamerad. Ich zähle bis zwanzig, dann biegst du die Zweige auseinander und schaust nach, ob sich jemand hier verborgen hält. Etwa ein Wichtel! Gleich beginne ich damit.«

Nachdem er sehr langsam gezählt und gemeinsam mit seinem Begleiter den Busch flüchtig untersucht hatte, erklärte er:»Nun, Kamerad, wollen wir den Busch links davon untersuchen. Und zwar von mir aus betrachtet. Ich sage das eigens dazu, weil man das je nach Standort leicht verwechseln kann. Bereite dich innerlich vor, Kamerad. Ich werde jetzt abermals bis zwanzig zählen.« Er tat das gleiche wie zuvor.

Auf Grund dieser stillen, einseitigen Vereinbarung – Wir kündigen an, wo wir als nächstes nachschauen, und ihr Wichtel seid dann gefälligst woanders! – war es für Brams und Hutzel ein leichtes, dem Entdecktwerden zu entgehen. Schließlich verkündete der Krieger ähnlich wie beim ersten Mal:»Die verfluchten Wichtel sind offenbar abermals entkommen!«

Die anderen Krieger und Waffenknechte schienen solch gütlichen Vereinbarungen zu gegenseitigem Nutzen nicht ganz so zugetan zu sein wie die beiden hier. Wie Brams bemerkte, war Rempel Stilz zwar wieder Herr seiner Sinne, aber noch längst nicht entkommen. Vielmehr war er vollauf beschäftigt, nicht aufgespießt oder erschlagen zu werden. Im Sinne der Frau in Weiß, die Brams inzwischen nicht mehr für eine Fee hielt, war das ganz und gar nicht. Doch kaum ein Anwesender schien bereit, sich um ihr Gebot zu kümmern:»Ich will sie lebend, ihr Narren, lebend!«

Tatsächlich widersprach ihr sogar jemand. Wer es war, konnte Brams nicht ausmachen.»Erschlagt die Ketzer!« befahl der Unbekannte.»Fegt sie hinweg vom Angesicht der Welt. Monderlach will es so!«

Angetrieben von diesen Worten und vom Kampfrausch, stürzte sich ein Spießträger auf Riette. Genau wie Rempel Stilz war es auch ihr noch nicht gelungen, zu entkommen und sich zu verstecken. Flink rannte sie zwischen den Beinen der Bewaffneten hindurch. Den neuen Angreifer sah sie frühzeitig und sprang zur Seite, als er den Spieß so ungestüm nach ihr stieß, daß er sich in den Boden bohrte.

»Jetzt lauf, lauf schnell!« trieb Brams sie leise mit geballten Fäusten an.

»Was macht sie denn jetzt?« zischte Hutzel plötzlich überrascht.

Die Frage war berechtigt. Riette floh nicht. Statt dessen rannte sie leichtfüßig den Schaft des Spießes hinauf wie auf einer schmalen Rampe. Als sie auf gleicher Höhe mit dem Spießträger war, stieß sie ihm die Finger in die Augen.

Der Mann jaulte auf und ließ den Spieß fahren. Riette kam wieder auf den Boden. Noch immer dachte sie nicht an Flucht. Statt dessen erging sie sich hüpfend in Triumphgeheul: »Hu-hu-hu! Hu-hu-hu!«

Nur dem Umstand, daß offenbar niemand durchschaute, was sie ihrem Gegner Schreckliches angetan hatte, konnte es zuzuschreiben sein, daß sich nicht sogleich der nächste auf sie stürzte. Aber für immer würde das nicht so bleiben!

Dieser Ansicht war augenscheinlich auch Rempel Stilz. In Windeseile kam er angerannt. Er schlang die Arme um Riettes Hüften und trug sie weg. Sie wehrte sich nicht – allerdings nicht aus Einsicht. Das bewies sie, als sie nach einem letzten, triumphierenden »Hu-hu!« plötzlich rief: »Stellt euch, ihr Memmen, ihr Memmenfeiglinge! Stellt euch!«

Als kein in Eisen gekleideter und mit mannigfachen Mordwaffen ausgestatteter Krieger ihrer Aufforderung so unverzüglich Folge leisten wollte, wie sie es sich vorgestellt hatte, verfiel sie auf etwas Neues. Nun beschimpfte sie die Waffenknechte nicht mehr als »hasenherzige Memmenfeiglingswaschlappen«, sondern brüllte kurzerhand: »Mir nach!«.

Rempel Stilz, der eben noch dabei gewesen war, einem Baum mit niedrig hängenden Ästen auszuweichen, änderte nach diesem Ausruf schlagartig seinen Kurs. Statt um den Baum herum, rannte er jetzt unter seinen Ästen hindurch. Mehr oder weniger jedenfalls, denn als er wieder sichtbar wurde, hing Riette stumm und bewußtlos über seiner Schulter.

Das war das letzte, was Brams von der Flucht seiner beiden Gefährten mitbekam, bevor die Nacht sie verschluckte.

»Meisterlich!« flüsterte Hutzel tief beeindruckt. »Soviel Improvisationstalent hätte ich ihm gar nicht zugetraut.«

»Man kann sich in ihm täuschen«, pflichtete Brams bei. »Rempel Stilz ist eben stark. Deswegen meinen viele, er sei nur stark.

Aber er ist eben nicht nur stark. Das ist eine seiner Stärken – wenn du verstehst, was ich damit meine.«
»Ich habe eine schwächliche Vorstellung«, erwiderte Hutzel. Jäh krallte er die Finger in Brams' Arm. »O wei! O wei! Die Tür!«
Die Krieger und Waffenknechte hatten ihre Verfolgung aufgegeben. Geschlagen kehrten sie zur Frau in Weiß zurück, die – ihrer Lautstärke nach zu urteilen – überhaupt nicht zufrieden mit ihnen war. Einige von ihnen richteten jetzt ihr Augenmerk auf die Tür. Zum Glück hatte Riette sie hinter sich geschlossen, so daß sie nur wie eine gewöhnliche Tür aussah, die aufrecht zwischen zwei stattlichen Holunderbüschen stand. Nichts Auffälliges also, solange man darüber hinwegsah, daß für gewöhnlich keine Türen zwischen Holunderbüschen standen.

Einer der Krieger nahm den Helm ab, und ein Kopf mit äußert kurzgeschorenem Haar wurde sichtbar. Der Krieger reichte den Helm einem seiner Begleiter, bevor er ruhigen Schrittes zu der Tür ging, nach ihrer Klinke griff und sie öffnete. Er schien bestens zu wissen, was er zu tun hatte.

Brams war es gewohnt, nach dem Öffnen der Tür in eine schlecht beleuchtete Diele zu schauen, und vergaß des öfteren, daß sie nur ein Trugbild war und nicht jeder zwingend dasselbe sehen mußte.

Er hatte keine Vorstellung, was die Menschen in diesem Augenblick sahen, doch etwas so Harmloses wie eine Diele war es offenbar nicht. Ein Geschrei sondergleichen brandete auf, aus dem ein einzelnes, ständig wiederholtes Wort herausklang – Schinderschlund!

Nacktes Entsetzen ließ etliche Bewaffnete fliehen. Manche warfen gar ihre Waffen weg, um schneller rennen zu können.

»Der Schinderschlund«, schrieen sie. »Zu Hülf, der Schinderschlund!«

Dieser kopflosen Flucht stellte sich eine einzelne Gestalt entgegen. Sie trug keine Rüstung, sondern nur ein dunkles, weites Gewand, und war Brams bereits wegen ihrer Kopfbedeckung aufgefallen, nämlich einer Kappe mit einem Aufsatz, den er zuerst für ein Paar Hörner gehalten hatte. Tatsächlich sollte er wohl einen liegenden Halbmond darstellen. Die Gestalt war mit einem Stab bewehrt, an dessen Spitze ebenfalls ein Halbmond angebracht war. Er erinnerte an ein Mittelding aus Pendel und falsch zusammengesetzter Sense. Diesen Stab schwenkte der Mann über dem Kopf und rief: »Steh uns bei, Monderlach! Das Tor zum Schinderschlund ist geöffnet! Steh uns bei, gib uns Kraft. *Er* hat das Tor zum Schinderschlund aufgestoßen!«

Bei den letzten Worten ließ er den Stab auf den Krieger hinabsausen, der die Tür geöffnet hatte. Wie sich jetzt zeigte, war der Halbmond an seiner Spitze eine äußerst scharfe Klinge. Sie trennte dem Krieger den Kopf ab.

Doch jetzt geschah etwas Ungeheures: Der Enthauptete wanderte! Er ging sicheren Schritts, wenn auch kopflos, rückwärts. Wann immer er an einem seiner bisherigen Mitstreiter vorbeikam, rannte jener kreischend davon. Mit der Zeit machte sich das Fehlen von Augen und Ohren jedoch bemerkbar. Der kopflose Körper kam von seinem bis dahin geraden Weg ab und sackte in sich zusammen. Zu diesem Zeitpunkt waren schon fast alle geflohen, selbst die Frau in Weiß.

Während dieser letzten Wanderung des sterbenden Ritteres hatte der Mann mit der Mondkappe unbeirrt die Tür geschlossen.

»Der Ketzer ist gerichtet! Monderlach sei dank!« verkündete er laut und blickte zornig auf die Anwesenden. Wenn er überrascht war, daß es mittlerweile nur noch zwei waren, so ließ er es sich nicht anmerken.

Auf einen der beiden, nämlich den, der den Helm des Geköpften entgegengenommen hatte, deutete er nun mit seinem Stab.

»Sprecht, Herr Krieginsland von Hattenhausen, wart Ihr nicht ein guter Freund des Ketzers und Schinderbuhlen, oder täusche ich mich in Euch?«

Dem Angesprochenen war selbst aus der Entfernung noch anzumerken, daß er nicht recht wußte, was er darauf antworten sollte.

»Freund ist übertrieben, Hoher Meister«, antwortete er. »Ich kannte ihn eben. So, wie man eben jemanden kennt.«

»Wie man eben jemanden kennt«, wiederholte sein Gegenüber spöttisch. »Ich kannte ihn nicht, Herr Krieginsland von Hattenhausen! Klärt mich auf! Schließt dieses *eben so kennen* auch seine verruchten Geheimnisse ein? Sein Liebäugeln mit den Verderbtheiten des Schinderschlundes?«

Der Krieger handelte überraschend. Er warf sich auf die Knie und sprach hastig: »Vergebt mir, Hoher Meister. Ich wurde Opfer meiner Gutmütigkeit. Ich hörte seine schändlichen Reden, doch schwieg ich aus falsch verstandener Treue. Schlimmer noch, ich berichtete auch nichts vom Treiben der andern. Bitte, nennt mir meine Buße.«

»Welche anderen?« fragte der Hohe Meister, hellhörig geworden. Er tat einen Schritt auf Krieginsland zu, legte ihm die Hand aufs Haupt und sprach mit süßlicher Stimme: »Öffne dich, mein Sohn, und dir soll verziehen werden, so deine Sünde nicht gar zu schlimm ist.«

»Es geht hierum«, sprach der Krieger. Blitzschnell schoß seine Hand hoch, krallte sich in das Gewand des Hohen Meisters und riß ihn zu Boden. Sodann stach er mit einem Dolch, den er im Verborgenen gezückt haben mußte, mit beträchtlicher Ausdauer auf ihn ein. Als sich sein Opfer nicht mehr regte, erhob er sich und sagte laut und deutlich: »Drecksack!«

Nun wandte er sich an den anderen Krieger und erkundigte sich freundlich: »Ich habe eine bedeutende Frage an Euch, mein lieber Bernkrieg. Was mögt Ihr gerade mit angesehen haben?«

»Augenblick. Ich muß mich erst sammeln«, antwortete Bernkrieg. »Ich sah dem Körper unseres einstigen Kameraden ein schreckliches Wesen entsteigen. Das hat den gütigen Hohen Meister erstochen.«

»Wie mag es das angestellt haben? Nahm es die Waffe des Toten?«

»Mitnichten«, widersprach Bernkrieg nachdenklich. »Das Wesen... Erwähnte ich, daß es so körperlich wie eine Rauchwolke

war? ... Es formte sich selbst zu einem spitzen Horn. So erstach es ihn.«
»Und warum sprang ihm keiner bei?«
»Ihr meint wahrscheinlich dem Hohen Meister?« Unverhohlene Erheiterung klang in seinen Worten mit. »Zu meiner Schande muß ich gestehen, daß mich wie so viele andere die Furcht ergriff. Keine meiner tapfersten Stunden! Deswegen spreche ich auch nicht gern darüber.«
»Ihr seid ein guter Beobachter«, lobte ihn Krieginsland.
Beide nickten sich höflich zu, bevor sie schreiend ihren Kameraden hinterhereilten. »Zu Hülf, der Schinderschlund hat den Hohen Meister getötet! Zu Hülf!«
Erst als ihre Stimmen zu unverständlichen Lauten in der Ferne geworden waren, beendete Brams sein Schweigen. »Das war ein ganz übler Streich, und ein schlechter dazu!«
»Ein ganz schlechter Streich«, schloß sich Hutzel seiner Meinung an. »Da will man gar nicht wissen, wie ein Gegenstreich aussehen könnte. Zum Glück sind wir nicht darauf hereingefallen.«
»Laß uns zusehen, daß wir die anderen beiden finden und die Mission rasch zu Ende bringen«, schlug Brams vor.
Er erhob sich und rief die Namen ihrer Freunde. Schon nach kurzem erhielt er Antwort. Rempel Stilz war wohlauf. Riette folgte ihm mit hängenden Schultern. Auf ihrer Stirn entwickelte sich eine beachtliche Beule.
Rempel Stilz gab sogleich seinen Unmut bekannt: »Das war ein ganz übler Streich!«
»Und wie!« sagte Riette und verzog dabei weinerlich das Gesicht, so daß nicht ganz klar war, ob sie denselben Streich meinte wie er und nicht den, der ihr die Beule eingebracht hatte.
»Deswegen laßt uns nicht lange rasten, sondern die Mission schnellstmöglich vollenden«, schlug Brams feierlich vor.
»Drei Kraut und fünf Rüben«, nuschelte Riette lustlos.
Brams überlegte noch, ob er etwas darauf antworten solle, als Hutzel ausrief: »Wo ist die Tür?«
Alle schauten zu den Holunderbüschen, zwischen denen die Tür gestanden hatte. Sie war nicht mehr da.

»Wahrscheinlich hat sie sich ebenfalls versteckt«, meinte Brams.
»Vermutlich ist sie jetzt zu Hause. Sie ist schließlich eine Tür, so daß ihr andere Möglichkeiten offenstehen, um sich zu verbergen. Sie braucht keine Büsche.«
»Das fängt ja schon wieder gut an«, ereiferte sich Hutzel.
»Memme!« spuckte Riette ohne Begeisterung aus.
»Oft zeugt es von Klugheit, nicht da zu sein, wo Äxte fliegen und man zerhackt werden kann«, belehrte Brams sie mit erhobenem Finger. »Sicher kommt sie bald wieder zurück.«
»Sofern sie nicht wieder trödelt«, murrte Hutzel.
»Memme!« brummte Ritte beiläufig.
»Wir können ja schon einmal alles erledigen«, schlug Rempel Stilz vor. »Wenn dann die Tür zurückkommt, müssen wir nur noch nach Hause.«
»Das behagt mir überhaupt nicht«, widersprach Brams. »Mir ist lieber, wenn alles absehbar ist, für den Fall, daß Schwierigkeiten auftreten. Zudem brauchen wir die Tür ja auch, um überhaupt ins Haus zu gelangen.«
»Welche Schwierigkeiten, Brams?« erkundigte sich Rempel Stilz. »Und wen sollen wir diesmal überhaupt besorgen?«
Brams zuckte die Schultern. »Ich weiß nicht, welche Schwierigkeiten auftreten könnten. Ich sage das eben so…Um wen es heute geht? Moin-Moin will eine Großmutter haben, wie ich das beim letzten Mal schon andeutete. Anscheinend haben sich die Alwen überraschend schnell dazu entschlossen. Aber sie muß stricken können. Ich weiß gar nicht, wie man das nachprüft.«
»Frag sie. Memme«, meinte Riette gleichgültig.
»Dazu muß sie aber noch Auskunft geben können«, gab Brams zu bedenken. »Zuerst fragen, dann der Sanftpuder und dazwischen kein auffälliges Geschrei – gar nicht so leicht.«
»Was heißt *stricken können*?« warf Hutzel ein.
»Sie macht wohl irgend etwas mit Stricken«, erklärte ihm Brams. »Du weißt schon: Seile, Taue, Fesseln und so.«
»Es gibt auch *Strickernadeln*«, mischte sich Riette auf einmal verblüffend munter ein. Sie hielt die Hände auf Armeslänge auseinander. »Sie sind mindestens so lang. Memme.«

»Seile und lange, spitze Nadeln?« äußerte Rempel Stilz mißtrauisch. »Vielleicht sollten wir der Großmutter doch zuerst den Sanftpuder verabreichen. Nicht, daß es zu einem weiteren üblen Streich kommt.«

»Es geht mir einfach nicht aus dem Sinn«, rief Hutzel unvermittelt aus. »Sie haben uns erwartet! Sie wußten ganz genau, wann und wo sie uns finden würden. Wie kann das angehen?«

»Das ist nicht schwer zu erraten«, antwortete Rempel Stilz. »Die Frau mußte nur warten. Wir sind doch wieder da, wo sie uns beim letztenmal traf.«

»Wie kommst du denn darauf?« fragte Hutzel. »Hast du mit der Tür gesprochen?«

»Dafür muß ich nicht die Tür fragen«, versicherte ihm Rempel Stilz. »Das sieht man doch.«

»Letztes Mal dachtest du ebenfalls, wir seien am selben Ort, und es stimmte nicht«, hielt ihm Hutzel vor.

»Letztes Mal hatte ich auch unrecht. Dieses Mal habe ich recht. Das ist ein großer Unterschied«, erklärte Rempel Stilz ernst.

Brams hielt sich aus dem Streit heraus. Für ihn sahen nachts alle Holunderbüsche gleich aus. Zudem war es schon immer Aufgabe der Türen gewesen, sich zum richtigen Ort zu öffnen. Wo käme man denn auch hin, wenn man jedesmal erst Erkundigungen einholen müßte, ob die Haustür tatsächlich ins eigene Haus führte und nicht etwa in den Kleiderschrank des Nachbarn?

»Sei's drum«, lenkte Hutzel ein. »Wir werden es ja sehen, wenn wir die Großmutter holen. Entweder ist es dasselbe Dorf oder nicht. Doch was mag diese Horde von uns gewollt haben?«

»Silber!« – »Gold! Einen ganzen Topf voll!« – »Memme!« antworteten seine drei Gefährten durcheinander.

»Das übliche eben«, schloß Brams. »Hoffentlich kommt die Tür bald zurück.«

Während der nächsten Stunden waren solche oder ähnliche und nicht immer ganz so höflich ausgedrückte Erwartungen noch mehrmals zu hören. Riette ging es ständig besser. Immer seltener sagte sie »Memme!« und schließlich gar nicht mehr.

Brams langweilte sich, weil es nichts anderes für ihn zu tun gab, als auf die Tür zu warten.

Aus schierer Not dachte er bereits über einen geschmacklosen Streich nach, den er jemandem mit dem Kopf des Enthaupteten spielen könnte. Doch gleichzeitig sorgte er sich, da der Morgen ständig näher rückte und zusehends fraglich wurde, ob die Mission in dieser Nacht zu Ende gebracht werden konnte, selbst wenn die Tür im nächsten Augenblick zurückkehrte.

Was war zu tun? Sollten sie sich bis zur nächsten Nacht irgendwo verstecken, auf die Gefahr hin, daß die Krieger nach ihnen suchten? Oder sollten sie lieber solange ins Koboldland-zu-Luft-und-Wasser zurückkehren? Auch wenn die zweite Möglichkeit verlockend klang, so war eine solche Unterbrechung einer Mission beispiellos. Zudem bestand die Möglichkeit, daß Moin-Moin Vorsorge getroffen hatte. Immerhin schien er sogar einen unterschriebenen Vertrag zu besitzen, an den sich niemand sonst erinnerte. Wer konnte schon sagen, welche Klauseln er enthielt?

In diesem Augenblick großer Zweifel und Fragen brachte Riette etwas zur Sprache, woran Brams gar nicht mehr gedacht hatte.

»Jemand hat das Wort an meine Tür geschmiert«, sagte sie plötzlich.

»Welches Wort?« fragte Rempel Stilz ahnungslos.

»Das mit den beiden Silben«, erwiderte Riette.

Im Gegensatz zu der Unterhaltung am Meerufer wußte Brams dieses Mal sogleich, welches Wort sie meinte. Er beherrschte sich, keinen verräterischen Blick zu Hutzel zu werfen. Statt dessen beschloß er, etwas Ähnliches zu antworten wie am Vortag.

Brams öffnete den Mund: »Es gibt viele Wörter ...«

Doch plötzlich wurde er unerwartet von Hutzel überholt.

»... mit zwei Silben, Riette!« hörte er ihn blitzschnell sagen.

Brams überlief es. Er konnte es nicht fassen, daß Hutzel einfach seinen Satz gestohlen hatte! Mangels eines besseren Einfalls beendete er ihn selbst noch einmal: »... viele Wörter mit zwei Silben, Riette!«

Riette versteifte sich. Brams hätte sogar beschwören können, daß ihr blaues Haar sich knisternd aufrichtete. Sie blickte argwöhnisch von ihm zu Hutzel. Brams mußte einräumen, daß die ungefähr gleichzeitige und völlig gleichlautende Antwort doch sehr auffällig gewesen war.

»Nenn eines, Brams«, verlangte Riette streitlustig.

Brams' Geist war auf einmal völlig leergefegt. Ein Wort mit zwei Silben? Er kannte eines, und zwar gegenwärtig genau eines. Es sprang ihn an, zerrte an seinem Umhang und schrie ihm in die Ohren. Doch genau dieses eine Wort wollte er um keinen Preis aussprechen!

»Ein Wort mit zwei Silben?« wiederholte er bedächtig, um Zeit zu schinden. Dann griff er nach dem ersten Strohhalm, der sich ihm bot: »Tür!«

Riettes gerade noch harter Blick flackerte: »Tür?«

»Re!« sprang ihm Hutzel zu Hilfe. »Tü-re. Oder auch Pfor-te, Por-tal, Ein-gang, Schwing-tür. Wie gesagt, es gibt viele Wörter mit zwei Silben, Riette.«

»Scheint so, Hutzelholzer«, antwortete sie knapp. »Scheint so.«

An ihrer Miene war nicht abzulesen, ob sich ihr Mißtrauen gelegt hatte. Es konnte nicht schaden, noch einige Stunden besondere Vorsicht walten zu lassen.

7. Ich war ein Opfer gewalttätiger Einflüsterungen

Als sich die Dämmerung klammheimlich anschlich, hatte sich die Tür noch immer nicht blicken lassen. Doch nun konnte Brams erkennen, daß die Büsche, zwischen denen sie sich versteckt hielten, ferne Vorposten eines Waldes waren. Diese erste Einschätzung korrigierte er mit zunehmender Helligkeit gleich dreimal. Beim ersten Grau wurde aus dem Wald ein Wäldchen, und später – als das Morgenlicht noch mehr von ihm zeigte – kam die Bezeichnung *kümmerlich* hinzu. Diese zweite Änderung hing maßgeblich mit den aufsteigenden Bodennebeln zusammen, die ein weites Feld teils frischer Baumstümpfe enthüllten. Sie mußten alle von diesem oder dem vorigen Jahr stammen, wie Brams und seine Freunde folgerten, als sie zu dem Teil des Wäldchens gingen, den die Axt bislang verschont hatte. Davor waren sie sich nämlich schnell einig geworden, daß der Wald ein viel besseres Versteck war als ihr augenblickliches, denn von dort aus konnten sie die Holunderbüsche fast genausogut im Auge behalten, waren aber selbst nicht ganz so schnell zu entdecken, falls die Krieger zurückkehrten.

Am Waldrand änderte Brams seine ursprüngliche Einschätzung schließlich zum dritten Mal. Jetzt kam zum bisherigen Urteil – kümmerlich, Wäldchen – noch eine weitere dazu: und außerdem ein ganz schmaler Streifen! Denn selbst für einen Kobold war es nicht so leicht, das verbliebene Stück Wald zu betreten, ohne es fast sofort auf der anderen Seite wieder zu verlassen. Die Holzfäller hatten ganze Arbeit geleistet.

Diese Mickrigkeit hatte Vor- und Nachteile.

Einerseits bestand überhaupt keine Gefahr, unabsichtlich mit Bären, Füchsen, Dachsen, Hirschen oder Rehen in Streit zu geraten. Denn für die war das *kümmerliche Wäldchen, das außerdem ein ganz schmaler Streifen war*, viel zu klein. Andererseits bestand jedoch kaum eine Möglichkeit, eine Begegnung mit einem Menschen zu vermeiden, der vielleicht zufällig etwas im Wald zu erledigen hatte. Dafür war er einfach nicht groß genug.

Doch daran ließ sich nichts ändern.

Im Laufe des Vormittags kehrten wie befürchtet die Krieger zurück. Die weißgekleidete Frau hatten sie dieses Mal nicht dabei, dafür einen Wagen mit Zugochsen. Er wurde von drei Knechten begleitet. Ihre Stellung konnte man leicht daran erkennen, daß jeder andere das Recht hatte, sie anzuschreien. Einer der Knechte führte das Gespann, während die restlichen beiden auf der Ladefläche saßen. Von dort sprangen sie eilfertig herab, als der Wagen seinen Bestimmungsort erreicht hatte.

Nun schwärmten die Krieger aus und sicherten mit blanken Waffen das Gelände. Derweil ergriffen die Knechte die Körper der beiden Toten an Füßen und Schultern und warfen sie nacheinander auf den Wagen. Dabei machten sie keinen Unterschied zwischen dem Hohen Meister und demjenigen, den er geköpft hatte. Schließlich verharrten sie mit verschränkten Händen. Einer der Ritter schrie sie wie gewohnt an, was jedoch dieses Mal keine Wirkung zeigte.

Brams spitzte die Ohren, so wie es auch Hutzel, Riette und Rempel Stilz taten. Was mochte der Grund des Gebrülls sein? Die Auflösung kam bald. Mehrmals erklang das Wort »Kopf«.

Brams mußte unweigerlich an den geschmacklosen Streich denken, den er sich in der Nacht aus schierer Not und Langeweile ausgedacht hatte. Der Kopf hatte dabei eine wichtige Rolle gespielt, außerdem zwei Schilfflöten, die während seines Fluges für unheimliche Geräusche sorgen sollten. Er fragte sich nun, ob womöglich einer seiner Begleiter den gleichen Streich ersonnen und inzwischen den Kopf beiseite geschafft hatte oder ob er womöglich in der Nacht eingeschlummert war und im Schlaf den Streich unabsichtlich verraten hatte?

Brams bedachte seine Gefährten mit einem mißtrauischen Blick. Sie benahmen sich jedoch unverdächtig.

Die Ursache des Geschreis enthüllte sich, als der Ritter urplötzlich verstummte. Er bückte sich und hob etwas auf, was sich als der abgeschlagene Kopf herausstellte. In hohem Bogen warf er ihn wie eine Rübe auf den Wagen. Offenbar hatten die Knechte sich nur gescheut, das Haupt anzufassen. Schimpfend ging der Ritter von dannen. Der Wagen und die anderen Bewaffneten folgten ihm mit etwas Verzögerung.

»Hoffentlich war's das jetzt«, seufzte Rempel Stilz.

Der Rest des Vormittags verstrich ohne besondere Vorkommnisse, ebenso der Nachmittag und auch der frühe Abend. Als der erneut wolkenbelagerte Mond schon für geraume Zeit die einzige Lichtquelle am Himmel war, erklärte Rempel Stilz, daß er seine Vermutung jetzt überprüfen wolle.

»Eigentlich muß ich das ja gar nicht«, behauptete er, »da ich ganz genau weiß, daß ich recht habe und wir wieder bei dem Dorf des Großvaters sind. Aber ich gehe jetzt dennoch dorthin.«

»Ich komme mit«, rief Hutzel geschwind.

»Ich gehe mit Rempel Stilz und dem Hutzelwalder«, schloß sich Riette an. »Aber einer von uns muß hierbleiben.«

»Das ist wahr«, stimmte Brams zu. »Einer von uns muß hierbleiben...«

An dieser Stelle fiel ihm auf, daß über die Frage, wer zurückbleiben sollte, bereits entschieden worden war. Er winkte seinen davoneilenden Mitstreitern hinterher und beendete leise seinen Satz: »... für den Fall, daß die Tür zurückkommt.«

Dabei kam er sich seltsam tragisch vor.

Ganz allein hielt es Brams nicht mehr lange in dem Wäldchen aus, da ihn die Vorstellung plagte, die Tür könne zurückkehren, ohne daß er es wegen der Dunkelheit bemerkte. Sie würde erscheinen, niemanden vorfinden und einfach wieder verschwinden. Daß sie nach ihnen suchte, war nicht zu erwarten. Wie sollte das auch gehen?

Also begab sich Brams zu den Holunderbüschen. Breitbeinig stellte er sich zwischen sie und befahl: »Komm!«

Aber die Tür kam nicht.

Er ließ eine Viertelstunde verstreichen, dann unternahm er einen neuen Versuch: »Jetzt komm endlich!«

Doch abermals blieb seine Aufforderung unerwidert.

Plötzlich fiel sein Blick auf ein Schwert, das jemand in einen der Holunderbüsche geworfen hatte. Brams wunderte sich. Stillschweigend hatte er angenommen, daß die Krieger alles, was sie bei ihrer kopflosen Flucht weggeworfen hatten, beim Abholen der Leichen wieder eingesammelt hatten. Anscheinend hatten sie sich nicht sehr gründlich umgesehen.

Er zog das Schwert aus dem Busch. Es war einen ganzen Unterarm länger als er selbst. Sein Knauf wies Schrammen auf, als sei er des öfteren als Hammer benutzt worden. Der Griff bestand aus mit Leder umwickeltem Holz. Die Parierstange war wackelig.

Brams runzelte die Stirn. Dieser winzige Mangel konnte doch wohl kaum ein Grund sein, ein ansonsten tadelloses Schwert als Abfall liegenzulassen! Zum Glück hatte er dieses Mal daran gedacht, Werkzeug mitzunehmen.

Brams besah sich die Parierstange etwas genauer. Soviel war da gar nicht zu tun. Offensichtlich waren zwei der Nieten gebrochen, die sie fixierten. Vielleicht waren auch die Bohrungen ausgeleiert. Er müßte also nur die Nietenköpfe abzwicken, den Rest der Niete mit einem Dorn herausschlagen, eine neue Niete einsetzen und breit klopfen. Fertig!

Entschlossen griff Brams nach seinem Werkzeug. Plötzlich kam ihm ein seltsamer Gedanke. Was sollte er eigentlich mit dem Schwert anfangen, nachdem er es instand gesetzt hätte? Er konnte es zwar dem Krieger zurückgeben, dem es ursprünglich gehört hatte. Doch der käme womöglich umgehend zu dem Schluß, daß er damit sogleich einen Kobold zerhacken und erstechen könnte!

Brams hatte plötzlich ein Gefühl, als hielte er statt eines toten Stückes Eisen eine schlafende Giftschlange in Händen, die jeden Augenblick erwachen konnte. Mit einem Ausruf des Unbehagens ließ er das Schwert fallen. Puh! Das war gerade noch einmal gutgegangen!

Wachsam behielt er die nun auf dem Boden liegende Klinge im Auge. Wenn er es sich recht überlegte, so war das Schwert gar nicht so übermäßig gut geeignet, damit einen Kobold zur Strecke zu bringen. Es war zu lang und zu schwer und viel zu träge in der Handhabung. Kobolde waren klein, flink und wendig. Da brauchte man eine Waffe, mit der man schnell reagieren konnte, wenn sie zu entkommen versuchten. Sie mußte auf jeden Fall kürzer und dünner sein als diese hier. Vielleicht eine Art Spieß, ein Koboldspieß! Ein kurze Stange, in der Mitte umwickelt mit Leder, damit man auch im Sommer, wenn man feuchte Hände hatte, nicht abrutschte...

Brams erstarrte. Was trieb er da eigentlich? Er konnte doch keine Waffe erfinden, mit der das Erlegen eines Kobolds ein Kinderspiel wurde! Einfälle hatte er manches Mal! Entrüstet über sich selbst schüttelte Brams den Kopf. So etwas! Ein Koboldspieß!

Nein, nein, dachte er. Etwas Schreckliches wie ein Koboldspieß durfte keinesfalls das Licht des Tages erblicken!

Er wäre nämlich immer noch viel zu träge. Denn selbstverständlich ließe sich der Kobold nicht so leicht aufspießen. Er würde nicht auf der Stelle stehenbleiben, sondern zur Seite springen. Nach links oder rechts, damit ihn die Spitze verfehlte. Riette war ein gutes Beispiel dafür.

Brams dachte kurz nach und klatschte dann zufrieden in die Hände. Die Lösung war doch sehr einfach: Ein Spieß mit mehreren Spitzen! Eine Art Gabel vielleicht. Wenn der Kobold glaubte, der Hauptspießspitze entkommen zu sein, so traf ihn unversehens der linke oder rechte Nebenzinken! Das Ganze wäre allerdings sperrig und sehr unhandlich im Transport. Am besten versah man die Nebenzinken mit Gelenken, damit man sie wegklappen konnte.

Brams lachte und prüfte im Geiste, ob er alle Werkzeuge mitführte, die er benötigte, um ein erstes Modell seiner Koboldgabel fertigen zu können. Wahrscheinlich würde er hier und da ein wenig improvisieren müssen ...

Entsetzt schrie er auf. Schon wieder ertappte er sich dabei, ein gegen Kobolde gerichtetes Mordinstrument zu entwerfen. Diese Liebe zum Handwerk war eindeutig übertrieben!

Rasch brachte Brams mehr Abstand zwischen sich und das Schwert. Als er sich wieder nach ihm umwandte, durchströmte ihn ein Gefühl der Erleichterung, daß es ihm nicht gefolgt war. Nicht, daß er ein solches Verhalten erwartet hatte. Das Schwert war schließlich nur ein Gegenstand, ein vollkommen unbelebter Gegenstand. Doch ganz ausschließen mochte Brams nicht, daß die Klinge vielleicht die Ursache seines zweifelhaften Einfallsreichtums war. Was, wenn nicht nur bildlich gesprochen ein finsterer Einfluß von ihr ausging?

Nun, das ließe sich leicht mit einem kleinen Experiment überprüfen. Ein Flitzebogen war auch eine Waffe, allerdings eine, die man nie und nimmer aus einem umgebauten Schwert herstellen würde. Ein Bogen mußte aus Holz sein, damit er sich biegen konnte – wie der Name schon sagte – und der Pfeil genug Schwung bekam. Biegen, aber nicht verbiegen! Er mußte nach jedem Schuß in seine ursprüngliche Form zurückschnellen. Außerdem durfte er auch nicht zu schwer sein, andernfalls es dem Bogenschützen nicht möglich wäre, in kürzester Zeit möglichst viele Pfeile abzuschießen. Denn das wollte man ja. Ein geübter Schütze hatte wahrscheinlich gar keine Schwierigkeiten, Rempel Stilz aus hundert Arglang Entfernung mit seinen Pfeilen in einen Igel zu verwandeln, bevor jener überhaupt mitbekäme, wie ihm geschah. Bei Riette mit ihrer Angewohnheit, aus unerfindlichen Gründen zu hüpfen, mochte es der Schütze etwas schwerer haben.

Brams räusperte sich. Ein aufschlußreiches Experiment! An dem Schwert an sich lag es offenbar nicht. Wahrscheinlich war die Gewalttätigkeit, die er mit angesehen hatte, für seine Besessenheit verantwortlich. Was ließ sich bloß dagegen tun?

Urplötzlich erinnerte sich Brams an den Elfenmystiker. Seine Bekanntschaft mit ihm hatte zwar nicht lange gewährt, doch was hätte der Elf Mystisches zu seinem Problem gesagt, falls er überhaupt viel gesagt hätte? Bestimmt etwas in der Art von: »Denke an den Fluß, kleiner Freund. Manches Mal baut man ihm ein Dämmlein, doch wenn seine Kraft zu groß ist, so leitet man ihn besser um wie zwei scheue Rehlein.«

Vielleicht hätte er die »Rehlein« auch weggelassen, da sie in diesem Zusammenhang wenig Sinn ergaben. Doch Umleiten war ein guter Rat. Ein sehr guter sogar!

Brams wußte nun, daß er einfach nicht mehr an Kobolde denken durfte. Die waren sein wahres Problem!

Ihm wurde plötzlich ganz warm ums Herz. Wie seltsam, daß er jahrelang nicht mehr an seinen elfenmystischen Bekannten hatte denken müssen und dieser ihm neuerdings fast täglich einfiel. Dabei hatte – die Erinnerung vergoldete bekanntlich fast alles – der überwiegende Teil ihrer Bekanntschaft darin bestanden, daß der Mystiker regungslos dagesessen und geschwiegen hatte, so daß Brams schon vermutet hatte, er sei heimlich eingeschlafen, verblichen oder dabei, sich zu verpuppen. Ob wohl alle Elfenmystiker diese Angewohnheit besaßen? Falls ja, konnte man sie mit jeder beliebigen Waffe umbringen. Sie mußte nur einigermaßen angenehm in der Hand ...

Blitzschnell rannte Brams zu dem Schwert des Kriegers und

verscharrte es unter Erde und Laub. Er verspürte eine große Erleichterung, als es endlich aus seinen Augen war.

Diese Erleichterung währte so lange, bis er unversehens ein weiteres herrenloses Schwert entdeckte.

Ein Kreischen kam aus Brams' Kehle. Im selben Augenblick drang das widerwärtigste Geräusch seines Lebens an sein Ohr.

Brams ließ die Schwerter Schwerter sein und hastete zum Wald zurück. Während er rannte, bestätigte sich unbarmherzig, was er von Anfang an Anfang befürchtet hatte: Der Lärm kam stetig näher. Schritt für Schritt!

Eben hatte Brams den Gürtel der abgeholzten Bäume erreicht, als ihm plötzlich ein Gedanke kam. Er wurde langsamer und blieb nachdenklich stehen.

Wenn ein Geräusch so abstoßend war, daß er es noch nie zuvor gehört hatte, so sprach viel dafür, daß es nicht natürlichen Ursprungs war. Doch wer erzeugte es und warum?

Brams wartete und lauschte. Binnen kurzem hatte er die wesentlichen Zusammenhänge erraten.

Als Urheber des Geräusches kamen nur Hutzel, Rempel Stilz und Riette in Betracht. Sie sangen *nicht gemeinsam*. Eine bessere Umschreibung für ihre Tätigkeit fiel Brams auf die Schnelle nicht ein.

Selbst dann, wenn drei völlig unmusikalische Sänger gemeinsam ein Lied sangen, blieb es auf die Dauer nicht aus, daß durch schieren Zufall ab und zu ein Ton zum anderen paßte. Für den *nicht gemeinsamen* Gesang seiner Gefährten galt das nicht. Hier paßten die Töne nicht nur nicht zueinander, sondern waren sich regelrecht spinnefeind! So etwas erreichte man nicht von ungefähr und schon gar nicht aus dem Stegreif. Einer der drei mußte sehr lange darüber nachgedacht haben, wie der vollkommene Mißklang zu erreichen sei.

Das war Kunst. Das war sogar große Kunst, räumte Brams beeindruckt ein.

Natürlich änderte das nichts daran, daß der Gesang durch und durch ekelhaft war.

Er beschloß, den beiden Sangesbrüdern und ihrer Schwester

entgegenzugehen. Denn je früher er auf sie träfe, desto eher könnte er sie zum Schweigen bringen.

Als Brams von den dreien bemerkt wurde, winkten sie freudig. Zwar unterbrachen sie ihren *nicht gemeinsamen* Gesang keinen einzigen Augenblick lang, dennoch gingen sie nun etwas schneller, bis sie ihn erreicht hatten. Sie umringten ihn und klopften ihm liebevoll auf die Schultern. Ein süßlicher Geruch nach frischer Milch ging von ihnen aus.

Brams war ganz gerührt. Einerseits war er froh über die Rückkehr seiner Kameraden, da sie ihn vor weiteren gewalttätigen Einflüsterungen der Schwerter bewahrten, andererseits konnte er ihnen ein derartig auffälliges Verhalten nicht durchgehen lassen.

Ein wenig taten ihm Hutzel, Riette und Rempel Stilz sogar leid. Arglos, wie sie waren, schien keiner von ihnen einen Verdacht zu hegen, daß er in Standpaukenlaune sein könne.

Das machte die Sache nicht leichter!

»Er hatte tatsächlich recht. Es ist dasselbe Dorf«, lallte Hutzel, bevor Brams etwas sagen konnte. »Wer hätte das gedacht?«

»Ich!« antwortete Rempel Stilz stolz, aber überflüssig. »Ich wußte es sofort, als ich es ... nun, gesagt hatte.«

»Lalala«, stimmte Riette munter zu.

»Ihr wart in einem Stall und habt einer Kuh die Milch gestohlen!« warf Brams ihnen vor.

Rempel Stilz schüttelte verneinend den Kopf. »Mitnichten! Fern der Täler, fern der Ställe, fern der damm-damm und der Wälle!«

»Doch nah der Schwelle!« reimte Riette weiter.

Aus unerfindlichen Gründen sorgten ihre Worte für einen beachtlichen Heiterkeitsausbruch.

»Dann eben von woanders«, entgegnete Brams. Ihm war es gleichgültig, woher sie die Milch hatten.

»Von der Katze«, eröffnete ihm Rempel Stilz ungefragt.

»Der Katz-ratz-fatz«, steuerte Riette bei.

»Der Katze?« wiederholte Brams. Das klang seltsam.

»Der Katz-ratz-schmatz«, versicherte Riette, ohne damit Licht ins Dunkel zu bringen.

Hutzel erbarmte sich.»Wir fanden neben einer Türschwelle ein Schälchen mit einem Deckelchen. Darin war die Milch für die Katze.«
»Katz-ratz-platz«, setzte Riette ihre sparsamen Erklärungen fort.
»Die Katze hatte vor der Haustür ihren Platz?« erriet Brams. Hutzel nickte.»Sie war aber nicht da. Später fanden wir ein weiteres Schälchen und dann noch eins.«
»Katz-ratz-schatz!« erläuterte Riette mit erhobenem Zeigefinger.
Hierfür benötigte Brams keine Erklärung.»Wahrscheinlich waren auch diese beiden Katzen nicht anwesend?« vergewisserte er sich.
»Unser Brams! Als wäre er dabei gewesen!« lobte ihn Rempel Stilz überschwenglich.»Die Katzen waren mit den Mäusen raufen! Wir dagegen waren saufen.«
»Katz-ratz-rabbatz!« gab Riette unheilvoll von sich.
Brams nickte. Das paßte alles gut zu dem, was er einmal gehört hatte. Er musterte die Zurückgekehrten und sprach:»Wenn die Katze hungrig ist, nimmt sie also den Deckel von dem Schälchen, trinkt die Milch und legt ihn anschließend wieder darauf? Ist das eure Vermutung?«
Die drei brachen in so wildes Gelächter aus, als hätten sie noch nie einen besseren Scherz gehört. Brams wartete, bis sie sich beruhigt hatten. Dann wiederholte er seine Frage:»Die Katze nimmt also den Deckel von der Schale, trinkt die Milch und legt ihn wieder darauf?«
Ein neuerlicher Lachsturm schüttelte seine Gefährten. Doch dieses Mal meinte Brams, eine leichte Verunsicherung herauszuhören. Aber vielleicht war es auch schiere Einbildung? Wieder wartete er, bis das Gelächter verklungen war.»Die Katze greift also, wenn sie Milch trinken will, nach dem Deckel ...«
»Ist ja schon gut, du Spielverderber«, unterbrach ihn Hutzel unwirsch.»Dann stupst sie den Deckel eben mit der Nase weg!«
Rempel Stilz sah darin eine willkommene Einladung, seinen Feldzug gegen die Dichtkunst fortzusetzen.
»Mit dem Näschen aus der Ferne, so macht er's selber gerne!«

flüsterte er so laut, daß es eigentlich kaum zu überhören war. Hutzel gelang es dennoch. Vielleicht verstand er auch nur als einziger die Anspielung nicht.
»Was ist?« fragte er und wandte sich blitzschnell um. Rempel Stilz und Riette sprangen in übertriebener Vorsicht zurück, als seine Nase nach ihnen schlug. Brams ließ sich von ihnen dazu anstiften, dasselbe zu tun.
»Was ist?« fragte Hutzel erneut.
Daß er nun zusätzlich nicht verstand, warum er plötzlich ganz allein stand, verwirrte ihn.
»Ich komme morgen nacht mit euch mit«, sagte Brams rasch und fest. »Ich möchte mir eure schlauen Katzen einmal ansehen. Selbstverständlich immer vorausgesetzt, daß die Tür uns bis dahin noch nicht abgeholt hat.«

8. Der Wunsch der Königin und die Versuchungen der Wissenschaft

Mit kleinen Schritten folgte Magister Dinkelwart von Zupfenhausen, Gelehrter der Sieben Künste und Dreiunddreißig Wissenheiten, dem breitschultrigen Ritter die Turmtreppe hinauf. Mit der linken Hand hielt er seine Hose fest, wie stets, wenn ihm eine wichtige Unterredung bevorstand. Denn schon einmal hatte ihn der Strick, den er gewöhnlich an Stelle eines Gürtels benutzte, schmählich im Stich gelassen. Die Wunde, die diese peinliche Erinnerung an heruntergefallene Beinkleider zurückgelassen hatte, war zwar verschorft, aber nie verheilt.

Unerwartet öffnete der Ritter eine Tür. Sie führte vom Treppenhaus in ein Zimmer, dessen wesentliche Einrichtung aus einem eichenen Armsessel mit gekreuzten Beinpaaren und einem großen Wandteppich bestand, auf dem ein Jagdausflug des letzten oder vielleicht auch vorletzten Königs dargestellt war.

Die Beute war ein Hirsch, der mit angezogenen Beinen auf dem Bauch ruhte. Zwei Pfeile ragten ihm aus der Kehle. Wiewohl das Tier waidwund und sterbend war, hielt es den Kopf stolz erhoben. Um den Hirsch herum standen die Jäger, gut siebzig an der Zahl. Der König als wichtigster von ihnen war leicht an seiner Krone zu erkennen. Für die übrigen bedurfte es eines gründlichen Wissens um Wappen und Farben. Das galt für die Geschwister des Königs ebenso wie für die Höflinge, Hofdamen, Edelpagen, Ritter und insbesondere all jene, die den Teppichweber bestochen hatten, damit er ihrer Eitelkeit genügte und sie der Jagdgesellschaft im Nachhinein hinzufügte. Man erkannte sie meist daran, daß sie besonders kostbar, aber gänzlich ungeeignet für die Jagd gekleidet waren und Tätigkeiten frönten, die nichts mit ihr zu tun hatten. Sie speisten, tranken, würfelten, musizierten und plauderten miteinander. Einer war sogar für einen Ball maskiert.

Der Gelehrte und der Ritter warteten eine Zeitlang schweigend und ohne sich gegenseitig zu beachten. Erst nach einer knappen halben Stunde öffnete sich die andere Tür des Zimmers, und die Herrin des Hauses stieß hinzu. Sie war nicht ganz so gekleidet wie beim ersten Mal, als der Magister vor sie getreten war. Zwar trug sie auch heute ein weißes Kleid – eine Farbe, die ihr zweifellos stand –, aber dieses Mal war es nicht hochgeschlossen, sondern mit einem geradezu atemberaubend tiefen Ausschnitt versehen, so daß es nach schneller Einschätzung des Magisters jedem sittlich schwächeren Mann schwerfallen mußte, den Blick abzuwenden. Er jedoch hatte ganz und gar nicht vor, ein schwächerer Mann zu sein, zumal er nicht zu ergründen wagte, wie schnell ein unverschämtes Starren auf die königlichen Äpfel als Hochverrat ausgelegt und womöglich mit Enthaupten oder Ersäufen bestraft würde. Deshalb tat er es dem Ritter gleich und senkte demütig das Haupt. Der war damit allerdings überhaupt nicht zufrieden.

»Auf die Knie, Gemeiner«, zischte er aufgebracht.

Da Dinkelwart der Aufforderung nicht rasch genug nachkam, packte ihn der Ritter am Genick und drückte ihn so entschieden nach unten, daß er ausglitt und unsanft auf Knie und Hände fiel.

Beschämt wollte er sich wieder aufrichten, doch schon spürte er einen Stiefel im Nacken.

»Unten bleiben!« befahl sein Begleiter barsch.

Die Hausherrin lachte perlend.

»Aber, aber, mein tapferer Krieginsland von Hattenhausen«, tadelte sie den Ritter neckisch. »Laßt Euch nicht von unserem Zeremonienmeister bei solcher Kurzweil ertappen. Gewiß widerspricht es irgendeinem Passus des höfischen Protokolls, unseren Gästen den Fuß auf den Nacken zu setzen. Davon abgesehen unterhalte ich mich allerdings auch nicht gerne mit Rücken und Pürzeln. Er möge sich erheben!«

Dinkelwart stand schnell auf. Den Blick hielt er weiterhin gesenkt, da ihn trotz der Schmach Gedanken an das königliche Obst quälten und er nach wie vor kein schwächerer Mann sein wollte.

»Ihr habt uns gut gedient, Dinkelwart von Zupfenhausen, Meister der Drei Weisheiten«, lobte ihn die Hausherrin.

»Der Dreiunddreißig *Wissenheiten*«, verbesserte Dinkelwart sie gedankenlos.

Die Worte waren kaum aus seinem Mund gesprungen, als ihn kräftige Finger schmerzhaft in den Rücken kniffen und ihm ein Stöhnen abforderten.

»Maul halten!« raunte der Ritter.

Die Hausherrin legte den Kopf leicht zur Seite. »Was auch immer. Meinetwegen auch der *dreiunddreißig* Weisheiten. Ihr habt uns gut gedient, Dinkelwart. Die ...«, sie rang nach Worten, »die Wichtel ...«

»Erdmännchen ...«, sagte der Gelehrte gleichzeitig und fügte ein »Autsch!« hinzu, als er abermals gezwickt wurde.

»Dämmerwichtel ...«, entschied die Herrin. »Die Dämmerwichtel erschienen tatsächlich dort, wo Ihr es vorhergesagt habt. Allein, mit der Zeitangabe müßt Ihr noch genauer werden. Drei Nächte des Wartens sind viel zu viel!«

»Autsch!« bestätigte Dinkelwart. Warum er diesmal gekniffen worden war, wußte er nicht. Vielleicht wollte der Ritter nur in Übung bleiben.

»Was haben wir Euch noch mal für Euren Dienst versprochen?« rätselte die Herrin.

»Gold! Autsch!« antwortete Dinkelwart mit trockenem Mund.

»Das muß warten«, sprach die Herrin leichthin und legte den Unterarm dekorativ auf die Rückenlehne des Sessels. »Eure Arbeit ist noch nicht getan! Die Dämmerwichtel entkamen. Also sollt Ihr dem Ritter Krieginsland von Hattenhausen so lange eine Hilfe sein, bis Ihr das Wichtelvolk gefangen habt.«

»Sehr wohl!« antwortete der Gelehrte, während er gleichzeitig einen großen Schritt zur Seite tat, um einem neuerlichen Zwicker zu entgehen. Verzögert wurde ihm erst bewußt, was die blonde Frau gesagt hatte. Er senkte den Blick noch tiefer, doch nun nicht, um den Versuchungen von Äpfeln und Birnen besser entgehen zu können, sondern damit man ihm seine Enttäuschung nicht ansah. Was stellte sie sich so geizig an?, dachte er. Angeblich verstand sie sich doch darauf, das edle Metall aus Stroh zu spinnen!

Aus den Augenwinkeln heraus bemerkte Dinkelwart, daß der Ritter sich ihm klammheimlich mit kaum wahrnehmbaren Bewegungen wieder näherte. Der Gelehrte dachte noch darüber nach, mit einem zweiten Schritt die alte Entfernung wiederherzustellen, als eine weitere Frau das Zimmer betrat. Sie war ausgesprochen füllig und trug in ihren runden Armen ein Kissen, in das ein blonder Säugling eingeschlagen war. Nach einem erstaunlich geschmeidigen Knicks verkündete sie: »Verzeiht, königliche Hoheit! Euer Gemahl wünscht Euch und den Thronfolger zu sehen.«

Mit einem knappen »Ihr wißt, was Ihr zu tun habt!« verabschiedete die Hausherrin Dinkelwart und Krieginsland und schritt zur Tür.

»Der Thronfolger ... er soll mit!« erinnerte die Zofe sie.

Ihre Herrin schenkte ihr einen abwesenden Blick, als sei sie ganz in Gedanken versunken oder wüßte gar nicht, wen sie eigentlich meinte.

»Ach ja!« sagte sie schließlich fast ein wenig erstaunt. »Dann trag ihn eben hinterher, Kunikunde.«

9. Ein Leben als emsiger Hausgeist

Die Wolken hatten die Belagerung des Mondes gelockert, so daß ihn heute nacht ein Ring freien Himmels umgab. Ein Entsatzheer aus Sternen leuchtete darin. Die Luft roch nach Hexenkraut und Kornrade, nach der schwachen Hitze heruntergebrannter Sonnwendfeuer, an denen schweigsame Greisinnen mit düsteren Erwartungen in die rote Glut starrten, während Katzen mit aufgerichteten Schwänzen um ihre Beine strichen. Man hätte meinen können, es wäre Brechmond, doch das war es nicht.

Riette rannte plötzlich neben Brams.

»Soll ich zählen?« fragte sie eifrig.

»Nicht nötig«, antwortete er überrascht. Er war es nicht gewohnt, von einem der anderen eingeholt zu werden, wenn er während einer Mission vorneweg lief. Das fühlte sich unrecht an.

Riette ließ sich widerspruchslos zurückfallen. Rempel Stilz nahm ihren Platz ein.

»Ich könnte vielleicht zählen«, schlug er vor.

Das hörte sich noch unrechter an! Rempel Stilz drängte sich nie vor, wenn es ums Zählen ging.

»Niemand zählt heute«, erklärte ihm Brams. »Das ist keine gewöhnliche Mission. Wir werden auch niemanden mitnehmen. Ich will nur etwas herausfinden.«

»Ach so!« erwiderte Rempel Stilz. Seine Stimme klang, als hätte er gerade etwas völlig Neues erfahren, aber auch ein wenig enttäuscht. Wie Riette verschwand er wieder aus Brams' Blickfeld. Eine eigenartige Empfindung blieb zurück. Brams fühlte sich, als habe er gerade etwas Wichtiges verpaßt. Was mochte das sein? Hatte es mit Riette zu tun oder mit Rempel Stilz?

Wie ein Hammerschlag traf ihn die Erkenntnis: Rempel Stilz hatte ein Schwert getragen!

Ich stehe unter einem Fluch, dachte Brams düster. Ich habe das Schwert vergraben, doch nun ist es wieder da. Offenbar verfolgt es mich.

Vorsichtig wandte er den Kopf in der Hoffnung, sich geirrt zu haben. Doch Rempel Stilz trug unverkennbar ein Schwert. Aber es konnte kein Schwert sein! Es mußte eine Sinnestäuschung sein. Wahrscheinlich führte er einen Stock oder einen Besen mit sich.
»Trägst du etwas, Rempel Stilz?« fragte Brams vorsichtig.
»Ich trage ein Schwert«, gab Rempel Stilz' Stimme zurück – falls sie es wirklich war und nicht nur eine akustische Einbildung.
»Warum?« fragte Brams ihn.
»Ich trage immer etwas während einer Mission. Es fühlt sich falsch an, wenn ich es nicht tue. Ohne etwas komme ich mir nackt vor. Und das Schwert lag einfach so herum. Es ist auch schön schwer. Wenn du magst, leihe ich es dir ein paar Schritte lang.«
Brams umklammert die Kastanie, die er gefunden hatte, ein wenig fester. »Alles nur eine Frage der Gewöhnung, Rempel Stilz. Man darf sich von solchen Äußerlichkeiten nicht abhängig machen.«
»Es ist auch keine gewöhnliche Mission«, ergänzte Hutzel.
»Außerdem sollten wir jetzt leise sein.«
Die Ermahnung war angebracht, denn schon schälten sich aus der Dunkelheit die Scheunen auf ihren Stelzen heraus. Gleich danach waren auch die Wohnhäuser zu erkennen, die Straße, an der sich das Dorf hinzog, und die Höfe auf der gegenüberliegenden Seite. Die Ortschaft sah auch für Brams wie das ehemalige Zuhause des Großvaters aus.
Dasselbe Dorf – so etwas hätte nicht vorkommen dürfen!
»Wo wohnt die Großmutter?« erkundigte sich Rempel Stilz.
Brams deutete zum weiter entfernten Ende des Weilers. »Das vorletzte Haus, aber solange die Tür nicht zurück ist, tauschen wie sie noch nicht aus.«
»Es ist nämlich keine gewöhnliche Mission«, fügte Riette hinzu.
Rempel Stilz blieb stehen und rammte das Schwert in den Boden.
»Das weiß ich!« erwiderte er aufgebracht. »Man muß mir das

nicht ständig erklären. Ich habe nur für alle Fälle gefragt. Vorsichtshalber. Falls sich das Missionsziel kurzfristig geändert hätte.«

»Wo habt ihr die Schälchen gestern gefunden?« ging Brams dazwischen.

»Eines war gleich dort drüben, auf der anderen Straßenseite«, antwortete Hutzel.

»Dahin will ich«, sagte Brams.

Alle vier huschten zur Straße. Nachdem sie sich vergewissert hatten, daß weder ein Dorfbewohner, der keinen Schlaf fand, noch ein Hund unterwegs war, überquerten sie sie.

Das fragliche Bauernhaus hatte seinen Eingang auf der Seite. Gleich neben ihm hatten Brams' Gefährten gestern das Schälchen entdeckt. Heute nacht standen dort sogar zwei! Brams nahm den Deckel des ersten ab: Milch, wie am Vortag. Danach schaute er in das zweite Schälchen. Es enthielt Kuchen.

»Aha!« sagte er froh. »Genau so, wie ich es insgeheim erhofft hatte ... Wo habt ihr die anderen beiden Milchschalen gefunden?«

Hutzel erklärte es ihm. »Soll ich dich zu ihnen führen?«

»Nein, nein«, antwortete Brams. »Ich bin mit diesem Haus ganz zufrieden.«

Er nahm das Milchschälchen, trank einen Schluck und reichte es weiter.

»Was heißt zufrieden?« fragte Hutzel, nachdem er ebenfalls daraus getrunken hatte, und wischte sich einen Milchbart ab.

»Zufrieden heißt, daß wir hier bleiben werden«, erwiderte Brams und nahm das andere Schälchen. Vier Stücke brach er von dem Kuchen ab und legte sie wieder zurück. Vom Rest nahm er einen großen Bissen, bevor er auch ihn weiterreichte.

»Was tust du?« fragte Riette neugierig.

Brams hob das Schälchen mit dem Kuchen hoch. »Vier Stücke, damit sie wissen, wie viele wir sind.«

»Das sollen sie wissen?«

»Ja, denn dann gibt es morgen etwas mehr für uns. Es ist ein sehr alter Brauch. Eine Art Tribut. Milch und Kuchen für die Kobolde, um sie – also uns – günstig zu stimmen.«

»Ich lasse mich gern günstig stimmen«, erwiderte Riette mit vollem Mund. »Aber woher wissen sie, daß wir wiederkommen?«
»Wir gehen gar nicht erst weg.«
Brams sah zu den Scheunen. Augenscheinlich gehörten vier zu dem Hof. »Laßt uns herausfinden, welche davon sie wahrscheinlich nicht so häufig benutzen. Das ist nämlich Teil des Brauches. Sie dürfen zwar wissen, daß wir hier sind, uns aber nicht sehen.«
»Wieso? Was geschieht, wenn sie uns dennoch erblicken?«
Brams lachte. »Jetzt kommt das Beste! Traditionell verprügeln wir sie dann und spielen ihnen schlimme Streiche. Wie ich schon sagte, ist es eine Art Tribut.«
Riette lachte. »Ich liebe alte Bräuche.«
»Wer hat sich das bloß ausgedacht?« fragte Hutzel verwundert.
»Ich weiß nicht«, erwiderte Brams. »Doch früher, zu Zeiten unseres guten Königs Raffnibaff, soll der Brauch allgemein bekannt gewesen sein. Moin-Moin erzählte mir davon.«
»Moin-Moin, wer sonst«, sagte Rempel Stilz. »Der weiß solche Dinge. Ich weiß solche Dinge nie.«
»Die Tür«, brachte Hutzel in Erinnerung. »Was machen wir mit der Tür?«
»Wir wechseln uns ab«, antwortete Brams. »Es ist ja nicht nötig, daß wir alle im Wald herumlungern, wenn wir uns doch hier mit Milch und Kuchen durchfüttern lassen können. Einer schaut nach der Tür, der Rest bleibt hier. Wie ich schon sagte, wechseln wir uns dabei ab.«
»Im Grunde reicht es aus, wenn einer allein die ganze Zeit auf die Tür wartet«, meinte Riette in vorgetäuschtem Flüsterton. »Einen besseren Türbeschauer als den Hutzelfurter kann es gar nicht geben. Ich achte viel lieber auf das Einhalten der alten Bräuche.«
Hutzel tat so, als habe er nichts gehört.
Wie die Scheune beschaffen sein mußte, auf die die Bauersleute verzichten sollten, war leicht zu bestimmen. Weder Getränke noch Feldfrüchte, Schmalz, Schinken und so weiter sollten in ihr aufbewahrt sein. Auch keine Geräte, die die Bauern zu dieser Jahreszeit benötigten.

Diejenige, für die sich die Kobolde schließlich entschieden, erfüllte die Bedingungen zwar nicht vollständig, bot aber hinreichend Möglichkeiten, sich zu verstecken, falls die Hofbewohner doch einmal etwas daraus brauchten.

Brams stellte die leere Mich- und die nicht ganz leere Kuchenschale auf den breiten Sims, der die Scheune umrandete.

»Damit sie wissen, wo sie nichts zu suchen haben«, erklärte er dabei.

Rempel Stilz verabschiedete sich nun, da er sich freiwillig bereit erklärt hatte, als erster bei den Holunderbüschen zu wachen. Nachdem er gegangen war, zogen Brams, Hutzel und Riette die Scheunentür zu. Ihre Lage hatte sich deutlich verbessert.

Der nächste Morgen begann früher als erwartet und mit lauten Worten. Sie kamen nicht aus dem Bauernhaus, sondern von dem Gehöft auf der anderen Straßenseite, schräg gegenüber und vielleicht vierzig oder fünfzig Arglang entfernt. Daß es dieses Haus und kein anderes war, dafür sprach das Licht einer Kerze oder einer Lampe, die sich von Fenster zu Fenster bewegte.

Die Stimme, die die Nachtruhe so plötzlich unterbrochen hatte, gehörte einem alten Mann, der nicht in bester Stimmung war.

»In zwei Stunden ist schon Sonnenaufgang! Da schläft man doch nicht mehr«, polterte er. »Was, kein Feuer im Ofen? Kein Kessel auf dem Herd? Ja, soll ich alter, hilfloser Mann denn verhungern? Hunger! Hunger! Hunger! Adelkunde, Adelkunde, mein Schwiegertöchterlein, erhebe dich! Wie oft soll ich denn noch nach dir rufen?«

Nach einer Weile gesellte sich eine Frauenstimme hinzu. Was sie sagte, war jedoch bis auf ein gelegentliches verzweifeltes »Gevatter!« nicht zu verstehen.

Um so verständlicher war die Männerstimme. »Auf meinem eigenen Hof läßt man mich verhungern«, klagte sie. »Wie die Maden im Speck leben sie, aber für den alten Mann gibt es nur Krumen! Und nicht einmal die von ihrem Tisch, nein, die, die der Hund und die Hühner übriggelassen haben! Hundi, wo bist du? Versteck dich nicht! Gulli-gulli-gulli!«

Die Frauenstimme stieß einen erschrockenen Schrei aus, dann hörte man erneut den Alten.

»Paß doch auf, du Tolpatsch!... Was behauptest du da? Ich soll dir ein Bein gestellt haben? So etwas kann ich doch gar nicht mit meinen gichtigen Gliedern! Wie viele Frechheiten muß ich armer Greis denn noch erdulden? Wo bleibt überhaupt mein lieber Sohn? Waldebrand? Wo bist du? Waldebrand? Soll sich dein armes, einfältiges Weib denn zu Tode schuften? Willst du ihr denn gar nicht helfen? Steh auf! Tu etwas! Tu irgend etwas! In zwei Stunden geht schon die Sonne auf. Ach, wäre bloß dein Bruder noch da! Das war ein Sohn! Mein richtiger Sohn, ganz nebenbei. Irgendwann mußt du es ja erfahren. Daß wir beide uns nicht ähneln, fällt ja doch dem Dümmsten auf... Der war nicht so ein Bengel wie du, den wer weiß wer verloren hat. Wenn er jetzt zur Tür hereinkäme, Waldebrand, so schwer's mir fällt, das muß ich dir sagen, dann würd ich dich sogleich mit den Hunden vom Hof jagen. Nun gut, wir haben leider nur einen, aber zur Not müßte man sich eben ein paar Köter von den Nachbarn leihen. Zeig dich, mein lieber Sohn! Ich will dich sehen... Da ist er ja! Und da sind ja auch die Enkelchen!«

Der Lärm von mindestens fünf Kindern bestätigte diese Ankündigung. Er erstarb nahezu augenblicklich wieder.

»Jetzt drückt euch nicht wieder so verstohlen an der Wand entlang, ihr kleinen Taugenichtse. Euer Opa sieht euch ja doch! Und guckt nicht immer so schuldig. Wenn ihr in ein, zwei oder – wenn's gutgeht – vielleicht auch in drei Jahren vor dem Richter steht, sagt er sonst gleich: schuldig! An den Galgen mit ihnen!«

Die Stimme des Sohnes versuchte den aufbrandenden Kinderlärm zu übertönen, was ihr aber nicht gelang. Der Alte war erfolgreicher.

»Was weiß ich, warum die verschlagenen Enkelchen vor den Richter kommen werden? Falschmünzerei, Wegelagerei – irgend etwas wird den kleinen Schurken schon einfallen, noch bevor dem ersten ein Bart wächst. Da bin ich mir ganz sicher... Warum plärren sie denn schon wieder? Geht spielen, vors Haus. Aber gebt Obacht. Dort lauern mitunter Wölfe und Bären. ... Warum sollen die Kinder nicht nach draußen? In zwei Stunden wird's schon hell, und der Bär will ja auch gefüttert werden. ... Dann sollen sie eben deine Tante wecken, Adelkunde, wenn sie so verzärtelt sind! Wahrscheinlich ist sie im Bettkasten steckengeblieben, weil sie schon wieder dicker geworden ist. Soviel wie die frißt! Zustände! Die Muhme wird immer dicker, die Kinder werden immer dünner. Die müssen ja zu Dieben und Halsabschneidern werden. Schon wegen des Überlebens! Bei der verfressenen Tante ... Jetzt geht es aber zu weit! Ich habe dir kein Bein gestellt, Adelkunde! Und schon gar nicht zum zweiten Mal! Das kannst du noch so oft behaupten! ... Ah, da kommt ja auch der Knecht! Der Hunger treibt ihn raus ... oder ein Erdbeben. Anders sieht man ihn ja nicht. Erdbeben oder Hunger! ... Gulli-gulli-gulli, Hundi, komm her! ... Wie der Kläffer schon wieder so dämlich die Zunge aus dem Maul hängen hat! Den hätte man auch als Welpe ersäufen sollen. Und den Knecht gleich mit!«

»Unser Wechselbalg hat sich ja prächtig entwickelt«, meinte Riette plötzlich. »Doch *leicht gehässig* ist schwer untertrieben.«

»Vielleicht war der Wechselta.(lg) älter, als ich dachte«, grübelte Brams. »Aber ich habe ihn doch zweimal überprüft. Vielleicht sollten wir eine neue Quelle suchen. Allemal müssen wir bei dem Balg noch mehr als bei allen anderen darauf achten – unsere Gastgeber ausgenommen –, daß er nichts von unserer Anwesenheit mitbekommt. Ich weiß nicht, wie er zu uns steht. Ob er sich an uns erinnert oder ob er uns womöglich ebenso zugetan ist wie seiner Familie?«

»Wahr gesprochen«, stimmte Hutzel zu. »So etwas hätte gar nicht erst vorkommen sollen.«

Der Morgen ließ dann doch noch länger auf sich warten. Denn wie sich erwies, hatte der falsche Großvater gelogen. Tatsächlich waren es noch drei Stunden bis Sonnenaufgang gewesen, als er seine Familie und das halbe Dorf aus dem Schlaf gerissen hatte.

Der Vormittag und der Nachmittag verstrichen ereignislos. In der ersten Dämmerung war ein Klappern vor der Scheunentür zu hören. Brams, Hutzel und Riette strahlten sich gegenseitig an.

Unverkennbar, Speis und Trank wurden gebracht! Sobald es dunkel war, konnten sie sich daran erquicken.

Kurz darauf machte sich abermals jemand an der Tür zu schaffen. Dieses Mal ging es jedoch offenbar nicht darum, etwas davor abzustellen. Blitzschnell versteckte sich Brams unter ein paar alten Säcken, als er auch schon das Scharren der Tür hörte. Vorsichtig lugte er unter ihnen hervor. Durch die geöffnete Scheunentür wurden hastig einige Gegenstände hereingeschoben. Wer immer dafür verantwortlich war, war auffällig darauf bedacht, selbst keinen Blick hineinzuwerfen. Abermals wurde die Scheunentür geschlossen.

Geschwind schlich Brams zum Eingang, um herauszufinden, was der oder die Unbekannte gebracht hatte. Er wunderte sich über das, was er sah, denn nach der Einschätzung der meisten Menschen handelte es sich dabei vorwiegend um Gerümpel. Er entdeckte einen zerbrochenen Kerzenleuchter aus Holz, einen Stuhl, dessen Fugen fingerbreit auseinanderklafften, eine zerbrochene Tonschale und andere mehr oder weniger stark beschädigte Dinge des täglichen Bedarfs.

Brams setzte gerade probeweise die Scherben der Schale zusammen, als sich schon wieder jemand an der Tür zu schaffen machte. Sie öffnete sich schneller, als er »Kackmist« hätte sagen können.

Geistesgegenwärtig preßte er sich gegen die Scheunenwand neben der Tür. Er hoffte darauf, daß der Unbekannte bei seiner Angewohnheit blieb, nicht hineinzuschauen. Schon der beiläufigste neugierige Blick würde ausreichen, ihn zu entdecken.

Doch derlei hatte der Unbekannte offenbar nicht vor. Schwungvoll warf er eine Handvoll Werkzeuge herein, so daß sie polternd auf dem Scheunenboden aufschlugen: Hammer, Stichel, Säge, Feile und noch ein paar andere. Zuletzt wurde behutsam ein Lämpchen hereingeschoben. Sein Docht brannte jedoch nicht. Anschließend wurde die Tür wieder zugemacht.

Hutzel und Riette krochen aus ihren Verstecken und betrachteten die beschädigten Gegenstände und das Werkzeug.

»Klar und unfreundlich«, stellte Riette fest.

»Vielleicht ging es doch um mehr als nur einen Tribut«, murmelte Hutzel.
»Es sieht sehr danach aus«, stimmte Brams zu. »Offenbar werden kleine Gefälligkeiten von uns erwartet. Komisch, davon hat Moin-Moin gar nichts gesagt.«
»Ach ja?« erwiderte Hutzel spitz. »Aber mir soll das recht sein. Ohne etwas zu tun zu haben, wird der Tag doch recht eintönig.« Er griff nach dem Kerzenleuchter, hielt einen abgebrochenen Arm dagegen und murmelte etwas, was anscheinend für niemandes Ohren bestimmt war. Riette stellte sich dicht zu ihm und stützte das Kinn auf seine Schulter. »Häßliches Ding! Am besten nehmen wir es ganz auseinander und bauen es völlig neu.«
»Guter Einfall!« stimmte Hutzel zu. »Pfuschwerk wieder instand zu setzen wäre Vergeudung.«
Unversehens öffnete sich die Tür. Wie Hühner, in deren Mitte plötzlich ein Wiesel erschienen war, spritzten die Kobolde auseinander.
»Das ist mir aber eine seltsame Begrüßung«, beschwerte sich Rempel Stilz beim Eintreten. Er führte noch immer das Schwert mit sich. Oder war es inzwischen vielleicht ein neues? Brams wußte die Frage nicht zu beantworten. Er traute ihm beides zu.
Rempel Stilz schloß die Tür, legte das Schwert beiseite und griff nach einem verbeulten, schwarz angelaufenen Kessel. Er wendete ihn zwischen den Fingern, schnalzte mißbilligend mit der Zunge und stellte ihn wieder weg. Sodann öffnete er die Scheunentür und holte den Kuchen und die Milch herein. Er nahm einen kräftigen Schluck und war dann bereit, ausschweifend über sein Tagwerk zu berichten: »Keine Tür. Nichts Neues.«
Während sich alle an Kuchen und Milch ergötzten, berichteten ihm die Gefährten, was sich in seiner Abwesenheit im Dorf zugetragen hatte. Sie erzählten von dem Wechselbalg, der sich augenscheinlich sehr gut entwickelt hatte, und von den neuen Erkenntnissen, die sie über den alten Brauch gewonnen hatten. Als alle verköstigt waren, machte sich Riette auf den Weg zu den Holunderbüschen.
»Es wird reichen, wenn du dort nur während der Nacht

bleibst«, verabschiedete sich Brams von ihr.»Ich glaube nicht mehr, daß sie tagsüber kommen wird.«
»Den Eindruck habe ich auch«, stimmte Rempel Stilz zu.
Riette war kaum fort, als auch schon fröhliches Hämmern, Sägen und Feilen begann. Alle drei Kobolde waren sich einig, daß es das Beste sei, die Früchte ihrer nächtlichen Arbeit allerspätestens im Morgengrauen zum Haus zu bringen. Denn dadurch würde beiden Seiten – Hof- wie Scheunenbewohnern – unnötige Aufregung erspart bleiben.
So wurde es gehalten.
Als Brams mit Rempel Stilz die Ausbeute der Nacht zum Haus trug und an seiner Rückwand ablegte, fiel ihm unter den ausgebesserten Teilen ein einzelner Holzschuh auf. Er griff nach ihm.
»Es gab nur einen«, erklärte Rempel Stilz sofort.»Das hat mich aber nicht gestört. Denn wie das Sprichwort sagt: Halbes Werk ist ganzes Werk!«
Brams hatte noch nie von einem solchen Sprichwort gehört. Noch weniger wußte er, was es bedeuten sollte.
»Den Schuh hätten wir gar nicht ausbessern müssen«, behauptete er.»Man trägt sie, bis sie abgelaufen sind, und wirft sie dann zum Feuerholz.«
Rempel Stilz nahm ihm den Schuh ab.»Nun habe ich es aber schon getan. Ich habe ihn auch nicht nur ausgebessert. Sieh her! Birke, sehr weich und bequem! Doch da tritt sich leicht allerlei fest. Man läuft sie auch schnell ab. Also habe ich zuerst alle Steine entfernt, die sich in das Holz gebohrt hatten. Danach habe ich dem Schuh eine Sohle aus härterem Holz verpaßt. Schau genau hin, Brams. Da ist nichts geleimt und nichts genagelt. Alles nur gut verfugt.«
»Beeindruckend«, lobte Brams ihn aus schierer Höflichkeit. Einem Holzschuh für Einbeinige, genauer gesagt Linksbeinige, konnte er nicht viel abgewinnen.»Wo hast du das Hartholz her?«
»Das war bei dem Neubau des Kerzenhalters übrig«, antwortete Rempel Stilz. Er ließ den Schuh fallen und griff nach dem Leuchter. Brams erkannte ihn nicht wieder, da seine jetzige Form mit der ursprünglichen nicht mehr viel gemein hatte. Ob das gut

oder schlecht war, wußte er nicht zu sagen. Er hatte den Leuchter vorher nicht gemocht und mochte ihn noch immer nicht.

»Wahrscheinlich ist er jetzt leichter, der Leuchter«, sagte er aus reiner Verlegenheit.

»Zwangsleuchtig«, erwiderte Rempel Stilz schmunzelnd. »Doch wenn dich der Schuh beeindruckt hat, dann schau dir erst mal das an!«

Er drückte den Fuß des Leuchters gegen die Hauswand und ließ ihn los. Eigentlich hätte er zu Boden fallen müssen, doch das tat er nicht. Er blieb an seinem Ort hängen, als sei er festgenagelt worden.

»Keine Nägel, kein Leim, keine Schrauben«, erklärte Rempel Stilz zufrieden. »Alles nur gut verfugt!«

»Jetzt ragen die Kerzen aber mitten in den Raum hinein«, bemängelte Brams.

Rempel Stilz nahm den Leuchter wieder von der Wand. »Zugegeben, Hutzel und mir fiel nicht ein, wozu das gut sein könnte, aber irgend etwas wird sich bestimmt finden. Wir haben es vorwiegend wegen der Herausforderung gemacht.«

In diesem Augenblick rief gellend eine Stimme: »Feuer! Feuer! Feuer!«

Brams und Rempel Stilz rannten zur Scheune zurück. Gleich würde es im Freien vor Menschen wimmeln!

Sie hatten gerade die Tür zugezogen, als die Stimme erneut ertönte: »Sieh da, der Waldebrand und gleich hinter ihm die Muhme! Da muß wohl jemand ihren Bettkasten mit Butter ausgeschmiert haben, daß sie aus eigenen Kräften herauskam und nicht wieder festklemmte! ... Wo das Feuer ist, Waldebrand? Frag lieber, wo es nicht ist! Im Herd brennt schon wieder kein Feuer! Feuer! Feuer!«

Der Wechselbalg lachte vergnügt.

10. Von den unvermeidlichen Folgen schrankenloser Gier und Habsucht

Brams tappte zur Scheunentür. Als er an den koboldhohen Türmen aus Holzklötzen und halbfertigen Holzschuhen vorbeikam, hielt er inne. Vorsichtig nahm er einen halbfertigen Schuh vom niedrigsten Turm und stellte ihn auf die Spitze des höchsten, was diesen bedrohlich schwanken ließ. Brams wartete, ob er einstürzte. Einen Augenblick lang spielte er mit dem Gedanken, dem Turm kurzerhand einen Tritt zu verpassen. Seufzend widerstand er der Versuchung. Dieser kurze Akt der Befreiung war den Verzicht auf den einzig unterhaltsamen Nervenkitzel, den die Scheune derzeit zu bieten hatte, nicht wert.

Wer hätte gedacht, dachte Brams, welche Folgen das arglose Ausbessern dieses Holzschuhs für Linksbeinige haben würde? Schon am folgenden Tag hatten die Hausbewohner jeden Holzschuh zum Ausbessern gebracht, der auch nur ein bißchen abgenutzt war. Doch als diese Arbeit getan war, waren sie keineswegs zufrieden gewesen. Denn als nächstes hatten sie Holzstücke herbeigebracht, deren grob zugeschnitzte Form erahnen ließ, daß sie einmal Schuhe werden sollten. Mittlerweile lieferten sie sogar nur noch unbearbeitete Holzklötze.

Eine Zeitlang hatte Riette darüber gespöttelt, daß die Menschen offenbar bestrebt waren, mehr Holzschuhe zu besitzen, als ein Kobold Kapuzenmäntel im Schrank hängen hatte. Da diese Bemerkung gleichzeitig auch eine Spitze für Hutzel sein sollte, hatte sie ausdrücklich von *gleichfarbenen* Kapuzenmänteln gesprochen. Er war jedoch nicht darauf angesprungen.

Eines Morgens, beim ersten Schrei des Wechselbalgs, der mittlerweile gelernt hatte, einen Hahn täuschend echt nachzuahmen, hatten die Kobolde beobachtet, wie drei Hausbewohner mit Körben voller Holzschuhe auf dem Rücken zum Dorfrand geeilt waren. Daß sie die Schuhe Verwandten bringen wollten, die nicht mehr so gut zu Fuß waren, war unwahrscheinlich. Sicherlich tauschten sie sie gegen irgend etwas anderes ein.

Daran wäre nichts auszusetzen gewesen, sofern sie nicht darauf bestanden hätten, daß die Scheunenbewohner auch weiterhin Tag für Tag nichts anderes als langweilige Holzschuhe fertigten.
»Da hätte ich gleich eine Biene werden können«, hatte sich Hutzel noch gestern beschwert. »Und ich meine nicht die, die den ganzen Tag geschäftig und fröhlich unterwegs sind, sondern die eine, die die Waben des ganzen Stocks deckeln muß: Zelle für Zelle für Zelle!«

Nun war Brams bei der Tür angelangt. Vorsichtig spähte er durch ein Astloch ins Freie. Die Schalen mit der Milch und dem Kuchen waren noch immer nicht gebracht worden!

Das war ebenfalls eine Sache, die sich zum Unguten gewendet hatte. Zuerst hatten die Hausbewohner ihre Gaben am Abend gebracht. Nach ein paar Tagen waren sie zum Morgen gewechselt, so daß man fast schon argwöhnen konnte, sie wollten zuerst die Ausbeute der Nacht überprüfen, bevor sie sich von Milch und Kuchen trennten. Mittlerweile handelten sie nach Gutdünken. Einmal morgens, einmal abends, wie es ihnen in den Sinn kam

Gestern abend hatten sie nichts gebracht, ebenso wenig heute morgen. Und jetzt war schon wieder Abend. Von einem Tribut konnte man unter diesen Umständen kaum noch reden.

Brams hoffte, daß das Ausbleiben von Milch und Kuchen nichts mit ihrer Weigerung zu tun hatte, weitere Holzschuhe zu fertigen. Denn in dem Fall müßte er eine Entscheidung treffen, und er wußte nicht, wie sie auszusehen hätte.

»Nichts! Immer noch nichts«, verkündete er mißmutig und ging wieder an den schwankenden Türmen vorbei in den hinteren Teil der Scheune.

»Ich könnte es einrichten, daß sie mich versehentlich sehen«, bot sich Riette an. »Dann dürfen wir sie verprügeln und ihnen schurkische Streiche spielen.«

»Man sollte sich eben auf keine alten Bräuche einlassen, die man nicht ganz genau kennt«, brummte Rempel Stilz mürrisch.

»Laßt mir etwas übrig, wenn sie den Kuchen doch noch bringen. Ich gehe jetzt zu den Holunderbüschen, auch wenn ich nicht glaube, daß die Tür heute nacht kommt.«

»Das erwarte ich auch nicht mehr«, stimmte Hutzel zu. »Sie muß irgendwie Wind von der Sache bekommen haben.«
»Von welcher Sache, Hutzeldengler?« fragte Riette sogleich.
»Das will ich jetzt aber auch wissen«, schloß sich Rempel Stilz an.
Hutzel räusperte sich. »Brams wollte der Tür den Tritt geben.«
»Im Gegenteil!« verteidigte sich Brams. »Du wolltest, daß ich es sollte, weil sie ständig etwas verpatzte. Von mir aus ... zugegeben, du warst nicht der erste, der mir dazu riet.«
»Und diesen Entschluß hattet ihr der Tür offenbar noch nicht mitgeteilt?« forschte Riette weiter.
»Nein, wir wollten erst mit der neuen Tür verhandeln. Sie ist Birke, zweite Generation.«
»Dritte Generation«, verbesserte ihn Hutzel.
»So? Ihr hattet sogar schon eine neue Tür im Auge?« gab Riette mit gekünstelter Überraschung von sich. »Und warum hat mir niemand etwas davon gesagt? Erkläre dich, Hutzelküfer!«
Zu Brams' Erschrecken versuchte Hutzel gar nicht erst, ihre Beweggründe zu beschönigen. Mit schonungsloser Offenheit sprach er zu Riette: »Die Tür sollte vorerst nichts von unserer Absicht wissen. Und du hättest dich bestimmt einem deiner Freunde anvertraut, etwa dem Efeu oder der Spinne oder Stork, dem Wiesel, der kleinen Ruta, der großen Ruta, Krume, Purz, Schlengel, Mol, Pupu, Baldi, Arko, Topf, Birne, Klein-Gaga, Spatz oder Krume ... oder hatte ich die schon erwähnt?«
»Was willst du damit sagen, Hutzelquetscher?« fuhr ihn Riette mit blitzenden Augen an.
»Ist das nicht offensichtlich?« antwortete Hutzel gelassen. »Die Spinne und der Efeu mögen gute Freunde von dir sein, Riette, aber auch dir dürfte aufgefallen sein, daß beide arge Schwatzbasen sind. Bestimmt hätten sie alles brühwarm weitererzählt.«
Riette sah einen Augenblick so aus, als kaue sie auf einer steinharten Wurzel.
»Das ist wahr«, räumte sie mit einem Seufzer ein. »Die Spinne ist herzensgut und friedfertig und würde keiner Fliege etwas zu-

leide tun, aber sie ist wirklich ein wenig geschwätzig. Das kann ich nicht leugnen. Zumal jetzt, da ich darüber nachdenke.«

Brams runzelte verblüfft die Stirn. Herzensgut? Friedfertig? Das waren wirklich nicht die Worte, die er für die Beschreibung von Riettes Freundin gewählt hätte. Jedenfalls nicht, solange es noch offene Fragen über den Verbleib ihres Gemahls Tadha gab. Bis zu seinem plötzlichen Verschwinden war der Spinnenmann eine vertraute Erscheinung gewesen, wie er immer an einem Faden unter seinem Flachnetz hing und mit ausgebreiteten Beinen und Armen auf das Essen wartete. Auch als Trinkkumpan war er beliebt, da er stets aufmerksam zuhörte und für Milch nichts übrig hatte.

»Ich bin allerdings nicht mit der Spinne befreundet«, stellte Rempel Stilz fest. »Welchem meiner *geschwätzigen Bekannten* hätte ich es denn verraten sollen?«

Hutzel räusperte sich erneut, doch statt eine Antwort zu geben, nickte er Brams aufmunternd zu. Und zwar so, daß es unübersehbar als Aufforderung erkennbar war, das Wort zu ergreifen.

Brams starrte Rempel Stilz an. Was sollte er antworten?

Um Zeit zu gewinnen, wiederholte er die Frage: »Welchem deiner geschwätzigen Freunde du davon erzählen solltest, mein guter, alter, lieber, zuverlässiger, langjähriger Freund, Gefährte, Kamerad, mit dem ich schon viel unternommen und geteilt ...«

»Komm endlich zur Sache, Brams« verlangte Rempel Stilz barsch.

»Du hättest es aufgeschrieben«, erwiderte Brams rasch. »Vielleicht auf einen Zettel oder in ein Tagebuch. Sicher hättest du es immer gut versteckt gehalten – da kann man dir gar keine Vorwürfe machen –, aber wie du selbst sagtest, durchwühlen deine Unterdessenmieter immer die ganze Wohnung, wenn du abwesend bist. Wie leicht hätte einer von ihnen deine Aufzeichnungen finden und alles ausplaudern können.«

»Das klingt glaubwürdig und völlig überzeugend«, gab Rempel Stilz zu.

Brams war sprachlos. Wieder einmal wunderte er sich, wie Rempel Stilz es schaffte, harmlose Wörter wie »glaubwürdig«

oder auch »du« und »bald dran« mit einem solch bedrohlichen Unterton zu versehen.

»Du meinst also, die Tür habe uns absichtlich zurückgelassen? Vielleicht, weil der Augenblick gerade günstig war?« Rempel Stilz wartete keine Antwort ab. »Wird denn niemand Fragen nach unserem Verbleib stellen? Wird denn niemand nach uns suchen? Moin-Moin will doch noch immer seine Großmutter haben.«

»Die Tür kann viel erzählen«, antwortete Hutzel. Offenbar hatte er über ihre Lage gründlich nachgedacht. »Etwa, daß es ein Streich von uns sei. Oder daß wir wegen Moin-Moin nicht zurückgekommen seien. Vielleicht, daß wir solange bleiben wollten, bis der Vertrag nicht mehr gelte oder er ein paar andere Dumme gefunden habe. Oder daß uns ein Hund gefressen habe. Da gibt es viele Möglichkeiten. Wer will das anzweifeln? Und was das andere angeht: Wer sagt dir denn, daß sie uns in die richtige Gegend geführt hat? Vielleicht liegt das Dorf, in dem wir die Großmutter auswechseln sollten, ganz woanders? In dem Fall könnte man uns noch lange suchen!«

Urplötzlich legte er den Finger auf die Lippen. Irgend jemand war an der Tür. Alle schwiegen und vermieden es, sich zu bewegen. Erst als sie überzeugt waren, daß wer-auch-immer sich wieder entfernt hatte, wagten sie, Geräusche zu machen.

Rempel Stilz begab sich zur Tür. Dabei trug er noch immer das Schwert, als habe er ungeachtet der neueren Entwicklungen vor, auch heute nacht bei den Holunderbüschen zu wachen. Er vergewisserte sich ebenfalls mit einem Blick durch das Astloch, daß sich draußen niemand mehr aufhielt. Erst als er sich unbeobachtet wähnte, drückte er die Scheunentür auf.

Ungewöhnlich viel Zeit verging, bis er sie wieder zuzog.

»Milch! Kuchen!« rief Riette und trommelte mit den Fäusten auf den Boden.

»Keines von beiden«, antwortete Rempel Stilz vom Eingang her.

»Was? Sie haben immer noch nichts gebracht?« empörte sich Brams. »Das ist aber unerhört!«

»So möchte ich das nicht sagen«, erwiderte Rempel Stilz. »Sie haben uns Anzüge gebracht.«

»Anzüge?« wiederholte Brams verwundert.

»Hose und Jacke eben.«

»In welchen Farben?« erkundigte sich Hutzel.

»Alle braun«, antwortete Rempel Stilz.

»Schon wieder alles in derselben Farbe!« entrüstete sich Hutzel. »Ich wußte es. Es hat etwas zu bedeuten. Es hat etwas zu bedeuten!«

Rempel Stilz kam näher, so daß man ihn sehen konnte. Er trug die Anzüge und zeigte sie ihnen. Sie waren aus Sackleinen gefertigt und so klein, daß nicht einmal ein Koboldkind hineingespaßt hätte.

»Halten sie uns für so winzig?« fragte Riette verwundert. Plötzlich rief sie aufgeregt: »Kackmist, das ist symbolisch gemeint!«

Brams hatte plötzlich einen Geistesblitz. Allerdings keinen von der Art, der sofort alles erhellte, sondern einen verzögerten, der lediglich ankündigte, daß irgendwann, über kurz oder lang, mit einem Donnerschlag der Erkenntnis zu rechnen sei.

Er hob den Zeigefinger und sprach: »Ich weiß es! Ich weiß es ... Es liegt mir auf der Zunge.«

Zufällig blickte er zu Hutzel.

Auch der hatte den Zeigefinger erhoben und beteuerte: »Ich weiß es! Ich weiß es ... Es liegt mir auf der Zunge.«

Wahrscheinlich sehen wir aus wie Spiegelbilder oder wie zwei Verrückte, dachte Brams, just als ihn donnernd die Erleuchtung überrollte.

»Ich hab's!« sagte er.

»Ich auch!« stieß Hutzel aus. »Aber sprich du zuerst.«

Brams bedankte sich mit einem Nicken. »Sie wollen, daß wir verschwinden!«

»Das soll nämlich unsere Reisekleidung darstellen«, ergänzte Hutzel. »Meinetwegen hätte sie uns ruhig passen können.«

»Unklar und unfreundlich«, urteilte Riette. »Ich kann es immer noch einrichten, daß sie mich versehentlich erblicken.«

»Dafür ist es zu spät«, entschied Brams.

»Wir sollten uns nie wieder auf alte Bräuche, sondern nur noch auf altbekannte einlassen«, meinte Rempel Stilz.

Draußen wurde es mit einem Mal laut. Viele Stimmen waren zu hören und das Wiehern von Pferden.

»Kommt heraus aus euren Häusern!« rief jemand ungeduldig.

»Wer von euch ist der Bauer Kriegwart, auch genannt der Schlagles?«

»Ich bin der Schlagles!« ertönte sogleich eine fröhliche Altmännerstimme.

Andere, ganz und gar nicht fröhliche Stimmen, versuchten sie zu übertönen. »Schweig, Gevatter, schweig. Bitte sei still. ... Er scherzt nur, hoher Herr. Er ist nicht der Schlagles!«

»Aber selbstverständlich bin ich der Schlagles, Waldebrand. Du bist kein Kind mehr. Irgendwann mußt du es ja doch erfahren.«

»Was ist das für eine Narretei?« verlangte eine noch lautere und noch weniger fröhliche Stimme zu erfahren. »Bist du's oder bist du's nicht, alter Mann?«

»Und wie ich es bin, feiner Herr«, antwortete der Alte auf eine Weise, aus der herauszulesen war, daß noch mehr als nur eine knappe Antwort von ihm zu erwarten war.

Da gab es kein Halten mehr!

In freudiger Erwartung stießen Brams und seine Gefährten die Scheunentür auf und sprangen ins Freie. Dort draußen war ein wunderbarer Streich im Gange. Den wollten sie sich nicht entgehen lassen!

Geschwind eilten sie zum Wohnhaus und rannten an seiner Rückwand entlang. Ein Blick um die Hausecke zeigte Erfreuliches. Neben dem Gebäude, am vorderen Drittel der Wand und damit fast an der Straße, hatten die Hausbewohner ein Hufeisen aus Brennholzscheiten errichtet. Es bot ein vorzügliches Versteck, von dem aus sich das Geschehen gut und hinreichend vor Entdeckung geschützt überblicken ließ.

Fast alle Einwohner des Dorfes waren zusammengekommen. Erwachsene und Kinder drängten sich auf beiden Seiten der Straße. Die meisten von ihnen trugen Nachtgewänder mit eilig übergestreiften Röcken, Hosen und Jacken. Ihre Köpfe wärmten

Schlafmützen oder schlecht zu dieser flüchtigen Bekleidung passende Hüte. Noch immer gesellten sich zu den bereits Wartenden Nachzügler hinzu.

Auf der Straße brannten Fackeln. Sie ruhten in den Fäusten grimmiger Männer, die Helme auf den Köpfen trugen und deren Lederkleidung mit Eisenblech besetzt war. Das flackernde und rußende Feuer beleuchtete außer ihnen noch ein paar Reiter. Einen erkannte Brams dank seines geschulten Auges sogleich. Er hatte ihn bei der Frau in Weiß gesehen. Sein Name war sehr auffällig gewesen. Irgend etwas mit »Krieg«.

Der Reiter blickte, sichtlich um Beherrschung bemüht, auf eine Gruppe, in deren Mitte der unbeschwert fröhliche Wechselbalg stand. Mehrere Menschen sprachen aufgeregt auf ihn ein: Waldebrand, der sich fälschlich für seinen Sohn hielt, Adelkunde, die sich zu Recht als dessen Frau betrachtete, und die Muhme, die tatsächlich ein wenig so aussah, wie sie der Wechselbalg beschrieben hatte. Ob der erwähnte Knecht dabeistand, war nicht ersichtlich. Womöglich war auch seine Beurteilung nicht rundweg falsch gewesen.

»Sprich endlich!« verlangte der Ritter barsch. Krieginsland, so hieß er, wie Brams wieder einfiel. »Heraus mit der Sprache: Bist du der Schlagles oder nicht?«

»Und wie, feiner Herr, und wie«, antwortete der Wechselbalg entgegen der verzweifelten Bemühungen seiner unechten Verwandtschaft. »Ich bin der Schlagles, jawohl, der Schlagles-dir-eine-aufs-Maul, aber gleich und wie!«

»Was!« brüllte der Ritter fassungslos. »Was?«

Nicht minder bestürzt schrie die vermeintliche Verwandtschaft des Wechselbalgs: »Er redet wirr! Er weiß nicht, was er sagt. Ein armer, alter Mann. Er bedauert schon, was ihm wie ein fauler Wind entwich.«

»Das ist wohl wahr«, pflichtete der Wechselbalg zerknirscht bei und hob die Hand, als wolle er auf sich aufmerksam machen, was jedoch längst nicht mehr nötig war. »Feiner Herr, feiner Herr, jetzt fällt es mir wieder ein! Ich bin gar nicht der Schlagles. Ich bin vielmehr der Trittles-dich-gleich-in-den-Arsch-und-wie!«

Nun hatte der Ritter genug.

»Bringt ihn herbei!« schnauzte er zwei Waffenknechte an.

»Fangen spielen! Hascht mich!« rief der falsche Großvater begeistert und rannte davon. Die beiden Männer jagten ihm hinterher. Geraume Zeit verstrich, bis sie ganz außer Atem und wie geprügelte Hunde zurückkehrten. Den Großvater hatten sie nicht dabei. Der Ritter hatte Mühe, ihren Worten Glauben zu schenken.

»Was! Dieser alte Mann ist euch entwischt?« rief er und bedachte seine Gefolgsleute ausgiebig mit Schimpfworten.

Brams biß sich derweil in die Hand, um ein Lachen zu ersticken. Verglichen mit dem Gejagten waren die beiden Häscher nicht nur alt, sondern sogar steinalt!

»Huhu!« ertönte es schon bald wieder aus der Nacht – für manchen unerwartet, für andere nicht. Mit zügigen Schritten näherte sich der Wechselbalg dem Lichtkreis.

»Die Armbrust!« knurrte der Ritter und streckte die Hand zu einem seiner Begleiter aus. Der Mann spannte die Waffe und reichte sie ihm. Der Ritter nahm sie entgegen.

Das bewog Adelkunde zum Eingreifen. »Das könnt Ihr nicht tun, hoher Herr«, rief sie schrill vor Entsetzen und rannte zu ihm.

»So, kann ich nicht?« antwortete Krieginsland ungnädig und schlug ihr mit der eisenbewehrten Faust so hart auf den Kopf, daß sie zusammenbrach. Dann schoß er die Armbrust auf den Wechselbalg ab, jedoch ohne ihn zu treffen. Der schien das Spiel inzwischen sowieso leid zu sein. Mit einem garstig verschandelten Jodellaut – Johahühü! – entschwand er.

Der zornige Ritter richtete den Blick auf Waldebrand. »Hab ich den alten Schlagles nicht, so hab ich doch immer noch den jungen! Komm herbei, Schuft!«

»Herr ... Herr!« flehte Waldemar. »Mein Vater ist doch gar nicht der Schlagles. Ich bin es ebenfalls nicht! Der da ist es!« Er zeigte auf einen Mann auf der anderen Straßenseite.

»Ei! Ei!« wisperte Riette. »Das ist ja unser Bauer.«

»Was?« zischte der Ritter Krieginsland wie vor den Kopf geschlagen und deutete auf den Betreffenden. »Ist das wahr?«

»Ja«, gestand der Mann weinerlich.

Krieginsland schaute wieder zu Waldemar. »Was wagst du es, meine Zeit zu vergeuden? Hängt ihn auf!«

»Sogleich, Herr?« fragte einer der Bewaffneten, denen er den Befehl erteilt hatte.

Der Ritter rang mit sich. »Findet erst heraus, wieviel Steuern er bezahlt. Kommt sein Tod zu teuer, so laßt ihn eben laufen. Die Krone muß sparen und kann sich keine Verschwendung leisten in diesen harten und kriegerischen Zeiten.«

Erneut blickte er zu dem richtigen Schlaglesbauern. »Du, Freundchen, antwortest besser schnell, bevor ich auch bei dir nachprüfen lasse, wie teuer dein Ende die königliche Schatulle käme.«

Ohne den Blick von ihm abzuwenden, griff er in seine Satteltasche und zog einen Holzschuh heraus. Er streckte ihn dem Bauern entgegen. »Nicht geleimt! Nicht genagelt! Alles nur gut verfugt, sagte man mir.«

»Das ist einer von unseren«, raunte Riette.

»Habe ich schon befürchtet«, sagte Hutzel.

»Ein Bauer verkauft sie neuerdings auf dem Markt von Aschenhausen«, sprach Krieginsland weiter. »Bis vor kurzem hat man nie von ihm und seiner Handwerkskunst gehört. Nun schleppt er das famose Schuhwerk körbeweise an. Da fragt man sich doch: Woher hat er es? Vielleicht auch: Von wem hat er es?«

Er beugte sich auf seinem Pferd nach vorn und sprach zwar leise, aber noch immer gut verständlich: »Wo sind sie?«

Der Bauer stieß einen verängstigten Schluchzer aus und antwortete: »In der Scheune!«

»Rückzug, sofortiger Rückzug!« ordnete Brams sogleich an.

11. Gottkrieg vom Teich und die Blüte der Ritterschaft

Das Rinnsal war nicht breiter als zwei oder drei Rechtkurz und schlängelte sich zwischen verwelkten Blättern, vertrockneten Zweigen, abgeblätterter Borke und kleinen Kratern, die von Rehhufen stammten, hindurch zum Weg. Dort vereinigte es sich mit einem sechsmal so breiten, aber nicht wesentlich tieferen Gewässer. Da der aufgeweichte Waldweg den Lauf dieses Bächleins bestimmte, blieb ihm keine andere Wahl, als an dem entwurzelten Baumstamm vorbeizufließen, auf dem Brams, Hutzel, Riette und Rempel Stilz nebeneinander in der Morgensonne saßen und die Beine baumeln ließen. Noch immer wuchs auf Rempel Stilz' blitzblankem Schädel nicht einmal der feinste Flaum. Anscheinend stimmte es, daß er seine Haare verliehen hatte.

»Was tun wir jetzt?« fragte er.

Da Brams diese Frage sowieso nicht mochte, gab er sich ganz dem Bemühen hin, sich nicht angesprochen zu fühlen. Denn so sagte es ihm eine innere Stimme: Wenn Rempel Stilz eine Antwort von dir erwarten würde, so hätte er sicher gefragt: ›Was tun wir jetzt, *Brams*?‹ Das hat er aber nicht gesagt! Ich, deine innere Stimme, habe jedenfalls nichts Derartiges gehört. Du vielleicht, Brams?

»Nein«, versicherte Brams erleichtert infolge dieser Bestärkung. »Ich habe auch nicht gehört, daß er meinen Namen nannte.«

»Was murmelst du da eigentlich vor dich hin?« fragte ihn Hutzel. »Hat es etwas mit unserer Lage zu tun? Was tun wir jetzt, Brams?«

Brams musterte ihn schweigend. Schon vor langer Zeit hatte er gelernt, daß, wenn man keine Antwort wußte, es das beste war, alles Bekannte ruhig und geordnet zusammenzufassen und darauf zu hoffen, daß die Frage am Schluß vergessen worden war.

»Was wissen wir?« entgegnete er daher laut. »Laßt uns zuvörderst erst einmal alles zusammenfassen. Angefangen hat es mit der Frau in Weiß ...«

»Ist ja schon gut«, unterbrach ihn Hutzel. »Ich kenne diese Menschenfrau nicht. Ich habe sie noch nie gesehen. Einer von euch etwa?«

»Mitnichten«, bestätigte Rempel Stilz. »Warum läßt sie nach uns suchen? Das kann doch nicht nur wegen des üblichen Topfes Gold sein?«

»Nein, das glaube ich auch nicht«, brachte Brams sich in Erinnerung. »Aber warum dann? Das ist die Frage. Laßt uns das Ganze ruhig und geordnet zusammenfassen.«

»Sie hat uns nicht nur suchen lassen, sondern sogar beinahe gefunden«, stellte Rempel Stilz fest. »Wie hat sie das bloß geschafft?«

»Das kann man ganz leicht herausfinden«, behauptete Riette strahlend.

»Wie?« fragten die anderen.

»Wir lauern dem Ritter auf und verprügeln ihn so lange, bis er es uns verrät.«

»Hm«, brummte Rempel Stilz zurückhaltend. »Das wäre eine Möglichkeit.«

»Ja, eine Möglichkeit«, schloß sich Hutzel an. »Aber vielleicht gibt es noch weitere?«

»Kackpuh!« sprach Riette mit verstellter, tiefer Stimme. »Wozu weitere Vorschläge? Genauso sollten wir es machen, Herrschaften, hoho! Aus Riettes Vorschlag spricht große Weisheit, hoho!«

»Der Erdmännchenmann hat es ihnen verraten«, warf Brams ein. »Alles war schierer Zufall.«

»Welcher Erdmännchenmann?«

»Habt ihr ihn nicht erkannt? Der mit den Incubi und Succubi, den Riette fälschlich mit dem *Sanftpuder* angepustet hat. Dinkelwart Irgendwas, Kunstsieb mit dreiunddreißigfachem Gewissen oder so ähnlich.«

»Das war überhaupt nicht fälschlich«, widersprach Riette heftig. »Es wäre sogar die einzig richtige Vorgehensweise gewesen, wenn wir seinetwegen dagewesen wären.«

»Sicherlich«, sagte Brams beiläufig. »Die Frau in Weiß traf uns außerhalb des Dorfes und der Erdmännchenmann innerhalb. Da dachten sie sich wahrscheinlich: Wenn die Kobolde hier ein und

aus gehen, so kommen sie vielleicht wieder. Wären wir nicht so bald wieder hier gewesen, so hätten sie unrecht gehabt. Das Ganze war sozusagen ein Glückstreffer.«
»Ein Unglückstreffer!« rief Riette aus.
»Das meinte ich damit«, antwortete Brams.
»Doch kommen wir zurück zur ursprünglichen Frage«, rief Hutzel. »Was tun wir jetzt, Brams?«
Brams wußte noch immer nicht, was er darauf antworten sollte. Einen Augenblick spielte er mit dem Gedanken einer weiteren Zusammenfassung. Doch dann fiel ihm etwas Besseres ein. Er stellte sich auf den Baumstamm und sprach: »Einerseits werden wir hier aus unbekanntem Grund gesucht. Andererseits wird die Tür nicht mehr zurückkommen. Was folgt daraus, Riette?«
Jäh zeigte er auf die Koboldin.
»Wir müssen woandershin, Herrschaften, hoho«, antwortete Riette noch immer mit verstellter Stimme.
»Das stimmt«, sagte Brams nachdenklich. »Das stimmt! Wir müssen also woandershin, sagt Riette. Aber wohin gehen wir, Rempel Stilz?«
Rempel Stilz schreckte hoch. »Ich? Hm. Äh. Wir suchen so lange, bis wir einen anderen Wechseltrupp treffen, der uns ins Koboldland-zu-Luft-und-Wasser mitnimmt. Aber ich glaube nicht, daß das etwas werden kann. Nein, nein, keineswegs.«
»Um auf einen anderen Wechseltrupp zu stoßen, müßten wir schon ungeheueres Glück haben«, wandte Hutzel ein. »Darauf möchte ich nicht bauen.«
»Das wäre auch mein Einwand gewesen«, stimmte Rempel Stilz zerknirscht zu. »Ein schlechter, sehr schlechter Vorschlag. Wie ich schon sagte.«
»Ich weiß es! Ich weiß es!« rief Riette plötzlich aufgeregt. Sie ließ sich vom Baumstamm gleiten und hüpfte im Bach umher. »Wir suchen einen Riesen!«
»Einen Riesen?« wiederholten die anderen verwundert.
»Aber ja. Der wird uns zu dem anderen Riesen führen, nämlich dem, der mit Moin-Moin bekannt ist. Und wenn er ihn das nächste Mal besucht, so laufen wir ihm einfach hinterher!«

»Moin-Moin kennt überhaupt keinen Riesen«, beschwerte sich Hutzel.
»Selbstverständlich kennt er einen Riesen, Hutzelmeier! Nämlich den, der die schmutzigen Geschäfte für ihn erledigt.«
Wie man es bereits von ihr kannte, zeichnete sie mit dem Fuß vier Schmierspuren auf den Waldweg und zählte ihrer aller Namen dazu auf.
»So abwegig ist der Vorschlag nicht«, sagte Brams zögernd.
»Wie? Jetzt fängst du auch mit Riesen an?« ereiferte sich Hutzel. »Im Koboldland-zu-Luft-und-Wasser war noch nie ein Riese!«
»Wohl!« rief Riette sofort streitlustig und zertrampelte eine ihrer zuvor gezogenen Furchen. »Wohl, Hutzelplattner!«
Brams senkte die Stimme. »Laß gut sein, Hutzel. Du weißt, wie sie ist, wenn sie ist, wie sie ist.«
Hutzel nickte bedeutungsschwer. Selbstverständlich wußte auch er, wie Riette war, wenn sie war, wie sie war.
Brams erklärte seinen Plan: »Laut Moin-Moin gibt es im Menschenland Tore zum Feenreich. Von den Feen wiederum soll man zur Gerümpelheide der Dunkelwichtel gelangen. Wie ihr ja wißt, ist es von denen aus tatsächlich nicht mehr weit bis zu uns.«
»Und wie finden wir ein Feentor?« fragte Rempel Stilz.
»Kein Feentor, sondern ein Riesentor!« berichtigte ihn Riette und setzte sich wieder auf den Stamm.
»Suchen und fragen«, flüsterte Brams.
»Ein Riesentor«, wiederholte Riette. »Ein riesiges Riesentor!«
Hutzel machte eine heimliche Kopfbewegung in ihre Richtung und setzte ein fragendes Gesicht auf.
Brams bewegte die Lippen, ohne aber einen Laut von sich zu geben. »Das ist einfach!« formte er. »Immer wenn sie zuhört, sprechen wir von Riesen, auch wenn wir Feen meinen.«
Rempel Stilz und Hutzel blickten ihn verständnislos an.
Brams unternahm einen neuen Anlauf. Dieses Mal bewegte er die Lippen langsamer und achtete darauf, bei seinen Sprechbewegungen jede Silbe durch eine kleine Pause von der nächsten zu trennen. »Ein-fach, sag-te ich. Wenn Ri-e-tte zu-hört, dann wir sa-gen Rie-se, a-ber mein-en Fe-en!«

Seine beiden Gefährten blickten sich an und schüttelten verständnislos die Köpfe. Rempel Stilz sah zu Brams, deutete auf seine Lippen und bewegte sie nun ebenfalls stumm. Doch sosehr sich Brams auch bemühte, so wenig verstand er ihn. Er war sich nicht einmal sicher, daß ihm Rempel Stilz überhaupt etwas mitzuteilen wünschte und ihm nicht nur mit willkürlichen Lippenbewegungen einen Streich spielte. Mit einer Handbewegung brachte er ihn dazu, damit aufzuhören.

»Was versteht ihr denn nicht?« wisperte er ungeduldig.

»Alles!« antworteten Hutzel und Rempel Stilz einstimmig.

»So schwer ist das doch nicht!« gab Brams zurück. »Ihr müßt einfach auf die Lippen achten. Nur auf meine Lippen!«

»Ich kann Lippenlesen«, behauptete Riette. »Ich kann für die beiden übersetzen.«

Brams betrachtete sie eingehend und formte mit den Lippen: »Danke, aber das ist nicht nötig, Riette!«

Sogleich übersetzte Riette mit verstellter Stimme: »Er bedankt sich herzlich für das Angebot und nimmt es gerne an.«

Rempel Stilz und Hutzel waren schwer beeindruckt.

»Brams, wußtest du, daß Riette deine Stimme ausgezeichnet nachmachen kann? Im Dunkeln könnte man sie bestimmt leicht mit dir verwechseln.«

Brams klatschte in die Hände, deutete herrisch auf seine Lippen und formte: »Ich würde sie ganz bestimmt nicht mit mir verwechseln!«

Dann ging er in die Hocke, sah Riette ins Gesicht und äußerte stumm: »Ich habe mich zwar bedankt, aber auch gleichzeitig erwähnt, daß deine Hilfe nicht benötigt werde. Ich wiederhole: Nicht, Riette, nicht!«

Während er still den Mund bewegte, sah ihn Riette angespannt an. Gelegentlich nickte sie und sagte: »Ja! Ja!«

Als Brams fertig war, wandte sie sich an die anderen beiden: »Brams hat seine Meinung geändert. Er ist jetzt ebenfalls dafür, daß wir den Riesen suchen.«

»Das habe ich überhaupt nicht gesagt!« widersprach Brams entrüstet. »Kein Wort davon ist wahr.«

»Psst!« zischte Riette.»Ich habe dich auch ausreden lassen... Riesen haben nämlich – so meint auch Brams – den großen Vorteil, daß man sie schon aus der Ferne erkennen kann und es fast unmöglich ist, sie wieder aus den Augen zu verlieren. Ganz anders Feen! Bekanntlich kommen sie sowieso nur nachts und bei Regen aus ihrem Bau, um gemeinsam mit ihren Kindern auf Hasen- und Mäusejagd zu gehen oder in Hühnerställe einzubrechen. Denn tagsüber schlafen sie. Deswegen kann man sich denken, daß...«

Brams stellte sich auf dem Baum auf, so daß er alle anderen überragte. Zum Zeichen, daß er nichts mit Riettes absonderlichem Gerede zu tun hatte, verschränkte er die Arme, schaute zum Himmel und summte eintönig:»Hm-hm-hm!«

Aus der Ferne erklang ein Quietschen. Brams fand schnell heraus, daß es näher kam, und dank seines erhöhten Standpunktes wußte er auch bald, was seine Ursache war.

»Ich falle dir ungern ins Wort«, unterbrach er Riette, die noch immer beim»Übersetzen« seiner angeblichen Worte war.»Doch wir bekommen Besuch.«

Die Koboldin brach ihre Ausführungen ab.»Wer kommt und stört?«

»Zwei Menschen und ein großes und ein kleines Pferd.«

»Sollten wir uns dann nicht verstecken, hinter Büschen, Bäumen und Hecken?« fragte Rempel Stilz.

»Sie sehen nicht aus wie die, die nach uns suchten«, erwiderte Brams stirnrunzelnd.»Wie ich zuvor erklärte, werden wir wohl oder übel einen Menschen ansprechen müssen, wenn wir wissen wollen, wo es ein Feentor gibt. Warum dann nicht gleich die beiden?«

»Einsichtig«, erwiderte Rempel Stilz.»Aber du sprichst mit ihnen und keinesfalls Riette! Die kennt ja nicht einmal den Unterschied zwischen Feen und Fähen!«

»Ich kann sehr schön sprechen«, verteidigte sich Riette und imitierte dabei Brams' Stimme.

»*Ich* spreche mit ihnen!« entschied Brams und setzte sich wieder neben die anderen auf den Stamm.

Immer näher kam das beharrliche Quietschen, und schließlich zeigten sich auch die beiden Menschen, die Brams angekündigt hatte.

Der eine ritt er auf dem großen Pferd. Er trug eine Rüstung samt Helm. Das Visier war zwar hochgeklappt, ließ aber nicht viel von ihm erkennen. Er hatte ein fleischiges Gesicht, war Bartträger und mochte zwischen Mitte Vierzig und Mitte Fünfzig sein.

Sein Begleiter war leichter einzuschätzen, da er keine Rüstung trug. Er war hager und hochgeschossen und zählte gewiß keinen einzigen Tag mehr als fünfzehn Jahre. Schon jetzt war er so groß, daß er – wenn er einmal ausgewachsen wäre – gewiß über zwei Arglang messen würde. Seine Kleidung verriet, daß er sich gerne aufstützte bei Tisch, da Ellenbogen und Unterarme seines Wamses dunkel und mit Essensresten und Getränkeflecken besudelt waren. Der Junge führte das kleinere Pferd, das einen hochbepackten, einachsigen Karren zog. Womit er beladen war, war wegen einer Plane nicht zu erkennen. Jedoch ragten lange Stangen unter ihr hervor.

Von diesem Wagen, nämlich seinen Rädern, rührte das Quietschen her.

Als der Ritter die Kobolde erreicht hatte, brachte er sein Pferd zum Stehen. Wortlos blickte er von einer grün gewandeten Gestalt zur anderen: von Riette mit ihren Blaubeerhaaren zu Hutzel mit seiner Reihernase, zu dem völlig kahlen Rempel Stilz und schließlich zu Brams.

»Was ist das für ein bunter Haufen!« rief er dröhnend.

Als Brams etwas erwidern wollte, hob der Ritter die Hand.

»Einen Augenblick noch!«

Er nahm den Helm ab, klopfte mit den Knöcheln seiner behandschuhten Linken darauf und erklärte: »Ein famoses Erbstück, das schon mein Urahn unter König Kriegerich I. trug! Jedoch höre ich fast nichts, solange ich ihn aufhabe. Nicht, daß ich darüber klagen wollte! Ich weiß gar nicht, wie der Bückling...«, er deutete bei dieser Bezeichnung auf seinen Gehilfen, »dieses elende Quietschen erträgt Aber er ist ja auch noch jung! Beinahe ein Kind. So wie ich mich an meine Kindheit erinnere, konnte es uns nie laut genug sein. Eine gewöhnliche Unterhaltung – das kannten wir doch überhaupt nicht! Im Gegenteil, wir fühlten uns erst richtig wohl, wenn einer den anderen anbrüllte und Teller und Krüge auf den Regalen hüpften! O schöne Kinderzeit – so muß das sein! Zumindest war es bei uns daheim so üblich. Was meinst du, Bückling?«

»Genau das, Meister!« antwortete der Junge eilfertig und stellte sich neben ihn. Das Pferd des Ritters sah dadurch plötzlich sehr viel kleiner aus.

»Herr, nicht Meister, du Bengel«, verbesserte ihn der Ritter so beiläufig, als täte er das mindestens ein dutzendmal am Tag. »Doch nun zu euch, Herrschaften! Selbst wenn ihr nicht allesamt genau gleich angezogen wärt, würdet ihr dennoch für Aufsehen sorgen. Das ist euch sicher bewußt? Ihr seid wohl nicht von hier? Du mit der Glatze, antworte!«

»Ich?« quiekte Rempel Stilz verlegen.

»Sicher du! Du scheinst der Kräftigste von euch zu sein. Deswegen bist du bestimmt der Anführer und Sprecher. Außerdem trägst du ein Schwert.«

»Ich?« wiederholte Rempel Stilz, dessen Ohren mittlerweile einen satten Rotton angenommen hatten.

»Er spricht nicht gerne mit Fremden«, erklärte Riette. »Ich hingegen spreche besonders gerne mit Fremden.«

»Er ist der Sprecher! Er ist der Sprecher!« schrieen Rempel Stilz und Hutzel sogleich und deuteten auf Brams.

Der richtete sich gerade auf und erklärte mit einem strengen Blick auf alle Anwesenden: »So ist es! Ich bin der Haupt- und Nebensprecher.«

»Erstaunlich!« gab der Ritter verwundert von sich. »Ausgerechnet der Unscheinbarste von den Bürschchen. Andere Länder, andere Sitten, muß man da wohl sagen. Also, wer oder was seid ihr und woher kommt ihr?«

»Wir sind einsame Wanderer und stammen aus dem Koboldland-zu-Luft-und-Wasser«, erklärte Brams bereitwillig. Der Einfachheit halber hatte er sich entschieden, bei der Wahrheit zu bleiben, da nach allgemeiner Koboldlehrmeinung der Name seiner Heimat für Menschen viel zu lang war, als daß sie sich ihn merken konnten. Angeblich erinnerten sich die meisten bereits einen winzigen Augenblick, nachdem sie ihn vernommen hatten, nur noch an die letzten Silben – Irgend-etwas-im-Wasser – und zogen daraus dann den Schluß, daß Insulaner grundsätzlich etwas kleinwüchsiger waren als Festlandbewohner. Das galt allerdings nicht für alle.

»Kobo-was?« fragte der Ritter verständnislos.

»Kobold, Meister«, half ihm sein junger Begleiter rasch. »Er sagte irgend etwas von Kobolden, Meister.«

Nachdenklich betrachtete der Ritter seine vier Gegenüber: Riette, Rempel Stilz, Hutzel, Brams. Dann lachte er plötzlich und verpaßte den Jungen einen spielerischen Klaps auf den Hinterkopf. »Ich weiß gar nicht, wo der Bengel immer diese Einfälle herhat! Außerdem heißt es ›Herr‹.«

»Ich habe trotzdem Kobolde verstanden, Meister«, beharrte der Junge eigensinnig.

Brams war über diese Wendung viel zu erstaunt, um aus dem Stand heraus eine passende Antwort erfinden zu können. Auch das hätte eigentlich nicht vorkommen sollen.

»Fassen wir doch am besten alles einmal zusammen«, schlug er hilflos vor.

Aber schon übernahm Hutzel unverhofft das Wort: »Was können wir denn dafür, was du hörst... Bengel? Er sagte nicht Kobold, sondern Kopolt! Wir sind Kopoltrier und stammen aus Kopoltern.«

»Diesen Namen habe ich noch nie gehört«, erklärte der Ritter. »Wo soll das liegen?«

»Wo soll das schon liegen?« erwiderte Hutzel verschlagen. »Gleich neben Poltern. Wie der Name schon sagt: Poltern und Ko-Poltern.«

»Auch davon habe ich noch nie etwas gehört«, beharrte der Ritter.

Hutzel zuckte schicksalsergeben die Schultern. »Wir reden gegenseitig nicht gern voneinander, und falls doch, so verbreiten wir nur Schlechtes oder befleißigen uns übler Nachrede. Das mag einiges erklären.«

»Ihr Polterer und Ko-Polterer mögt euch wohl nicht sonderlich?«

»Könnte man so sagen.«

Hutzel verbreitete ganz den Eindruck eines über die Maßen gelangweilten Redners, so daß sich der Ritter zufriedengab. Er hatte jedoch noch andere Fragen.

»Was führt euch Fremde in unser heldenhaftes und streitbares Land?«

»Feentor«, spuckte Rempel Stilz hastig aus und zog den Kopf ein. »Wir suchen ein Tor ins Feenreich.«

»Ein Feentor?« antwortete der Ritter verdutzt. »Was wollt ihr denn dort? Ich dachte, ihr wärt Wanderer.«

»Das stimmt«, bestätigte Brams. »Aber wir sind auch Gelehrte ... und sogar Mystiker. Manche nennen uns Siebenkünstler und Wanderer im dreißigfachen Unwissen!«

Das Gesicht des Ritters wurde bei diesen Worten ganz leer. Fast mochte man glauben, er sei entweder im Sattel eingeschlummert oder seine Seele sei ihm für immer entwichen. Dieser Eindruck währte so lange, bis ihn der Junge am Ärmel zupfte. Der Ritter beugte sich zu ihm hinab und lauschte ein paar geflüsterten Sätzen. Lächelnd richtete er sich wieder im Sattel auf und gab dem Burschen einen Klaps auf den Hinterkopf. »Was für Einfälle du immer hast, Bengel!«

Dann wandte er sich an Brams: »Kurzum: Ihr seid also Pilger?«

Brams nickte. Riette klatschte in die Hände: »Sogar Riesenpilger!«

»Ihr habt euch einiges vorgenommen«, fuhr der Ritter fort. »Einen Weg ins Feenreich findet man nicht gerade hinter jedem Fliederbusch. Doch das Schicksal ist euch hold! Ich kenne einen und werde mich sogar in nicht allzu vielen Tagen in seine Nähe begeben. Mein Angebot: Werdet mein Gefolge, wenn ihr es nicht zu eilig habt. Doch muß euch selbstverständlich gewahr sein, daß ein Ritter in dieser heldenhaften Zeit handeln muß, wie ein Ritter eben handeln muß.«

»Wie muß denn ein Ritter handeln?« erkundigte sich Brams, der diesen Worten wenig Verständnisvolles abgewinnen konnte. Der Ritter warf ihm einen mitleidsvollen Blick zu: »Ich wog mich bisher in dem Glauben, daß das einfach jeder wisse. Ich vergaß, daß ihr Auswärtige seid. Lernt also: Ein Ritter beweist sich auf den Turnierplätzen des Königreiches, um Ruhm, Ehre und Ansehen zu mehren. Er mißt sich mit den Würdigen und triumphiert über die Schwachen. Doch sprecht flink, da ich nicht den ganzen Tag hier verweilen will: Wie lautet eure Antwort?«

»Einverstanden«, antwortete Brams knapp.

Der Ritter maß ihn schweigend einen ausgedehnten Augenblick lang, so als warte er auf einen noch erheblich längeren Hauptteil seiner Antwort. Als dieser ausblieb, seufzte er hörbar.

»So scheint es also abgemacht! Doch mag's nicht schaden, wenn man sich nun gegenseitig die Namen nennt. Ich bin der Herr Gottkrieg vom Teich, und so ihr nicht von Geblüte seid, sollt ihr mich ebenfalls Herr nennen, wie mein Knappe. Sein Name lautet Grein von Hehring. Ich nenne ihn aber nur kurz *Bückling*, denn was wäre das Leben ohne einen kleinen Spaß hin und wieder? Außerdem paßt der Name besser zu seinem Charakter. Jetzt zu euch!«

»Hutzel.«

»Brams.«

»Rempel Stilz.«

Der Ritter hob die Hand. »Rempel Stilz? Oder vielleicht von Stilz? Ihr seid wohl nicht mit den Stilzens aus Stilzhausen verwandt?«

Rempel Stilz zog den Kopf noch weiter zwischen die Schultern: »Nein, aber mit einem Troll.«

Der Ritter lachte: »Wie ich schon sagte: Ein Spaß muß gelegentlich sein.«

Er deutete auf Rempel Stilz und Hutzel und danach auf Brams: »Euch beide werde ich ansprechen wie den Bengel. Euch, Brams, da Ihr trotz Eurer Unscheinbarkeit der Anführer seid, werde ich ein *Herr* zubilligen, jedenfalls solange keine andere Person von heimischem Stande zugegen ist. Bleibt also noch das kleine Frauenzimmer. Wie verfahre ich mit ihr? ... Der Name?«

»Riette«, antwortete Riette.

»Riette! So, so, die Jungfer Riette!« Ein Ruck ging durch den Körper des Ritters Gottkrieg vom Teich, und er lachte lauthals. »Das ist ja köstlich! Das ist ja gar zu witzig! Jungfer Riette! Dieser Name! Eure Eltern wußten einen guten Scherz offenbar zu schätzen. Bückling, schnell schlage mich, damit ich nicht vor Lachen vom Pferde falle und mir etwas breche!«

Der Knappe tat wie geheißen, und das Lachen des Ritters verwandelte sich in ein verhaltenes Glucksen. Während er sich die Lachentränen aus den Augen und von den Wangen wischte, wiederholte er allenthalben: »Dieser Name. Dieser Name!«

Derweil durchlief Riettes Miene verschiedene Wandlungen. Zuerst sah sie aus, als habe sie eine Zitrone verspeist, anschließend, als habe sie völlig unbeherrscht ein ganzes Ziemlichschwer Zitronen verschlungen, und schließlich gar, als habe sie alles mit einem Krug Essig hinuntergespült.

»Verzeiht, aber Spaß muß sein«, sagte der Ritter, als er seine Fassung wiedererlangt hatte, und wandte sich an den Knappen. »Bückling, warum habe ich gelacht?«

»Ich weiß nicht, Meister.«

»Herr, Bückling, Herr heißt es! Streng dich an! Ich gebe dir einen Hinweis: Wie nennt man eine kleine Jungfer?«

»Jüngferlein? Jungferklein?«

Gottkrieg schlug ihn auf den Hinterkopf: »Über einen solch lahmen Scherz hätte ich wohl kaum gelacht, Bengel! Bei dir ist Hopfen und Malz verloren! Ich sage es dir: Eine kleine Jungfer ist eine Jungferiette! Ist das nicht köstlich?«

Bückling rieb sich das Haupt und lachte unecht. Gottkrieg sah sich um. Niemand sonst lachte. Entrüstet schüttelte er den Kopf: »Beim Schinderschlund, versteht diesen Spaß denn keiner hier? So schwer zu begreifen ist das doch nicht! Jungferiette! Eine Jungferiette! Das ist doch ganz einfach!«

Seine Erklärung änderte jedoch nichts. Nachdem der Ritter von Teich solcherart kläglich gescheitert war, wandte er sich wieder

an Riette: »Wie ich schon sagte: Spaß muß sein. Ich habe mich entschieden. Für dich gilt dasselbe wie für die anderen beiden. Doch nun laßt uns nicht länger verweilen.«
Brams ließ sich von dem Baumstamm gleiten und rief: »Auf ein Wort noch, wegen des Quietschens.«
Der Ritter sah ihn mitleidig an: »Wenn Ihr wegen eines Helmes vorsprecht, Herr Brams, so muß ich Euch enttäuschen. Ich habe nur einen, und den kann ich Euch nicht überlassen. Ihr werdet es wohl ertragen müssen!«
»Mitnichten!« widersprach Brams heftig. »Das Quietschen läßt sich leicht beseitigen. Ihr... er... der Bengel... hätte sich längst darum kümmern können.«
Der Ritter zog eine Braue hoch: »Bedauere, Herr Brams, ich bin nicht gewillt, wegen dieser Kleinigkeit Stunden zu vergeuden.«
»Stunden?« rief Brams ungläubig aus. »Eine Viertelstunde! Höchstens!«
Der Ritter lachte: »Das glaubt Ihr doch selbst nicht. Solange dauert es ja schon, den Wagen abzuladen und wieder zu bepacken. Laßt diese Reden sein, bevor ich ungeduldig werde.«
»Wer will denn schon den Wagen abladen?« mischte sich Hutzel ein. »Das geht ohne! Bestimmt habt Ihr schon von Neuerungen wie Hebel, Flaschenzug und schiefer Ebene gehört? Damit läßt sich so gut wie alles mühelos erledigen.«
»So?« sagte der Ritter zweifelnd. »So? Ich bin häufig unterwegs. Da bekommt man oft manches nicht mit.«
»Es ist so«, versicherte Hutzel beruhigend. »Seht selbst... Herr!«
Das Instandsetzen des Wagens dauerte genau eine Viertelstunde und auch nur deswegen so lange, weil Rempel Stilz darauf bestand, einige *Extras* einzubauen. Danach quietschte er nicht mehr und lief allgemein leichter. Ritter Gottkrieg war äußerst beeindruckt. Der Bückling sah nicht ganz so glücklich aus.
Brams vermutete, daß er vielleicht mit dem Ende des Quietschens auch das Ende seiner Jugendtage gekommen sah.

12. Der Herr vom Teich unterweist den Bückling in wahrem Rittertum

Gottkrieg vom Teich lag noch nicht lange auf seinem Lager, als sich der Eingang des Zeltes öffnete und sein Knappe den Kopf hereinstreckte.

»Meister?« zischte er.

»Herr, Bückling«, verbesserte ihn Gottkrieg. »Was gibt es, was nicht bis morgen früh warten kann?«

Augenscheinlich verstand der Knappe die Frage als Einladung, da er geschwind auf allen vieren zu seinem Herrn gekrochen kam und sich neben ihm auf dem Bauch ausstreckte. Gottkrieg schüttelte den Kopf. So niedrig war das Zelt doch nicht, daß der Knappe nach dem Hereinkriechen nicht hätte aufstehen können.

»Meister, kennt Ihr wirklich ein Tor zum Feenreich?« kam es aus dem Dunkel.

Das war es also!

»Ich will es so ausdrücken«, antwortete Gottkrieg bedächtig. »Wenn man viel herumkommt, so hört man ab und zu, daß hier oder da eines sein soll. Ich gebe nichts auf solches Geschwätz.«

»Dann kennt Ihr also gar keines? Aber Ihr verspracht den Fremden doch, sie zu einem zu führen.« Bücklings Stimme klang ein wenig enttäuscht, aber auch erlöst. Womöglich hatte er heimlich befürchtet, künftig eine untergeordnete Stellung einnehmen zu müssen.

Gottkrieg richtete sich auf seinem Lager auf. »Das verwundert dich, Knappe, wie? Nun, ich hätte mir eine weniger nächtliche Stunde gewünscht, um deine Ausbildung zu vertiefen. Doch wie sage ich gern: Das Leben eines Ritters mit Knappen ist kein Zuckerschlecken! Es bedeutet Verantwortung, Entbehrung und wenig Lohn. Merke dir das, Bengel! Was habe ich dich bislang gelehrt? Wie sieht das Leben eines Ritters aus?«

»Sich täglich ruhmvoll zu beweisen, ein leuchtendes Vorbild ...«, sprudelte es aus dem Knappen heraus.

»Ist ja schon gut!« unterbrach ihn Gottkrieg ungeduldig. »Vor allem bedeutet es ein stetes Ringen um den täglichen Wein, Schnaps und Schweinebraten! Deswegen ziehen wir von Turnier zu Turnier, um Ruhm, die eine oder andere kleine Anerkennung und Preise zu erringen. Junge Ritter glauben, so könne das für immer weitergehen. Was macht ein alter Ritter, Bengel?«

»Er ist den jungen Rittern ein Vorbild«, wußte Bückling. »Sein Rat ist heilig und gefragt, schon deswegen, weil die meisten Ritter früh und tapfer bei der Erfüllung ihrer Pflichten sterben.«

»Habe ich dich das gelehrt?« fragte der Ritter ungläubig. »Bestimmt nicht! Von mir hast du das nicht. Was du immer für Einfälle hast, Bengel! Spitz die Ohren! Was wird ein alter Ritter schon tun? Er heiratet eine oder zwei Frauen. Vielleicht sogar noch eine dritte oder vierte, wenn ihm eine oder beide im Kindbett sterben. Manchmal sogar eine fünfte oder gar sechste, wenn er im nachhinein entdeckt, daß ihre Mitgift größer ist als die der anderen. Denn wie sagt man so schön: Jeder verdient eine zweite Gelegenheit. Aber manches Mal entwickelt sich nicht alles so, wie man es sich vorstellt. Da ist es gut, rechtzeitig Rücklagen zu bilden. Haben wir schon einmal über Hamster gesprochen, Bengel?«

»Nein, Meister.«

»Herr! Bei Gelegenheit müssen wir das nachholen.«

Einige Augenblicke herrschte Stille.

»Ist damit meine Frage beantwortet?« erkundigte sich Bückling unsicher.

»Das hängt davon ab, wie sie lautete, Bengel.«

»Nun, Meister, ich verstehe immer noch nicht, warum Ihr ihnen ein Tor verspracht, obwohl Ihr ...«

»Herr, heißt es«, antwortete Gottkrieg nachsichtig. »Wegen der Rücklagen, Bengel. Gleich als ich die Bürschchen sah, hatte ich den Einfall, sie in der Hauptstadt zu verkaufen. Vielleicht als Narren für einen Burgherrn oder an einen Jahrmarkt, einzeln oder zusammen. Nachher fiel mir ein, daß auch die hehre Huldegund von *Huldegunds Hurtigem Hurenhaus* eine geneigte Abnehmerin sein könnte ... Mir jedenfalls fiele schon etliches ein, wofür diese vier Wusler zu gebrauchen wären ...«

»Woran dachtet Ihr dabei, Meister?« unterbrach ihn Bückling mit erstickter Stimme.
Gottkrieg schlug ihm mit den Knöcheln auf den Schädel. »Solche Dinge fragt ein Bengel in deinem Alter noch nicht! Sitte und Anstand, Bückling, Sitte und Anstand! Und wie ich schon sagte: Das dachte ich zuerst. Doch seitdem sie den Wagen heile gemacht haben, frage ich mich, ob es nicht klüger und einträglicher wäre, sie einzeln als Handwerker zu verkaufen. Oder sogar als alles drei! Als Handwerker, Narren und ... Wehe, du fragst, Bengel! Wehe, du fragst! ... Ich hoffe, du hast gut aufgepaßt. Denn gerade bist du dem Ziel, ein Ritter zu werden, wieder ein ganzes Stück nähergekommen. Und nun verschwinde.«

»Ich schlafe heute nacht nicht bei Euch im Zelt, Meister?« fragte Bückling überrascht.

»Herr ... Wo denkst du hin, Bengel? Glaubst du, ich sei so blauäugig, diesen Bürschchen schon zu vertrauen? Was weiß ich denn über sie? Ich habe sie doch heute erst kennengelernt! Womöglich stehlen sie die Pferde oder schleichen sich ins Zelt, um mich auszurauben oder umzubringen. Wer weiß, was das für ein Gelichter ist! Nein, du, mein braver und treuer Knappe, wirst dich zum Schlafen draußen vor den Zelteingang legen, damit derlei Unbill nicht vorkommen kann.«

Bückling schien nicht ganz überzeugt zu sein. »Meister, wenn Ihr aber argwöhnt, daß sie Euch nach dem Leben trachten, so mag es Euch nichts nutzen, wenn ich draußen bin, anstatt an Eurer Seite. Denn womöglich schlachten sie mich einfach als ersten und kommen dann auf Euch zu sprechen. Teile und herrsche, so habt Ihr's mich selbst gelehrt, Meister.«

»Herr ...«, erwiderte Gottkrieg. »Deine Sorge rührt mich, Bengel. Doch sei beruhigt: Wenn sie dich abstechen, so werde ich bestimmt vom Lärm erwachen, so daß mir dein trauriges Los nicht zuteil werden wird. Denn so schwer ist mein Schlaf nicht. Nun hurtig hinaus mit dir, Bengel.«

13. Wie Riette zu ihrem Namen kam, wahrheitsgemäß erzählt von ihr selbst in eigenen Worten

Manchmal erzählte sich Riette eine Geschichte …
Es war einmal ein Koboldmädchen namens Henriette. Das war so lieb, nett, reizend und zudem noch bezaubernd und hübsch, daß sich jeder freute, wenn er es sah.
Wenn die Grashalme Henriette erblickten, so flüsterten sie: »Seht alle, da geht die liebe Henriette!«
Und die Rosen lachten: »Schaut, da kommt die fröhliche Henriette. Man könnte glauben, die Sonne ginge ein zweites Mal auf. Laßt uns gleich noch einmal so üppig blühen!«
Selbst die stets fleißigen Ameisen unterbrachen ihr Tagwerk. Sie setzten die schweren Lasten ab, stellten sich darauf und winkten: »Huhu, Henriette! Huhu!«
So war es lange Zeit gut, und jeder war froh.
Als die Jahre verstrichen, traf die liebe, nette und zudem freundliche und sanfte Henriette jedoch andere Koboldkinder. Die waren überhaupt nicht nett, sondern bitterböse. Denn kaum hatten sie Henriettes hübschen und zudem wohlklingenden Namen vernommen, da begannen sie zu spotten.
»Hennen-Riette« riefen ihr die garstigen Kinder hinterher und »Hühner-Riette« und »Vogel-Riette«. Andere schrieen nur »Kikeriki!« oder sogar »Quak-Quak!«
Da wurde Henriette sehr, sehr traurig.
Sie ging zu ihrem treuen Freund, dem Efeu. Der kletterte gerade an einer jungen, gut gewachsenen Esche hinauf, wie er es ein- oder zweimal in der Woche ganze gerne tat. Er merkte sogleich, daß etwas im argen lag.
»Was plagt dich, liebe Henriette?« fragte der Efeu besorgt.
»Sie haben das Wort gesagt!« klagte Henriette, den Tränen nahe.
»Welches Wort denn?« erkundigte sich ihr treuer Freund und ließ für einen Augenblick das Klettern auf der jungen Esche bleiben.

»Sie rufen mir Hennen-Riette hinterher!« schluchzte Henriette.
»Und auch Hühner-Riette und Vogelkot-Riette! Manche schreien nur Kikeriki oder sogar Quak-Quak!«
»Du warst gut beraten, sofort zu mir zu kommen, liebe Henriette«, antwortete der weise Efeu gütig. »Denn sogleich fällt mir mein Vetter ein. Lausche gut, Henriette, denn du magst viel Nutzen aus meiner Geschichte ziehen.
Einmal hatte mein Vetter schwer unter dem Spott und Hohn einer streitbaren Burg zu leiden. Sie wollte nicht dulden, daß er ihre schroffen Mauern erklomm, und bedachte ihn tagein, tagaus mit schmählichen Reden. Wiewohl mein Vetter oft arg gekränkt war, tat er zum Schein so, als berührten ihn die Beschimpfungen nicht. Doch klammheimlich bohrte er indessen seine Wurzelspitzen in Fugen und Risse. Als alles gut vorbereitet war, sprengte der Vetter mit großer Kraft die Burgmauern und brachte das ganze streitsüchtige Gemäuer zum Einsturz. Du wirst dich nun gewiß fragen, liebes Kind, was meine Geschichte mit dir und deinen Sorgen zu tun hat?«
»So ist es in der Tat, mein treuer Efeu«, bestätigte Henriette.
»Ich will's dir gleich verraten, doch sage mir zuvor, womit du ausgestattet bist«, begehrte ihr Freund zu wissen. »Mit Luftwurzeln? Fangfäden? Tentakeln? Saugnäpfen?«
»Mit Armen und vorne noch Händen dran«, belehrte ihn Henriette.
»Arme und Hände also, das mag reichen«, erwiderte der Efeu. »Geh also geradewegs zum lautesten der Schreier und Plagegeister, meine nette Henriette, und handle wie mein Vetter. Schlinge die Arme und Hände um ihn und brich ihm kurzerhand das Genick. Das wird den anderen eine Lehre sein.«
Henriette bedankte sich artig beim Efeu für den guten Rat und wandte sich zum Gehen. Doch da fiel ihr noch eine letzte Frage ein:
»Sprich, weiser Efeu, hat dieses Vorgehen deinem Vetter auch wirklich geholfen?«
»Ja und nein«, antwortete der Efeu nachdenklich. »Die Burg hatte er zwar bezwungen, doch seine ruhmreiche Tat wurde dem Wirken von Wühlmäusen zugeschrieben. Deswegen wurde hernach ein langer Krieg gegen die Nager geführt, in dem sie zu Zehntausenden fielen.«

14. Der stille Krieg und der Zustand des Menschenlandes

Sich Menschen offen zu zeigen, und dazu auch noch tagsüber, erschien Brams falsch und widernatürlich. Mit dieser Meinung stand er beileibe nicht allein da. Solches Verhalten kam dem von Regenwürmern gleich, die bei sommerlicher Gluthitze aus ihren Wohnröhren krochen, dem von Füchsinnen, die ihre Welpen zur Mittagszeit in den Hühnerstall führten, dem von Spinnen, die sich nicht damit begnügten, reglos in Netzen zu sitzen oder mit achtbeiniger Zielstrebigkeit in finstere Winkel zu huschen. Darüber waren sich alle vier einig. Zumindest eine Zeitlang.

Diese Einigkeit zerbrach, als Brams sich erinnerte, daß Tadha, der Gefährte der Spinne, in jungen Jahren ein kühner Entdecker gewesen war. Von wegen finstere Winkel! Das ganze Koboldland-zu-Luft-und-Wasser hatte er erforscht, und die Wand, in deren Mitte er nicht irgendwann als gut sichtbarer schwarzer Fleck gesessen hatte – frei nach der Losung: Was kostet die Welt? –, mußte erst noch errichtet werden. So war Tadha gewesen, bevor er seine Lebensaufgabe darin gesehen hatte, an einem Faden zu hängen und auf das Essen zu warten, und bevor er – wie Brams es ausdrückte – *unter völlig merkwürdigen Umständen* beziehungsweise – wie Riette sofort widersprach – *unter ganz gewöhnlichen Umständen* beziehungsweise – wie Hutzel als Kompromiß vorschlug – *unter merkwürdig gewöhnlichen Umständen* verschwunden war.

Diese Einigkeit wurde jedoch neu gestiftet, als Rempel Stilz daran erinnerte, daß zwei der Beispiele widernatürlichen Verhaltens immer noch einen gewissen Wert hätten, selbst wenn nicht jeder Anwesende Füchsinnen und Feen auseinanderhalten könne. Deswegen sei es noch immer ein guter Gedanke, sich irgendwo zu verstecken.

Diese Meinung fand breite Zustimmung, und so kam es, daß das erste, was Bückling sah, als er noch müde die Augen öffnete, vier grüne Kapuzengestalten waren, die sich hinter seinem Wagen verbargen.

Er war sofort auf den Beinen. Damit bewies er, daß er genau das war, als was ihn Rempel Stilz eingeschätzt hatte, nämlich ein leichtes Opfer für einen frühmorgendlichen Aufwach-Scherz. Denn hätte ihm – wie Rempel Stilz es nach dem Ende der nächtlichen Umbauarbeiten vorgeschlagen hatte – tatsächlich jemand die Füße zusammengebunden, so hätte er jetzt auf der Nase gelegen.

»Seht ihr!« sagte Rempel Stilz daher mit mahnend erhobenem Finger, während Bückling aufgelöst angerannt kam und rief: »Was treibt ihr da?«

Dieser recht allgemein gehaltenen Frage folgte sogleich eine etwas eingegrenztere, doch mitnichten gelassenere: »Was habt ihr mit dem Wagen angestellt? Der Meister wird euch grün und blau schlagen und mich wahrscheinlich ebenfalls!«

Brams machte eine besänftigende Handbewegung und deutete auf Rempel Stilz. »Das war sein guter Einfall.«

Anders, als Brams erwartet hatte, stürzte sich sein Gefährte nun keineswegs in ausführliche Erklärungen der Umbauarbeiten der verstrichenen Nacht. Statt dessen senkte er betreten den Blick und errötete. Somit blieb Brams keine andere Wahl, als die ihm zugedachte Aufgabe selbst zu übernehmen.

»Das Ziel unserer Arbeit war Erleichterung! Gerade bergauf wird es dem kleinen Pferd oft schwerfallen, den Wagen zu ziehen. Oft wirst du ihm helfen und schieben müssen, nicht wahr?«

»Wahr gesprochen«, stimmte Bückling zu. Wie wenig wohl ihm war, bewiesen seine fortwährenden Blicke zum Zelt seines Herrn. Doch immerhin hörte er zu.

»Das ist Vergangenheit!« rief Brams aus und deutete auf einen großen Hebel, der sich neuerdings an der Stirnseite des Wagens befand und hauptverantwortlich für Bücklings Ausbruch gewesen war. »Wenn es künftig bergauf geht und immer schwerer wird, dann ziehst du den Hebel nach hinten, worauf ...«

Einen winzigen Augenblick lang überlegte Brams, ob er Bückling wirklich erzählen solle, was dann geschähe, doch dann entschied er, daß es vergebliche Liebesmüh wäre. Also beschränkte er sich auf ein einfaches »... worauf alles leichter wird«.

»Das ist hoffentlich keine verderbte Hexerei?« fragte der Junge besorgt.

Brams schmunzelte überlegen: »Wo denkst du hin? Das ist einfachste Mechanik und dazu alles bestens verfugt!«

Um Bestätigung heischend, blickte er zu Hutzel und Rempel Stilz. Beide nickten zustimmend, wie erwartet. Dem Knappen hingegen schien diese Antwort noch weniger zu behagen als die befürchtete, so daß Brams kurz davorstand zu widerrufen: Was sollte es wohl sonst sein? Ein winzig kleiner hexischer Todesfluch! Da ist doch nichts dabei!

Aber er tat es nicht, sondern setzte statt dessen seine Erläuterungen fort.

»Auch bergab wird dem kleinen Pferd fast nichts geschenkt. Der Wagen rollt schneller und schneller, und oft wirst du dem Pferd helfen und dich hinten festhalten und die Fersen in die Erde stemmen müssen, um ihn zu verlangsamen, nicht wahr?«

»Wie käme ich denn dazu«, widersprach Bückling.

»Auch das ist Vergangenheit!« rief Brams ungerührt und deutete wieder auf den Hebel. »Wenn es künftig zu steil bergab geht, so schiebst du den Hebel nach vorne, und – was soll ich sagen – alles wird leichter. Ohne Hexerei! Doch damit nicht genug. Besondere Ungemach lauert, wenn man am Hang anhalten muß, denn...«

»Da muß man flott Steine suchen und sie hinter die Räder werfen«, unterbrach ihn Bückling eifrig. »Ansonsten rollt alles hinunter. Womöglich kippt der Wagen um, und der Meister wird dann wieder böse. Das darf keinesfalls noch einmal geschehen.«

Brams versuchte ihn abermals mit besänftigenden Handbewegungen zu beruhigen. »Das ist ebenfalls Vergangenheit. Wenn du künftig am Hügel halten mußt, so drückst du den Hebel kurz zur Seite, und – du ahnst es schon – der Wagen bleibt stehen. Alles ohne Hexerei und sogar ohne Mechanik!«

»Wofür ist der Sitz?« fragte Bückling und deutete auf ein Brett neben dem Hebel. »Wer soll darauf Platz nehmen?«

»Er ist für den, der den Wagen steuert«, gab Brams bereitwillig Auskunft. »Das müßtest doch wohl du sein?«

»Ich darf darauf sitzen?« rief Bückling überrascht.
»Du darfst es nicht nur«, erklärte Brams gönnerisch. »Du mußt es sogar.«
Diese Antwort ließ Bücklings Augen in einem Maße aufleuchten, die Brams erstaunte.
In diesem Augenblick ertönte ein rauhes Krächzen aus dem Zelt. »Bückling! Geschwind! Lauf ins nächste Dorf und besorg einen Schoppen Milch mit Honig. Mein Hals ist wund, und mir ist ganz krank zumute!«
»Meister, wo ist denn ein Dorf?« fragte Bückling diensteifrig und eilte zum Zelt.
»Herr, heißt das«, klang es unleidig durch die Stoffwand. Danach herrschte eine ganze Zeitlang Stille, bis Gottkrieg sich wieder meldete. »Ja, wo mag ein Dorf sein? Geh einfach weiter. Immer der Nase nach! Mit etwas Glück und ohne Trödelei kannst du in einer oder zwei Stunden wieder zurück sein.«
Entschlossen ging Bückling zum Wagen und zog nach einigem Wühlen eine Kanne unter der Plane hervor. Er warf einen Blick hinein und schüttelte eine Spinne heraus.
»Es ist besser, gleich etwas mehr Milch zu holen«, riet ihm Hutzel scheinbar selbstlos. »Nur für den Fall, daß du unterwegs etwas verschüttest. Und du möchtest ja nicht zweimal gehen.«
»Die doppelte Menge ist immer ein ganz guter Anhaltspunkt«, stimmte Riette scheinbar gleichgültig zu. »Es sei denn, man ist etwas ungeschickt. Dann sollte man mehr nehmen. Man kann schließlich nie genug Milch im Haus haben.«
»Das gilt auch im Freien, ohne Haus«, pflichtete Rempel Stilz, scheinbar um Vollständigkeit bemüht, bei. Brams indessen erschien diese vorgebliche Anteilnahme etwas arg dick aufgetragen.
Bückling aber bedankte sich für ihre Fürsorglichkeit und machte sich auf den Weg.
Er war schon eine ganze Weile fort, als der Ritter Gottkrieg sich erneut meldete. »Bückling, bist du noch da? Meinethalben kannst du auch das Pferd nehmen.«
Auch ohne Pferd kam Bückling nach einer starken Stunde

wieder zurück. Er war in bester Stimmung und sang ein fröhliches Lied vom blutrünstigen Alltag eines tapferen Ritters. Dazu schwenkte er den Arm, der die Milchkanne trug, im Kreise.

Riette hielt erschrocken die Hand vor den Mund, Rempel Stilz ballte angespannt die Fäuste, und Hutzel flüsterte besorgt: »Hoffentlich weiß der Bengel, wie er das wieder beenden muß, ohne die gute Milch zu verschütten!«

Im Nu waren die drei in einen Disput darüber verstrickt, ob es sich noch lohne, eine Gerätschaft zur Notbremsung der Milchkanne zu entwickeln.

Brams seufzte. Auch diese Reaktion erschien ihm arg dick aufgetragen.

Wie sich zeigte, wußte sich Bückling allein zu helfen. Er stellte die sogleich gut behütete Milchkanne ab und entfachte ein Feuer, über dem er die Milch erwärmte. Als sie im Topf zu steigen begann, füllte er einen Becher ab und rührte Honig hinein. Den brachte er zum Zelt.

Kaum hatte er sich abgewandt, da füllte sich Hutzel ebenfalls einen Becher ab. Der schieren Größe nach zu urteilen, mußte er wohl dem Ritter oder Knappen gehören.

Riette nahm ihn mit einem gnädigen »Danke, Hutzelmoser« entgegen.

Rempel Stilz indessen kicherte schon beim Trinken des ersten Schlucks. »Solche Heimlichtuerei hat auch ihren Reiz.«

Gerade als Brams an der Reihe war, wandte sich Bückling um. »Schütt das sofort zurück!« giftete er. »Du wirst doch nicht das Lebenselixier des Meisters trinken wollen?«

Brams gehorchte widerwillig und brummte: »Lebenselixier! Arg dick aufgetragen.«

Indessen hatte Ritter Gottkrieg vom Teich sein Zelt verlassen. Mit einer Hand rieb er die offenbar schmerzende Kehle, mit der anderen nahm er die Milch entgegen, die ihm Bückling reichte. Vorsichtig nippte er an ihr, um festzustellen, wie heiß sie war, dann leerte er den ganzen Becher in einem Zug. Ein wenig Milch behielt er im Mund, um damit zu gurgeln.

»Dieses launische Wetter muß einen ja krank machen«, klagte

er, nachdem er den letzten Rest Milch ausgespuckt hatte.»Aber vielleicht hat mich auch etwas gebissen.«

Als er die Hand vom Hals nahm, rief Bückling sogleich:»Meister, Ihr habt tatsächlich Stiche am Hals!«

»Herr, heißt es ... Viele?«

»Schon etliche.«

»Sagte ich es nicht? Irgendein Mücken- oder Wanzenvieh hat mich gestochen.«

Brams teilte diese Ansicht nicht. Gottkriegs Hals wies zwar tatsächlich kleine Flecken auf, allerdings keine rötlichen, sondern bläulichviolette. Zudem waren sie auffällig symmetrisch angeordnet, und zwar in zweimal vier Flecken nebeneinander, denen jeweils ein einzelner fünfter Fleck gegenüberlag. Brams vermutete, daß, wenn die Flecken größer und weiter auseinander gewesen wären, auch Bückling hätte erkennen müssen, daß es sich bei Gottkriegs»Mückenstichen« um Würgemale handelte.

Unauffällig schaute er zu Riette.

»Ich weiß überhaupt nicht, was du mir damit sagen willst«, keifte sie sofort.

»Hä?« erwiderte Brams.

»Zudem bin ich nicht gewillt, mir diese ungeheuerlichen Vorwürfe auch nur einen Augenblick länger anzuhören«, fuhr sie erregt fort und entfernte sich beleidigt.

Brams konnte sich nicht erinnern, jemals jemanden mit so wenigen Worten erzürnt zu haben.

Dem Ritter war unterdessen aufgefallen, daß der Wagen anders aussah.

»Was ist das da?« erkundigte er sich.

Bückling erklärte es ihm begeistert:»Der Hebel macht alles leichter, und auf dem Bock darf ich künftig beim Fahren sitzen. Ich muß es sogar.«

Schlagartig verfärbten sich Gesicht und Hals Ritter Gottkriegs vom Teich so rot, daß die Flecken kaum noch zu erkennen waren.

»Du sitzt auf dem Bock?« brüllte er und rannte zum Wagen. Zornig begann er an dem Hebel zu zerren und zu reißen.»Ein Bauer, der die Rüben zum Markt fährt, sitzt auf dem Bock. Ein

Kutscher, Kesselflicker und Lumpensammler sitzt auf dem Bock! Ein Ritter dagegen sitzt auf seinem Pferd oder schreitet auch einmal zu Fuß. Aber er sitzt nie und nimmer auf dem Bock!«

Trotz aller Mühe wollte es Gottkrieg nicht glücken, den Hebel abzubrechen. Also ging er nach einigen vergeblichen Versuchen dazu über, sich mit dem ganzen Gewicht dagegenzuwerfen, womit er schließlich Erfolg hatte. Wütend warf er das Stück Holz in hohem Bogen weg. Kaum war es irgendwo im Unterholz gelandet, als er erregt die Plane vom Wagen riß und die Stangen zählte. Das Ergebnis schien ihn zu erleichtern.

»Woraus habt ihr den Hebel gemacht?« verlangte er von Rempel Stilz zu wissen.

»Geschnitzt. Aus einem Ast«, antwortete jener eisig.

»Geschnitzt? So! Ich erinnere mich. Ihr habt ja euer eigenes Werkzeug dabei«, sagte Gottkrieg etwas ruhiger. »War das eigentlich teuer? Ich meine, das ist bestimmt wertvoll, oder?«

»Weiß nicht, Meister«, erwiderte Rempel Stilz und tat so, als hätte er urplötzlich Wichtiges zu erledigen. Als er bei Brams vorbeikam, bewegte er stumm die Lippen.

Brams blieb jedoch verschlossen, was sein Gefährte damit ausdrücken wollte. Diese Lippenbewegungen konnten nichts und alles heißen. Vielleicht bedeuteten sie »Ich bin gleich wieder zurück, Brams. Ich will nur kurz Riette im Würgen unterrichten«, vielleicht aber auch »Hatschi trollmatschi Spratzquetschlach! Bumm, bumm, bumm!«

Brams hatte einfach keine Ahnung.

Die angespannte Stimmung lockerte sich erst im Laufe des Vormittags wieder, als Ritter, Knappe und Kobolde schon eine Weile wieder unterwegs waren. Ritter Gottkrieg schien zu bereuen, daß er seinen Knappen so grob angefahren hatte. Zum Zeichen, daß alles wieder gut sei, unterwies er ihn im Plauderton über den Nutzen der Pflanzen, an denen sie vorbeikamen. Er erklärte ihm, wann sie blühten und Früchte trugen und was Aufgüsse von Blättern, Blüten oder Rinde bewirkten. Manches klang seltsam.

»Das ist eine Eibe. Wenn du jemanden nicht leiden kannst, so fütterst du sein Pferd mit ihren Blättern und Beeren. Der Baum mit der schlanken Krone ist eine Wildbirne. Sie blüht im Opfermond und trägt Früchte im Erntemond. Wenn dich einmal Zahnweh plagt, so läufst du dreimal um den Stamm herum, und es ist weg. Wenn du hingegen im Schneemond an ihren Ästen Holzschuhe hängen siehst, so wohnt ganz in der Nähe eine heiratswillige Frau. Hör dich auf alle Fälle um, ob sie Besitz hat und ob es sich lohnt, sie zu umwerben. Fragen kann ja nicht schaden.«

Als die Unterweisung zu Ende war, schienen beide ihr Zerwürfnis vergessen zu haben.

Später bemühte sich Bückling, auch das Verhältnis zu ihren Begleitern wieder zu verbessern.

»Jetzt ist alles wieder gut«, flüsterte er verschwörerisch. »Der Meister wurde nur deswegen so wütend, weil er dachte, ihr hättet etwas mit seinen Lanzen angestellt.«

Er deutete auf das, was Brams bislang für Holzstangen gehalten hatte.

»Sie haben keine Spitzen«, erwiderte jener, Sachkundigkeit vortäuschend.

»Es sind ja auch Turnierlanzen«, erklärte Bückling. »Ihr wißt doch, was Turnierlanzen sind?«

Brams zuckte die Schultern, wodurch es schlagartig mit dem Flüstern vorbei war.

»Ihr Kopolterer kennt keine Turniere?« rief Bückling entgeistert aus. »Ja, gibt es bei euch denn gar keine Ritter? Paß auf: Bei einem Turnier, genauer gesagt einem Lanzengang, treten zwei kühne Ritter gegeneinander an. Sie grüßen sich in gegenseitigem Respekt, das gemeine Volk jubelt, und der Ausrichter, vielleicht ein Graf oder König, nickt gnädig. Und schon stürmen sie donnernden Hufes aufeinander zu und versuchen sich mit den Lanzen vom Pferd zu stoßen.«

»Klingt nach einem leichten Nachmittagsstreich«, warf Brams ein.

»Streich?« wiederholte Bückling. »Wie meinst du das? Streich wie Schwerthieb?«

»Nein, Streich wie Scherz natürlich.«

»Scherz!« Bückling war ganz außer sich. »Das ist doch kein

Scherz! Das ist alles, was einen Ritter ausmacht! Offenkundig habt ihr keine Ritter zu Hause. Bei einem Turnier treten aber nicht nur zwei Ritter gegeneinander an, sondern mehrere. Wer in den Staub geworfen oder oft genug an den richtigen Stellen getroffen wird, der scheidet aus. Das geht so lange, bis nur noch ein stolzer Recke übrig ist. Der bekommt den Preis!«

»Preis wie Preis?« fragte Brams vorsichtshalber.

»Ja, was denn sonst? Bei einem kleinen Turnier wie in Steinhausen, wo – wenn es hochkommt – vielleicht ein Dutzend Ritter antreten, gibt es Gold. Bei einem großen, wie dem Königsturnier in Heimhausen, kann man noch viel mehr gewinnen.«

»Was denn?«

Bückling schluckte. »Die Hand der Königin!«

Gottkrieg wandte sich im Sattel um. »Wie soll das denn vonstatten gehen, Bückling?«

Der Knappe huschte an seine Seite. »Das ist ganz einfach, Meister! Ihr fordert den König zur Tjoste heraus. Und wenn es dann losgeht, so zielt Ihr mit der Lanze nicht auf seine Brust, sondern auf den Sehschlitz seines Helmes. Mit etwas Glück fährt die Lanzenspitze hindurch und ihm geradewegs ins Hirn. Wenn er dann tot vom Pferd plumpst, so müßt Ihr gleich um die Hand der Königin anhalten!«

Gottkrieg lachte gutmütig und verwuschelte Bücklings Haar. »Wo du Bengel immer diese Einfälle herholst! Laß dir gesagt sein: Wenn es so einfach wäre, dann hätte der Graf von Friedehack diesen Weg längst beschritten ... Brams, Herr Brams, ist Euch Kopoltierern der Name des Grafen Neidhard von Friedehack geläufig?«

»Nein«, erwiderte Brams.

»Das ist wahrscheinlich gut so. Graf Neidhard wäre gern Herrscher anstelle unseres Königs Kriegerich. Sein Vater und Großvater wären es auch schon gern gewesen. Statt daß er aber nun den König offen herausfordert oder der ihn, tun die beiden freundlich miteinander. Doch hintenrum, wenn keiner hinschaut, stechen und hacken ihre Anhänger aufeinander ein. Das ist eine arge Plage. Ich bin schlau. Ich halte es mit keinem von beiden mehr, als ich muß.«

Brams erinnerte sich an die erschlagenen und in Stücke gehackten Ritter.

»Genau das meinte ich«, sagte Gottkrieg, als er ihm davon erzählte. »Aber vielleicht hat es auch gar nichts zu bedeuten. Denn Ihr müßt wissen, Herr Brams, bei uns zählen Stolz und Ehre noch viel. Ich weiß nicht, ob Ihr das so sehen könnt wie ich, da Ihr Kopolteure ja nicht einmal Ritter und womöglich nicht einmal Krieger habt. Wer wacht eigentlich über die Schätze Eures Königs?«

»Wir haben keinen König«, erwiderte Brams, den das Gespräch zu langweilen begann.

»Keinen König und keine Wachen«, wiederholte Gottkrieg gedankenverloren. »Aber Schätze hat er doch?«

»Ja, ja«, bestätigte Brams, um ihn zufriedenzustellen. »Kessel voller Gold und Silber.«

Mit einem Ohr lauschte er längst Hutzel und Bückling. Hutzel schien nicht recht begriffen zu haben, warum Ritter Gottkrieg um die Hand der Königin anhalten sollte.

»Kann sie denn etwas Besonderes?« wollte er wissen.

»Was soll sie denn Besonderes können? Sie ist die Königin. Sie muß überhaupt nichts können«, erwiderte Bückling.

»Ich meine nicht die Königin, sondern ihre Hand. Kann die etwas Besonderes?«

»Wie man's nimmt«, antwortete Bückling wichtigtuerisch. »Wie man's nimmt.« In dem Bestreben, geheimnisvoll zu klingen, senkte er kaum merklich die Stimme. »Sie soll Gold spinnen können!«

Ritter Gottkrieg vom Teich lachte. »Ich weiß gar nicht, wo du Bengel das immer herhast! Das ist doch nur Geschwätz.«

»Ich habe es aus sicherer Quelle erfahren, Meister«, widersprach Bückling.

»Ich auch!« bestätigte Gottkrieg fröhlich. »Wies man dich ebenfalls an, dieses Gerücht auf keinen Fall weiterzuverbreiten?«

»Ja, Meister«, antwortete Bückling unsicher.

»Herr!... Eben, Bückling, eben! Ein dummes, dummes Gerücht.«

Brams fand das Gerücht überhaupt nicht dumm. Sobald die Rede auf das Goldspinnen kam, durchfuhr ihn ein Ruck. Hutzel versteifte sich im selben Bruchteil eines Augenblicks, und Rempel Stilz und Riette, die bislang dem Wagen in etwas Abstand gefolgt waren, hatten nun nichts Eiligeres zu tun, als aufzuschließen.

»Wie sieht denn die Königin aus?« fragte Hutzel.

»Schön«, antwortete Bückling schmachtend. »Wunderschön!«

»Wie, schön?«

»Ja, schön eben. Weißt du denn nicht, was schön ist?

Riette sprang hilfreich ein. »Du mußt zugeben, Bengel, daß darunter jeder etwas anderes versteht. Schön wie eine Rübe? Schön wie ein Molch? Schön wie ein Schleim ...«

»Genug!« rief Bückling erbost. »Ihr wollt mich nur verspotten.«

Für die nächste Zeit wollte er mit niemandem mehr reden.

»Ich glaube nicht, daß das Zufall ist«, flüsterte Hutzel. »Eine Menschenfrau fällt auf einen Dämmerwichtel herein, eine andere läßt nach uns suchen.«

»Ist es nicht dieselbe?« fragte Riette. »Als wir die Weiße Frau zum erstenmal trafen, behaupteten wir, Dämmerwichtel zu sein, und sie sagte, das sei ihr gerade recht!«

»Mir kommt das auch so vor«, erklärte Rempel Stilz.

»Dann sind wir uns einig«, schloß Hutzel. »Wenn sie aber ein Geschäft mit einem Dämmerwichtel abschloß, dann muß sie ihm auch irgend etwas dafür gegeben haben. Es könnte nützlich sein, mehr darüber zu erfahren.«

»Wahr! Ich werde den Bücklingsbengel gleich fragen«, bekundete Riette.

»Lieber Brams, lieber soll es Brams tun«, bremste Hutzel ihren Tatendrang.

Auch Brams zog diese Wahl vor. Er wartete noch einige Augenblicke und begab sich dann wieder zu Bückling. »Hat die Königin eigentlich ein Kind?«

»Aber ja! Den jungen Prinzen. Er heißt Kriegerich wie sein Vater. Ich sah ihn vor einem halben oder auch knappen Jahr, als er einmal öffentlich gezeigt wurde. Ein schönes Kind, ein wunderschönes Kind! Es kommt ganz nach ihr. Die blonden Haare, die blauen Augen ...«

»Wo ist der Junge?«

»Wo soll er sein? Bei seiner Mutter.«

»Und, geht es ihm auch gut?«

Bückling schüttelte den Kopf. »Du stellst vielleicht Fragen! Er ist der Prinz, der Erbprinz! Ginge es ihm schlecht, so wüßte es längst das ganze Königreich.«

»Fein«, sagte Brams. »Wie geht es eigentlich dem Großvater der Königin? Hat man ihn in letzter Zeit gesehen?«

»Den kenne ich nicht.«

»Bückling!« tadelte Gottkrieg ihn. »An deinem Wissen über die Verwandtschaft der königlichen Familie müssen wir noch feilen. Der Großvater der Königin lebt nicht mehr.«

»Aha«, sagte Brams. »Und wie geht es ihrer Großmutter?«

»Ebenfalls verblichen«, wußte Gottkrieg. »Wünscht Ihr noch mehr über ihre Verwandten zu erfahren, Herr Brams?«

»Nein, Herr Gottkrieg. Das reicht einstweilen«, erwiderte Brams. »Nun sind erst einmal die Tiere dran.« Er wandte sich wieder an Bückling. »Besitzt die Königin eigentlich ein Schwein?«

Bückling tobte, Gottkrieg lachte. »Sie nehmen dich doch nur ein bißchen auf den Arm. Spaß muß sein, wie ich immer sage. Herr Brams, habt Ihr Korpoltorier eigentlich eine Königin?«

»Nein«, antwortete Brams.

»So, so«, brummte Gottkrieg zufrieden. »Kein König, keine Königin, keine Wachen weit und breit, aber kesselweise Silber und Gold.«

15. Ritterlicher Alltag und ein unmoralisches Angebot

Dunkle Wolken verbargen die Sonne. Die Luft roch nach frisch gesäten Wicken und Rüben, nach dem Schweiß schwerer Pferde und leichtherziger Menschen und nach jungen Birnen, in denen unbemerkt erste Würmchen eifrig ihre Gänge bohrten. Man hätte meinen können, es wäre Heumond, doch das war es nicht.

»Soll jemand zählen?« fragte Riette leise.

Brams verneinte: »Nicht nötig! Diese Mission hat nichts mit einer gewöhnlichen gemein. Heute wird niemand ausgetauscht und so weiter.«

Anders als noch vor ein paar Tagen in Steinhausen, als die Kobolde den beunruhigend vielen Menschen lieber aus dem Weg gegangen waren, hatten sie sich heute vorgenommen, beim Turnier zuzuschauen. Einerseits wollten sie endlich erfahren, welche lustigen Streiche dort gespielt wurden, andererseits galt es herauszufinden, wie sich die Umbauten und Neuerungen bewährten, die sie in den vergangenen beiden Nächten an den Gerätschaften Ritter Gottkriegs vom Teich ausgeführt hatten. Der feine Nieselregen, der seit einer runden Stunde fiel, kam ihnen dabei sehr gelegen. Er würde die Menschen weniger achtsam sein lassen.

»Das Wichtigste wird sein, daß wir so wenig wie möglich auffallen, am besten überhaupt nicht«, schärfte Brams allen ein letztes Mal ein. »Hat das jeder verstanden? Seid ihr bereit?«

»Bereit!«

»Und ob!«

»Längst!« schallte es markig zurück.

Brams nickte zufrieden. »Nur eine Zahl, dann geht es los.« Er räusperte sich. »Siebenhundert Äpfel und keine einzige Birne. Los!«

Und schon rannte er mit markerschütterndem Geschrei davon. Seine Gefährten folgten ihm nicht minder laut. Brüllend eilten sie vorbei an Buden und Zelten und zwischen Menschen hindurch, die ihnen nur dann Beachtung schenkten, wenn sie durch die tiefsten Pfützen preschten und jeden Umstehenden naß spritzten.

Brams wählte solche Wege mit Bedacht, da Flüche und Beschimpfungen, die ihnen erbost hinterhergebrüllt wurden, ihrer sorgfältig überlegten neuen Tarnung nur förderlich waren.

Nichts konnte die Kobolde aufhalten: keine unruhig schnaubenden Pferde, keine schleunigst aus dem Weg huschenden Katzen, und schon gar nicht Würmer und Samen pickende Vogelschwärme, die erschreckt und mit lautem Rauschen aufflatterten, wenn die vier durch sie hindurchstoben.

Brams war zufrieden wie immer, wenn alles so lief wie geplant.

Schon vor dem Erreichen Steinhausens waren die Kobolde zu dem Schluß gelangt, daß sie auf die Dauer nicht umhin kämen, sich unter größeren Menschenansammlungen zu bewegen. Der Gedanke, sich wegen ihrer geringeren Größe als Menschenkinder auszugeben, war naheliegend. Doch allein auf die Körpergröße zu setzen getraute sich keiner.

Dann war Hutzel nach langem Hin und Her überraschend auf Enten zu sprechen gekommen – der große Durchbruch, wie sich später herausstellte.

»Wenn etwas quakt wie eine Ente ...«

»Ich weiß es! Ich weiß es!« hatte Riette sogleich gerufen. »Dann ist es ein verschlagener Fuchs, der eine Ente anlocken will.«

Hutzel hatte sich auffällig geräuspert. »Wenn etwas watschelt wie eine Ente ...«

Dieses Mal hatte Rempel Stilz die Antwort gekannt: »Dann ist es eine Gans!«

»Wenn etwas watschelt wie eine Ente, so ist es eine Gans?« hatte Hutzel wiederholt.

»Meistens«, hatte Rempel Stilz selbstbewußt versichert. »Enten und Gänse – man vertut sich da leicht, Hutzel. Meistens ist es eine Gans. Mitunter auch ein Schwan.«

Nach einigem Hüsteln hatte Hutzel seine dritte Frage gestellt: »Und wenn etwas schwimmt wie eine Ente ...«

Dieses Mal hatte Brams ihm die Antwort gegeben, schon deswegen, weil niemand sonst mehr übrig war: »Dann ist es ein Wels mit einer Ente auf dem Kopf! Wie sie dahin kommt, weiß ich nicht so genau. Wahrscheinlich hüpfte sie darauf, als er sein bekannt breites Maul öffnete und sie damit erschreckte. Vielleicht trägt er sie auch als eine Art Hut. Man kann sich vieles vorstellen, wie es dazu kam.«

Im Rückblick fiel Brams auf, daß sich Hutzel nie dazu geäußert hatte, was er mit diesen Entenfragen eigentlich bezweckte. Statt dessen hatte er aus heiterem Himmel zwei Worte ausgestoßen: »Kindtypisches Verhalten!«

Damit war die Verkleidung vollständig.

Unachtsamkeit durfte man sich trotzdem nicht erlauben. Beobachtungen in Steinhausen hatten ergeben, daß es ausgewachsene Menschen gab, die Kinder aus unbekannten Gründen festhielten und ihnen ins Gesicht sahen. Das durfte keinesfalls geduldet werden! Denn ein Blick unter die Kapuze würde dem erwachsenen Menschen sogleich verraten, daß er es nicht mit einem noch Wachsenden zu tun hatte.

Doch das war nicht die einzige Bedrohung. Eine andere, über die ebenfalls ausführlich gesprochen worden war, kam gerade jetzt auf Brams zu. Sie hatte die Gestalt eines Mädchens, das einen ganzen Kopf größer war als er.

»Kind rechts voraus«, gab Brams nach hinten durch. Umgehend schloß Riette zu ihm auf. Keinen Augenblick zu früh, denn schon hatte ihn das Menschenmädchen erreicht. Wie erwartet, stellte es die gefährliche Frage: »Darf ich mit euch spielen?«

Brams überließ die Antwort Riette, da sie bekannt dafür war, ein Händchen für Kinder zu haben.

Sie kam sogleich ihrer Pflicht nach und sprach zu dem Mädchen: »Zuerst werden wir dir Asseln und Ohrenzwicker in die Nase stecken. Dann fressen wir dich auf.«

Wie beabsichtigt, suchte das Mädchen schleunigst das Weite.

Brams schätzte sich glücklich, mit Riette jemanden an seiner Seite zu haben, der so gut mit Kindern umzugehen wußte. Allerdings fragte er sich langsam, wie lange seine Stimme dem *kindtypischen Verhalten* noch gewachsen sein würde. Wenn Kobolde Lärm verursachen wollten, dann griffen sie zu anderen Mitteln.

Seine Befürchtungen wurden schon kurz darauf durch den Anblick des Turnierplatzes zerstreut. Er lag abseits des Lagers und in Wurfweite der Burg, die genau besehen nur ein besonders hohes und massiges Haus mit bescheidenem Innenhof war. Auf der der Burg zugewandten Seite des Turnierfeldes war eine kleine Tribüne errichtet worden, von welcher der Burgherr samt Familie und ausgewählten Gästen die Wettkämpfe beobachten konnte. Diese Tribüne, genauer gesagt eine gedachte Linie längs ihrer Vorderseite, begrenzte das Turnierfeld auf der einen Seite. Den gegenüberliegenden Rand kennzeichneten in den Boden gerammte Stangen, an deren Spitze Wimpel flatterten, die jedoch durch den aufgesogenen Nieselregen ständig schwerer und träger wurden. Taue verbanden die Fahnenstangen.

Hinter dieser Absperrung wartete das gemeine Volk, und hierhin zog es auch Brams und seine Gefährten. Mit geschickt ausgeteilten Knüffen und klug eingesetztem Zwicken bahnten sie sich einen Weg nach ganz vorne. Dort folgten sie dem Beispiel anderer kurz gewachsener Zuschauer und setzten sich auf den Boden. Nach den Worten Bücklings, der jetzt selbstverständlich an der Seite Ritter Gottkriegs weilte, handelte es sich heute um ein kleines Turnier. Ein starkes Dutzend Ritter nahmen daran teil, von denen fast die Hälfte auch schon in Steinhausen angetreten war. Gottkrieg hatte sich für zwei der vier Disziplinen gemeldet, nämlich Lanzenritt und Schwertkampf.

Ein Fanfarenstoß kündigte den Beginn des Turniers an. Brams klatschte voller Vorfreude in die Hände. Er war ja so gespannt!

Die ersten beiden Streiter ritten auf das Feld. In ihren Rüstungen hätte Brams sie nicht von Ritter Gottkrieg unterscheiden können. Sie lenkten ihre Pferde bis zur Tribüne, wo sie den Burgherrn begrüßten. Laut wurden ihre Namen ausgerufen. Während der Burgherr einige Worte mit ihnen wechselte, schrieen die Zuschauer begeistert: »Hoch! Hoch!«

Nun trennten sich die beiden Streiter und ritten zu den entgegengesetzten Enden des Feldes, wo ihnen Knappen oder Knechte ihre Lanzen reichten.

Ein neuer Fanfarenstoß erklang. Beide Ritter klemmten die

Lanzen unter den Arm und setzten sich in Bewegung. Immer schneller rannten die schweren Pferde, und immer kürzer wurde der Abstand zwischen ihnen und ihren Reitern.
Fünfzig Arglang!
Dreißig Arglang!
Zehn Arglang!
Als die beiden Reiter fast auf gleicher Höhe miteinander waren, zielten sie mit ihren Lanzenspitzen aufeinander. Dann knallte es! Beide Lanzen zerbrachen, beide Ritter schwankten im Sattel.
Sie ritten noch bis zum Ende der Bahn. Dort wendeten sie die Rösser, kehrten zu ihrem jeweiligen Ausgangsort zurück und nahmen von ihren Knappen oder Knechten unbeschädigte Lanzen entgegen.
Ein neuer Fanfarenstoß ertönte.
Wiederum stürmten Ritter und Rösser ungestüm aufeinander zu.
Fünfzig Arglang!
Dreißig Arglang!
Zehn Arglang!
Auch dieses Mal stießen sie mit den Lanzen nacheinander. Eine zerbrach, ein Ritter schwankte.
Brams runzelte die Stirn.
Der dritte Fanfarenstoß schallte über den Turnierplatz.
Beide Ritter stürmten aufeinander zu. Im Vorbeireiten stießen sie mit den Lanzen nacheinander, wobei eine zerbrach. Danach ritten beide Ritter zur Tribüne. Der Turnierrichter trat zu ihnen und erklärte den einen zum Sieger und den anderen zum Verlierer.
»Hm!« brummte Rempel Stilz.
»Hm!« brummte auch Riette.
»Das kann doch wohl nicht alles gewesen sein!« stieß Hutzel ungläubig aus.
Auch Brams war maßlos enttäuscht. »Wenn das wirklich alles war, dann möchte ich mir das Armbrustschießen und die Ringkämpfe gar nicht mehr ansehen!« sagte er geknickt.
»Wir hätten nur zu den Ringkämpfen gehen sollen«, murrte

Riette. »Aber womöglich beißen sie sich nicht einmal in die Ohren.«

»Immerhin hat einer verloren. Wahrscheinlich der langweiligere«, warf Rempel Stilz wenig überzeugend ein.

»Ich frage mich, wie sie das herausgefunden haben wollen?« erwiderte Hutzel unwirsch. »Ich fand einen so langweilig wie den anderen.«

Ein lauter Fanfarenstoß kündigte die nächsten Wettstreiter an. Auch sie ähnelten Ritter Gottkrieg zum Verwechseln.

»Das Schlimmste haben wir hinter uns«, versprach Brams. »Es kann nämlich nur besser werden.«

»Würdest du darauf wetten?« fragte Hutzel lauernd.

Brams beschloß, nicht darauf einzugehen.

Wie zuvor wurden die Namen der beiden tapferen Recken bekanntgegeben. »Hoch!«-Rufe brandeten über das Feld, und alsbald war wieder das Stampfen der Streitrösser zu hören, die ihre schwer gepanzerten Reiter im Sturm gegeneinander trugen.

Insgesamt zerbrachen bei diesem zweiten Tjost fünf Lanzen, dreimal schwankte ein Reiter im Sattel, und der von rechts kommende gewann.

Brams regte nach Bekanntgabe des Gewinners an, nun auch auf das Zuschauen beim Schwertkampf zu verzichten. Sein Vorschlag wurde einhellig begrüßt.

Alsbald kündigte die Fanfare den dritten Wettkampf an.

Mehrere Lanzen zerbrachen, und ein Ritter fiel zur Abwechslung vom Pferd. Auch Riette fand seinen Sturz nicht drollig.

Danach hatte Rempel Stilz große Mühe, seine Gefährten zum Bleiben zu bewegen.

»Jetzt, da wir wissen, bei welcher Gelegenheit die Lanzen eigentlich zerbrechen, laßt uns doch wenigstens noch mit ansehen, wie sich unsere Veränderungen bewähren«, bat er.

Zu ihrem Erstaunen ritt Ritter Gottkrieg vom Teich auf das Turnierfeld. Er ähnelte zwar ebenfalls allen anderen Teilnehmern zum Verwechseln, jedoch war er der einzige, dessen Pferd ein rötliches Fell hatte. Sein Gegner war ein gewisser Ritter Neidhart vom See.

»Famos«, rief Hutzel sogleich. »Zwei Gewässerkundler unter sich.«

Die Kobolde kreischten vor Lachen. Irgend jemand schlug Brams mit den Knöcheln auf den Kopf und schimpfte: »Seid still, ihr dummen Gören!«

Brams rieb sich noch den Kopf, als der bekannte Fanfarenstoß erscholl.

Weder er noch Hutzel oder Riette erwarteten eine Überraschung. So blieb Rempel Stilz der einzige von ihnen, der sich gespannt vorbeugte, als könne er damit das Geschehen auch nur einen Deut besser beobachten.

Außergewöhnliches ereignete sich tatsächlich nicht. Dreimal begegnete der Ritter vom Teich dem Ritter von See und ebensooft zerbrach die Lanze des letzteren. Als einzige, denn Ritter Gottkriegs Lanze blieb heil! Rempel Stilz war zufrieden.

»Gute Arbeit!« lobte er sich selbst. »Vielleicht nicht unzerbrechlich, aber nahe dran.«

Unterdessen hatten sich die beiden Ritter wie gehabt zum Turnierrichter begeben. Der erklärte den Ritter vom See zum Gewinner, worauf dieser unter dem Jubel der Zuschauer das Feld verließ.

Ritter Gottkrieg blieb, wo er war. Offenbar hatte er mit dem Turnierrichter noch etwas zu klären. Als der Applaus nachließ, konnte man ihn auch verstehen. Zum Teil lag das sicher daran, daß seine Stimme erheblich an Lautstärke gewonnen hatte.

»Was soll das heißen, ich hätte ihn dreimal verfehlt?« brüllte er. »Hast du Wicht denn keine Augen im Kopf? Komm her! Ich will dir sogleich auf beide schlagen! Links und rechts! Wenn es nicht schmerzt, so ist es wohl so, und dir sei verziehen! Husch, husch! Laß es uns herausfinden!«

Der Turnierrichter dachte nicht daran, dieser Aufforderung nachzukommen. Statt dessen begegnete er Gottkriegs Geschrei mit ruhigen und daher nicht zu verstehenden Worten.

Urplötzlich schleuderte der Ritter seine Lanze nach ihm.

Mit viel Glück wich der Turnierrichter ganz knapp aus. Umgehend entschied er sich dafür, diese Unterhaltung zu beenden, und rannte weg.

Doch so leicht ließ sich Herr Gottkrieg vom Teich nicht abspeisen.

»Hü!« rief er und setzte ihm mit dem Pferd nach.

Eine ungekannte Stille hatte sich über den Turnierplatz gelegt, denn so etwas hatte noch niemand gesehen. Einen Turnierrichter, der Haken schlagend wie ein Hase über das Feld flüchtete, und einen Ritter, der ihn auf seinem Fuchs verfolgte und dazu brüllte: »Den Morgenstern, Bückling! Bring mir schnell den Morgenstern, du Bengel!«

Daher dauerte es einige Zeit, bis endlich eine ganze Schar mit Speeren Bewaffneter herbeieilte und dem Ritter den Weg verstellte, so daß der Turnierrichter ohne Schaden zu nehmen entkommen konnte.

Brams und seine Gefährten nutzten die Gelegenheit, um die Freudlosigkeit des Turniers hinter sich zu lassen.

»So viele vertane Gelegenheiten«, klagte Brams kopfschüttelnd.

Hutzel war einer Meinung mit ihm: »Das war nicht lustig. Das war kein bißchen lustig. Das war noch nicht einmal tieftraurig. Man hätte so viel daraus machen können!«

»Was schwebt dir vor, Hutzelmacher?« fragte Riette neugierig.

Hutzel zuckte die Schultern: »Es ist nicht übermäßig lustig, aber die Ritter hätten sich vielleicht beim Vorbereiten den nackten Hintern zeigen können.«

»Ich hätte klammheimlich dafür gesorgt, daß die Rüstungen bei jeder Bewegung ganz schrecklichen quietschen!« warf Rempel Stilz ein. »Das ist ganz leicht zu bewerkstelligen.«

»Sicher ist das leicht«, stimmte Brams zu. »Doch man muß es erst einmal wollen! Ich wurde schon beim ersten Anzeichen von Heiterkeit gerügt.«

»Wir sollten ihnen zeigen, wie man Streiche spielt«, schlug Rempel Stilz vor. »Wenn zum Beispiel heute nacht jede einzelne Zeltstange knarren würde ...«

»Lieber nicht!« unterbrach ihn Brams sofort, da er Rempel Stilz keine Gelegenheit geben wollte, sich an den Gedanken zu gewöhnen. »Solange wir mit dem Ritter und dem Bengel reisen, sollten wir derlei bleiben lassen. Wenn wir hingegen erst einmal wissen, wo das Feentor ist ...«

»Dann ist es schon zu spät«, erwiderte Rempel Stilz. »Denn was wollen wir dann noch hier? Du solltest den Ritter noch einmal nach dem Eingang ins Feenreich fragen.«

»Das tue ich öfter«, verteidigte sich Brams. »Doch er antwortet jedesmal, daß er ein ganz schlechter Wegbeschreiber sei und uns daher leider persönlich dorthin führen müsse. Ich habe ihm sogar schon einmal vorgeschlagen, daß er das Beschreiben mit dem Bengel üben solle. Er hält nichts davon.«

»Wir fallen bald auf«, flüsterte Hutzel.

»Stimmt!« antwortete Brams betroffen und hob zu schreien an. Genauso lautstark wie auf dem Herweg führte er sein Gefolge wieder zu ihrem Lagerplatz zurück.

Nach einiger Zeit erschien Ritter Gottkrieg. Noch immer hatte er sich nicht ganz beruhigt. Schnurstracks kam er auf Brams zu.

»Herr Brams! Habt Ihr Euch an meinen Lanzen zu schaffen gemacht?«

Brams lächelte: »Ihr fragt gewiß, weil sie jetzt so viel haltbarer sind? Nicht mein Verdienst! Ehre, wem Ehre gebührt und derlei!«

Er deutete auf Rempel Stilz, der stolz die Brust herausdrückte.

Gottkrieg fing sogleich an zu brüllen: »Wer hat dich Schwachkopf geheißen, dich an den Lanzen zu vergreifen? Wo warst du, als der Verstand verteilt wurde? Deinetwegen stehe ich jetzt als Verlierer da und obendrein als schlechter. Und das ausgerechnet mir! Ich hätte den Seeritter verfehlt, heißt es. Ich habe ihn nicht verfehlt! Kein einziges Mal! Und wie ich ihn getroffen habe: Brust und Arm! Doch da die Lanze nicht beim Aufprall zerbrach, wird nun gesagt, ich sei abgeglitten oder hätte ihn überhaupt nicht getroffen! Für Verfehlen und Abgleiten gibt es keine Punkte! So kann man nicht gewinnen!«

Brams drängte sich zwischen beide, bevor noch ein Unglück geschah.

»Das war gewiß nicht böse gemeint, Herr Gottkrieg«, sprach er besonnen. »Wir handelten zu Eurem Nutzen, Frommen und so weiter und selbstverständlich, weil solche leicht zerbrechliche Lanzen Pfuschwerk und eine bodenlose Verschwendung sind. Ihr hättet es uns schon sagen müssen, wenn Ihr es anders haben wolltet!«

Gottkrieg seufzte schwer. »Brust, Arm, Kopf und dabei die Lanze zerbrochen – dafür gibt es Punkte! Man kann den anderen auch aus dem Sattel heben. Das ist aber gar nicht leicht! Doch wie solltet ihr Korpulteure so etwas verstehen? Ritterliches Treiben liegt euch einfach nicht im Blut. Ihr habt keinen König, keine Königin, keine Ritter, Krieger und Wachen, nur zuhauf Gold, Silber und Schä…«

Er stockte, und seine Augen verengten sich zu Schlitzen: »Was habt Ihr gerade angedeutet? Verstehe ich Euch richtig? Wenn Ihr gewußt hättet, daß die Lanzen zerbrechen müssen…«

»…dann hätten wir sie so hergerichtet, daß sie es auch tun«, führte Brams den Satz zu Ende. »Natürlich bliebe es noch immer eine ganz bodenlose und schier unerträgliche Verschwendung.«

»Und das sähe man nicht?« flüsterte der Ritter.

»Die Verschwendung oder dass sie leichter zerbrechen?« fragte Brams vorsichtshalber.

»Zerbrechen«, erwiderte Gottkrieg heiser.

»Selbstverständlich nicht!« bestätigte Brams entrüstet. »Man sieht es ihnen genausowenig an, wie wenn sie nicht zerbrechen. Vorausgesetzt allerdings, man versteht sein Handwerk.«

»Dann tut es, Brams«, sagte der Ritter leise. »Bis zum Turnier in Heimhausen will ich solche Lanzen haben. Und wenn sie noch ebenso laut zerbrechen würden wie unbehandelte, dann wäre es mir besonders recht.«

»Wie Ihr wünscht«, antwortete Brams abgelenkt. Rempel Stilz und Riette hatten die Köpfe zusammengesteckt. Zu gern hätte er gewußt, was die beiden miteinander tuschelten.

16. Der Ritter der Königin und die Zwänge der Wissenschaft

Magister Dinkelwart von Zupfenhausen, Gelehrter der Sieben Künste und Dreiunddreißig Wissenheiten, stand auf einem Baumstumpf und war bemüht, das Gleichgewicht nicht zu verlieren. Ein paar Schritt von ihm entfernt saß Ritter Krieginsland von Hattenhausen auf einem Mäuerchen, das einmal zur Umfriedung eines Bauernhofes gehört hatte, der vor fünf, vielleicht auch sechs Jahren einem Brand zum Opfer gefallen war. Ob ein Blitz die Schuld an dem Feuer trug oder Brandstiftung, behielten die mit Flechten und Moos bewachsenen Mauerreste für sich.

Der Ritter hatte die linke Hand zur Schale geformt. Einige Eicheln lagen darin. Mit Zeigefinger und Daumen der rechten Hand nahm er eine davon heraus und hielt sie gegen das Licht, als wolle er ihre Güte prüfen, um sie danach womöglich samt Schale zu verzehren. Doch das lag ihm fern. Statt dessen warf er sie nach Dinkelwart.

Der Magister versuchte gar nicht erst, dem Wurfgeschoß auszuweichen, sondern biß statt dessen tapfer die Zähne zusammen. So, wie er den Ritter mittlerweile kannte, fiele ihm sogleich eine neue Bosheit ein, wenn er mit der ersten keinen Erfolg erzielte.

»Sag mir, mein kluger Magister: Wohin soll ich mich wenden? Nach Osten, Süden, Westen oder Norden? Wohin mögen unsere Wichtel geflohen sein?« fragte der Ritter.

Dinkelwart schwieg. Er wußte beim besten Willen nicht, was er auf die Frage antworten sollte. Zudem wurde sein Leben auch nicht leichter dadurch, daß der Ritter völlig unempfänglich für die üblichen Ausflüchte war, mit denen Dinkelwart sonst lästige Fragesteller hinzuhalten wußte. Etwa »Meine Berechnungen sind anspruchsvoller, als Ihr Euch überhaupt vorstellen könnt, also geht mir aus der Sonne!« oder »Die Sterne sind derzeit äußerst vieldeutig. Alles steht auf Messers Schneide! Der geringste Fehler und ... Nun schert Euch davon!«

All die kleinen Ausreden, die sich ein Gelehrter im Laufe seines

Lebens zulegte, um sich bei Bedarf mehr Zeit zu verschaffen, waren an Krieginsland von Hattenhausen vergeudet. Und ihm irgendein Lügengespinst aufzutischen wagte Dinkelwart nicht. Der Ritter würde ihn sofort durchschauen. Das Beste, was er langfristig tun konnte, war, aus der Reichweite dieses gewalttätigen Menschen zu gelangen. Doch wie würde die Königin seinen einseitigen Abschied aufnehmen? Wäre sie so erzürnt, daß sie ihm womöglich einen noch übleren Burschen hinterherhetzen würde? Und was geschah dann mit dem Gold, das sie ihm noch schuldete? Dinkelwart wollte nicht darauf verzichten. Notfalls konnte er die Suche auf eigene Faust fortsetzen. Ja, das wäre es: allein, befreit vom Drängen eines unvernünftigen Grobians, und mit der Zeit, die ernsthafte Forschung nun einmal benötigte.

»Die Königin«, sagte Krieginsland in diesem Augenblick. »Denkst du gelegentlich an die Königin, Tropf? Willst du sie etwa enttäuschen? Sie trug dir auf, mir zu helfen. Doch gegenwärtig bist du mir keine Hilfe. Wo sind die Wichtel? Norden, Osten, Süden, Westen?«

Er warf wieder eine Eichel.

Dinkelwart wurde böse, wußte diese Gefühlswallung jedoch aufgrund langer Übung gut zu verbergen.

Woher sollte er denn wissen, wo sich die Wichtel aufhielten? Konnte er etwa durch Stein und Erde schauen? Diese Wichtel ...

Dinkelwart schalt sich: Jetzt verwendete er auch schon diesen abergläubischen Begriff! Erdmännchen, so hießen sie in der Sprache der Gelehrten, Erdmännchen, nicht Wichtel ... Diese Erdmännchen waren schwer aufzustöbern. So hatte er es in dem Buch des Gelehrten Trutzbrecht gelesen:

Das Erdmannerchen ist weder vom Fleische noch vom Fische noch von der Pflanz. So saget einer, es esset nicht, ein zweyter, es trincket nicht, und ein dritther, es schlafet auch nicht. Über den Tag aber weylet das Erdmannerchen unter der Erd und dem Boden als wye eyn Hamsterlein oder Karnückel. Und alldieweyl es dort lichtlos und schmutzerlich ist und das Erdmannerchen obendreyn verwandtlich den Succuben und Incuben ist, wüllt es den Wissenden nicht verwundern, wenn es dort die ganze Zeit auch nur dunkle und schmutzerliche Gedanken ausbrütet. So tut es das! Es sitzt und brütet im Dämmerling, bis denn die Nacht kimmt, wann es dann aufsteiget wie Hamsterlein oder Karnückel und es auch so treibet und weyt schlümmer.*

Unerwartet wurde Dinkelwart von einer weiteren Eichel am Kopf getroffen.

»Oder denk an den König«, fuhr Krieginsland scheinheilig besorgt fort. »Fürchtest du nicht, daß die Königin ihm ihr Leid klagen könnte? Auch wenn sie dir vielleicht trotz ihrer Enttäuschung nicht zürnen mag, er wird es ganz bestimmt tun! Und glaube mir, ich werde nicht verhehlen, woran es lag, daß wir nicht vorankamen. So soll sein Zorn dich allein treffen! Also? Osten, Westen, Norden, Süden?«

Red du nur, dachte Dinkelwart verächtlich. Er war doch nicht auf den Kopf gefallen! Zweimal hatte ihn die Königin zu sich auf das fern der Hauptstadt gelegene Jagdschloß *Trutzstift* gerufen. Beidemal, weil er ihr angeblich Kräuterwickel gegen *Frauenbeschwerden* bereiten solle.

Als kenne er, Dinkelwart, Gelehrter der Sieben Künste und Dreiunddreißig Wissenheiten, sich damit aus! Als wolle er sich überhaupt mit derlei auskennen!

Jedesmal war er durch verwirrende Gänge zu einem offensichtlich abgelegenen Gemach geführt worden. Auf dem Weg dorthin wäre er am liebsten vor Scham im Boden versunken. Als befände er sich auf dem Weg zu einer ausgewählt schmachvollen Hinrichtung – so war er sich vorgekommen!

Doch das Ganze war ein Vorwand gewesen. Zum Glück war es ein Vorwand gewesen. Denn auf diese *Frauenbeschwerden* war die Herrin nie zu sprechen gekommen. Ihr ging es immer nur um Erdmännchen ... Dämmerwichtel, wie sie in ihrer Unwissenheit nannte.

Wozu diese Geheimniskrämerei?

Was immer die Herrin mit den Erdmännchen zu schaffen hatte, offenbar sollte der König nichts davon wissen. Von wegen sich bei ihm beschweren! Von wegen! Doch was mochte sie wirklich mit ihnen vorhaben? Was mochte die Königin mit den ...

Urplötzlich mußte Dinkelwart an die königlichen Äpfel denken, deren Reiz er sich so eisern verschlossen hatte. Gleichzeitig sprangen ihm die mahnenden Worte des Gelehrten Trutzbrecht ins Gedächtnis: *Sie treiben es weyt schlümmer!*
Dinkelwart spürte, wie ihm das Blut in die Wangen schoß. Der Ritter musterte ihn verwundert: »Entgeht mir etwas, Tropf?«
Dinkelwart blieb die Antwort wegen der Ankunft eines der ausgesandten Reiter erspart. Der Mann preschte heran, zügelte das Pferd und verkündete ohne abzusteigen noch aus dem Sattel seine Botschaft: »Herr Ritter von Hattenhausen! Ich bringe Euch frohe Kunde! Die Gesuchten wurden unweit Steinhausens gesichtet.«

17. Das Gewerbe der Dame Huldegund und ein weiteres unmoralisches Angebot

Das wichtigste und größte Turnier im Jahreslauf wurde in Heimhausen ausgerichtet. Die Stadt hatte viele Beinamen. »Königsstadt«, »der Reichsapfel« oder »Stadt der bunten Dächer« wurde sie genannt. Entsprechend ihrer Bedeutung hatte sie auch nicht nur einen Wahlspruch:
Komm nach Heimhausen und schau hinab auf die übrige Welt – so sagten manche stolz und dachten dabei nicht an die Lage der Stadt, am Ufer eines Flusses.
Heimhausen, sonst nichts – so knapp, so schnörkellos, daß der Spruch nicht nur bei Freunden der Stadt beliebt war, sondern auch bei ihren Feinden.
Weniger stolz und streitbar gaben sich Wirte, Händler und Handwerker: *Heimhausen – fühl dich daheim und zu Hause!*
Das Stadtbild Heimhausens wirkte recht einheitlich und wurde durch spitzgieblige Häuser geprägt. Ihre Dächer reichten bis zum

Erdgeschoß herab und stiegen so steil an, daß dadurch jedes Haus eigentlich zwei, oft sogar drei Dachstockwerke besaß. Gedeckt waren sie überwiegend mit schwarzem und seltener mit grünem Schiefer, einige wenige sogar mit purpurnem. Dieser kam aus weiter Ferne nach Heimhausen, noch weiter als der selbst schon edle grüne, und war mit wenigen Ausnahmen nur auf den Dächern des Schlosses zu bewundern.

Durch die Straßen Heimhausens ritt zu früher Morgenstunde gemächlich Ritter Gottkrieg vom Teich. Er war allein. Seinen Knappen und die vier Begleiter hatte er beim Turnierplatz außerhalb der Stadt zurückgelassen. Dort hatten sich seit dem gestrigen Tage Ritter aus allen Winkeln des Königreichs eingefunden und warteten gespannt auf den Beginn des edlen Streitens. Durch ihr Kommen hatten sie viele angelockt, die weniger streitbar waren: Barden, Gaukler, Narren und anderes leichtes Volk.

Gottkriegs Ziel war ein Haus am Flußufer. Es hatte zwei Eingänge, nämlich einen auffälligen vorne und einen etwas verschwiegeneren hinten. Als äußeres Zeichen, daß *Huldegunds Hurtiges Hurenhaus* keine billige Absteige war wie etwa *Schwanhildes Schnelle Sause,* waren über das ganze, sonst schwarz gedeckte Dach grüne Schieferplättchen verteilt.

Der Ritter hielt auf das Hinterhaus zu. Dort stieg er von seinem Fuchs und klopfte an die Tür. Eine ältliche, bieder gekleidete Frau öffnete.

»Ist Huldegund da?« fragte der Ritter.

»Die Herrin weilt nicht im Hause, gnädiger Herr«, wurde ihm geantwortet.

Damit hatte Gottkrieg schon gerechnet, zumal angesichts der frühen Stunde.

»Ist sie ansonsten da, wo sie sonst ist?«

Ein Lächeln huschte über das Gesicht der Frau. »So wird es wohl sein, Herr Ritter. Doch ob sie zu dieser frühen Stunde ...«

»Wir werden sehen«, unterbrach Gottkrieg sie und schwang sich wieder aufs Pferd.

Sein nächstes Ziel befand sich im Stadtkern, nämlich gleich neben dem großen Gebetshaus Monderlachs, dessen Dach – wie nicht anders zu erwarten – auf solche Weise abwechselnd schwarz und purpurn gedeckt war, daß man die Mondsichel darauf erkennen konnte.

Diesmal mußte der Ritter mehrmals klopfen, bis jemand zur Tür kam.

Die meisten Menschen, die mit *Huldegunds Hurtigem Hurenhaus* auf irgendeine Weise zu tun hatten, vermuteten, daß Huldegund nicht die wirkliche Besitzerin war. Sehr viel weniger ahnten, daß es überhaupt keine Huldegund gab. Noch viel weniger wußten, wer der wirkliche Besitzer war. Ritter Gottkrieg vom Teich war einer dieser wenigen.

»Ist der *Hohe Meister* schon auf den Beinen?« fragte er. »Falls ja, so melde ihm, der Herr vom Teich wünsche ihn zu ihrer beider Nutzen zu sprechen.«

Ein paar Augenblicke später wurde Gottkrieg Einlaß gewährt.

Der Vorsteher des Gebetshauses des Gottes Monderlach war offenkundig noch nicht lange wach, wie Gottkrieg an seiner Kleidung erkannte: ein ungegürteter Morgenmantel über einem Nachtgewand, das von den Spuren eines erbitterten Kampfes gegen das Frühstück gezeichnet war.

»Habt Ihr bereits Euer Morgenmahl eingenommen, Herr Ritter?« fragte der Hohe Meister und deutete einladend auf den reichgedeckten Tisch.

Gottkrieg ließ den Blick über die Speisen schweifen. Er biß gern mindestens zweimal in denselben Happen Fleisch, bevor er ganz verschlungen war und er zum nächsten greifen mußte. Bei den winzigen Fischchen, Wachteln und ... Froschschenkeln? ..., die sich sein Gegenüber genüßlich in den Mund schob, war derlei unmöglich. Also lehnte der Ritter das Angebot ab.

Der Hohe Meister war kein Freund langer Vorreden. »Welches Geschäft habt Ihr im Sinn, Herr Gottkrieg?«

»Ich will Euch vier Wusler verkaufen, Hoher Meister.«

»Wusler?« wiederholte sein Gegenüber gedehnt.

Gottkrieg klopfte auf die Tischkante. »Sie sind allenfalls so groß. Womöglich können sie sogar aufrecht unter dem Tisch hindurchgehen.«

»Kinder? Waisenkinder?« rätselte der Hohe Meister. »Was soll ich mit ihnen?«

»Keine Kinder«, widersprach Gottkrieg. »Sie sind Kropultierer, Angehörige eines kleinwüchsigen und herrenlosen Volkes, das schon in Bälde unterworfen werden wird. So müßt Ihr nicht einmal befürchten, daß sie Euch entflüchten wollen. Denn wohin sollten sie wohl gehen, ganz ohne Heimat?«

»Ihr wollt sie mir also als Kuriositäten anbieten?«

»Nicht nur«, sagte Gottkrieg schnell. »Die drei Bürschchen und ihr Frauenzimmerchen sind geborene Spaßvögel. Über die lacht Ihr den ganzen Tag. Obendrein sind sie geschickte Handwerker. Es gibt kaum etwas, worin sie keine Meister sind. Da kann sich ein doppelt so Großer manche Scheibe abschneiden! Und schließlich dachte ich, Ihr hättet vielleicht im Hurenhaus Verwendung für solche kleinen Wusler.«

»Verwendung, hm? Welche Verwendung? Was schwebte Euch dabei vor, Herr Ritter?«

Gottkrieg vom Teich zuckte die Schultern. »Was weiß ich? Ich bin nur ein einfacher Ritter. Ich sammle Ruhm auf Turnieren und bekämpfe die Schwachen, falls sie sich einmal zusammenrotten sollten. Die Ferkeleien sind mehr Euer Geschäft.«

»Ganz so ist es nun nicht«, erwiderte Monderlachs Verkünder peinlich berührt. »Doch ich will nicht über Feinheiten mit Euch streiten. Was wollt Ihr für sie haben?«

Gottkrieg lehnte sich in seinem Sessel zurück. »Wie ich bereits erwähnte, bin ich nur ein einfacher Ritter und kein Krämer. Gebt mir, was Ihr für richtig haltet.«

Der Hohe Meister erhob sich, trat zu einem Schrank und öffnete eine Kassette, die sich darin befand. Er entnahm ihr zwei Lederbeutel und schob sie über den Tisch zu Gottkrieg.

»Ein bißchen wenig«, bemängelte der Ritter.

»Ihr habt noch nicht einmal einen Blick hineingeworfen!« warf ihm der Hohe Meister unwillig vor. »Zudem sagtet Ihr selbst, ich solle Euch geben, was ich für richtig erachte.«

»Ich weiß«, bestätigte Gottkrieg. »Doch ich fühle deutlich, daß Ihr in dieser Sache stark gegen Eure wahre Überzeugung handelt.«

Der Hohe Meister reichte ihm mißmutig einen dritten Beutel. »Das ist jetzt aber genug. Wann bekomme ich die vier?«
»Wie Ihr wißt, bin ich allein. Ich kann sie nicht alle selbst einfangen«, antwortete Gottkrieg. »Am besten schickt Ihr mir vier oder fünf Burschen mit Säcken oder einem Faß vorbei. Aber nicht zu früh! Ich messe mich heute im Lanzen- und Schwertkampf.«
»Gut. Ich schicke sie Euch, sobald sie schlafen.«
»Ich weiß eigentlich nicht, wann sie schlafen«, räumte Gottkrieg ein. »Gerade nachts scheinen sie mir oft besonders munter. Und wo ich's mir gerade überlege, habe ich sie auch nie irgend etwas essen gesehen. Wie Ihr bemerkt, sind sie sehr anspruchslos. Am besten schickt Ihr Eure Schläger zu einer Stunde, wo sie nicht mehr so viel Aufsehen erregen.«
Der Hohe Meister war damit einverstanden. »Bei Monderlach unter dem Mondenschein, so soll es sein!«

18. Ein absehbarer Zwischenfall am Rande des großen Turniers von Heimhausen

Bückling hatte zwar schon seit Tagen vom großen Turnier von Heimhausen geschwärmt, doch Brams hatte seinen Worten nicht viel Beachtung geschenkt. Ein großes Turnier versprach seiner Einschätzung nach lediglich, auch in größerem Maßstab freudlos zu werden. Daran war nichts Ersehnenswertes. Zudem war er mit seinen Gedanken meist bei den Änderungen gewesen, die Hutzel an Bücklings Kochkessel vornehmen wollte.

Dieser Beschäftigung mit anderen Dingen war es zuzuschreiben, daß Brams bei ihrer gestrigen Ankunft in Heimhausen trotz Bücklings Vorwarnung ganz überwältigt gewesen war von dem Anblick, der sich ihm bot. Ein großes Turnier – das wußte er jetzt – bedeutete vor allem viele, viele Menschen!

Mehr als einhundertfünfzig Ritter hatten sich schon vor Gottkrieg vom Teich zu den verschiedenen Wettkämpfen angemeldet. Noch den ganzen Nachmittag und Abend lang waren weitere Teilnehmer eingetroffen, und selbst heute – am ersten Tag des Turniers – riß der stete Strom nicht ab.

Die Ritter kamen selten allein. Fast jeder wurde von Knappen oder Knechten begleitet. Ihre Zelte bauten sie in langen Reihen auf, wie Schnittlauch auf dem Feld.

Brams rechnete Gottkrieg hoch an, daß er sich nicht an diesen Brauch hielt und statt dessen sein Zelt etwas abseits, nahe einer Trauerweide aufgeschlagen hatte. Büsche, Wurzelwerk und Unebenheiten des Bodens gewährleisteten, daß die abseitige Lage auch beibehalten blieb. Ohne zwingenden Grund würde niemand ein weiteres Zelt in nächster Nähe errichten. Hätte Brams den Ritter gebeten, Rücksicht auf die Menschenscheu seiner kleinen Reisegefährten zu nehmen, so hätte er keine bessere Wahl für den Lagerplatz treffen können.

Das Turnier sollte insgesamt sieben Tage dauern, von denen die ersten beiden dazu dienten, »die Spreu vom Weizen zu trennen«, wie Bückling sich ausdrückte. Ritter Gottkrieg hatte sich wie sonst auch für seine gewohnten Disziplinen gemeldet. In beiden sollte gleich heute entschieden werden, ob er zum Weizen oder zur Spreu gehörte: vormittags im Lanzenreiten, nachmittags im Schwertkampf.

Am Morgen hatte Brams noch ganz erstaunt gedacht, Bückling wolle den Ritter heute nicht zum Turnier begleiten, da Gottkrieg den Lagerplatz allein verlassen hatte. Das war gegen alle Gewohnheit, da der Knappe sonst wichtige Aufgaben zu übernehmen hatte, wie etwa dem Ritter die Lanzen anzureichen oder ihm Getränke zu besorgen, falls ihn dürstete. Brams wollte ihn schon zu seinem weisen Entschluß beglückwünschen, als Gottkrieg unverhofft zurückkam. Sollte ihm etwa nachträglich aufgefallen sein, daß er seinen Knappen vergessen hatte?

Doch nein! Was Gottkrieg laut sagte, sprach nicht dafür, und was er Bückling ins Ohr flüsterte, noch weniger: »Heute abend ist es soweit!«

Brams öffnete schon den Mund, um aus einer kleinen Neugier

heraus zu fragen, was denn heute abend sei, blickte dann aber vorsichtshalber hilfesuchend zu seinen Gefährten in der Hoffnung, daß einer von ihnen wüßte, was Gottkrieg meinte.

Rempel Stilz zuckte nur die Schultern. Er war offenbar genauso ahnungslos. Hutzel war zwar nicht schlauer, gab jedoch mit Blicken zu verstehen, daß es wahrscheinlich nichts Wichtiges sei. Riette zu fragen lohnte nicht, da sie am Boden hockte und augenscheinlich etwas einsammelte, das ihr verzweifelt zu entkommen trachtete. Bestimmt hatte sie als einzige nicht zugehört.

Daher bezwang Brams seine Neugier. Vermutlich war es sowieso besser, Ritter Gottkrieg nicht mit der Nase darauf zu stoßen, daß die Bewohner Kopoltriens neben den vielen Andersartigkeiten, die ihm bereits aufgefallen sein mußten, auch noch sehr viel besser hörten, als er ahnte.

Zudem war es zweifelhaft, daß der Ritter sich bei seiner Äußerung auf den versprochenen Zugang zum Feenreich bezogen hatte. Vor dem Ende des Turniers war wohl leider nicht damit zu rechnen.

Das bedeutete also noch mindestens eine endlose Woche des Ausharrens!

Nachdem Gottkrieg und Bückling aufgebrochen waren, zogen sich Hutzel und Brams unter den Baum zurück, um die Verbesserungen an Bücklings Kessel zu besprechen.

Zu den Pflichten des Knappen gehörte, für den Ritter zu kochen. Er bediente sich dabei überwiegend eines Kessels, den er über ein offenes Feuer hängte. Auf die Wärmezufuhr hatte er dabei nur geringfügigen Einfluß. Sollte der Inhalt des Kessels heißer werden, so machte Bückling nicht etwa von einem verstellbaren Blasebalg oder einem anderen geeigneten Gerät Gebrauch, sondern legte nur mehr Holz ins Feuer, das – je nach Witterung – mitunter unangenehm qualmte. Sollte der Inhalt dagegen abkühlen, so wußte er sich nicht anders zu behelfen, als im Kessel zu rühren oder ihn gar unter der Gefahr, etwas zu verschütten, vom Feuer zu nehmen.

Nach Hutzels Ansicht war eine derart primitive Vorgehensweise ein Unding, das nicht länger hingenommen werden durfte.

Brams stimmte ihm zwar innerhalb eines gewissen Rahmens zu, hatte sich aber dennoch von Anfang an gewundert, warum Hutzel Bücklings Kochgewohnheiten plötzlich sosehr am Herzen lagen.

Diese Frage war nicht lange unbeantwortet geblieben.

Wie sich schnell herausstellte, verfolgte Hutzel mit diesen Verbesserungen noch andere Absichten, die sein Vorhaben allerdings erheblich erschwerten. Er hoffte nämlich, über die Neuerungen an Bücklings Kessel nicht nur beeinflussen zu können, wie er kochte, sondern auch, was er kochte.

Bislang bereitete Bückling morgens einen Getreidebrei zu, in den er zum Würzen oft noch etwas Speckschwarte warf. Mittags kochte er eine Suppe, die er – je nach Zutaten – gelegentlich auch Eintopf nannte. Sie bestand meist aus Bohnen, Erbsen, Linsen, Obst, Wurzeln, vielleicht Eiern und gelegentlich auch Fischchen oder kleinen Krebsen, die er in einem Bach gefangen hatte. Verfügte er weder über Eier noch Fisch oder Krebse, so gab er des Geschmacks wegen einen Streifen Schwarte hinzu. Etwaige Reste des Mittagessens wurden abends mit Getreidebrei gestreckt und zusammen mit einer Schweineschwarte und Schmalz aufgewärmt.

Hutzels Plan zielte nun darauf ab, Bückling dazu zu bringen, statt seines üblichen Einerleis einmal, besser zweimal in der Woche für Ritter Gottkrieg eine süße Milchsuppe zu bereiten. Das wollte er mit der bewährten Methode des bequemsten Weges erreichen.

Der verbesserte Topf sollte Bückling zwar allgemein eine Hilfe sein, so daß er ihm bald unentbehrlich erschiene, jedoch sollten gewisse Eigenheiten dafür sorgen, daß es dem Knappen nach einiger Zeit stets müheloser vorkäme, Gottkrieg mit einer Milchsuppe zu beköstigen als mit Gemüsesuppen, mochten diese Eintopf heißen oder nicht.

So weit, so gut.

Unter den vielen unbeantworteten Fragen stach eine als besonders schwer zu beantworten heraus, nämlich wie Bückling mit Hilfe des verbesserten Topfes dazu gebracht werden sollte, nicht nur häufiger Milchsuppe zu kochen als bisher, sondern stets auch in größerer Menge, als er und der Ritter gewöhnlich verzehrten.

Dabei sollte er jedoch unter keinen Umständen in das Laster verfallen, die Milchreste zusammen mit Getreide oder einer Speckschwarte zur nächsten Mahlzeit zu verarbeiten.

Im Grunde war das aber alles nur ein Anfang. Mit der Zeit wollte Hutzel Bückling auch zum Backen bewegen, bevorzugt zum Backen von Buntem Kuchen! Das war jedoch ein Fernziel, das erst nach einer weiteren Verbesserung des Kessels erreicht werden sollte.

Während Brams und Hutzel hitzig am Planen waren, pflegte Rempel Stilz sein Schwert. Hutzels Vorhaben war ihm zwar bekannt, doch brachte er nicht allzu große Begeisterung dafür auf. Irgendwann unterbrach er seine Gefährten: »Wir haben das Schwert ganz vergessen.«

»O ja!« stimmte Brams zu. Sie hatten tatsächlich vergessen, Ritter Gottkrieg über die Verbesserungen an seinem nicht mehr ganz zeitgemäßen Familien- und Ahnenschwert zu unterrichten.

»Er wird es zweifellos selbst bemerken und ganz überrascht sein«, tröstete Brams Rempel Stilz und wandte sich wieder Hutzel zu.

Unterdessen widmete sich Riette ganz der Aufgabe, Störenfriede fernzuhalten. Daß ein *kindtypisches Verhalten*, das sich in anhaltendem lauten Geschrei erschöpfte, dauerhaft nicht durchzuhalten sei, darüber waren sich alle einig gewesen.

Deshalb kam heute etwas Neues zum Einsatz, das grob mit *kindtypische Beschäftigung* beschrieben werden konnte.

Dazu hatte Riette mit einem Stock einige zusammenhängende Rechtecke in den Boden geritzt. Von außerhalb warf sie ein Steinchen in dieses Spielfeld, sprang dann in das Kästchen, in dem das Steinchen zu liegen gekommen war, und stieß es mit den Füßen in ein anderes. Dabei durfte das Steinchen allerdings nicht in ein bestimmtes Feld gelangen, das *Schinderschlund* genannt wurde. Auch durfte Riette nicht in dieses Feld springen, und sie durfte auch nicht versehentlich auf den Rand irgendeines Feldes treten. Wie sie zu springen hatte, war ebenfalls festgelegt: einmal breitbeinig, dann nur auf dem linken oder rechten Bein oder abwechselnd auf dem einen oder anderen.

Eigentlich war es eine Betätigung, die Menschenkinder üblicherweise zu mehreren ausübten.

Da Riette jedoch ständig hüpfte, ohne daß jemand einen Grund dafür hätte nennen können, hatten Brams, Hutzel und Rempel Stilz sich darauf geeinigt, sich nicht einzumischen und sie so lange gewähren zu lassen, wie sie wollte.

Brams bezweifelte, daß Riette etwas von dieser stillen Vereinbarung ahnte. Sie schien glücklich zu sein. Was wollte man mehr?

Aber auch dieses typische Verhalten hatte einen schwerwiegenden Nachteil: Es zog die Kinder an wie die Fliegen!

Sie kamen forsch strahlend, schüchtern lächelnd oder neugierig grinsend. Doch nach wenigen Worten mit Riette verschwanden sie so, wie Brams es bereits kannte: schreiend und in kopfloser Flucht!

Einmal kam auch eine zu neugierige Erwachsene vorbei. Doch auch diese Herausforderung wurde von Riette bestens bewältigt. Sie trat die Frau gegen das Schienbein und schrie, so laut sie nur konnte. Ihre Stimme erreichte dabei solche Höhen, daß selbst Rempel Stilz von einer Zumutung sprach.

Kein Wunder, daß auch die Frau das Weite suchte, und nicht erstaunlich, daß sie bei ihrer Flucht von anderen Erwachsenen beschimpft und mit Erdklumpen beworfen wurde, weil sie dem vermeintlichen Kind solche Angst eingeflößt hatte.

So verging der Vormittag und verstrich der Mittag.

Immer wieder aufbrandender Jubel aus Richtung des Turnierplatzes kündete vom Voranschreiten der Wettkämpfe und von Erfolg und Niederlage unbekannter Recken.

Durch das viele Reden über Süße Milch wurden Brams und Hutzel schließlich so durstig, daß sie beschlossen, sich bei irgend jemandem einen Becher voll zu erbetteln. Riette und Rempel Stilz waren sogleich damit einverstanden.

Die Rolle des vermeintlichen Bettlerkindes sollte Brams übernehmen. Er sah einem echten Kind zwar nicht ähnlicher als die anderen, doch da er im Gegensatz zu ihnen weder eine Vollglatze noch blaue Haare oder eine Reihernase besaß, immerhin am wenigsten unähnlich.

Nun ging es auf die bewährte Weise zu dem Markt, der am Rande des Ritterlagers entstanden war. Krämer und Handwerker aus der Stadt hatten dort ihre Buden errichtet. Wirte schenkten Wein und Bier aus, Schnellbrater und Bäcker verpflegten die Hungrigen, und Bauern aus der Umgebung karrten Gemüse, Käse, Eier und Schinken an.

Das Erbetteln der Milch erwies sich als langwieriger als erwartet. Entweder wurde Brams gar nicht erst beachtet oder aber rüde verscheucht. So verstrich geraume Zeit, bis die vier endlich dicht gedrängt zusammenstanden und ihren Milchbecher kreisen lassen konnten.

Riette war unzufrieden. »Das ist würdelos! In alten Zeiten entrichteten sie Tribut, um unser Wohlwollen zu erlangen.«

»Ich weiß«, bestätigte Brams. »Ich habe euch in der Scheune davon erzählt.«

»Sie stellten freiwillig Milch und Kuchen vor ihre Türen«, fuhr Riette fort.

»So ist es!« stimmte Brams zu. »Genau das habe ich gesagt. Wiewohl es bei der Scheune...«

Riette funkelte ihn an und fiel ihm ins Wort: »Sie stellten auch noch kleine Tische, Stühle und Pantoffeln hinzu!«

Jetzt mußte Brams einräumen, daß er Riettes Geschichte offenbar doch nicht kannte.

»Wir sollten ihnen Streiche spielen«, forderte Rempel Stilz aus heiterem Himmel. »Wir haben lange keinen Streich mehr ausgeheckt. Das ist ganz gegen unsere Natur!«

»Hört, hört! Hoppla-hopp!« riefen Hutzel und Riette sofort.

Brams wußte, daß er eigentlich widersprechen und die bekannten Gründe anführen sollte: Nicht, solange wir unter ihnen verbleiben müssen! Nicht, solange wir nicht wissen, wo das Feenportal ist! Doch da er ebenso fühlte, murmelte er: »Wir könnten vielleicht jemandem am anderen Ende des Lagers einen Streich spielen, wo es nicht weiter auffällt.«

»Ein kontrollierter Streich sozusagen«, meinte Riette.
»Ein kontrollierter Streich erster Klasse«, erweiterte Rempel Stilz ihren Vorschlag.
Brams sah ihn mißtrauisch an. »Was soll das sein?«
Rempel Stilz begegnete seinem Blick mit unschuldiger Miene: »Es hörte sich so an, als gehöre es zusammen: ein kontrollierter Streich erster oder zweiter Klasse.«
Plötzlich ging Hutzel wortlos weg. Da er gerade den Becher in den Händen hielt, liefen ihm alle hinterher.
Er steuerte auf eine der Buden zu. Sein Beweggrund war sofort ersichtlich, da dort Kapuzenmäntel in mehreren Farben angepriesen wurden. Sie hingen auf einer Leine, die von einem Eckpfosten der Bude zum nächsten Baum gespannt war, und waren entweder für sehr großgewachsene Kinder bestimmt oder auffällig kleinwüchsige Erwachsene. Allemal würden sie sich ohne großen Aufwand an die Maße eines Kobolds anpassen lassen!
Hutzel langte nach einem dottergelben, merkte aber sogleich, daß er viel zu hoch für ihn hing.
»Hilf mir mal einer hoch!« verlangte er.
Rempel Stilz trat zu ihm und bot sich als Leiter an.
Hutzel stand gerade auf seinen Schultern, als ein verwundertes rotes Frauengesicht über das Seil schaute.
»Was soll das denn geben?« fragte die mutmaßliche Besitzerin des Standes.
»Mal gucken«, entgegnete Hutzel und wandte vorsichtshalber das Gesicht ab.
Die Frau blickte schnell von links nach rechts wie ein aufgeregter Habicht. »Wo ist denn deine Mama oder dein Papa, Kind?«
»Mal weg«, erwiderte Hutzel und versuchte sich noch weiter von ihr abzuwenden. Doch dabei verlor er das Gleichgewicht und fiel völlig unspektakulär von Rempel Stilz' Schultern. Zu seinem Glück konnte Riette ihn gerade noch auffangen.
»Verschwindet, ihr kleinen Diebe, und kommt nicht ohne eure Eltern wieder«, befahl die Frau.
»Wir sind keine Diebe«, widersprach Hutzel und versuchte sich aus Riettes Armen zu winden, was nicht ganz einfach war, da

sie immer wieder neu nach ihm griff, so daß das Ganze einem Ringkampf ähnelte.

Die Frau lachte:»Ihr seht nicht gerade so aus, als besäßet ihr auch nur einen einzigen Kupferpanning.«

Hutzel spuckte verächtlich aus.»Einen Kupferpanning? Ich lache! Hörst du mich? Wenn ich wollte, könnte ich dir einen Topf voll Gold bringen!«

Brams zuckte zusammen. Das ging eindeutig zu weit! Was war bloß in Hutzel gefahren?

Schnell trat er hinzu und verpaßte ihm geistesgegenwärtig einen Klaps auf den Kopf. Dazu rief er fröhlich:»Auf was für Gedanken du Bengel immer kommst!«

Obwohl die Frau den Ritter Gottkrieg vermutlich nicht kannte, mußte sie dennoch über diese Nachahmung lachen.

»Sofortiger Rückzug!«zischte Brams.»Drei Äpfel und fünf Birnen! Wir kehren heute nacht zurück!«

Er stieß einen lauten Schrei aus und rannte in Richtung ihres Lagers. Auf dem Weg machte Brams seinem Gefährten Vorwürfe:»Was ist bloß in dich gefahren? Dieser Leichtsinn! Von einem Topf mit Gold bis zur Wahrheit ist es nun wirklich nicht weit!«

Hutzel gab sich zerknirscht:»Ich weiß auch nicht, was mich dazu trieb. Wahrscheinlich ein schlimmer Fall von Streichentzug. Streichkoller, vielleicht!«

»Das gibt es tatsächlich, Hutzelrieder«, versicherte Riette ernst und stellte ihm ein Bein.

Hutzel stolperte, ruderte mit den Armen und prallte gegen Rempel Stilz.

»Eile mit Weile«sagte dieser gänzlich unbeeindruckt.

Zu aller Erstaunen kam Bückling nur wenig später zu ihrem Lagerplatz. Gottkrieg hatte ihn vorausgeschickt, damit er das Abendessen zubereite. Er selbst war noch mit den Schwertkämpfen beschäftigt und würde später nachkommen.

Bückling hatte auf dem Markt Kohl, Mangold, Karotten und schwarze Blutwürste gekauft. Wie gewohnt schnitt er alles zusammen in seinen Topf. Dabei berichtete er mit glühendem Gesicht haarklein von den Ereignissen des Tages. Offenbar hatten sich die neuen Lanzen bestens bewährt.

»Sie zerbarsten, daß es die helle Freude war! Der Meister hat noch nie so viele Punkte gemacht wie heute! Da kam der Ritter von Eisenhausen ... schrapp-wumm! ... und der Hordenhausener ... bromm-bang! ... Und erst der Winselheimer! Der wußte gar nicht, wie ihm geschieht: pratter, pratter!«

Bücklings Redeschwall brach erst ab, als ein Geruch nach Angebranntem aus seinem Kessel aufstieg. Rasch rührte er darin und kostete. Angewidert verzog er das Gesicht, schöpfte eine Kelle seines Suppeneintopfs heraus, kostete erneut und nahm dann den Topf vom Feuer.

»Jetzt hätte man gerne einen Kessel, bei dem so etwas nicht vorkommen kann«, meinte Hutzel bedeutungsschwer.

Bückling beachtete ihn nicht, sondern ging zum Karren, holte die Speckschwarte heraus, schnippelte ein paar Streifen in den Topf und stellte ihn dann wieder aufs Feuer. Ein wenig später kostete er erneut.

»Besser!« stellte er zufrieden fest. »Eindeutig besser.«

Nun hätte eigentlich Gottkrieg kommen sollen.

Doch der Ritter ließ auf sich warten.

Weder als der Lärm vom Turnierplatz erstarb noch als die Dämmerung hereinbrach, kehrte er zurück.

Anfänglich hielt Bückling noch nach ihm Ausschau. Er sprang auf, ging ein paar Schritt in die Richtung, aus der er den Ritter erwartete, reckte den Hals und kehrte unzufrieden zurück. Dann – als sei ihm plötzlich etwas eingefallen – ließ er es mit einem Mal gänzlich bleiben, nach dem Ritter zu sehen.

»Bestimmt hat er sich festgeredet«, vermutete er.

Mit dem Hereinbrechen der Nacht erwachte das Lager zu einem zweiten Leben. Unzählige Feuer brannten, und allenthalben waren Gelächter, Gesang und lautes Stimmengewirr zu hören. Geschichten des heutigen Tages oder vergangener Jahre wurden erzählt. Häufig wurde stolz geprahlt und oftmals schamlos gelogen.

Endlich kam Gottkrieg.

Sein Gesicht war gerötet und sein Gang nicht mehr ganz gerade. Offenbar hatte er sich nicht nur festgeredet, sondern auch bereits sein gutes Abschneiden beim Turnier gefeiert.

Gottkrieg nahm den Helm ab, reichte ihn seinem Knappen und trat zu Brams. »Auf ein Wort, Herr Brams! Habt Ihr etwa Hand an mein Schwert gelegt?«

Brams lächelte: »Ich ahne, warum Ihr fragt, Herr Gottkrieg. Nicht mein Verdienst! Ehre, wem Ehre gebührt und wie auch immer!«

Er deutete auf Rempel Stilz, der sich sogleich aufrichtete und stolz die Brust herausdrückte.

Gottkriegs Miene verdüsterte sich schlagartig: »Das hätte ich mir denken können!«

Schwungvoll riß er sein Schwert aus der Scheide. Die Klinge endete kurz unter dem Heft. Gottkrieg hielt das Schwert vor Rempel Stilz' Nase und deutete mit dem Finger auf den kurzen Klingenrest. »Zuvörderst: Was ist das für eine Hexenrune auf dem Stahl?«

Rempel Stilz zeigte auf ein eingraviertes Zeichen, kurz unter dem Griff. »Das ist keine Rune, Herr Gottkrieg, sondern eine Zahl, damit man die einzelnen Klingenstücke leichter wieder zusammensetzen kann. Ihr habt sie hoffentlich alle aufgesammelt?«

Gottkriegs Gesicht wurde einen ganzen Ton dunkler.

»Willst du damit sagen, ich hätte es dir zu verdanken, daß die Klinge meiner Ahnen beim ersten Streich in tausend Stücke zersprang?« fragte er mit rauher Stimme.

»Ei freilich«, bestätigte Rempel Stilz munter. »Ihr wißt ja, Herr Gottkrieg, wegen der Punkte! Aber es sind keine tausend Stücke, sondern nur zweiundzwanzig. Falls Ihr befürchtet hattet, einige Teile verloren zu haben, so kann ich Euch trösten.«

Gottkrieg brüllte lauthals: »Wer hat dich Schwachkopf geheißen, dich an meinem Schwert zu vergreifen? An meinem Ahnenschwert? An meinem Familienschwert? Die Lanzen sollen zerspringen, du unsäglicher Trottel, aber doch nicht mein Schwert! Wo warst du bloß, als der Verstand verteilt wurde?« So, wie er

sich benahm, ähnelte er verblüffend einer großen, bellenden und sehr lebendigen Dogge.
Rempel Stilz' Erscheinung stand in starkem Kontrast dazu. Er schrie nicht, sein Gesicht war nicht gerötet, und er zitterte auch nicht vor Wut. Im Gegenteil! Nichts an ihm bewegte sich mehr. Seine Lider hatten aufgehört, sich zu heben oder zu senken, und seine Augen waren völlig starr.
»Bückt Euch, Herr Gottkrieg«, sagte er mit schmieriger Freundlichkeit.
Ritter Gottkrieg stutzte und stieß einen häßlichen Laut aus. »Was willst du, kleiner Mann? Mir drohen oder mich gar herausfordern? Bildest du Tropf dir ein, uns unterscheide nur das Stockmaß? Wäre ich nicht so zornig, so würde ich schallend lachen!« Nichtsdestoweniger ging er in die Hocke.
Sobald er in Reichweite war, schlug ihm Rempel Stilz gegen das Kinn.
Der Fausthieb riß den Ritter hoch und schleuderte ihn fast zwei Körperlängen weit weg. Besinnungslos blieb er auf dem Rücken liegen. Rempel Stilz trat zu ihm, stellte sich auf den Brustpanzer und sagte boshaft: »Nun, Herr Gottkrieg, Ihr wolltet doch wissen, wo ich war, als der Verstand verteilt wurde? Sicher ahnt Ihr es bereits: Ich war da, wo es die dicken Muskeln gab!«
Rempel Stilz lachte so garstig, daß sich Brams fragte, ob an seiner angeblichen Verwandtschaft mit einem Troll vielleicht doch ein Körnchen Wahrheit war.
Brams wandte sich zu Bückling. Der hochaufgeschossene, schmale Junge blickte mit großen Augen zu Gottkrieg. Offensichtlich begriff er nicht, wie Rempel Stilz seinem schwer gepanzerten Ritter so übel hatte mitspielen können.
Mittlerweile war auch Riette zu dem Bewußtlosen getreten.
»Merk dir«, sagte sie barsch. »Ich will künftig ebenfalls als *Herr* angesprochen werden!«
Sie bückte sich und stopfte ihm etwas vermutlich ziemlich Widerliches in die Nase.
Da Brams sich keine Hoffnungen machte, die Gefährtenschaft mit Ritter Gottkrieg vom Teich und seinem Knappen länger bei-

behalten zu können, fuhr er Bückling bedrohlich an: »Sprich flink, bevor ich den Rempel Stilz auf dich hetze: Wo ist das Feentor?«

Schlagartig wurde Bückling bewußt, daß mit der raschen Niederlage des Herrn von Teich noch längst nicht alles ausgestanden war.

»Ich ... ich ... ich«, stammelte er.

»Keine Ausflüchte!« herrschte ihn Brams an. »Wo?«

»Im Wald!« quiekte Bückling.

»Na, es geht doch«, sagte Brams aufmunternd. »Wo im Wald?«

»Bäume«, stieß Bückling aus und fuchtelte mit einer Hand grob nach Osten hin.

»Bäume?« rätselte Brams. »Ich verstehe dich nicht!... Ach, wahrscheinlich willst du mir damit sagen, daß man zwischen zwei bestimmten Bäumen hindurchgehen muß, um zu den Feen zu gelangen?«

Bückling nickte eifrig. »Zwei!«

»Ich weiß«, bestätigte Brams. »Zwei Bäume. Was für Bäume?«

»Palmen!«

Brams lachte. »Du Dummerchen! Hier wachsen doch überhaupt keine Palmen. Sicherlich meinst du Platanen, zwei Platanen?«

»Platanen«, wiederholte Bückling.

Brams war rundum zufrieden. »Na also! Das war doch gar nicht so schwer. Wir müssen nur alle willens sein, am gleichen Strang zu ziehen.«

Er deutete zum Zelt. Bückling verstand sogleich, was er wollte, und kroch hinein.

»Wir brechen nun lieber auf«, meinte Brams.

»Wir hatten noch etwas vor«, erinnerte ihn Hutzel.

»Ich weiß«, antwortete Brams. »Die Zeit scheint mir auch ganz günstig, um die Bude erneut aufzusuchen. Alle bereit? Ein Apfel und elf Birnen!«

Die Nacht war sternenklar. Die Luft roch nach einem bevorstehenden Gewitter und dem Angstschweiß flüchtender Mäuse, denen mit langsamem Flügelschlag lautlos Eulen folgen. Man hätte meinen können, es wäre Erntemond, doch das war es nicht.

19. Der Unmut der Weißen Frau

Die Königin hielt das mit schwungvollen Schriftzeichen bedeckte Blatt an die Kerzenflamme. Als das Feuer einen Halbkreis hineingefressen hatte, trug sie den gelb lodernden Brief ihres Ritters Krieginsland von Hattenhausen zum Kamin und ließ ihn fallen. Geduldig beobachtete sie, wie die Flammen das Papier schwärzten und wellten. Als die letzte Feuerzunge erloschen war, griff die Königin zu einem Schürhaken und zerteilte die Aschenreste.

Alles dauerte schon viel zu lange, dachte sie verärgert. Etwas mußte geschehen.

Sie ging zu der Wiege, deren Seitenwände das königliche Wappen zierte, und blickte auf den blonden Säugling darin. Seine blauen Augen waren geschlossen, und die kleinen Hände lagen zu Fäusten geballt links und rechts des Kopfes. Er sah aus, als habe er sich im Schlaf ergeben.

Eindringlich betrachtete die Königin seine Züge. Sie war erleichtert, als sie auch heute nichts Ungewöhnliches darin fand.

Selbstverständlich würde es so nicht bleiben. Eines Tages würde sich die Wahrheit offenbaren.

Was wäre wohl das erste, was jemandem auffiele? fragte sie sich in einem Anflug von Selbstquälerei. Eine zu plumpe Nase, ein zu weiches Kinn, ein schwächlicher Mund oder Augen, denen es an herrischem Ausdruck mangelte?

Die Königin fürchtete diesen Tag.

Sie fürchtete den Augenblick, in dem sie das erste Anzeichen von Fremdheit entdeckte.

Jäh riß sie sich von der Wiege los und sagte schroff: »Bilde dir nicht ein, daß dieser Tag je kommen wird, kleiner Mann!«

Sie griff nach einer Glocke und läutete.

Umgehend öffnete sich die Tür, und eine Zofe trat ein.

»Er soll kommen«, befahl die Königin.

»Sehr wohl«, antwortete die Zofe mit einem Knicks.

Sie verschwand wieder und kehrte alsbald mit dem Ritter zurück. Erst als ihr die Königin befahl, sich zu entfernen, schloß sie die Tür hinter sich.

Der Ritter wollte sich verbeugen, wie es die Höflichkeit und sein Rang verlangten, doch die Königin hinderte ihn mit einer ungeduldigen Handbewegung daran.

»Bernkrieg von Stummheim«, redete sie ihn an. »Ist Euch der Ritter Krieginsland von Zupfenhausen bekannt?«

»Sehr wohl«, erwiderte der Ritter. »Meine Königin erinnert sich sicher an die schreckliche Nacht, als die Mächte des Schinderschlundes den Hohen Meister ermordeten. Der Herr von Hattenhausen und ich überbrachten die Kunde seines heldenhaften Todes.«

»Was immer«, sagte die Königin. »Doch daß Ihr dabei wart, erleichtert vieles. Der Herr von Hattenhausen ist noch immer auf der Jagd nach den Wichteln. Zu lange, wie ich meine. Ihr werdet ihn entlasten und so schnell wie möglich mit ein paar Reitern, Gerät und Nachschub zu ihm stoßen.«

Bernkrieg von Stummheim nickte schnell und zackig. »Wer wird den Befehl haben?«

Die Königin lächelte. »Hattenhausen, wie bisher. Ich werde Euch jedoch ein Schreiben mitgeben, damit er nicht auf den Gedanken verfällt, sich mehr mit Euch zu beschäftigen als mit den Wichteln. Wiewohl er verdient hätte, daß ihn Zweifel über seine Zukunft plagen. Doch ich will gütig und geduldig sein, wie es meist meiner Art entspricht. Dennoch, Herr Bernkrieg, sollt Ihr dem Ritter Krieginsland nicht verhehlen, daß meine Langmut Grenzen hat! Zudem darf er ruhig verstehen, daß ich Euch nicht nur aus Sorge um seine Verpflegung zu ihm geschickt habe. Ihr wißt nun, was Ihr zu tun habt.«

Der Ritter verbeugte sich. Er wirkte nicht allzu glücklich.

20. Der Blutbauer und die Freiheit der Wissenschaft

Endlich frei! Magister Dinkelwart von Zupfenhausen, Gelehrter der Sieben Künste und Dreiunddreißig Wissenheiten, kam sich vor, als sei eine ungeheure Last von seinen Schultern genommen worden. So unbeschwert war ihm schon lange nicht mehr zumute gewesen! Am liebsten hätte er die ganze Welt an der Freude über seine wiedergewonnene Freiheit teilhaben lassen. Er verspürte den Drang, von der Eckbank im hinteren Drittel der Dorfschenke von Plänkelhausen aufzuspringen und laut zu rufen: »Frau Wirtin, füllt alle Krüge! Jeder stoße auf mich an! Trinkt auf mich, ihr schlichten Leute, denn heute ist mein Glückstag. Ich bin frei, frei, frei!«

Einzig die Scheu vor solch öffentlichen Gefühlsbekundungen – und natürlich auch die damit verbundenen Kosten – hinderten Dinkelwart, seinem Verlangen sogleich Taten folgen zu lassen. Doch aufgeschoben war nicht aufgehoben! Auch wenn er sich im Augenblick zurückhielt, so mochte er sich später noch immer zu einer verschwenderischen Lokalrunde hinreißen lassen. Vorausgesetzt natürlich, zwei der gegenwärtigen fünf Wirtshausbesucher gingen vorher und kein neuer stieße hinzu.

Der Gelehrte nippte an seinem Bier. Es sah aus, wie ein gutes Bier aussehen mußte, nämlich braun mit einem Hauch Schaum obendrauf, und es schmeckte auch so: leicht säuerlich, nicht zu wäßrig und auch nicht übermäßig warm.

Dinkelwart von Zupfenhausen war zufrieden – fast zufrieden. Seinem Peiniger entkommen zu sein war Grund genug für Fröhlichkeit.

Wie einfach diese Flucht am Ende gewesen war! Er war kurzer Hand nachts fortgegangen. Nichts von alldem, was er befürchtet hatte, war eingetreten. Kein Geschrei, als seine Abwesenheit entdeckt wurde, keine Verfolgungsjagden, kein nächtlicher Fackelschein, der unerbittlich näher kam, und auch nicht das heisere

Kläffen eines Rudels von Blutwarzenhunden, die Krieginsland von Hattenhausen zum Glück ohnehin nicht zur Verfügung gestanden hatten.

Nichts davon war geschehen.

Im Nachhinein betrachtet, war das auch nicht verwunderlich. Krieginsland verabscheute die Luft, die er atmete, und hielt ihn – wie wahrscheinlich jeden, der einigermaßen gebildet war oder auch nur seinen Namen fehlerfrei buchstabieren konnte – für einen weltfremden Trottel. Er hatte ihn allein deshalb mitgenommen, weil es die Königin so wollte, und nicht, weil er sich irgend etwas von seiner Unterstützung versprach. Er, Dinkelwart, bedeutete dem Kriegsmann überhaupt nichts. Er war nur jemand, den der Ritter beiläufig quälte, wenn ihm gerade langweilig war, aber den er auch nicht vermißte, wenn er fehlte.

Die Königin hingegen würde sich durchaus an seinen gelehrten Begleiter erinnern. Wahrscheinlich gäbe sie sich nicht damit zufrieden, daß sie nun das Gold sparte, das sie ihm noch schuldete, sondern würde ihn wegen Beleidigung ihrer Person, der Krone – oder vielleicht auch nur unter den hämischen Einflüsterungen ihres bösartigen Ritters – zum Hängen, Vierteilen, Entbeinen, Verfüttern oder gar Schlimmerem verurteilen.

Doch soweit käme es nicht. Denn er, Dinkelwart von Zupfenhausen, Gelehrter der Sieben Künste und Dreiunddreißig Wissenheiten, würde ihr zuvor mit feinem, selbstgenügsamem Lächeln – so fein, daß dieser Massiveisenschädel von Hattenhausen den beißenden Spott gar nicht bemerkte – die Wichtel, nein, die Erdmännchen ausliefern.

Denn er wußte, wie sie zu finden waren.

Wie seltsam, daß ausgerechnet diesem Ritter Krieginsland von Hattenhausen gar nicht aufgefallen war, daß überall, wo die Erdmännchen gesichtet worden waren, Turniere stattgefunden hatten. Dinkelwart hatte diese Erkenntnis angesichts seiner bevorstehenden Flucht für sich behalten und sich ohne Umwege zum größten der Turniere begeben, nämlich nach Heimhausen. Dummerweise hatte er die Gesuchten dort knapp verpaßt. Aber das machte nichts.

Dinkelwart kicherte in sich hinein. Der Geist war eben doch schärfer als das Schwert!

Beiläufig griff er nach seinem Bierkrug und schrie auf, als ein heftiger Schmerz seine Hand durchfuhr.

Auf dem Tisch, gleich neben Dinkelwarts Bierkrug, saß ein ungewöhnlich fetter, geradezu riesenwüchsiger braun-weißer Kater. Die Pfote, mit der er Dinkelwart einen Hieb verpaßt hatte, hielt er noch immer drohend erhoben.

Der Gelehrte führte die verletzte Hand zum Mund und leckte das Blut ab, das aus vier tiefen Kratzern perlte. Aufmerksam verfolgte das Tier seine Bewegungen, dann hielt es die Zunge in den Krug und schlabberte das Bier.

»Das ist meines«, beschwerte sich Dinkelwart hilflos, was allerdings keinerlei Eindruck auf den Kater machte. Er genoß sein Tun.

Dinkelwart unternahm einen neuen Anlauf.

»Husch«, sagte er und hob die Hand. Sogleich sah der Kater von dem Bier auf. Scheinbar gelangweilt musterte er Dinkelwart, wiewohl seine abermals erhobene Pfote nicht ganz zu diesem friedlichen Bild paßte. Unvermittelt gähnte er herzhaft und entblößte dabei lange, spitze Zähne. Schließlich beugte er wieder den Kopf in Dinkelwarts Bier.

Der Gelehrte war ratlos. Unverhofft kam ihm die Wirtin zu Hilfe.

»Liebfriedchen, das sollst du doch nicht tun!« schalt sie ihr Haustier.

Als auch ihre Ermahnung keine Wirkung zeigte, griff die Wirtin kurzerhand nach einem der Holzscheite neben dem Herd und warf ihn.

Dinkelwart riß die Arme hoch, um seinen Kopf zu schützen. Knallend schlug das Holz auf dem Tisch auf und verscheuchte den Kater. Er sprang auf den Boden und ging gemächlich mit hochgerecktem Schwanz zu einem Stuhl neben der Eingangstür, auf den sich die Wirtin bei sonnigem Wetter nach draußen zu setzen pflegte, wenn in ihrem Wirtshaus kein Gast wartete. Auf diesen Stuhl sprang der Kater und machte es sich gemütlich.

Noch bevor Dinkelwart die Arme vor seinem Gesicht wieder gesenkt hatte, wußte er schon, daß ein Unglück geschehen war. Feuchte Spritzer auf seiner Haut verrieten es ihm. Und tatsächlich, seine Augen bestätigten gleich darauf, was er bereits wußte: Entweder der Kater oder das Wurfgeschoß hatten sein Bier verschüttet.

Die Wirtin trat zu seinem Tisch. Mit einem Lappen, der vermutlich im Laufe vieler Jahre selbst vergessen hatte, aus welchem Material er ursprünglich gewoben worden war, wischte sie Dinkelwarts Bier auf, wobei sie den Lappen ab und zu über dem Boden auswrang.

»Noch eins?« fragte sie, als sie damit fertig war.

Dinkelwart nickte stumm. Mit einem vorwurfsvollen Blick auf die teils feixenden anderen Gäste dachte er: selbst schuld. Jetzt ist es zu spät! Hätten sich rechtzeitig zwei von ihnen zum Wohle der Allgemeinheit geopfert und die Schenke verlassen, so hätten die anderen auf ihn anstoßen dürfen. Das kam nun nicht mehr in Frage.

Daß der Kater sein Bier verschüttet hatte, war gewiß ein Zeichen. Das Schicksal wollte es nicht!

Die Wirtin kam mit einem frisch gezapften Bier zurück. Dieses Mal hatte sie es in einen Krug mit Deckel gefüllt. Als sie diesen vor Dinkelwart abstellte, sprach sie: »Vor dem Liebfriedchen müßt Ihr keine Angst haben. Er meint's nur gut.«

Dinkelwart glaubte, noch nie etwas Verworreneres vernommen zu haben. Womit meinte es der Kater gut? Wenn er ihn aus Herzensgüte in die Hand hackte oder ihm aus schierer Zuneigung das Bier stahl?

Kopfschüttelnd wischte er mit dem Ärmel die letzten Bierpfützen vom Tisch und legte das Büchlein, in das er seine Erkenntnisse einzutragen pflegte, vor sich hin. Parallel zum oberen Rand des Büchleins legte er ein Reißblei dazu. Nun schlug er das Buch auf.

In diesem Augenblick betraten neue Gäste das Wirtshaus. Der ältere war ein kräftiger Mann von kastenförmigem Körperbau. Ihn begleitete ein etwa siebenjähriger Junge, an dem im Gegensatz zu seinem Vater alles kugelig war: der Bauch, der Kopf, ja sogar die Nase.

Daß sich Verwandte so unähnlich sehen können, dachte Dinkelwart noch kurz, dann brach Lärm aus. Verursacht wurde er von dem Jungen und dem Kater gemeinsam. Denn kaum hatte das Tier den Jungen bemerkt, flüchtete es in Panik von dem Stuhl. Der Junge jagte ihm sogleich jauchzend hinterher. Im Nu schien es, als sei es ihm gelungen, den völlig verwandelten Kater in eine Ecke zu drängen. Das weiß-braune Riesenvieh wirkte wie erstarrt. Doch dann sauste es noch beherzt an seinem Verfolger vorbei zur Tür. Der Junge sah darin nur den Beginn einer neuen Runde. Begeistert jagte er hinterher.

»Er soll das arme Liebfriedchen in Ruhe lassen, Blutbauer«, bemerkte die Wirtin mürrisch.

Der Angesprochene, der eigentlich auf den deutlich friedlicher klingenden Namen Blutbirnenbauer hörte, zuckte die Schultern und antwortete, während er unverblümt auf ihren Busen starrte: »Da habe ich nichts mitzureden. Er mag eben Tiere.«

Dinkelwart achtete nicht länger darauf, was um ihn herum vorging, sondern vertiefte sich in seine Aufzeichnungen. Mittlerweile war schon einiges zusammengekommen.

Wie er entdeckt hatte, bewegten sich die Erdmännchen nicht ziellos durch das Land, sondern folgten einem unbekannten Weg. Warum?

Dinkelwart griff nach dem Reißblei und unterstrich das Wort »Warum«, das er bereits in sein Buch geschrieben hatte.

Das Ganze erschien ihm ebenso rätselhaft wie die Verquickung der Königin. Was hatte sie mit allem zu tun? Vielleicht suchten die Männchen einen Schatz – Gold, Silber –, und die Königin hatte davon erfahren? Denkbar. Doch warum sollte dann der König nichts davon wissen?

Hoppla, dachte Dinkelwart plötzlich. Vielleicht hatte diese Geheimniskrämerei gar nichts mit dem König zu tun? Vielleicht ging es um jemand anderes? Wen? Natürlich ... Klatsch! Am Hof wurde sicher viel geklatscht. Von diesem Schatz sollte einfach nicht jeder wissen. Und vor allem nicht ...

Dinkelwart schnalzte mit der Zunge. Der Widersacher des Königs! Graf Neidhard von Friedehack sollte nichts vom Schatz der Erdmännchen erfahren.

Eigentlich ganz einfach.

Mittlerweile hatten die Erdmännchen allerdings von ihrem ursprünglichen Plan – wie immer er im einzelnen auch aussehen mochte – abweichen müssen, da der Ritter sie vertrieben hatte, nachdem er sie beim Stehlen überrascht hatte. So hatte es ihm jedenfalls der Knappe des Ritters berichtet. Seltsamer Bursche. Vielleicht stimmte die Geschichte nicht ganz. Der Junge hatte sie sehr eigenartig erzählt und war dabei abwechselnd rot angelaufen und erbleicht. Wie hieß er noch mal? Pickel oder so ähnlich.

Dinkelwart senkte das Reißblei und notierte: fragwürdiger Pickel.

Aufschlußreich, ja erschreckend sogar war, daß die Erdmännchen die Begegnung mit Menschen überhaupt nicht scheuen. Sie bewegten sich am hellichten Tag unter ihnen, gaben sich als Menschen aus, als Menschen aus einem fremden Land, als Kopulatoren. Und sie kamen damit durch, obwohl noch nie jemand von einem Land...

Dinkelwart stutzte und fühlte das Blut in seine Wangen schießen.

Was hatte er denn da geschrieben?

Nein, nein, das konnte nicht sein! Wahrscheinlich hatte er einfach einen Strich zuviel gemacht!

Er veränderte seine Aufzeichnungen.

Kopilatoren. Das klang schon besser. Kopilatoren!

Doch ganz wohl war ihm dabei nicht. Wenn man das Wort schnell aussprach, so hörte es sich ebenso unanständig an wie das andere. I, u – da tat sich nicht viel. Im Gespräch mit Gemeinen wäre daran nichts Schlimmes. Sie kannten solche Wörter nicht. Doch nur einmal angenommen, er wollte irgendwann im gelehrten Kreis über seine Forschungen sprechen: Vom Studium der Kop...hüstel...latoren!

Diese Schmach, diese Schande! Womöglich ginge er in die

Geschichte ein als Dinkelwart von Zupfenhausen, Gelehrter der Sieben Künste und Dreiunddreißig Kopulatoren! Er brachte ein Häkchen an dem anrüchigen Wort an. Nun las es sich Kapilatoren.

Dinkelwart atmete auf. Das war weit genug entfernt vom Anstößigen. Diese Variante klang unverfänglich und gelehrt wie Kapille oder kapillar und nicht nach frivolem Treiben. Allerdings, was, wenn die Erdmännchen sich wirklich so nannten? Der Große Trutzbrecht hatte nicht umsonst gewarnt:

Es wüllt den Wissenden nicht verwundern, wenn das Erdmannerchen in seynen lichtlosen und schmutzerlichen Bauten die ganze Zeit auch nur dunkle und schmutzerliche Gedanken ausbrütet. So tut es das!

So tut es das!

Was, wenn er, Dinkelwart, in die Lage kam, in bester Absicht einen sittsamen Wandersmann oder eine züchtige Jungfer ansprechen zu müssen, ob sie vier Kapilatoren gesehen hatten? Die beiden arglosen Seelen wüßten zwar nicht, was ein Kopulator wäre, doch im Grunde liefe seine Frage auf dasselbe hinaus, als wolle er eine Brotrinde haben und spreche statt dessen von einer Bratrunde.

Das war unverständlich. Also würden beide in jedem Fall verneinen, gleichgültig ob zu Recht oder zu Unrecht. Damit war niemandem geholfen!

Kapilator war viel zu weit weg von seinem schlüpfrigen Ursprung. Es mußte etwas anderes sein. Doch was? Nahe und doch nicht schamlos? Schamvoll und doch nicht fern?

Plötzlich schrie Dinkelwart auf. Heureka, er hatte die Lösung: Korpulentoren!

Stolz blickte er sich im Wirtshof um, doch ob seines Ausrufes erntete er nur verständnislose Blicke. Es kümmerte ihn nicht. Erlöst widmete er sich wieder seinen Aufzeichnungen. Beim Lesen murmelte er halblaut und nahm gelegentlich eine Änderung an dem Geschriebenen vor.

Plötzlich fühlte er die Nähe eines anderen Menschen. Dinkelwart sah auf und blickte in das ehrliche und ein wenig einfältige

Gesicht des zuletzt eingetroffenen Gastes, den die Wirtin als Blutbauer angesprochen hatte. Unbemerkt hatte er gegenüber von Dinkelwart Platz genommen. Wie lange er schon bei ihm saß, war nur zu erraten.

»Habt Ihr schon einmal einen Wichtelbold gesehen?« fragte der Mann sofort.

Dinkelwart erwiderte verwirrt seinen Blick. »Wie belieben?«

»Ihr führtet Selbstgespräche«, erklärte sein Gegenüber. »Ich kam nicht umhin zuzuhören, selbst wenn ich das nicht gewollt hätte.« Er lachte, wurde aber sogleich wieder ernst und zischte mit gesenkter Stimme: »Wichtelbolde, Erdmänner, wie Ihr sie nennt. Habt Ihr schon einmal welche getroffen? Ich kann das von mir behaupten, und ich werde diesen schrecklichen Anblick mein Lebtag nicht vergessen. Nein, mein Herr, niemals, mein Lebtag nicht! Er ist mir sozusagen ins Gedächtnis gebrannt.« Der Mann lehnte sich zurück und sah Dinkelwart einige Augenblicke lang bedeutungsschwer an, bevor er fortfuhr: »Es war nachts, und sie waren zu fünft. Jeder war ungefähr so groß wie vom Boden bis zur Tischplatte. Allesamt trugen sie Umhänge, blutrot mit Kapuzen! Sie hatten sie so tief ins Gesicht gezogen, daß man kaum etwas von ihnen erkennen konnte. Dennoch erhaschte ich im Flackerlicht meiner Laterne einen Blick auf sie. Das Blut gefror mir schier in den Adern. In den Adern! Graue Gesichter, riesige schwarze Augen!«

Der Blutbauer nahm einen tiefen Zug aus seinem Krug und wiederholte die letzten Worte: »Graue Gesichter und abgrundtief böse, riesige schwarze Augen!« Urplötzlich nahm sein Gesicht einen verträumten Ausdruck an: »Oder verwechsle ich jetzt etwas? ... Rote Augen, schwarze Gesichter, böse graue ... Nein, so war es nicht! ... Graue Umhänge, rote Gesichter, böse, kleine Augen?«

Während er die Beschreibung neu sortierte, klopfte er bei jedem Punkt auf den Tisch, als wolle er ihn dadurch als »erledigt« kennzeichnen. Schließlich zuckte er die Achseln. »Ist schon ein paar Jahre her, und ich war außer mir. Da kann man sich schon einmal vertun.«

»Was taten sie? Wobei habt Ihr die Erdmännchen überrascht?« fragte Dinkelwart.

»Ihr glaubt es nicht«, erwiderte sein Gegenüber.

»Nun, sagt schon! Spannt mich nicht länger auf die Folter!« drängte der Gelehrte.

»Ihr glaubt es nicht!«

»Sprecht! Sprecht endlich!« Siedendheiß kam Dinkelwart plötzlich der Verdacht, daß der Blutbauer womöglich gute Gründe hatte, nicht allzu genau darauf einzugehen, wobei er die schamlosen Erdmännchen eigentlich überrascht hatte. Doch er irrte. Beinahe erleichtert atmete der Gelehrte auf, als sein Gegenüber endlich das Geheimnis lüftete.

»Sie waren im Haus und wollten gerade meinen kleinen Jungen stehlen. Meinen kleinen Jungen! Doch nicht mit mir! Ich schrie sofort« – und das tat er nun auch beim Erzählen: »Was geht hier vor? Was soll das sein? Was soll das werden? Was glaubt ihr, wer ihr seid? Wie stellt ihr euch das vor? Weg mit euch, garstiges Volk! Weg, oder ich stopfe euch in einen Sack und ersäufe euch wie junge Katzen!«

»Na, Blutbauer, gehen wieder die Pferde mit dir durch?« rief einer der anderen Gäste erheitert herüber.

Der Blutbauer bedachte ihn mit einem bösen Blick. »Du weißt gar nichts, du Katzenmetzger. Gar nichts!«

Dinkelwart berührte ihn am Unterarm, um seine Aufmerksamkeit wiederzuerlangen. »Und? Was geschah? Was taten sie?«

»Sie rannten! Sie rannten, so schnell sie konnten! Ihr müßt nämlich wissen, Herr: Ich bin kein schöner Anblick, wenn mich der Zorn packt! Ich ging natürlich sogleich zur Wiege meines Jungen. Und was sehe ich? Da liegt der Bub und lacht mich so fröhlich an, als hätte er gar nicht mitbekommen, in welcher Gefahr er schwebte. Das ging also alles noch einmal gut aus. Doch seitdem habe ich eine Rechnung mit diesen Wichtelbolden offen. Eine Rechnung!« Er trank von seinem Bier.

Als wäre eine geheime Losung ausgegeben worden, war genau in diesem Augenblick von draußen das unbeschwerte Lachen des Kindes zu hören. Begleitet wurde es vom erschrockenen Miauen des Katers und dem gequälten Winseln eines großen Hundes.

»Blutbauer!« rief die Wirtin sofort hellhörig. »Wenn dein Lausebengel wieder das arme Liebfriedchen und den Hund des Schmiedes an den Schwänzen zusammenbindet, dann gibt's aber was!«

»Sorge dich nicht, Idakunde. Das kommt nicht wieder vor«, versicherte der Blutbauer, ohne von seinem Bier zu lassen. »Nie wieder! Der Bub und ich haben ausführlich darüber gesprochen. Ausführlich!«

Als er den Krug absetzte, flüsterte er zu Dinkelwart: »Das stimmt gar nicht. Ich sage es eben, damit sie Ruhe gibt. Die bildet sich das nämlich alles ein. Wie soll denn das Bübchen diesen fetten Kater an dem Hund festgebunden haben? Der ist doch bestimmt so schwer wie zwei ausgewachsene Männer.«

Ganz schien die Wirtin den Worten ihres Gastes indes nicht zu trauen. Mißtrauisch stapfte sie zur Tür ihrer Schenke und sah ins Freie. Zwar erspähte sie offensichtlich nichts, was ihren Unmut hätte wecken können, dennoch rief sie hinaus: »Ich will nichts hören!«

Dann schlurfte sie wieder zur Theke zurück.

»Und Ihr?« fragte der Blutbauer unvermittelt und sah Dinkelwart erwartungsvoll an. »Seid Ihr schon einmal Wichtelbolden begegnet?«

»O ja!« antwortete Dinkelwart gedehnt. »Sie überraschten mich nachts und im Freien. Sie waren zu viert und sahen genauso aus, wie Ihr sie beschrieben habt. Auch wenn ich ihre Gesichter mit den bösen Augen nicht erkennen konnte, so stimmt doch alles andere verblüffend mit Eurer Erzählung überein. Keiner von ihnen hätte über die Tischkante schauen können – so klein waren sie. Ob sie allerdings ebenfalls blutrote Kapuzenumhänge trugen, kann ich nicht beantworten, da ich im Gegensatz zu Euch keine Laterne mitführte... Versteht, Blutbauer, ich bin ein Mann der Wissenschaft. Ich muß auch in geringen Dingen ganz genau sein, um nicht zu sagen: exakt!... Doch ganz gewiß hatten ihre Kapuzengewänder allesamt haargenau dieselbe Farbe. Einer sah

aus wie der andere – austauschbar, verwechselbar, gesichtslos. Geradezu beängstigend! Ohne Zweifel haben die Erdmännchen Gründe dafür, die in ihrer Bosheit wurzeln. Kann man nicht entscheiden, welchen der ihren man bei einer Schurkerei beobachtet hat, so können sich alle herausreden. Stets war es ein anderer.«
»Und dann?«
»Wie ich schon sagte: Sie haben mich überrascht. Sie übten finstere Hexerei aus, so daß ich ihnen gefügig sein mußte. Ich konnte nichts dagegen tun.«

Mitfühlend legte der Blutbauer eine Hand auf Dinkelwarts Unterarm und sprach mit belegter Stimme: »So war Euch also das härteste Los beschert, das man sich denken kann. Hilflos mußtet Ihr mit ansehen, wie sie Euren Sohn, Eure Tochter oder Eure Frau stahlen?«

»Was schwatzt Ihr?« entgegnete Dinkelwart ungehalten und zog seinen Arm zurück. »Ich habe weder Frau noch Kinder.«

»Ich dachte, Ihr teiltet mein Los«, entschuldigte sich der Blutbauer. »Doch was fügten sie Euch dann Schlimmes zu, wenn es keine Lieben zum Verschleppen gab?«

»Sie führten mich in eine Scheune«, erklärte Dinkelwart.

»Und dort? Was geschah dort?«

Diese Frage hatte sich Dinkelwart selbst oft genug gestellt. Seines Wissens war danach gar nichts mehr geschehen. Doch das hatte er bislang niemandem anvertraut.

Er scheute sich davor zu erzählen: Ich traf vier Ausgeburten der Finsternis. Sie verhexten mich, zwangen mir ihren Willen auf – und sperrten mich bis zum Morgen in eine Scheune ein. Das war's.

Das klang nicht einmal wie eine schlechte Lüge! Das klang wie ein Scherz, der den Zuhörern die Tränen in die Augen trieb und sie bewog, sich auf die Schenkel zu klatschen.

So hatte sich Dinkelwart in dieser grauenhaften Nacht aber keineswegs gefühlt. Wie gern hätte er genauso unbefangen wie sein einfältiges Gegenüber geschwafelt: Sie hatten graue Haut und Augen wie riesige Wespen!

Selbstverständlich war diese Schilderung Unfug, denn mit solch auffälligem Äußeren hätten sich die Erdmännchen keinen Augenblick als Kopu... Korpulenter ausgeben können! Doch das war immer noch besser, als zu erzählen: Sie sperrten mich bis zum Morgen in der Scheune ein. Dabei hatte ich noch Glück, müßt Ihr wissen, denn es hätte auch der Abtritt sein können! Oh! Oh!

Dinkelwart hatte sich oft den Kopf zerbrochen, was der Sinn dieser merkwürdigen Gefangennahme gewesen sein mochte. Irgend etwas Unsagbares mußte danach noch geschehen sein. Die Erdmännchen konnten ihn doch nicht einfach nur weggeschlossen haben! Aber ihm war nichts Gegenteiliges eingefallen.

Manchmal hatte er sich eingeredet, vielleicht seltsame Lichter gesehen und klickende Geräusche gehört zu haben. Aber das war sicher nur Einbildung gewesen: Wetterleuchten, raschelndes Stroh oder das Knarren loser Dachschindeln.

Nichts davon hatte sich zugetragen.

Dennoch war etwas merkwürdig gewesen. Eines der Erdmännchen hatte einen Schnabel besessen. Doch diese Einzelheit gehörte zu den drei Dingen in Dinkelwarts Leben, von denen er sich geschworen hatte, sie nicht einmal unter Folter preiszugeben, da sie entweder zu peinlich oder – wie in diesem Fall – zu unglaubwürdig waren.

»Was geschah in der Scheune? Was hat man Euch zugefügt?« fragte der Blutbauer.

Dinkelwart ließ das Kinn auf die Brust sinken und behielt den Blick fest auf den Tisch gerichtet, als er antwortete: »Dinge, die zu schrecklich sind, um sie zu erzählen. Dinge, die ich zu vergessen suche.«

Dieses Mal zog er den Arm nicht sogleich zurück, als sein Gegenüber tröstend die Hand darauf legte. »Offenbar habt Ihr ebenfalls eine Rechnung mit ihnen offen.« Der Blutbauer erhob sich. »So, nun will ich aber geschwind alles Nötige für die Zeit meiner Abwesenheit regeln, damit wir morgen zeitig aufbrechen können.«

»Was?« entgegnete Dinkelwart verwirrt.

»Was man eben so regeln muß«, erwiderte der Blutbauer und

zählte ein paar Dinge auf. »Ich muß den Jungen nach Hause bringen, dem Schwager sagen, daß er der Frau auf dem Hof unter die Arme greifen soll, der Muhme ...«

Dinkelwart hob die Hand. »Halt, halt! Das meinte ich nicht. Ich forderte Euch nicht auf, mich zu begleiten. Schon gar nicht kann ich Euch für Eure Dienste bezahlen.«

»Das müßt Ihr auch nicht. Wie ich bereits sagte, habe ich noch eine Rechnung mit den Wichtelbolden offen. Eine Rechnung!«

Er setzte sich wieder und musterte Dinkelwart. »Was wollt Ihr tun, Herr, wenn Ihr die Wichtelbolde aufgestöbert habt? Was?«

Dinkelwart erkannte plötzlich, daß er darauf keine passende Antwort hatte. Bislang war es seine Aufgabe gewesen, die Erdmännchen zu finden. Um alles weitere sollte sich Krieginsland von Hattenhausen kümmern. Doch der war nicht mehr zur Stelle.

»Seht Ihr?« fuhr der Blutbauer fort, ohne auf eine Antwort zu warten. »Am Ende verhexen Euch die Wichtelbolde wie schon einmal. Mit mir kann Euch das nicht zustoßen, denn mich fürchten sie erwiesenermaßen. Findet Ihr die Wichtelbolde! Ich stecke sie dann in einen Sack, und wir ersäufen sie gemeinsam. Gemeinsam!«

»Das geht auf keinen Fall«, widersprach Dinkelwart. »Sie müssen zur Königin gebracht werden.«

»Zur Königin?« wiederholte der vierschrötige Mann. »Was will denn die Königin mit diesen Kerlen?«

Dinkelwart warf ihm einen scharfen Blick zu. Hatte etwa in der Frage etwas Zweideutiges mitgeschwungen? Doch nein, aus dem Gesicht des kräftigen Mannes sprach nur Arglosigkeit.

Aber nun leuchteten seine Augen auf. »Wahrscheinlich will sie sie öffentlich bestrafen lassen, zur Abschreckung für andere. Bestimmt sollen sie zum Hängen, Vierteln, Knochenbrechen, Versülzen oder gar Schlimmerem verurteilt werden. So wird es sein: öffentliches Bestrafen!«

»So ist es auch«, bestärkte ihn Dinkelwart in dieser Ansicht.

»Dann will ich mal«, sprach der Blutbauer. »Ich will zusehen, daß ich morgen frühzeitig hier bin.«

Er erhob sich erneut und rief nach seinem Sohn, der kurz darauf mit roten Wangen angerannt kam. Freudig lachend schlang er die Arme um die Beine seines Vaters.

Sie gingen. Dinkelwart sah ihnen nachdenklich hinterher. Das Angebot des Blutbauern hatte etwas für sich, aber er wußte nicht, ob er darauf eingehen sollte.

Mitten in der Nacht erwachte er durch lautes Pochen. Im Halbschlaf schlurfte er zur Tür und griff nach dem Knauf. Zu spät fiel ihm ein, daß der nächtliche Störer womöglich ein Häscher Krieginslands sein mochte. Das machte ihn augenblicklich wach.

Doch vor der Tür seiner winzigen Kammer erwartete ihn zu seiner Erleichterung nur der Blutbauer.

»Wir brechen noch nicht auf«, beruhigte ihn jener sogleich. »Doch ich bekam alles schneller geregelt, als ich erwartet hatte. Da dachte ich mir, ich nächtige bei Euch. Um so früher können wir morgen los.«

Kurz entschlossen drängte er sich an Dinkelwart vorbei ins Zimmer

»Macht Euch meinetwegen keine Umstände!« rief er und warf sich aufs Bett. Bevor der Gelehrte noch etwas sagen konnte, war er bereits eingeschlafen.

Dinkelwart von Zupfenhausen hatte sich den Beginn ihrer gemeinsamen Unternehmung anders vorgestellt.

21. Von hohem und niederem Verrat

Graf Neidhard von Friedehack legte das mit winzigen Buchstaben beschriebene Blatt neben die Kerze.

So, so, die Königin war also auf Wichteljagd, dachte er und griff nach dem Weinpokal. Eingehend betrachtete er sein verzerrtes Abbild, das sich auf der gebogenen Oberfläche des Trinkgefäßes spiegelte: das schmale Gesicht, das in einem spitzen Kinnbart auslief, den vollen Mund, die hungrigen Augen unter den buschigen Brauen, das widerspenstige, pechschwarze Haar.

Belustigt erinnerte sich Neidhard an den Barden, der seine Erscheinung kürzlich mit der eines Prinzen aus einem burakanntnischen Märchen verglichen hatte. Ganz unbegründet hatte er das nicht getan. Zu schade, daß ein Parteigänger des Königs den Barden mittlerweile erschlagen hatte!

Der Graf nahm einen kleinen Schluck Wein und erhob sich. Gemächlich schritt er durch den Saal, an dessen Wänden die Bilder einer langen Reihe von Ahnen hingen und zu ihm herabsahen.

Früher waren ihm ihre Mienen streng und abweisend, sogar feindselig erschienen. Neuerdings bildete er sich ein, Wohlwollen, ja einen Funken von Stolz in ihren Augen zu entdecken, der nur ihm allein galt. Denn er und sein Sohn würden erreichen, was das Schicksal den Verstorbenen verwehrt hatte.

Was bezweckte die Königin mit dieser Jagd? dachte Neidhard. Der Brief verriet es nicht, und daß sie den großen Plan durchschaute, war ausgeschlossen.

Im Vorbeigehen ließ der Graf die Hand durch das Haar seines einzigen Sohnes streichen, der auf dem Boden kauerte und spielte, die Ohren rot vor Eifer. Der Dreijährige sah kurz zu ihm auf, lächelte und wandte sich dann wieder den heldenhaften Zweikämpfen seiner gut zwanzig hölzernen Ritterfigürchen zu.

Neidhard blieb bei der Wiege stehen. Der blonde Säugling darin war wach und schaute mit großen blauen Augen zu ihm auf. Der Graf schenkte ihm ein Lächeln, worauf das Kind eine der kleinen Hände bewegte, als wolle es ihm zuwinken. Vorsichtig nahm der Graf den Säugling aus der Wiege und hielt ihn so, daß er seinen spielenden Sohn sehen konnte.

»Auch wenn du meine Worte noch nicht verstehst, kleiner Mann«, murmelte er. »Dort sitzt dein großer Bruder. Er ist der wichtigste Mensch, den es in deinem Leben je für dich geben wird. Du wirst ihm stets gehorchen und alles tun, um ihm zu nützen. Nichts ist süßer, als ihm zu dienen. Das ist deine Bestimmung! Denn er ist der große Bruder, und du bist nur der kleine.«

Behutsam legte der Graf den Säugling wieder in die Wiege und ging zurück zu dem Tisch, an dem er zuvor gesessen und gelesen hatte.

Er nahm den Brief und überflog ihn noch einmal, bevor er ihn an die Kerzenflamme hielt, die sofort hungrig an ihm leckte. Sobald das Feuer einen Halbkreis in das Papier gefressen hatte, trug er das Blatt zum Kamin und legte es auf die kalten Steine. Geduldig beobachtete er, wie sich das Papier schwärzte und wellte.

Was bezweckte die Königin?, fragte sich der Graf erneut. Für die Summe, die er Bernkrieg von Stummheim bezahlte, hätte der Ritter ruhig ausführlicher sein können!

Aber vermutlich wußte er schlichtweg nicht mehr.

Nun, man würde sehen. Es gab andere Möglichkeiten, in Erfahrung zu bringen, was hier vor sich ging.

22. Ein Kleid, so fein gewoben

Hutzel war unzufrieden, doch nicht deswegen, weil er und seine Begleiter schon viel länger nach dem Feentor suchten, als einer von ihnen erwartet hatte.

Die Kobolde hatten sehr schnell erkennen müssen, daß Bückling ein denkbar schlechter Wegbeschreiber war. Östlich von Heimhausen gab es überhaupt keinen Wald, allenfalls im Nordosten davon. Er war mit Leichtigkeit in wenig mehr als einem halben Tag zu erreichen gewesen und recht ausgedehnt. Eichen, Buchen, Ahorne, Eschen, Kastanien, Birken, Linden, Erlen und Ulmen wuchsen darin – aber keine Platanen.

Nicht eine einzige!

Zum Glück konnten die Kobolde nach dem Durchqueren dieses ersten Waldes schon einen zweiten erkennen. Er lag im Osten, so daß die Kobolde annahmen, daß es der Wald sein müsse, den Bückling ursprünglich gemeint hatte. Offenbar hatte er in der ganzen Aufregung an den ersten überhaupt nicht mehr gedacht.

Dieser neue Wald war nicht ganz so ausgedehnt wie der andere. Fichten, Kiefern, Eiben, Lärchen und Tannen wuchsen darin – aber keine Platanen.

Nicht einmal eine einzige, kränkelnde oder vielleicht auch abgestorbene!

Doch davon ließen sich die Gefährten nicht entmutigen, denn ihre Möglichkeiten waren längst nicht ausgeschöpft. Vom südöstlichen Rand dieses zweiten Waldes aus war nämlich die feine Linie eines dritten zu erkennen, der eine stark hügelige Landschaft zu bedecken schien. Jedenfalls sofern sich das aus dieser Entfernung beurteilen ließ.

Zu Fuß konnten es nicht mehr als anderthalb Tage dorthin sein – vorausgesetzt, sie marschierten die Nacht durch. Das taten sie auch.

Nun hatten die vier Kobolde auch diesen Wald eine Zeitlang durchkämmt. Zahlreiche Laub- und Nadelbäume wuchsen darin.

Aber keine Platanen.

»Vielleicht hat uns der Bückling einen Streich gespielt«, mutmaßte Rempel Stilz.

»Der Bengel gehört eigentlich nicht zu der Sorte Mensch, die Streiche spielt«, wehrte Brams ab.

»Das wäre auch kein allzu gelungener Streich«, rief Hutzel aus.

»Aber es gibt weit Schlimmeres. Wenn man etwa bedenkt, daß vier ausgewachsene ...«

»Einmal schlug er vor, dem König einen Streich zu spielen, Hutzelnagler«, unterbrach ihn Riette rasch, damit er keine Gelegenheit fände, seiner augenblicklichen Unzufriedenheit schon wieder Ausdruck zu verleihen.

»Du meinst, als er vorschlug, daß Herr Gottkrieg dem König die Lanze durchs Visier rammen solle?« grübelte Brams. »Das klang nach einem arg üblen Streich.«

»Unbezweifelt«, stimmte Riette zu. »Aber immerhin ein Streich.«

»Ein übler Streich ist eigentlich gar kein Streich«, murrte Hutzel. »Andererseits, wenn vier ausgewachsene...«
»Vielleicht hat er sich mit den Bäumen vertan?« vermutete Rempel Stilz etwas zu laut.
»Das hat er ganz gewiß«, erklärte Brams. »Ursprünglich wollte er mir weismachen, wir müßten zwei auffällige Palmen suchen. Als ob hier irgendwo Palmen wüchsen! Ich konnte ihn aber leicht davon überzeugen, daß er eigentlich Platanen meinte. Immerhin hört sich beides sehr ähnlich an. Palmen – Platanen, Platanen – Palmen. Das kann man leicht verwechseln, so wie...«
»Pappeln«, warf Hutzel ein.
»Was willst du damit sagen?« fragte Brams argwöhnisch, da er ihm zutraute, daß der Einwurf nur als Vorwand dienen sollte, erneut über seine Unzufriedenheit wegen der näheren Umstände ihres Aufbruchs in Heimhausen klagen zu können.
Um nichts falsch zu machen, gab Brams die Frage einfach an Riette weiter. »Was will uns Hutzel damit sagen, Riette?«
»Auch du könntest dich vertan haben, Brams«, redete Hutzel unbeeindruckt weiter.
»Palmen, Pappeln, Platanen...«, murmelte Brams und verzog peinlich berührt das Gesicht. »Das ist wahr, nach kurzer Zeit schon man hat den Eindruck, ständig dasselbe zu sagen. Hat vielleicht jemand vor kurzem eine Pappel gesehen?«
Riette und Rempel Stilz schüttelten die Köpfe.
»Keine einzige, seitdem wir Heimhausen verließen«, bekräftigte Hutzel. »Übrigens finde ich es immer noch seltsam, daß vier ausgewachsene...«
»Ha!« brüllte Rempel Stilz dröhnend.
Alle starrten ihn an, doch er schaute nur abwesend zurück.
»Augenblick! Ich habe es gleich. Es liegt mir gewissermaßen auf der Zunge.«
»Nun?« drängte Hutzel gereizt, nachdem sie geraume Zeit auf mehr gewartet hatten. »Dann nimm es doch endlich von der Zunge.«
»Ahorne!« drängte es sogleich aus Rempel Stilz heraus. »Wußtet ihr, daß manche Platanen so ähnliche Blätter wie Ahorne

haben? Vielleicht hat der Bengel aus schierer Unkenntnis alles noch viel mehr durcheinandergeworfen, als wir uns in unseren schlimmsten Träumen vorstellen könnten.«

»Du meinst, wir müßten eigentlich zwei Ahorne suchen?« fragte Brams. »Keine Palmen, keine Platanen, keine Pappeln? Bloß das nicht! Seit *ihr-wißt-schon-wo* habe ich etliche davon gesehen.«

»Heimhausen«, half ihm Hutzel entschlossen aus. »Seit unserem Aufbruch in Heimhausen.«

Brams verdrehte die Augen. Nun war es ihm doch gelungen! Doch Hutzel überraschte ihn.

»Nußbäume!« brüllte er unvermittelt und rannte auf zwei besonders stattliche Vertreter dieser Baumsorte zu, die mitten im Wald wuchsen.

Seine Gefährten folgten ihm nach kurzem Zögern.

Ja, dachte Brams. So mußte ein Eingang zum Feenreich aussehen: links und rechts begrenzt von zwei ungewöhnlich stattlichen Bäumen! Doch wie um alles in der Welt hatte der Bückling bloß Nußbäume mit Palmen verwechseln können?

Er rannte ebenfalls auf die Bäume zu und schließlich als Vorletzter zwischen ihnen hindurch.

Der Übergang ins Feenland verlief gänzlich unauffällig und war kein bißchen mit dem Durchschreiten einer *Tür* zu vergleichen.

Vor Betreten des Tors war Brams einen bewaldeten Hang mit umgestürzten Bäumen und wenig Buschwerk hinaufgerannt, danach rannte er noch immer einen bewaldeten Hang mit umgestürzten Bäumen und wenig Buschwerk hinauf.

Brams hatte zwar nicht erwartet, sich plötzlich wie gewohnt in einer schlecht beleuchteten Diele wiederzufinden, aber irgend etwas hätte sich doch merklich verändern sollen.

Oder war vielleicht gerade dieser unauffällige, unerhört geschmeidige Übergang kennzeichnend für Feenwerk?

Er blickte über die Schulter zurück zu den beiden Nußbäumen. Hinter ihnen erkannte er den Weg, auf dem sie gekommen waren, in seiner ganzen Holprigkeit.

Das konnte jedoch nicht sein, Feenwerk hin oder her! Hier war etwas falsch. Denn Wege jenseits des Tores hätte man nach allem, was er gehört hatte, nicht mehr sehen dürfen.

»Ich glaube, wir sind immer noch hier«, gab er seine Zweifel bekannt. »Das war überhaupt kein Tor. Das waren nur zwei halbwegs nett anzusehende Bäume im Wald! Mich würde es nicht einmal wundern, wenn sie sogar nur von einem bestimmten Winkel aus ansprechend aussähen.«

»Geduld!« gab Hutzel zurück. »Gleich wird alles anders.«

Das war nicht nur so dahergeredet. Tatsächlich wurde der Weg zusehends weniger steil und schließlich sogar flach. Augenblicke später brachen die vier durch das letzte Unterholz und fanden sich auf einer mit Gras bestandenen Lichtung wieder, auf der Waldveilchen, Knabenkraut und Wolfsmilch wuchsen. Bienen und Hummeln umschwirrten die bunten Blüten.

Auf der gegenüberliegenden Seite dieser Wiese stand ein blaues Holzhäuschen. An seine Wände waren zur Zierde große Strohkränze genagelt. Büschel getrockneter Blumen umrandeten die Eingangstür. Das Dach war so dick mit Moos bewachsen, daß man meinen konnte, es sei moosgedeckt.

Die Bewohnerin des Hauses war eine großgewachsene, schlanke Menschenfrau mit roten Haaren. Sie mochte Mitte bis Ende Dreißig sein, trug ein Kleid aus unzähligen bunten Flicken und hielt sich gerade im Freien auf, wo sie – beobachtet von einer Schar Gänse – hüpfte, sprang und über die Wiese tanzte.

Als hätte sie bei Riette Unterricht genommen, dachte Brams beeindruckt.

Diese Meinung teilte die Koboldin allerdings nicht.

»Ihre Jagd ist viel zu verhalten«, beanstandete sie. »Die Position ist unsicher und der Kontrakt ausgeleiert. Und erst ihr Pürierschritt! Dieser Pürierschritt! Kackpuh! Damit kann sie allenfalls Kartoffelbrei zubereiten. Nie und nimmer ist das eine Fee!«

Brams fand Riettes Urteil zu hart, wiewohl er keine Vorstellung hatte, was ihre Worte eigentlich bedeuteten. Jedoch war er froh, nicht mehr der einzige zu sein, der daran zweifelte, daß sie ins Feenreich gelangt waren.

Dabei blieb es nicht.

»Maßlose Enttäuschung!« gab Rempel Stilz wortkarg seinen tiefen Gefühlen Ausdruck.

Auch Hutzel mochte nicht mehr an seiner Meinung festhalten. »Es gibt Schlimmeres«, sagte er bedrohlich. Zu aller Erleichterung führte er jedoch nicht aus, was er damit meinte.

Doch nun waren sie von den Gänsen bemerkt worden. Dichtgedrängt und sich gegenseitig anrempelnd, kam die ganze Schar der koboldgroßen Vögel schnatternd angerannt. Etwa zwei Arglang von Brams entfernt blieben sie stehen. Die gereckten Hälse schwankten wie Schilf im Wind.

»Alle die Hände hoch!« raunte Brams seinen Begleitern zu und ging mit gutem Beispiel voran. Er hob die Arme, so daß die Gänse die Handflächen sehen konnten, und sprach zu ihnen, als wäre er zu Hause: »Schnatteridatt! Keine Körner, kein Brot, überhaupt nichts zu futtern! Nun laßt uns in Frieden vorbei.«

Anders als er erhofft hatte, bleiben die Gänse jedoch, wo sie waren, und hielten noch immer nach etwas Ausschau. Brams folgte ihren Blicken, womit sich das Rätsel klärte. Wegen des Schwertes hatte Rempel Stilz als einziger nicht die Hände gehoben.

»Mach schon«, forderte ihn Brams auf. »Sonst werden wir sie nicht mehr los!«

Rempel Stilz rammte sein Schwert in den Boden und hob ebenfalls die Arme.

Doch noch immer dachten die Gänse nicht daran, sie zu verlassen. Es war nicht allzuschwer zu erraten, daß sie mittlerweile zu der Überzeugung gelangt waren, daß das Schwert, das so verdächtig gleichgültig vor Rempel Stilz im Boden steckte, eine größere Menge Körner besitzen mußte.

»Was denn nun?« fragte Rempel Stilz hilflos. »Es hat doch keine Arme, die es heben könnte.«

Ein schriller Pfiff ertönte. Sogleich drehten sich die Gänse um und rannten genauso dicht gedrängt, wie sie gekommen waren, zurück zum Haus.

»Wie seltsam«, sagte Riette. »Sie waren allesamt Ganter, alle zwölf. Keine einzige Gans darunter.«

Brams seufzte. »Augenscheinlich sind wir schon wieder falsch. Dann laßt uns eben zusehen, daß wir zwei andere – was waren es noch mal? – Ahorne? ... Kastanien? ...«

»Sie winkt«, machte ihn Riette aufmerksam. »Die Gänseherrin winkt.«

Sie beobachtete die Frau einen Augenblick lang geringschätzig und murmelte: »Aber keine Kontrolle im Arm. Eine sterbende Ente, die mit gebrochenen Flügeln schlägt, könnte nicht kläglicher aussehen. Nie und nimmer ist sie eine Fee.«

Brams blickte zum Haus.

»Vielleicht weiß sie, wo das Tor ist?« meinte er. Es mochte nicht schaden, die Frau zu fragen. Fehlerhafter als Bücklings Beschreibungen konnte ihre kaum sein. »Fragen wir sie einfach«, sagte er zu seinen Gefährten und ging voran.

Als sie die Wiese fast überquert hatten, sprach die rothaarige Frau wie zu sich selbst: »Ah, vier Kobolde, launische Erdgeister! Was mag sie hierhergeführt haben?«

Ihre Besucher beeilten sich, diesen unerwünschten Eindruck sogleich richtigzustellen.

»Nicht Kobolde, sondern Kopoltrier!« riefen sie gleichzeitig.

»Wir sind Kopoltrier aus Kopoltern.«

»Und schon gar keine Geister«, stellte Rempel Stilz klar.

»Sind sie freundlich oder böswillig?« sprach die Frau weiter.

»Ihre Erscheinung mahnt zur Vorsicht, denn gewiß sind sie nicht grundlos in düstere schwarze Umhänge gehüllt. Wie Meuchler! Wie Schleicher in der Nacht. Wie Rattenvolk!«

Das war Wasser auf Hutzels Mühlen.

»Seht ihr!« rief er aus. »Obwohl sie uns gar nicht kennt, fällt es ihr sogleich auf. Mich wundert das nicht. Denn es kann einfach nicht mit rechten Dingen zugehen, wenn vier ausgewachsene Ko ... na, wie noch mal? ... Kopoltrier! ... nächtens in ein Zelt voller bunter Kleider stürmen, aber alle auf der anderen Seite mit völlig gleichfarbenen Umhängen wieder herauskommen. Da stinkt etwas.«

»Es war Nacht und dunkel in der Schneiderbude«, verteidigte sich Rempel Stilz. »Ich war in Anbetracht dessen, daß wir schnell vom Turnierplatz wegwollten, auch nicht sehr wählerisch. Zudem heißt es doch: Nachts sind alle Katzen grau.«
»Warum trägt dann keiner einen grauen Mantel?« hielt ihm Hutzel vor. »Warum nicht der eine einen hellgrauen, der zweite einen dunkelgrauen, der dritte einen ... nun, was auch immer, beim Guten König Raffnibaff?«
»Ich kenne eine Katze«, warf Riette lustlos ein. »Tagsüber ist sie schwarz. Nachts auch. Vielleicht sogar vor allem nachts!«
»Ah, nun wird wie ihr Gewand auch ihre Rede düster und dunkel«, sprach die Frau. »Ob die Kobolde vielleicht gekommen sind, um Holla zu verwirren?«
»Mitnichten«, widersprach Brams. »Wir Kopoltrier sind gekommen, um eine Frage zu stellen.«
»Ah, eine Frage«, wiederholte die Frau. »So ist es ihre Art! Das Koboldvolk stellt Fragen, deren Antworten so leicht und naheliegend zu sein scheinen. Doch der Eindruck ist trügerisch, denn es sind verzwickte Fragen, die etwas anderes bedeuten, als der Vorschnelle auf Anhieb meint. So wird versprochener Nutzen schnell zur Plage. Große Vorsicht wird Frau Holla walten lassen! Auch sind es üblicherweise mehr als eine Frage, die sie stellen: sieben, neun oder gar dreizehn an der Zahl.«
»Es ist aber nur eine einzige in diesem Fall«, belehrte Brams sie. »Und die Kopoltrier – wohlgemerkt Kopoltrier und nichts anderes – würden diese Frage auch lieber der besagten Frau Holla stellen als dir. Wenn du sie jetzt bitte schön rufen könntest?«
»Ah, er hat die Wahrheit nicht erkannt«, erwiderte die Frau. »Holla die Hexe steht doch in der ganzen Pracht ihrer einhundertsiebzig Jahre vor ihm.«
»Holla! In der Tat, nein!« rief Brams. »Das hat er tatsächlich nicht. Doch alles andere durchschaut er für gewöhnlich.«
»Ah, wie schlau«, antwortete sein Gegenüber. »Ohne es auszusprechen, gibt er Holla zu verstehen, daß er sie bis ins Mark durchschaut und weiß, daß sie mitnichten so viele Jahre zählt wie sie behauptet hat. Gar mancher fiel schon auf den Schabernack

herein und glaubte, dank Hexerei verhülle die junge Gestalt das hohe Alter. Doch nicht der Bold!«

Brams seufzte. »Nun, meinetwegen wundere ich mich eben, wenn es dann schneller vorangeht. Oh, wie ungeheuerlich, man sieht ihr die Jahreslast gar nicht an! ... Doch nun laß Brams zu seiner Frage kommen!«

»Ah, so freimütig mit dem Namen?« stieß die Hexe listig aus. »Auch das muß eine Täuschung sein, denn allgemein bekannt ist es, daß das Wissen um den wahren Namen Macht über den Kobold verleiht. So fürchtet das Volk des verborgenen Königs keine andere Frage mehr als diejenige, die so beginnt: Oder heißt du vielleicht gar ...«

»Bramsegel«, warf Riette ein. »Eigentlich heißt Brams Bramsegel.«

»Bramsegelstange«, erweiterte Rempel Stilz sogleich mit erhobenem Zeigefinger.

»Bramsegelstangenhalter«, behauptete Hutzel kopfschüttelnd.

»Bramsegelstangenhalterberger«, erwiderte Riette mit heimtückischem Lächeln.

Rempel Stilz zuckte unbeeindruckt die Schultern. »Bramsegelstangenhalterbergerklimmer.«

»Gut gesprochen«, mischte sich Brams in das Spiel seiner Gefährten ein. »Doch wenn man ihn seine Frage nicht endlich stellen läßt, so heißt er bisweilen auch ganz schlicht Bramsekel.«

Riette hielt die Hand vor den Mund und raunte mit nur unwesentlich gesenkter Stimme in Rempel Stilz' Ohr: »Bramsekelstange.«

»Bramsekelstangenfalter«, gab der sogleich zurück.

»Sie suchen den Eingang ins Feenland«, schrie Brams geschwind, um einer Variation seines Namens durch Hutzel zuvorzukommen. »Weiß sie, wo er zu finden ist?«

»Was wollen sie denn da?« rief Holla überrascht.

Brams beschloß, ihr eine ähnliche Geschichte zu erzählen wie vor Tagen Gottkrieg. »Die Kopoltrier sind neugierige Gelehrte, Siebenmystiker und Kunstdreißiger des Wissens.«

»Ah«, antworte die Hexe. »Ah! ... Ah? ... Soso?«

»Weiß sie, wo ein Tor ist?«
»Sicher weiß sie, wo ein Tor zum Leichten Volk ist«, erwiderte Holla. »Doch dieses Wissen hat seinen Preis.« Nichts darf geschenkt werden im Austausch mit dem Koboldvolk.«
»Was will sie?« antwortete Brams verdrießlich. »Als ob er es nicht längst wüßte! Bestimmt will sie einen Topf mit Gold und Silber.«
»Keineswegs«, widersprach die Hexe bestimmt. »Nicht Silber oder Gold begehrt ihr Herz, sondern ein luftiges Kleid aus feinster Spinnenseide!«
»Spinnenseide?« wiederholte Brams gedehnt. Ein solcher Wunsch war noch nie an ihn herangetragen worden. »Aus Spinnenfäden?«
»Ich rate davon ab«, meinte Riette sogleich.
»Ich rate davon ab, weil es viel Arbeit macht«, stimmte Rempel Stilz zu.
Hutzel schmunzelte. »Ich rate davon ab, weil es viel Arbeit macht und dazu auch noch lange dauert.«
Brams kicherte. »Ich rate davon ab, weil ... Einverstanden! Einverstanden! ... Sie wird sich ihren Wunsch gründlich überlegt haben und nicht wollen, daß man ihn ihr wieder ausredet.«
Holla strahlte und klatschte vor Freude in die Hände. »Ah, wunderbar! Doch zuerst das Kleid und danach das Wissen!«
Brams hätte zwar die umgekehrte Reihenfolge vorgezogen – verbunden mit anschließendem blitzschnellem Verschwinden –, wußte aber nicht, wie er die Hexe dazu überreden sollte.

Die Kobolde machten sich unverzüglich an die Arbeit und gingen wieder in den Wald.

Zum Glück hatte sich Riette offenbar schon einmal mit dem Thema Spinnenseide beschäftigt und wußte, wie vorzugehen war.

Für ein Kleid in Hollas Größe würden nach gängigem Schnitt etwa sechs bis acht Arglangundbreitunddannauchnochquerdurch Spinnenseide benötigt werden. Allerdings konnte man nicht einfach ein Netz dieser Größe nehmen. Zwar ließe sich daraus mit viel Sorgfalt ein Kleid schneidern, doch würde es schon beim Anziehen zerreißen. Die Spinnenfäden mußten daher erst verdichtet werden. Welcher Grad der Verdichtung nötig war, hing von mehreren Faktoren ab. Je nach Netzbeschaffenheit konnte die sieben-, neun- oder gar dreizehnfache Ausgangsmenge erforderlich sein. Da jedoch für Hollas Kleid Spinnennetze aus einem schattigen und feuchten Waldgebiet verwendet werden würden, war Riette zuversichtlich, daß rund fünfzig Arglangundbreitunddannauchnochquerdurch Spinnennetze genügen sollten.

Das hörte sich zwar auf Anhieb nach einer ungeheuren Menge des feinen Garns an, doch wenn man bedachte, daß auf einem einzigen Arglangundbreitunddannauchnochquerdurch Wald im Schnitt über einhundert Spinnen lebten – auf den Bäumen, in Büschen oder am Boden, unter altem Laub verborgen –, so war das gar nicht mehr so viel.

Sicher, wenn man nach diesen einhundert Spinnen suchen wollte, so würde man vielleicht nur zwei von ihnen entdecken. Doch selbst auf einer bescheidenen Fläche von der Größe der Lichtung vor Hollas Haus – sie maß etwa dreißig Arglang im Geviert – wären das immerhin noch insgesamt stattliche zweitausend Spinnen!

Zu Hause, im Koboldland-zu-Luft-und-Wasser, hätten Brams und seine Gefährten diese Spinnen um ihre Mithilfe bitten können. Sie hätten mit ihnen gefeilscht und geschachert und Gefälligkeiten und Gegenleistungen angeboten. Es wären äußerst langwierige Verhandlungen geworden, und zwar aus drei Gründen:
– Spinnen waren zwar als aufmerksame Zuhörer bekannt, die den Redner weder durch ständiges Rascheln noch durch trockenes Husten störten, dennoch war es ratsam, sie in Abständen anzustupsen, um zu verhindern, daß sie womöglich einschliefen.
– Verträge mit Spinnen mußten für gewöhnlich einzeln ausgehandelt werden, wodurch allein das Unterschreiben Hunderter oder gar Tausender Dokumente zu einer kräftezehrenden Angelegenheit wurde. Diese Regel kannte zwar Ausnahmen, etwa wenn mehrere Spinnen ein ganzes Geflecht von Netzen

bewohnten, jedoch konnten sich in diesen Fällen die beteiligten und meist ziemlich aufgeregt durch ihre Netze wandernden Spinnen meist nicht darauf einigen, wer von ihnen gerade das Sagen hatte. Das führte dann dazu, daß solche Verhandlungen stets eine gewisse Ähnlichkeit mit dem Fangspiel von Kindern hatten, und zwar, weil die häufigsten Sätze nicht etwa mit den Worten begannen »26stes Clausulum: Der Kobold als Vertragsgeber und die Spinne als Vertragsnehmerin vereinbaren ...« – nein, nein! –, sondern weil sie in Gänze lauteten: »Ich bin's nicht, sondern sie ist's!« oder »Nein, nein, du warst's!«
– Wenn es dann trotz aller Widrigkeiten endlich möglich zu sein schien, die ersten Verträge zu unterzeichnen, meldeten sich für gewöhnlich die anderen achtundneunzigtausend Spinnen zu Wort und beschwerten sich, daß man sie angeblich nicht angesprochen habe. Für Vorhaltungen der Art, daß, wer sich unter Laub oder in dunklen Winkeln verberge, eben selbst zusehen müsse, wie er vorankäme, waren sie grundsätzlich taub.

Im Land der Menschen war eine solche Vorgehensweise selbstredend nicht möglich. Denn es bestand kein Unterschied darin, ob die Kobolde Spinnen ansprachen oder anschwiegen. Meist flüchteten sie sogar, sobald sie ihre Anwesenheit bemerkten. Sie schienen nicht sehr mutig zu sein.

Dieser Deutung widersprach Riette entschieden.

»Mit einem Mangel an Mut hat das überhaupt nichts zu tun. Vielmehr betrachten Spinnen uns Kobolde als Glücksbringer. Immer wenn sie einen von uns erblicken, fällt ihnen sogleich etwas ein, das sie längst erledigen wollten. Und da sie uns als gutes Zeichen ansehen, laufen sie sofort los und tun es!«

Keiner der anderen widersprach Riette, da viel zu offensichtlich war, daß sie sich alles gerade erst ausgedacht hatte. Denn hatte sie je Ähnliches von ihrer Spinnenfreundin berichtet? Keineswegs! Und was deren Mann Tadha anbelangte, so war jener sogar berühmt und berüchtigt dafür gewesen, daß ihn nichts und niemand vertreiben konnte, wenn er auf einer Wand saß, an seinem Faden hing oder gar jemanden zu Hause besuchte.

Brams verfolgte Riettes Ausführungen nach einiger Zeit nur

noch mit halbem Ohr, da er fälschlich den Eindruck gewonnen hatte, daß ein bedeutender Teil ihrer Rede ohnehin nur aus den ständig wiederholten Formulierungen »Spinne meint« oder »Wie meine liebe Freundin, die Spinne, sagte« bestand.

Tatsächlich war Riette an diesem Eindruck völlig unschuldig. Wie Brams zu spät herausfand, war Hutzel für diese lästige Anhäufung verantwortlich, da er die ganze Zeit über halblaut und mit verstellter Stimme Riette nachahmte: »Spinne meint! Meine liebe Freundin Spinne meint!...«

Doch nun ging es auch schon um die Beschaffung der Netze. Sie einfach und roh den Spinnen des Waldes zu stehlen kam überhaupt nicht in Frage. Denn das hätte bedeutet, sie nicht nur ihres Heims, sondern auch ihres Broterwerbs zu berauben. Also beschlossen Brams und die Seinen statt dessen aufgegebene und zerstörte Netze für das Kleid zu verwenden.

Auch von denen gab es im Wald zuhauf, doch waren sie meist arg verschmutzt: Alte Blätter, Zweige, Pollen, Samen und Essensreste hingen in ihnen. Zudem klebte an den Fäden oft soviel Staub, daß sie fünfmal dicker erschienen, als sie es eigentlich waren. Diese Netzfetzen mußten gründlich gesäubert werden, bevor man überhaupt irgend etwas mit ihnen anfangen konnte.

Für das Reinigen der Netze war so unglaublich viel Feingefühl nötig, daß selbst ein Kobold an seine Grenzen stieß. Doch das war nicht die schwierigste Tätigkeit!

Nach dem Säubern verfügten Brams und seine Gefährten über Tausende einzelner Netzteile unterschiedlicher Größe und Beschaffenheit. Bevor an ein Kleid, ein Schnittmuster oder auch nur an die Verdichtung zu denken war, mußten daraus größere Teile hergestellt werden. Diese Flicken konnten jedoch nicht einfach mit losen Fäden zusammengeknotet werden. Das mindeste, dessen es dafür bedurft hätte, wären Häkelnadeln aus mehrfach gespaltenen Igelstacheln oder – besser noch! – angeschrägte Brennnesselhaare gewesen. Doch selbst mit Hilfe dieser Werkzeuge, deren Handhabung großes Geschick erforderte, hätte sich auf die Dauer eine unschöne Faltenbildung nicht vermeiden lassen. Um das zu verhindern, wäre eine ganz ebene Unterlage, etwa in Form der völlig glatten Tischplatte eines hinreichend großen, perfekten Tisches erforderlich gewesen.

Brams erwog nicht einmal einen Wimpernschlag lang, Holla darauf anzusprechen, ob sie zufälligerweise einen perfekten Tisch ihr eigen nenne. Auch verschwendete er keinen Gedanken daran, einen solchen selbst herzustellen, etwa mit einem perfekten Hobel. Denn der hätte ebenfalls zuvor gefertigt werden müssen, und zwar unter Verwendung perfekter Schrauben und Zapfen. Brams nahm nicht an, daß es sich lohnte, Holla zu fragen, ob sie perfekte Zapfen besitze.

Statt dessen waren sich alle vier schnell einig, daß die Mitarbeit von Spinnen unverzichtbar war. Doch wie sollten diese dazu veranlaßt werden, wenn sie weder zuhören wollten noch konnten?

Rempel Stilz befürwortete ein nicht mehr ganz lauteres Vorgehen. Die Spinnen mußten schließlich nicht mitbekommen, was sie taten.

Angenommen, sie erwachten aus tiefem Spinnenschlummer und stellten fest, daß ihr Netz zerrissen war. Natürlich hätten sie nichts Dringlicheres zu tun, als es sogleich wieder instand zu setzen. Ihr Verlangen wäre so stark, daß sie – sorgfältige Planung vorausgesetzt – gar nicht bemerkten, daß sie nicht ihr eigenes Netz flicken, sondern ein untergeschobenes, das einmal ein Kleid werden sollte. Nun durften sie aber am Ende ihrer Mühe den Irrtum nicht bemerken. Also war es aus praktischen Erwägungen ratsam, wenn sie nach geleisteter Arbeit sofort wieder einschliefen. Nur so würden sie nämlich beim nächsten Erwachen erleichtert feststellen, daß ihr Zuhause immer noch tadellos in Schuß war!

Doch wie ließ sich das erreichen?

Riette wußte Rat.

Von ihrer Freundin, der Spinne, hatte sie ein Lied gelernt, mit dem diese ihre Kinder im Nu in den Schlaf zu singen pflegte, ja sogar ihren unter ungeklärten Umständen verschwundenen Gemahl Tadha. Dieses Lied wirkte erstaunlicherweise auch auf die hiesigen Spinnen einschläfernd.

Auf Riette kam damit eine sehr schwere Aufgabe zu, da sie anfänglich jede der zahllosen Spinnen einzeln in den Schlaf singen mußte. Das lag daran, daß zu Beginn immer nur eine Spinne an einem Netzflicken arbeiten durfte. Denn hätte sie eine weitere entdeckt, die sich ebenfalls einbildete, gerade ihr beschädigtes Netz auszubessern, so hätten beide unweigerlich bemerkt, daß etwas nicht mit rechten Dingen zugehen konnte.

Die Folgen wären nicht absehbar gewesen.

Diese Beschränkung konnte nach einiger Zeit fallengelassen werden.

Je größer das Netz wurde, desto mehr Spinnen konnten gleichzeitig daran arbeiten, ohne sich gegenseitig zu bemerken.

Rempel Stilz pries diese erfreuliche Entwicklung als *Segen der geometrischen Progression*.

Doch auch das war nicht die schwierigste Tätigkeit!

Die schwierigste Tätigkeit überhaupt bestand nämlich darin, darüber zu wachen, daß jede Mitarbeiterspinne wieder in ihr eigentliches Netz zurückgetragen wurde und es zu keinen Verwechslungen kam.

Deswegen übernahm Brams diese verantwortungsvolle Aufgabe selbst.

So vergingen zwei Tage und drei Nächte. Am Morgen des dritten Tages trat Brams zu Holla und streckte ihr die Hand entgegen. Eine Walnuß lag darin.

»Was mag der Kobold Holla bringen?« rätselte die Hexe.

Brams deutete einladend auf die Nuß. Urplötzlich erhellte sich Hollas Gesicht. »Ah, ist das Hollas Kleid?«

Brams lächelte wohlwollend.

Die Hexe fuhr sich mit der Zungenspitze über die Lippen. »Was muß Holla damit tun? Muß sie die Nuß essen?«

»Nein«, antwortete Brams.

»Muß Holla die Nuß zertreten?«

»Abermals nein!«

»Muß Holla die Nuß etwa vergraben?«

»Erneut und zum dritten Mal nein«, verkündete Brams.

Die Hexe stampfte ungeduldig mit dem Fuß auf. »Was soll Holla tun? Muß sie vielleicht ...«

Ihre Augen weiteten sie sich. Aufgeregt rief sie: »Nein, zurück! Das zählt nicht!... Ist die Zahl der Fragen, die Holla stellen darf, womöglich begrenzt? Sind es vielleicht nur vier, acht oder zehn?«

»Ach, nein«, antwortete Brams geduldig. Zum erstenmal konnte er Menschen, die sich Töpfe voller Gold und Silber wünschten, etwas abgewinnen. Die wußten wenigstens, was sie damit anfangen sollten! Um nicht noch mehr Zeit zu vergeuden, nahm Brams die obere Hälfte der Nußschale selbst ab. Nun wurde der Kern sichtbar.

»Eine Nuß ist in der Nuß!« rief die Hexe ganz erstaunt.

Brams nahm die Nuß aus der Schale und streckte ihr die Hand etwas nachdrücklicher entgegen. Holla beugte sich vor und kniff die Augen zusammen. Plötzlich griff sie mit spitzen Fingern in die Nußschale und zog vorsichtig den Zipfel eines im frühmorgendlichen Licht glitzernden, schillernden und nahezu unsichtbaren Stoffes heraus.

»Ah!« gab sie unsicher von sich. »Das Kleid?«

»Nichts läßt sich so fein falten wie Spinnenseide«, erklärte Brams. »Der Kern sollte nur verhindern, daß alles unschön verrutscht und zerknittert. Doch muß Frau Holla jetzt verraten, wo es zum Feentor geht. Denn so war es abgemacht!«

Die Hexe riß sich widerstrebend von ihrem Kleid los. »Hollas Besucher müssen nach Osten wandern, immer nach Osten. Am siebten Tag werden sie zu einem Huflattich gelangen...«

»Keine Bäume!« rief Hutzel erregt dazwischen. »Er will nichts von Bäumen hören. Beim letztenmal durchkämmten sie deswegen vergebens drei ganz Wälder. Er will das nicht noch einmal in Kauf nehmen.«

»Ein Huflattich ist eigentlich kein Baum«, belehrte ihn Brams.

»Das ist ihm einerlei«, gab Hutzel barsch zurück. »Er will von nichts hören, was einen Stamm, Stengel oder Stiel besitzt.«

»Sie stimmt dem Hutzelstetter zu«, bekundete Riette. »Auch sie ist des Stapfens durch die Schonungen leid.«

Brams zuckte die Schultern. »Ihm ist es gleich. Also soll Holla den Weg eben so erklären, daß nichts erwähnt wird, was einen

Stiel, Stengel oder Stamm besitzt, noch einem Stab, Stock, Stecken auch nur ähnelt.«

»Das will sie versuchen«, sagte Holla stirnrunzelnd. »Die, die sich davor scheuen, daß ihre Namen genannt werden, gehen wie gesagt nach Osten, bis sie an einen Fluß gelangen, dessen Name ebenfalls nicht genannt werden darf. Dem folgen sie in Fließrichtung bis zu einem Ort, der nur zum Teil nicht genannt werden darf, aber auf -furt endet. Hier überqueren sie den Fluß. Auf der anderen Seite beginnt bald danach das *Land der Sieben mal acht Mühlen*. Dort müssen sie fragen, da Holla den Weg nicht weiter beschreiben darf. Doch müssen sie wählerisch sein bei ihren Worten.«

»Er weiß nicht, was sie damit meint«, brummte Rempel Stilz.

Holla zwinkerte ihm zu. »Doch, doch! Er weiß doch, daß Holla nicht von Huflattich sprechen darf und schon gar nicht von Hm-hm–bohnen, Hm-hm-sellerie und Hm-hm–rüben.«

»Schon gut«, sagte Brams. »Sie werden jemanden nach dem Tor fragen. Doch laßt ihn eine andere Frage stellen. Als sie kamen, sprach sie vom Volk des verborgenen Königs. Was meinte sie damit? Wieso und wo soll dieser König verborgen sein?«

Holla lächelte. »Ah, eine weitere Frage! Holla kann sie nicht beantworten, da sie erst darüber sinnen muß, was der Preis ihrer Antwort sein könnte.«

»Sinnt sie denn bereits?« erkundigte sich Brams.

»Ein andermal«, vertröstete ihn Hexe. »Ein andermal soll die Frage gestellt werden. Nicht jetzt! Die Besucher mögen nun gehen, denn ein langer Weg harrt ihrer.«

Ohne ein weiteres Wort zu wechseln, verließen die Kobolde die Hexe. Am Rand der Lichtung blieb Riette kurz stehen und blickte zum Haus zurück.

»Sie hat sie gewarnt«, murmelte sie. »Sie hat sie gewarnt!«

23. Der Weg ins trügerische Land

Der Fährmann hatte ein Alter erreicht, das den Zahn der Zeit ratlos machte. Jede erdenkliche Furche, die sich in sein Gesicht hätte graben können, hatte sich längst dort verewigt. Die Haut, die sich über seinen kahlen Schädel spannte, konnte nicht mehr fleckiger werden, ohne gleichzeitig aufzuhören, es zu sein. Auch seine Augen konnten nicht mehr tiefer in ihre Höhlen sinken.

So sah der Fährmann heute aus, und so würde er auch noch in hundert Jahren aussehen, falls er dann noch lebte.

»Lebt wohl, Fremde!« sprach er mit Grabesstimme, als seine vier schwarzgekutteten Fahrgäste, die ihm nicht einmal bis zur Hüfte reichten, nacheinander von Bord schritten. Feiner Speichel sprühte aus seinem Mund.

»Leb wohl, Fährmann!« antwortete Riette mit verstellter und noch viel tieferer Stimme.

Ihr Klang ließ den Fährmann sichtbar frösteln. So, als habe ihn ein eisiger Windhauch gestreift, den nur er zu bemerken vermochte. Als habe er urplötzlich entdeckt, daß nichts so war, wie es nur einen einzigen Augenblick davor zu sein schien. Oder als habe er den Unvermeidlichen Gast in sein Ohr flüstern hören: »Gevatter, nimm dir morgen bloß nichts mehr vor!«

Erbittert rammte der Fährmann die sechs Arglang messende Stange, mit der er sein Boot steuerte, in den Schlamm des Flußbetts und stieß sich vom Ufer ab.

Zur anderen Seite, schnell zur anderen Seite, schien sein einziger Gedanke zu sein. Den pfeilschnell durch die Luft fliegenden Fledermäusen, die der bedeckte Himmel vorzeitig aus ihren Höhlen gelockt hatte, schenkte er keine Aufmerksamkeit.

Zu beiden Seiten eines schmalen Nebenflüßchens des Flusses, den die Kobolde soeben überquert hatten, erstreckte sich ein topfebenes Tal, dessen Ränder steil anstiegen. Röhricht und kleine Auwäldchen aus Purpurweiden und Schwarzerlen wuchsen an den Ufern. Die Kobolde folgten einem fast verwachsenen Pfad am Flüßchen entlang.

»Keine einzige Mühle!« nörgelte Hutzel. »Dabei soll es hier sechsundfünfzig geben!«
»Die können noch kommen«, beschwichtigte ihn Brams. »Wer weiß, wie lang das Tal ist. Zudem suchen wir ja eigentlich keine Mühle, sondern ein Tor.«
»Ich weiß«, erwiderte Hutzel. »Doch ich fände den Anblick schon einer einzigen Mühle beruhigend. So wüßten wir wenigstens, daß wir nicht ganz falsch sind.«
Rempel Stilz schüttelte den Kopf: »Ansichtssache! Zu wissen, daß wir zumindest schon einmal im *Land der einmal eins Mühlen* sind, wäre mir zu wenig Trost ... Übrigens, Brams, warum hast du eigentlich Holla diese Frage gestellt?«
»Welche Frage soll er ihr gestellt haben?« entgegnete Brams, in mühsam abgelegte Gewohnheiten zurückfallend.
»Die nach König Raffnibaff.«
Brams überlegte, ob er eine solche Frage tatsächlich gestellt hatte und warum Rempel Stilz erst jetzt darauf zu sprechen kam. Immerhin war das Ganze schon ein paar Tage her.
»Ich dachte, sie wüßte vielleicht etwas vom Guten König Raffnibaff, das uns allen unbekannt ist.«
»Warum sollte sie? Sie ist ein Mensch.«
»Immerhin kannte sie seinen Namen ...«, sagte Brams. »Oder bilde ich mir das nur ein? Ah, jetzt weiß ich es wieder! Sie bezeichnete uns als Volk des verborgenen Königs. Deswegen frage ich. Hast du je gehört, daß der Gute König Raffnibaff als der Verborgene bezeichnet wurde? Ich nicht. Er ging weg – das war's.«
»Die Spinne, meine Freundin, sagt stets: So gut geborgt wie von König Raffnibaff«, warf Riette ein.
»Wahrscheinlich sagt sie auch: So gut verlegt wie von König Raffnibaff«, murmelte Hutzel.
»Hutzelpuper!« rief ihn Riette sogleich zur Ordnung. Dann reckte sie den Hals und stellte sich auf die Zehenspitzen. »Oh, schaut mal! Da vorne steht ja ein Haus.«
Tatsächlich, nur wenige hundert Arglang entfernt war rechts des Pfades eine flache Hütte zu erkennen. Brams beschleunigte seine Schritte. »Dort können wir nach dem Tor fragen.«

Schon von weitem war der Lärm von Holzhacken zu hören. Als Brams und seine Gefährten ein ganzes Stück näher bei ihrem Ziel waren, brach der Lärm plötzlich ab, und mindestens fünf Menschen waren zu erkennen, die eilig zur Hütte flüchteten und sich darin versteckten.

»Hm!« brummte Brams. »Hm, hm. Das ist ein wenig seltsam.«

Er ging bis zu der Hütte und rief: »Heho! Ist hier jemand? ... Ich meine, ich weiß natürlich, daß hier jemand ist. Schließlich habe ich euch ja gesehen.«

»Geh weg, Fremder«, erwiderte eine barsche Männerstimme aus dem Hausinneren. »Wir kennen euch nicht und wollen euch auch nicht kennenlernen.«

»Wir kommen von weit her. Wir sind Kopoltrier«, erklärte Brams unbeirrt. »Wir wollen nur eine Auskunft. Dann gehen wir wieder.«

»Andernfalls bleiben wir und hacken alles Holz«, drohte Riette.

Nach einigen Augenblicken des Schweigens meldete sich die Stimme aus der Hütte verwundert: »Wo soll denn da unser Schaden sein?«

»Wir hacken es in winzige Stückchen«, erklärte Riette. »In allerwinzigste Stückchen. Man könnte sogar von Mehl sprechen!«

Brams gab Riette ein Zeichen, sich zurückzuhalten.

»Nun erzählt schon!« forderte er die Hausbewohner erneut auf. »Warum versteckt ihr euch vor uns? Wir haben nichts Böses im Sinn.«

»Nie!« stimmte Riette laut zu. »Nie und nimmer.«

»Ihr müßt tatsächlich Fremde sein, da ihr den Grund nicht kennt«, antwortete die Stimme aus dem Haus. »Der Tod geht um in diesem Land! Das Morden, Schänden, Schinden und Brandschatzen schreitet durch die Auen ...«

»Hier scheint viel los zu sein«, unterbrach ihn Brams.

»Euer Witz hinkt beträchtlich«, schallte es gereizt aus der Hütte zurück. »So stellt eben Eure Fragen, damit wir Euch um so schneller wieder los sind.«

»Na also«, antwortete Brams zufrieden. »Es geht ja doch! Wir suchen ein Tor ins Feenreich.«

»Was!« antwortete die Männerstimme erregt. »Was? Wohin sucht Ihr ein Tor? Ihr seid doch nicht etwa verderbte Jünger des Schinderschlundes?«

Brams war sprachlos. Schinderschlund? Seitdem er das Wort zum erstenmal gehört hatte, verband er mit ihm Geschrei, Gerenne und äußerst üble Streiche.

»Wo denkt Ihr hin?« antwortete er und versuchte, seine Stimme geradezu mit Entrüstung zu tränken. »Wir sind Gelehrte. Wir sind die Mystischen Sieben und die Drei Unwissenden.«

»Aha, er verrät sich!« erklang die Männerstimme gehässig. »So taten wir also gut daran, uns zu verschanzen. Wo versteckt sich der Rest von euch, übles Pack?«

Brams verstand nicht, was plötzlich in den Mann gefahren war. Bislang hatte diese Erklärung doch jeden zufriedengestellt!

»Welcher Rest? Wir sind nicht mehr.«

»Ach was, ihr Lügenbolde!« ertönte es hämisch aus der Hütte. »Sieben! Sieben und dann sogar noch weitere drei! So viele seid ihr wirklich!«

Brams versuchte sich daran zu erinnern, was er genau gesagt hatte. Vielleicht war es doch nicht dasselbe wie sonst gewesen.

Hutzel kam ihm zu Hilfe. »Ihr macht es falsch. Ihr dürft sie nicht zusammenzählen, sondern müßt sie natürlich voneinander abziehen. Sieben Mystische *weg* drei Unwissende – nicht *und* drei Unwissende! Nun? Das macht wie viele ...?«

»Weiß nicht«, antworte kurz darauf die nun deutlich verwirrte Stimme.

»Vier!« rief Hutzel überlegen. »Das macht vier, laßt es Euch gesagt sein. Und jetzt beantwortet unsere Frage!«

»Welche Frage denn?«

Brams wandte sich im Flüsterton an seine Begleiter: »Welche Frage soll ich ihm denn stellen? Wenn ich erneut nach einem Feentor frage, kreischt er womöglich wieder etwas vom Schinderschlund.«

»Mir fällt gerade ein, daß uns Holla warnte, wählerisch mit unseren Worten zu sein«, erklärte Rempel Stilz.

»Das stimmt«, gestand Brams ein. »Dem hätte ich mehr Gewicht beimessen sollen. Was dürfen wir denn nicht sagen? Fee? Tor? Aber wie machen wir ihm dann begreiflich, was wir suchen?«

»Wir müssen es irgendwie umschreiben«, meinte Hutzel. »Ein Feentor ... ein Tor zum Leichten Volk ... dort, wo die Weißen Frauen hausen ... Tür ohne Wiederkehr ...«

»Ich weiß, was wir sagen!« strahlte Rempel Stilz. »Wir wollen nach Hause und nicht mehr hierher zurück. Laßt mich nur machen!« Er erhob die Stimme: »Du in der Hütte: Wir suchen einen Ort hier in der Nähe, wo schon mancher hinging und nicht mehr zurückkam. Gibt es den?«

»Freiwillig?« erhielt er zur Antwort.

»Sicherlich«, bestätigte Brams leutselig.

Eine ganze Zeit war es still. Dann kam endlich die ersehnte Auskunft: »Den gibt es, jawoll! Ihr meint den alten Schiefersteinbruch! Da müßt ihr die ganze Nacht verbringen. Aber wollt ihr da wirklich sein? Wer dorthin geht, kehrt nie wieder zurück. Nie! Überlegt euch das gut.«

»Das ist uns gerade recht«, beruhigte ihn Brams. »So wollen wir es haben. So und nicht anders. Hin und nie wieder gesehen!«

24. Eine dunkle Stunde der Wissenschaft und die Äpfel der Erkenntnis

Am Rande der Lichtung stand ein blaues Holzhaus, an dessen Wänden große, geflochtene Strohräder hingen. Magister Dinkelwart von Zupfenhausen, Gelehrter der Sieben Künste und Dreiunddreißig Wissenheiten, überlegte, ob er irgendwann einmal von einem solchen Brauch gehört hatte, doch keiner wollte ihm einfallen.

Er und der Blutbauer hatten die auffällige Wohnstatt fast erreicht, als eine laut schnatternde Schar Gänse angerannt kam. Sie drängten sich so zwischen die beiden Besucher und das Haus, daß es fast den Anschein erweckte, als wollten sie ihnen den Weg verstellen.

Dinkelwart erhob die Stimme: »Holla-he! Ist jemand zu Hause?«

Zufälligerweise rief im gleichen Augenblick eine Frauenstimme aus dem Inneren: »Was haben Hollas wilde Vöglein? Was regt sie so auf? Erhält Holla vielleicht Besuch?«

Die Besitzerin der Stimme trat ins Freie. Sie war eine große und schlanke Frau von vielleicht fünfunddreißig bis vierzig Jahren – und splitternackt.

Im Nu waren alle Worte, die sich Dinkelwart zurechtgelegt hatte, aus seinem Geist gewischt. Er wußte nicht mehr, was er hatte sagen wollen oder warum er überhaupt hier war.

Nicht so sein Begleiter.

»Was für Dinger!« brüllte der Blutbauer begeistert. »Seht Euch ihre Dinger an!«

Dinkelwart schnappte nach Luft. Ihm war, als hätte man ihn unversehens im tiefsten Winter in einen gerade zufrierenden See geworfen. Schlagartig war er in einen Alptraum versetzt worden. Einen von der Sorte, wo man wegrennen wollte und nicht konnte, schreien wollte und keinen Laut über die Lippen bekam.

»Und ihre beiden Zapfen erst«, schwärmte der Blutbauer unbehindert weiter. »Perfekt!«

»Schweigt!« winselte Dinkelwart. »Habt Ihr mir nicht versprochen, solche Ausbrüche zu unterlassen?«

Ohne Holla aus den Augen zu lassen, antwortete der Blutbauer: »Ihr wißt doch, Herr, daß ich ein großer Bewunderer weiblicher Schönheit bin. Ein großer Bewunderer!«

»Aber muß es denn jedwede sein?« krächzte der Gelehrte. »Könnt Ihr Euch nicht vielleicht auf eine Sorte festlegen? Vielleicht solche mit grünem Rock oder roten Haaren?«

»Die ist doch rothaarig«, antwortete der Blutbauer stark abgelenkt.

Unwillkürlich warf Dinkelwart einen blitzschnellen Blick auf ihr nacktes Gegenüber. Es stimmte.

»Ihr seid ein verheirateter Mann!« erinnerte er den Blutbauer.

»Wie kommt Ihr denn darauf?« gab jener zurück.

»Ihr sagtet es selbst. Vor unserer Reise erzähltet Ihr noch, Ihr müßtet dem Schwager und der Frau Bescheid sagen und den Jungen nach Hause bringen.«
»Damit meinte ich doch nicht meine«, erklärte der Blutbauer. »Die gibt's schon lange nicht mehr. Ich werde doch nicht zu meiner Frau *die Frau* sagen. Ich meinte meine Schaffnerin. Diejenige, die den Haushalt führt.«
»Dann waren also *der* Schwager und *der* Junge auch nicht eure?«
»Doch, die schon«, antwortete der Blutbauer abwesend, ohne jedoch weiter auf diese Unterscheidung einzugehen. Statt dessen beugte er sich vor, augenscheinlich um die nackte Frau noch gründlicher betrachten zu können.
»Wie hält sie denn die schwarzen Perlchen?« murmelte er.
»Ach, sie ist ja gar nicht nackt. Sapperlot! Ihr Kleid ist aus unsichtbarem Stoff. Darauf hat sie die Perlen aufgenäht. Auf den Stoff!«
»Was sind das für flegelhafte Burschen vor Hollas Türe?« erkundigte sich Holla spitz, die dem Wortwechsel bisher stumm erstaunt gelauscht hatte. »Weiß das rohe Volk nicht, daß mit Holla nicht gut scherzen ist? Sie ist eine Hexe, die einhundertsiebzig Sommer sah und deren Herbst noch lange nicht zu erblicken ist.«
»Wacker, gut gehalten«, staunte der Blutbauer und versetzte Dinkelwart einen Schlag auf den Rücken. »Der Herr wird Euch gern unser Anliegen erklären. Er ist ungleich gescheiter als ich.«
Von *gern* konnte überhaupt nicht die Rede sein. Verglichen mit dem, was er gerade erdulden mußte, erschien Dinkelwart sogar die Aussicht, sich mit der Königin über ihre Frauenbeschwerden zu unterhalten, geradezu verlockend.
Er richtete die Augen unverrückbar auf Hollas Scheitel, griff mit einer Hand fest nach seinem Hosenbund und stammelte: »Verzeiht, gnack... gnäck... gnädige Dame. Wir haben ein Anliegen. Doch es gilt nicht Euch. Bewahre! Wir sind auf der Suche nach vier Bübchen, nein, Bürschchen... ach, was sag ich denn... Männchen, vier kleine Dinger! Aber eines ist keines, sondern ein... na!... ach, Ihr wißt schon, was. Sie sind nur so groß wie ein

Tischbein und geben sich als Fremde aus. Als Fremde aus der Fremde! Als Kopula ...«
Dinkelwart wußte sogleich, daß er sich auf trügerischen Grund begeben hatte. Das war nicht das Wort, das er hatte sagen wollen. Vielmehr klangen diese drei Silben stark nach dem Wort, das er auf keinen Fall aussprechen wollte – oder wenigstens so ähnlich. Denn zu allem Unglück fiel ihm derzeit weder ein, wie das verbotene Wort lautete, noch welches er nach langem Ringen als Ersatz dafür gefunden hatte.

Kopula ... Kapelu ... Kuppel ... welche Silben führten ins Verhängnis und welche versprachen Heil?

Dinkelwart fühlte Hollas Blick schwer auf sich lasten, genauso den des Blutbauern, ja selbst den der Gänse. Sie alle warteten unerbittlich darauf, daß er seine Beschreibung vollendete.

Doch was sollte er sagen? Was sollte er bloß sagen, wenn er sich an nichts mehr erinnerte?

Und dann – urplötzlich! – wurde Dinkelwart von einem warmen Gefühl überflutet. Mit einem Mal entsann er sich wieder des unverfänglichen Wortes, das er ursprünglich hatte sagen wollen. Er atmete tief durch und sagte ruhig und besonnen: »Sie geben sich als vier Kopulierer aus.«

Dinkelwart kreischte.
Falsch! Falsch! Falsch!

Sein Schrei ließ Holla und den Blutbauern zusammenschrekken. Nicht aber die Gänse. Sie blieben ruhig, erstaunlich ruhig! Statt dessen reckten sie die Hälse und betrachteten ihn aufmerksam. So, als warteten sie darauf, daß er seine Ausführungen vertiefe, oder als seien sie in den Besitz eines unwiderlegbaren Beweises gelangt, daß er in seiner Kleidung doch etwas Eßbares verborgen hielt. Dinkelwart verspürte noch viel stärker als zuvor das Verlangen, im Erdboden zu versinken. Daß die Hexe keine Miene verzog und ihn weiterhin abschätzend betrachtete, verstärkte diesen Wunsch noch.

Nach ein, zwei, vielleicht sogar drei Ewigkeiten antwortete sie: »Ah, Holla weiß, wen der Mann mit dem scharlachroten Gesicht meint, auch wenn sich ihre vorigen Besucher anders nannten. Sie entließ sie in das *Land der sieben mal acht Mühlen*. Mehr hat sie dazu nicht zu sagen. Deswegen seien auch ihre jetzigen Besucher entlassen.«

»Das Land der sieben mal acht Mühlen?« wiederholte Magister Dinkelwart gedankenverloren. »Ich bin Gelehrter der Sieben Künste und zudem bewandert in den Dreiunddreißig Wissenheiten, doch von diesem Landstrich habe ich noch nie gehört! Wo soll er denn bitte liegen?«

Plötzlich durchzuckte es ihn: »Ihr meint doch nicht etwa das *Land der mal sieben, mal acht Mühlen*?«

Hollas Blick wurde hochmütig: »Ah, Holla weiß, was sie sagte. Nichts anderes war es.«

Dinkelwart wollte nicht mit ihr streiten, wiewohl er überzeugt war, nur einmal ein »mal« gehört zu haben und nicht zweimal.

»Wie kommen wir denn dahin?« rätselte er statt dessen. »Am besten nehmen wir den Weg über Stockhausen, Stangenroth und Steckendorf. Dann am Stockum entlang bis nach Stockumsfurt. Dort mußte es doch einen Übergang geben, oder?«

Auch wenn der Satz wie eine Frage klang, so war er doch nicht an Holla gerichtet, die ihre Ungeduld deutlich zeigte. Das merkte auch Dinkelwart.

»Laßt uns aufbrechen«, forderte er seinen Begleiter auf. »Ihr seid hoffentlich nicht abergläubisch?«

»Wer starke Fäuste und einen Knüppel besitzt, braucht keinen Aberglauben«, erwiderte der Blutbauer. »Keinen Aberglauben! Worum geht es?«

»Das *Land der mal sieben, mal acht Mühlen* trägt seinen Namen nicht von ungefähr«, versicherte ihm Dinkelwart. »Es ist ein seltsamer Ort. Manches soll unerwartet auftauchen, anderes plötzlich verschwinden.«

Der Blutbauer klopfte ihm auf die Schultern: »Sorgt Euch nicht! So gut können die Wichtelbolde gar nicht verschwinden, daß wir sie nicht wiederfänden.«

Am Rande der Lichtung sah er kurz zu Holla zurück und sagte leise: »Was für Dinger!«

Dinkelwart von Zupfenhausen hörte ihn dennoch.

25. Das Feentor beim alten Steinbruch

Der alte Steinbruch lag am Rande des Tales und hatte in etwa die Form eines verbogenen Hufeisens. An seinem Grund hatte sich ein trüber See gebildet.

Ein auffälliges Muster schmückte die grauen und grünen Wände des Steinbruchs. Sie sahen aus, als hätte jemand ein überaus grobmaschiges Fischernetz über den Fels gelegt und dann mit spitzem Meißel die Schnüre nachgezeichnet.

Allenthalben wiesen die Wände schmale Simse auf. Die meisten von ihnen waren so gut wie unzugänglich. Einige ließen sich jedoch über Geröllhalden aus zerbrochenen Schieferplättchen erreichen, die sich an den Hängen des Steinbruchs auftürmten.

Und noch immer war es viel zu früh am Tag für Fledermäuse.

»Enttäuschend«, stellte Hutzel fest.

»Was hast du erwartet?« fragte ihn Brams.

Hutzel vollführte eine schwungvolle Armbewegung über den gesamten Steinbruch hinweg.

»Nicht solch ein Gerümpel, sondern irgend etwas Auffälliges. Womöglich sogar eine fühlbare Gegenwart.«

»Ich fühle eine Gegenwart«, behauptete Riette. »Ich fühle sogar eine Vergangenheit. Was ich hier nicht fühle, ist meine Zukunft.«

»Womöglich weil sie nie kommen wird«, brummte Hutzel düster.

»Nicht auszuschließen, Hutzelhager«, stimmte Riette zu. »Nicht auszuschließen.«

»Es muß aber etwas geben, sonst hätten sie uns nicht hierhergeschickt«, rief Brams aus. »Wir müssen nur die Augen weit öffnen. Etwas muß sich vom Rest unterscheiden.«

»Ich sehe nichts als Trümmer und Fels«, sagte Hutzel uneinsichtig. »Wahlweise auch Fels und Trümmer.« Er stutzte. »Was ist mit dem See?«

»Was soll mit ihm sein?« erkundigte sich Brams. »Glaubst du vielleicht, daß man hineinspringen muß und so ins Feenreich kommt?«

Rempel Stilz grinste. »Einen Feensee sehen und zu den Seenfeen gehen?«

»Das ist kein Scherz«, versicherte Brams ihm. »In manchen Seen wohnt jemand... Ich meine jetzt keine Fische und Schnekken, sondern Frauen. Keine Weißen Frauen zwar, sondern eher Grüne Frauen, und eigentlich nennen sie sich auch eher Herrinnen des Sees... Man kann sie rufen. Meist sieht man von ihnen nur eine Hand, die sie einem aus dem Wasser entgegenstrekken...«

»Hat dir das Schüttkoppen erzählt?« erkundigte sich Riette.

Brams mußte unwillkürlich lachen. Die Vorstellung, der Barsch aus dem Koboldmeer-zu-Land-und-Luft könne eine solch wortgewaltige und lange Rede halten, hatte etwas unbestreitbar Komisches. Vielleicht, wenn man mehrere Jahre der Unterhaltungen mit ihm zusammenzählte...

»Und? Hast du je die Hand einer Grünen Frau ergriffen?« fragte Rempel Stilz.

»Ich werde mich hüten!« erwiderte Brams entrüstet. »Ich schüttle doch keine Hände, die aus dem Wasser nach mir langen!... Allerdings habe ich auch noch nie eine gesehen.«

Er zuckte die Schultern. »Vielleicht ist es heute das erste Mal. Versuchen muß man es.«

Er hielt beide Hände trichterförmig vor den Mund und rief laut: »Herrin des Sees! Zeige dich uns! Wir sind vier Kobolde und wollen ins Feenreich.«

Doch nicht die leiseste Bewegung kräuselte das schlammige Wasser des Steinbruchsees.

Brams wartete eine Zeitlang, dann rief er erneut: »Herrin des Sees! Das war kein Scherz, sondern mein voller Ernst! Nun zeige dich eben!«

Das Ergebnis war dasselbe wie zuvor. Brams versuchte sein Glück noch ein paar weitere Male, bis er schließlich aufgab. »Das war offensichtlich nichts. Was machen wir jetzt?«

Die sinkende Sonne ließ die Schatten wandern und machte sichtbar, was bisher in ihnen verborgen gewesen war.

»Seht... Da ist etwas!« rief Rempel Stilz plötzlich und deutete zu einem der Simse. Dort erhob sich ein senkrechter Balken, den die Kobolde zuvor gegen den dunklen Felsen nicht hatten erkennen können.

»Aha, das könnte es sein«, rief Brams frohgemut.

»Da ist noch mehr«, gab Rempel Stilz bekannt. »Dieser dunklere Schatten ... Könnte das womöglich ein Höhleneingang sein?« Brams ließ den Blick ein Stück von dem Balken wegwandern. Tatsächlich, da war etwas! Doch ob es wirklich der Eingang einer Höhle war, konnte auch er nicht entscheiden. Wenigstens war die Stelle vom selben Sims aus zu erreichen, auf dem der Balken stand. Welch bemerkenswerter Zufall.

»Da müssen wir hin!« rief Brams aufgeregt.

Er führte seine Gefährten am Seeufer entlang bis zur nächsten Geröllhalde. Sie würde sie zwar noch nicht bis zu dem Sims bringen, doch konnten sie auf ihr ein ganzes Stück an der Wasserlinie entlanggehen, bis sie schließlich dorthin gelangten, wo der eigentliche Aufstieg begann.

Die Schieferbrocken gaben keinen so festen Untergrund ab, wie es den Eindruck erweckt hatte. Das Geröll lag locker. Vorsichtiges Ersteigen des trügerischen Hangs war angeraten, wollten Brams und seine Begleiter nicht Gefahr laufen, einen Steinrutsch auszulösen, der die halbe Halde im See verschwinden ließe.

Rempel Stilz nahm beim Klettern sein Schwert als Wanderstab. Plötzlich verharrte er und stocherte damit zwischen den Steinen herum. Dann ging er in die Hocke und fing an zu graben. Vorsichtig hob er einzelne Steinbrocken auf und legte sie ein Stück abseits wieder hin.

»Wenn unsere letzten Erfahrungen verallgemeinerbar sein sollten, so befindet sich hier ganz bestimmt ein Tor nach irgendwo anders hin. Ich will aber nicht sagen, daß mir diese neuen Sitten sonderlich gefallen«, meinte er und zeigte, was er ausgegraben hatte – einen braunen Schädel, der von einem Menschen stammte.

»Puh!« rief Brams. »So etwas. Das wird ja immer schöner!«

Riette schloß sich an: »Kack-puh! ... Allerdings ist dieser nicht in Eisen eingewickelt.«

»Vor allem hat er kein Fleisch mehr«, fügte Hutzel hinzu. »Der ist älter als diejenigen, die wir sonst gefunden haben. Mit den üblen Streichen, die sich die Ritter gegenseitig spielen, hat das nichts zu tun. Wer weiß, wie lange er schon hier liegt? Wahrscheinlich wurde der Mensch verschüttet. Wir sollten daraus lernen, vorsichtig zu sein.«

»Er sieht beinahe so aus, als hätte jemand daran genagt«, murmelte Rempel Stilz und warf den Schädel weg, so daß er über das Geröll hüpfte, ein paar Steine zum Verrutschen brachte und schließlich im See verschwand. Kreise, die sich auf der Wasseroberfläche ausbreiteten, waren das letzte, was an ihn erinnerte.

Rempel Stilz folgte seinen Gefährten. Gelegentlich hielt er inne und stocherte erneut zwischen den Steinen, als erwarte er, noch mehr Knochen zu finden. Doch so kam es nicht.

Schließlich hatten alle den fraglichen Sims erreicht. Er war selbst an der schmalsten Stelle noch breit genug, daß zwei Kobolde nebeneinander gehen konnten.

Nun war auch zu erkennen, daß der Balken nicht nur ein einfacher Balken war. An seinem oberen Ende war im rechten Winkel ein zweiter, kürzerer angebracht. Eine schräge Stützstrebe zwischen beiden Balken sorgte dafür, daß man den waagerechten belasten konnte.

»Möglicherweise ein ehemaliger Kran«, rätselte Brams.

»Nun. Ja. Hm. Mag sein«, erwiderte Hutzel, der mit dieser Einordnung augenscheinlich nicht einverstanden war. »Wir werfen später einen genaueren Blick auf das Ding. Mal sehen, was es in der Höhle zu finden gibt.«

In der Höhle war es wegen des weichenden Tages schon sehr dunkel, weshalb die vier Besucher einige Herzschläge lang warten mußten, bis sich ihre Augen an das wenige Licht gewöhnt hatten.

Die Höhle war in vielerlei Hinsicht eine Enttäuschung.

Sie war allenfalls fünf Arglang tief, was sie zu nicht viel mehr machte als einer Mulde im Fels.

»Was wollen wir hier schon wieder?« stieß Hutzel griesgrämig aus.

»Riette weiß es«, rief Riette fröhlich und rannte an ihm vorbei zum Höhlenende. »Hier steht ein Schälchen! Womöglich mit Kuchen!«

Sie bückte sich, fingerte in der Schale und gab bekannt: »Kein Kuchen!... Aber was ist das?«

Mit spitzen Fingern nahm sie etwas heraus, das sie in der Schale gefunden hatte. In Brams' Augen, der am Höhlenausgang stand, ähnelte ihr Fund einer toten Maus.

»Nur ein Stück Fell!« erklärte Riette. »Sieht aus wie von einem Hasen. Was soll das denn?«

»Vielleicht müssen wir die Wände abklopfen«, meinte Hutzel. »Diese Höhle wird doch wohl irgendeinen Zweck haben.«

»Manchmal ist eine Höhle einfach nur eine Höhle«, warf Brams ein.

Rempel Stilz schüttelte sich. »Mir gefällt es hier nicht. Ich will nicht länger bleiben.«

»Mir gefällt es auch nicht«, schloß sich Riette an und ging wieder zum Ausgang. »Ich fühle hier noch viel deutlicher eine Gegenwart. Sie brüllt mir sozusagen ins Ohr: Keine Zukunft für dich, Riette! Keine Zukunft!«

»Na gut«, meinte Brams. »Dann laßt uns eben zu dem Kran gehen.«

Der vermeintliche Kran erhob sich kurz vor dem Ende des Simses. Der senkrechte Balken war rund dreieinhalb Arglang hoch und zehn Rechtkurz dick.

Brams betrachtete ihn mißbilligend. »Was soll das denn? Kein Rädchen, kein Flaschenzug... Nicht einmal Überreste davon! Ich glaube nicht, daß dieses Gebälk je als Kran gedient hat. Was haben wir hier? Ein dicker, alter Strick. Dieses Gestell taugte allenfalls dazu, Dinge daran aufzuhängen!«

Er ging die letzten Schritte bis zum Ende des Simses.

»Oh!« rief er aus. »Schaut euch an, was da unten liegt. Aber Vorsicht! Stoßt mich nicht versehentlich in die Tiefe.«

Das hätte er wohl besser nicht sagen sollen, denn damit hatte er seine Gefährten auf einen Gedanken gebracht. Sofort wurde Brams von sechs Händen ergriffen und über den Rand des Simses gehalten, so daß ihn urplötzlich eine dreißig Arglang tiefe Leere vom festen Boden trennte.

»Na, Brams, wie ist das Wetter?« riefen ausgelassene Koboldstimmen. »Da schwebt man doch wie auf Wolken. Sorgenlos, weil bodenlos!«

»Stellt mich sofort wieder auf den Sims«, verlangte Brams. »Ich muß euch wirklich dringend etwas zeigen.«

Nach einigen weiteren Ermahnungen gaben Rempel Stilz, Hutzel und Riette nach.

Brams trat rasch vom Rand des Simses zurück. »Schaut über die Kante nach unten.«

Mißtrauisch Brams im Auge behaltend, trat einer nach dem anderen zum Ende des Simses, um nachzusehen, was er entdeckt hatte.

Unter ihnen lagen noch etliche Schädel mehr.

»Ebenfalls keine Zukunft hier!« entschied Riette schnell.

»Die Menschen werden uns doch nicht zu ihrem Letztacker geschickt haben?« rief Hutzel aus.

Nachdenklich fragte sich Brams, ob er damit vielleicht sogar recht hatte. Sollte sich Rempel Stilz wirklich so mißverständlich ausgedrückt haben, daß die Menschen aus seinen Worten herausgelesen hatten, sie wollten dorthin?

Er schüttelte entschieden den Kopf. »Bestimmt nicht. Sie rieten uns ja sogar, hier die Nacht über zu verweilen. Beim Letztacker hätten sie so etwas nicht eigens sagen müssen, denn dort verweilt man zwangsläufig nach einiger Zeit auf Dauer. ... Laßt uns lieber diesen falschen Kran untersuchen. Vielleicht muß man irgendwo drehen oder reiben, damit sich etwas öffnet.«

»Oh!« rief Rempel Stilz unerwartet. »Geht nicht ohne mich weg. Ich bin sofort zurück.«

Ohne eine weitere Erklärung rannte er auf dem Sims zurück und kletterte dann die Geröllhalde hinab.

»Was denkt er denn, wohin wir sollten?« murmelte Brams kopfschüttelnd und machte sich an dem vermeintlichen Kran zu schaffen. »Ich wüßte nicht einmal, wohin wir wollten, wenn wir könnten.«

Als Rempel Stilz wieder zurückkehrte, trug er über der Schulter eine große Axt. Sie hatte zwei geschwungene Blätter, und ihr Stiel, der länger war als er selbst, lief in einer metallenen Spitze aus.

»Da unten liegen lauter Schädel und Knochen«, berichtete er unzufrieden von seinem Ausflug. »Jemand weiß nicht das Geringste über einen guten Streich.«

»Was willst du denn mit dieser riesigen Axt?« fragte ihn Brams.

Rempel Stilz wog sie in beiden Händen. »Nimm! Sie ist viel schwerer als das Schwert und womöglich sogar nützlich!«

Brams nahm die Axt entgegen.

»Stimmt«, murmelte er.

Einerseits verstand er nicht, warum Rempel Stilz unbedingt etwas Schweres tragen wollte, andererseits war er froh, daß sein Begleiter nicht darauf bestand, daß sie statt dessen alle zusammen aus alter Gewohnheit eine beliebige und hierzulande völlig unnütze Tür durch das Menschenreich schleppten. Das Schwert und die Axt waren sicherlich das kleinere Übel.

»Dann kannst du das Schwert ja hierlassen«, schlug Brams vor. Ganz wohl war ihm dabei allerdings nicht, denn ohne sachkundige Pflege und gelegentliche Ausbesserungen würde das Schwert hier verrotten, was keine schöne Lösung war.

Rempel Stilz hatte jedoch andere Pläne. Mit einer schnellen Handbewegung zerlegte er sein Schwert in zwei Dutzend Teile. Offenbar hatte er ihm eine ähnliche Behandlung angedeihen lassen wie Ritter Gottkriegs Familienschwert.

Die Klingenstücke stopfte er in die Innentaschen seines Kapuzenmantels. »Man weiß nie, wozu man es noch brauchen kann.«

Brams wunderte sich. Angeblich waren ihre Umhänge völlig gleich. Rempel Stilz' Gewand schien jedoch mehr Innentaschen zu besitzen als seines. Seltsam! Diese Änderungen mußte er während ihres Aufenthalts bei der Hexe vorgenommen haben.

Auch Hutzel war der Unterschied nicht entgangen. »So?« meinte er mit auffälliger Betonung. »So? Befürchtest du nicht, die Taschen – die *neuen* Taschen – könnten einreißen?«

»Keine Sorge«, beruhigte ihn Rempel Stilz arglos. »Das Schwert ist nicht so schwer, wie du annimmst. Es wiegt höchstens ein Zwölftel eines Undjetztallezusammen.«

Damit gab sich Hutzel einstweilen zufrieden.

Die Nacht ließ sich nun nicht mehr länger vom Tag vertrösten und pochte ungeduldig auf ihr Recht. So wurde das Licht immer schwächer, und der Mond und die Sterne gingen auf.

Die Kobolde warteten geduldig, auch wenn sie nicht wußten, worauf. Vielleicht würde sich doch noch eine Hand einladend aus dem See erheben, vielleicht aber auch plötzlich ein leuchtender Torbogen erscheinen oder eine wunderschöne Melodie erklingen, die ihnen den Weg wies. Alles war denkbar. Daher behielten sie jede der drei Auffälligkeiten im Auge: den See, das Gestell und die Höhle.

Eine halbe Stunde vor Mitternacht erzwang ein heftiger Sturzregen eine Änderung dieses wohlüberlegten Planes. Die dicht fallenden Tropfen trieben die vier in die Höhle, wo sie so lange ausharrten, bis das Prasseln wieder schwächer wurde. Als es eben in ein unregelmäßiges Tröpfeln übergegangen war und sie bereits erwogen, ihren Unterschlupf zu verlassen, zerriß ein scharfer Laut die Nacht.

Die Kobolde verstummten und lauschten angestrengt.

Das Geräusch erklang erneut. Hundegebell, eindeutig Hundegebell!

Es kam ganz aus der Nähe und mußte – laut und mächtig, wie es klang – von einem sehr großen Hund stammen.

Alle sahen sich betroffen an. Obwohl kein Wort dazu gewechselt werden mußte, waren sie sich sogleich einig, daß es nichts brachte, sich vor der Wirklichkeit zu verschließen.

Brams opferte sich. Er schlich zum Höhleneingang und spähte hinaus in die regenfeuchte Nacht.

Den Hund entdeckte er nicht nur in nächster, sondern in allernächster Nähe, nämlich bei dem scheinbar wenig nützlichen Balken am Ende des Simses.

Wie seltsam, wunderte sich Brams. Das Tier mußte während des Regens unbemerkt an ihrer Höhle vorbeigetrottet sein. Anders konnte es doch gar nicht zu dieser Stelle gelangt sein?

Der Hund war riesig!

Seine Schulterhöhe lag deutlich über einem Arglang, so daß die kalt im Sternenlicht schimmernden, tellergroßen Augen beinahe aus der Höhe von zwei Kobolden in die Welt sahen. Und erst die Zähne! Sie waren so lang wie die Zinken von Heugabeln.

Vervollständigt wurde diese an sich schon angstverbreitende Erscheinung durch kleine blaue Flammenzungen, die den gedrungenen Leib umspielten und die Brams erst nachträglich bemerkte.

Hier geht etwas offensichtlich nicht mit rechten Dingen zu, dachte er beklommen, bevor er kreischend und kopflos flüchtete. »Er ist hier! Lauft schnell weg, er ist hier!«

Brams rannte den Sims entlang zu der Stelle, wo sie ihn von der Geröllhalde aus erklettert hatten. Der Weg dorthin erschien ihm nun wesentlich weiter zu sein, als ihm seine Erinnerung sagte. Mindestens vier-, fünfmal so weit!

Das Trappeln seiner Füße klang laut in seinen Ohren. Es war das einzige Geräusch. Wie seltsam!

Furchtsam blickte er sich nach dem Hund um. Die Bestie war gleich hinter ihm und verfolgte ihn mit großen Sprüngen in völliger Lautlosigkeit!

Wie gemein, dachte Brams empört. Noch eben hatte der Hund mit seinem Gebell den Steinbruch, ja, die Nacht selbst zum Erzittern gebracht, und nun, da es wirklich zählte, schlich er sich klammheimlich an. Welche Tücke! Diesen blutrünstigen Bestien war einfach nicht zu trauen!

Und daß der Hund vermutlich ein Geist war, entschuldigte solches Verhalten keineswegs. Nein, nein!

Der kurze Blick zurück hatte Brams gezeigt, daß ihn der Hund in wenigen Sätzen eingeholt haben würde. Daran ließe sich überhaupt nichts mehr ändern. Er würde bei ihm sein, mit den Zähnen nach ihm schnappen und...

Doch soweit ließ es Brams gar nicht erst kommen. Beherzt sprang er früher als beabsichtigt von dem Sims ins Ungewisse. Er kam unsanft auf der Geröllhalde auf und kugelte und hüpfte den

Hang hinab, bis er schließlich mit lautem Platschen im Wasser des Sees landete.

Plötzlich war die Welt völlig still und kühl. Selbst Brams' empfindliche Koboldaugen konnten die tiefe Dunkelheit, die ihn umgab, nicht mehr durchdringen. Doch er verspürte kein Verlangen, die angenehme Schwerelosigkeit früher als unbedingt nötig zu verlassen. Hier war die Welt friedlich und ruhig. Hier war sie sicher. Hier wartete kein Geisterhund mit einem riesigen, zahnstarrenden Maul darauf, ihn zu verschlingen.

Langsam stieg Brams wieder zur Oberfläche auf und ließ sich treiben. Ganz selten paddelte er sorglos ein wenig mit den Händen. Einmal berührte er etwas. Ein Fischlein, wie leicht an den Schuppen zu erkennen war. Brams tastete sanft nach dem scheuen Leib und ließ ihn an den Fingern vorbeigleiten: eine Handbreit und noch eine Handbreit und noch eine Handbreit und noch eine Handbreit und noch eine Handbreit und noch...

Das *Fischlein* wurde Brams nun doch etwas zu lang! Ohne Aufregung, jedoch mit sehr zielstrebigen Schwimmbewegungen bemühte er sich, wieder festen Boden zu erreichen.

Als das Wasser seicht genug war, richtete er sich auf. Er blickte über den See und machte einen langen Rücken aus, der die spiegelnde Wasseroberfläche durchbrach. Dann sah er auch ein Maul, an dessen Ober- und Unterlippe lange Bartfäden wuchsen. Es war so breit, daß es ihn mit einem einzigen Zuschnappen hätte verschlingen können.

Eilig stolperte Brams die letzten Schritte aus dem gar nicht mehr so anheimelnden Naß hinaus.

Vielfältiger Lärm hieß ihn wieder in der Wirklichkeit seiner Gefährten willkommen.

Auf dem Sims hatte sich der Geisterhund längst einem neuen Ziel zugewandt. Jetzt eben hetzte er Hutzel hinterher, der schreiend vor ihm davonlief. Riette wiederum folgte dem Hund und schrie ebenfalls, offenbar um ihn von seiner Beute abzulenken. Rempel Stilz beteiligte sich, indem er Steine nach dem Untier warf.

Brams fühlte sich schuldig, weil er so lange selbstvergessen im

Wasser geplanscht hatte, ohne an jemand anderen zu denken. Daß er die ganze Zeit über in der Gefahr geschwebt hatte, von dem Riesenwels aufgefressen zu werden, tat diesem Gefühl keinen Abbruch. Nun wollte er das Versäumte wiedergutmachen. Er stimmte ebenfalls ein lautes Gebrüll an und las dabei handliche Steine auf, die er nach dem Hund werfen konnte. Als er ausreichend viele beisammen hatte, richtete er sich wieder auf und hielt nach ihm Ausschau. Er sah ihn nirgends. Weder ihn noch seine Gefährten. Wo waren bloß alle? Hatte der Hund sie am Ende inzwischen aufgefressen?

Brams ließ das Schreien sein und ging wachsam am Seeufer weiter, die Augen auf den Sims gerichtet. Eine tiefe Stille herrschte. Totenstille.

Wo war die Bestie? fragte er sich bang.

Unerwartet erklang Rempel Stilz' Stimme.

»Paß jetzt lieber auf, Brams«, mahnte sie ernst und besonnen.

»Worauf?« gab Brams zurück.

»Rechts von dir«, erklärte Rempel Stilz.

Brams blickte in die angegebene Richtung und ließ vor Schreck die Steine fallen. Die Bestie stand fast neben ihm!

Wie gemein, dachte Brams. Was hat das Untier denn hier unten verloren?

Er trat einen Schritt zurück – und damit ins Leere!

Brams ruderte mit den Armen – und schon fand er sich abermals im See wieder, dieses Mal jedoch an einer Stelle, wo es sofort steil in die Tiefe ging. Wollte er wieder an Land, so mußte er erst einmal zu einer der Halden schwimmen.

Brams richtete sich im Wasser tretend auf, um sich einen Überblick zu verschaffen. Bis zum nächsten geeigneten Uferstück war es gar nicht so weit.

Hoffentlich bemerkt mich der Fisch nicht, dachte er und hielt vergeblich nach ihm Ausschau.

Da er sich nicht von dem Untier überraschen lassen wollte, schwamm er auf dem Rücken und beobachtete die Wasseroberfläche.

Doch das beruhigte ihn nicht lange.

Wenn er von unten käme, dachte Brams plötzlich, so würde mir das gar nichts nützen.

Er schaute besorgt zum Mond und wußte auf einmal ganz genau, daß in einer Nacht, in der sich eben noch laut kläffende Hunde still und verstohlen an ihre Beute anschlichen, auch von einem hungrigen Fisch kein anderes Verhalten zu erwarten war.

Womöglich war er sogar schon bei ihm!

Brams begann wild zu strampeln und zu treten. Sein Fuß traf sofort auf Widerstand.

Der gefräßige Jäger befand sich genau unter ihm!

Mit der Kraft der Verzweiflung trat Brams weiter nach dem Fisch. Endlich entfernte er sich.

Doch Brams war klar, daß ihm nicht viel Zeit vergönnt war. Der Wels würde sicher bald einen weiteren Angriff unternehmen.

Und da war er auch schon! Dieses Mal schwamm er dicht an der Wasseroberfläche und hatte das breite Maul weit aufgerissen!

Brams schrie vor Entsetzen und schlug blind um sich. Wieder trafen seine Füße und Fäuste den riesigen Leib, und auch dieses Mal gelang es ihm, den Widersacher zu vertreiben.

Doch wie lange würde das noch gutgehen? Brams spürte, wie seine Glieder schwer wurden. Er war nur ein Kobold und nicht dafür ausgestattet, sich beliebig lange mit einem drei oder vier Arglang großen Fisch in dessen Element zu messen!

Ein Stein fiel ihm vom Herzen, als er sich am Untergrund stieß. Er hatte das Ufer erreicht! Kraftlos erhob er sich und wankte an Land. Daß dort womöglich der Geisterhund auf ihn wartete, kümmerte ihn im Augenblick nicht.

Wenn es so war, so war es eben so. Jetzt zählte nichts anderes, als ins Trockene zu gelangen.

Und das aus gutem Grund!

Offensichtlich schien der Wels begriffen zu haben, daß sich ihm gerade die allerletzte Gelegenheit für eine schmackhafte Koboldmahlzeit bot. Er schwamm mit einer Geschwindigkeit herbei, die Brams den Atem verschlug, und wurde auch nicht langsamer, als er das Ufer erreicht hatte. Mit einem großen Satz sprang er aus dem Wasser!

Was jetzt? murmelte Brams bestürzt.

Diese Frage hatte der Fisch offensichtlich längst für sich beantwortet. Er richtete sich auf den Flossen auf und kroch wie auf kurzen Beinen auf seine immer noch nicht aufgegebene Beute zu.

Brams war wie gelähmt. Gegen diesen Wels gab es kein Bestehen. Er war sein Schicksalsfisch!

Doch plötzlich beendete der Wels seinen unaufhaltbar erscheinenden Vormarsch.

Aus heiterem Himmel hatte die leckere Mahlzeit, die nur noch ein halbes Arglang von seinem Maul entfernt war, jeden Reiz für ihn verloren. Ebenso eilig, wie er auf den Flossen vorwärtsgekrochen war, trachtete er nun, wieder ins Wasser zu gelangen.

So, als flöße ihm nun selbst etwas Furcht ein!

Immer noch unfähig, ein Glied zu rühren, dachte Brams: Das ist kein gutes Zeichen, selbst für jemanden, der kurz davor stand, aufgefressen zu werden.

Wie recht er hatte, erkannte er, als der Wels wieder in den trüben Fluten des Steinbruchsees untergetaucht war. Dort, wo der Fisch den Rückzug angetreten hatte, zeichnete sich auf dem Boden ein drohender Schatten ab, der von einem überaus langen, überaus spitzen und überaus mörderischen Schnabel stammen mußte.

Was noch? dachte Brams mutlos. Was noch? Erst ein Geisterhund, dann ein Riesenwels und jetzt auch noch der größte Fischreiher der Welt!

Bar jeder Hoffnung wandte er sich um und blickte den Abhang hinauf, dorthin, wo das dritte nächtliche Ungeheuer auf ihn wartete.

Doch er sah keinen Vogel.

Statt dessen erkannte er ganz oben auf dem Sims Hutzel. Das Mondlicht hatte seinen Schatten ins Riesenhafte vergrößert.

Hutzel bewegte den Kopf, und der lange, spitze Schatten, der den Wels mit Furcht erfüllt hatte, schwang über den Hang.

Tränen der Erleichterung traten in Brams' Augen.

»Deine Nase«, stammelte er glückselig. »Deine Nase hat mich errettet, Hutzel!«

»Wir wollen nicht darüber reden«, erwiderte Hutzel schroff.

Diese knappe Antwort nährte in Brams den Verdacht, daß sein Freund die unbekannte Wette mit dem Reiher offenbar verloren und nicht gewonnen hatte. Doch für solche Überlegungen war jetzt keine Zeit, denn längst war nicht alles überstanden! Auf dem Sims entdeckte Brams Hutzel, Rempel Stilz und den Hund. Riette sah er nirgends. Wo war sie? Eine eisige Hand griff nach seiner Brust, denn Riette lag unter dem Hund. Genau unter dem aufgerissenen Rachen der Bestie! Brams wollte schreien, doch kein Laut kam aus seiner Kehle. Warum tat denn niemand etwas? Irgend jemand mußte doch etwas unternehmen!

Plötzlich krabbelte Riette unter dem Hund hervor. Er schien ihr überhaupt keine Beachtung zu schenken. Als läge sie noch immer unter ihm, bedrohten seine Fänge nun den blanken Boden.

Widerstrebend und darauf gefaßt, daß das Untier jeden Augenblick wieder zum Leben erwachte, kletterte Brams ebenfalls zum Sims.

»Was ist mit ihm? Warum rührt er sich nicht?« rief er.

»Sanftpuder«, gab Riette fröhlich zurück.

Brams hielt inne. »Er ist ein Geist. Man kann ihn nicht betäuben.«

»Eigentlich weiß ich das ja«, rief Riette zu ihm herab. »Aber mir fiel nichts Besseres ein. Daher versuchte ich es einfach. Es geht, wie du siehst!«

»Wie kann das sein?« rief Brams verwundert.

Riette schien sich trotz der kurzen Zeit schon eine Erklärung zurechtgelegt zu haben. »Vielleicht ist das gar nicht so erstaunlich, wenn du berücksichtigst, daß Sanftpuder etwas ganz anderes ist als Mohn, Baldrian, Eisenhutsaft oder Spinnenspucke, nämlich ein Zauberpulver.«

Brams mußte zugeben, daß das stimmte. So oft, wie sie den Puder bei ihrer Arbeit verwendeten, konnte man leicht vergessen, daß er nicht einfach irgendein Pulver war, das man aus anderen Ingredienzien zusammenmischte.

»Wird er denn nicht bald wieder erwachen?« sorgte sich Brams, als er bei den anderen stand.

»Woher soll ich das wissen?« antwortete Riette. »Das ist der erste Geist, den ich besänftigte. Aber vielleicht hat er noch Brüder ...«

»Wage es! Nur ein einziger Ton!« drohten ihr Hutzel und Rempel Stilz sogleich.

»Es ist doch gar kein Pulver mehr übrig«, nuschelte Riette beleidigt und zupfte an dem Fell des Geisterhundes. Er wurde jetzt auch nicht mehr von blauen Flämmchen umzüngelt.

Brams hielt erschrocken den Atem an. Doch zu seiner Erleichterung hatte Riettes Tun keine Auswirkungen.

»Etwas hat sich an ihm verändert«, erklärte sie. »Er ist jetzt irgendwie fester geworden.«

»Dann weiß ich, was wir tun«, sagte Brams rasch, schon um weiteren ihrer Versuche mit dem *noch* unbeweglichen Untier zuvorzukommen. »Wir werfen ihn in den See!«

Das hielten auch Hutzel und Rempel Stilz für einen guten Vorschlag. Alle stemmten sich gegen den Leib des erstarrten Geisterhundes, so daß er alsbald den Abhang hinabkullerte. Er versank jedoch nicht vollständig im See. Einer seiner Läufe ragte noch eine Zeitlang aus den Fluten, bis sein Leib plötzlich von etwas Kräftigem in tieferes Wasser gezogen wurde.

Der Wels kam offenbar doch noch zu seinem nächtlichen Mahl.

Die Kobolde zogen sich wieder in die Höhle zurück. Hutzel und Brams hielten bis zum Morgen vergeblich Ausschau nach etwas, das sich als Zugang zum Feenreich deuten ließe. Ihre Gefährten beteiligten sich aus unterschiedlichen Gründen nicht daran. Riette war fest davon überzeugt, daß ihnen die Menschen nur einen Streich hatten spielen wollen, und einen bösen dazu. Ihre Einstellung war leicht zu verstehen eingedenk dessen, daß sie bereits unter dem offenen Rachen des Geisterhundes gelegen hatte. Rempel Stilz dagegen war mit der Axt beschäftigt. Er rieb ihr Doppelblatt blank, so daß es völlig frei von Rost und Schmutz wurde. Einzig beim Stiel konnte er nicht mehr viel ausrichten. Er mußte ausgetauscht werden.

Rempel Stilz hatte zusätzlich auch schon einige Verbesserungen im Sinn.

Kurz nach Tagesanbruch drangen von der Geröllhalde das

Knirschen von Schritten und der Klang zweier Stimmen herüber. Die eine erinnerte Brams stark an die des Mannes in der Fischerhütte, der ihnen den Weg hierher gewiesen hatte. Die andere Stimme gehörte einer Frau.

»Seltsam, irgendwo müssen sie doch liegen«, sagte der Mann. Die Frau antwortete: »Wer weiß, wo er sie wieder hingeschleift hat. Ah, hier liegt etwas ... ein Geldbeutel.«

»Und?« fragte die erste Stimme nach. »Wieviel?«

»Leer. Nichts drin. Scheint schon länger hier zu liegen ... Vielleicht hat er sie ja beim Galgen runtergeworfen.«

»Das gibt dann wieder eine häßliche Kletterei.«

Brams glaubte genug gehört zu haben. Also hatte Riette doch recht gehabt! Es war ein Streich gewesen.

Er trat aus der Höhle und ging einige Schritte auf die beiden Gestalten zu. Da sie die Halde mit gesenkten Köpfen absuchten, nahmen sie ihn anfänglich gar nicht wahr.

»Er ist nicht mehr da«, sagte er laut.

Die beiden schraken ob der unerwarteten Stimme zusammen. Keiner von ihnen fragte, wen er meine. Statt dessen begann der Mann sogleich, sich zu verteidigen: »Ihr sagtet, daß ihr einen Ort suchtet, wo niemand mehr zurückkommt. Also habe ich euch zum alten Galgen geschickt. Wie ihr das wünschtet.«

»Das stimmt«, räumte Brams widerwillig ein. »Doch von einem Geisterhund, der jeden auffrißt, war nicht die Rede.«

»Der Hund ... Was soll das übrigens heißen, daß er nicht mehr da sei?«

Urplötzlich wurden die beiden Menschen von einem gleißenden Lichtstrahl getroffen. Sie rissen verzweifelt die Arme hoch und benahmen sich beinahe so wie seinerzeit die Ritter angesichts der geöffneten Tür.

Gleichzeitig rief Rempel Stilz mit lauter Stimme: »Sagen wir es so: Er legte sich mit den Falschen an.«

Brams schaute zu ihm hinauf. Rempel Stilz stand vor der Höhle und lenkte mit Hilfe seiner riesigen, sorgfältig polierten Axt das Sonnenlicht auf die beiden Menschen. Er sah sehr eindrucksvoll aus.

Nun erklang aus der Höhle auch noch Riettes Stimme. Wieder einmal hatte sie sie verstellt. »Mit den ganz Falschen!« beteuerte sie bösartig grunzend. »Kackpuh! Das Hündchen ist Fischfutter!«
»Fischfutter?« wiederholte der Mann.
»Gewiß«, bestätigte Brams. »Ein hungriger Riesenfisch lebt im See. An den haben wir das Kerlchen verfüttert.« Besorgt richtete der Mann den Blick zum Wasser. Seine Frau zupfte ihn am Ärmel und begann zu tuscheln.
Als sie fertig war, antwortete er unentschlossen: »Ja, aber dann findet man sie doch noch schwerer als bisher.«
Er wandte sich wieder an Brams. »Greift dieser Fisch auch Boote an? Oder kann man ihn vielleicht abrichten?«
Brams zuckte die Schultern: »Fragt ihn selbst. Ich glaube, er ist schon wieder hungrig.«
Die beiden Menschen hatten es mit einem Mal sehr eilig wegzukommen.
Brams kratzte sich das Kinn: »Die nächsten werde ich etwas sorgfältiger befragen müssen.«

26. Gottkrieg vom Teich und die schöne Hexe

Am Rande der Lichtung stand ein blaues Holzhaus. Die Wände und der Türrahmen waren liebevoll mit getrockneten Blumen und Flechtereien aus Stroh geschmückt. Einige Gänse drängten sich schnatternd davor.

»Man sieht sogleich, daß hier ein Frauenzimmerchen wohnt«, erklärte Ritter Gottkrieg vom Teich seinem Knappen Bückling. »Schau dir all diesen unnötigen Schnickschnack an! Vermutlich lebt sie ganz allein darin. Mich würd's nicht wundern, wenn sie eine vertrocknete Alte wäre, die nie einen abbekommen hat!«

»Meister, seht doch die fetten Gänse«, rief sein Knappe begeistert. »Wenn Ihr der alten Jungfer schöntut, so wird sie uns gewiß eine überlassen.«

»Haltung, Bückling!« knurrte der Ritter und gab dem Knappen einen Klaps aufs Haupt. »Ein wahrer Ritter lebt zwar stets nach den Geboten der Galanterie, doch schließt das keinesfalls ein, daß er mit jedem Waldtrampel turtelt. Auf was für Einfälle du Bengel immer kommst!«

Er lenkte sein Pferd bis vors Haus und stieg ab. Bückling folgte ihm mit dem Wagen.

»Aholla, holde Jungfer!« rief der Ritter laut. »Seid Ihr zu Hause?«

Einige Augenblicke verstrichen, bis eine große rothaarige Frau aus der Tür trat. Sie trug ein Kleid, das ungleich mehr enthüllte als verhüllte. Nur einer Vielzahl schwarzer Perlen war es zuzuschreiben, daß überhaupt irgendein Stückchen ihrer Haut dem Blick des Betrachters verborgen blieb.

Herr Gottkrieg vom Teich leckte sich die Lippen. Dieses Kleid mußte ein Vermögen wert sein!

»Ah, ein Ritter und ein Junge! Was mögen sie von Holla begehren?« antwortete die Frau.

»Ein Ritter fürwahr!« sprach Gottkrieg lächelnd. »Gottkrieg vom Teiche sei mein Name, Holdeste der Holden! Und der Junge ... der Junge ...«

Er blickte zu seinem Knappen, der die Frau mit offenem Mund anstarrte. Gottkrieg erhob ungeduldig die Stimme: »Bengel! Schließ sofort die Augen und begib dich hinter den Wagen!«

»Ja, Meister, ja«, antwortete der Knappe gehorsam, ohne sich zu rühren.

»Herr heißt es«, tadelte ihn Gottkrieg. »Entschuldigt das Betragen des Bengels, schönste Maid. Doch mag ich ihn nicht allzu sehr rügen und einen frechen Lümmel schelten, kann ich ihn ja gut verstehen, da auch ich ganz überwältigt bin von Eurem edlen Anblick und so weiter und so fort. O Herz! Welch Kummer plaget mich. Große Eile treibt mich derzeit ohn Erbarmen an, so daß ich Euch, Liebreizendste unter dem Sonnenzelt, meinen ritterlichen Schutze itzo für nicht länger als ein Mahl und einen Trank anbieten kann. Doch kehre ich gerne zu beß'rer Zeit zurück, so Ihr es nicht verwehret und...«

»Ah, Holla benötigt nicht des Ritters Schutz«, unterbrach ihn die Frau. »Sie ist eine Hexe, die schon einhundertsiebenundsiebzig Jahre zählt und mancherlei Geraspel von dem Mannsvolk hörte.«

»Eine Hexe?« wiederholte Gottkrieg beunruhigt. Dieser Tag fing ja gut an! Aus den Augenwinkeln heraus sah er, daß es Bückling plötzlich sehr eilig hatte, hinter den Karren zu gelangen.

»So ist es«, bestätigte Holla. »Drum soll der Ritter sein Anliegen schnell und schnörkellos vortragen, damit er Holla nicht noch mehr Zeit stiehlt und sie ungeduldig wird.«

»Das ist nicht im Sinn des Ritters«, knurrte Gottkrieg. »Hexe sagtest du, nicht wahr?«

»So ist es.«

»Höre, Hexe! Ich verfolge vier Schurken. Zwar sind sie winzig von Gestalt, doch darf man sich dadurch nicht täuschen lassen, da ihnen keine Schandtat fremd ist. Sie stammen aus dem bösen Land Konotrien. Einer ist völlig kahl, die zweite hat seltsam blaues Haar, und der dritte besitzt einen Zinken, wie ihn die Welt noch nicht gesehen hat! Ein Einhorn mag bei seinem Anblick vor Neid erbleichen und erröten. Der vierte, der ihr Anführer ist und sich großspurig Siebenunddreißigster Emissär Konotriens nennt, gibt sich gern schlicht und einfältig. Doch darf man ihm erst recht nicht trauen, denn er ist der durchtriebenste der vier. So sie hier waren, mußt du es mir auf der Stelle sagen!«

»Ah, sie waren hier«, erklärte die Hexe. »Holla schickte sie in das *Land der mal sieben, mal acht Mühlen*. Nun hat der Ritter seine Auskunft und kann gehen.«

»Nach Verschwindibusien!« rief Gottkrieg aus. »Was wollen sie denn da?...Hm, bei Lichte betrachtet gibt das Sinn...Bückling, komm hinter dem Wagen hervor! Wir ziehen weiter. Am besten nehmen wir den Weg über Pfahlhausen und Stabenheim und dann am Stockum entlang bis nach Stockumsfurt. Hurtig, Bengel!«

27. Eine neue Hoffnung und eine Warnung vor den Schrecken des Schinderschlundes

Wiewohl sich die Kobolde immer sicherer im Umgang mit Menschen fühlten, mieden sie selbst kleine Ansiedlungen und machten sich lieber bei abseits gelegenen Gehöften und Häusern kundig. Das Haus, auf das sie zuhielten, schien ihnen geradezu vorbestimmt zu sein, da es nicht nur ganz allein stand, sondern weit und breit auch nur ein einziger Mensch zu sehen war, nämlich eine ältere Frau mit krummem Rücken und blauem Kopftuch. Sie ging langsam zwischen Beeten einher, verharrte manchmal kurz, bückte sich und zupfte Unkraut aus.

Brams übernahm zur Abwechslung wieder einmal das Ansprechen der Frau, wobei er die einleitenden Formulierungen verwendete, die er und seine Gefährten gemeinsam entwickelt, im alltäglichen Gebrauch verfeinert und so lange eingeübt hatten, bis jeder Kobold die Wörter, Wortteile und Geräusche ganz genau gleich betonte oder verschluckte:

»'m'ße, gute Frau! Wir sind Reisende aus ... nuschel ... auf einer dringenden, bedeutenden und leicht, hemja, sehr einsichtig, nicht wahr? Oder? ... nuschel ... Daher äußert und gefällig ... nuschel ... kein Schaden, sondern Vorteil ... nuschel ... Herr, Herrin. Lob und Preis, kriegerisch.«

Daran schlossen sich einige Sätze an, an denen sie immer noch feilten:

»Gute Frau, wir suchen einen Ort zweifelhaften Rufes, um den viele einen großen Bogen machen, da schon mancher nicht wieder von dort zurückkam oder erst nach langer Zeit und dann verstört seltsame Dinge berichtete.«

Nun kam der wichtigste Teil, nämlich das Ausgrenzen aller Orte, die sie schon kannten und kein weiteres Mal aufsuchen wollten. Da die Liste immer länger wurde, zählten sie diese Orte abwechselnd auf, um keinen zu vergessen.

»Doch es ist nicht der Alte Galgen.«

»Es ist nicht der Totenacker.«

»Es ist nicht der See, in dem der Eichblattbauer ertrank.«
»Es ist nicht die Erle, auf der häufig Käuzchen sitzen.«
»Es ist nicht die Ulme, die der Blitz gespalten hat.«
»Es ist auch nicht die Weide, die der Blitz gespalten hat.«
»Es ist ebenfalls nicht der Ahorn, den der Blitz gespalten hat.«
»Es ist nicht das abgebrannte Haus, in das der Blitz eingeschlagen hat und in dem der Wind so unheimlich pfeift.«
»Es ist auch nicht der alte Burgturm, in dem es sich ebenso anhört.«
»Es ist nicht die Höhle, in der jetzt die beiden Bären wohnen.«
»Es ist nicht das Kabuff dieses wollüstigen Tagediebs von einem Schwager, den der Blitz erschlagen soll!«
»Und es ist auch nicht«, schloß Brams die Aufzählung ab, »die baufällige Brücke, die schon vor zwei Jahren hätte ausgebessert werden sollen... Übrigens ist das seit gestern nicht mehr nötig... Was fällt dir dazu ein, gute Frau?«

Bis hierhin hatte ihnen die Bäuerin aufmerksam zugehört. Nun widmete sie sich wieder dem Unkraut. »Ich habe keinen Schwager und weiß auch nichts von Käuzchen, Ulmen oder einem Eichblattbauern... Wenn ihr jedoch von mir einen Ort genannt haben wollt, zu dem ihr besser nicht gehen solltet, so kommt mir nur einer in den Sinn, nämlich das Dorf der Hoffnungslosen und Verdammten.«

»Wieso nennst du es so?« fragte Hutzel.

»Weil es der Wahrheit entspricht!« antwortete die Alte. »Das Dorf wird nur manchmal sichtbar, da es eigentlich im Schinderschlund liegt. Leise Musik ist dann zu hören, wie von einem Fest. Doch wehe, man läßt seine Schritte dieser Musik folgen! Der Weg führt hinein in den Schinderschlund. Pardautz! – Das war es dann für immer.«

Brams nickte aufgeregt. Das klang besser als alles, was sie bislang gehört hatten. Ein Dorf, das man nur manchmal sah – nämlich dann, wenn das Feentor offenstand! Genauer gesagt, ein Dorf, das *Menschen* nur manchmal sahen. Für einen Kobold konnte der Blick durch das Feentor etwas ganz anderes zeigen als ein Dorf. So, wie eben seinerzeit die Ritter bei ihrem Blick durch

die Tür keine schlecht beleuchtete Diele gesehen hatten, sondern ihren angsteinflößenden Schinderschlund. Das würde man also berücksichtigen müssen: Das Dorf war womöglich kein Dorf.
»Wo liegt dieses Dorf?« fragte Hutzel weiter. »Verrate es uns.«
»Man merkt, daß ihr Fremde seid«, fuhr die Bäuerin fort. »Deswegen nehmt ihr auf die leichte Schulter, was euch tödlicher Ernst sein sollte. Geht zu diesem unheiligen Dorf, wo Heulen und Zähneklappern herrschen, und niemand wird euch je wiedersehen! Ich sollte für mich behalten, wo es gelegentlich zu finden ist. Doch ich weiß, daß ihr dann nicht ruhen und rasten werdet, bis ihr es doch herausbekommen habt. Oft habe ich solches erlebt und es längst aufgegeben, um Vernunft zu flehen. Doch ich wünsche euch den Segen Monderlachs! Folgt dem Fluß noch einen Tag bis zu einem See, den man den Totenweiher nennt. Um den geht herum, bis ihr einige große Felsen findet. Dort wartet. Falls euch das Glück begleitet, wartet ihr vergebens. Falls nicht, werde ich nie davon erfahren. Tut also, was ihr tun müßt.«

28. Herr Krieginsland beehrt die Hexe

Am Rande der Lichtung stand ein blaues Holzhaus, an dessen Wänden vertrocknete Strohgebinde aufgehängt worden waren.
Krieginsland von Hattenhausen rümpfte die Nase. Vermutlich lebte in dem Haus ein weltfremder, haariger Kauz, der sich hochtrabend Gelehrter schimpfte und seit Jahr und Tag kein Wort mehr mit einem lebendigen Menschen gewechselt oder sich gewaschen hatte. Vielleicht beherbergte es auch eine zickige Betschwester Monderlachs, die den ganzen Tag nur »Preise! Preise!« brabbelte und sich in stillen Nachtstunden für eine Auserwählte oder eine Waldfee hielt, was bestimmt kein bißchen besser war.
So oder so würde die Verständigung mit diesen sprachungewohnten Waldhühnern kein Zuckerschlecken werden.

Krieginsland stieg von seinem Roß und befahl seinen Begleitern, sich um die Pferde zu kümmern. Steifbeinig wegen des langen Ritts schritt er auf das Häuschen zu.

»Will denn niemand nachschauen, wer gekommen ist?« brüllte er ungnädig.

Ein paar Gänse versperrten ihm schnatternd den Weg.

»Lästiges Viehzeug«, knurrte der Ritter und trieb sie mit kräftigen Tritten auseinander.

Aus der Tür des Hauses trat eine Frau. Sie war nicht halb so alt, wie Krieginsland sich ausgemalt hatte. Doch alles andere an ihr entsprach voll seinen Erwartungen. Sie trug ein Kleid, dessen Stoff so fadenscheinig war, daß man ihn kaum noch sah.

Warum auf dem schmucklosen Gewand Hunderte toter Fliegen klebten, wollte Krieginsland lieber nicht wissen.

Betschwestern, Gelehrte – ein Sumpf!

»Kannst ... du ... spre ... chen?« fragte der Ritter laut und jede Silbe einzeln betonend.

»Gewiß kann Holla sprechen«, erwiderte die Frau hochnäsig. »Doch will sie überhaupt mit jenem sprechen, der ihre Gänse so schlecht behandelt hat?«

Der Ritter hob warnend eine Hand. »Solch freche Worte sind selten gesund! Ich suche vier Wichtel, die vielleicht bei dir waren. Ihr Anführer hat blaues Haar und liebt es, Augen auszustechen.«

»Ah, vier Wichtel«, antwortete Holla. »Als hätte sie es nicht bereits geahnt.«

»Soll das ein Ja sein?« fragte der Ritter. »Wohin gingen sie?«

Holla schüttelte bedauernd den Kopf. »Ah, Holla weiß es nicht. Doch fragten sie nach einem Weg.«

»Welcher Weg? Wohin? Laß dir doch nicht jedes Wort einzeln aus der Nase ziehen!« drängte ihr Besucher.

Holla stieß unwillig die Luft aus. »Wird der grobe Mann Holla verlassen, wenn er seine Auskunft erhalten hat?«

Krieginsland grinste: »Wir werden sehen. Wo sind sie?«

Holla schwieg einen Augenblick lang. »Holla schickte sie ins *Land der mal sieben, mal acht Mühlen!*«

»In die Trugmark?« rief Krieginsland angewidert aus. »Das

fehlt ja gerade noch! Erwähnten die Wichtel, auf welchem Wege sie dorthin gelangen wollten?«

Sein Gegenüber hatte nur einen stummen, abweisenden Blick für ihn übrig. Der Kriegsmann zuckte die Schultern und murmelte: »Ist eigentlich nicht weiter wichtig. So viele Wege gibt es nicht, und am Ende laufen sie sowieso alle zusammen. Wahrscheinlich nehmen sie den Weg über Steckenstein und Stabhammer und dann am Stockum entlang bis nach Stockumsfurt.«

»Wird der unfreundliche Besuch nun wie versprochen weichen?« brachte sich Holla in Erinnerung.

»Hollala, Maid!« lachte Krieginsland von Hattenhausen. »An ein Versprechen kann ich mich gar nicht erinnern. So schnell sind wir beide auch nicht miteinander fertig. Bestimmt haben die Wichtel noch mehr erzählt. So ist es doch? Berichte mir alles, was du weißt.«

Holla schüttelte den Kopf. »Versprach der unerwünschte Gast nicht zu scheiden, sobald er wisse, was er nun weiß?«

»Komm mir nicht aufmüpfig, du Gans!« herrschte der Ritter sie an. »Auf der Stelle verrätst du mir, was du mir bislang vorenthalten hast!«

»Ah, so sei es«, erwiderte Holla mit funkelnden Augen. »Hören soll der schlechte Gast: Holla ist eine Hexe! Sie zählt mehr als siebenhundertsiebzig Herbste. Daran mag der Wortbrecher denken, wenn er geht.«

Krieginsland verschränkte die Arme vor der Brust. »Und wenn er es nicht tut, verrücktes Weib? Wenn er dein Häuschen niederbrennen läßt für diese dreisten Worte? Was ist denn dann?«

»Ah«, erwiderte Holla. »Ah! Das darf nicht sein. Kommt, meine Prinzlein, herbei meine Prinzlein!«

Krieginsland schüttelte mitleidig den Kopf. Was bildete sich das dumme Geschöpf jetzt wohl wieder ein? Welchen närrischen Träumen gab es sich hin?

Ein scharfes Knacken, gefolgt von einem Aufschrei, ließ Krieginsland zusammenfahren.

Er wirbelte herum und hielt verblüfft den Atem an.

Dort, wo sich gerade noch die Gänse gedrängt hatten, standen jetzt zwölf stämmige nackte Burschen mit schütteren Stoppelbärten und Stoppelhaaren. Ihre gesamte Haut war rötlichbraun, selbst die der Handflächen, und ebenfalls mit spärlichem Stoppelhaar bewachsen. Einzig die Augen strahlten in einem satten Gelb.

Vermutlich mehr aus Überraschung als mit Vorsatz hatte einer von Krieginslands Waffenknechten mit dem Schwert zugeschlagen. Die Klinge steckte fest in der Schulter eines der Burschen; dickes Blut quoll zäh, gar widerwillig und tröpfchenweise aus der Wunde. Den Verletzten schien es jedoch kaum zu kümmern.

Mit der Hand des gesunden Arms griff er bedächtig nach der Klinge, die der Waffenknecht vergeblich zu befreien suchte, und zerbrach sie mit den bloßen Fingern. Ihr längeres Stück schlug er seinem Angreifer so fest auf den Schädel, daß er barst und der Waffenknecht entseelt zu Boden sank.

Nun spuckte er ein paar Worte in einer Sprache aus, wie sie der Ritter noch nie gehört hatte. Knackende, knatternde Silben – durch und durch fremdartige Laute. Die anderen Gesellen antworteten in derselben unbekannten Sprache. Ein bißchen erinnerten die Stimmen noch immer an Gänsegeschnatter.

Sie verstummten und blickten abwartend zu Holla.

»Bei Monderlach!« rief Krieginsland erschrocken aus. »Welch schreckliche Geschöpfe des Schinderschlunds sind dir zu Diensten, Weib?«

»Ah! Daher stammen sie nicht«, widersprach Holla. »Einst waren die Prinzlein zwölf Tannenzapfen. Doch Holla hat sie in sieben mal acht Nächten großgezogen zu strammen Burschen! Derjenige, der jetzt hoffentlich gehen wird, hat doch wohl vernommen, daß sie eine Hexe ist.«

»Aber sie waren Gänse!« widersprach der Ritter, ohne nachzudenken.

»Nicht sofort«, erklärte die Hexe in einem leichten Singsang. »Doch die hölzernen Prinzlein wurden Holla mit der Zeit zur Last, da sie tagein, tagaus nichts anderes taten, als sich mit Angebereien und Lügengeschichten gegenseitig zu überbieten und Holla mit lüsternen Blicken zu verfolgen. So, wie es ganz offensichtlich die Art aller Tannen ist! Also gab ihnen Holla eine Gestalt, die besser zu ihnen paßt: die von schnatterndem Federvieh. Doch nun geht der Ritter, sofern er nicht mehr verlieren will, als er besitzt!«

Krieginsland ließ sich das nicht zweimal sagen. Er bestieg sein Pferd und befahl den Aufbruch. Am Waldrand, neben einer Tanne, deren Zapfen steil zum Himmel zeigten, wandte er sich im Sattel um. Die braunen Gesellen standen immer noch dicht beieinander, schubsten und stießen sich wie junge Flegel und verständigten sich mit ihren knarrenden Lauten. Die Hexe aber ließen sie dabei nicht aus den Augen.

29. Kobolde im Dorf der Hoffnungslosen und Verdammten

Die Vorfreude auf das Dorf der Hoffnungslosen und Verdammten erfüllte die Kobolde mit solcher Zuversicht, daß sie ohne zu ermüden die Nacht durchmarschierten und somit den Totenweiher bei Morgengrauen erreichten. Er war durch einen breiten Streifen Land vom Fluß getrennt und wahrscheinlich ausschließlich bei starkem Hochwasser mit ihm verbunden. Nebel schwebte über seiner Oberfläche und stieg nur zögerlich auf.

Wie geheißen gingen die Kobolde um das Ufer herum, bis sie zu drei Findlingen gelangten, die zu drei Vierteln im Boden versunken waren. Ihre Lage zueinander gab Anlaß zu der Vermutung, daß zwei von ihnen einmal aufrecht gestanden und zusammen mit dem dritten als Abdeckung einen großen Torbogen gebildet hatten, der sich zum Wasser hin öffnete. Das brachte Rempel Stilz sogleich auf einen Gedanken.

»Das Dorf soll doch angeblich nur manchmal erscheinen, oder? Wenn wir ein neues Tor errichteten, so hätte das vielleicht günstige Auswirkungen.«

Als Antwort trat Riette gegen einen der gut vier Arglang messenden Steine und gab ein fachmännisches Urteil ab: »Sehr schwer!«

Dem konnte Brams nur unumwunden zustimmen. Doch Rempel Stilz ließ sich dadurch nicht entmutigen. Er schulterte seine neue Axt und verkündete frohgemut: »Ich werde einfach ein neues Tor aus Holz errichten. Aber keiner von euch soll mir dabei helfen.«

Rempel Stilz arbeitete mit solcher Sorgfalt, daß er geschlagene drei Stunden mit dem Tor beschäftigt war. Besondere Mühe gab er sich mit dem oberen Bereich. Er legte nicht einfach nur einen Querbalken auf die beiden senkrechten Balken, was zur Folge gehabt hätte, daß dessen Maserung unschön rechtwinklig zur Maserung der Seitenpfosten verlaufen wäre, sondern setzte ihn so aus Einzelstücken zusammen, daß die Maserung keinen Knick machte und selbst ein mehr als flüchtiger Betrachter den Eindruck erlangen mußte, Rempel Stilz habe das Tor in einem einzigen Stück aus einem großen, massiven Holzblock herausgesägt.

Er war zu Recht stolz, als sein Tor endlich aufrecht stand.

»Keine Nägel, keine Schrauben, kein Leim«, erinnerte er alle Anwesenden strahlend. »Nur ein Zapfen hie und da und vor allem: alles gut verfugt.«

Nun stand also das neue Tor dort am Seeufer, wo sich einst das alte erhoben hatte. Doch nichts geschah.

Brams hatte jedoch auch nicht mit einer Veränderung gerechnet, jedenfalls nicht sofort. Er faltete die Hände über dem Bauch und sagte, um die Zeit zu überbrücken: »Ein kleines Optalon wäre jetzt nicht schlecht.«

»Was für ein Optalon denn?« erkundigte sich Rempel Stilz besorgt.

»Na das, wovon die Türen immer schwafeln«, erklärte ihm Brams. »Ein *Makkeron Optalon* oder ein *Ephipotmakkeron Optalon*. Meinetwegen auch ein *Hoplapoi Optalon*.«

»Und alles ohne Botenlohn«, reimte Riette.

Hutzel steuerte eine kleine Melodie bei. Binnen kurzem sangen beide ein seltsames Lied vom *Enkelsohn* eines *Fürstensohns*, der mit Spott und *Hohn* in einem Feld mit *Klatschmohn* ohne *Botenlohn* um seinen *Königsthron* gebracht worden war, so daß ihm nur noch ein *Lampion* aus Knet und *Ton* gehörte.

Mit einem Mal mischte sich eine fremde Melodie in ihr Lied ein. Zuerst war sie nur leise zu hören und fiel kaum auf, doch dann wurde sie lauter und griff immer unverschämter nach der Vorherrschaft, so daß Riettes und Hutzels kleines Liedchen sich schließlich anhörte, als sängen sie es nach einer falschen Melodie. Beide verstummten und überließen Trumscheiten, Schwegelpfeifen und Schalmeien das Feld.

Die neue Melodie kam aus dem See. Doch nicht aus seinen Tiefen, sondern von der Oberfläche, auf der verschwommen und wie durch dichten Nebel Häuser zu erkennen waren. Da man sie sowohl sah, wenn man durch Rempel Stilz' Tor hindurchschaute, als auch, wenn man an ihm vorbeiblickte, schien es keinen Anteil an der Erscheinung zu haben. Doch was machte das schon aus? Immerhin hatte seine Fertigung Rempel Stilz drei Stunden lang beschäftigt gehalten.

Brams klatschte zufrieden in die Hände. Das Dorf der Verdammten und Hoffnungslosen – denn was sollte es wohl anderes sein? – machte einen sehr viel einladenderen Eindruck als der Schiefersteinbruch mit dem Geisterhund, der sie hatte auffressen wollen, und die anderen Orte, die sie seither aufgesucht hatten.

»Immer frohgemut voran«, forderte Rempel Stilz seine Gefährten auf und durchschritt das Tor. Brams folgte ihm auf dem Fuße. Riette und Hutzel gingen beidseitig an dem Torbogen vorbei, so als wollten sie damit ausdrücken, daß sie ihm die Störung ihres Gesanges anlasteten.

Schon nach wenigen Schritten war von dem See nichts mehr zu sehen. Dafür schälten sich die Häuser immer klarer aus dem Nebel heraus. Binnen kurzem war das Dorf so wirklich wie jedes andere Dorf, an dem Brams und seine Begleiter vorbeigekommen waren. Es sah auch nicht wesentlich anders aus: Spitzgiebelige Häuser säumten die Dorfstraße. Hinter ihnen standen Scheunen auf Stelzen.

Ein Fest wurde in dem Dorf gefeiert! Blumengebinde schmückten die Häuser, Stühle, Tische und Bänke waren ins Freie gestellt worden, so daß die Dorfbewohner beisammensitzen konnten. Sie schwatzten, lachten und stießen mit großen Humpen miteinander an. Einige tanzten zur Musik der Spielleute, von denen Brams schon bald den Eindruck gewann, daß sie in einem fort dasselbe Lied spielten.

Die Luft roch würzig nach gebratenem Ochsen.

»Nirgends eine Fee zu erblicken«, nörgelte Riette und deutete auf die Tanzenden. »Die? Nie und nimmer!«

»Sie werden sich später zeigen«, versprach Rempel Stilz und schob seinen Anhang zu einem freien Tisch. »Wir müssen bestimmt nicht lange warten.«

»Das will ich hoffen«, erwiderte Brams, setzte sich und schaute sich um.

Die Ankunft der unerwarteten Besucher wurde von den Dorfbewohnern freundlich zur Kenntnis genommen. Sie schwenkten die Hand zum Gruße oder prosteten ihnen mit ihren Krügen zu, doch keiner setzte sich zu ihnen. Dagegen füllten sich die benachbarten Tische mit fröhlichen Festbesuchern.

Einer der Dorfbewohner stach aus der Menge heraus. Er saß etwa vierzig Arglang entfernt an einem breiten Tisch, der nur auf einer der Längsseiten bestuhlt war. Vermutlich war der Mann der wichtigste Bauer im Ort, da niemand mit solch verschwenderischer Pracht gekleidet war wie er. Glitzernde Edelsteine schmückten das dunkelbraune Wams, und eine Perücke aus gesponnenem Gold bedeckte sein Haupt. Links und rechts von ihm saß seine vielköpfige Familie: seine Frau, die Kinder, Geschwister, Eltern, Onkel und Tanten. Offenbar in Erwartung eines Mummenschanzes trugen sie alle Masken aus Elfenbein mit aufgemalten dunkelroten Lippen, hellroten Bäckchen, blauen Augen und schwarzen Augenbrauen.

Brams war nur recht, daß sich niemand zu ihnen setzen wollte. Denn solange sich nicht bestätigte, daß sie tatsächlich im Feenreich angelangt waren, hielt er lieber ein bißchen Abstand zu den Einheimischen. Daher war er nicht allzu erfreut, als eine üppige

Frau mit vier Krügen an ihren Tisch trat und sie vor ihnen absetzte.

»Trinkt und feiert mit uns, Gäste aus der Fremde«, sagte sie dabei.

Brams blickte in seinen Krug und erkannte zu seinem Leidwesen dickflüssigen roten Wein darin. Er entschied jedoch, nichts dazu zu sagen.

Riette hingegen beschwerte sich sogleich: »Ich denke, hier wird gefeiert und gezecht! Gibt es denn keine gute Milch? Was ist denn das für ein Fest?«

Die Frau, die – wie Brams erst jetzt entdeckte – Blutwürste als Ketten um den feisten Hals trug und Weißbrote als Schuhe an den Füßen, verzog angewidert das Gesicht: »Hier wird gefeiert und gezecht. Da trinkt man doch keine Milch!«

»Wohl!« beharrte Riette. »Wohl trinkt man sie. Nun bring uns welche!«

Die Frau dachte nicht daran. Geräuschvoll zog sie die Nase hoch und ging.

Rempel Stilz versuchte Riette zu beschwichtigen: »Genaugenommen sind wir ja nicht des Feierns wegen hier, sondern um die Feen zu treffen.«

Sonderlich überzeugend war er jedoch nicht. Statt einer Antwort blähte Riette die Backen und blies so heftig in ihren Krug, daß bald nicht nur sie, sondern ein jeder um sie herum mit Wein bespritzt war. Diesen Streich wollte keiner ihrer Gefährten unbeantwortet lassen! Nun wurde nach Herzenslust geblasen und geprustet, so daß schon nach kurzem der ganze Tisch im Wein schwamm und Nachschub verlangt werden mußte.

»Wein, mehr Wein! Bringt schnell mehr Wein!« krähten die Kobolde, als seien sie die Bezechtesten des ganzen Festes.

Soviel Lebensfreude machte die Frau mit den Würsten um den Hals äußerst zufrieden. »Na, ist das nicht besser als Milch?« fragte sie lächelnd und erreichte damit, daß alle Fröhlichkeit den Koboldstisch umgehend verließ.

Derweil wurde das Fest immer ausgelassener. Die Musikanten spielten zwar immer noch dieselbe Weise, doch lauter und schneller, so daß sich die Tanzpaare in Wirbelwinde verwandelten.

»Sie beschwindeln uns«, sagte Hutzel nach einigen Augenblicken des Schweigens düster. »Seht ihr die Scheunen dort drüben? Sie stehen nicht auf Stelzen wie alle anderen. Mutmaßlich deswegen, weil darin etwas ist, das nicht klettern mag. Ich spreche von Stallungen! Ich spreche von Kühen, vielleicht auch Ziegen, meinetwegen auch frisch gefohlten Stuten!«

»Laß die Ziegen beiseite«, erwiderte Rempel Stilz ruhig, »da sie bekanntlich klettern wie die Ziegen. Doch abgesehen davon scheint es naheliegend, richtig und vernünftig, deiner Vermutung unverzüglich auf den Grund zu gehen.«

»Klug ebenfalls!« fügte Riette hinzu und erhob sich.

»Und weitsichtig sowieso!« stimmte Brams zu.

Die vier Kobolde hatten mittlerweile zu viel Erfahrung im offenen Umgang mit Menschen gesammelt, um geradewegs zu der fraglichen Scheune zu huschen. Statt dessen nahmen sie sich bei den Händen, hüpften, tanzten, kreischten und benahmen sich so, wie man es nicht von jemandem erwartete, der etwas im Schilde führte.

So bewegten sie sich stetig auf den vermeintlichen Stall zu.

»Schnell rechts!« raunte Hutzel plötzlich und zerrte alle in ein Wohnhaus, dessen Tür weit offenstand. Was er damit bezweckte, war zunächst nicht ersichtlich, denn drinnen erwartete sie lediglich eine große Küche. Da Tisch, Stühle und Bank ins Freie getragen worden waren, wirkte sie leer. Nichts Auffälliges war zu erkennen. Vielleicht hätte der Berg kalter Asche in der Feuerstelle einmal beseitigt werden müssen, und vielleicht hätte es auch nicht geschadet, den überall fingerdick liegenden Staub wegzuwischen.

Doch schon kam des Rätsels Lösung. Hutzel eilte auf eine Kommode zu und zog eine bereits halboffene Schublade ganz heraus. Sie schien mit Kapuzenmänteln gefüllt zu sein.

Mit sichtlichem Behagen zog der Kobold eines der frisch gebügelten Kleidungsstücke heraus. Doch als es sich entfaltete, erwies es sich als Nachthemd. Das nächste ebenso.

Hutzel war enttäuscht.

»Man könnte es unten abschneiden und aus dem Rest eine Kapuze nähen«, schlug er wenig überzeugend vor.

»Dagegen spricht einiges«, erwiderte Rempel Stilz und ergriff den Stoff des Nachthemdes, das Hutzel gerade in Händen hielt, mit Daumen, Zeigefinger und Mittelfinger. Dann drückte er mit wenig Kraft zu, und schon bohrte sich sein Daumen mühelos durch den Stoff.

»Ganz schlechtes Tuch«, urteilte er.

»Nein, nein, das ist es nicht«, meinte Brams und schnüffelte an dem Nachthemd. »Es riecht stark moderig.«

Dagegen konnte Hutzel nichts mehr sagen.

Mißmutig raunte er: »Schnell in den Stall! Jetzt ist mir noch weit mehr nach einem ordentlichen Schluck Milch.«

Ein kurzer Blick durch die Haustür, um sicherzustellen, daß sie nicht beobachtet wurden – und schon waren die vier wieder im Freien!

Bereits vom Tisch aus hatte Brams bemerkt, daß der mutmaßliche Stall außer dem großen Vordertor, das schwerlich ohne Aufsehen hätte geöffnet werden können, noch eine kleinere Tür an der Längsseite besaß. Dieser Eingang war das nächste Ziel.

Auf ähnlich unauffällig-auffällige Art wie zuvor begaben sich die Kobolde dorthin. Wieder warteten sie einen günstigen Augenblick ab, bis sie die Tür öffneten und hindurchschlüpften.

Ein Halbdunkel erwartete sie. Das Licht, das durch zahllose Fugen in den Bretterwänden hereinfiel, zeichnete ein Gitter auf Boden und Wände.

Der Stall war mindestens zweigeteilt, und der Bereich, den Brams und seine Gefährten betreten hatten, war erstaunlich leer. Die meisten Haken an den Wänden, an denen eigentlich allerlei landwirtschaftliche Werkzeuge, Seile oder Ketten hätten hängen sollen, waren unbelegt. Viele waren abgebrochen, und an den wenigen, die überhaupt ihren vorgesehenen Zweck erfüllten, hingen Schrott und Gerümpel: völlig verrostete Sensen und Heugabeln und ein Kummet mit aufgeplatztem Leder.

Unter den leeren Haken reihten sich zerschlagene Fässer, zerbrochene irdene Gefäße und verrottete Strohkörbe nebeneinander.

Brams standen die Haare zu Berge vor soviel schändlicher Vernachlässigung. Dieser Ort war ein Ort des Grauens für jeden redlichen Kobold! Die Dorfbewohner mochten zwar nach außen hin freundlich sein, doch wie sie wirklich waren, das sah man hier.

»Wie kann man nur!« spuckte Rempel Stilz ganz außer sich aus, als er nach einem morschen Melkeimer für die erhoffte Milch griff und dieser in seiner Hand zerfiel. »Ist es denn zuviel verlangt, sich ein wenig darum zu kümmern, daß alles in Schuß bleibt? Einölen, Rost entfernen, darauf achten, daß nichts im Feuchten steht, ein Mindestmaß an Pflege – das ist doch wahrlich keine große Mühe!«

»Schnell weiter!« drängte Hutzel mit Abscheu in der Stimme und hielt auf einen Durchlaß zu, der in den benachbarten Bereich des Stalls führte.

Von dort kam ein Laut, auf den die Kobolde gehofft hatten: Muh!

Doch in ihrer gegenwärtigen Stimmung bedeutete er ihnen nicht halb soviel, wie er es hätte sollen.

Hinter dem Durchlaß lag der ganze Rest des Stalls. Er war durch Trennwände in einzelne Abteile unterteilt. Nur zwei waren belegt. In diesen standen Kühe. Beide hatten offenkundig schon einmal ganz erheblich bessere Zeiten erlebt.

Denn heutzutage bestanden sie nicht einmal mehr aus Haut und Knochen, sondern ausschließlich aus Knochen.

Dennoch schauten sie neugierig aus leeren Augenhöhlen zu den Neuankömmlingen herüber, während ihre fleischlosen Kiefer mahlten.

Sie waren Gerippe, die sich nach wie vor bewegten.

»Nie und nimmer sind das Feen!« sagte Riette sogleich. Jeder verstand, daß sie damit nicht die Kuhgerippe meinte.

»Keine Euter«, stellte Hutzel sachlich fest. »Na, da kann man natürlich nichts mehr melken! Offensichtlich wurden wir doch nicht beschwindelt. Sie haben keine Milch. Gehen wir eben wieder zu unserem Tisch zurück!«

Wie im Traum trottete Brams hinter ihm her. Zum einen wunderte er sich darüber, wie gelassen Hutzel die Entdeckung der Skelettkühe hinnahm, zum andern wunderte er sich über sich selbst. Hätte er nicht etwas Bedeutendes sagen sollen? Diese Kühe waren schließlich ein sehr ungewöhnlicher Anblick. Doch ihm fiel nichts Erwähnenswertes ein.

Plötzlich rief Riette: »Kommt schnell her! Das müßt ihr euch dringend ansehen!«

Sie war beim Vordertor des Stalls stehengeblieben und blickte durch ein Astloch ins Freie.

Wie meistens, wenn Brams dazu aufgefordert wurde, sich etwas sogleich und unbedingt anzusehen, kam er der Aufforderung ohne einen weiteren Gedanken nach. Er stellte sich neben Riette und hielt das Auge an die Fuge zwischen zwei Brettern.

Trotz der kurzen Zeit, die seit ihrer Abwesenheit verstrichen war, hatte sich das Dorffest auffällig verändert. Die Musiker trieben die Tanzenden inzwischen mit einer solchen Besessenheit an, daß sie im aberwitzig schnellen Wechsel ihrer Schritte kaum noch zu erkennen waren. Zudem schienen sie bei ihrem Tanz Schmuck oder ähnliche Dinge zu verstreuen.

Viel aufsehenerregender war aber das, was mit den Festbesuchern geschah, die weiter an den Tischen rasteten.

Sie vermoderten nämlich.

Zunächst fiel ihnen die Kleidung in Fetzen vom Leib, anschließend das Fleisch in Brocken. Grauweiße Knochen traten zutage, und strahlende Gesichter verwandelten sich in grinsende Totenköpfe.

Doch ungeachtet dessen benahmen sie sich so, als habe alles seine Richtigkeit. Ihre Knochenhände griffen nach den Krügen, führten sie zu den geöffneten Kiefern, an denen nur kärgliche Reste von Fleisch hingen, und gossen den Inhalt ins Leere.

»Auch wenn ich mich wiederhole«, sagte Riette. »Kackpuh! Das sind keine Feen.«

Dem wollte Brams nicht widersprechen. »Wir sollten möglichst schnell hier verschwinden. Doch wie? Hat jemand Vorschläge?«

»Vom Tisch aus war Rempel Stilz' Tor nach wie vor zu sehen«, wußte Hutzel. »Offenbar ist es doch zu etwas nutze. Laßt uns auf eine günstige Gelegenheit warten und es dann zur Flucht aus dem Dorf benutzen.«

»Mein Tor ...«, wiederholte Brams gedankenverloren, stutzte und schlug sich plötzlich in die Hände. »Endlich weiß ich, was hier falsch ist!«

»Hier ist vieles falsch, Rempel Stilz«, belehrte ihn Brams sanft.

»Aber weißt du auch, was?« erwiderte Rempel Stilz begeistert. »Nichts ist ordentlich verfugt! Eigentlich müßten die Gerippe auseinanderfallen. Weder Sehnen, Bänder oder Ketten halten ihre Knochen zusammen. Nicht einmal Scharniere oder Verstrebungen verbinden sie. Bewegen dürften sie sich schon gar nicht. Woher soll da eine Hebelwirkung kommen? Wie soll sie übertragen werden? Da ist einfach nichts! Aber sie verhalten sich so, als sei noch immer alles vorhanden, was doch längst fehlt. Wobei ich mich frage, ob das ebenfalls bedeutet ...«

»Vielleicht ist es ein Optalon«, unterbrach ihn Riette.

Alle sahen sie verständnislos an.

Riette blickte zu Boden, scharrte verlegen mit einem Fuß und verwandelte modriges Stroh in kleine Staubwölkchen. »Ich dachte, daß es vielleicht etwas Ähnliches sei wie bei den Türen. Die kann man schließlich auch öffnen, ohne daß je ein Kobold Scharniere oder Türangeln entdeckt hätte.«

Rempel Stilz lachte. »Ein *Optalon Knocheron* sozusagen?«

Krachend bohrte sich in diesem Augenblick knapp neben ihm ein dicker Balken in den Boden.

Ein Blick zur Decke belehrte alle, daß die Vermoderung nun auch den Stall erreicht hatte. »Schnell raus!« befahl Brams. Hier waren sie nicht länger sicher.

Doch draußen wurden sie bereits erwartet. Wie ein Wall versperrten die Gerippe den Weg zu Rempel Stilz' Tor.

Eines von ihnen hob an zu sprechen. Man konnte leicht erraten, daß es zuvor an dem auffälligen Tisch gesessen hatte, da es noch immer eine goldene Perücke und eine bemalte Maske trug.

»Den falschen Weg habt ihr gewählt, törichte Menschlein«, verkündete es. »Nun erwartet euch nur noch schnelles Verderben!«

»Wir sind überhaupt keine Menschen, du Kackpuh!« brüllte Riette erbost. »Wir sind Kobolde!«

»Kopoltrier«, flüsterte Brams rasch.

»Vom Volke des Schwarzen und Roten Königs?« gab das Gerippe mit dem Goldhaar argwöhnisch zurück.

Vor Verblüffung vergaß Brams, den Mund zu schließen.

Durch die Knochenleute war ein sichtlicher Ruck gegangen. Wiewohl ihr Anführer gerade noch schnelles Verderben angekündigt hatte, schienen plötzlich weder er noch sie allzu begierig zu sein, diesem Versprechen Taten folgen zu lassen.

Als scheuten diese Alptraumgestalten vor etwas noch Bedrohlicherem zurück!

Ihr verändertes Verhalten wirkte nicht minder unheimlich auf Brams, und er war sich nicht sicher, ob ihm diese Wende gefiel.

Verstohlen flüsterte er seinen Gefährten zu: »Kennen wir einen schwarzen und roten König?«

»Ich kenne nur den Guten König Raffnibaff«, gab Rempel Stilz leise zurück. »Doch *rot wie Raffnibaff* oder *schwarz wie Raffnibaff* ist mir beides kein Begriff.«

»Er könnte einen anderen König von uns meinen«, wisperte Hutzel. »Nur weil der Gute König Raffnibaff unser letzter war, muß er ja nicht unser einziger gewesen sein.«

»Das ist wahr! Meinst du wirklich, daß wir noch einen weiteren König hatten?« fragte Brams neugierig.

»Vielleicht verwechselt er uns«, gab Riette ihr Teil dazu. »Immerhin darf einer wie er zu Recht Hohlkopf genannt werden.«

»Auch möglich«, räumte Brams ein. »Doch im Augenblick scheint uns dieser Irrtum zu nützen.« Er nahm seinen ganzen Mut zusammen und trat einen Schritt auf die Gerippe zu. Laut rief er: »Gewißlich sind wir vom Volk des Schwarzen und Roten Königs. Von welchem denn sonst? Bibbert also, Klappergestelle, und macht schleunigst den Weg frei! Denn wehe, wehe, sonst müssen wir euch zerschlagen wie altes ... na, ihr wißt schon was!«

Ein Rascheln ging durch die Gerippe. Zu Brams' Mißvergnügen hörte es sich leider nicht wie Furcht an, sondern beinahe wie ein Lachen.

»Vergeudete Worte, törichter Kobold«, schnarrte das Gerippe mit der Goldperücke. »Weiß du nicht, daß einzig der Träger des Zerbrochenen Schwertes uns schaden kann?«

»Wenn's weiter nichts ist«, sprach Rempel Stilz laut und reichte Brams seine Axt. Dann griff er in den Kapuzenmantel und holte die Einzelteile seines zerlegten Schwertes heraus. Er hielt sie hoch, damit sie auch jeder sehen konnte.

Unverzüglich wich der gesamte linke Flügel der Gerippe klappernd zurück.

Eine angespannte Stille herrschte, in der das metallene Schnappen vom Zusammensetzen des Schwertes überlaut herausklang. Rempel Stilz hatte es nicht gerade eilig, sein Werk zu vollenden. Er ließ sich Zeit, sehr viel Zeit.

Urplötzlich brüllte der Anführer der knöchernen Horde: »Törichte Gerippe! Das ist nicht das zerbrochene Schwert.«

»Ich mußte es einfach versuchen«, entschuldigte sich Rempel Stilz bei seinen Kameraden, während er die Klingenstücke wieder in seinen Innentaschen verstaute.

»Das war kein schlechter Einfall«, lobte ihn Brams. »Auch wenn er leider nicht verhindern kann, daß sie gleich über uns herfallen werden. Weiß jemand einen Ausweg?«

Hutzel, Riette und schließlich sogar Brams selbst schüttelten verneinend den Kopf.

»Ich habe noch einen weiteren Plan, aber er ist noch nicht ganz fertig«, erklärte Rempel Stilz zögernd.

»Wirst du ihn beenden können, wenn ich dir etwas Zeit verschaffe?« fragte ihn Hutzel ernst.

»Bestimmt«, versprach Rempel Stilz. »Ich meine wohl.«

»Gut«, antwortete Hutzel, richtete sich auf, drückte die Brust heraus und schickte sich an, mutig auf die Gerippe zuzugehen. Doch Riette legte die Hand auf seine Schulter und hielt ihn zurück: »Halte ein, Hutzelbrenner! Ich werde das übernehmen. Ich habe nämlich einen unglaublich tollen Plan.«

Hutzel ließ ihr zaudernd den Vortritt.

Riette wandte sich statt seiner an die Gerippe. Sie hüpfte ein Stück auf sie zu und rief: »Hört, törichte Memmengerippe! Ich bin Riette, die schrecklich Schlimme! Ein Zweikampf soll unser Schicksal entscheiden. Ich fordere euch zu einem Kampf Mann gegen... nein, das paßt nicht... ein Kampf Gerippe gegen... das klingt richtig kackpuh... Koboldin gegen?... hm, hm, hm... Halt, jetzt weiß ich es! Ding gegen Kling! Ihr seid Ding, ich bin Kling!... Ein Kampf Kling gegen Ding! Aber vergeudet meine Zeit nicht mit einem schwächlichen Nichtsnutz, der mich nur langweilen würde! Schickt mir euren Größten, am besten euren Allergrößten!«

Brams winselte: »Mußte es denn wieder der Allergrößte sein?«

»Kein anderer!« flüsterte Riette bösartig lächelnd. »Wie ich sagte, habe ich einen ganz tollen Plan. Der Größte hat nämlich die längsten Beine!«

»So sei es!« antwortete der Anführer der Gerippe mit einer Stimme, wie sie verlogener nicht klingen konnte. »Ein Zweikampf soll euer Schicksal entscheiden.«

Er machte eine Handbewegung, auf die hin sein knöchernes Gefolge eine Gasse bildete. Durch diese schritt, was zweifellos und ohne Lüge der größte Kämpfer war, der ihm unterstand. Er maß fast drei Arglang!

Zu Lebzeiten mußte Riettes Gegner ein muskelbepackter Riese und stark wie ein Stier gewesen sein.

Brams sank das Herz in die Hose. Arme Riette!

Riette jauchzte. »Wunderbar!«

Mit einem kriegerischen »Huhu!« rannte sie auf ihren Gegner zu – und zwischen seinen langen Beinen hindurch.

Wie sich schnell in der Wiederholung zeigte, war diese Vorgehensweise offenbar der Hauptbestandteil ihres *tollen* Plans: Sie sauste zwischen den Beinen des Gerippes hindurch, wartete, bis es sich umgedreht hatte, und tat dann dasselbe rückwärts.

Den Unhold ließ dieses Treiben immer gereizter werden, was ihm trotz eines völligen Mangels an mimischem Ausdruck deutlich anzumerken war. Als er Riettes Spiel begriffen hatte, versuchte er sie zu packen. Nun enthüllte sich der Weitblick von Riettes Plan. Da das Gerippe so groß war, mußte es sich sehr tief hinunterbeugen – eine Stellung, in der es erheblich weniger wendig war. Daher lief die Koboldin kurzerhand um es herum. Als nächstes versuchte es sie zu treten. Doch der schwarzbekuttete Blitz war viel zu schnell dafür.

Jedenfalls zu Anfang.

Brams, und nicht nur Brams, merkte nach einiger Zeit, daß das Gerippe offenbar nicht ermüdete. Ganz im Gegensatz zu Riette, der es immer schwerer fiel, den Händen und Füßen auszuweichen.

Schließlich hatte sie genug. Sie hastete zu ihren Gefährten zurück und keuchte eine letzte Drohung: »Paß gut auf, Memmengerippe! Nun wird dich der schreckliche Brams das Fürchten lehren!«

»Ich?« quiekte Brams überrascht. Mit einem Mal fühlte er sich wie nackt.

Doch bevor er seinen Schrecken überwunden hatte, beruhigte ihn Rempel Stilz: »Laß gut sein, Brams. Ich bin jetzt bereit!«

Und schon schritt Rempel Stilz auf das Gerippe zu.

»Die linke Hand, wenn ich bitten darf«, sagte er freundlich.

Augenblicklich schlug der fahle Knochenmann nach ihm.

Rempel Stilz war auf diesen Hieb vorbereitet. Er sprang zur Seite, wobei er jedoch kurz das Handgelenk des Gerippes berührte. Was immer er damit bezweckte, schien ihm jedoch nicht ganz gelungen zu sein. Er schüttelte den Kopf und sprach: »Das war wohl nichts. Wenn ich nochmals um die Linke bitten dürfte?«

Das Gerippe ließ ihn nicht lange warten. Auf einen furchtbaren Hieb seiner Rechten folgte einer mit der Linken.

Wieder berührte Rempel Stilz beim Ausweichen das Handgelenk.

»Was tut er?« flüsterte Brams.

»Ich weiß nicht«, erwiderte Hutzel. »Irgend etwas mit seiner Hand. Da schau, Brams!«

Nun konnte man die Früchte von Rempel Stilz' Bemühungen erkennen. Die linke Hand des Gerippes stand unbeholfen ab und ließ sich augenscheinlich nicht wieder in die richtige Lage bringen.

»Das Geheimnis der Handwurzelknöchelchen«, verkündete Rempel Stilz stolz.

»Ich weiß, was er macht!« zischte Hutzel.
»Ich auch«, antwortete Brams. »Er verkantet seine Knochen!«
»Phase zwei!« verkündete Rempel Stilz und stellte sich vor das Gerippe.
»Buh!« schrie er plötzlich und täuschte einen Schritt zur Seite vor. Das Gerippe versuchte ihn zu packen, doch schon rannte Rempel Stilz wie vor ihm Riette zwischen seinen Beinen hindurch. Auf der anderen Seite griff er blitzschnell nach dem Rückgrat und verdrehte einen der Wirbel.
»Urrrch!« brüllte das Gerippe und verharrte bewegungsunfähig in gekrümmter Stellung.
»Das kommt davon«, spottete Rempel Stilz. »Völlig schlecht verfugt!«
Er eilte zurück zu seinen Gefährten. »Wie ich euch bereits sagte: Sie bewegen sich, als besäßen sie noch immer Sehnen und Bänder. Doch es gibt einen wichtigen Unterschied: Man kommt jetzt viel besser an den ganzen Rest heran.«
»Sehr schön«, lobte ihn Brams. »Auf sie, Kobolde! Macht sie fertig! Drei Äpfel und fünfzehn Birnen!«
Jetzt zeigte sich, was vierzig flinke Koboldfinger auszurichten vermochten, wenn ihre Besitzer wußten, wo sie zu ziehen, zu schieben, zu drehen oder zu schrauben hatten.
Her mit der Kniescheibe!
Herumgewirbelt den Lendenwirbel!
Heraus aus dem Gelenk mit dem Oberschenkelknochen!
Im Handumdrehen waren die meisten Gerippe vertrieben. Die anderen, die nicht entkommen konnten, legten mit seltsam verrenkten Stellungen Zeugnis ab für koboldisches Geschick.
Die vier Kobolde rannten zum hölzernen Tor. Kaum war der letzte hindurch, da verschwand das Dorf der Verdammten und Hoffnungslosen mit einem langen, gequälten Stöhnen.
Nur noch der See war wieder zu sehen.
Mit einem kräftigen Tritt stieß Rempel Stilz das Tor um. Es zerbrach im Fallen in drei Teile. Seltsamerweise kamen sie fast in derselben Anordnung am Seeufer zu liegen wie die drei Findlingsblöcke.

30. Vom Ende aller Hexerei

Auf der entfernten Seite der Lichtung stand das blaue Holzhäuschen. An seinen Wänden hingen große Strohkränze. Sobald Wind und Wetter ihnen ausreichend lange zugesetzt hätten, würden sie abgenommen werden und zusammen mit dem Grabkraut, dem Wasserschierling, den Goldregen-, Seidelbast-, Bilsenkraut- und Sturmhutblüten, die gegenwärtig noch die Tür des Häuschens verzierten, wertvolle Zutaten für mancherlei nützliches Hexenwerk abgeben. Sie würden Abhilfe schaffen bei Herzstechen, dem Zipperlein, bei Frauenbeschwerden und auch manch unliebsam gewordenem Gemahl. Doch ihre Zeit war noch nicht gekommen.

Nur wenig entfernt von Hollas Haus hatte jemand einen Ring aus großen Lehmkugeln auf der Lichtung ausgelegt. Holla stutzte.

»Holla hat das nicht getan«, sagte sie verwundert und setzte den Korb mit den frisch gesammelten Pilzen und Beeren ab. Sie beugte sich nieder und berührte eine der Kugeln. Sie war ganz heiß.

Wer mag diesmal hiergewesen sein? dachte Holla verstimmt. Gewiß sind abermals die Kobolde der Grund. O, hätte Holla nur geahnt, wieviel Aufregung und Scherereien sie mit sich brächten! Nimmermehr hätte sie den launischen Erdgeistern ihr Ohr geliehen. Nimmermehr! Ein ruhiger Flecken war hier gewesen – einst, bevor sie zu ihr kamen.

Unzufrieden strich sie über ihr Kleid, das wegen der Vielzahl toter Fliegen knisterte.

»Du mußt die sein, die hier wohnt«, sprach plötzlich eine fremde Stimme.

Holla sprang auf und erblickte neun Männer und Frauen mit blutroten Umhängen. Schwarze und rote Zickzackmuster waren in die Haut ihrer Gesichter und haarlosen Schädel eingeritzt. Wenn sie den Mund öffneten, entblößten sie spitz zugefeilte Zähne.

Ah, das kann nichts Gutes bedeuten, dachte Holla und klatschte vorsichtshalber in die Hände. »Kommt, meine Prinzlein, herbei meine Prinzlein!«

Doch weder die Tannenzapfenkerle folgten ihrem Ruf noch die Gänse. Niemand kam.

Holla blickte sich sorgenvoll um. Wo waren sie?

»Meinst du vielleicht die?« fragte einer der Männer mit den spitzen Zähnen und zerschlug eine Lehmkugel mit dem Stab.

Ein Geruch nach gebratener Gans stieg auf.

»Es erschien mir eine gute Tat, sie unserem Gott zu opfern. Wie ich nun vermute, war es auch sehr weise.«

»Ah, mein Prinzlein!« jammerte Holla. »Hat es das verdient?« Sie funkelte den Fremden an. »Weiß er nicht, daß Holla eine Hexe ist, die schon siebenundsiebzigmal den Frühling sah? Ahnt er nicht, daß es gefährlich ist, sie zu reizen?«

»Hexe oder nicht Hexe«, antwortete ungerührt derselbe wie zuvor. »Gib uns die Auskunft, die wir wünschen, und wir werden dich unbehelligt verlassen. Gib sie uns nicht, so opfern wir dich ebenfalls.«

Er zerschlug eine weitere Lehmkugel. Der Geruch nach gebratener Gans verstärkte sich, doch nun kam auch noch der von geschmorten Äpfeln hinzu.

Trauertränen flossen aus Hollas Augen: »Dann sollen auch sie die immergleiche Antwort erhalten, die Holla einem jeden bisher gab und vielleicht noch vielen weiteren künftig geben wird: Die vier Kobolde sind ins wankelmütige Land aufgebrochen, das mancher auch das *Land der mal sieben, mal acht Mühlen*, Verschwindibusien, Trugmark oder Verschollenhausen nennt.«

»Ich weiß nichts von Kobolden«, antwortete der Sprecher der Fremden und zupfte eine tote Fliege von Hollas Kleid. Vorsichtig biß er hinein, spie sie aber sogleich wieder aus und murmelte: »Abscheulich! Ich hielt sie für eine Perle.«

Es dauerte einen Augenblick, bis sich Holla von ihrer Überraschung erholt hatte. »Sie suchen nicht die Kobolde? Wen suchen sie dann? Suchen sie vielleicht den Mann mit dem Strick um den Bauch und seinen lüsternen Begleiter?«

»Nein«, scholl es aus neun Kehlen zurück.

»Suchen sie vielleicht den Ritter und seinen lüsternen Knappen?«

»Nein«, erklang es abermals.

»Suchen sie vielleicht den überheblichen Reiter und seine kriegerische Schar?«

»Nein«, ertönte es zum dritten Mal.

Nun war Holla ratlos. »Ah, wen suchen sie denn dann?«
Ihr Gegenüber setzte eine grimmige Miene auf, was ihn noch hundertmal abstoßender erscheinen ließ. »Wir suchen nicht zwei, nicht vier und auch keine Schar. Wir suchen einen einzelnen Mann. Einen kleinen Mann, der mir kaum bis zum Schenkel reicht. Man nennt ihn den Furchtbaren Frevler, den Götterdieb, doch er selbst nennt sich nur Brams.«

Als er den Namen des Kobolds aussprach, verfielen seine Gefolgsleute in schrilles Geheul.

Sie spuckten aus und brüllten »Götterdieb« und »Frevler« und immerzu: »Spratzquetschlach! Spratzquetschlach! Spratzquetschlach!«

31. Verirrt im Wald der Verlorenen

Der Tag neigte sich seinem Ende zu. Die Schatten wurden rasch länger, und die eben noch geschäftigen Bienen flogen geschwind in ihre Stöcke zurück. Einzig die Hummeln bummelten wie gewöhnlich.

Jeder Schritt brachte die Kobolde näher zu dem Fichtenwald, der ihnen empfohlen worden war.

Kopfschüttelnd sagte Hutzel ihre übliche Ansprache auf: »Wir suchen einen übel beleumundeten Ort, um den viele einen großen Bogen machen. Mancher kehrte nicht wieder von ihm zurück, und die, die es dennoch schafften, waren verstört und berichteten seltsame Dinge.« Er zupfte dabei an dem frischen Riß in seinem

Kapuzenmantel: »Ich begreife noch immer nicht, wie man darunter verstehen kann: Wo bitte geht es zu den Wildschweinen, die immer dann besonders angriffslustig werden, wenn sie wieder einmal das gärende Fallobst gefressen haben?«

Brams klopfte ihm mitfühlend auf die Schulter: »Vielleicht wollten sie uns nur einen Streich spielen?«

»Einen ähnlichen Streich wie die Leute, die uns zu dem See schickten in der Annahme, wir würden bis zum Winter warten und ihn genau dann überqueren, wenn das Eis noch nicht trägt?« erwiderte Hutzel zweifelnd.

»Unsere Sätze sind zu lang! Sie haben zu viele Wörter«, behauptete Rempel Stilz. »Bis wir zu *verstört* und *berichten seltsame Dinge* kommen, glauben sie längst, wir suchten einen beliebigen Ort, den sie selbst gerne meiden. Den Rest beachten sie dann gar nicht mehr.«

»Nein, nein«, wiegelte Brams ab. »Wenn du recht hättest, so hätten uns die beiden Schwestern nicht zu ihrem Onkel geschickt, der den schlechten Schnaps brennt. Denn der wirkte sehr verstört und berichtete ausschließlich seltsame Dinge. Aber nicht die, die wir meinten.«

»Außerdem war er kein Ort«, ergänzte Riette. »Nie und nimmer war er das!«

»Das kommt erschwerend hinzu«, sprach Brams mit ernstem Nicken.

Hutzel seufzte: »Es kann doch nicht so schwer sein, spurlos zu verschwinden! Doch vielleicht gibt es hier weit und breit kein Tor, und Holla hat uns einen Streich gespielt?«

»Holla hat einen Handel mit ihnen gemacht«, erinnerte ihn Brams empört, wobei er sofort in die Redeweise der Hexe verfiel.

»Hutzel weiß das«, erwiderte Hutzel auf die gleiche Art. »Aber vielleicht hat sie ihnen dennoch einen Streich gespielt.«

»Aber ... aber ... das wäre doch ...«, stammelte Brams verstört.

»Klug gehandelt wäre das nicht«, meinte Riette. »Denn dann müßten die Kobolde zu ihr zurückkehren, ihr das Kleid wieder abnehmen und ihr einige saftige Streiche spielen.«

»Sie sollten ...«, unterbrach Rempel Stilz und räusperte sich.

»*Wir* sollten auf jeden Fall zu ihr zurückkehren, wenn sich erweist, daß der Wald abermals ein Irrweg ist. Sie soll uns eben zeigen, wo das Tor ist. Wir haben ja auch nicht ihr Kleid versteckt. Notfalls drohen wir ihr, sie gegen einen Balg auszutauschen.«

Etwas später hatten die vier den Wald erreicht. Wie angekündigt, teilte sich der Weg.

»Links oder rechts?« fragte Rempel Stilz und entschuldigte sich sofort. »Ich habe leider nicht genau zugehört.«

»Wenn Brams zugehört hat, so reicht das doch völlig aus«, beruhigte ihn Riette und scharrte mit dem Fuß. »Und, Brams, wohin?«

»Gewiß reicht das aus«, wiederholte Brams und beglückwünschte sich dafür, daß er wenigstens sein Erstaunen für sich behalten hatte, als sich der Weg völlig unerwartet geteilt hatte.

Pfiffig und geistesgegenwärtig – ja, das bin ich, lobte er sich. Doch was sollte er jetzt antworten? Wo ging es weiter, rechts oder links?

Brams überspielte sein Unwissen mit lautem Lachen. »Wenn ihr mich nicht hättet! Rechts natürlich!«

»Rechts?« sagte Hutzel sogleich erstaunt. »War es nicht links?«

»Du meinst links?« fragte Brams wachsam nach. »Wirklich nicht rechts?«

»Ach, was werde ich«, wehrte Hutzel sofort entschieden ab. »Ich meinte nur, es könnte so sein. Vielleicht ist es auch der linke Weg. Aber wahrscheinlich hast du recht. Bestimmt hast du recht. Schließlich merkst du dir solche Dinge ja stets. Es ist natürlich links.«

Links? Brams starrte ihn einen Augenblick lang unsicher an. Doch schon stahl sich ein verschmitztes Lächeln auf Hutzels Gesicht. »Hereingefallen, rechts natürlich!«

Brams war nun ganz verwirrt und zudem fest davon überzeugt, daß der rechte Weg der linke und der falsche Weg der rechte war. Doch wie sollte er den anderen seinen plötzlichen Sinneswandel erklären, ohne sich eine Blöße zu geben?

Vielleicht war der rechte Weg ja nicht ganz falsch, sondern nur ein bißchen. Haarknapp vorbei? Notfalls müßten sie eben beide

Wege gehen. Erst den einen, dann wieder zurück, danach den anderen. Und je zügiger sie das taten, desto besser.

Vor dem Betreten des Fichtenwaldes mußten jedoch noch einige Verhaltensweisen abgesprochen werden. Diese Vorgehensweise hatte sich längst als sinnvoll erwiesen, angesichts dessen, daß bislang überall, wo angeblich ein Feentor sein sollte, etwas anderes und oft Gefährliches gewartet hatte.

Brams erhob aufmerksamkeitheischend die Stimme: »Wahrscheinlich sind wir sowieso wieder auf der falschen Fährte. Was tun wir, wenn im Wald bloß ein menschen- oder koboldfressender Bär wohnt?«

»Riette wird ihn mit ihrem ekelhaften Schrei vertreiben«, antworte Hutzel unverzüglich.

Die Koboldin nickte erstaunlicherweise, ohne Anstoß an seinen Worten zu nehmen.

Brams wunderte sich. Nach einigen Wimpernschlägen ging er zur nächsten Frage über: »Angenommen, im Wald fallen die Bäume um?«

»Warum sollten sie?« wandte Hutzel ein.

»Morsch, Windschaden, Käferfraß. Das übliche eben«, erwiderte Brams.

»Schnell wieder zurückrennen«, wußte Riette zu antworten.

Brams nickte. »Richtig!… Nun nehmen wir an, der Boden sei unterhöhlt. Er bricht plötzlich ein, und einer von uns verschwindet in einem tiefen, schwarzen Loch?«

»Leiter bauen!« rief Rempel Stilz mit erhobener Hand. »Werkzeugvergleich!«

Alle vier packten ihre mitgeführten Werkzeuge aus, um zu überprüfen, ob einer von ihnen ein Einzelstück besaß, das die anderen nicht hatten. Die zweiblättrige Axt war jedoch der einzige Gegenstand, den es nur einmal gab.

»Wenn jetzt Rempel Stilz in das Loch fällt?« fragte Riette daher und deutete auf die Axt.

»Ich reiche als erstes die Axt nach oben«, erklärte Rempel Stilz. »Brams kann dann einen Baum fällen.«

»Wenn das Loch aber zu tief dafür ist?« hakte Riette nach.

»Hm?« antwortete Rempel Stilz zögernd. »Ich werfe sie hoch? Doch zuvor rufe ich: Vorsicht, Axt kommt!«

»Genau!« sagte Riette. »Vorsicht, Axt kommt!«

Sie schien zufrieden, doch plötzlich fiel ihr noch etwas ein. »Wenn nun aber ein Riese im Wald lebt?«

»Es gibt keine Riesen im Wald«, erwiderte Brams.

»Falls aber doch?«

Hutzel kicherte. »Sobald wir ihn entdecken, halte ich Riettes Mund zu, damit sie ihn nicht herausfordern kann.«

Brams und Rempel Stilz lachten. Riette fand den Scherz nicht ganz so gelungen.

Damit schien für alle Eventualitäten vorgesorgt.

»Es wird nicht heller werden, wenn wir noch länger warten«, drängte Brams und schlug mit einem bedauernden Seufzen den falschen, rechten Weg in den Wald ein.

Äste streiften über die Köpfe der vier Wanderer, und lange Nadeln blieben in ihren Haaren hängen. Abdrücke in der weichen Erde des Weges kündeten davon, daß er aus irgendwelchen Gründen öfter benutzt wurde, als eigentlich zu erwarten war. Das wiederum unterstützte Brams' Ansicht, daß der Weg der falsche war.

Er rang mit sich. Sollte er wirklich bis zum Ende des Waldes warten, bis er seinen Gefährten gestand, daß er sie auf den falschen Weg geführt hatte? Sollte er nicht lieber gleich die Wahrheit sagen?

»Es wird heller«, riß ihn Hutzel nach einiger Zeit aus seinen Gedanken.

»Das ist nicht verwunderlich, Hutzel«, erklärte Rempel Stilz sofort. »Wahrscheinlich gehen wir bergauf, so daß der Wald lichter wird und man mehr vom Himmel sieht.«

»Wir gehen aber gar nicht aufwärts«, widersprach Riette.

»Vielleicht ist es so schwach, daß man es gar nicht merkt«, schlug Rempel Stilz vor.

Brams achtete nun selbst auf den Weg und wunderte sich. Seines Erachtens führte der Weg nicht aufwärts, sondern sogar abwärts. Nicht sehr steil, sondern ganz schwach, so daß es kaum auffiel.

Das wollte er gerade sagen, doch dann schloß er die Augen und wunderte sich noch mehr. Jetzt konnte er überhaupt nicht mehr unterscheiden, ob der Weg leicht aufwärts oder leicht abwärts führte. »Mir ist das einerlei, ob es aufwärts geht. Es wird immer noch heller!« beharrte Hutzel. »Schaut selbst. Es wird heller und heller und heller.«
Brams öffnete die Augen und blickte zweifelnd nach oben, wo zwischen den Baumwipfeln ein bleiernes Grau auszumachen war. Er wartete. Wie seltsam! Das Grau erschien immer weniger dunkel. Wie konnte das angehen?
Riette schrie die Antwort hinaus: »Aus der Abenddämmerung wurde eine Morgendämmerung!«
Plötzlich hatte sie es sehr eilig. Ohne noch ein Wort zu verlieren hasteten ihre Begleiter ihr hinterher.
Der Wald endete jäh. Jenseits der Bäume war unbezweifelbar ein neuer Tag angebrochen!
Vorsichtig spähten die drei Reisenden an Zweigen und Stämmen vorbei aus dem Wald.
Sie erblickten eine Brücke. Ihr Bogen aus rotem Sandstein schwang sich über einen fröhlich plätschernden Bach, in dem drei Schwäne mit schwarzen Gesichtern schwammen. Auf ihrer einen Seite stand ein Wesen, wie es die Kobolde noch nie zuvor gesehen hatten.
Es war ein kleines Stück größer als sie, aber von Wichtelgestalt. Fast der ganze Körper war mit dünnem rotem Haar bedeckt. Drei schlauchförmige Brüste, die bis zum Nabel reichten, wiesen es als weiblich aus. Eine vierte Brust hatte sich das Wesen über die Schulter auf den Rücken geworfen. So stand es da und wartete.
Ein wandernder Handwerker kam auf die Brücke zu. Er trug einen Stab über der Schulter, an dem er sein Bündel befestigt hatte. Plötzlich blieb er stehen und rief: »Was bist du denn für ein häßliches Geschöpf? Meine Mutter hätte mich ersäuft, wenn ich dir auch nur halbwegs ähnlich gesehen hätte!«
»Kannst du mich sehen?« fragte das rothaarige Wesen spitz.
»Leider, leider«, erwiderte der Handwerksgesell gequält.

»Mit welchem Auge siehst du mich?«

»Mit welchem Auge? Welche Frage! Halt, das ist ja seltsam! Offenbar nur mit dem linken.«

Wie sich zeigte, besaß das Wesen nicht nur lange Finger, sondern auch lange Nägel. Ohne zu zögern stieß es dem Handwerker einen Finger ins Auge.

Der Mann schrie: »Aua! Aua! Eine Biene muß mich ins Auge gestochen haben!«

Er ging zum Wasser, kniete sich nieder und wusch das Auge aus. Dann zog er weiter. So, als sähe er die Verursacherin seiner Schmerzen nicht mehr, als habe er sogar die Begegnung mit ihr vergessen.

»Irgendwie verdientermaßen«, urteilte Riette. »Aber das ist keine Fee. Nie und nimmer!«

Brams zuckte zusammen. Konnte sie das nicht einmal anders ausdrücken? Einmal nur?

Doch schon kamen neue Menschen. Zuerst ein Junge, der einen mit Fallholz beladenen Esel hinter sich herführte, danach ein weiterer Wanderer. Beide schienen das Geschöpf nicht wahrzunehmen.

Nun kam eine Reiterin des Wegs. Sie zügelte ihr Roß und rief: »O du armes Ding! Bei deinem Anblick stülpt sich mir der Magen um. Schnell, tritt beiseite, damit ich dich nicht bekleckere. Los! Zaudere nicht! Es kommt gleich!«

»So siehst du mich also?« fragte das Wesen.

»Nicht eben freiwillig«, gab die Reiterin zurück. »Doch da du fragst und es auch seltsam klingt: nur mit einem einzigen Auge, nämlich dem rechten.«

Mit koboldgleicher Gewandtheit sprang das Wesen auf das Pferd und stieß auch der Frau den Finger ins Auge.

Ähnlich wie der Handwerker zuvor hob sie zu jammern an: »Oh, oh, eine Hummel muß mich ins Auge gebissen haben! Schnell, Pferd, schnell! Trage mich nach Hause, damit ich einen kalten Wickel auf das Auge legen kann.«

Auch sie schien nicht mehr zu wissen, was sich eben zugetragen hatte.

»Seltsamer und seltsamer«, erklärte Brams. »Ich will unbedingt wissen, was das für eine ist. Da scheint viel Zauberwerk im Gange zu sein.«

»Ja, finde es heraus«, spornten ihn alle an. »Aber sei wachsam.« Brams voran, gingen die vier zur Brücke.

»Sei gegrüßt, rote Frau«, rief Brams schon von weitem. »Wie geht's? Wie steht's? Was macht das Wetter?«

»Du kannst mich sehen?« fragte das Wesen.

»Kann ich sie sehen? Gewiß kann ich sie sehen«, erwiderte Brams. »Andernfalls führte ich ja Selbstgespräche.«

»Mit welchem Auge siehst du mich denn?«

Brams tat, als müsse er erst nachdenken: »Mit welchem Auge? Hm. Das ist schwierig. Das ist es nicht … das ist es ebenfalls nicht … und das auch nicht. Ah, jetzt weiß ich es! Es ist mein Hühnerauge.«

Seine Gefährten grölten vor Freude und streckten dem Wesen ihre Füße entgegen: »Schau, schau, wie sich dich anstarren und dir zuzwinkern. Unsere Hühneraugen sehen dich nämlich auch.«

»Meines nicht«, bekundete Rempel Stilz mit ersticktem Gelächter. »Mein Fuß ist eingeschlafen. Jetzt bekomme ich es gar nicht auf. Die Lider hoch, mein treues Auge, gack-gack!«

»Ihr lügt«, rief das Wesen. »Man kann nicht mit einem Hühnerauge sehen.«

»Ist es deines oder meines?« hielt ihr Brams vor. »Na also! Nur weil du ein Hühnerauge nicht ausstechen kannst, gebärdest du dich als schlechte Verliererin.«

Sein Gegenüber starrte ihn mit offenem Mund an. »Ihr habt mich beobachtet?«

»Gewissermaßen«, räumte Brams ein. »Aus dem Wald heraus. Mehr oder weniger.«

Das Wesen wand sich. »Das ist mir jetzt aber unangenehm. Hier zu stehen und sich vorhalten zu lassen, man sei häßlich wie die Nacht, ist sehr erniedrigend. Dabei hat man nicht gerne Zeugen.«

»Kann ich nachempfinden«, erwiderte Brams mitfühlend. »Doch warum stehst du überhaupt hier?«

»Ich halte Wache!« Die Augen des Wesens blitzten plötzlich auf. »Ihr seid gar keine Menschen.«

»Schnellmerkerin!« rief Riette. »Wir sind Kobolde.«

»Seid ihr nicht!«

»Sind wir wohl!«

»Wohl nicht!«

»Wohl wohl!«

Wie niemand anders erwartet hatte, der Riette kannte, zeigte die fremde Frau zuerst Einsicht. »*Ich* bin nämlich eine Koboldin!«

»Nie und nimmer!« widersprach Riette sogleich. »Du siehst uns ja nicht einmal ähnlich.«

»Das will ich auch hoffen«, antwortete die angebliche Koboldin. »Bei meinen Leuten hat keiner eine Nase wie einen Schnabel, einen Schädel so glatt wie eine Murmel oder gar blaue Haare!«

»Nur getauscht«, nuschelte Hutzel.

»Verliehen«, murmelte Rempel Stilz.

»Zauberblaubeeren«, brummte Riette.

Brams fühlte sich plötzlich ausgeschlossen und einsam. »Und an mir, gibt's an mir nichts auszusetzen?«

»Am meisten sogar«, versicherte die Fremde mit herzlichem Lächeln. »Am allermeisten.«

Brams war beruhigt. »Ich will nicht sagen, daß ich dir nicht glaubte, doch wie kommt es, daß wir dich noch nie im Koboldland-zu-Luft-und-Wasser trafen?«

Die Wirkung dieser Frage hätte durchschlagender nicht sein können. Die angebliche Koboldin schreckte zusammen, riß die Augen auf und flüsterte erschrocken: »Ihr seid Flüchtlinge! Flüchtlinge aus dem Land des Tyrannen.«

Brams spürte plötzlich ein seltsames Gefühl fingerweise seinen Rücken hinaufkrabbeln. Es war einem anderen sehr ähnlich, nämlich dem, als die Gerippe in Furcht vor ihnen zurückgewichen waren.

»Kennen wir zufällig einen Tyrannen?« preßte er zwischen geschlossenen Lippen hervor.

»Wenn sie nicht gerade Moin-Moin meint, dann nicht«, wisperte Rempel Stilz.

Brams beschloß, der Sache auf den Grund zu gehen: »Meinst du damit den Rechenkrämer?«

»Ich kenne seinen Namen nicht, denn wir sprechen nie über ihn«, flüsterte die Fremde. »Unsere Vorfahren flüchteten vor langer Zeit aus der alten Heimat. Manches wurde nur zu gern vergessen.«

Brams fand es seltsam, ein so anders aussehendes Wesen über ihre alte Heimat sprechen zu hören, wenn sie damit seine meinte. Er kam sich dadurch selbst wie ein Fremder vor.

»Du sprichst ständig von anderen deiner Art«, sagte er. »Führe uns zu ihnen, denn wir haben noch weitere Fragen. Aber zuerst verrätst du uns deinen Namen. Denn dann wird jeder Schwatz gleich viel gemütlicher. Ich bin Brams und das sind Hutzel, Riette und Rempel Stilz.«

»Angenehm, Lindegundeheidefriedehildelotte«, antwortete die Fremde.

»Oh!« seufzte Riette neidisch.

Lindegundeheidefriedehildelotte ging voraus. Nach wenigen Hundert Arglang blieb sie bei einigen Bäumen stehen. Sie waren keine Fichten mehr, sondern eine Art Kiefern, doch von beeindruckenden Ausmaßen. Der Umfang ihrer Stämme betrug mindestens fünfzehn Arglang, wenn nicht mehr, so daß sich eine ganz Schar von Kobolden an den Händen hätte fassen müssen, um sie zu umspannen.

Lindegundeheidefriedehildelotte berührte eine der dicken Wurzeln.

Urplötzlich stand vor dem Baum ein zweiter rotbehaarter Kobold von Lindegundeheidefriedehildelottes Art. Er schien jedoch älter zu sein.

Brams hatte nicht bemerkt, daß sich eine Tür geöffnet hätte. Hier mußte etwas anderes im Spiele sein.

Der Neuankömmling warf einen verärgerten Blick auf Lindegundeheidefriedehildelottes Begleiter.

»Wen hast du uns denn da mitgebracht, Lindegundeheidefriedehildelotte?« fragte er streng.

»Mach dir keine Sorgen, Hardberthelmrichmundwartlieb«,

erwiderte Lindegundeheidefriedehildelotte. »Sie sind Kobolde wie wir. Aus der alten Heimat.«

Hardberthelmrichmundwartlieb runzelte die Stirn: »So?«

Hutzel beugte sich zu ihr: »Er ist hoffentlich dein Onkel?«

»Warum?« fragte Lindegundeheidefriedehildelotte.

»Weil man zu einem Onkel auch kurz Onkel sagen darf«, erklärte Hutzel.

Rempel Stilz blähte die Backen und gab Laute von sich wie ein Teekessel, dem man das Pfeifen verboten hatte.

Lindegundeheidefriedehildelotte schien den Scherz nicht zu verstehen: »Ich weiß nicht, wie du darauf kommst, doch er ist tatsächlich mein Ohm.«

»Noch besser«, rief Hutzel begeistert, während Rempel Stilz in polterndes Gelächter ausbrach.

Auch Hardberthelmrichmundwartlieb blickte verständnislos auf die Neuankömmlinge.

Brams beeilte sich, ihm und seiner Nichte ihre Lage zu schildern, beschränkte sich aber auf das Nötigste. Er berichtete, wie sie im Menschenland gestrandet waren und nun mangels Tür ein Feentor suchten, um über Umwege nach Hause zu gelangen.

Er schloß mit den drei wichtigen Fragen ab:

Habt ihr eine Tür?

Wißt ihr, wo eine Pforte ins Feenreich ist?

Kommt man vielleicht von hier aus irgendwo anders hin?

»Solche bedeutenden Dinge sollte man nicht zwischen Tür und Angel besprechen«, erwiderte Lindegundeheidefriedehildelottes Ohm. »Oder besser gesagt nicht zwischen Wurzel und Rinde.«

Er erhob seine Stimme: »Kommt alle herbei, liebe Nachbarn. Wir haben heute Gäste, die nicht wissen, was wir unter einer richtigen Sause verstehen!«

Genauso überraschend wie Hardberthelmrichmundwartlieb und ohne Zuhilfenahme einer Tür erschienen auch vor den anderen Bäumen rotbehaarte Kobolde. Manche brachten Stühle mit, andere Fiedeln, Tröten, Harfen und Trommeln, wieder andere Schüsseln und sogar Bunten Kuchen!

Brams jauchzte, als er Ziegen mit prallen Eutern entdeckte.

Ein ausgelassenes Fest begann. Schon nach kurzem hatte sich Riette bei zwei der rothaarigen Kobolde untergehakt, die sie kurz Rotbolde nannte, und hüpfte mit ihnen zu den Tönen der Fiedeln. Rempel Stilz zeigte unter großem Gelächter, wie er mit seinen Unterdessenmietern verfuhr, wenn sie wieder einmal vergessen hatten, wem das Haus wirklich gehörte, und Hutzel war in ein Milchwettsaufen verstrickt, bei dem man aus unbekannten Gründen auf einem Bein stehen und nach jedem Schluck in eine Tröte blasen mußte.

Brams seufzte schwer. Wenigstens einer von ihnen durfte nicht vergessen, warum sie überhaupt Lindegundeheidefriedehildelottes Leute hatten sprechen wollen.

Er setzte sich mit halbleerem Becher, an dem er nur sparsam nippte, zu Hardberthelmrichmundwartlieb, lernte eine arg in die Breite gegangene Koboldin kennen, die erfreulicherweise nur Fideldi hieß und angeblich alles wußte, und einige andere, deren Namen er sich möglichst nicht merken wollte.

Brams drängendste Fragen waren schnell beantwortet.

Ihre Gastgeber hatten keine Tür.

Sie wußten nichts von einem Tor ins Feenreich.

Der einzige Ort, zu dem man von ihnen aus gelangte, war das Menschenland.

Tatsächlich war ihre Heimat nicht einmal vollständig von ihm getrennt. Wege führten hindurch, die ständig von außerhalb beschritten werden konnten. Das war ganz anders als selbst beim Dorf der Verdammten und Hoffnungslosen, in das man wenigstens nur hin und wieder gelangen konnte anstatt immerzu.

Wirklich verlieren konnten sich Durchreisende im kleinen Land der Rotbolde nur, wenn sie den Weg an einer falschen Stelle verließen. Doch das versuchten Lindegundeheidefriedehildelottes Leute nach besten Kräften zu verhindern. So, wie sie auch niemanden heil entkommen ließen, der einen der Ihren erblickt hatte. Dafür fürchteten sie sich zu sehr vor der Entdeckung.

Das brachte Brams auf die andere Frage.

»Was wißt ihr über den Tyrannen? Wurde er je als Schwarzer und Roter König bezeichnet?«

Fideldi schüttelte den Kopf: »Viel gibt es nicht über ihn zu berichten. Die Älteren flüchteten vor ihm hierher und feierten drei Jahre lang, als sie sich entkommen glaubten. Über dieses Fest weiß ich allerdings viel zu erzählen, da es das einzige aus diesen vergangenen Tagen ist, an das es sich zu erinnern lohnt.«

Brams nickte zustimmend. Soviel anders hielt man es im Koboldland-zu-Luft-und-Wasser mit dem Guten König Raffnibaff ja auch nicht. Bewahrt wurde der Augenblick seines größten Glanzes: *Liebe Kobolde! Ich wünsche euch allen auch weiterhin noch viel, viel Spaß.*

Etwas später sprang ein faustgroßer Frosch in Fideldis Schoß. Mit seinen Glupschaugen starrte er Brams eine Zeitlang an und sprach dann: »Unheil schwebt über deinem Haupt!«

Brams tat, als habe er ihn nicht gehört, da er nicht in Stimmung war, sich von den düsteren Weissagungen eines Frosches den Tag noch mehr verderben zu lassen. Das, was er von Fideldi und Hardberthelmrichmundwartlieb vernommen hatte, bedeutete schließlich nichts anderes, als daß ihre Suche nach dem Feentor einstweilen gescheitert war.

Doch der Frosch war beharrlich.

»Großes Unheil schwebt über deinem Haupt«, unkte er in einem fort. »Schlimmes Unheil!«

Schließlich wurde es Brams zu bunt. »Schweig, oder ich zeige dir einen Storch, du schwarzmalender Frosch! Dann weißt du wenigstens, was Unheil bedeutet.«

Kaum hatte Brams die Drohung ausgestoßen, da bereute er es auch schon, das arme Fröschchen so erschreckt zu haben.

Doch der Frosch zeigte überhaupt keine Furcht. Aufgeregt schleuderte er die lange Zunge aus dem Maul und rief gierig: »Hm, Storch! Hm, Storch! Hm, Storch!« Sein Verhalten machte ihn Brams sogar ein bißchen unheimlich.

»Du hast ihn aufgeregt«, warf Fideldi ihm vor. »Jetzt wird er den ganzen Tag keine Ruhe geben.«

Sie nahm den Frosch in beide Hände und trug ihn fort. Dabei sagte sie etwas, was sich anhörte wie: »Es war ein Unfall, Kröti! Du kannst nichts dafür.«

Allerdings war sich Brams nicht ganz sicher, sie richtig verstanden zu haben.

»Seltsamer Bursche«, sagte er zu Hardberthelmrichmundwartlieb, als der Frosch außer Sicht- und Hörweite war.

Der Rotbold antwortete ihm mit abweisender Miene: »Jeder kann bestätigen, daß es ein Unfall war.«

Brams hatte den Eindruck, daß weitere Fragen zu diesem Punkt nicht allzu willkommen waren. Offenbar war die Angelegenheit heikel. Daher wechselte er das Thema.

»Wie ich bereits sagte, gibt es im Koboldland-zu-Luft-und-Wasser keinen einzigen Tyrannen. Was hindert euch also an der Heimkehr?«

»Können wir dir denn glauben?« erwiderte Fideldi, die eben wieder ohne Frosch zurückkam. »Kannst du beschwören, daß der furchtbare Tyrann eure Erinnerungen beim Verlassen des Koboldlandes-zu-Luft-und-Wasser nicht verfälschte? Vielleicht ist alles eine seiner Listen. Vielleicht ist nichts so rosig, wie du glaubst. Vielleicht ist alles düsterer, als du dich entsinnst.«

»Das ist ausgeschlossen«, lachte Brams unverzagt. »Denn wenn der Tyrann etwa unser Rechenkrämer Moin-Moin wäre, so hätten wir gewiß keine guten Erinnerungen an ihn.«

»Das mag so sein oder auch nicht. Doch vergiß nicht, daß ihr ja nicht einmal selbst wißt, wie ihr wieder dorthin gelangen sollt«, erwiderte Hardberthelmrichmundwartlieb.

»Das stimmt«, gab Brams schweren Herzens zu. Denn gegen diesen Einwand wußte er nichts anzuführen.

In diesem Augenblick traf ihn auf dem Kopf platschend der feuchte Gruß eines Storchenvogels, der genau über ihm im Geäst sein Nest baute.

Nun erkannte Brams endlich, wovor ihn der Frosch Kröti mit seinem Unken die ganze Zeit über hatte warnen wollen.

32. Ein wüstes Hauen und Stechen

Brams und seine Begleiter blieben bei den Rotbolden, bis das Fest zu Ende war und sich seine Nachwirkungen, insbesondere die der Süßen Milch, verflüchtigt hatten. Darüber verstrichen zwei Tage. Beim Abschied versuchte Brams die Rotbolde noch einmal davon zu überzeugen, daß sie unbesorgt wieder ins Koboldland-zu-Luft-und-Wasser zurückkehren könnten. Doch es gelang ihm nicht.

Nach diesem neuen Mißerfolg bei ihrer Suche nach dem Feentor brauchte Brams nicht einmal mehr laut vorzuschlagen, zu der Hexe zurückzukehren. Denn gleich nach Verlassen des Waldes der Rotbolde lenkte ein jeder seine Schritte schweigend in die Richtung, aus der sie gekommen waren. Das einzige Gespräch, das die vier während der folgenden drei Stunden über ihr weiteres Vorgehen führten, umfaßte kaum mehr Worte als Teilnehmer.

»Und?«
»Umgehend!«
»Aber wie!«
»Kackpuh!«

Einzelheiten wurden erst viele Stunden später erörtert, doch das meiste davon war selbstverständlich. Etwa, daß sie nicht jeder Schleife des Flusses folgen wollten, sondern – falls möglich – Abkürzungen wählen würden, oder daß Orte, mit denen sie bereits auf dem Herweg schlechte Erfahrungen gemacht hatten, kein weiteres Mal aufgesucht werden brauchten.

Allerdings nahmen sich die Kobolde vor, bei allen Bauern, Fischern, Jägern, Einsiedlern, die ihnen besonders schlechte Ratschläge erteilt und also mutmaßlich Streiche gespielt hatten, noch einmal vorbeizusehen, um ihnen ihrerseits einen Streich zu spielen, gemäß dem ehrwürdigen Prinzip von Streich und Gegenstreich. Außerdem sollten diese kleinen Abstecher die Reise ein wenig abwechslungsreicher gestalten. Daher wurden in den nächsten Tagen die Knoten mancher Wäscheleine gelöst, Stalltüren und Gatter heimlich geöffnet, Latrinentüren blockiert und vieles versteckt, was sonst immer leicht zu finden gewesen war.

Mitunter wurde auch über die Hexe Holla gesprochen.

»Sie muß die Kopoltrier unbedingt zu dem Tor führen!« war eine gern geäußerte Ansicht. Doch es gab auch Zweifel an der Angemessenheit dieser Forderung, da sich niemand recht erinnerte, wie die Abmachung mit Holla genau gelautet hatte. Hatte die Hexe womöglich nur verraten müssen, wo sich nach allgemeinem Hörensagen ein Tor befand? Wo sich sicher eins befand? Oder wo sich sowohl sicher als auch ganz genau eines befand?

Diese schweren Fragen veranlaßten Riette zu der Klage: »Moin-Moin wäre ein solcher Fehler nicht unterlaufen. Er hätte einfach ihr Haus bezogen und danach Holla auf die Suche nach dem Tor geschickt. Aber er ist ja auch schlauer als wir.«

Da keiner solche Bemerkungen hören wollte, ging Brams zur nächsten Frage über. War es vielleicht besser, gleich einen neuen Handel mit Holla abzuschließen? Falls ja, dann mußte er jedoch gründlicher geplant werden als der alte.

Während einer dieser Erörterungen entdeckte Hutzel zwei Reiter. Sie kamen aus der Richtung, in die sie wollten, und näherten sich im gestreckten Galopp.

Bislang hatten die Kobolde im *Land der angeblich sechsundfünfzig Mühlen* nur geringfügig mehr Pferde erblickt als Mühlen. Die wenigen, denen sie begegnet waren, waren große, schwere Arbeitstiere gewesen, die Wagen oder Pflüge gezogen und nicht den Eindruck erweckt hatten, als ließen sie sich von irgend jemand anderem als vielleicht einer Hornisse zu einem schnelleren Schritt bewegen. Und selbst das war zweifelhaft. Zwar dienten auch sie gelegentlich als Reittiere, dann aber meist gleichzeitig einem Erwachsenen und mehreren Kindern, die hinter ersterem saßen wie Spatzen auf einer Wäscheleine. Schneller gingen die Pferde deswegen aber nicht.

Die Kobolde verließen den Trampelpfad, um die Reiter vorbeizulassen. Doch da wichen die beiden Pferde, die gerade noch Kopf an Kopf gerannt waren, plötzlich ein Stück auseinander, so daß etwas sichtbar wurde, was bisher verborgen gewesen war: Ihre Reiter hielten die Enden eines Netzes!

Brams brauchte nur einen winzigen Augenblick lang, bis er ihre Absicht durchschaute.

»Lauft, Kobolde«, schrie er. »Flüchtet! Sie haben ein Netz und wollen uns fangen!«

Umgehend machten seine Gefährten kehrt und rannten geschlossen in die Gegenrichtung.

Wohin?, fragte sich Brams beim Laufen fieberhaft. Zu den Hügeln? Zum Fluß? Zu dem Auwäldchen, durch das sie kurz zuvor gekommen waren?

Derweil wurde das Trappeln der Hufe immer lauter.

Bald schon waren auch die Stimmen der Reiter zu verstehen, die ihre Rösser mit heiserem »Hoi! Hoi!« zu einem schnelleren Lauf antrieben und sich gegenseitig Anweisungen zuriefen.

»Auseinander!« brüllte Hutzel plötzlich. »Nicht alle beieinander rennen. Auseinander!«

Diese Warnung mußte er nicht wiederholen. Die eben noch enggedrängte Schar löste sich in verschiedene Richtungen auf.

Ausgezeichneter Gedanke, dachte Brams bei sich. Hervorragend! Darauf hätte ich auch selbst kommen können. So werden sie uns wenigstens nicht allesamt fangen.

Im nächsten Augenblick wurde er kraftvoll von den Beinen gerissen, und mit einem Mal schien die Welt völlig durcheinandergeraten zu sein. Oben wurde unten und manchmal auch links oder rechts. Gleichzeitig drosch die verwirrte Welt auch noch schmerzhaft auf ihn ein.

Aus diesem schrecklichen Durcheinander entstand erst nach und nach wieder Ordnung.

Nun erkannte Brams, daß er völlig in dem Netz verwickelt war. Es wurde jedoch nicht mehr von zwei Reitern gehalten, sondern nur noch von einem. Wann und wohin der andere entschwunden war, war nicht ersichtlich.

In einiger Entfernung entdeckte Brams etwas, das ihm trotz seiner erbärmlichen Lage den Atem stocken ließ. Die beiden Reiter waren nicht allein. Es gab noch eine ganze Anzahl mehr!

Eben machte einer von ihnen Jagd auf Riette. Als er sie eingeholt hatte, beugte sich der Reiter mangels Netzes tief aus dem Sattel zu ihr hinab. Mit gekrümmten Fingern griff er nach ihr. Er berührte die Kapuze – da schlug die Koboldin plötzlich einen unerwarteten Haken.

Doch ihr schnelles Ausweichen bescherte ihr nur eine kurze Gnadenfrist. So wurde sie ihren Verfolger nicht los!

Der Reiter riß sein Pferd herum und begann sogleich einen zweiten Angriff. Da Riettes Kapuze heruntergerutscht war, griff er nach ihren Haaren. Wieder näherten sich seine Krallenfinger Rechtkurz für Rechtkurz. Dann war die Jagd zu Ende. Rücksichtslos packte der Reiter zu und zerrte Riette von den Beinen.

Doch ebensoschnell ließ er sie wieder los!

So deutlich, als stünde der grobe Kerl neben ihm, hörte Brams ihn voller Abscheu ausrufen: »Was hat das Geschöpf denn für widerliches Zeug in seinen Haaren?«

Brams schmunzelte und murmelte schadenfroh: »Zauberblaubeeren!«

Dann fiel ihm ein, daß er dringend zusehen mußte, selbst wieder freizukommen.

Prüfend ließ er die Schnüre des Netzes durch seine Finger gleiten, als er die Stimme des Reiters vernahm, der ihn gefangen hatte. »So haben wir aber nicht gewettet, Bürschchen!«

Der Mann trieb sein Pferd mit lautem *Hü*! an. Brams wurde durchgeschüttelt und schlug in rascher Folge mehrmals auf dem Boden auf.

Plötzlich wurde es schwarz um ihn.

Als Brams wieder zu Sinnen kam, dröhnte sein Kopf, und seine Augen berichteten ihm Seltsames: Der Boden bewegte sich rasch an ihnen vorbei, und ein Paar Fersen und Waden erschienen immer wieder in seinem Blickfeld, um sofort wieder daraus zu verschwinden.

Wie paßt das denn zusammen?, fragte er sich verständnislos. Doch schon begriff er: Oho, ich werde von jemandem weggetragen. Mehr noch: Er hat mich über die Schulter geworfen!

Sogleich fing Brams an zu strampeln und zu schreien: »Laß mich sofort herunter, Schurke, wer immer du sein magst! Sonst haben wir ein Hühnchen miteinander zu rupfen.«

Zu seinem Erstaunen antwortete eine bekannte Stimme: »Bist du wieder wach, Brams? Das kommt mir sehr gelegen. Denn dann kannst du auch auf eigenen Füßen gehen.«

»Hutzel?« antwortete Brams verblüfft. »Hutzel? Bist du das?«

»Wer sonst?« antwortete Hutzel. Er hielt inne und ließ Brams auf die Füße gleiten. »Komm, schnell, wir müssen die Hügel erreichen!«

»Wo ist der Rest von uns?« fragte Brams.

Jäh weiteten sich Hutzels Augen. »Bück dich! Brams, bück dich!«

»Wie?« erwiderte Brams.

Etwas Hartes traf ihn am Schädel, und es wurde schwarz um ihn.

Als Brams wieder zu sich kam, dröhnte sein Kopf unter einem gleichmäßigen, metallischen Hämmern. Gequält öffnete er die Augen. Doch was er sah, war verworren.

Links von seinem Kopf erkannte er Füße und Beine und rechts davon ebenfalls. Manchmal bewegten sich die linken Füße vor und die rechten zurück, und manchmal war es genau umgekehrt.

Die fremden Füße steckten in groben Stiefeln, deren schlechte Verarbeitung Brams sofort mit Abscheu erfüllte. Die fremden Beine waren mit speckigen ledernen Hosen bekleidet. Metallene Schalen verstärkten sie auf der Oberseite der Schenkel.

Als Brams die Augen noch weiter aufwärts wandern ließ, machte er Harnische, Schwerter und Helme aus.

Aha, dachte er nicht ganz bei sich. Anscheinend liege ich auf dem Boden unter zwei Rittern, die sich meinetwegen streiten.

»Ist aber gar nicht nötig«, hörte er sich schwach murmeln.

Als hätten die beiden Kämpfer nur auf diesen einen Satz gewartet, erstarrten sie. Keuchend preßten sie die verhakten Klingen und Körper gegeneinander.

Urplötzlich stieß der linke Ritter mit dem Kopf nach seinem

Gegner. Beide Helme dröhnten laut, und der rechte Ritter taumelte rückwärts.
Schon umfaßte der linke Ritter sein Schwert beidhändig zum mörderischen Hieb. Einen silbernen Bogen beschreibend, fuhr es herab. Doch da tauchte der andere Kämpfer geschickt unter dem Schlag hinweg und stieß im Gegenangriff seine Klinge aufwärts. Ein warmer Regen sprühte auf Brams nieder.
Jetzt ist es aber höchste Zeit zu verschwinden, dachte er benommen. Doch wohin? Was hatte Hutzel gesagt? Hügel?
Hastig kroch er auf Armen und Beinen voran. Etwas klatschte dumpf vor ihm auf den Boden. Was war das? Ein Helm?
Brams stieß das Hindernis beiseite. Es rollte einmal um seine Achse. Nun blickte er in die gebrochenen Augen eines körperlosen Kopfes!
Oh, dachte er entgeistert. Dann begrub ihn auch schon der Rest des enthaupteten Ritters unter sich.
Schlagartig wurde ihm schwarz vor Augen.

Als Brams wieder zu sich fand, war es noch immer schwarz um ihn. Sein Kopf dröhnte noch lauter als zuvor, und eine schwere Last schien ihn erdrücken zu wollen.
Das muß der tote Ritter sein, entschied Brams nach ausführlichem Überdenken seiner Lage. Vermutlich war es das beste, alsbald unter der Leiche hervorzukriechen. Doch wohin? In welche Richtung?
Brams betrachtete auch diese Frage längere Zeit von allen Seiten, bis er eine zufriedenstellende Antwort fand. Der Ritter war zwar groß, aber nicht übermäßig groß. Offensichtlich reichte es daher, in eine beliebige Richtung zu kriechen. Irgendwann würde er unter dem Leib des Rittes hindurch sein.
Unverzagt stemmte er sich gegen das schwere Gewicht an und kroch vorwärts. Nach einiger Zeit sah er Licht.
Genau wie ich es mir vorgestellte habe, dachte Brams froh und blickte sich um.
Wo war der Ritter?
Zu seinem Erstaunen stellte er fest, daß er überhaupt nicht

unter einem toten Ritter begraben lag, sondern unter einem toten Pferd, das ganz in der Nähe einer Baumgruppe das Zeitliche gesegnet hatte.

»Eigenartig«, murmelte Brams und zog sich unverdrossen ganz unter dem Pferdeleichnam hervor. Doch selbst als er sich aufgerichtet hatte, konnte er noch immer nichts von dem toten Ritter erblicken, sosehr er sich auch umschaute. Tatsächlich hätte er schwören können, daß die Umgebung des Ortes, an dem sich die beiden Ritter bekämpft hatten, ganz anders ausgesehen hatte. Verwirrt schüttelte er den Kopf und bedauerte es sofort.

Als er gerade in Wehleidigkeit versinken wollte, erspähte er in der Ferne Riette. Sie stand auf einem Pferd hinter dessen Reiter und hielt mit den Händen sein Visier bedeckt.

Das Pferd preschte eben auf einen Baum zu. Kurz bevor es ihn erreicht hatte, sprang Riette ab. Der Reiter wurde gleich danach von einem Ast aus dem Sattel gefegt.

»Da ist Brams!« rief plötzlich eine Stimme.

»Ja, hier!« antwortete Brams und schaute sich um. »Wer ruft?«

»Ich bin's doch«, antworte Rempel Stilz und kam mit großen Sätzen angerannt.

»Da ist Brams!« rief eine neue Stimme.

Brams sah Rempel Stilz ins Gesicht. »Warst du das?«

Rempel Stilz antwortete jedoch nicht sogleich. Statt dessen meldete sich dieselbe Stimme erneut – oder war es vielleicht doch eine andere? »Da ist Brams!«

»Ja, hier!« erwiderte Brams achselzuckend. »Wer will denn etwas von mir?«

Diesmal erscholl ein ganzer Chor von Stimmen. »Brams! Brams! Brams!«

»Eigenartig«, murmelte Brams. »So viele sind wir doch gar nicht.«

Plötzlich packte ihn Rempel Stilz am Umhang und schüttelte ihn. »Wach auf, Brams! Was sind das für Burschen?«

Erst jetzt entdeckte Brams die seltsame Schar in blutroten Kutten, die mit gezückten Dolchen und erhobenen Prügeln auf sie zuhielt.

»Brams!« brüllte die blutgierige Meute wild durcheinander, während sie näher und näher kam. »Brams!«

»Eile!« stieß Rempel Stilz aus. »Ich lenke sie ab.«

»Wohin?« erwiderte Brams hilflos.

Statt einer Antwort ergriff ihn Rempel Stilz bei den Schultern, drehte ihn mit dem Gesicht zur Baumgruppe und versetzte ihm einen Stoß. »Immer vorwärts, Brams!«

Brams tat wie geheißen: linkes Bein vorwärts gesetzt, rechtes Bein vorwärts gesetzt, linkes und schon wieder rechtes. Im Grunde ganz einfach, wenn man einmal den Bogen heraushatte.

Nun stand Brams unter den Bäumen. Er blickte zurück. Unverkennbar hatte Rempel Stilz mit seiner Ablenkung einen beachtlichen Erfolg erzielt. Mit hocherhobener Axt rannte er voran, und alle anderen folgten ihm mit ebenfalls erhobenen Dolchen.

Leider doch nicht alle.

Einer der Fremden war Rempel Stilz nicht gefolgt, sondern wollte lieber zu den Bäumen.

»Brams! Brams!« schrie er. »Ich schneide dich zur Freude Spratzquetschlachs in Stücke!«

Jetzt, da er näher heran war, konnte Brams spitze, dreieckige Zähne in seinem Mund erkennen. Sie sahen gefährlich aus.

Brams fühlte sich bedroht, auch wenn er nicht genau sagen konnte, weswegen. Rasch besann er sich der benötigten Bewegungen, die ihn bislang so trefflich weitergebracht hatten: linkes Bein, rechtes Bein, linkes Bein, rechtes Bein.

Die Gestalt mit den zugefeilten Zähnen war jetzt bei ihm. Sie hob den Dolch – und stürzte wie vom Blitz gefällt zu Boden.

Statt ihrer entdeckte Brams nun eine vierschrötige Gestalt.

Woher war sie so plötzlich gekommen? Etwa aus dem Boden gewachsen?

Der Fremde hob einen Knüppel und schlug ihn Brams auf den Kopf.

Bevor ihn aufs neue Schwärze umfing, hörte Brams noch zwei Stimmen sprechen.

»Hab dich!«

»Gut gemacht, Blutbauer!«

Als Brams die Augen öffnete, bot sich ihm ein seltsam vertrauter Anblick. Die Welt sauste schwindelerregend schnell an seinen Augen vorbei: husch, husch, husch!

Offenbar wurde er wieder von jemandem getragen.

Das war nicht das schlechteste, fand Brams. Solange ihn jemand über die Schulter geworfen trug, schrie ihn wenigstens keiner an oder verlangte gar schwierige Entscheidungen von ihm. In solchen Augenblicken war die Welt fast erträglich.

Aber nur fast. Denn das Dröhnen seines Schädels war eher unerträglich!

»Uff!« rief eine unbekannte Stimme.

Brams verspürte ein kurzes Gefühl der Schwerelosigkeit, das abrupt endete, als er auf dem Boden aufschlug.

»Immer auf den Kopf!« klagte er weinerlich, allerdings ohne die Besinnung zu verlieren.

Starke Hände ergriffen ihn und warfen ihn über eine Schulter.

Brams fühlte sogleich, daß irgend etwas falsch war. Nach einiger Zeit hatte er herausgefunden, woher dieser Eindruck rührte. Im Gegensatz zu eben hing er jetzt andersherum über der fremden Schulter und sah keine Waden mehr, sondern Knie.

Doch das war längst nicht alles. Er hatte den Verdacht, daß er inzwischen auch über einer ganz anderen Schulter hing!

Eine rauhe Frauenstimme bestärkte ihn in dieser Vermutung.

»Zuerst lassen wir dich ausbluten, dann schneiden wir dich in winzige Würfel oder machen Schlimmeres mit dir, verdammter Frevler.«

Das klang überhaupt nicht nett!

Ein Schatten drängte sich in Brams' Blickfeld, und unversehens ragte ein langer Pfahl aus der Brust seiner Trägerin.

Und schon wieder stürzte Brams und schlug mit dem Kopf auf.

Während er langsam in zeitlose Gefilde eintauchte, erkannte er die verzerrte Erscheinung eines Ritters und seines Pferdes.

Einer von beiden sprach: »Man trifft sich eben immer zweimal, Herr Brams.«

Der andere antwortete: »Stecht lieber noch einmal zu, Meister! Sicher ist sicher.«

33. Ein Gespräch unter Überlebenden

Brams kam wieder zu sich. Sein Kopf schmerzte zwar wie ehedem, doch die Benommenheit war nicht mehr halb so stark wie zuvor. Er schnupperte den Geruch von etwas frisch Gekochtem und hörte, wie sich jemand nahebei bewegte und emsig eine unbekannte Tätigkeit verrichtete.

Schlagartig erinnerte er sich an das letzte, was er vor seiner Ohnmacht mitbekommen hatte: das Zusammentreffen mit Ritter Gottkrieg vom Teich.

Wenn er in Herrn Gottkriegs Hände geraten war, so war das sehr unangenehm. Denn bestimmt hatte der Ritter die Umstände ihrer Trennung nicht vergessen.

Brams beschloß, lieber noch eine Zeitlang den Bewußtlosen zu spielen, bis sich eine Gelegenheit zur Flucht ergab.

Sie würde sicher nicht lange auf sich warten lassen. Dem Geruch nach zu schließen, war Bückling gerade beim Kochen. Bald würden er und der Ritter zusammen speisen. Das wäre dann ein geeigneter Augenblick, sich davonzumachen. Selbst wenn sie ihn dabei ertappten, würde ihm die Überraschung mit etwas Glück einen ausreichenden Vorsprung verschaffen. Denn soweit er die beiden kannte, ließen sie sich nur widerwillig beim Essen stören.

Brams war mit sich zufrieden. Jetzt galt es nur noch so lange auszuhalten, bis er sie ihr Mahl schlürfen hörte.

Um sich die Wartezeit zu verkürzen, versuchte Brams zu erraten, was Bückling heute in seinen Topf geworfen hatte.

Getreide? Nein! Erbsen? Nein! Möhren? Nein! Kohl? Nein!...

Der Geruch, der zu ihm herüberwehte, war Brams unvertraut. Der Knappe mußte seine Kochgewohnheiten von Grund auf geändert haben. Anscheinend hatte er noch nicht einmal das abschließende Stück Schwarte in den Topf geworfen.

Verwunderlich!

Schritte näherten sich. Da sie für Gottkrieg zu leicht waren, mußten sie dem Bengel gehören. Was mochte er wollen?

Brams schärfte sich noch einmal ein, sich bloß nichts anmerken zu lassen.

Er fühlte, wie Bückling ihn berührte, und erkannte plötzlich, daß ihm der Ritter und sein Knappe offenbar die Kleidung abgenommen hatten. Er war nackt! Wenn sich die beiden einbildeten, damit einen Fluchtversuch verhindern oder auch nur erschweren zu können, so würden sie ihr blaues Wunder erleben!

Brams unterdrückte ein Seufzen. Wenigstens Hutzel würde zufrieden sein, denn jetzt mußte er nicht mehr darüber klagen, daß sie alle gleich gekleidet durch die Menschenwelt zogen.

Nun spürte Brams, daß Bückling etwas auf seine Haut strich. Die Masse war warm und zäh, aber nicht so zäh und trocken wie eine Paste. Er benutzte dazu auch nicht die Finger, sondern offenbar einen breiten Pinsel.

Womit beschmierte er mich bloß?, fragte sich Brams.

Ein bißchen fühlte er sich an einen dünnen Brei erinnert oder vielleicht auch an Zuckerguß für einen Kuchen.

Oder an eine Marinade.

Schon war es mit Brams' Selbstbeherrschung vorbei! Die Kochgewohnheiten des Knappen hatten sich in der Tat bedenklich verändert.

Brams fuhr hoch und rief: »Ich gehöre nicht in den Topf!«

Eine kräftige Hand drückte ihn wieder nach unten. »Sei ruhig! Um so schneller ist es vorbei, Brams!«

Das war nicht die Stimme des Bengels. Das war doch Rempel Stilz!

»Rempel Stilz, bist du das?« fragte Brams.

»Wer sonst?« antwortete Rempel Stilz.

Dieser kurze Wortwechsel kam Brams seltsam vertraut vor. »Was tust du?«

»Du sahst sehr mitgenommen aus, als ich dich traf«, erklärte Rempel Stilz. »Als habe man dir unaufhörlich auf den Kopf gehauen.«

»Genauso war es auch«, bestätigte Brams düster. »Wieso hast du mich getroffen? Waren nicht der Herr Gottkrieg und der Bückling bei mir?«

Rempel Stilz schüttelte den Kopf. »Keineswegs. Du warst allein und benahmst dich so, als ginge dich alles überhaupt nichts an. Die beiden waren also auch zugegen? Ich sah sie nicht. Eine stattliche Zahl Menschen waren hier.«

»Und alle unseretwegen!« bekräftigte Brams.

»Nicht alle«, widersprach Rempel Stilz. »Einige waren offenbar ausschließlich deinetwegen gekommen. Die mit den spitzen Zähnen! Sie brüllten ständig deinen Namen. Was waren das für welche?«

»Ich weiß es nicht«, erwiderte Brams. »Ich kenne sie nicht. Vielleicht haben wir ihnen einmal einen Wechselbalg untergeschoben?«

»Mag sein. Doch woher kannten sie deinen Namen?«

»Vielleicht hat ihn jemand bei dieser Gelegenheit genannt? Einer von ihnen lauschte, als mich jemand rief: ›Hallo, Brams!‹ – So schnell kann das gehen.«

Plötzlich fielen Brams die finsteren Drohungen ein, die die Frau ausgestoßen hatte. »Eine von denen sagte, sie wollten mich ausbluten lassen und in kleine Würfel zerhacken!«

»Ui!« sagte Rempel Stilz ernst. »Das klingt nach einem sehr üblen Streich! Nicht eben so, als wollten sie bloß irgend etwas von dir zurückhaben, wie es wohl der Fall wäre, wenn es um einen Wechselbalg ginge.«

»Ja, ja«, sagte Brams sorgenvoll. »Das ist wahr. Aber du hast mir noch immer nicht beantwortet, was du gerade treibst.«

Inzwischen hat er mitbekommen, daß Rempel Stilz tatsächlich mit einem Pinsel eine honigfarbene, leicht glitzernde Masse auf ihn auftrug.

Rempel Stilz unterbrach seine Tätigkeit kurz. »Hm... Wie ich schon sagte, Brams, warst du ziemlich aus den Fugen, als ich dich fand.... Hm... Hm... Da dachte ich, ein wenig Leimen könne nicht schaden. Und in deinen Sachen war ja noch ein halbvolles Döschen.«

Brams richtete sich auf und rief erregt: »Das war Holzleim!«

Rempel Stilz kicherte: »Das war doch nur ein Scherz, Brams. Ich habe den Leim selbstverständlich frisch gekocht. Ich würde dich doch nicht mit Holzleim einpinseln – jedenfalls nicht ausschließlich.«

Diese Auskunft beruhigte Brams überhaupt nicht. »Woraus hast du den Leim gekocht?«

Rempel Stilz schien sich erst mühsam erinnern zu müssen. »Ich glaube aus den Knochen und dem Fell eines toten Hasen...«

»Es ist also doch Holzleim!« schrie Brams und verkrampfte sich, als die raschen Erschütterungen seines Kopfes ihren Preis einforderten. »Mein Kopf«, wimmerte er. »Tu etwas!«

Rempel Stilz legte den Pinsel beiseite, spuckte in die Hände und verteilte den Speichel ausgiebig auf beiden Handflächen. Dann verrieb er ihn auf dem Kopf seines Gefährten.

Brams atmete auf, als das Pochen augenblicklich verschwand.

»Das hättest du auch selbst tun können«, tadelte Rempel Stilz ihn.

»Ich habe nicht daran gedacht«, antwortete Brams kleinlaut.

»Ich schon«, erwiderte sein Gefährte streng. »Doch ich war der Meinung, daß du künftig vorsichtiger sein würdest, wenn es jetzt richtig weh täte und du dir nicht von jedem aufs Haupt schlagen ließest, der gerade nichts Wichtigeres zu tun hat.«

Er pinselte wieder weiter. »Spaß beiseite, Brams. Es ist selbstverständlich kein Holzleim, auch wenn du dich gerade anstellst, als hättest du nur noch Holzmehl im Kopf. Es ist Koboldleim, Zauberkoboldleim. Und wenn du dich noch geduldest, damit er einwirken kann, bist du auch bald wieder auf den Beinen.«

»Ach so«, brummte Brams und dachte: Koboldleim, aha! Man lernt nie aus. »Brauche ich denn keine zweite Schicht?«

»Es ist bereits die fünfte«, eröffnete ihm Rempel Stilz.

Brams war erschüttert. Das klang so, als wäre er wirklich nicht mehr in sonderlich guter Verfassung gewesen. »Seit wann bist du denn schon mit mir zugange?«

»Seit gestern.«

»Seit gestern?« rief Brams entsetzt aus. Das war ja nicht zu fassen!

Plötzlich fiel ihm auf, daß er schon die ganze Zeit etwas vermißte. »Wo sind eigentlich die anderen beiden?«

Rempel Stilz antwortete ihm nicht, sondern bestrich ihn – ganz in sich versunken – weiterhin mit Koboldleim.

Brams wiederholte seine Frage etwas lauter. »Rempel Stilz, hörst du mich? Wo sind Hutzel und Riette?«

»Du mußt deswegen nicht gleich schreien«, ermahnte ihn Rempel Stilz. »Ich habe dich schon beim ersten Mal gut gehört, doch wenn ich nicht geantwortet habe, so wird es dafür sicherlich Gründe geben, wie du dir denken kannst.«

Brams verstand ihn nicht. »Was für Gründe sollten das denn sein?«

»Vielleicht, daß ich jetzt nicht mit dir darüber reden will?« antwortete sein Begleiter abweisend.

Damit wurde nichts klarer. »Warum willst du denn nicht darüber reden?«

»Weil es vielleicht nicht gut wäre.«

Damit ebenfalls nicht! »Weshalb wäre es denn nicht gut?«

Rempel Stilz knurrte ungeduldig. »Weil du dich schrecklich aufregen würdest, Brams. In deinem Zustand wäre das nicht hilfreich.«

Brams machte sich jetzt ernste Sorgen. »Sag mir auf der Stelle, wo sie sind. Ich verspreche auch, mich nicht aufzuregen. Kein bißchen!«

Rempel Stilz seufzte und flüsterte: »Ich weiß es nicht. Sie sind verschwunden.«

»Dann müssen wir sie sofort suchen«, rief Brams aufgebracht.

»Das habe ich schon den ganzen gestrigen Nachmittag getan«, eröffnete ihm sein Gefährte. »Schließlich kam ich zu der Einsicht, daß sie vermutlich gefangen und verschleppt wurden. Aber vielleicht habe ich mich ja geirrt.«

»Inwiefern geirrt?« fragte Brams bang. »Willst du damit andeuten, daß sie doch entkamen und sich womöglich irgendwo versteckt halten?«

»Nun, ich weiß nicht, wie ich es ausdrücken soll, ohne daß du dich aufregst«, erwiderte Rempel Stilz stockend. »Aber erzähltest du nicht, daß dich jemand in kleine Würfel schneiden wollte? Vielleicht warst du nicht der einzige, dem dieses Schicksal drohte.

Oder ein schlimmeres gar! Vielleicht ein weitaus schlimmeres Los, so schlimm, daß wir es uns noch gar nicht vorstellen können.«

Brams röchelte. »So schlimm?«

»Siehst du«, sagte Rempel Stilz ungnädig, »jetzt haben wir den Salat! Genau deswegen wollte ich dir erst antworten, wenn du dich gut genug fühlst, um schwerste Schicksalsschläge zu ertragen. Ich wußte genau, warum, aber du wolltest ja nicht hören. Und nun keinen Mucks mehr!«

Brams schloß die Augen und versank in einen Halbschlaf.

Nach einiger Zeit hörte er Rempel Stilz sagen. »Wir sind jetzt nur noch zu zweit.«

Brams überdachte den Satz gründlich. Er schien ihm vor allem auszudrücken, wie betrübt Rempel Stilz wegen ihrer beiden Kameraden war. Daher erwiderte er: »Wir sind zu zweit, und später suchen wir noch zwei. Das macht unverändert vier.«

Rempel Stilz gab keine Antwort. Brams dachte schon, ihn von seiner Trübsal befreit zu haben, als er abermals das Wort ergriff: »Angenommen, Brams, wir bekämen nur einen von beiden zurück und müßten uns entscheiden, welcher es sein sollte?«

Dieses Mal antwortete Brams sogleich und ohne nachzudenken: »Dann wäre das ein sehr übler Streich!«

34. Die Bestimmung des Ritters Gottkrieg vom Teich

Als Riette die Augen aufschlug, stach ihr der Gestank von angebrannten Bohnen und ranzigem Speck in die Nase. Wenigstens steckte sie nicht mehr in einem Sack! Dafür war sie an Händen und Füßen gefesselt. Lächerlich!

Sie richtete sich auf.

Bei der Feuerstelle entdeckte sie Gottkrieg vom Teich und den

Bückling. Wie üblich saß der Ritter auf dem abgenommenen Sattel seines Pferdes, während der Knappe ihm gegenüber auf den Fersen hockte. Die beiden aßen und taten so, als seien sie allein.

Ein Luftstoß wirbelte Glut von ihrem Feuer auf und trug die Funken ein paar Arglang mit sich, doch die Wiese war viel zu feucht, als daß auch nur ein einziger Grashalm hätte versengt werden können.

Die orangefarbene Sonne kündete vom Ende des Tages.

»Was habt Ihr mit ihr vor, Meister?« fragte Bückling mit vollem Mund.

Gottkrieg hob die Hand zum Zeichen, daß er gleich antworten werde, kaute schneller und angestrengter und spuckte schließlich ein Stück Schwarte aus.

»Nichts anderes, als was ich nicht von Anfang an geplant hatte, Bengel«, sagte er.

Sein Knappe war mit dieser Antwort nicht einverstanden. »Aber Meister! Wollt Ihr es dem Weib denn nicht heimzahlen, daß sie Euch so schändlich mitgespielt hat? Auch wenn Ihr zu der Zeit unpäßlich wart, so muß ich Euch doch daran erinnern, wie sie dreist und schamlos von Euch verlangte, daß Ihr sie fürderhin als *Herrn* anreden solltet. Und daß Euch das abgefeimte Geschöpf Schnecken und Asseln in die Nase schob, könnt Ihr doch nicht vergessen haben? Schließlich habt Ihr lange genug gerotzt! Solche Schmach dürft Ihr nicht ungesühnt lassen, Meister. Züchtigen, bis ihr die Haut in Fetzen vom Leib hängt – das ist das mindeste, was sie verdient hat!«

»Herr heißt es«, erwiderte Gottkrieg mit nachsichtigem Kopfschütteln. »Züchtigen, bis ihr die Haut herunterhängt! Da wird einem doch eher der Arm lahm. Was du Bengel immer für Flausen im Kopf hast! Merke: Ein wahrer Ritter suhlt sich nicht in der Erinnerung an vergangene Schmach. Er denkt nicht kleinlich und wird auch nicht von Rachegelüsten getrieben. Er ist darüber erhaben. Ein wahrer Ritter folgt allein seiner Bestimmung. Denn er hat eine Bestimmung und kennt sie. Auch bei dir, Bückling, wird das eines Tages der Fall sein … Doch ein wahrer Ritter kennt auch die Bestimmung anderer. Und die Bestimmung dieser kleinen

Zecke ist es, an *Huldegunds Hurtiges Hurenhaus* verkauft zu werden! Zudem hat er ja bereits für sie bezahlt, und ich weiß jetzt schon nicht, wie ich ihm weismachen soll, daß er für sein Gold mit einer einzigen ihrer Sorte besser bedient ist als mit allen vieren.«

»Er?« fragte Bückling.

»Sie«, verbesserte sich Gottkrieg rasch. »*Die* Huldegund! Ich werde der Dame – eine Dame nämlich – wohl am besten erzählen, daß der Wert des Geschöpfs gestiegen sei, jetzt, da es nur noch eine Kortulenterin im Angebot gibt. Hoffentlich nimmt sie mir das ab. Ich würde ihr ungern ihre Beutel zurückgeben. Natürlich können wir sie nicht mit diesem albernen Namen abliefern, Püroruriette oder so ähnlich – der gibt nämlich nicht viel her! Vielleicht Machtschild oder Lustwitha? Das klingt doch gleich viel gefälliger im Ohr! Aber keine übereilten Entscheidungen! Bis Heimhausen fällt mir gewiß noch etwas Besseres ein.«

Der Ritter erhob sich. »Ich habe genug für heute und werde mich nun zurückziehen. Wenn du die Pferde versorgt und das Geschirr abgewaschen hast, überprüfst du noch einmal ihre Fesseln, Bückling. Ich will morgen früh keine Überraschung erleben!«

»Ja, Meister«, bestätigte sein Knappe.

Riette hatte kein Wort verpaßt. Zähneknirschend dachte sie: Die beiden waren also auf Streiche aus. Nur zu! Sie würden noch alle viel zu lachen haben.

Verächtlich betrachtete sie ihre Fesseln.

Was glaubten die beiden Kackpuhs, wen sie vor sich hatten? Sie hatte bei einer Meisterin des Bindens und Fesselns gelernt!

Stumm zählte Riette alle ihr bekannten Sorten von Seilen und Schnüren auf: Radialseil, Rahmenseil, Fangseil, Sicherungsseil, Hilfsseil, Signalseil, Klebeseil ...

35. Wie Riette zu ihrem Namen kam, abermals ganz wahrheitsgemäß erzählt von ihr selbst in eigenen Worten

Manchmal erzählte sich Riette eine Geschichte ...
Es war einmal ein Koboldmädchen, wie man es sich liebreizender, netter und zudem bezaubernder und hübscher gar nicht vorstellen kann. Sein Name lautete Henriette.
Jeder freute sich, wenn er es sah.
Wenn die Farne Henriette erblickten, so tuschelten sie: »Seht, da geht die anmutige Henriette! Wäre sie nicht so unglaublich liebreizend, so könnte man ganz neidisch auf sie werden.«
Auch die Stiefmütterchen lächelten schüchtern: »Schaut, da kommt die frohe Henriette. Als ginge die Sonne zum zweiten Mal auf!«
Selbst die stets fleißigen Bienchen unterbrachen ihr Tagwerk. Sie setzten sich in die nächste Blüte und winkten von diesen luftigen Sesseln aus. »Huhu, Henriette! Huhu!«
So war es lange Zeit gut, und jeder war zufrieden.
Doch als die Jahre ins Land zogen, traf die liebreizende, nette und zudem gutherzige und sanfte Henriette andere Koboldkinder. Sie waren garstig und hatten nichts Besseres im Sinn, als Henriette wegen ihres hübschen und dazu wohlklingenden Namens ganztägig zu verspotten!
»Hennen-Riette«, riefen sie ihr hinterher, und »Hühner-Riette« und »Vogel-Riette«. Andere schrieen nur »Kikeriki!« oder sogar »Kuckuck!«
Davon wurde Henriette ganz arg traurig.
Sie ging zu ihrer treuen Freundin, der Spinne. Die saß gerade bei Tisch mit ihren Töchtern und dem kleinen Sohn. Den hatten seine Schwestern furchtbar lieb, weswegen sie ihn ständig herzten und liebkosten.
Die älteste Tochter der Spinne sprach: »Mama! Tante Kreuz erzählte, daß unser Papa Tadha, den wir schon so lang vermissen, ein ganz Süßer gewesen sei. Wird unser lieber Bruder womöglich auch einmal ein Süßer sein?«

Die Spinne antwortete streng, da ihr die Tochter etwas vorlaut erschien: »Tante Kreuz kann das überhaupt nicht wissen! Doch warum nicht? Alle Männer der Familie waren süß.«

Nun bemerkte sie Henriette. Gastfreundlich rief sie: »Nimm Platz, Henriette, und iß mit uns! Es ist mehr als genug für alle da!«

Einladend wies die Spinne auf einen leeren Stuhl am Kopfende des Tisches und ein silbernes Tablett, auf dem eine knusprige, eingesponnene Stubenfliege lag.

Doch Henriette schüttelte nur traurig den Kopf. »Ich mag nichts essen. Ich mag nichts essen nimmermehr.«

Da merkte ihre Freundin, daß etwas im argen lag. »Was plagt dich, liebe Henriette?« fragte die Spinne besorgt.

»Sie haben das Wort gesagt!« klagte Henriette, und Tränen kullerten von ihren Wangen.

»Welches Wort denn?« erkundigte sich ihre treue Freundin und hörte einen Augenblick lang auf, die Fliege zu tranchieren.

»Sie rufen mir Hennen-Riette hinterher!« jammerte Henriette. »Und auch Hühner-Riette und Vogelkot-Riette! Manche schreien nur Kikeriki oder sogar Kuckuck!«

»Du warst gut beraten, sofort zu mir zu kommen, liebe Henriette«, antwortete die weise Spinne gütig. »Denn ich weiß klugen Rat! Geh rasch nach nebenan zu dem großen Küchenschrank. Nun öffne die linke Schublade. Siehst du die beiden schwarzen Dolche? Nimm sie vorsichtig heraus, aber schneide dich nicht, weil sie vergiftet sind. Komm jetzt zurück, doch vergiß nicht, die Garnrolle mitzubringen, die dort ebenfalls liegen muß.«

Henriette tat wie geheißen und trat wieder vor ihre Freundin.

Diese sprach: »Du wirst dich gewiß fragen, liebes Kind, was diese Dinge mit dir und deinen Sorgen zu tun haben?«

»So ist es in der Tat«, bestätigte Henriette.

»Ich will's dir verraten«, erwiderte die Spinne. »Eile geradewegs zum lautesten der Schreier und Plagegeister, meine nette Henriette, und ramme ihm links und rechts die Dolche in den Wanst. Sobald er sich nicht mehr rührt, fesselst du ihn und hängst ihn an einer leicht erreichbaren Stelle auf. So hast du gleich etwas zu naschen, wenn du einmal hungrig bist. Das wird den anderen eine Lehre sein.«

Henriette bedankte sich artig bei der Spinne für den guten Rat und die gewährte Hilfe und wandte sich zum Gehen. Doch da fiel ihr noch eine letzte Frage ein: »Sprich, weise Spinne, hat solches Vorgehen dir auch wirklich schon geholfen?«

»Ach«, antwortete leichthin die Spinne. »Darüber habe ich mir nie den Kopf zerbrochen. Ich halte es schon immer so!«

36. Ein Bückling erkennt seine Bestimmung

Als der erste Sonnenstrahl Bücklings Nase kitzelte, sprang der Knappe von seinem Lager vor Ritter Gottkriegs Zelt auf. Er griff nach dem Kessel und rannte mit ihm zu dem Bach, aus dem er schon am Vortag Wasser geschöpft hatte. Breitbeinig stellte er sich über das schmale Rinnsal und hielt den Kessel ins Naß. Während er darauf wartete, daß er sich füllte, summte er ein paar Töne und beobachtete Schmetterlinge, die in Paaren an ihm vorbeiflatterten. Als der Kessel voll genug war, richtete sich der Junge auf und schwenkte ihn mit lautem *Hui-hui* mehrmals geschwind im Kreis, bevor er sich auf den Rückweg machte.

Bei einem Gebüsch blieb er stehen. Mißtrauisch beobachtete er die Zweige, die sich scheinbar grundlos so heftig bewegt hatten, als wolle sie jemand samt Wurzeln ausreißen. Plötzlich vernahm er ein lautes Fauchen.

Vorsichtig trat Bückling näher heran und teilte die Zweige. Zwei Gesichtchen mit spitzen Nasen, runden Öhrchen und erstaunten schwarzen Äuglein blickten zu ihm auf.

»Igelchen!« murmelte Bückling erfreut. Wie schön! Igelchen, in der Lehmkugel gebacken. Das wäre eine wahrhaft erfreuliche Abwechslung auf ihrem Speisezettel.

Behutsam trat er einen Schritt zurück und bückte sich nach einem faustgroßen Stein. Dann leerte er mit Schwung und lautem Gebrüll seinen Wasserkessel über dem Buschwerk aus.

Als die Igel flüchteten, warf er den Stein nach ihnen und schrie dazu laut: »Des Lasterlebens Preis!«

Das Geschoß schlug neben den beiden Flüchtlingen auf, sprang über sie hinweg und verschwand dann ebenso unwiederbringlich wie das stachelige Liebespaar.

»Dann gibt's heute eben wieder Graupen«, meinte Bückling und ging zum Bach zurück, um den Kessel erneut zu füllen.

Wieder beim gemeinsamen Lagerplatz angelangt, stellte er ihn neben dem erkalteten Feuer des Vorabends ab und holte aus dem Karren einen Armvoll Feuerholz.

Plötzlich stutzte er.

Er bückte sich und hob ein Stück Schnur vom Boden auf. Es war so lang wie sein Unterarm und an beiden Seiten ausgefranst und feucht. Doch nicht vom Tau, sondern mehr so, als habe ein kleines Tier daran gekaut.

Wie kam die Schnur hierher? fragte er sich. Wozu mochte sie gehören?

Plötzlich fiel Bückling die Gefangene ein.

Sie war verschwunden!

Mit einem Kloß im Hals rannte er zum Zelt. »Meister! Meister! Die Zeckeriette ist entkommen!«

Doch als Antwort erscholl weder lautes Fluchen noch zorniges Gebrüll. Statt dessen drang nur Gottkriegs schwächliche, leise Stimme aus dem Zelt: »Zum letzten Mal: Es heißt Herr! Nun laß mich in Frieden. Ich bin krank!«

Diese Kunde machte Bückling gar nicht froh. »Meister, soll ich vielleicht zum nächsten Dorf eilen und Euch ein Krüglein warme Milch besorgen?«

Statt einer Antwort drang lautes Würgen aus dem Zelt.

Nun machte sich Bückling ernste Sorgen. Er kroch durch den Eingang ins Innere. Ritter Gottkrieg vom Teich bot einen beklagenswerten Anblick. Seine Haut war quittengelb, und dunkle Schatten umrandeten seine Augen. Er lag neben einer Pfütze von frisch Erbrochenem.

»Meister«, fragte der Knappe, »soll ich wirklich keine warme Milch besorgen?«

»Nichts Fettiges!« wimmerte der Ritter und übergab sich noch einmal. »Ich bin schwer erkrankt, Bückling. Bring mich zu meiner Base! Sie wohnt nicht weit weg und soll mich pflegen.«

»Aber Meister!« rief Bückling aus. »Die Zecke, die Wuslerin – sie ist entkommen! Erhebt Euch, wir müssen sie wieder einfangen.«

»Die ist mir so etwas von gleichgültig«, brummte und jammerte sein Herr. »Bring mich zu meiner Base, meiner Base, meiner Base! Damit sie mich gesund pflegt. Oder ich erschlag dich auf der Stelle!«

Bückling besann sich darauf, daß Gehorsam die erste Pflicht eines Knappen war. Daher kroch er wieder ins Freie und bereitete alles für ihre Abreise vor. Während er den Wagen belud, das Zugpferd anschirrte und das Reitpferd sattelte, malte er sich aus, wie er den Ritter zu seiner Base brachte.

In seiner Vorstellung war sie eine liebreizende Witwe von vierzehn Jahren.

Dankbar und bewundernd blickte sie ihn mit großen Augen an und reichte ihm die schmale, kühle Hand zum Kuß. »Gehandelt wie ein wahrer Held, Bückling!« Er sah sie so deutlich vor sich, daß er rote Ohren bekam.

Der Meister würde sicher bald wieder auf den Beinen sein, dachte er. Und falls nicht, so wäre das auch nicht so schlimm, da er ja immer noch seinen treuen Knappen hatte!

Diese treue, oft unterschätzte Seele würde notfalls eigenhändig die Schmach rächen, die das fremdländische Frauenzimmer seinem Herrn zugefügt hatte. Unerbittlich würde er sie jagen. Jahrelang und über sieben Meere und sieben Gebirge! Eines Tages würde er sie stellen.

Erst dann, wenn diese Aufgabe erfüllt war, würde er wieder zu seinem Herrn zurückkehren. Sporenklirrend träte er vor den einst so stolzen Ritter vom Teich. Natürlich fände er ihn bleich und schwach in seinem breiten Eichenbett liegend vor, umsorgt von seinen drei Frauen. Den beiden, die das Geld in die Ehe gebracht hatten, und der dritten, liebreizenden, die schon wieder vierzehn Jahre alt war.

Stolz würde er seinem Herrn als Zeugnis seiner Treue und seines Heldenmuts den abgeschlagenen Kopf auf der Stangenspitze entgegenstrecken. Wegen der weiten Reise wäre er vermutlich schon halb verwest. Die Krähen hätten der Schändlichen längst die Augen ausgehackt, die Maden ihre Wangen zerfressen, und auch vom Skalp hinge nur noch eine einsame Locke herab. Ein schrecklicher Anblick im Grunde, doch einer, der das Antlitz seines Meisters mit Stolz erfüllen würde! Während der Lebensfunke in seinen Augen immer mehr an Glanz verlöre, würde er dankbar murmeln: »Gut gemacht, Bückling! Gut gemacht, mein Ritter Grein von Hehring!«

Trotz der Schreie und Beschimpfungen, die in regelmäßigen Abständen aus dem Zelt drangen, trotz des Wimmerns und Klagens, der barschen Forderungen, nun endlich aufzubrechen, verstrich beträchtlich viel Zeit, bis Bückling sich endlich aus seinen Tagträumen befreien konnte. Frohen Herzens half er dem ächzenden und fluchenden Ritter Gottkrieg auf den Wagen.

Alles in allem war es für Bückling ein schöner Tag. Wie ihm sein Herr versprochen hatte, hatte auch er seine Bestimmung gefunden.

37. Ein erfreuliches Wiedersehen und die Weitergabe einer schlechten Kunde

Rempel Stilz zupfte Brams am Ärmel.

»Da kommt jemand«, sagte er, unwillkürlich die Stimme senkend, und deutete mit ausgestreckter Hand auf eine kleine Gestalt im schwarzen Kapuzenmantel.

Brams seufzte erleichtert. »Welcher von beiden mag das sein?«

»Das ist schnell beantwortet«, erwiderte Rempel Stilz. »Laß mich kurz winken.«

Brams legte ihm die Hand auf den Arm. »Geduld! Warte damit,

bis wir bei den Bäumen am Fluß sind. Hinter den Farnen, die dort wachsen, können wir uns nämlich verbergen, sobald wir Hutzel oder Riette auf uns aufmerksam gemacht haben. Und wenn er oder sie dann heran ist, springen wir laut schreiend aus unserem Versteck hervor.«

Rempel Stilz schenkte ihm einen mitleidigen Blick. »Das ist ein sehr schaler Streich, Brams.«

»Ich weiß«, räumte Brams ein. »Und auch völlig unangemessen angesichts der langen Trennung und der Sorgen, die wir uns gemacht haben. Aber mir fällt auf die Schnelle nichts Besseres zur Begrüßung ein. Dir etwa?«

»Nein«, brummte Rempel Stilz unzufrieden. »Ich wollte nur darauf hingewiesen haben.«

Beide rannten gebückt zum Flußufer. Daß der Weg gleich an den Bäumen vorbeiführte, betrachtete Brams als gutes Zeichen.

Kaum bei ihrem Ziel angekommen, hob Rempel Stilz schon an zu schreien und mit den Armen zu wedeln. Seine Bemühungen trugen rasch Früchte, da die Gestalt in der Ferne nach kurzem Auf und Ab zu springen begann.

»Es ist Riette«, schloß Brams. »Nun schnell hinter den Farn mit uns.« Beide versteckten sich und warteten. Doch ihre Gefährtin ließ sich überraschend viel Zeit.

Sie hätte den ganzen Weg längst zweimal abgehen können, dachte Brams ungeduldig. Was trödelte sie so lange?

Endlich kam Riette. Sie war schon von weitem zu hören, da sie unbekümmert vor sich hin summte.

Brams blickte zu Rempel Stilz und hob die Hand.

Noch drei Schritte! Noch zwei Schritte! Noch einer! Jetzt!

Brams ließ die Hand fallen.

Er sprang auf.

Er stolperte.

Er stürzte gemeinsam mit Rempel Stilz in den Farn.

Riette klatschte vor Freude in die Hände und juchzte.

Ein rascher Blick offenbarte Brams, daß jemand seinen und Rempel Stilz' Schnürsenkel zusammengeknüpft hatte. Offenbar war Riette den Weg tatsächlich nicht nur einmal gegangen.

Bevor er noch etwas sagen konnte, ergriff schon sein Gefährte das Wort: »Das war vielleicht ein feiner Streich, Riette! Beim Guten König Raffnibaff, welch ein Streich!«

Brams murmelte die letzten Worte halbherzig mit. »... welch ein Streich!«

Dann erst löste er den Knoten, der ihn mit Rempel Stilz verband.

»Wo warst du so lange?« fragte jener unterdessen. »Wir haben dich gesucht.«

»Ich habe den Ritter Gottkrieg und den Knappen Bückling getroffen«, erklärte Riette.

»Ich auch«, rief Brams überrascht.

»Sie haben mich gefangengenommen.«

»Mich vermutlich auch«, sagte Brams kopfnickend.

»Ich bin ihnen aber entkommen.«

Brams hob die Schultern. »Ich offenbar auch.«

Riette warf ihm einen zornigen Blick zu. »Du könntest dir ruhig selbst etwas ausdenken, Brams, anstatt mir alles nachzuplappern. Etwas mehr Eigenständigkeit stünde dir gut zu Gesicht.«

»Aber es stimmt doch«, erwiderte Brams. »Ich vermute jedenfalls, daß es sich so zutrug.«

»Alle haben Brams auf den Kopf geschlagen«, warf Rempel Stilz ein. »Die ganze Zeit über! Einer nach dem andern. Wer eben gerade zur Stelle war.«

»Das erklärt einiges«, bekundete Riette. »Wo ist eigentlich der Hutzelsteiner?«

Rempel Stilz blickte zuerst Brams an, bevor er antwortete: »Vielleicht willst du dich lieber setzen, Riette?«

»Nein, will ich nicht«, entgegnete sie. »Warum auch?«

»Weil wir nicht wissen, wie gut es dir geht, und du dich womöglich aufregen könntest, wenn ich dir alles erzähle«, erklärte Rempel Stilz sanft.

»Ist ihm etwas Schlimmes zugestoßen?« fragte Riette sofort.

»Das wissen wir nicht«, antwortete Brams. »Aber wir haben Grund zur Beunruhigung.«

Riette atmete tief durch. »Danke für das Mitgefühl. Also kam ein Riese vorbei und hat ihn zertreten?«

»Nein, das nicht!« wehrte Rempel Stilz entsetzt ab.

»Ein Drache hat ihn im Tiefflug mit seiner Flammenlohe verbrannt? Welch schreckliches Los!«

»Nein, nein!«

»Ein Einhorn hat ihn aufgespießt? Der arme Hutzeltödter!«

»Behüte!«

Riette legte die Stirn in Falten. »Es scheint also etwas Ausgefallenes zu sein. Hat ihn vielleicht eine Seeschlange verschlungen?«

»Aber nicht doch!« rief Rempel Stilz aus. »Wie sollte das überhaupt angehen? Hier gibt es kein Meer.«

»Nichts einfacher als das!« belehrte ihn Riette. »Vom Meer in die Flußmündung, dann flink stromaufwärts und schließlich über Land geschlängelt wie ein Aal. Kein großes Kunststück, wenn du mich fragst. Armer Hutzelfinger! Das hätte jeden von uns treffen können.«

»Niemand hat ihn gefressen, zertreten oder ihm sonstiges Leid zugefügt«, rief Brams aus. »Jedenfalls, sofern wir es wissen. Er ist weg, so wie du es auch warst.«

Riette war sichtlich erleichtert, doch Brams hatte noch nicht zu Ende gesprochen.

»Wir nehmen an, daß ihn jemand gefangennahm«, fuhr er fort. »Du weißt, daß die Menschen viele Wünsche haben, von denen sie sich einbilden, wir könnten sie ihnen allesamt erfüllen. Geheimnisvolle und mächtige Gerätschaften, Töpfe voller Gold und Silber und so weiter. Doch wir wissen nicht, wer es tat und was seither mit ihm geschah. Sieht man davon ab, daß ohnehin jeder auf den anderen einschlug, so hatten einige Menschen doch sehr Unfreundliches im Sinn. Eine von ihnen wollte mich gar in winzige Würfel zerschneiden.«

»Oder ihm gar Schlimmeres zufügen«, ergänzte Rempel Stilz.

»Oder Schlimmeres«, wiederholte Brams.

»Offenbar meinst du deine Freunde mit den spitzen Zähnen, die ständig nach dir riefen?«

»Sie sind nicht meine Freunde«, gab Brams verstimmt zurück. »Ich kenne sie nicht. Ich habe sie nie gesehen. Ich weiß nicht, warum jeder so tut, als wäre ich für ihre Anwesenheit verantwortlich. Es gab noch viele andere, die nicht meinen Namen riefen.« Nachdenklich senkte er die Stimme. »Allerdings sprach mich Herr Gottkrieg ebenfalls mit Namen an.«

»Das hat bestimmt nichts zu bedeuten, Brams«, versuchte Rempel Stilz ihn zu beruhigen. »Viele waren hier. Fast alle in derselben Absicht, wenn auch aus unterschiedlichen Gründen, und die Hälfte kannte eben zufälligerweise deinen Namen.«

»Aha!« rief Riette plötzlich aus. »Riet uns der Hutzelwart nicht, zu den Hügeln zu flüchten?«

»Hügel oder Fluß«, bestätigte Brams. »Aber so genau erinnere ich mich nicht mehr.«

»Hügel oder Fluß«, wiederholte Rempel Stilz achselzuckend. »So oder so ist das ein weites Feld. Selbst wenn man die Hügel auf der anderen Flußseite außer acht läßt.«

»Laßt uns genau dorthin gehen, wo uns die ersten überfielen, und dann auf kürzestem Weg zu den Hügeln«, schlug Riette vor. »Viel anders wird es der Hutzelwiegler nicht gehalten haben.«

Niemand hatte Einwände vorzubringen.

Die drei Gefährten gingen so weit, bis sie sich einig waren, bei der Stätte des Überfalls angelangt zu sein. Hier verließen sie den Fluß und wanderten zum Rand des Tales.

Auf den Hängen wuchs Wald mit reichlich Unterholz. Sie waren nicht so steil, daß man sie hätte mühsam erklimmen müssen, doch steil genug, daß sich niemand gesträubt hätte, wenn ihm ein sanfter, ansteigender Weg gezeigt worden wäre.

An dieser Beschaffenheit des Geländes änderte sich meilenweit nichts. Welchen Weg Hutzel gewählt haben mochte, war daher völlig unersichtlich.

Riette sprang plötzlich scheinbar grundlos auf und ab. Da sie derlei bei beliebigen Gelegenheiten tat, machte Brams sich deswegen zunächst keine Gedanken. Doch dann schrie sie: »Da geht's hoch!«

Blitzschnell rannte sie am Waldrand entlang.

Brams und Rempel Stilz warteten, was sie zu berichten hatte.

Nun verschwand Riette zwischen den Bäumen. Als sie sich wieder zeigte, rief sie: »Kommt rasch!«

Brams und Rempel Stilz gehorchten.

Tatsächlich führte dort, wo Riette sie erwartete, ein einigermaßen breiter Weg in den Wald. Er stieg sanft an und verlief quer zum Hang. Tiefe Abdrücke von Pferdehufen in der weichen Erde bewiesen, daß Reiter ihn genommen hatten.

Soweit es nach Brams ging, bedeutete das jedoch nur: *irgendwelche* Reiter und *irgendwann*.

»Es gibt Menschen, die solche Spuren lesen können«, ließ er beiläufig fallen.

»Ich weiß«, versicherte ihm Riette. »Sie machen das wie Hunde und Hechte.«

Rempel Stilz verbesserte sie: »Nicht *wie*, sondern *mit*. Mit Hunden und... wieso eigentlich Hechten? Wie soll das denn schon wieder angehen?«

»Weil es eben doch *wie* und nicht *mit* heißt«, antwortete Riette von oben herab.

Mittlerweile hatte Brams wieder einmal gegen ein Bild anzukämpfen, das sich hartnäckig in seinem Kopf festgesetzt hatte. Im Geiste sah er einen riesigen, zotteligen Hund, der mit gesenkter Schnauze durch den Wald trottete. Offenbar verfolgte er eine Spur. Plötzlich gab der Hund ein böses Knurren von sich und rannte so schnell er konnte hangaufwärts. An einer Leine schleifte er einen Kobold hinter sich her. Rücksichtslos zog er das wimmernde Bündel durch Sträucher oder schleuderte es gegen die Bäume. Da verkeilte sich der Kobold plötzlich zwischen zwei dicht beieinander wachsenden Stämmen! Doch auch jetzt kannte das Tier kein Erbarmen. Mit aller Kraft zerrte es an seiner Leine, als wolle es die Bäume entwurzeln. Sie schnitt tief in seinen Hals ein und drohte es zu erwürgen. Die Augen traten der Bestie bereits aus den Höhlen, als sie ihr sinnloses Unterfangen plötzlich aufgab. Sie wandte sich um, trottete zu dem Kobold zurück und fraß ihn auf. Als nichts mehr von ihm übrig war, sprach sie: »Als wär's allein nicht schon mühsam genug gewesen!«

Brams' Herz pochte. Wie von Ferne drangen Riettes Ausführungen an sein Ohr.

»Du kannst das leicht nachprüfen, Rempel Stilz«, sagte sie gerade. »Du mußt nur einen winzigen Tropfen Blut in einen Teich mit Hechten fallen lassen. Ruck, zuck sind sie da! Sie riechen und schmecken das Blut. Zudem hören sie den Tropfen auf dem Wasser aufschlagen. Sie haben nämlich einen gemeinsamen Schmeck-, Riech- und Hörsinn.«

»Von wem hast du das?« fragte Brams mißtrauisch.

»Snickenfett«, antwortete Riette sogleich.

Rempel Stilz' eben noch von Zweifel geprägter Gesichtsausdruck verschwand. »Oh! Der ist Klabautermann, der wird es wohl wissen.«

»Und was für ein Klabautermann«, brummte Brams. »Ein Klabautermann, dessen Schiff rückwärts von Hand durchs Meer gezogen werden muß, um wieder in den Hafen zu gelangen!« Eine verläßliche Quelle war dieser Klabautermann in seinen Augen nicht.

Überraschend griff Riette in das nächste Gebüsch und förderte einen schwarzen Fetzen Stoff zutage. Sie hielt ihn gegen ihren Ärmel. »Gleiche Farbe, gleiche Machart.«

Entschlossen hob sie die Arme und drehte sich langsam um sich selbst. »Schaut genau hin! Stammt der Fetzen von mir?«

Trotz genauer Prüfung konnte niemand einen Riß in ihrem Gewand entdecken, zu dem das Stückchen Stoff hätte passen können.

»Nun ihr!« verlangte Riette. Diese Aufforderung war eigentlich unnötig, da Rempel Stilz bereits ihrem Beispiel folgte. Brams war der nächste.

Ihre Mäntel waren zwar gegenwärtig nicht in bestem Zustand, doch der Stoffetzen war offenbar nicht aus ihnen herausgerissen.

Alle drei hüpften vor Freude. »Wir haben ihn gefunden.«

Rempel Stilz lachte schadenfroh. »Ich kann es nicht erwarten, Hutzels Gesicht zu sehen, wenn wir ihm erzählen, daß es uns nur möglich war, ihm zu folgen, weil wir allesamt genau dieselben

Umhänge tragen. Bei Gelegenheit sollten wir allerdings unbedingt zu Nadel und Faden greifen. Wir sehen schon beinahe so schlampig aus wie Dämmerwichtel.«

38. Alldieweyl, aber das Erdmannerchen eben nicht

Die drei Kobolde folgten dem Weg, den Riette entdeckt hatte. Wie sie bald herausfanden, gab es außer den Hufabdrücken noch ein weiteres Merkmal, anhand dessen sie sich zurechtfinden konnten, nämlich die Roßäpfel, die die Reittiere der Menschen üppig fallen ließen.

Noch zweimal fanden sie Fetzen von Hutzels Umhang. Sofern er nicht neuerdings sehr ungeschickt war, mußte er sie absichtlich zurückgelassen haben. Jedoch fand sich kein dritter Hinweis mehr.

Jenseits der Hügel, die die Flußebene säumten, erstreckten sich Seitentäler, die mehr oder weniger quer zu ihr verliefen. Die Landschaft veränderte sich nun. Die Hügel wurden höher und schließlich zu Bergen, jedoch zu sehr niedrigen. Fast alle ihre Gipfel hätten in weniger als zwei Stunden bezwungen werden können, ohne daß dazu allzu wagemutige Klettereien nötig gewesen wären.

Am vierten Tag änderte sich die Umgebung äußerst nachteilig.

Schon am Vortag war es mühsam geworden, den Spuren zu folgen. Wegen des offenbar wachsenden Vorsprungs der Reiter waren die Hufabdrücke schon stark zerfallen. Zudem schienen die Roßäpfel immer mehr Tieren als Nahrung zu dienen. Sie fraßen sie an Ort und Stelle oder rollten sie mühsam weg wie etwa eine Schar kräftiger schwarzer Käfer, die Brams und seine verbliebenen Freunde bei dieser Arbeit beobachteten.

Doch am besagten vierten Tag gelangten die Kobolde in ein Tal, in dem so gut wie gar nichts mehr wuchs. Boden und Seitenwände waren mit Kieseln, Geröll und dem bräunlichen Staub zerriebenen Gesteins bedeckt. Das bißchen Erde, das hin und wieder zwischen den Steinen hervorlugte, schien nicht sonderlich fruchtbar zu sein.

In der Hoffnung, daß sich das Gelände bald wieder ändern würde, irrten die Kobolde durch diese Einöde. Statt einer Spur konnten sie nur noch dem Verlauf des Tales folgen.

Es hatte mehrere Ausgänge, die in weitere Täler führten, wo es aber nicht besser aussah.

Die Stimmung war gedrückt. Selbstverständlich des vermißten Hutzels wegen, doch auch wegen der Trostlosigkeit dieses verwüsteten Landstriches. »Als wandle man durch den Letztacker der Menschwelt«, murmelte Brams einmal.

Riette wußte als erste eine Erklärung: »Zweifellos sehen wir hier das Werk eines Riesen. Wer sonst würde sämtliche Pflanzen zertreten und dazu noch die Hügel? Niemand anders als ein Riese mit seinen riesigen Füßen.«

Rempel Stilz war anderer Ansicht: »Ich mache einen Lindwurm hierfür verantwortlich. Sie schwitzen nämlich einen giftigen Schweiß aus, der alle Pflanzen verdorren läßt.«

»Zertreten sie auch alle Steine?« wandte Riette ein.

»Das nicht«, mußte er zugeben, worauf sie sogleich siegessicher strahlte.

Aber Rempel Stilz war noch nicht fertig. So leichthin, daß sich Brams wunderte, wann er geübt haben mochte, fuhr er fort: »Vermutlich ist das Geröll auf einen ganz gewöhnlichen, feuerspeienden Drachen zurückzuführen. Ihr Flammenstrahl erhitzt den Stein in kürzester Zeit, aber sehr ungleichmäßig. Als Folge davon entstehen Spannungen, und er zerplatzt eben.«

Riette war sprachlos.

Brams verspürte kein Verlangen, sich in ihren Streit einzumischen.

Er seufzte schwer: »Zu Hause, im Koboldland-zu-Luft-und-Wasser, kann man immer jemanden fragen und ist nicht darauf angewiesen, unverständlichen Hinweisen zu folgen. Sowieso sind die einzigen, die sich hier mit dem Spurenfinden gut auskennen, Menschen, die Kobolde verschleppen, oder Hunde und andere Bestien, die Kobolde fressen.«

Ein kurzes Bellen schien seine Aussage zu unterstreichen. Doch von einem Hund schien es nicht zu stammen.

»Still!« flüsterte Brams und suchte mit den Augen die Umgebung ab. Steine, Steine, gelegentlich ein vertrockneter Strauch, mancher davon schwarz verkohlt – sonst nichts! Irgendwoher mußte das Bellen doch gekommen sein?

Brams gab seinen Gefährten ein Zeichen, einen der Hügel zu erklimmen.

Schweigsam stiegen die drei aufwärts. Mehr als einmal blickten sie vorsichtig zurück.

Von der Hügelspitze aus sah man, daß die Einöde einen Durchmesser von dreißig bis vierzig Meilen hatte. Dörfer oder einzelne Häuser waren nicht zu entdecken. Wenn sie allerdings aus dem bräunlichen Gestein der Umgebung erbaut worden waren, so war das auch kein Wunder.

Beim Abstieg erklang das Bellen erneut.

Jetzt entdeckte Brams den mutmaßlichen Urheber: ein schlankes Pelztier mit walzenförmigem Körper, beinahe halb so groß wie ein Kobold. Sein hellbraunes Fell war mit schwarzen Querstreifen verziert, die vom Rückgrat zu den Flanken verliefen. Aufrecht stand es, auf Hinterbeine und Schwanz gestützt, neben einem Erdloch. Den Rücken hielt es kerzengerade, ebenso den gereckten Hals, der einen dreieckigen Kopf mit spitzer Schnauze und dunkelgefärbten, runden Ohren trug. Eine schwarze Fellzeichnung umrandete die Augen und ließ sie dreimal so groß erscheinen, wie sie wirklich waren. Zusammen mit der starren, völlig konzentrierten Haltung erweckten sie den Eindruck, als könne diesem Geschöpf nichts, aber auch gar nichts entgehen.

»Vielleicht gibt es doch jemanden, den wir fragen können«, meinte Brams lächelnd.

»Was für ein Tier ist das?« wollte Rempel Stilz wissen.

»Ein Erdmännchen«, erwiderte Brams leise. »Auf der ganzen Welt gibt es keine aufmerksameren Beobachter.«

»Es ähnelt uns kein Stück«, murrte Riette.
»Warum sollte es auch?«
»Gelegentlich wurde derlei behauptet.«
»Menschen«, seufzte Brams. »Menschen.«
»Spricht es denn?« fragte Rempel Stilz.
»Noch nicht«, erwiderte Brams.
Rempel Stilz runzelte die Stirn. »Das wird weitreichende Folgen haben, wenn ich deine Worte richtig deute.«
Brams zuckte die Achseln. »Das ist mir bewußt. Doch was wollen wir anderes tun? Da wir niemanden haben, den wir fragen könnten, müssen wir dafür sorgen, daß uns jemand anderes die Antworten geben kann, die wir benötigen. Ansonsten bleibt uns nur übrig, Hutzel aufzugeben.«
»Was frißt es?« wollte Riette wissen.
»Eine berechtigte Frage«, erwiderte Brams. »Hauptsächlich Käfer, soweit ich weiß. Vielleicht auch einmal ein Ei. Wir Kobolde sollten nichts von ihm zu befürchten haben. Schließlich sind wir ja auch viel größer. Nun sagt, was ihr davon haltet? Hat irgend jemand Einwände vorzubringen?«
»Meinetwegen«, erwiderte Rempel Stilz. »Aber vergeßt nicht: anfassen – ja, wieder weglegen – nein. Wenn es darauf besteht, uns zu begleiten, so müssen wir ihm den Wunsch erfüllen.«
Riette ließ sich durch seine Worte nicht abschrecken.
»Einverstanden«, sagte sie. »Tun wir's. Aber wehe, es frißt doch Kobolde.«
»Gut«, sprach Brams. »Damit ist es beschlossen. Nun gehe langsam zu unserem pelzigen Freund, liebe Riette, und übe die geheime Macht aus, die allen Koboldfrauen zu eigen ist! Aber achte auf die Krallen.«
Riette schlich auf Zehenspitzen in Richtung des Erdmännchens. Nach drei Schritten wandte sie sich um. »Welche geheime Macht, Brams?«
So feierlich wie möglich erklärte Brams: »Die Macht, die ihm die Gabe der Sprache verleihen wird!«
Riette stemmte die Fäuste in die Seiten. »Mumpitz, Brams! Es

gibt gar keine geheime Macht, die allen Koboldfrauen zu eigen ist! Jeder von uns dreien kann ihm das Sprechen beibringen.«

Einen Versuch war es wert gewesen, dachte Brams und heuchelte Erstaunen.

»Ach ja?« rief er. »Dann sollten wir vielleicht lieber auslosen, wer es tut!«

Er schlenderte zu einem einsamen Strauch, brach vier gleichlange Zweige ab und ließ einen sofort heimlich im Ärmel verschwinden. Auf dem Rückweg kürzte er einen der verbliebenen Zweige scheinbar noch ein Stückchen – jedenfalls mußte es für einen arglosen Beobachter so aussehen. Tatsächlich sorgte er dafür, daß alle drei Zweige verschieden lang waren und dazu kürzer als der verborgene. So könnte er später einen von ihnen gegen den in seinem Ärmel austauschen, ohne daß es auffiele.

Brams streckte seinen Gefährten die Faust mit den drei Zweigen entgegen, und zwar so, daß sie nicht erkennen konnten, welcher von ihnen länger oder kürzer war.

»Wer den kürzesten zieht, der muß«, erklärte er die Regeln.

Rempel Stilz und Riette zogen ihre Zweige fast gleichzeitig. Mit Hilfe einer zuvor überlegten Ablenkung tauschte Brams klammheimlich den verbliebenen dritten gegen den verborgenen Zweig in seinem Ärmel aus.

»Laßt uns vergleichen!« verlangte er darauf.

Alle zeigten ihre Zweige her.

Brams überlief es heiß und kalt. Die Zweige von Riette und Rempel Stilz waren unbezweifelbar länger als seiner!

Kackmist, dachte er. Anscheinend war bei dem Austausch etwas schiefgelaufen, so daß er den falschen Zweig behalten hatte. Wie ärgerlich! Wie äußerst ärgerlich!

Plötzlich fiel ihm auf, daß die Zweige von Hutzel und Rempel Stilz genau gleich lang waren.

Wie konnte das angehen, rätselte er, wenn die drei Zweige, die er ihnen hingehalten hatte, verschieden lang und gleichzeitig kürzer als der verborgene gewesen waren? Da stimmte doch etwas nicht!

»Na, da hast du wohl verloren, Brams«, rief Riette fröhlich.

Rempel Stilz klopfte ihm vergnügt auf die Schulter: »Man muß auch einmal Pech haben, was, Brams?«

Unerhört, dachte Brams. Die beiden verhehlten nicht einmal, daß sie geschummelt hatten. Er ärgerte sich. Nicht deswegen, weil sie ihn auf undurchschaubare Weise hintergangen hatten, sondern weil er der einzige war, der sich nicht anmerken lassen durfte, daß er von irgendeinem Betrug wußte.

»Nun übe die geheime Macht aus, die allen Bramsen zu eigen ist«, witzelte Riette.

Brams gab sich betont gelassen, als sei er über solche Spötteleien völlig erhaben, und schlenderte lässig auf das Erdmännchen zu. Er hatte noch nicht einmal ein Drittel des Weges überwunden, als das Tier mit aufgeregtem Bellen im Loch verschwand. Mehrere rasche Bewegungen am Rande seines Blickfeldes belehrten Brams, daß der Bau noch mehr Eingänge besaß, bei denen Wächter gestanden hatten.

Er kehrte zu seinen Gefährten zurück und wartete, bis sich das Tier wieder zeigte.

Dann kroch er auf Händen und Knien zu ihm.

Wieder ertönte das kurze Bellen!

Brams hatte nicht den Eindruck, dem Erdmännchen auch nur einen einzigen Rechtkurz näher gekommen zu sein als beim vorigen Mal.

Beim dritten Mal robbte er auf dem Bauch zu ihm. Doch auch diese Art der Fortbewegung änderte nicht den Ausgang seiner Bemühungen.

Rempel Stilz tröstete ihn: »Wie du selbst sagtest, sind sie die besten Beobachter der Welt.«

»Also?« erwiderte Brams. Eigentlich sollte das gar keine Frage sein, sondern mehr eine Art lautes Achselzucken.

Doch Rempel Stilz verstand es anders. »Also kann man sich ihm nicht unbemerkt nähern – oder nur sehr, sehr schwer.«

»Daher?« antwortete Brams griesgrämig.

»Daher«, sprach Rempel Stilz, wobei er das »R« lange auf der Zunge rollen ließ, »daher muß man ihm etwas anderes zum Beobachten anbieten. Kurz gesagt: es ablenken.« Er strahlte.

»Ablenken?« wiederholte Brams in Gedanken versunken. »Ablenken? Kein schlechter Einfall!«

Rasch wurde Kriegsrat gehalten und ein gemeinsames Vorgehen beschlossen.

Dieses Mal sollte sich Brams von der gegenüberliegenden Seite des Loches nähern, aber erst dann, wenn Riettes und Rempel Stilz' Ablenkungsmanöver in vollem Gange war.

»Soll ich bei dieser Mission zählen?« erkundigte sich Riette hoffnungsvoll.

Brams dachte kurz über ihren Vorschlag nach und entschied sich dagegen. »Unnötig! Kein Zeitrahmen vorhanden. Zudem könnte hierdurch unerwünschte Aufmerksamkeit beim Zielsubjekt geweckt werden.«

»Dann eben nicht«, antwortete Riette mißmutig und kickte ein Steinchen weg.

Brams begab sich auf einem großen Umweg zu seinem Wartepunkt.

Sobald sich das Erdmännchen wieder zeigte, ließ sich Riette auf Hände und Knie nieder und brummte wie ein dicker Käfer. Rempel Stilz winkte mit den Händen, zog Grimassen und hüpfte auf einem Bein.

Soweit Brams es beurteilen konnte, zeigte sich das Erdmännchen sofort interessiert, wenn auch stark verwirrt.

Als nächstes warf sich Riette auf den Rücken, zappelte mit Armen und Beinen und rollte sich ein Stück von Rempel Stilz weg. Der hingegen schlug ein Rad und zwitscherte dabei wie ein Zeisig. Beide waren bemüht, die Entfernung zueinander Stück für Stück zu vergrößern, so daß das Erdmännchen sie bald nicht mehr gleichzeitig im Blickfeld behalten konnte und damit gezwungen war, sich zu entscheiden, ob es die Narreteien des einen Kobolds beobachten wollte oder die des anderen.

Wie erwartet, fiel ihm die Entscheidung schwer, und Riette und Rempel Stilz scheuten vor nichts zurück, um sie ihm noch mehr zu erschweren.

Als sich der Kopf des Erdmännchens ungefähr so schnell wie

der Schlag seines Herzens abwechselnd nach links und rechts wandte, war Brams' Einsatz gekommen.

So flink und so leise wie möglich, kroch er zu dem Tier.

Er hatte es beinahe erreicht, als plötzlich ein Ruck durch den Körper des Erdmännchens ging und sein Kopf herumschoß.

Es riß die Augen auf, öffnete das Maul und offenbarte einen rot leuchtenden Rachen und kleine, spitze Zähne.

Brams sprang es augenblicklich an.

Geschickt packte er die Vorderpfoten mit den langen Krallen und rang das Erdmännchen auf den Rücken. Zwar konnte er damit nicht verhindern, daß es versuchte, ihn mit den Hinterbeinen zu kratzen und zu treten, doch das spürte er nicht einmal. Nun war keine Zeit für Zimperlichkeiten, denn jetzt kam der wirklich widerliche Teil seines Vorhabens.

Brams näherte sein Gesicht dem des Erdmännchens. Todesangst blickte ihm aus den schwarzen Augen entgegen.

Er zögerte und hielt den Atem an. Sollte er wirklich die schreckliche Tat vollenden?

Um Mut zu fassen, murmelte er entschlossen: »Drei Äpfel und siebzehn Birnen!« Dann drückte er dem Erdmännchen einen feuchten Kuß auf das Maul.

Es sah plötzlich so aus, als müsse es sich jeden Augenblick übergeben.

Brams andererseits fühlte, daß irgend etwas auf seiner Oberlippe klebte.

Er ließ das Erdmännchen los.

Mit einem Kreischen verschwand es in seinem Loch.

Brams erhob sich und wischte sich mit der Hand über den Mund. Jetzt klebte das *Etwas* auf seinem Handrücken. Es sah aus wie ein Beinchen eines der schwarzen Käfer, die so begeistert die Pferdeäpfel weggerollt hatten. »Igitt!« rief Brams und sprang zu seinen Gefährten zurück.

Nun galt es abzuwarten.

Diesmal verstrich ungebührlich viel Zeit, bis sich das Erdmännchen wieder aus dem Bau traute.

Es wirkte sehr angespannt, als es wieder neben seinem Loch

stand. Augenscheinlich war es darauf gefaßt, beim ersten Anzeichen eines drohenden Kusses sofort wieder zu verschwinden.

Brams sprach es an: »Wir sind Kobolde und kommen in friedlicher Absicht.«

Das Erdmännchen schien wie vom Schlag getroffen. »Ich kann es verstehen!« kreischte es erschrocken und sprang in seine Höhle zurück.

Einige Zeit verstrich, bis es den Kopf wieder vorsichtig ins Freie streckte.

»Aber das ist noch nicht alles, mein kleiner Freund«, sagte Brams ruhig.

Ein neuer Entsetzensschrei und ein abermaliger Rückzug waren die Folge. »Es kann mich auch verstehen!«

Neuerliches Warten begann. Nun ging es darum, wer bei dem inneren Kampf, den das Erdmännchen auszutragen hatte, die Oberhand gewinnen würde – seine Angst oder seine Neugier.

Es erschien. Offenbar hatte die Neugier gesiegt.

»Kann es jetzt sprechen?« flüsterte Rempel Stilz gespannt.

»Ja – jedenfalls soweit ich es erzählt bekommen habe«, erwiderte Brams. »Ich mache so etwas schließlich zum ersten Mal und habe genausowenig Erfahrung damit wie ihr. Zu Anfang wird es etwas mühsam sein, sich mit ihm zu unterhalten. Es ist eben kein Kobold.« Laut rief er: »Wir sind Freunde!«

»Was sind Freunde?« antwortete das Erdmännchen sofort.

»Seht ihr!« flüsterte Brams. »Es weiß nicht, was Freunde sind. Offenbar haben sie keine. Versuchen wir es einmal damit ...«

»Wir gehören zum selben Rudel!«

»Was ist ein Rudel?« scholl es zurück.

»Keine Bange«, sagte Brams gelassen. »Ich habe noch mehr auf Lager ... Wir gehören zur selben Rotte!«

»Was ist eine Rotte?« erhielt er als Antwort.

»Eine Herde?« erklärte Brams.

Der Erfolg blieb aus. »Was ist eine Herde?«

»Weiß es denn irgend etwas?« fragte Riette ungeduldig. »Versuch es einmal mit Schwarm!«

»Gemach«, beschwichtigte Brams sie. »Wie ich bereits erklärte:

Unterschiedliche Lebens- und Sprachkonzepte müssen erst einmal überwunden werden.«

»Schnickschnack, Brams«, erwiderte Riette. »Schwarm! Schwarm!«

Brams tat, als höre er sie nicht, und rief: »Wir gehören zur Familie!«

Damit konnte das Erdmännchen endlich etwas anfangen. »Vettern? Base? Brüder? Schwester?« antwortete es. Offensichtlich kannte es auch nicht die Bedeutung von »belügen«.

»Vetter«, antwortete Rempel Stilz

»Base«, rief Riette.

»Welche Aufgabe habt ihr? Wächter? Käfersammler? Eierdieb?« fragte nun das Erdmännchen.

»Eierdieb«, flüsterte Riette.

»Keine«, erklärte Brams und warf ihr einen strengen Blick zu. »Wir ziehen ungebunden durchs Land.«

Das Erdmännchen schien verwirrt zu sein. »Keine Aufgabe? Kein Name? Niemand kann euch rufen.«

»Doch, wir haben Namen«, erwiderte Brams. »Ich bin Brams, und das sind Riette und Rempel Stilz.«

»Angenehm«, sagte Rempel Stilz.

»Wie heißt du?«

Das Erdmännchen bellte kurz.

»Wie ich schon sagte«, flüsterte Brams. »Anfänglich kann es manchmal schwierig sein.«

Er hob die Stimme. »Noch einmal, bitte!«

Das Erdmännchen stellte sich etwas aufrechter und atmete tief durch. »Mein Name lautet: *Er-hält-bei-Tagesbeginn-Wache-am-unteren-Loch-solange-die-Sonne-noch-nicht-die-zweite-Kammer-erhellt-aber-nicht-wenn-der-Himmel-bewölkt-ist-oder-an-Regentagen.*«

»Was?« entfuhr es Brams.

»Schlimmer als die Rotbolde«, brummte Rempel Stilz.

»Wunderschöner Name«, kicherte Riette. »Wie du selbst sagtest, Brams: Anfänglich kann es manchmal schwierig sein.«

Brams rückte einen Schritt von ihr ab. »So. So also.«

Er holte tief Luft: »Angenehm, lieber Vetter *Er-hält-von-Tagesbe-*

ginn-an-Wache-äh-am-unteren-Loch-wenn-die-Sonne-gerade-scheint-ansonsten...* irgendwas, irgendwo... Wie war das noch einmal, Vetter?«

»Er-hält-bei-Tagesbeginn-Wache-am-unteren-Loch-solange-die-Sonne-noch-nicht-die-zweite-Kammer-erhellt-aber-nicht-wenn-der-Himmel-bewölkt-ist-oder-an-Regentagen«, wiederholte *Er-hält-bei-Tagesbeginn-Wache-am-unteren-Loch-solange-die-Sonne-noch-nicht-die-zweite-Kammer-erhellt-aber-nicht-wenn-der-Himmel-bewölkt-ist-oder-an-Regentagen* etwas langsamer.

»Schön, schön«, erwiderte Brams. »Ab sofort heißt du *Regentag*.«

»Regentag«, wiederholte das Erdmännchen nachdenklich und gab einen Laut von sich, der wie eine Mischung aus einem Niesen und einem unterdrückten Bellen klang.

»Arg kurz«, stellte es unzufrieden fest. »Sehr arg kurz.«

»Keine Sorge«, beruhigte Brams es. »Solange du nicht mit uns sprichst, kannst du unbesorgt deinen vollen Namen verwenden.«

»Besser«, sagte das Erdmännchen. »Regentag... Regentag... Das klingt, als habe man den ganzen Tag nichts Richtiges zu tun. Als tauge man zu nichts. Nicht zum Wachen, nicht zum Jagen... Brams, wozu taugst du? Warum heißt du nicht wenigstens: Brams-er-zieht-ungebunden-durchs-Land?«

»Ich tauge durchaus zu mancherlei«, verteidigte sich Brams empört. »Aber nun, wie soll ich es erklären...«

Unverhofft kam ihm Riette zu Hilfe. »Unsere vollständigen Namen sind so lang, daß man Tage brauchte, um sie auszusprechen. Das kommt vom ständigen Reisen, immer neuen Aufgaben und weil wir allgemein so viel erleben. Brams heißt zum Beispiel mit vollem Namen *Er-kennt-jemand-namens-Moin-Moin-der-ihn-mit-Süßer-Milch-abfüllt-und-ihn-dann-hinterhältige-Verträge-unterzeichnen-läßt-so-daß-seine-armen-Gefährten...*«

»Genug«, unterbrach Brams sie. »Wir wollen nicht schon wieder drei Tage mit dem Aufsagen meines vielfältig tauglichen Namens verschwenden. Wir haben ein Anliegen, Vetter Regentag: Wir suchen Menschen zu Pferde, in deren Gesellschaft sich einer von uns befindet. Kamen sie hier vorbei?«

»Falls der Vetter auf den Namen hört *Seine-Nase-muß-der-Schrecken-aller-Käfer-sein*, so kamen sie vorbei«, erklärte Regentag.
»Wohin zogen sie?« rief Brams aufgeregt.
»Ich weiß es«, antwortete Regentag.
»Sprich! Erkläre es uns«, forderte Brams das Erdmännchen auf.
»Nichts leichter als das«, sagte es. »Eintausendsechshundertsiebenunddreißig Arglang gerade aus, dann abzweigen links in einem Achtundvierzig-Grad-Winkel, gleichzeitig aufwärts siebzehn Grad. Siebenundvierzig Arglang in diese Richtung bis zur Bruchkante. Drei Steinsäulen sind zu sehen. Sprung auf die höchste Säule. Linksdrehung sieben Grad. Sprung auf die mittlere Säule. Rechtsdrehung zwölf Grad. Sprung auf die letzte Säule. Nun neun Arglang senkrecht abwärts gerannt...«
»Halt, halt!« rief Brams. »Das kann man sich doch gar nicht alles merken.«
»Doch«, widersprach Regentag. »Ich kann mir das merken. Es ist nur viel, wenn man es auf eure Art schildert. Ihr solltet ebenfalls bellen. *Tschuck-i-i-i-oa* – das ist schon die gesamte Wegbeschreibung. Viel, viel mehr, als ich bislang überhaupt erzählen konnte.«
»Mag ja sein«, meinte Rempel Stilz. »Aber da wären immer noch Anweisungen wie: und nun neun Arglang senkrecht in die Tiefe!«
»Und?« sagte das Erdmännchen verwirrt. »Und?«
Augenscheinlich verstand es nicht, worauf Rempel Stilz hinauswollte.
»Ist schon gut«, seufzte er und murmelte etwas, das sich entfernt wie »Konzepte« anhörte.
»Aber das macht alles nichts«, sprach Regentag unbekümmert weiter. »Macht euch keine Sorgen. Ich werde ja bei euch sein!«
Rempel Stilz warf Brams einen mahnenden Blick zu. »Anfassen, nicht zurücklegen.«
»Ich weiß«, sagte sein Gefährte und wandte sich an das Erdmännchen. »Wir haben einen sehr weiten Weg vor uns, und es ist zweifelhaft, ob wir je wieder hierher zurückkommen werden.«
»Das soll mich nicht hindern«, erklärte Regentag. »Bis ihr kamt,

führte ich ein ausgefülltes Leben. Ich hielt Wache und sah in die Ferne. So war es gut. Doch wenn ich jetzt bleibe, werden mir meine Tage künftig schal und öde erscheinen. Denn nun zieht es mich in die Ferne. Ich will Abenteuer erleben! Gewiß gibt es noch viele Löcher, die darauf warten, daß ich mich neben sie stelle und den Horizont betrachte.«

»Das ist der richtige Geist!« rief Riette. »Laßt uns aufbrechen.«

»Augenblick«, antwortete Regentag und bellte.

Ein anderes Erdmännchen sprang aus dem Loch und stellte sich daneben.

»Abschied?« fragte Riette.

»Nein, Wachablösung«, erklärte Regentag.

Sie brachen auf. Als sich Brams nach einigen Schritten umwandte, sah er ein halbes Dutzend Erdmännchen neben dem Eingang ihres Baus stehen. Offenbar hatte doch so etwas wie eine Verabschiedung stattgefunden.

39. Mittlerweile an einem düsteren Ort

Die Öllampen rußten.

Der Foltermeister schloß die schwere Tür hinter sich und stieg die wenigen Stufen hinab. Flüchtig nahm er wahr, daß der Delinquent schon gebracht worden war. Man hatte ihn zur Gänze mit einem Tuch bedeckt, wofür es nur zwei Gründe geben konnte: Entweder sollte niemand erfahren, daß er in der Burg weilte, oder es war noch nicht entschieden worden, ob er sie vielleicht wieder lebend verlassen durfte.

Mit federndem Schritt ging der Foltermeister zu den Instrumenten, die sein Gehilfe nach dem allwöchentlichen Reinigen und Einölen bereitgelegt hatte. Prüfend betrachtete er die Zangen, Schrauben und Zwingen, die Messerchen zum Entbeinen, Aushöhlen und Verschlanken, die Schaber, Stichel, Markfeilen,

Fingersägen und Ohrenschleißer. Alles machte einen tadellosen Eindruck!

Er runzelte die Stirn, als ihm auffiel, daß die Eiserne Jungfrau schon wieder offenstand, und trat zu ihr, um sie zuzudrücken. Die Vorderhälfte quietschte elendiglich in den Angeln und bewegte sich allgemein sehr schwer.

So konnte das nicht bleiben, dachte er und wandte sich zu dem Gefangenen um. Jäh schoß ihm das Blut ins Gesicht. Diese Unverschämtheit!

Das Tuch, unter dem der Delinquent lag, war an einer Stelle aufgerichtet wie ein spitzes Zelt.

Der Foltermeister war nicht ganz unerfahren in den Leidenmannschaften seiner Mitmenschen. Er wußte, daß vieles ihre Wollust wecken konnte – auch Schmerz. Üblicherweise war ihm das einerlei, solange es nicht in seinem Folterkeller geschah. Denn hier war derlei unduldbar. Hier war schließlich kein Ort lasterhafter Ausschweifungen, sondern ein Ort des Schreckens, der Vernichtung und gründlichen Zerstörung! Manche Delinquenten schienen das nicht einzusehen und betrachteten ihn augenscheinlich als ihren Buhlknaben.

Solche Haltungen gaben dem Foltermeister das Gefühl, mißbraucht und benutzt zu werden, und sie verletzten ihn. Er war schließlich kein beliebiger Knochenbrecher von der Straße, sondern hatte sein Handwerk bei den besten gelernt: bei *Archiwald dem Sanften Schäler* und *Brutger dem Blutlosen*!

»Mach dir keine falschen Hoffnungen«, drohte er laut. »Ich werde dich gleich den schrecklichsten Qualen unterziehen, die Menschen sich vorstellen können. Wenn wir beide miteinander fertig sind, so wirst du völlig gebrochen sein. Man wird dir dann Fragen stellen, die du winselnd beantworten wirst. Mehr noch, du wirst darum flehen, daß man dir noch weitere stellt!«

Er begab sich zu dem Gefangenen. Mit einem verärgerten Blick auf die noch immer nicht verschwundene Erhebung lüftete er das Tuch dort, wo er den Kopf vermutete. Er sah jedoch nur Füße, kleine Füße.

Verwundert blickte er zu der Erhebung.

Wenn hier die Füße waren ... was war dann dort? Hatte man ihm etwa einen Streich gespielt und ihm nur einen halben Gefangenen gebracht? Doch ein halber Gefangener neigte eigentlich nicht dazu...

Verdutzt schlug der Foltermeister das Tuch am entgegengesetzten Ende zurück und entdeckte etwas ganz anderes, als er erwartet hatte.

»Was für eine Nase!« stieß er unwillkürlich aus. »Die mißt ja mindestens eine Elle!«

»Prächtig, nicht wahr?« antwortete der Gefangene knarrend und mit drohendem Unterton.

Der Foltermeister wich unwillkürlich von der Bahre zurück. Was für eine Art von Geschöpf war das? Winzig, klein, geradezu von kindlichen Maßen, aber...

Er trat wieder näher und gönnte sich einen ausgiebigen Blick auf das maskenhafte Gesicht. Nichts darin bewegte sich. Nicht die Lider, nicht die Augen. Es war nicht einmal zu erkennen, ob der Delinquent überhaupt atmete.

Da! Die Augen hatten sich bewegt!

Doch nicht flüssig, wie bei einem Menschen üblich, sondern sprunghaft, als werde die Bewegung durch Zahnräder gesteuert.

Da! Schon wieder!

»Wir können das Foltern überspringen«, schlug der Gefangene mit seiner knarrenden und drohenden Stimme vor. »Ich werde alles gestehen. Bei Bedarf werde ich bereitwillig Namen nennen. Falls erwünscht, werde ich gerne falsche Bezichtigungen aussprechen und jeden Menschen anschwärzen, den du mir nennst. Ich kenne keinerlei Hemmungen, Gewissensbisse oder gar Schuldgefühle. Verstanden? Keinerlei!«

»So geht das nicht«, unterbrach ihn der Foltermeister. »Erst die Tortur, dann das Geständnis. Das ist der richtige Ablauf.«

»Schade«, antwortete der Gefangene. »Sehr schade! Welche Vergeudung.«

Seine Pupillen sprangen in die Ausgangslage zurück. Nun starrte er wieder zur Decke. Unruhig trat der Foltermeister zu seinem Werkzeug und griff nach einer langen Zange. Als er sich umwandte, bemerkte er, daß ihn der Delinquent beobachtete. Seine Augen verfolgten mit winzigen Anpassungsbewegungen jeden seiner Schritte.

Der Foltermeister schaute woandershin.

»Wir beginnen jetzt mit dieser Zange«, erklärte er beim Gehen. »Damit wollen wir zunächst herausfinden, wo dein Fleisch fest auf den Knochen sitzt und wo es lose hängt.«

»Schade«, wiederholte der Gefangene. »Ich meinte es nur gut mit dir.«

»Gut?« Der Foltermeister blieb stehen.

»Gut eben. Sie werden deine Einmischung nicht mögen.«

»Wer?« fragte der Foltermeister.

Der Gefangene antwortete mit einer Gegenfrage: »Glaubst du wirklich, ich sei mit dieser Nase geboren worden? Du mußt nicht antworten. Sie ist zwanzigmal so lang, wie sie sein sollte. Sagt dir der Ausdruck *die Ohren langziehen* etwas?«

»Das ist eine Redewendung«, erwiderte der Foltermeister.

»Ist es nicht«, schrie ihn sein Gefangener an. »Du wirst es noch am eigenen Leib erfahren. Wie ich erwähnte, mögen sie keine Einmischung. Sie ziehen alles in die Länge. Die Ohren, die Nase, das Kinn ... und ihn natürlich auch.«

»Ihn? Ich weiß nicht, was du damit meinst.«

»Du weiß wohl, was ich damit meine!«

»Nein, ich weiß nicht, was du damit meinst.«

»Selbstverständlich weißt du, was ich damit meine!«

»Auf keinen Fall weiß ich, was du damit meinst.«

»O, du weißt sogar sehr genau, was ich damit meine! Ganz genau ... Üblicherweise übertreiben sie. Sie strecken ihn auf doppelte Armeslänge ... und ich meine nicht meine Arme damit.«

»Doppelt?« flüsterte der Foltermeister besorgt. Sein Mund war plötzlich ganz trocken.

»Doppelt«, bestätigte der Delinquent. »Naheliegenderweise kann das nicht gutgehen. Irgendwann macht es schnipp!«

»Schnipp?« stieß der Foltermeister aus.

»Schnipp! Oder schnapp! Je nachdem, wo er reißt. ... Bestimmt kennst du jemanden, der behauptet, in den ... hm ... Schinderschlund ... geblickt zu haben?«

Der plötzliche Wechsel verwirrte den Foltermeister. Selbstverständlich kannte er so jemanden, nämlich den Hohen Meister Monderlachs!

»Predigt er Keuschheit?« fragte der Gefangene.

»Ja, wieso?« antwortete der Foltermeister, unsicher, ob er die Antwort überhaupt erfahren wollte.

»Das ist nur ein Vorwand«, eröffnete ihm der Gefangene. »Eine Vertuschung der schrecklichen Wahrheit. Du kennst sie aber.«

»Ich kenne sie?«

»Selbstverständlich kennst du sie!«

»Ich kenne sie nicht!«

»O ja, du kennst sie! Schnipp, schnapp, schnipp-schnapp! So etwas hinterläßt einen tiefen Riß im Gemüt. Wie ich dir sagte, mögen sie keine Einmischung.«

Der Foltermeister wischte sich den Schweiß von der Stirn. »Warum sollte ich dir glauben?«

»Weil du weißt, was ich bin?« flüsterte der Gefangene heiser. »Nein, du mußt das nicht beantworten. Weil du weißt, was ich ganz bestimmt nicht bin. Nicht wahr? Das weißt du doch? Sag es!«

Sein Gegenüber schüttelte den Kopf und schwieg. Hutzels Stimme wurde drängender: »Sprich es aus!«

»Du bist kein Meinsch.«

»Richtig«, bestätigte Hutzel wieder leiser. »Sie auch nicht. Nichts hält sie auf. Schau mich an! Sie kommen und ... du weißt schon.«

Der Foltermeister atmete tief durch. Noch nie hatte er sich so schutzlos gefühlt. »Du gestehst auch ohne Tortur? Versprochen?«

»Sicherlich. Soll ich schreien?«

»Wieso?«

»Damit niemand an deinen Fähigkeiten zweifelt.«

»Kein schlechter Einfall«, antwortete der Foltermeister und brachte die Zange weg.

Ein grauenhafter Schrei brachte die Folterkammer zum Erzittern. Vor Schreck ließ der Foltermeister die Zange fallen. Mit rasendem Herzen fuhr er auf dem Absatz herum. »Wa...wa...wa?«

Der Gefangene lag da wie tot.

»Soll ich noch einmal?« fragte er tonlos.

»Ich glaube, das reicht«, keuchte der Foltermeister.

40. Die verwirrende Reise durch das Land der Erdmännchen

Wie nicht weiter erstaunlich, hatte Regentag gute und weniger gute Angewohnheiten. Zu den letzteren gehörte eine gewisse Sturheit, die sich etwa darin ausdrückte, daß er darauf bestand, sofort nach Einbruch der Dunkelheit schlafen zu gehen oder bei der kleinsten Regung eines Hungergefühls – was nicht eben selten bei ihm auftrat – sich unverzüglich auf Nahrungssuche zu begeben. Für Vorschläge, noch ein wenig mit dem Essen zu warten, oder Angebote, daß Rempel Stilz ihn tragen könne, wenn er müde sei, war Regentag taub. Zugeständnisse kamen für ihn überhaupt nicht in Frage.

Zu seinen liebenswerten Angewohnheiten gehörte, daß er stets auch an die Bedürfnisse seiner koboldischen Vettern und seiner Base dachte. Er wies sie auf geeignete Steine hin, unter die sie sich seines Erachtens im Schlaf kuscheln sollten, und brachte ihnen von seinen Jagdausflügen stets etwas zu essen mit: fette Käfer, leckere Skorpione, knackfrische, sich ringelnde Maden und anderes Getier. Während er aß, war seine großgewachsene Verwandtschaft daher meist damit beschäftigt, ihre Mahlzeit heimlich freizulassen oder sie zu vergraben, falls sie sich nicht mehr regte. Seine Weggefährten waren sich nämlich darin einig, daß es das Erdmännchen todunglücklich machen würde, wenn es erführe, daß sie seinen lieb gemeinten Bemühungen ganz und gar nichts abzugewinnen vermochten.

Das hinderte Riette jedoch nicht, ihren neuen Weggenossen zu fragen, ob er nicht vielleicht einmal ein paar Bunte Kuchen und Süße Milch jagen wolle.

Regentag versprach ganz ernst, daß er sich darum bemühen werde. Nach dem nächsten Jagdausflug räumte er jedoch völlig zerknirscht ein, keinen Erfolg gehabt zu haben. Seine »Verwandten« schlossen daraus, daß er noch viel zu lernen hatte, bevor er einen guten Streich zu genießen wüßte.

Die Regeln, nach denen Regentag seine neuen Gefährten durch die Einöde führte, waren zunächst undurchschaubar. Manchmal wählte er einen geraden Weg über die Hügel, ein andermal einen, der quer über den Hang oder an ihrem Fuß entlang verlief. Er schien keine Vorliebe für den kürzesten Weg zu haben, aber auch keine für den bequemsten.

Brams sprach ihn schließlich darauf an.

»Wir gehen den Weg, so wie ich ihn gelernt habe«, erklärte Regentag.

»Du bist ihn selbst nie gegangen?«

»Wo denkst du hin, Vetter Brams! Wir nehmen den Weg, den unser erstes Elternpaar nahm. Dasselbe, das den Bau entdeckte, den die Familie inzwischen bewohnt.«

»Und die jetzigen Eltern haben ihn dir erklärt?«

»Aber nein, Vetter Brams! Wenn man gemeinsam an einem Loch Wache steht, dann hält man gerne einmal ein Schwätzchen. Einer sagt vielleicht *Tschuk-o-o-o-ih,* worauf der andere vielleicht *Äh-äh-äh-ruaa* antwortet.«

»Und das bedeutet?« fragte Brams

»Von dem dreieckigen Stein geht man in einem Siebzehn-Grad-Winkel ebenerdig zweihundert...«

»Ihr lehrt euch gegenseitig Wege?« rief Brams erstaunt. »Wege, die ihr nie gegangen seid und womöglich nie gehen werdet?«

»Nun tu nicht so überrascht, Vetter«, tadelte ihn Regentag. »Wie ich zu Beginn unserer Reise sagte, kommt mir mein altes Leben inzwischen schal und öde vor. Immerzu neben ein und demselben Loch zu stehen und jemandem den Weg zu erklären, erfüllt mich jetzt nicht mehr. Früher jedoch schon. Aber jetzt will ich

Abenteuer erleben, fremde Pfade beschreiten und neben Löchern stehen, neben denen noch nie ein Erdmännchen stand.«

»Mir kommt bei solchen Reden der Onkel von Erpelgrütz in den Sinn«, warf Rempel Stilz ein. »Er weiß alles über das Feilen. Er spricht gern über das Feilen. Er spricht immerzu über das Feilen. Er spricht ausschließlich über das Feilen!«

»Der Erpelgrütz, der für Moin-Moin arbeitet?« hakte Riette nach.

»Derselbe«, bestätigte Rempel Stilz.

»Der Moin-Moin, mit dem Brams so gern Verträge abschließt?«

»Ist ja schon gut«, sagte Brams. Ihm war plötzlich etwas ganz anderes in den Sinn gekommen. Während der Reise hatte er sich von Regentag berichten lassen, was dieser über die Menschen zu sagen hatte, die für gewöhnlich am Bau der Erdmännchen vorbeikamen, und was er über die Wanderung des »ersten Elternpaares« wußte. Diese Schnipsel und oft undeutlichen Eindrücke hatte er mit seinen eigenen Erfahrungen vermengt und daraus geschlossen, daß die Menschen, die Hutzel in ihrer Gewalt hatten, offenbar in einer größeren Siedlung lebten, bei der – wegen der Hinweise auf bewaffnete und gerüstete Menschen – vermutlich eine Burg stand. So viele Menschen auf einem Haufen waren immer ein schlechtes Zeichen. Doch was er jetzt erfahren hatte, besorgte ihn.

Wenn die Erdmännchen Menschen erspähten, deren Äußeres einer bestimmten Beschreibung entsprach, so bedeutete ihr Warngebell vielleicht: »Vorsicht! Es kommen Menschen aus der Burg, die da und da liegt!«

So hielten sie es seit langer Zeit. Sie beriefen sich dabei auf vergangenes Wissen, das lange nicht mehr überprüft worden war. Mittlerweile konnte sich vieles, wenn nicht sogar alles verändert haben!

Der Tag hielt noch eine weitere unerfreuliche Überraschung bereit. Sie kündigte sich während Regentags Abendessen an. Brams war zu dieser Zeit beschäftigt, unauffällig einen Käfer zu vertreiben, der beharrlich immer wieder zu ihm zurückkehrte, um ihn in die Finger zu kneifen.

Plötzlich stellte sich das Erdmännchen auf und blickte starr in die Richtung, aus der sie gekommen waren.

»Menschen«, verkündete es.

Nicht nur Brams war sogleich auf den Beinen. Weit entfernt entdeckte er eine Vielzahl schwarzer Punkte. Viel mehr wäre selbst ohne die einsetzende Dunkelheit nicht zu erkennen gewesen.

»Wie sehen die Menschen aus?« fragte Brams dennoch auf gut Glück.

»Sie reiten«, erwiderte Regentag. Mehr konnte auch er nicht erkennen. Zudem wurde es Zeit für seine Nachtruhe. Fürsorglich wies er die Kobolde auf eine Steinrinne hin, die sie als Schlafstelle nutzen sollten. Daß keiner von ihnen in den schmalen Spalt paßte, störte ihn offenbar nicht.

Die Nacht verging ungestört, und der Morgen brach an.

Wie Brams es schon kannte, war das Erdmännchen zu dieser Zeit besonders rege. Mit hocherhobenem Schwanz sprang es auf allen vieren auf seinen Begleitern herum, was ihm aus irgendwelchen Gründen große Freude bereitete. Schließlich stellte es sich auf, um der Sonne den Bauch entgegenzustrecken.

Sogleich sagte es: »Da sind Menschen!«

Brams stellte sich neben Regentag.

Ein gut Teil der Nacht hatte er mit Riette und Rempel Stilz gerätselt, um was für Reiter es sich bei denen, die ihr neuer Gefährte ausgemacht hatte, wohl handeln mochte. Um zufällige Reisende, die nicht beachtet werden mußten, um die Reiter der Königin, die Riette glaubte, während des Überfalls erkannt zu haben, oder um Reiter, die mit den Unbekannten in der Burg in Verbindung standen?

Nun aber erübrigte sich jegliches Rätseln. Offenbar waren die Menschen noch nach Einbruch der Dunkelheit weitergeritten und hatten dann ihr Lager nur wenige Hundert Arglang entfernt aufgeschlagen. Sie trugen blutrote Umhänge und zählten mehr als beim letzten Mal. Zu allem Unglück hielten auch sie gerade Ausschau. Viel zu nah für Brams' Geschmack ertönte ihr wilder Ruf: »Brams! Brams! Brams!«

41. Unterdessen an einem gefährlichen Ort

Der Mensch, der den Foltermeister begleitete, hatte ein schmales Gesicht und trug einen Spitzbart. In seinen Augen brannte ein zehrendes Feuer. Sein Haar war so schwarz wie der Bauch eines Dachses.

Auch wenn der Foltermeister keinen Namen hatte nennen wollen, begriff Hutzel sofort, daß er es mit demjenigen zu tun hatte, dem er seine Gefangenschaft verdankte. Er wirkte angespannt.

Wie sollte er diesen Menschen am besten ansprechen? fragte sich Hutzel. Ritter Gottkrieg hatte »Herr« genannt werden wollen. Das kam nicht in Frage. Zu forsch durfte er aber auch nicht erscheinen.

Der Besucher kam sofort zur Sache. »Habt ihr der Königin erzählt, wer euch den Auftrag gab?«

Hutzel war überrascht, da er mit einer verständlicheren Frage gerechnet hatte. Wovon sprach sein Entführer?

Ausweichend antwortete er. »Wäre das nicht gänzlich unüblich, Mensch?«

»Sicherlich!« Der Besucher schien infolge dieser Antwort merklich erleichtert zu sein, doch noch immer plagte ihn etwas.

»Weiß die Königin, wohin der Erstgeborene gebracht wurde?«

Hutzel dachte sorgfältig über eine Antwort nach. Eines stand fest: Von Moin-Moin sprach sein Besucher auf keinen Fall. Leider wußte er nicht, welche Folgen ein Ja oder ein Nein hätte. Vorsicht war geboten. Ganz offensichtlich hielt ihn dieser Mensch für jemand anderen. Hutzel ahnte auch, für wen.

Er entschied sich für eine scharfe Wende. »Du verwechselst mich offenbar, Mensch. Ich bin ein Kobold und kein Dämmerwichtel.«

»Gibt es da einen Unterschied?« fragte der Besucher überrascht.

»Einen großen sogar«, antworte Hutzel. »Und nicht nur einen.«

Seinem Besucher schien plötzlich eine Last von der Seele gefallen zu sein. Er lächelte und entblößte die Zähne.

»So laß uns doch ein wenig über die Unterschiede zwischen Dämmerwichteln und Kobolden plaudern.«

42. Gefangen und hungrig in den Eingeweiden der toten Berge

»Wenn sie einmal auf ihren Pferden sitzen, haben sie uns ruck, zuck eingeholt«, sagte Brams. »Gib es hier einen Ort, wo wir uns vor ihnen verstecken können?«
»Wer sind diese Menschen?« fragte Regentag verwirrt.
»Wissen wir nicht«, antworte Riette. »Aber sie wollen Brams auffressen.«
Offenkundig hatte sie sich damit nur ausschweifende Erklärungen ersparen wollen, doch die Wirkung auf Regentag war durchschlagend. Vor Schreck sprang er ein halbes Arglang in die Höhe und raste bellend davon.
Die Kobolde setzten ihm nach.
»Wohin läufst du?« rief Brams.
Regentag beachtete ihn nicht, sondern rannte womöglich noch schneller.
»Wohin?« schrie Brams erneut.
Noch immer antwortete das Erdmännchen nicht. Wahrscheinlich bekam es vor Angst überhaupt nicht mit, daß er etwas von ihm wollte.
»Tschuko-o-o-ih oder so ähnlich«, schrie Riette.
Urplötzlich hielt Regentag inne.
»Wohin willst du?« fragte auch sie nun.
»Fort! Ich weiß nicht«, antwortete Regentag. »Ich flüchte!«
»Denke nach«, redete Brams ruhig auf ihn ein. »Kennst du ein Versteck, Vetter?«
»Ich werde nachdenken«, versprach Regentag zitternd.
»Aber nicht zu lange«, murmelte Riette.
»Ein Bau!« rief Regentag. »Hier in der Nähe gibt es einen Bau, den die ersten Eltern verschmähten!«
Brams seufzte. »Schau uns an, Regentag! Wir werden überhaupt nicht durch den Eingang passen.«
»O ja«, antwortete Regentag staunend, als fiele ihm zum ersten Mal auf, daß seine Begleiter nicht nur doppelt so lang, sondern

auch um ein Vielfaches breiter waren als er. »Macht euch keine Sorgen! Ihr werdet hindurchschlüpfen können. Der Eingang ist sehr weit. Das ist einer der Gründe, warum die Eltern den Bau nicht beziehen wollten.«

»Dann nichts wie hin!« rief Brams.

Alle rannten. Jeden Augenblick erwartete Brams, Hufgetrappel zu hören.

»Ihr müßt aber leise sein«, erklärte Regentag im Laufen.

»Wieso?« fragte Brams mißtrauisch. Plötzlich hatte er eine böse Vorahnung.

»Es gibt einen Bewohner«, eröffnete ihm Regentag. »Auch aus diesem Grund wollten die Eltern nicht dort bleiben.«

»Was nützt uns diese Zuflucht dann?« erwiderte Brams.

»Es gibt einen weiteren Ausgang! Die Eltern schlichen seinerzeit an dem Bewohner vorbei, während er schlief. Wir müssen vielleicht ebenso handeln.«

»Erzähle uns doch etwas mehr über diesen Bewohner«, drängte Riette.

»Er schlief«, antwortete das Erdmännchen.

»Das habe ich schon mitbekommen«, entgegnete sie. »Doch bestimmt gibt es noch mehr über ihn zu sagen?«

»Er war groß.«

Aha, dachte Brams. Nun kam der Troll! Seine Vorahnung war nicht falsch gewesen.

»Wie groß?« wollte Riette wissen.

»Ziemlich. Größer als ich.«

»So groß wie ein Hund?«

Regentag wußte mit dem Vergleich nichts anzufangen. »Was ist ein Hund?«

Brams wurde ungeduldig. Ausgerechnet jetzt verstand Regentag nicht!

»Groß, gefährliches Maul, macht laute Geräusche«, erklärte Riette. »Frißt einen, wenn man nicht auf der Hut ist.«

»Schreit er fiiiij-fiiij?«

»Nein, wöff-wöff!«

»Dann ist es also kein Geier, Base.«

Nun hatte er nicht nur Riette verwirrt. »Unter der Erde haust ein Geier?«

»Nein, kein Geier!« widersprach das Erdmännchen. »Auch kein Hund. Nichts, was fiiij-fiiij oder wöff-wöff macht.«

»Vielleicht ist es mittlerweile sowieso weggeflogen oder gestorben«, warf Rempel Stilz ein.

»Mit Glück!« stimmte Riette zu. »Womöglich war es eine Fledermaus.«

Sie kicherte und stieß einen schmerzhaft hohen Schrei aus.

»Autsch!« stöhnte Brams. »Das haben unserer Verfolger womöglich gehört.«

Ein Wiehern schien seine Befürchtung zu bestätigen.

»Schneller!« drängte Brams. Doch diese Aufforderung wäre gar nicht mehr nötig gewesen. Jeder rannte bereits von sich aus so schnell er überhaupt konnte.

Regentag schoß einen Hang hinab und begann plötzlich so wild zu graben, daß er augenblicklich in einer Wolke bräunlichen Staubes verschwunden war. Wie Geschosse flogen die Steinchen und Lehmbrocken, die er wegscharrte, hinter ihm davon.

»Kommt!« rief er, als er damit aufhörte.

Nun lag der Zugang zu dem Bau frei, von dem er gesprochen hatte. Er erinnerte an den Eingang eines Dachsbaus.

Regentag war schon darin verschwunden. Als nächste schlüpften Riette und Rempel Stilz in die Öffnung.

Brams entdeckte sofort, wie wenig Ähnlichkeit der enge Tunnel mit der Einstiegsröhre eines Dachsbaus zu tun hatte. Die Wände waren hart und fast so glatt wie Glas, wenn auch nicht ebenmäßig. Ein Dachs hätte sich schon durch Felsgestein graben müssen, um etwas Ähnliches zu schaffen.

Wo sind wir? rätselte Brams. Vielleicht im Innern einer Art Druse? Das würde die kristalline Härte erklären. Allerdings war die Innenseite von Drusen nicht glatt, sondern von Kristallen bedeckt, also kantig und würfelig.

Seine Bemühungen, das Geheimnis zu lüften, wurden jäh durch die Berührung einer Hand beendet. Sie schloß sich fest um sein Fußgelenk und wollte ihn aus der Röhre zerren.

»Hab ihn!« wehte der Klang einer Stimme von draußen herein.
Brams stemmte sich gegen die Gangwände. »Hilfe! Haltet mich fest! Jemand hat mich.«

»Mach platt!« befahl Rempel Stilz grob.

Brams preßte sich flach gegen den Tunnelboden und überlegte erst danach, was sein Gefährte mit dieser Anweisung eigentlich ausdrücken wollte.

Doch schon stieß Rempel Stilz mit seiner langen Axt an ihm vorbei nach dem Menschen, der ihn festhielt.

»Autsch!« schrie der und ließ los.

Frei! Blitzschnell zog Brams die Beine an, so weit er konnte.

Gleichzeitig griff Rempel Stilz nach ihm und zerrte ihn tiefer in den Gang.

»Nicht so grob!« beschwerte sich Brams.

»Dann mach selbst«, lautete die Antwort.

Brams bewegte stumm die Lippen. Mach platt! Mach selbst! Mach Rempel Stilz!

Je weiter die Gefährten in den Bau krochen, desto dunkler wurde es. Schließlich konnten auch scharfe Koboldaugen nichts mehr unterscheiden.

Riette beschwerte sich. »Ich sehe nicht mal mehr die Hand vor Augen.«

»Macht euch keine Sorgen!« rief Regentag munter. »Zu Hause war es auch oft sehr dunkel. Ich kenne den Weg. Folgt mir einfach!... Siebzehn Grad abwärts, nach sechs Arglang Linksbiegung zweiundachtzig Grad ...«

»Riecht ihr auch etwas?« fragte Rempel Stilz, hörbar schnüffelnd.

Brams sog die Luft ein. Rauch? Rauch!

»Sie versuchen, uns auszuräuchern!« brüllte er.

»Schneller da vorn!« forderte Riettes Stimme in der völligen Dunkelheit. »Au!«

Ein Plumpsen war zu hören.

»Was meinst du mit ...«, fragte Rempel Stilz. »Au!«

Wieder ertönte ein Plumpsen.

Wenn ich nur etwas sehen könnte, dachte Brams. Doch schon

fiel auch er unerwartet ein knappes Arglang tiefer. Er tastete mit den Händen um sich, fühlte jedoch weder eine Gegenwand noch die Decke. Vorsichtig richtete er sich auf, um sich nicht den Kopf anzustoßen. Als er stand, streckte er die Arme aus. Noch immer spürte er keine Decke über sich.

Die Luft war kühl und feucht. Der Brandgeruch war etwas stärker geworden.

»Wo sind wir?« rief Brams. Seine Stimme hallte.

»Im ersten Kessel«, antwortete Regentags Stimme. »Es gibt noch mehr. Wir müssen jetzt ganz vorsichtig am Wasser entlang weiter.«

Schon hörte Brams ihn plätschern. Da spürte er eine Hand!

»Hallo? Wer ist das?« rief er.

»Ich«, antwortete Riette. »Mit der anderen Hand halte ich mich an Rempel Stilz fest.«

»Ich habe den Kleinen«, meldete sich Rempel Stilz und lachte. »Wir wollen ja nicht, daß jemand irrtümlich siebzehn Grad rechts falsch abbiegt.«

»Macht euch keine Sorgen. Ich sehe alles! Ich kenne den Weg«, beruhigte Regentag sie sogleich fürsorglich.

Ein kurzes Stück konnte Brams aufrecht gehen. Doch schon nach wenigen, zaghaften Schritten mußten sich alle wieder auf Händen und Füßen niederlassen. Im Trockenen ging es weiter.

Der Qualm von außerhalb hatte nicht mehr zugenommen. Brams hegte die Hoffnung, daß der seltsame Bau groß genug war, um eine Ausräucherung sehr schwer zu machen. Jedenfalls, solange die *Spitzzähne* – wie er sie nannte – nicht mehrere Bäume mitgebracht hatten.

Bis zur nächsten und übernächsten Höhle wurde aus dieser Hoffnung Gewißheit.

Mit einem Mal rief Regentag ganz entzückt: »Oh, hier gibt es Käfer!« Er nieste heftig. »Widerlich! Ungenießbar! Schlechte Käfer!«

Im selben Augenblick spürte Brams eine Bewegung auf seinem Handrücken. Irgend etwas mit zahllosen Füßen krabbelte gemächlich von der einen zur anderen Seite. Brams führte die Hand zur gegenüberliegenden Seite des Gangs und streifte sie ab, damit er das Tierchen nicht zertrat.

»Tausendfüßler gibt es hier ebenfalls«, ließ er seine Begleiter wissen.

Regentag nieste erneut. »Friß sie lieber nicht, Vetter Brams! Ich glaube, sie sind giftig.«

»Genau, Brams«, warnte ihn auch Riette. »Friß die Tausendfüßler ausnahmsweise einmal nicht.«

Auch Rempel Stilz wollte nicht zurückstehen. »Wo doch Tausendfüßler sein Liebstes sind und er gar nicht genug von ihnen bekommen kann.«

Brams stieß einige Laute aus, die vor allem bedrohlich klingen sollten.

Es war Zeit, daß er die beiden zurück ins Koboldland-zu-Luft-und-Wasser brachte. Ihre Späße wurden zunehmend lauer. Sie wußten doch, daß Regentag einen Scherz nicht von einer Zwetschge unterscheiden konnte! Bestimmt würde ihn das Erdmännchen in den nächsten Tagen aus schierer Gutherzigkeit mit Tausendfüßlern überhäufen.

Brams hatte schon beinahe jegliches Zeitgefühl verloren, als die Schwärze für ein paar Augenblicke lang etwas weniger dicht wurde. Von irgendwoher fiel Licht in den Bau. Nicht genug, um Schwarz in Grau und Dunkelheit in Dämmerlicht zu verwandeln, aber gerade genug, um seine Gefährten, die sich seit langem in gestaltlose Stimmen in der Nacht verwandelt hatten, wieder mit Körpern zu versehen, deren schattenhafte Bewegungen Brams erahnen konnte.

»Ein Luftschacht«, erklärte Regentag. »Es ist nicht mehr weit. Das ist auch gut so. Ich bin nämlich hungrig. Keine Sorge! Ich sehe alles. Ich kenne den Weg.«

Abermals wurde es für einige Zeit stockdunkel, dann war das Schlimmste überstanden.

Der letzte Schacht mündete in eine Höhle solchen Ausmaßes, daß sie unmöglich das Werk derselben Geschöpfe sein konnte, die die Anlage aus Gängen und Wohnkesseln gegraben hatten. Zudem waren die Wände auch nicht glatt.

Durch einen Spalt, ein paar Arglang über dem Boden, drang genug Licht von außen herein, um wenigstens einen Teil der Höhle in ein vergleichsweise geradezu blendendes Dunkelgrau zu tauchen – aber auch nicht mehr. Auf der entfernteren Seite war eine Wasserfläche auszumachen. Sie schien mit einem Gewässer außerhalb der Höhle in Verbindung zu stehen. Da die Höhlenwand an dieser Stelle nicht ganz bis zur Wasseroberfläche hinabreichte, fiel auch dort schwach Tageslicht herein. Es beleuchtete ein mühsam zu erkennendes Etwas, das aussah wie die Schlingen eines dicken Taus und im dunkleren Teil der Höhle verschwand. Große Mengen Fledermauskot berichteten davon, daß zahlreiche der nachtschwärmerischen Geschöpfe in den Unregelmäßigkeiten der Höhlendecke ihr Zuhause haben mußten.

»Geschafft!« sagte Brams. »Wo ist der Ausgang?«

»Da oben«, erklärte das Erdmännchen und meinte damit den Spalt, der sicher auch den Fledermäusen als Einflugöffnung diente.

»Es dürfte einfacher sein, unter den Felsen hindurchzuschwimmen«, meinte Rempel Stilz.

»Nein!« rief Regentag empört. »Wasser! Naß!«

»Ein unbekannter See«, gab auch Brams zu bedenken. »Wer weiß, was sich darin tummelt.«

Rempel Stilz stieß ihm freundschaftlich den Ellenbogen in die Seite. »Keine Bange, Brams. Nicht in jedem See wartet ein hungriger Wels auf dich.«

Der Lärm einer eisernen Kette, die über Felsen scharrte, ertönte plötzlich. Aus der Düsternis senkte sich ein riesiger Kopf hernieder und tauchte in den Teich ein. Augenblicke später erhob er sich wieder daraus. Wasser floß in Sturzbächen aus dem Maul. Die riesigen Kiefer öffneten sich und leerten einen ganzen Schwarm Fische auf den Höhlenboden. Jäh ihrem angestammten Lebensraum entrissen, hüpften und zappelten die glitzernden Geschöpfe in der verzweifelten Hoffnung, wieder ins Wasser zurückgelangen zu können.

Doch sie ahnten die Wahrheit nicht und verstanden sie auch nicht mehr, als sie sich ihnen nackt zeigte.

Ein heißer Flammenstrahl wischte über den Höhlenboden. Auf einmal roch die Luft durchdringend nach gebratenem Fisch.

Der große Schädel senkte sich erneut. Er saß auf einem langen, biegsamen Hals und war mit schwarzen und roten Schuppen bedeckt. Kurze Hörner krönten die Stirn. Lange, spitze Ohren mit ausgefransten Muscheln ragten beidseitig des Schädels auf und erweckten den Eindruck eines zweiten Paars Hörner. Fleischige Fühler umrahmten wie spärliches Barthaar die Spitze des Mauls.

Eine lange, gespaltene Zunge zeigte sich zwischen den Kiefern und leckte die gebratenen Fische auf. Als nichts mehr übrig war, verschwand der Kopf wieder im Schatten.

»Ein Drache!« flüsterte Brams andächtig.

»Da lag ich wohl knapp daneben«, sprach Rempel Stilz, »als ich meinte, der geheimnisvolle Bewohner sei weggeflogen oder gestorben. Offenbar ist beides falsch.«

»Eine Fledermaus ist es ebenfalls nicht«, murmelte Riette. »Ein Hund wäre mir jetzt deutlich willkommener.«

Regentag stand wie erstarrt.

Unversehens hallte eine mächtige Stimme aus der Dunkelheit. »Höre ich jemanden sprechen? Zeigt euch!«

Riette stupste Regentag empört an. »Du hättest uns ruhig einweihen können, daß der Bewohner spricht!«

»Die Eltern wußten doch gar nicht, was das bedeutet«, verteidigte sich das Erdmännchen erregt. »Ich wußte das ebenfalls vor kurzem noch nicht. Zudem hat er damals keine Weggebeschreibung weitergegeben oder einen Warnruf.«

»Nicht so schüchtern«, drängte der Drache. »Zeigt euch, Gäste!«

Rempel Stilz wollte eben einen Schritt vortreten, doch Brams hielt ihn auf. »Obacht! Wer weiß, wie gut du gebraten riechst. Das wollen wir nicht herausfinden.«

Statt seiner antwortete Brams dem Drachen. »Ich heiße Brams und stehe hier im Dunkeln. Daran will ich vorerst auch nichts ändern.«

»Ah, dieses Mißtrauen«, seufzte der Drache enttäuscht. »Doch meinetwegen belassen wir es vorerst dabei und tun auch so, als wärst du ganz allein. Nicht wahr, Brams? Was bist du für einer?«

»Ich bin ein Kobold«, antwortete Brams.

»Ein Kobold?« wiederholte der Drache mit rollendem »R«, obwohl in dem Wort eigentlich gar keines vorkam. »Dann bist du ganz bestimmt nicht alleine hier. Wie viele seid ihr denn: zwei, drei, vielleicht sogar vier?«

Brams schwieg.

»Nun, es ist auch nicht allzu wichtig«, sprach der Drache leichthin weiter. »Habt ihr euer Werkzeug dabei? Gewiß habt ihr es dabei! Was wäre ein Kobold auch ohne sein Werkzeug, nicht wahr? Ich befinde mich momentan in einer etwas mißlichen Lage. Die Kette, die mich hier festhält, werdet ihr sicher schon bemerkt haben. Es würde zweifellos zu weit führen, euch zu erläutern, welche Schurkerei mich in diese Lage brachte. Daher nur eine kurze Bitte: Wenn du, Brams, oder ein anderer Kobold, der womöglich zuhört, mich vielleicht von dieser Kette befreien könnte? Das wäre doch eine nette Geste. Meinst du nicht?«

Brams räusperte sich: »Nimm es uns nicht übel, Drache. Doch wir kennen dich nicht, und wer immer dich in Ketten band, muß ein mächtiger Gegner und Feind sein. Von denen haben wir schon genug! Wir brauchen keinen weiteren. Wir sind allein, fern unserer Heimat. Verstehe, daß wir uns lieber aus eurem Streit heraushalten wollen. Laß uns in Frieden vorbei. Mehr wünschen wir gar nicht.«

»Ah, wir wollen nichts damit zu tun haben, lieber Drache«, äffte ihn der Drache nach. »Wir sind arglos, wir sind wehrlos! Au-au-au-au!... Verbirgt sich hinter deiner Ausrede nicht etwas ganz anderes, Brams? Willst du mir damit nicht in Wahrheit sagen: Ich bin ein schlechter Kobold! Diese Kette überfordert meine Künste, denn ich bin ein handwerkliches Nichts?« Eine riesige Kralle kam aus der Dunkelheit: »Das ist meine linke Hand! O nein, das ist ja die andere. O wei, sie ist ja auch links! Ich armer Brams. Was bin ich doch nur für ein tolpatschiger Kobold.«

»So ist das nicht!« brüllte Rempel Stilz erbost.

»Lügenkackpuh!« unterstützte ihn Riette, nicht weniger verärgert.

»Sieh da!« rief der Drache aus. »Aus eins mach drei! So leicht geht das. Und wie sind eure werten Namen?«

Keiner der beiden antwortete ihm.

Der Kopf des Drachen senkte sich herab. Das riesige Maul öffnete sich, und seine Stimme dröhnte durch die Höhle. »Nennt mir gefälligst eure Namen.«

»Rempel Stilz! Riette!« quiekten die beiden Kobolde sofort erschrocken.

»Jeder Spaß muß einmal enden«, sprach der Drache barsch. »Entfernt die Kette!«

Brams verspürte einen ungekannten Drang, diesem Befehl zu gehorchen. Jede Faser seines Körpers verlangte es von ihm. Unter Aufbietung allen Mutes preßte er jedoch hervor: »Ich sage nein, und ich erklärte bereits, warum. Daran hat sich nichts geändert!«

»Nein?« knurrte der Drache. »Nein? Du willst dich mir widersetzen, Wurm? Stell dir vor, wenn ich dir das nicht erlaube? Was dann? Wenn du gehorchen müßtest?«

»Warum sollte das so sein?«

Die Stimme des Drachen wurde lauter und füllte die ganze Höhle aus. »Weil ich euer Herr bin, Kobolde! Ich bin euer einziger und wahrer König. Ich bin der Beherrscher des Koboldhimmels-zu-Land-und-Wasser. Gehorcht mir auf der Stelle!«

»Wir haben überhaupt keinen König«, brüllte Riette. »Unser letzter König hieß Raffnibaff, und der war nett!«

»Raff-ni-baff!« wiederholte der Drache in einem Ton, als wolle er jede Silbe einzeln zermalmen und sie dann erst verächtlich ausspucken. »Raffnibaff! Raffnibaff! Wie oft habe ich es euch Koboldtrotteln schon erklärt? Wie oft soll ich es euch noch sagen, bevor ihr es endlich begreift? Mein Name lautet nicht Raffnibaff, sondern Tyraffnir. Tyraffnir!«

Die drei Kobolde sahen sich ratlos an.

»Der verborgene König«, flüsterte Brams. »Schwarzrot ist er auch.«

»Und furchteinflößend«, murmelte Riette. »Man kann sich gut vorstellen, daß er Gerippe zum Klappern bringen kann. Was tun wir, wenn es stimmt und er wirklich Raffnibaff ist?«

»Er lügt«, behauptete Rempel Stilz fest. »Er muß irgend etwas aufgeschnappt haben, das er nun gegen uns auszuspielen versucht. Wie du selbst zu Recht erwähntest, Riette, war Raffnibaff nett. Er hatte stets einen Streich im Sinn, und daß er je jemanden anbrüllte, hat man nie gehört. Der Drache ist nicht nett. Zudem ist er ein Drache und kein Kobold.«

»Schon«, sagte Brams. »Doch wie du weißt, Rempel Stilz, weiß niemand, wie der Gute König Raffnibaff eigentlich aussah.«

»Klein!« widersprach Rempel Stilz sogleich. »Klein wie Raffnibaff!«

»So sagt man eben«, erwiderte Brams. »Aber man sagt auch *groß wie Raffnibaff*.«

»Habt ihr je *schreien wie Raffnibaff* gehört?« gab Riette zu bedenken. »Oder *bedrohlich wie Raffnibaff*?«

Die beiden Gefährten schüttelten die Köpfe.

»Eben«, meinte Riette. »Könnt ihr euch vorstellen, daß der Drache einmal sagen könnte: Macht's gut, Kobolde! Viel Spaß allerseits. Mich braucht ihr ja nicht mehr?«

Wieder schüttelten sie die Köpfe.

Rempel Stilz' Augen leuchteten auf. »Vielleicht war der Gute König Raffnibaff derjenige, der den Drachen fesselte? Dann dürfen wir ihn schon gar nicht freilassen.«

Brams fühlte sich durch diese Erklärung in seiner Entscheidung bestärkt.

Dieser Drache war nur ein Drache! Nichts weiter als ein Drache.

Schon meldete sich Tyraffnir erneut zu Wort. Dieses Mal klang seine Stimme vergleichsweise sanft.

»Ich habe euch bestimmt erschreckt, meine kleinen Freunde. Ich weiß, daß ich manchmal unbeherrscht wirke. Das liegt an meinem heißen Blut. So sind wir Drachen eben. Feurig, aber nicht böswillig. Ihr müßt auch mich verstehen: So lange bin ich hier schon gefangen, und das einzige, was ich zu essen habe, sind Fische und Fledermäuse. Tagein, tagaus, jahrein, jahraus Fische und Fledermäuse. Und wiewohl sie mir längst zuwider sind, plagt mich stets der bange Gedanke: Was tun, wenn es diese schleimigen Fische und trockenen Fledermäuse einmal nicht

mehr geben sollte? Das macht einem zu schaffen, meine kleinen Freunde!
Und nun kommt ihr! Für euch wäre es ein Leichtes, mich von dieser Qual zu befreien. Doch ihr weigert euch! Vermögt ihr euch meine Enttäuschung überhaupt vorzustellen? Den Schmerz, als mir das Herz vor soviel Gleichgültigkeit brach? Vermögt ihr das? ... Werdet ihr jetzt endlich diese verdammte Kette entfernen?«
»Er spricht nicht die Wahrheit«, warnte das Erdmännchen seine Begleiter.
Brams schüttelte den Kopf. Wie ungeschickt! Selbst Regentag, der überhaupt nicht wußte, was lügen bedeutete, durchschaute den Drachen.
»Wir müssen uns beraten«, sagte er laut.
»Laßt euch Zeit«, antwortete Tyraffnir. »Ich habe genug davon. Ich bin hier, und ihr müßt an mir vorbei. Irgendwann werden wir uns gewiß einig werden.«
»Wieso müssen wir an ihm vorbei?« flüsterte Riette. »Wir können doch ebensogut wieder zum Eingang dieses Baus zurückzukehren.«
»Und die Spitzzähne?« gab Brams zu bedenken.
Riette rümpfte die Nase. »Falls sie noch immer da sind, dann warten wir eben so lange, bis sie abgezogen sind.«
Brams senkte die Stimme. »Ich weiß nicht, wie lange wir warten können.«
»Du meinst wegen Hutzel?«
»Auch, aber nicht nur«, antwortete Brams und machte eine leichte Kopfbewegung zu dem Erdmännchen hin. Sehnsuchtsvoll blickte es zu dem Spalt, durch den das Tageslicht hereinfiel.
»Schau ihn dir an! Obwohl er ständig ißt, ist er ein dünnes Geschöpfchen. Ich weiß nicht, wie lange er ohne Nahrung auskommen kann. Vielleicht nicht länger als einen Tag. Das, was hier unten lebt, scheint ungenießbar für ihn zu sein.«
»Ich bin hungrig«, erklärte Regentag passend.
»Keine Sorge! Ich sehe alles. Ich kenne den Weg«, beruhigte Brams ihn rasch.
»Was tun wir also?« murmelte Rempel Stilz.

Brams seufzte schwer. »Laßt mich einen Augenblick darüber nachdenken.«

Er verschränkte die Arme hinter dem Rücken und ging ein paar Schritte. Was war zu tun? Was würde ein durchtriebener Bursche wie Moin-Moin in seiner Lage tun?

Kräftige Hände packten ihn und rissen ihn zurück.

»Wenn du schon achtlos umhergehen mußt«, ermahnte ihn Rempel Stilz, »so nähere dich wenigstens nicht dem Drachen.«

»Oh!« stieß Brams erschrocken aus. Das hatte er wirklich nicht beabsichtigt.

Er stellte sich an die Höhlenwand, stützte den Kopf gegen den kühlen Stein und nahm seinen Gedanken wieder auf.

Moin-Moin! Was täte er in seiner Lage?

Brams lachte bitter. Was Moin-Moin täte? Er würde jemanden dazu überreden, einen Vertrag über Großmütter abzuschließen, und darauf bauen, daß sich alles andere von selbst erledigte. Was sonst?

Was konnte man hieraus lernen? Konnte man irgend etwas daraus lernen? Wer wäre zum Beispiel die Großmutter? Wen würde er überreden?

Plötzlich kannte Brams die Antwort auf seine Frage.

So klar erschien sie ihm, daß er sich sogar einen Augenblick lang fühlte wie Moin-Moin. Er vermeinte das Kratzen der Feder zu hören und den gebeugten Nacken des ahnungslosen Wichtes zu sehen, der gutgläubig den tückischen Vertrag unterzeichnete.

Ein schadenfrohes Lachen drang wie aus eigenem Antrieb aus seiner Kehle: »Hahaha!«

Er suchte den Boden nach einem Stein ab und hob ihn auf.

»Angeschmiert«, murmelte er dabei zufrieden.

»Brams, ist dir etwas?« drang Rempel Stilz' besorgte Stimme zu ihm durch.

Brams riß sich zusammen.

»Wir reden später darüber«, antwortete er sachlich und warf den Stein zur Höhlendecke. Er erreichte sie jedoch nicht.

»Mist!« brummte Brams mißvergnügt.

»Was hast du vor?« fragten ihn die anderen.

Brams erklärte ihnen seinen Plan. »Auch wenn man es von hier aus nicht sieht, so müssen unter der Decke doch Hunderte, vielleicht Tausende Fledermäuse hängen. Wenn wir sie alle gleichzeitig aufscheuchen, den ganzen schwirrenden Schwarm! Stellt euch dieses Durcheinander vor! Bestimmt wäre der Drache ausreichend abgelenkt, so daß wir den Tümpel erreichen und wegtauchen könnten.«

»Nein, nein!« widersprach das Erdmännchen entsetzt. »Wasser! Naß! Der Ausgang ist dort oben.«

»Dort kommen wir aber nicht schnell genug hin«, erklärte ihm Brams geduldig. »Der Drache wird uns längst verbrannt und aufgefressen haben, bis wir dort sind. Es gibt nur einen einzigen Weg für uns. Rempel Stilz wird dich tragen. Er ist sehr stark. An seiner Seite kann dir nichts geschehen.«

»Immer noch Wasser. Immer noch naß«, gab das Erdmännchen unleidig von sich.

»Du bist vorher durch Wasser gegangen«, erinnerte ihn Brams.

»Aber nicht so viel!«

»Ich habe über deinen Plan nachgedacht«, erklärte Rempel Stilz. »So, wie du dir das vorgestellt hast, kann das nichts werden. Ein Stein schreckt vielleicht zwei, drei Fledermäuse auf. Was du brauchst, sind viele Steine. Doch ich weiß schon Rat. Schau mich an, Brams, was siehst du?«

Brams wußte nicht, was er darauf antworten sollte. Rempel Stilz stand eben da und trug wie so oft seine sperrige Axt mit dem viel zu langen Stiel über der Schulter.

»Dich? Sehe ich dich?«

»Schau genauer hin«, ermahnte Rempel Stilz ihn. »Ein Hinweis: Achte auf meine Hand.«

»Dich und deine Axt«, erwiderte Brams ungeduldig. »Richtig?«

»Nein«, antwortete Rempel Stilz breit lachend.

»Nein?« rief Brams verblüfft. »Ich sehe dich nicht? Spielen mir meine Augen einen Streich?«

»Nein«, sagte Rempel Stilz stolz. »Was du siehst, Brams, ist ein Katapult!«

»Ach«, gab Brams von sich. »Ach ja?«

»Aber sicher«, bestätigte Rempel Stilz. »Der Stiel der Axt kommt auf meine Schulter. Ich halte ihn fest. Auf das Axtblatt kommen die Steine. Dann drückt ihr das Blatt mit aller Kraft nach unten, während ich mit dem Stielende dasselbe mache. Bei ›Los!‹ laßt ihr los, und schwupp-di-schwupp saust euer Ende hoch, und alle Steine fliegen zur Decke. Das war's!«

»Hervorragender Plan!« rief Riette und klopfte ihm auf die Schulter.

Wenn er denn gelingt, dachte Brams, behielt aber seine Zweifel für sich.

Die Kobolde und Regentag sammelten geeignete Steine. Als sie ausreichend viele zusammengetragen hatten, legte Rempel Stilz den Stiel auf seine Schulter, während die anderen die Steine auf das Blatt der Doppelaxt schichteten.

Riette und Brams preßten das eine Ende der Axt auf den Boden, Brams versuchte, das andere mit aller Kraft herunterzuziehen.

Fertig!

Riette und Brams ließen die Axt los, und die Steine wurden in die Höhe geschleudert.

Einen Augenblick später prasselten sie wie Hagel wieder herab.

Sonst geschah nichts.

»Ein sehr ungewöhnliches Vorgehen«, klang die Stimme des Drachen aus dem Dunkeln. »Aber unterhaltsam, wenn ich so sagen darf. Was immer das gerade gewesen sein soll. Hört meinen neuen Vorschlag! Ihr befreit mich von der Kette, und ich werde niemandem von diesem Augenblick erzählen, wenn wir alle wieder zu Hause sind.« Er gab ein Geräusch von sich, das vielleicht ein Lachen war.

»Zu Hause!« schnaubte Riette. »Wir und er haben kein gemeinsames Zuhause.«

»Er lügt«, versicherte ihr Brams.

»Er lügt«, sagte auch Rempel Stilz.

»Er lügt«, stieß selbst Regentag aus.

»Nächster Versuch!« befahl Rempel Stilz. »Mich hätte gewundert, wenn es beim ersten Mal geklappt hätte.«

Abermals wurden Steine gesammelt. Wie ihre Vorgänger flogen auch sie bald der Decke entgegen. Den Schlaf der Fledermäuse störten sie aber ebensowenig.

»Erbärmlich«, ertönte die Stimme des Drachen. »*Richtige* Kobolde hätten sich anders zu helfen gewußt. Zuerst einmal wären sie ausgezeichnete Handwerker gewesen und keine unfähigen, unbegabten Tölpel. *Scharfsinnig* hätten sie einen Plan gefaßt – einen *schlauen* Plan, falls jemand versteht, was ich damit andeuten will ...«

»Nächster Versuch!« kreischte Riette.

»Er lügt!« brüllten alle anderen.

Da geeignete Steine in dem der Teil der Höhle, in dem sich die Kobolde sicher wähnten, langsam rar wurden, schickten sie Regentag in die Gänge des Baus zurück. Riette begleitete ihn.

Schließlich wurde das Koboldkatapult zum dritten Mal bestückt. Auf allgemeinen Wunsch stellte sich Rempel Stilz jetzt so, daß die Steine, wenn sie wieder herunterprasselten, wenigstens auf den Drachen fielen, wenn sie schon nichts anderes bewirken sollten.

Zum dritten Mal wartete Rempel Stilz breitbeinig. Seine Fäuste hielten den Axtstiel fest umschlossen. Hinter ihm drückten Brams und Riette das Blatt mit aller Kraft zu Boden.

»Sag Bescheid«, sprach Brams, hob das Gesicht und erschrak.

Aus einem unerfindlichen Grund stand Regentag auf dem Axtblatt!

»Runter mit dir!« brüllte Brams und schlug nach ihm, ohne nachzudenken.

Umgehend setzte sich Rempel Stilz' überlegene Kraft durch.

Das Axtblatt wurde Brams und Riette aus den Händen gerissen.

Eine der scharfen Spitzen verfing sich in Brams' Kleidung und schlitzte sie von unten bis oben auf. Alles, was sich auf dem Axtblatt befand, wurde in hohem Bogen weggeschleudert.

Brams schrie auf vor Schmerz und stürzte. »Regentag war auf der Axt! Ich bin aufgeschlitzt wie ein Kürbis! Der arme Kerl wird zerschmettert werden.«

»Mach dir keine Sorgen! Es droht keine Gefahr«, antwortete sogleich eine bekannte Stimme.

Brams traute seinen Augen nicht. Das Erdmännchen stand neben ihm! Offenbar war es im letzten Augenblick von der Axt gesprungen.

»Ich kenne den Weg!« seufzte Brams erleichtert.

Schon spürte er auch Riettes Hände, die neben ihm kniete und ihn betastete.

»Keine Verletzung«, stellte sie fest. »Er übertreibt wie immer.«

»Unfaßbar«, murmelte Brams, als er an sich herabsah. Er war tatsächlich nur mit ein paar Kratzern und Abschürfungen davongekommen. Regentag lebte ebenfalls noch. Diesen Unfall konnte man ja fast als Glücksfall einordnen!

Der Mantel war allerdings arg mitgenommen. Die Schneide hatte nicht nur den Stoff zerfetzt, sondern auch etliche Innentaschen und Riemchen mit Beutelchen zerschnitten. Er mußte dringend ausgebessert werden!

Brams seufzte. Mindestens eine halbe Stunde würde er daran sitzen, wenn nicht sogar eine dreiviertel Stunde!

Rempel Stilz hatte derweil mit roten Ohren begonnen, die Habseligkeiten aufzusammeln, die aus den zerstörten Taschen von Brams' Gewand gefallen waren. Überwiegend handelte es sich dabei um Werkzeug. Einen Teil davon konnte Brams in anderen Taschen verstauen, den Rest mußten Rempel Stilz und Riette an sich nehmen.

Brams hatte das Gefühl, daß irgend etwas fehlte, konnte aber nicht sagen, was es sein mochte.

»Ich habe die Axt gestern noch geschliffen«, murmelte Rempel Stilz ganz zerknirscht. »Hätte ich das bloß sein lassen!«

Brams legte ihm die Hand auf die Schulter, sah ihm ernst in die Augen und sprach: »So muß das auch sein! Alles stets in Schuß und gut verfugt. Nicht auszudenken, was eine stumpfe Axt erst angerichtet hätte.«

»Hat es aua-aua gemacht?« ertönte plötzlich die vor Hohn triefende Stimme des Drachen.

»Er lügt«, versicherten sich seine unwilligen Zuhörer gegenseitig. Doch damit brachten sie ihn nicht zum Schweigen.

»Glaubt ihr wirklich, ihr könntet mit ein paar Steinchen die Fledermäuse aufscheuchen?« tönte er. »Schaut her, nicht einmal das macht ihnen etwas aus!«

Im oberen Bereich der Höhle wurde es plötzlich hell, als der Drache Feuer spie. Wie Brams angenommen hatte, hingen dort droben tatsächlich zahllose der pelzigen, geflügelten Tiere. Ein paar von ihnen stürzten brennend herunter. Allen anderen schien es zu genügen, daß sie nicht selbst betroffen waren. Die riesige Wolke schwirrender Fledermäuse, die sich Brams erhofft hatte, blieb aus.

Verlegen blickten sich die Kobolde an. Der Drache hatte die ganze Zeit über gewußt, was sie vorhatten!

»Vielleicht wäre es nun an der Zeit, mit Verhandlungen zu beginnen«, sagte er. »Ihr werdet mich von der Kette befreien, wie ich es euch bereits auftrug. Aber ihr müßt das ja nicht nur aus Gefälligkeit tun. Bestimmt gibt es etwas, daß ihr euch schon immer gewünscht...«

Seine gönnerhaften Worte endeten in einem Schmerzensschrei.

»Was ist das? Wer bist du? Zeig dich! Laß das!« brüllte er. Wieder erhellte eine Feuerzunge die Dunkelheit und wieder und wieder und wieder! Der Drache tobte und stieß abwechselnd furchtbare Drohungen und Wehlaute aus. Ein dumpfes Trommeln erweckte den Eindruck, als schlüge er mit irgend etwas gegen die Höhlenwand. Doch von einem Widersacher war nichts zu erkennen.

Urplötzlich senkte der Drache sein schreckliches Haupt und scharrte damit über den Höhlenboden, als wolle er irgend etwas Lästiges abstreifen.

Eine vergleichsweise kleine Flammenzunge ließ Brams erkennen, was es war.

Dem Drachen war ein zweiter Kopf gewachsen!

Dieser wesentlich kleinere Kopf entsprang jedoch nicht dem Hals, sondern dem Schädel! Genau zwischen den beiden Hörnern war er entstanden. Ausgelassen biß er abwechselnd in die Ohren des größeren Kopfes oder verbrannte ihm mit einem dünnen Flammenstrahl die Nase.

So, wie er es sich vorstellte, wurde der große Kopf den kleineren nicht los. Brüllend verschwanden beide wieder in der Dunkelheit.

»Rennt, so schnell ihr könnt!« befahl Brams. »Wir haben nur wenig Zeit.«

Weder auf das zornige Toben des Drachen noch auf die erschrockenen Warnungen des Erdmännchens achtend, hetzen die Kobold zu dem Tümpel und sprangen kopfüber hinein. Nur wenige Arglang Tauchen brachten sie auf die andere Seite der Felsen. Dort erwartete sie wie angenommen ein See.

Sie schwammen zum Ufer, kämpften sich durch Binsen, Rohrkolben und Schwertlilien und warfen sich ins Gras.

Riette sprach aus, was fast alle beschäftigte: »Was war das?«

Brams lächelte genüßlich, da er die Antwort kannte. Er war jedoch nicht gesonnen, sie sogleich mit allen zu teilen. Wenigstens für kurze Zeit wollte er sie noch hinhalten.

»Seine Großmutter, könnte man sagen«, erklärte er geheimnisvoll. »Wer von euch erinnert sich noch an unser ursprüngliches Anliegen?«

»Ach, die Großmutter!« rief Riette laut und stupste Rempel Stilz mit dem Finger. »An die hatte ich gar nicht mehr gedacht. Die Großmutter, die wir für Moin-Moin besorgen sollten. Brams besaß doch noch das Wechselta.(lg) für den Wechselbalg. Er trug es in einem Beutel am Gürtel. Wer hätte gedacht, daß es noch wirkt? Du vielleicht, Brams?«

»Nein«, antwortete Brams.

Riette war jedoch nicht gewillt, ihn länger zu Wort kommen zu lassen.

»Als Brams den Unfall hatte, Rempel Stilz, muß deine Axt den Beutel abgerissen und mitgeschleudert haben, so daß der Inhalt über den Kopf des Drachen spritzte. Wie wir das kennen, haben sich die einzelnen Tröpfchen wieder vereinigt. Weil es für einen ausgewachsenen Drachen viel zu wenig Weselta.(lg) war, reichte es nur für einen Kopf. Unser Glück! Es hätte auch ein Fuß daraus werden können. So war es doch, Brams, nicht wahr? Ich habe doch nichts ausgelassen?«

»Ja«, antwortete Brams mißmutig. »Genau so. Da gibt es nichts mehr hinzuzufügen.«

Er holte Nadel und Faden heraus und flickte stumm und verbissen sein Gewand. Regentag zupfte ihn am Ärmel: »Vetter Brams, ich habe nichts von dem verstanden, was die Base erzählte.«

Brams legte sein Nähzeug weg, tätschelte sanft den Kopf des Erdmännchens und antwortete: »Du bist eine gute Seele, Regentag. Eine sehr gute! Laß es mich dir ausführlich erklären ...«

43. Inzwischen an einem Ort mangelnder Unsicherheit

Hutzel umklammerte mit den Händen die Gitterstäbe seines Käfigs. Neugierig blickte er auf das »Tönnchen«, das der Foltermeister mitgebracht hatte.

»Es ist beschädigt«, erklärte er unterwürfig. »Meine Frau bat mich, dich zu fragen, ob du es wieder heile machen könntest, Meister.«

»Was ist das?« rätselte Hutzel. »Eine Zentrifuge zum Honigschleudern?«

»Ein Butterfaß, Meister«, berichtigte ihn der Foltermeister.

»Etwas wenig«, näselte Hutzel. »Selbstverständlich kann ich es richten. Aber keine halben Sachen mehr! Wir richten es gleich so her, daß man es künftig für mehrere Zwecke verwenden kann. Für Butter, zum Honigschleudern ... für Wäsche ...«

»Das würdest du für uns tun?« rief der Foltermeister mit leuchtenden Augen.

»Selbstredend«, antwortete Hutzel. »Ich brauche allerdings etwas Werkzeug.«

Der Foltermeister sah plötzlich ganz zerknittert aus. »Ich kann dir keines bringen. Du weißt doch, daß der Graf gedroht hat, jedem den Kopf abzuschneiden, der Werkzeug auch nur in deine Nähe bringt.«

»Ach ja«, antwortete Hutzel, als habe er diesen unwichtigen Erlaß längst vergessen. »Schade. Dann kann ich wohl nichts tun.«

Der Foltermeister räusperte sich: »Meister, wenn du mir vielleicht erklären könntest, was ich machen muß, dann könnte ich womöglich selbst ...«

Hutzel lachte schallend. »Auf was für Einfälle du Bengel immer kommst! Das ist doch viel zu schwierig für dich!... Aber ich will nicht so sein. Zeig her! Vielleicht kann ich dir ja beibringen, wie du es notdürftig wieder als Butterfaß verwenden kannst.«

44. Das Eindringen in die Grafenburg (mit Strategie)

Der Hügel war allenfalls fünfzig Arglang hoch. Er stieg sanft an und flachte an der Spitze ab. Dort oben stand die Burg. Ihre Ausmaße entsprachen denen der größeren Burgen, die Brams kennengelernt hatte, als sie noch mit Ritter Gottkrieg vom Teich von Turnier zu Turnier gezogen waren. Von den Türmen aus mußte man einen weiten Blick über das ganze Land haben!

Gleich unterhalb der Mauern begann die Stadt. Ihre dunklen Schieferdächer verhüllten den Hügel wie ein graues Schuppenkleid.

Eine Straße wand sich wie eine Schlange hinauf zur Burg. Schmale, geradewegs den Hügel hinaufführende Spalten zwischen den grauen Schuppendächern deuteten auf Verbindungswege zwischen den Schlingen der Straße hin. Angesichts der Steigung konnte es sich bei ihnen überwiegend nur um Treppen handeln. Doch das war eine Vermutung, die sich wegen des dichten Dächerkleids aus der Ferne nicht bestätigen ließ.

»Das ist der Bau der Menschen«, verkündete Regentag stolz. Brams schwankte, ob er ihren kleinen Begleiter wirklich enttäuschen solle. Doch dann entschied er sich dafür, ihm die Wahrheit zu sagen.

»Tatsächlich ist es nicht nur ein einziger Bau. Die Menschen bewohnen viele, die zumeist nicht miteinander verbunden sind.«

Regentag war entsetzt. »Es sind viele? Ich kenne den Weg nicht.«

Brams beruhigte ihn sogleich. »Ich kenne den Weg und sehe alles! Man muß wissen, was man sucht, dann ist der Weg leicht zu erkennen. Ich bin mir sicher, daß unser Gefährte in dem Bauwerk auf der Hügelspitze, das man Burg nennt, gefangengehalten wird. Wir müssen zuerst herausfinden, wo genau er sich dort befindet. Ob im Keller, in den Turmspitzen oder sonstwo. Anschließend müssen wir eine Möglichkeit finden, zu ihm zu gelangen und ihn zu befreien. Selbstverständlich müssen wir auch wieder unbeschadet hinausgelangen. Das wird nicht leicht sein. Diese Mission muß sorgfältig vorbereitet werden.«

Rempel Stilz räusperte sich. »Ist dir bewußt, daß etwas Vergleichbares seit den Tagen des...«

Er stockte und atmete tief durch. »...den Tagen unseres einzigen, wahren und ständig freundlichen Königs Raffnibaff nicht mehr gewagt wurde? Und schon gar nicht ohne Tür?«

»Wir wollen ja kein Königskind stehlen«, wiegelte Brams ab. »Das Stehlen eines Königskindes wurde auf diese Weise seither nicht gewagt. Doch eines Kobolds? Bestimmt sind wir die ersten Kobolde, die einen Kobold stehlen wollen.«

»Spitzfindigkeiten«, warf ihm Rempel Stilz vor. »Schon das Auskundschaften wird schwierig werden. Wir müssen durch die ganze Stadt, um zur Burg zu gelangen. Es dürfte hier nicht sicher sein, wenn wir uns wie bisher als Kopoltrier ausgeben oder kindtypisches Verhalten an den Tag legen. Denn bestimmt wird hierauf geachtet! Also müssen wir nachts zur Tat schreiten. Doch ob dann das Burgtor noch geöffnet ist? Vermutlich nicht. Und was wird uns erst in der Burg erwarten? Wachen? Bestimmt. Schon das Auskundschaften birgt meines Erachtens so viele Gefahren wie die eigentliche Mission.«

»Schnickschnack!« rief Riette. »Wenn ich das meiner Freundin, der Spinne erzähle, dann lacht sie uns aus! Bestimmt wurde etwas Derartiges nicht mehr versucht, weil jeder sagte, es sei nicht zu schaffen! Zuversicht, Kobolde, Zuversicht! Brams soll sich einfach einen ganz tollen Plan ausdenken, und wenn Schwachstellen auftreten, so wird Rempel Stilz sie verdreschen.«

Rempel Stilz stimmte überraschend schnell zu. »Ich kümmere mich um die Frage, wie wir hineingelangen können«, sagte er und ging weg.

»Ich kümmere mich um die Schwachstellen«, versprach Riette und verschwand ebenfalls.

Brams sah ihr nachdenklich hinterher. Was mochte sie damit meinen? Wie wollte Riette sich um etwas kümmern, wovon noch keiner von ihnen etwas wußte?

Er zuckte die Schultern. Wahrscheinlich folgte sie Rempel Stilz nur aus Neugier.

Brams wandte sich an das Erdmännchen: »Für dich habe ich eine wichtige Aufgabe. Solange du nicht sprichst, werden dich die Menschen nicht mit uns in Verbindung bringen. Du bist deswegen der einzige, der unbehindert nach Hutzel zu suchen vermag. Kannst du zählen?«

»Ich kenne den Weg«, erwiderte Regentag selbstsicher. »Ich sehe alles!«

Brams schüttelte den Kopf. »So meine ich es nicht. Zählen wie während einer Mission. Drei Äpfel und fünf Birnen ... So etwa.«

Regentag blickte ihn verständnislos an. »Ich habe gerade erst einen Käfer verspeist.«

»Dann muß es eben ohne gehen«, seufzte Brams. Sein Gefährte hatte noch einen weiten, weiten Weg vor sich. »Hutzel kann, wie ich bereits sagte, überall sein«, erläuterte er. »Unter der Erde, in den Türmen, wo auch immer. Finde ihn und kehre zurück! Merk dir, ob Menschen bei ihm sind. Sprich auf keinen Fall mit ihnen oder anderen ihresgleichen. Bellen ist erlaubt! Trotzdem dürfte es wohl sicherer sein, wenn sie dich gar nicht erst sehen. Läßt es sich nicht vermeiden, so ist es eben so. Laß dich nicht einfangen! Traust du dir diese Aufgabe zu?«

»Ich kehre zurück und erzähle von dem Weg«, versprach das Erdmännchen. »Was machst du solange?«

Gute Frage, dachte Brams. Alle hatten eine Aufgabe oder waren mit irgend etwas beschäftigt. Was sollte er beisteuern? Brams kam sich plötzlich etwas nutzlos vor. Riettes Worte fielen ihm ein.

»Was ich mache?« erwiderte er. »Ich entwickle unterdessen einen ganz tollen Plan.«

Zufrieden eilte das Erdmännchen davon.

Brams blickt ihm nach und überlegte, ob er nun Rempel Stilz und Riette suchen sollte, entschied sich aber dagegen.

Im Laufe des Nachmittags kamen beide zurück. Auf den Armen trugen sie etwas, das von fern aussah wie eine ganze Anzahl mehrarmiger Tischleuchter. Dieser Eindruck bestätigte sich, als Riette und Rempel Stilz vor ihm standen. Die beiden trugen tatsächlich Tischleuchter.

»Ich will gar nicht versuchen zu erraten, was ihr damit vorhabt«, sagte Brams. »Erklärt es mir einfach.«

Rempel Stilz zwinkerte Riette zu, als habe er genau diese Antwort erwartet. Vorsichtig setzte er alle seine Leuchter bis auf einen einzigen ab. Mit diesem ging er zu einer Linde, die in der Nähe wuchs. Sie mußte etliche Jahrhunderte alt sein, da ihr Stamm über ein Arglang dick war.

»Erinnerst du dich noch an den Leuchter, den Hutzel und ich verbessert haben?« fragte er.

»Ich glaube nicht«, antwortete Brams.

Statt einer weiteren Erklärung drückte Rempel Stilz den Fuß des Leuchters gegen den Stamm und ließ ihn los. Erstaunlicherweise blieb er an ihm kleben. Er stand im rechten Winkel von der Linde ab, fiel aber nicht auf den Boden.

Brams erinnerte sich plötzlich. »Ich weiß es wieder. Ihr habt ihn in der Scheune gefertigt, als wir mit den Holzschuhen beschäftigt waren. Aber ich weiß noch immer nicht, was du damit willst?«

Rempel Stilz sprang auf den Leuchter. Auch jetzt fiel er nicht zu Boden.

»Damit gelangen wir auch ohne Tür in die Burg!« erklärte er stolz. »Wir erklimmen die Mauer von außen, Brams! Wie auf einer Leiter! Wir haben allerdings nicht ausreichend Leuchter, um die gesamte Mauer damit zu versehen. Hierfür hatten Riette und ich einfach nicht genug Zeit. Daher müssen wir alle gleichzeitig die Wand hochklettern, und der letzte muß den jeweils untersten Leuchter immer nach oben reichen. So wird es uns gelingen.«

»Sehr schön!« lobte Brams beide. »Ich verstehe jedoch nicht ganz, warum ihr nicht auf die Arme des Leuchters, die Kerzenfassungen und Zierschnitzerei verzichtet habt. Eigentlich brauchen wir doch nur den Fuß und Hals des Leuchters?«

»Das ist ganz genau der ursprüngliche Entwurf«, erklärte Rempel Stilz ihm. »Ich wollte nicht von ihm abweichen. Solche scheinbar geringfügigen Veränderungen rächen sich oft, da man sich über irgend etwas nicht ausreichend Gedanken gemacht hat. Und darauf wollte ich es gar nicht erst ankommen lassen! Lieber nicht ganz so elegant, wenn es dafür zuverlässig seinen Zweck erfüllt. Wie du weißt, Brams, haben wir nicht viel Zeit, solange wir nicht wissen, warum Hutzel gefangen wurde. Vielleicht soll er etwas erfinden. Das wäre das beste, weil wir dann sehr viel Zeit hätten. Vielleicht soll er auch den üblichen Topf mit Gold und Silber beschaffen. Auch das wäre nicht schlecht, da er dann auf die Notwendigkeit eines mehrfachen Regenbogens verweisen könnte. Aber genau wissen wir das nicht.«

Brams hob beschwichtigend die Hände. »Ich wollte damit keine Vorwürfe erheben. Solange niemand brennende Kerzen in die Leuchter steckt, soll es mir gleich sein, ob sie unnötige Teile haben.«

Regentag kam erst zurück, als es bereits dämmerte.

Er sprang sofort zu der Linde, grub eine Kuhle unter eine der dicken, freiliegenden Wurzeln und legte sich hinein. Offenbar kam das seiner Vorstellung von einer Schlafhöhle am nächsten.

»Grabt euch ein Loch unter einer der anderen Wurzeln«, sagte er gähnend. »Es ist genug Platz für uns alle da.«

»Hast du Hutzel gefunden?« fragte Brams.

»Ja«, antwortete Regentag. »Doch jetzt muß ich schlafen.«

»Nein, nein«, widersprach Brams.

»Doch, doch«, erwiderte das Erdmännchen. »Es dunkelt. Wenn es dunkel wird, dann schlafen wir immer.«

»*Du* schläfst immer. *Wir* schlafen nicht«, entgegnete Brams.

»Schlaft ebenfalls«, empfahl ihm Regentag und gähnte.

»Wir wollten Hutzel retten, sobald es Nacht wird«, erinnerte ihn Brams. »Weißt du das nicht mehr?«

»Doch«, antwortete Regentag. »Aber das können wir jetzt nicht tun, da wir schlafen müssen. Morgen!«

»Morgen?« wiederholte Brams. »Morgen nacht?«

»Nein, nicht morgen nacht. Da müssen wir auch schlafen. Wie du weißt, schlafen wir immer, wenn es Nacht wird. Nun schließ die Augen, Vetter Brams.«

Brams fühlte sich hilflos. Offenbar war ihr Gefährte selbst unter diesen Umständen nicht gewillt, mit sich reden zu lassen. Das konnte er heute nicht hinnehmen!

Er setzte sich neben ihn. »Verrate uns wenigstens, wo du ihn gefunden hast.«

»Schlafen!« rief das Erdmännchen und schnappte nach ihm.

Brams wich erschrocken zurück. Ein solch unerhörtes Verhalten war er allenfalls von Riette gewohnt.

Na denn! Vetter Regentag hatte soeben die Spielregeln festgelegt!

»Ich kenne den Weg nicht, Regentag«, rief Riette plötzlich, wobei sie Brams' Stimme gekonnt nachahmte.

Wiederum versuchte das Erdmännchen, Brams zu beißen.

»Ich habe überhaupt nichts gesagt«, verteidigte er sich, nun seinerseits Riettes Stimme nachahmend. »Doch bedenke, daß wir zu dritt sind. Wir können dich die ganze Nacht stören. Und glaube mir, Vetter, die Base Riette kann unglaublich einfallsreich sein! Erkläre uns lieber aus freien Stücken den Weg, und wir lassen dich sogleich schlafen.«

Regentag gab sich schließlich geschlagen und begann mit teils vorwurfsvoller, teils weinerlicher Stimme Brams' Frage zu beantworten. Als zum ersten Mal das Wort »Grad« auftauchte, rief Brams nach seinen Gefährten. »Hört gefälligst ebenfalls zu. Einer allein kann sich das doch gar nicht merken.«

Knurrend begann Regentag von vorne.

»Hast du Hunde gesehen?« fragte Riette ihn, als er mit seiner Erklärung fertig war.

»Nein! Nichts, was Federn hat und *fiiij* schreit«, erwiderte das Erdmännchen ungnädig und schlief ein.

45. Vom Diebstahl eines Kobolds und dem Lüften eines alten Geheimnisses

Der Mond war eine dottergelbe, scharfe Sichel. Die Luft roch nach gebratenen Ebern und frisch gebrautem Bier, nach jungen Spinnen, die an langen Fäden durch die Nacht schweben, und nach den Tränen gebrochener Eheversprechen. Man hätte meinen können, es wäre Schlachtenmond, doch das war es nicht.

»Deine Hand!« flüsterte Rempel Stilz. Brams reichte sie ihm und ließ sich auf den Wehrgang ziehen. Endlich hatten sie es geschafft!

Er blickte von der Burgmauer hinab auf die dunklen Umrisse der Leuchter, die abwechselnd links und rechts gegeneinander versetzt waren. Der Aufstieg hatte länger gedauert als erwartet, und Brams konnte nur hoffen, daß während des Abstiegs keine Eile vonnöten war. Denn bestimmt war es erheblich schwieriger, die Leuchterkette nach unten zu erweitern als nach oben. Er nahm sich vor, Rempel Stilz rechtzeitig zu fragen, ob er sich vielleicht etwas Schlaues für den Abstieg ausgedacht hatte.

»Zwei gehen, drei stehen«, flüsterte Rempel Stilz plötzlich.

Brams warf sich sofort in den Schatten der Zinnen.

»Wo?« raunte er.

Rempel Stilz kauerte sich ähnlich geschwind neben Riette.

»Wo?« flüsterte auch er.

Sie antwortete nur mit einer ratlosen Geste.

Rempel Stilz beugte sich zu Brams. »Wo hast du jemanden gesehen?«

Brams war verwirrt. »Ich dachte, du hättest jemanden bemerkt?«

»Ich?« antwortete Rempel Stilz. »Bestimmt nicht!«

»Hast du nicht gerade eine Warnung ausgestoßen: zwei gehen, drei stehen?«

Rempel Stilz starrte ihn einen Herzschlag lang an. »Ich habe doch nur gezählt, Brams. Nun laß die Scherze! Dafür haben wir wahrlich keine Zeit. Neun gehen, zwölf stehen.«

Er erhob sich.

»Halt, halt«, zischte Brams. »Du willst mir doch nicht weismachen, daß du mit ›gehen‹ und ›stehen‹ zählst?«

»Warum nicht?« gab Rempel Stilz ungehalten von sich. »Andere Leute zählen in Äpfeln und Birnen.«

Brams atmete tief durch. »Es ist wohl auch ausgeschlossen, daß während einer Mission eine Gefahr von Äpfeln und Birnen droht. Man kann sie nicht verwechseln mit ›Achtung, da kommen zwei, und da drüben warten auch noch vier‹.«

»Ich habe dir nie in deine Art zu zählen hineingeredet«, entgegnete Rempel Stilz schnippisch.

Brams seufzte. »Dann zähle eben weiter, wie du willst.«

»Ich könnte vielleicht zählen«, schlug Riette vor.

Rempel Stilz warf ihr einen warnenden Blick zu. »*Ich* zähle heute. Siebzehn gehen und drei stehen!«

Brams schüttelte den Kopf und rief sich Regentags Beschreibung ins Gedächtnis. »Siebzehn Grad rechts, zwölf Arglang weit gehen.«

»Sieben gehen, drei stehen«, flüsterte Rempel Stilz.

»Waren das nicht eher einundsiebzig Grad rechts gehen?« wandte Riette ein.

»Nein, nein, siebzehn«, erwiderte Brams. »Du wirst schon sehen.«

»Siebenvierzig gehen, einer steht«, flüsterte Rempel Stilz.

Brams ging, wie er es für richtig hielt. An der gegenüberliegenden Seite des Wehrgangs blieb er stehen.

Von wegen zwölf Arglang! Schon der nächste Schritt würde unweigerlich zu seinem Sturz in den Burghof führen. Womöglich hatte Riette doch recht gehabt.

Vorsichtig blickte Brams über die Mauer in den Hof. Die einzigen Menschen, die er erblickte, standen beim Tor mit seinem heruntergelassenen Fallgitter und unterhielten sich. Burgwachen, vielleicht Gesinde. Doch wer konnte das schon unterscheiden, solange sie einem nicht schreiend und Mordwaffen schwingend hinterherrannten?

Die meisten Burgbewohner schienen allerdings wie erwartet zu schlafen. Im großen Haupthaus auf der rechten Hofseite, das gleichzeitig auch den größten Teil der östlichen Burgmauer bildete, brannte nur noch im ersten Stockwerk Licht. Sein ebenfalls beleuchteter Eingang befand sich in einem Anbau, der bis ganz hoch reichte und dessen Dach mit einem Giebelschmuck in Gestalt zweier gekreuzter Tierköpfe versehen war. Ob sie Bullen, Böcke oder Widder darstellen sollten, konnte Brams nicht erkennen.

»Geht's heute noch einmal weiter?« drängte Riette.

»Keiner geht, vierzehn stehen«, gab Rempel Stilz bekannt.

»Aber sicher doch«, antwortete Brams.

Da er nicht eingestehen wollte, daß er sich geirrt hatte, versuchte er heimlich auszurechnen, wie die Anweisung von Regentag hätte lauten müssen, damit sie ihn zuerst hierherbrächte und danach auf den Weg, den er eigentlich hätte nehmen sollen.

Siebzehn war also falsch und einundsiebzig war richtig, dachte er. Einundsiebzig vermindert um siebzehn ... das Ganze ein Dreieck ...

»Einundvierzig gehen und neunundfünfzig stehen«, sprach Rempel Stilz, bevor Brams die Lösung gefunden hatte.

»Was?« stieß er aus. »Was?«

»Einundvierzig gehen«, antwortete Rempel Stilz. »Du bringst mich noch ganz durcheinander mit deinem ständigen Nachfragen, Brams.«

Brams machte eine abwehrende Geste. »Einundsiebzig, dreiundfünfzig ... links ... rechts?«

»Einundsiebzig rechts!« warf Riette ein. »Aber du mußt schon zu mir kommen, Brams. Das ist von hier aus.«

»Vierundfünfzig!« seufzte Brams und ging zu ihr.

Rempel Stilz lief ihm hinterher. »Dreizehn gehen...«

Brams hatte genug. Er fuhr auf dem Absatz herum und sprach: »Heute zählen wir nicht!«

»Wir zählen immer«, erklärte Riette hinter ihm. »Fünf Kraut und elf Rüben!«

»Warum?« fragte Rempel Stilz spitz.

»Warum was?« entgegnete Brams.

»Oder neun Kräutchen und zwölf Grübchen«, schlug Riette in einem fröhlichen Singsang vor.

»Weil ich ganz durcheinanderkomme«, erklärte Brams. »Man kann nicht Regentags schwer verständlicher Beschreibung folgen und gleichzeitig darauf achten, was jemand zählt. Zumal wenn er ausgefallene Vorstellungen davon hat. Das macht einen verrückt!«

»Gut«, antwortete Rempel Stilz beleidigt. »Dann zählen wir heute eben entgegen jeder bekannten und üblichen Gewohnheit nicht ... Aber wir kennen selbstverständlich allesamt den wahren Grund für dieses Vorgehen.«

Brams antwortete lieber nicht. Was mußte er eigentlich als nächstes tun?«

»Einundsiebzig Grad rechts, zwölf Arglang weit«, sagte Riette.

Brams entschied sich, einfach ihren Worten zu folgen. Sie würde schon recht haben.

Regentags Anweisungen brachten die Kobolde zu einer kurzen, abwärts führenden Treppe, die an einer Tür endete.

Brams war erleichtert. Offenbar waren sie auf dem richtigen Weg, da Hutzel gleich in dem Stockwerk unter der Mauerkrone gefangengehalten werden sollte.

»Acht Stufen gerade aus und fünfundvierzig Grad abwärts«, murmelte er.

»Waren es nicht eher sieben Stufen und dreißig Grad?« zweifelte Riette seine Worte an.

Brams zählte die Stufen. »Es sind aber acht, und wie du die Treppe in einem Winkel von dreißig Grad abwärts ...«

Plötzlich fiel ihm auf, daß sowohl sie, wie auch Rempel Stilz die Hände vor den Mund preßten, um nicht zu lachen.

»Was für ein herrlicher Streich, beim Guten König Raffnibaff«, leierte Brams lustlos herunter. »Ich weiß ja, daß man eine Treppe nur auf eine Art hinabsteigen kann. Vergessen wir die Gradangabe! Hinunter mit uns und durch die Tür.«

Die Treppe führte zu einem Gang, dessen eine Wand gleichzeitig die Außenmauer der Burg war. Alle paar Arglang war sie von senkrechten Lichtschlitzen durchbrochen. Obwohl diese Öffnungen sehr schmal waren, waren sie zusätzlich vergittert.

Von der anderen Seite des Ganges gingen Türen ab. Unter einer fiel Licht hindurch. Nach Regentags Beschreibung mußte sie zu dem Raum gehören, wo Hutzel festgehalten wurde.

Brams gab seinen Gefährten ein Zeichen, ihm zu folgen.

Hinter der Tür waren zwei Stimmen zu vernehmen. Eine davon stellte Fragen, die die andere beantwortete.

»Ist der König der Kobolde groß?«
»Nein.«
»Er ist also klein?«
»Ja.«
»So klein wie du?«
»Nein.«
»Er ist größer als du?«
»Nein.«
»Aha, er ist also kleiner als du.«
»Nein.«
»Wie kann das angehen, daß er weder kleiner noch größer ist als du?«

Ein dritte Stimme war zu vernehmen: »Herr, vielleicht geht er auf Stelzen?«

Die erste Stimme antwortete: »Warum sollte er das tun? Eitelkeit vielleicht. Er wird ein Mickerling sein. Geht der König der Kobolde auf Stelzen?«

»Ja.«
»Ist der mächtig?«
»Nein.«

»Nein also. Hält jemand aus seiner Familie die Macht in Händen?«
»Ja.«
»Einer der Söhne?«
»Nein.«
»Eine der Töchter?«
»Ja.«
»Merkwürdig...«

Obwohl man wegen der knappen Ausdrucksweise des einen Redners eigentlich nicht erkennen konnte, ob es sich bei ihm wirklich um Hutzel handelte, war sich Brams wegen des gesamten Gesprächsverlaufs sicher, daß er es sein mußte. Da es ihm sowieso schon nach wenigen Fragen schwerfiel, dem seltsamen Gespräch zu folgen, ohne in Gelächter auszubrechen, führte er seine Begleiter von der Tür weg bis zu einem Erker. Hier würden sie nicht sofort entdeckt werden, falls die Menschen Hutzel verließen.

»Was erzählt der Hutzelziemer für einen Unfug?« fragte Riette.

»N, R, wahrscheinlich dazu noch T«, erwiderte Brams geheimnisvoll.

»Das kenne ich!« freute sich Rempel Stilz. »Wenn die Frage mit bestimmten Buchstaben aufhört, so antwortet man *ja*, ansonsten *nein*. Richtig?«

Brams bestätigte schmunzelnd seine Vermutung.

Diese Erklärung fand auch Riette erheiternd.

Nach einiger Zeit öffnete sich die Tür, und drei Menschen traten auf den Flur. Der erste war leicht als der zu erkennen, dem die anderen beiden gehorchten.

»Bis morgen nachmittag will ich Reinschriften dieses Verhörs«, sagte er zu dem zweiten, der ein Schreibbrett und mehrere Pergamente trug.

Der dritte hielt einen Leuchter. Er war der einzige, der auch bewaffnet war.

Nachdem die drei verschwunden waren, fiel kein Licht mehr unter der Tür durch. Hutzel war jetzt also alleine.

Seine Befreier schlichen zur Tür und lauschten.

Als nichts Beunruhigendes zu hören war, drückte Brams die Klinke.

Die Tür war verschlossen.

Er machte Platz für Rempel Stilz, der das Schloß mit Hilfe eines Hakens im Nu geöffnet hatte.

Die Tür führte in ein Zimmer, durch dessen einziges Fenster das Mondlicht auf einen Tisch fiel, auf dem ein großer Käfig stand. Darin war Hutzel gefangen.

Brams ging zum Tisch. Im Käfig entdeckte er zwei Schälchen. Eines enthielt Wasser, das andere eine Art Brei.

»Sieht aus wie ein Vogelbauer«, sagte Brams. »Hutzel, sind das eigentlich Körner?«

»Und wenn ihm langweilig wird, dann kann der Hutzelsteiger die Gitterstäbe hochklettern«, fügte Riette hinzu.

»Statt zu spotten, solltet ihr mich lieber befreien«, erwiderte ihr gefangener Gefährte.

»Augenblick«, antwortete Rempel Stilz und machte sich an dem ziemlich großen Vorhängeschloß zu schaffen.

»Das hättest du auch alleine aufbekommen«, brummte er, als es aufsprang.

»Sie haben mir mein Werkzeug gestohlen«, verteidigte sich Hutzel und kletterte aus dem Käfig. »Überdies hat der Graf gedroht, jedem den Kopf abzuschlagen, der irgend etwas, was als Werkzeug dienen könnte, in meine Reichweite brächte. Nicht einmal meinen Bengel konnte ich dazu überreden. Wie seid ihr in die Burg gelangt?«

»Lange Geschichte«, antwortete Brams. »Später!«

»Und wie habt ihr mich überhaupt gefunden?«

»Noch längere Geschichte. Du erfährst alles, wenn die Mission beendet ist.«

Rempel Stilz verschloß den Käfig, bevor sie die Kammer verließen, und später auch noch die Zimmertür, als sie wieder draußen auf dem Gang standen.

»Sie sollen sich ruhig wundern, mittels welcher geheimnisvoller Kräfte Hutzel entkam«, erklärte er.

Brams ging zügig zu der Treppe, die zum Wehrgang führte. Er

stieg hinauf, blieb aber jäh stehen, bevor er ganz oben war. Genau dort, wo sie über die Mauer geklettert waren, erblickte er zwei Gestalten! Eine dritte stand über die Mauer gebeugt und stocherte mit einer Stange auf ihrer Außenseite.

Dieses Mal stellte sich Brams die Frage nicht, ob die Menschen zum Gesinde oder zu den Burgwachen gehörten.

»Hab ihn!« verkündete die dritte Gestalt und richtete sich auf. In der Hand hielt sie einen der Leuchter.

»Noch einer«, sagte sie. »Mit den beiden, die ich abgebrochen habe, sind das schon vier. Und da unten hängen mindestens noch vier oder fünf andere, soweit ich das erkennen kann. Das sind doch Tischleuchter, oder? Wer befestigt bloß Tischleuchter außen an einer Burgmauer?«

»Wir müssen das gleich morgen früh melden«, antwortete einer der anderen. »Aber wir zeigen zuerst die Leuchter vor, bevor wir etwas sagen. Sonst hört er uns überhaupt nicht bis zum Ende zu.«

»Wir können dem Bärbeißer doch jederzeit die verbliebenen Leuchter zeigen«, meinte sein Kamerad.

»Ach was!« entgegnete sein Vorredner. »Würdest du jemanden begleiten wollen, der dir sagt, daß er dir an der Außenmauer Leuchter zeigen will? Würdest du ihn nicht eher sofort zu irgend etwas Unangenehmem verdonnern?«

»Seltsam ist das. Vielleicht sollten wir ihn lieber gleich wecken.«

»Hörst du nicht zu? Das hat bis morgen Zeit!«

Brams schob seine Begleiter wieder die Treppe hinab in den Gang.

»Wir kommen nicht auf dieselbe Art hinaus, wie wir hereinkamen«, erläuterte er Hutzel. »Wie können wir sonst aus der Burg gelangen? Was ist mit dem Torhaus?«

»Das Fallgitter ist sehr laut und wird überhaupt erst nach Tagesanbruch hochgezogen«, erwiderte Hutzel. »Soweit ich weiß, ist das Torhaus durchgehend bewacht. Der Graf ist derzeit sehr argwöhnisch. Er läßt auch regelmäßig die Gänge abschreiten. Das hat alles mit der Königin zu tun – und übrigens auch mit uns. Ich erkläre es euch später. Laßt uns zuerst in die Kammer zurückkehren, wo ihr mich gefunden habt, bevor wir noch durch schieren Zufall entdeckt werden.«

Das erschien sinnvoll.

Wieder in dem Zimmer, wo der Käfig stand, fragte Brams: »Bestimmt kommt morgens jemand hier vorbei, um dein Wasser und deine Körner auszuwechseln und vielleicht auch, um neues Streu zu bringen?«

»Es sind keine Körner und sie bringen auch kein Streu«, antwortete Hutzel unwillig. »Aber du hast ansonsten recht. Etwa eine Stunde nach Tagesanbruch sieht jemand nach mir. Dann ist aber schon die ganze Burg wach.«

»Das ist schlecht«, warf Rempel Stilz ein. »So kommen wir nie ungeschoren hinaus. Selbst wenn uns eine schlaue Möglichkeit einfiele, müßten wir anschließend noch durch die ganze Stadt eilen, ohne bemerkt zu werden. Kommen vielleicht regelmäßig Karren in die Burg, in denen wir uns verbergen könnten?«

»Sie werden gegenwärtig außerhalb der Burg abgeladen«, erwiderte Hutzel. »Das ist leider meine Schuld, wie ich gestehen muß. Der Graf hat offenbar einer Unterhaltung mit mir entnommen, daß ihm Gefahr von Karren droht.«

»Und von Wagen ebenfalls, nehme ich an?« sagte Rempel Stilz.

»Ja.«

»Vermutlich auch von Pferden?« erkundigte sich Brams.

»Auch von denen.«

»Was ist mit Schlitten?« fragte Riette.

»Man muß schon ein wenig im Blick behalten, was man antwortet«, erklärte ihr Hutzel. »Ganz abwegig sollte es nicht sein. Doch wie ich sehe, habt ihr das Prinzip verstanden.«

»Drachen«, sagte Riette nachdenklich und schlenderte zum Fenster. »Drachen sind auch sehr unangenehm ... Wir brauchen eine Ablenkung, wie bei diesem Miststück von einem verlogenen Drachen.«

»Was für ein Drache?« fragte Hutzel.

»Später!« antwortete Brams.

»Eine richtig große Ablenkung«, sprach Riette zu sich selbst. »Eine, die uns nicht nur aus der Burg hilft, sondern auch noch aus der Stadt. Eine, die sozusagen stadtweites Tagesgespräch wird.«

»Da wüßte ich etwas«, meinte Hutzel plötzlich.

Alle blickten ihn fragend an. Doch statt zu antworten, ging er zu Riette und flüsterte auf sie ein.

»Ja, ja, ja«, antwortete sie. Nun wandten beide ihren Gefährten den Rücken zu.

»Habt ihr neuerdings Geheimnisse?« fragte Brams.

»Ich habe nie welche«, versicherte ihm Rempel Stilz.

»Laß uns nur machen«, sagte Hutzel kurz angebunden. »Wir erzählen es euch später.«

Er und Riette gingen zur Tür hinaus.

Brams schüttelte den Kopf. Was waren das für neue Sitten?

Er begab sich ebenfalls zum Fenster und schaute in den Hof. Er schien verlassen zu sein. Plötzlich bemerkte er am Torhaus eine Bewegung. Schnellen Schritts trat eine Wache aus einer Tür, die sogleich wieder hinter ihr geschlossen wurde, und eilte über den Hof zu einem der anderen Gebäude. Als sie etwas später zurückkehrte, mußte sie erst an der Tür des Torhauses klopfen, bevor sie wieder eingelassen wurde. Hutzel schien also recht zu haben.

Schlecht, dachte Brams. Sehr schlecht!

Sein Blick fiel auf das Haupthaus. Auf seinem Dach bewegten sich zwei Schatten. Brams winkte Rempel Stilz zu sich heran. »Sind das Riette und Hutzel?«

»Kann sein oder kann nicht sein«, erwiderte sein Gefährte ausweichend wie schon lange nicht mehr.

Brams preßte die Lippen zusammen. Wenn sie es waren, so würde er sie nicht wieder einfach davonkommen lassen, sondern auf einer Erklärung beharren.

Überraschend viel Zeit verstrich, bis die beiden wieder im Zimmer standen. Bis Tagesanspruch konnte es höchstens noch eine Stunde sein.

»Und?« fragte Brams. »Was habt ihr so lange getan?«

»Später«, vertröstet ihn Hutzel.

»Schon wieder später!« empörte sich Brams.

»Gedulde dich noch«, forderte ihn Hutzel auf. »Für uns alle ist es besser, wenn der zu erwartende Wortwechsel später stattfindet.«

»Welcher Wortwechsel?« antwortete Brams verständnislos.

Hutzel legte den Finger auf die Lippen und flüsterte: »Was soll ich sagen, Brams? Du bist eben manchmal so.«

Brams war sprachlos. Wie war er manchmal?

Schmollend setzte er sich unter den Tisch.

Die Nacht ging zu Ende.

Genau in dem Augenblick, als der erste Sonnenstrahl das Dach des Haupthauses berührte, begannen die beiden Giebelfiguren zu sprechen. Wie jetzt klar zu erkennen war, stellten sie Stiere dar.

»Bei mir wird es hell!« rief der linke Stierkopf begeistert.

»Was du nicht sagst!« erwiderte der andere überwältigt. »Doch du wirst es nicht glauben, bei mir wird es ebenfalls hell!«

»Nein! Tatsächlich?« antwortete sein Gegenstück. »O, du errätst es nicht! Bei mir sind Wolken am Himmel!«

»Wolken? Ich fasse es nicht! Wie sehen sie aus?« brüllte der andere Kopf.

»Sie kommen in Scharen auf mich zu«, antworte der linke Kopf ganz außer sich. »Wie sie aussehen, fragst du? Irgendwie weiß! Und irgendwie lang! Aber auch irgendwie breit! Langbreit könnte man vielleicht sagen.«

»Wenn ich das jemandem erzähle!« kreischte der rechte Stierkopf mit überschlagender Stimme. »Das glaubt mir ja keiner. Meine Güte! Ich sehe auch Wolken! Aber sie rennen vor mir davon!«

»O, nein! Wie sehen sie aus?«

»Tja, wie sehen die bloß aus? Irgendwie weiß und breit, würde ich vielleicht sagen. Aber auch ziemlich ängstlich. Ja, doch, ziemlich ängstlich und dabei sogar lang.«

Brams verspürte einen zunehmenden Druck auf seinen Schläfen. Das Verhalten dieser beiden offensichtlich belebten Firstfiguren erweckte vertraute, aber keineswegs erfreuliche Erinnerungen.

Sein eigenes Haus im Koboldland-zu-Luft-und-Wasser! Ursprünglich hatte sich auch auf dessen Dach ein Giebelschmuck befunden. Eines Nachts hatte jemand die beiden Einhornköpfe heimlich belebt.

Zu Anfang hatten sie sich ununterbrochen und überschwenglich jede unbedeutende Kleinigkeit erzählt, die einer von ihnen erblickt hatte. Danach hatten sie jedem, der gerade vorbeikam, brühwarm entgegengebrüllt, was Brams gera3de tat, wer bei ihm war oder wohin er wollte.

Als ihnen offenbar der Stoff ausgegangen war, waren sie dazu übergegangen, sich auszumalen, was er *womöglich* gerade tat, und Dinge zu erfinden. Und das war noch lange nicht das Ende gewesen!

Brams schüttelte sich, als er sich wieder des stundenlangen Austausches über die Wanderung einer Schnecke erinnerte, die sich – seltsam zufällig – auf sein Dach verirrt hatte.

»Hutzel!« schnaubte er.

»Hab ich es nicht gesagt?« entgegnete Hutzel vorwurfsvoll. »Als hätten wir nichts Wichtigeres zu tun. Man glaubt es nicht! Bei mir bist du ohnehin beim Falschen.«

»Und warum werde jetzt ich schon wieder finster angestarrt?« kam von irgendwoher Riettes Stimme. »Ich weiß nicht einmal, wovon die Rede ist!«

Brams sah sich vergeblich nach ihr um. Irgendwo schien sie sich versteckt zu haben. Er sammelte sich. Jetzt war in der Tat der falsche Zeitpunkt!

»Schwamm drüber!« sagte er. »Wir haben wirklich Wichtigeres zu tun.«

Insgeheim knirschte er jedoch mit den Zähnen und dachte grimmig: Na wartet! Streich und Gegenstreich.

Die Ablenkung, für die Hutzel und Riette gesorgt hatten, begann zu wirken. Immer mehr Bewohner der Burg versammelten sich auf dem Hof und bestaunten die sprechenden Stiere. Da das Fallgitter mittlerweile hochgezogen worden war, gesellten sich aus den Häusern, die der Burg am nächsten standen, noch mehr Schaulustige hinzu.

Die Kunde von den eigenartigen Vorgängen breitete sich immer weiter aus.

Die Stierköpfe unterhielten sich inzwischen nicht mehr über Wolken. Sie hatten etwas anderes gefunden, über das es sich zu reden lohnte.

»Der Graf ist bestimmt schon wach«, meinte der eine Stier.

»Nein, der schläft doch noch«, behauptete sein Gegenstück.

»Ach was! Der schläft jetzt nicht mehr. Der hat in dieser Jahreszeit Brunft.«

»Was du nicht sagst!«

»Ja, ja. Bei Grafen ist das so. Der sucht sich jetzt eine Gräfin zum Bespringen aus.«

»Jetzt gerade?«

»So genau möchte ich mich da nicht festlegen, zumal der Vorgang bei ihm ja nur einen winzigen Augenblick lang dauert.«

»Das ist nicht sehr lang. Bestimmt macht er es deswegen mehrmals?«

»Und ob! Den ganzen Tag über. Von morgens bis abends, von abends bis morgens. Und nicht nur heute! Morgen, übermorgen, überübermorgen ... Während der ganzen Jahreszeit eben. Keine Gräfin aus seiner Herde ist jetzt vor ihm sicher.«

»Ei der Daus!«

Brams hätte es vorgezogen, wenn die beiden Stiere – was sollte man von denen auch anderes erwarten? – noch eine Zeitlang über weniger heikle Dinge gesprochen hätten. Denn sobald der Graf, den Hutzel erwähnt hatte, von ihrem Treiben erfuhr, würde er handeln. Und Brams, als ehemaliger Leidensgenosse, konnte ihm das wirklich nicht verdenken.

Zuerst würde er feststellen, daß sein Gefangener fehlte, danach würde er das Tor schließen und die Burg durchkämmen lassen. Selbst ein bescheidenes Licht würde die Zusammenhänge rasch durchschauen.

»Laßt uns verschwinden, solange es noch geht!« drängte Brams und ging zur Tür.

Der Weg durch die Burg erwies sich als erheblich ungefährlicher, als sich Brams vorgestellt hatte. Wer von den Bediensteten nicht auf dem Hof stand, drängte sich an den Fenstern. Einige Burgbewohner hielten sich vermutlich auch unter ihren Betten versteckt und wimmerten und klagten vielleicht über die Bosheit des Schinderschlundes. Doch um diese mußte man sich schon gar nicht kümmern.

Schwieriger wurde es auf dem Hof. Hier standen die Neugierigen mittlerweile so dicht, daß nur noch rücksichtsloses Drängeln half. Das waren die Schaulustigen jedoch gewohnt. Solange sie nicht die Augen von den Stieren abwenden mußten, ertrugen sie jeden Stoß und jeden Tritt geduldig oder allenfalls mit leichtem Murren. Dennoch wunderte sich Brams, wie es Rempel Stilz möglich war, samt seiner sperrigen Axt aus der Burg zu gelangen, ohne eine blutige Gasse hinter sich zurückzulassen.

Nun wartete die Stadt auf sie.

Doch wiederum lernte Brams, daß seine Befürchtungen unbegründet waren. Wen es nicht machtvoll zur Burg zog, der schaute gebannt zu ihr hinauf. In beiden Fällen hatte er den Hals gereckt, den Blick verengt und bekam in der Regel nicht mit, was sich in dem Bereich von weniger als anderthalb Arglang unter seiner Augenhöhe abspielte. Das galt selbst für die Kleineren und die Kinder. Denn entweder wurden sie von Größeren hochgehoben oder standen auf Kisten, Körben, Karren, ja sogar Dächern.

»Merk dir eines«, flüsterte Brams zu Hutzel. »Laß dich auf keinen Fall noch einmal von diesem Grafen fangen. Nächstes Mal wird er nicht mehr mit dir reden wollen.«

Auf dem Weg zu Regentag unterrichtete Brams Hutzel knapp über das Wichtigste, was sich seit ihrer Trennung zugetragen hatte. Er bereitete ihn auf die Begegnung mit ihrem neuen Freund vor und erzählte von dem Drachen. Schon nach wenigen Sätzen wollte Hutzel nichts mehr von dessen unglaublichen Behauptungen hören.

»Ein Lügner, ein durchtriebener Lügner«, war auch seine erregte Meinung.

Regentag erwartete sie schon gespannt bei der Linde.

Als Willkommensgruß für seinen neuen Vetter hatte das Erdmännchen einige plumpe Käfer gesammelt. Sie lagen auf dem

Rücken, zappelten mit den Beinchen und warteten bang darauf, zum glücklichen Anlaß von Hutzels Befreiung aufgefressen zu werden.

46. Allerlei unerwartetes und leicht verknotetes Seemannsgarn

»Seltsam«, sagte Brams.
»Seltsam«, sagte auch Hutzel.
»Seltsam«, murmelte Riette.
»Seltsam«, flüsterte Rempel Stilz und schnalzte mit der Zunge.
»Was ist das, Vetter Rempel Stilz?« erkundigte sich Regentag neben ihm.

Seit Tagen waren die Kobolde und das Erdmännchen auf der Flucht. Ihr Ziel war Hollas Häuschen, wo sie die Hexe wegen ihrer ungenauen Angaben zur Rede zu stellen und sie mittels Freundlichkeit, großzügiger Angebote oder schierer Nötigung dazu bewegen wollten, sie zu dem unauffindbaren Feentor zu führen. Wegen der unüberblickbaren Zahl feindlich eingestellter Menschen war es nicht ratsam erschienen, denselben Weg, auf dem sie gekommen waren, ein zweites Mal zu nehmen. Das wurde allseits bedauert, da sich jeder – mit Ausnahme Regentags, der auf dem Herweg noch nicht dabeigewesen war – auf eine neue Fahrt mit dem alten Fährmann gefreut hatte. Seinetwegen hatte Riette nicht nur eingeübt, mit tiefer und hohl klingender Stimme zu sprechen, sondern auch noch mit einem unheimlichen Nachhallen.

Satt dessen wurde beschlossen, sich Holla in einem großen Bogen zu nähern. Brams hatte zwar nur sehr nebelhafte Vorstellungen, wie der Bogen verlaufen mußte, fand es aber dennoch unangebracht, daß sogleich nur noch von *Brams' tollkühnem Unterfangen* gesprochen wurde, wenn die Rede auf seinen Vorschlag kam. Offenbar traute ihm keiner der anderen zu, daß er sich zurechtfände. Daher behielt er für sich, daß er insgeheim plante, den Weg nach Heimhausen zu erfragen, um von dort aus zu Holla vorzustoßen.

Doch das war leichter gedacht als getan. Aus eigener Erfahrung wußte Brams, daß der Graf nichts unversucht ließe, diejenigen in die Hände zu bekommen, die seinen Dachschmuck belebt hatten. Er selbst hatte sich seinerzeit, nach dem Vorkommnis mit seinem eigenen Haus, wochenlang nur mittels Fangfragen mit allen anderen Kobolden verständigt.

Menschen anzusprechen und damit Spuren zu hinterlassen, war daher eine waghalsige Angelegenheit.

Zusätzlich stellte sich auch noch die Frage nach dem Verbleib und den Plänen ihrer bisherigen Verfolger. Was war mit den Spitzzähnen? Warteten sie noch immer bei der Drachenhöhle? Oder die Ritter der Königin, wo waren sie abgeblieben? Was war mit Ritter Gottkrieg? Riette behauptete zwar, daß er keine Gefahr mehr darstelle, doch Brams' direkte Frage, ob sie den Ritter im zweiten Anlauf erwürgt habe, hatte sie als »unerhörte Unterstellung« bezeichnet. Schließlich gab es noch den mittlerweile eindeutig zugeordneten *Siebenbewahrer des Dreifachen Kunstwissens*, der offenbar mindestens einen, wahrscheinlich sogar mehrere Schlagetots um sich gesammelt hatte. Was war mit ihm?

Zum Glück war Regentag mittlerweile zur Vernunft gekommen und ließ sich nachts tragen.

Rempel Stilz hatte ihn dazu überredet. Er war mit großer Schläue ans Werk gegangen. Zuerst hatte er ihm angeboten, daß er sein zerlegbares Schwert tragen dürfe. Das Erdmännchen hatte diese Gunst jedoch abgelehnt, was Brams nicht ganz unverständlich fand. Doch dann hatte Rempel Stilz, der die ganze Zeit über schwere Schwerter und Äxte mitschleppte, nur um sich wohler zu fühlen, Regentag gefragt, ob er im Austausch für das Tragen vielleicht die Gruppe jeden Tag ein oder zwei Stunden bewachen wolle? Ihr kleiner Gefährte war sofort Feuer und Flamme gewesen!

Daher wurde von nun an, wenn sie zu geeigneter Zeit an einem hübschen Hügel oder Baumstumpf vorbeikamen, eine Rast eingelegt, während der sich Regentag auf den Hügel oder Stumpf stellen und angestrengt in die Ferne blicken durfte.

Auf diese Weise hatten die fünf Flüchtlinge erfahren, daß ihnen noch immer mindestens zwei Haufen von Verfolgern auf der Spur waren – wenn auch in großem Abstand.

So hatten sie aber auch den See entdeckt.

Regentag versuchte sein Glück erneut: »Was ist das?«

Hutzel erbarmte sich seiner. »Das ist schwer zu beantworten, Vetter Regentag...«

Wenn das nicht untertrieben war, dachte Brams. Auf dem See, den das Erdmännchen während seiner Mittagswache gefunden hatte, schwamm ein Schiff. Es war ungefähr so lang wie ein Ruderboot der Menschen, besaß aber zwei Masten mit einer ganzen Menge Segel. Ein Segelschiff für Menschen hätte eigentlich viel größer sein müssen. Andererseits wäre kein Boot dieser Größe, das Brams je bei Menschen gesehen hatte, mit so vielen Segeln bestückt gewesen.

Hutzel beantwortete Regentags Frage ähnlich nichtssagend.

»Es könnte ein Modell sein«, schlug Rempel Stilz vor.

»Jemand steuert es«, wandte Riette ein. »Wißt ihr, woran mich das Schiffchen erinnert? An Snickenfett.«

Brams schüttelte ablehnend den Kopf. »Das Schiff des Klabautermanns ist viel größer. Ich muß es wissen. Schließlich habe ich es gezogen.«

Die Erinnerung daran, wem er diese Mühsal zu verdanken gehabt hatte, ließ seine Worte schärfer klingen als beabsichtigt.

Riette störte sich nicht daran. Womöglich hatte sie den Vorfall sogar längst vergessen. »Snickenfett will Passagiere mitnehmen. Da muß sein Schiff größer sein.«

»Es steuert das Ufer an«, sagte Hutzel.

So war es auch. Das Schiffchen legte an, und die Segel wurden eingeholt. Ein kleines Männchen sprang von Bord. Es trug einen blauen Anzug und hatte rote Haare.

»Das ist ja einer von uns!« rief Riette überrascht.

»Nicht ganz«, verbesserte Brams sie. »Er ist einer unserer Seefahrer, also ein Klabautermann.«

Der Klabautermann nahm indessen ein paar letzte Züge von seiner Pfeife, klopfte sie an einem Stein aus und versteckte sie darunter. Danach ging er vom Ufer weg.

Sehr seltsam!

»Hinterher!« befahl Brams.

Das Ziel des Klabautermanns war eine Hütte, und zwar eine Menschenhütte.

Er blieb vor ihr stehen und rief laut: »Modder, ick bün wedder zurück!«

Eine füllige, nicht mehr ganz junge Frau trat aus dem Haus. Wiewohl sie sich recht gewandt bewegte, war sogleich zu erkennen, daß sie blind war.

»Mein Bübchen!« rief sie erfreut, ging zu dem Klabautermann, nahm ihn auf den Arm und küßte ihn.

»Ich rieche Rauch«, sagte sie. »Hat mein Bübchen wieder gezündelt?«

»Ick heew nur gespeelt, Modder«, antwortete der Klabautermann.

Sie setzte ihn ab, und beide gingen ins Haus.

Etwa eine halbe Stunde verstrich, bis der Klabautermann wieder in Freie trat. Er rieb sich den Bauch.

»Hat fein gesmeckt, Modder«, rief er ins Haus zurück. »Ick goh nu in den Gaaden und züpf das Unkroot!«

Er ging zu einigen Beeten und begann tatsächlich Unkraut zu zupfen. Doch auch hier hatte er ein Versteck. Jedoch nicht für eine Pfeife, sondern für Schnupftabak. Aus einem Döschen nahm er eine Prise und nieste. Sogleich erklang die Frauenstimme aus dem Haus: »Hat sich mein Bübchen erkältet?«

»Keen Sorg, Modder«, erwiderte der Klabautermann. »Mich heewt nur die Sünn gekützelt.«

»Ich will sofort wissen, was hier vorgeht«, sagte Brams aufgeregt.

Mit diesem Wunsch war er nicht allein.

Die ganze Schar schlich still und leise zu dem Klabautermann, sprang ihn an und rang ihn nieder.

»Was treibst du hier?« verlangte Brams zu wissen.

»Kobolders!« rief der Klabautermann erfreut, nachdem er den ersten Schrecken überwunden hatte. »Sulche wie euers heewt ick abber schon lang nit mehr gesehen.«

»Sulch ünen wie dich ...«, begann Riette. »Warum spricht er so seltsam?«

»Das hat er sich womöglich bei den Seeleuten abgeschaut«, erklärte ihr Brams. »Einige Klabautermänner sind so.«

Der Klabautermann lachte. »Das heewt ick mir nit von den Seemanners abgelugert, meen Jong! Das heewt ick mir olles selbst ausgedocht. Erfunden sozusagen, meen Lieber! Und nu loot mich los, dann wuillt ick's dir vertellen!«

Da kein Grund bestand, ihn festzuhalten, erfüllten ihm die Kobolde den Wunsch. Alle erhoben sich.

»Was meinst du damit, daß du dir dieses schwer verständliche Kauderwelsch selbst ausgedacht hättest?«

Der Klabautermann grinste. »Bookweetelin ist öbrigens mein Naam. Ick heewt mir das ausgedocht, um die Seemanners zu plaagen. Immer wenn sie nit wuillten, wie ick gern wuillt, heewt ick so mit ihnen gesprooken. Das konnten die gor nicht leiden! Das dauert keen Oigenblick und sie heewen gewinselt und gejammert: Bookweetelin, Bookweetelin! Du kans uns hauen, du kans uns baang moken, du kans uns ient Bead pirsen, man holl up disse Seelüüspraak to prooten!«

»Was heißt das denn schon wieder?« entfuhr es Riette.

»Bookweetelin! Du kannst uns hauen, du kannst uns erschrekken, du kannst uns ins Bett pissen, aber hör bloß mit dieser Seemannssprache auf!« antwortete der Klabautermann plötzlich ganz manierlich.

»Er kann ja auch anders«, rief Riette erfreut.

»Kloor kann ick anners, meen Deern«, erwiderte er heiter.

»Schön und gut«, sagte Brams. »Doch was machst du hier bei dieser blinden Frau?«

»Ein altes Schiff liegt gern im Hafen, doch das Meer will es dennoch nicht missen«, erwiderte Bookweetelin. »Ich heewt kurz vorher abgeheuert, weil mir die Seefohrt keine Freude mehr gemacht heewt. Und als ich hier vorbeikam, war gerade ihr Sohn im See ertrunken. Da habe ich ihr gesagt, ich sei ihr Bübchen und sie meine Mutter. Damit waren wir beide zufrieden. Das ist schon über zwanzig Jahre her.«

»So lange?« staunte Hutzel. »Doch das ist seltsam. Hat sie sich denn nie gewundert, daß ihr Sohn nicht größer und älter wird?«

»Bestimmt heewt sie das, meen Jong«, antwortete Bookweetelin leise. »Doch wie spreeken nit darüwer. Ick nenn sie Modder, sie mich Bub. So isses für uns beide goot! ... Aber was führt euch hierher?«

»Das ist eine sehr lange Geschichte«, antwortete Brams

»Vertell mir!« forderte ihn Bookweetelin auf und hielt ihm den Schnupftabak hin. Brams nahm eine kräftige Prise und reichte das Döschen weiter. Nun erzählte er dem Klabautermann von ihren vielen Abenteuern. Wie sie von der Tür verlassen und mit Ritter Gottkrieg übers Land gezogen waren. Wie sie sich mit ihm überworfen und danach Holla gefunden hatten, die sie ins *Land der sieben mal acht Mühlen* geschickt hatte. Er erzählte von der Fülle übler Orte, die sie dort aufgesucht hatten, von den Rotbolden, dem Überfall, dem Drachen und Hutzels Befreiung.

An zwei Stellen seines Berichtes ließ Brams absichtlich wichtige Einzelheiten aus. Er verschwieg, warum die Rotbolde das Koboldland-zu-Luft-und-Wasser einst verlassen hatten und was der Drache von sich behauptete, da ihn die Erinnerung daran noch immer beunruhigte.

Weder Rempel Stilz noch Riette oder Hutzel ließen erkennen, ob ihnen diese Auslassungen aufgefallen waren, und Regentag hatte sich schon zu Beginn des Berichtes verabschiedet, da er Erfahrungen mit der örtlichen Küche sammeln wollte.

»Weet du denn, worüm die Minschen allens hinter euch her sind?« fragte Bookweetelin.

»Erst seit kurzem«, antwortet Brams. »Ohne Hutzels Gefangennahme hätten wir die Zusammenhänge vielleicht nie begriffen. Selbst jetzt fehlen uns noch ein paar Einzelheiten, doch im Grunde dreht sich das Ganze um den König, die Königin, die auch die Frau in Weiß ist, und das Verlangen des Grafen Neidhard von Friedehack nach Macht.

Alles begann mit einer Laune des Königs. Doch vielleicht entsprang bereits sie nur einem Gedanken, den ihm ein anderer in den Kopf gesetzt hatte. Wer weiß?

Der König äußerte einmal den Wunsch, daß seine künftige Gemahlin die Kunst beherrschen müsse, Stroh zu Gold zu spinnen. Davon erfuhr der Graf. Er faßte einen schlauen Plan, für den er die Hilfe eines Dämmerwichtels benötigte. Den Dämmerwichtel schickte er zu einer der Frauen, die gern Königin werden wollten, nämlich zu unserer späteren Dame in Weiß. Er sollte sie das Spinnen lehren und als Preis dafür ihren Erstgeborenen fordern. Diesen sollte er dem Grafen bringen.

Was wollte der Graf mit ihm anfangen? Er wollte ihn aufziehen wie seinen eigenen Sohn oder, besser gesagt, *fast* wie seinen eigenen Sohn. Denn er hatte bereits einen. Der kleine Königssohn sollte aufwachsen wie der jüngere Bruder des Grafensohns. Er sollte von Kindesbeinen an lernen, ihn zu bewundern, ihm in allem den Vortritt zu lassen und um seine Zuneigung zu buhlen, so daß er schließlich bereit wäre, alles für ein Lächeln seines vermeintlichen großen Bruders zu tun.

Wenn dann eines Tages der gegenwärtige König stürbe, sollte aller Welt enthüllt werden, daß der jüngere Grafensohn in Wahrheit der Erstgeborene und einzige Erbe des Königs sei. Er sollte den Thron besteigen und – sobald sein Bruder ihn darum bäte – auf die Krone verzichten, abdanken und ihn statt seiner zum König ausrufen.

Da war der Plan des Grafen, der der Vater eines Königs werden wollte.

Doch er rechnete nicht mit der Königin. Der gefiel es nämlich nach ihrer Hochzeit gar nicht mehr, daß sie den Dämmerwichtel für das Goldspinnen mit ihrem Erstgeborenen bezahlen sollte. Also faßte sie den Plan, ihm einfach ein fremdes Kind zu geben. Da dieses aber ganz genauso aussehen mußte wie ihr eigenes, suchte sie jemanden, der sich darauf verstand, ihr ein geeignetes Kind zu beschaffen. So gelangte sie an Moin-Moin. Der war zwar kein Dämmerwichtel, sondern ein Kobold, doch den Unterschied kannte sie nicht – und wenn du mich fragst, so ist er in seinem

Fall nicht sehr groß. Moin-Moin wiederum beauftragte uns. Wir brachten ihm den Sohn des Müllers, der dem Königssohn sehr ähnlich sieht.

Tatsächlich erfuhr ich schon damals die wesentlichen Dinge vom Goldspinnen, dem Dämmerwichtel und einem geheimnisvollen Hintermann, der ihn beauftragt hatte. Moin-Moin übergab schließlich den Jungen der Königin. Sie hatte jetzt also zwei äußerst ähnlich aussehende Kinder: ihr eigenes und den Müllerssohn.

Eines Tages kam der Dämmerwichtel zu ihr, um seinen Lohn einzufordern. Die Königin willigte zum Schein ein, ihm zu geben, was sie ihm versprochen hatte. Doch bei der Übergabe des Kindes unterlief ihr eine Verwechslung. Statt des Müllerkindes gab sie ihm ihr eigenes. Das bemerkte sie zu spät!

Seither versucht sie, den Tausch rückgängig zu machen. Sie bildet sich ein, daß ihr das gelingen könne, wenn sie uns zu fassen bekäme, da sie vielleicht der Ansicht ist, ein jeder Kobold habe Einfluß auf alle Kobolde. Von der Verwicklung des Grafen in die Angelegenheit weiß sie ja nichts, und ihr Gemahl, der König, darf natürlich nichts von allem ahnen.

Der Graf erfuhr allerdings, daß die Königin Jagd auf Wichtel oder Kobolde machte, was auch für ihn ein und dasselbe war. Da er befürchtete, daß sie ihm auf die Schliche kommen könnte, falls sie uns in ihre Gewalt brächte, beschloß er, ihr zuvorzukommen, und schickte ebenfalls Ritter aus, die uns fangen sollten.

Das Auftreten weiterer Parteien machte das Ganze undurchsichtig. Ritter Gottkrieg ist wahrscheinlich nur auf Rache aus. Ähnliches mag auch den Gelehrten antreiben, weil wir ihn einmal in eine Scheune einsperrten. Ich finde das sehr nachtragend, doch vielleicht erhofft er sich auch anderes. Was die Spitzzähne von mir wollen und warum sie immerzu *Spratzquetschlach* schreien, das weiß ich beim besten Willen nicht.«

»Das ist arg verworren«, stellte der Klabautermann fest. »Was wäre denn, wenn ihr den ganzen Knoten aufknüpfen würdet und jeedeem seggt, wat wohür kümmt?«

Brams schüttelte den Kopf. »Dann wären sie noch immer hinter uns her, schon wegen dem, was seither geschah. Am schlimmsten träfe es das Müllerkind, für das niemand mehr Verwendung hätte. Falls gar der König noch erführe, wie die Königin seine Frau wurde und so weiter, so würde er vielleicht sein Weib verstoßen und auch deren Sohn, der jetzt beim Grafen lebt. Dann lieber alles so lassen, wie es jetzt ist.«

»Und hüffen, dat du immers fixer bist als die anners, meen Jong«, erwiderte Bookweetelin mahnend. »Aber vielleicht kann ich dir dabei helfen.«

»Und wie?« fragte Brams mißtrauisch, da er sogleich an Bookweetelins Schiff denken mußte und seit dem letzten Mal, als er Planken unter den Füßen gehabt hatte, nicht mehr sehr gut auf die Seefahrt zu sprechen war.

»Ick heewt eine Tür«, eröffnete ihm der Klabautermann.

»Du heewt eine Tür?« riefen alle gleichzeitig.

»So ist es«, bestätigte Bookweetelin. »Ich will sie euch leihen, wenn ihr versprecht, sie zurückzubringen.«

Er führt seine Besucher hinter die Hütte zu einem unscheinbaren Türchen, das tatäschlich nicht viel mehr als eine Klappe war.

»Kobolde!« begrüßte die Tür sie sogleich erfreut. »Spannend! Das hat etwas zu bedeuten. Ihr sollt wissen, daß ich gegenüber Fremden sonst sehr verschlossen bin. Doch jetzt gerade bin ich für jeden Vorschlag offen.«

»Es geht um einen vorübergehenden Ortswechsel«, sagte Bookweetelin und erklärte ihr den Sachverhalt. Als die Tür erfuhr, daß die Kobolde von ihrer eigenen im Stich gelassenen worden waren, zitterte und bebte sie, als rüttle ein furchtbarer Sturm an ihr.

»Das gibt es doch nicht! Das ist ja unerhört! O Zeiten! O Sitten! O Donner und Doria!« schimpfte sie.

»Sie ist noch von der alten Schule«, flüsterte Bookweetelin.

»Von einer ganz alten offenbar«, stimmte Riette zu.

Der Klabautermann nickte.

Als Regentag von seinem Ausflug zurückkehrte – er hatte dieses Mal auch für Bookweetelin ein paar Käfer gesammelt –, war es an der Zeit, sich zu verabschieden.

Plötzlich trat die blinde Frau aus dem Haus.

»Bübchen, mit wem sprichst du denn?« fragte sie.

»Nur mit ein poor Fründen«, antwortete Bookweetelin. »Doch sie wollen graad ewen wieder gohen.«

»Wird mein Bübchen sie begleiten?« erwiderte sie scheu.

Bookweetelin winkte den Kobolden zum Abschied und rannte zu der Frau. »Wat dechst du denn, Modder? Der Bub wohnt doch hie!«

Zügig führte Brams seine Schar von der Hütte weg.

Wiewohl ihre Heimkehr in greifbare Nähe gerückt war, gab es ein, zwei Dinge, um die er sich noch dringend kümmern mußte. Ihre Verfolger durften auf keinen Fall Bookweetelin und seine »Mutter« finden. Am einfachsten ging das, wenn er ihnen allen vor Augen führte, daß ihre Jagd endgültig vorbei war.

Für den Abschied eignete sich am besten ein Ort, der von weitem zu sehen war. Regentag wußte sofort einen, nämlich eine Anhöhe, die ungefähr vier Stunden strammen Fußmarsches von Bookweetelins See entfernt sein sollte. Da niemand so weit blicken konnte wie das Erdmännchen, mußten die Kobolde seinem Wort vertrauen: »Keine Sorge! Ich sehe alles. Ich kenne den Weg.«

Die Anhöhe hatte zufälligerweise weit und breit einen sehr schlechten Ruf, den sie einem Bäumchen verdankte, das einsam an ihrer höchsten Stelle wuchs und dessen Stamm in sich verdreht war wie ein ausgewrungener Lappen. Dieses Bäumchen hatte sich eine Sippe von Käfern als Wohnstatt auserwählt, die es sonst in der ganzen Gegend nicht gab. Mit Regentags Ankunft begann für sie eine Zeit der Prüfungen und großen Leids.

Hier erwarteten die Kobolde und ihr scharfsichtiger *Vetter* die Verfolger.

Ritter Krieginsland von Hattenhausen und die Streiter der Königin kamen fast gleichzeitig mit den Schergen des tödlich beleidigten Grafen Neidhard von Friedehack an. Da offenbar beide Seiten befürchteten, daß ihnen die andere in den Rücken fiele, sobald sie sich den Kobolden näherte, verharrten sie am Fuß der

Anhöhe. Sie belauerten sich mit blanken Waffen und überhäuften sich mit Beschimpfungen.

Als nächste trafen der Gelehrte Dinkelwart und der Blutbauer ein. Obwohl Krieginsland Dinkelwart in scharfem Ton befahl, sich augenblicklich bei ihm einzufinden, weigerte er sich, ihm zu gehorchen. Rückhalt bekam er von den Kämpfern des Grafen, die ihm sofort ihre Unterstützung anboten.

Einige Augenblicke lang schien es so, als wollte das Schlachten nicht um der Kobolde willen entbrennen, sondern Dinkelwarts und des Blutbauers wegen. Die Spannung löste sich erst wieder, als die beiden beschlossen, für sich zu bleiben.

Danach kamen die Diener des Blutgottes Spratzquetschlach, die wegen ihres anhaltenden Mordgeschreis von allen anderen als sehr anstrengend empfunden wurden.

Ganz zuletzt gesellten sich noch drei entlaufene Trommler des Königs von Burakannt hinzu. Neugier und Schaulust hatten sie hierhergeführt.

Der Himmel hatte sich inzwischen stark verdüstert. Auch dieser absehbare Wetterumschlag gehörte zu Brams' Plan. Als der erste Blitz zuckte, dem erst so spät ein Donner folgte, daß er beinahe schon wieder vergessen war, flüsterte Brams: »Drei Äpfel und fünf Birnen.«

So, wie sie es durch langes Nörgeln ihren Gefährten abgetrotzt hatte, richtete Riette das Wort an ihre Verfolger. Sie sprach mit ihnen auf dieselbe Weise, mit der sie ursprünglich den Fährmann hatte erfreuen wollen. Tief, hohl und mit beunruhigendem Hall erklang ihre Stimme: »Es ist jetzt soweit!«

Die Tür wurde geöffnet. Die Schreckensschreie, die sofort von allen Seiten zu hören waren, bewiesen, daß die Menschen auch dieses Mal keine schummrige Diele erblickten.

Ein Kobold nach dem anderen überschritt die Schwelle. Brams überließ Regentag den Vortritt. Er war gespannt, wie das Erdmännchen den Übergang später beschreiben würde.

Dann war er plötzlich wieder zu Hause, im Koboldland-zu-Luft-und-Wasser.

47. Fast alles gut endet

Erpelgrütz hob den Kopf und erstarrte.

»Was ist nun?« fragte ihn Mopf unwillig und blickte ebenfalls von dem dicken Buch auf, in dem sie beide gelesen hatte. Auch er erstarrte.

Wie Brüder, dachte Brams verwundert. Noch nie zuvor war ihm aufgefallen, wie ähnlich sich die Gehilfen des Rechenkrämers sahen. Doch so, wie sie jetzt hinter ihrer Theke vor Moins Zelthaus standen, stachen ihm die Gemeinsamkeiten ins Auge. Sie hatten dieselbe Körperhaltung, denselben boshaft-kriecherischen Blick, und von beiden ging dieselbe Ausstrahlung dicht unter der Oberfläche brodelnder Schadenfreude aus. Ihre grünblauen Kapuzenmäntel taten ein übriges.

»Warum seid ihr hier?« krächzte Erpelgrütz.

»Rate!« trug ihm Brams auf.

»Unsretwegen?« fragte Erpelgrütz unsicher.

Brams beschloß das Ganze abzukürzen. »Was sollen wir denn von euch wollen? Du weißt doch, warum wir hier sind.«

Erpelgrütz seufzte erleichtert. »Ich hole ihn!«

Er rannte ins Haus und kam gleich darauf mit Moin zurück.

»Ist das ein Vetter von uns?« erkundigte sich Regentag neugierig, als er ihn erblickte.

»Nein!« antworteten Brams, Hutzel, Rempel Stilz und Riette gleichzeitig.

Moin machte einen sehr verärgerten Eindruck. »Brams, dieses Verhalten ist unerhört! Das habe ich wirklich nicht verdient. Und dann auch noch tagsüber! Was werden meine Nachbarn sagen? Sie werden die schlimmsten Dinge von mir denken. Warum seid ihr nicht dort, wo ihr hingehört?«

»Später«, antwortete Brams. »Dorthin gehen wir später. Doch vorher wollte ich dir noch sagen, daß aus der Großmutter leider nichts geworden ist, da wir auf unerwartete Schwierigkeiten stießen.«

»Das ist es also, was euch hier hält?« erwiderte Moin. Seine

Stimme klang nun tief ergriffen. »Ein solches Maß an Pflichtbewußtsein hätte ich euch zu Leb... zu anderen Zeiten gar nicht zugetraut. Wer konnte das ahnen! Grämt euch nicht länger, meine armen Freunde! Euer Scheitern ist nicht so schlimm. Und nun geht friedlich dahin, wo ihr hingehört.«

»Tu es nicht«, flüsterte Hutzel. »Irgend etwas stimmt hier nicht.«

»Ich weiß«, erwiderte Brams. »Das ist mir auch schon aufgefallen.«

Er erhob die Stimme für einen Schuß ins Blaue. »Du weißt, daß das nicht geht, Moin-Moin. Du weißt auch, warum.«

Moin schüttelte empört den Kopf. »So nachtragend! Selbst jetzt noch!«

Schimpfend stürmte er in sein Haus und kam mit einem Pergament zurück, das aussah wie ein Vertrag. Brams meinte sogar, seine Unterschrift darauf zu erkennen.

»Da habt ihr ihn!« schrie Moin und zerriß theatralisch das Pergament. Die Fetzen warf er auf den Boden. »Jetzt hält euch hier nichts mehr! Geht endlich dorthin, wo ihr hingehört.«

»Wo soll das denn sein?« erkundigte sich Riette.

Trauer zog die Mundwinkel des Rechenkrämers nach unten.

»Weißt du es wirklich nicht, du Arme?« fragte er sanft. »Auf den Letztacker, Riette. Geh zu dem Ort, wohin alle Kobolde gehen, die niemandem mehr einen Streich spielen wollen.«

»Wer behauptet denn so etwas?« wehrte sich Riette schrill.

Hutzel wandte sich an Mopf und Erpelgrütz: »Ist ihm kürzlich etwas Schweres auf den Kopf gefallen? Womöglich seine Universaltafel?«

Die beiden Gehilfen blickten verunsichert zu Moin.

Der hörte solche Töne gar nicht gern.

»Müssen solche Unterstellungen sein?« beschwerte er sich empört. »Ihr werdet doch nicht bestreiten wollen, daß ihr tot seid und als Spuk vor mir steht?«

»Und ob wir das wollen!« riefen seine Besucher durcheinander. »Wie kommst du denn auf solche verrückten Einfälle?«

»Eure Tür hat es erzählt, als sie ohne euch zurückkehrte«, erwiderte Moin stirnrunzelnd. »Ein Hund soll euch doch aufgefressen haben.«

»Unsere Tür verbreitet das also?« sagte Hutzel gereizt. »Unsere Tür, die uns hinterrücks im Menschenreich sitzenließ? So, so!«

»Wie? Dann stimmt das am Ende gar nicht?« staunte Moin und schielte zum Boden. Blitzschnell setzte Rempel Stilz einen Fuß auf den größten Pergamentfetzen.

»Nein, es stimmt nicht«, bekräftigte Brams. »Fiel dir denn gar nicht auf, daß wir eine andere Tür bei uns haben? Geister haben das nicht nötig.«

»Es hätte ja eine Geistertür sein können«, murmelte Moin.

»Heewt ihn villicht ein Mast am Kopp troffen?« warf Bookweetelins Tür ein.

Moin riß die Augen auf und lachte. »Aber dann seid ihr ja unbeschadet und wohlauf? Wunderbar! Das müssen wir begießen. Mopf, rasch, bring Becher und eine Flasche von der Guten. Wir haben etwas zu feiern.«

Während sein Gehilfe hinter das Haus rannte, nahm Moin eine Falte von Brams' Kapuzenmantel zwischen die Finger. »Der Umhang sieht übel aus, Brams. Arg mitgenommen und offenbar in großer Hast nur flüchtig ausgebessert. Man sieht sofort, daß ihr ziemlich schlimme Dinge erlitten haben müßt.« Er deutete auf Regentag. »Trinkt er auch?«

Brams wußte die Antwort zwar nicht, sagte aber ja. Seine Ohren waren vor Scham ganz warm geworden.

Mopf kehrte mit sechs Bechern und einer Flasche zurück, auf der gut lesbar der Schriftzug *Seekuhmilch* prangte. Die Becher stellte er nebeneinander auf die Theke, und die Flasche reichte er Moin. Während dieser sie mit einem erwartungsfrohen Summen öffnete und einzuschenken begann, schob Erpelgrütz klammheimlich noch zwei weitere Becher dazu. Als die Flasche den siebten Becher erreichte, zögerte Moin nur ganz kurz, dann füllte er auch die letzten beiden.

»Auf eure Rückkehr!« rief er, hob den Becher und leerte ihn in einem Zug.

Nach der dritten Runde Seekuhmilch sagte er: »Bestimmt habt

ihr alle irgend etwas Wichtiges zu erledigen? Brams, was immer wir beide zu bereden haben, hat Zeit. Melde dich einfach wieder, wenn dir danach ist. Das eilt aber nicht. Vielleicht kommst du ja abends einmal vorbei.«

»Werde ich machen«, antwortete Brams. »Etwas wüßte ich aber noch gerne. Wo finden wir unsere Tür?«

Der Rechenkrämer blickte zu Erpelgrütz.

Der schnalzte und antwortete: »Soweit ich gehört habe, soll sie sich seit ihrer Rückkehr fast ständig im *Fein geölten Scharnier* aufhalten. Bislang dachte jeder, das sei ein Ausdruck ihrer Trauer...«

»Das werden wir ja sehen«, erwiderte Brams und verabschiedete sich.

Außer Hörweite meinte Rempel Stilz: »Es ist schon seltsam. Die ganze Zeit über haben wir auf Moin-Moin geschimpft, dabei ist er gar nicht so ein übler Kerl.«

»Er kann richtig nett sein«, stimmte Riette zu.

»Wahrscheinlich sprachen wir oft sehr voreingenommen«, sagte Brams. »Ich glaube, daß bei solchen Anlässen wie diesem sein altes Ich durchblitzt. Ihr wißt doch, aus der Zeit, bevor er etwas mit dieser gemeinen Dämmerwichtelin anfing und sie ihn durch ihre Machenschaften völlig verbog. Vielleicht sollte ich ihm bei meinem nächsten Besuch etwas zur Versöhnung mitbringen.«

»Du mußt nicht gleich wieder übertreiben, Brams«, ermahnte ihn Hutzel.

Die Nachricht von ihrer glücklichen Heimkehr wurde erwartungsgemäß unterschiedlich aufgenommen. Manche Kobolde traten auf die Straße und winkten oder begleiteten die Heimkehrer ein Stück, andere riefen die Kinder ins Haus und verschlossen Türen und Fensterläden.

Vor einem Haus, das einer aufgeschnittenen Sommertrüffel ähnelte, bat Rempel Stilz alle Anwesenden, kurz auf ihn zu warten.

»Ich will nur geschwind meine Haare bei Stint abholen«, erklärte er und verschwand durch die Tür.

Bald darauf wurde ein Kobold aus dem Haus geworfen. Weitere folgten ihm. Einige von ihnen erkannte Brams als Unterdessenmieter seines Freundes.

»Was macht Vetter Rempel Stilz?« fragte Regentag.

»Das frage ich mich allerdings auch«, erwiderte Brams. Er ging zur Haustür und konnte gerade eben noch einer Koboldin ausweichen, die zeternd an ihm vorbeiflog.

»Rempel Stilz, weißt du, was du treibst?« rief er laut.

»Augenblick, Brams, ich bin gleich fertig«, wurde ihm aus dem Haus geantwortet.

»Aber du weißt schon, daß du hier gar nicht wohnst?« fragte Brams weiter.

Ein Kobold, der bereits mit einem trotzigen »Huiii!« die Türöffnung passierte, wurde jäh ins Haus zurückgerissen.

Rempel Stilz trat ins Freie. Er war nun nicht mehr kahl, sondern hatte auf dem Kopf winzige, offenbar frisch gebrannte Löckchen. Sorgfältig musterte er die Fassade und lief rot an.

»Das ist mir aber peinlich, Brams«, flüsterte er. »Laß uns ganz schnell weitergehen. Vielleicht merken sie nichts.«

Kurz hinter Riettes Heim, in dessen Umgebung es durchdringend nach Erdbeeren roch und schwitzende Kobolde mit großen Kesseln geschäftig hin und her eilten und dabei schimpften: »Sie hätte sich wahrlich ein paar Stunden früher ankündigen können«, schloß sich ihrer wachsenden Schar ein Nachbar Hutzels an, den Brams bisher nur ein einziges Mal gesehen hatte. Schon damals war er ihm reichlich merkwürdig vorgekommen. Er und Hutzel begannen sogleich miteinander zu tuscheln.

»Gut, daß du endlich wieder da bist. Er treibt mich noch in den Wahn! Seitdem er erfuhr, daß du aufgefressen worden seist, steht er mindestens einmal in der Woche vor meiner Tür und fragt, ob es etwas Neues von dir zu berichten gebe. Und du weißt ja, wie lange er braucht, bis er zur Sache kommt.«

»Wen meinst du?« gab Hutzel zurück.

»Wen werde ich wohl meinen«, antwortete sein Bekannter. »Einen gewissen Reiher!«

»Oh«, antwortete Hutzel. »Wenn er noch einmal vorbeischauen

sollte, bevor ich zu Hause bin, dann sage ihm einfach, ich würde mich darum kümmern.«

»Mach ich«, antwortete sein Bekannter und eilte davon.

Die Schenke *Zum fein geölten Scharnier* war nun zu sehen. Neben ihrem Eingang lehnten heute nicht nur zwei, sondern vier eisenbeschlagene Eichentüren. Brams wunderte sich, daß sich die Wirtin überhaupt so viele Rausschmeißer leisten konnte.

»Wir wurden angekündigt«, raunte Hutzel.

»Sehe ich ebenfalls so«, erwiderte Bookweetelins Tür kalt.

Mit scharfer Stimme fuhr sie die Eichentüren an: »Platz da, ich will hinein!«

Die Rausschmeißertüren schien ihre Forderung zu erheitern.

»Und was bist du für ein niedliches Türchen?« antwortete eine von ihnen herablassend.

Die Stimme von Bookweetelins Tür klang plötzlich alt und schneidend: »Frag nicht, wer ich bin, Jüngelchen! Schrei lieber: Du bist zurück? Huch!«

Die Eichentüren hatten es plötzlich sehr, sehr eilig, ihren Wunsch zu erfüllen.

»Diese Türen hüten mehr Geheimnisse, als wir in unseren kühnsten Träumen ahnen«, flüsterte Riette.

Nach ein paar einleitenden Augenblicken völliger Stille wurde es plötzlich sehr laut. Barsche Stimmen und heftiges Türenschlagen drangen aus der Schenke.

Der Lärm endete jäh. Nach ein paar weiteren Augenblicken voller Ungewißheit zeigte sich Bookweetelins Tür wieder.

»Sie ist nicht da, und angeblich weiß niemand, wo sie sich verkrochen hat«, berichtete sie. »Wahrscheinlich stimmt das mittlerweile sogar. Wußtet ihr eigentlich, daß sie eine Doppeltür ist? Sie hat noch eine Schwester. Vielleicht solltet ihr die befragen.«

Riette und Hutzel griffen nach ihr, um sie zu tragen, doch die Tür hatte bereits andere Pläne.

»Ich bleibe noch«, sagte sie. »Ich habe einige alte Freunde hier getroffen. Wir haben uns viel zu erzählen.«

Brams ließ sich erklären, wo die Türe zu finden sei, und ging dann mit Riette, Hutzel, Rempel Stilz, dem Erdmännchen und ihrem bestimmt dreißigköpfigen Troß zu dem betreffenden Haus, das entfernt an einen umgeknickten Hallimaschpilz erinnerte. Die Schwester der verräterischen Tür sollte ihre Tätigkeit angeblich im Hinterhaus ausüben. Dort war sie auch. Sie glich der Tür, die Brams kannte, bis in die letzte Einzelheit, nur daß die Scharniere und auch die Klinke auf der falschen Seite waren. Nicht ganz ein Zwilling, sonder eher ein Spiegelzwilling. Sie zeigte keinerlei Anzeichen von Überraschung.

»Mein Bruder ist nicht hier«, sagte sie unaufgefordert. »Ich weiß auch nicht, wo er sich aufhalten könnte. Er hat es mir nicht gesagt. Doch selbst wenn ich es wüßte, so würde ich euch nicht davon erzählen.«

»Was geht uns dein Bruder an? Wir suchen deine Schwester«, fuhr Hutzel sie an.

Brams legte ihm besänftigend die Hand auf den Arm. »Laß mich mit ihr reden.«

»Wir suchen wie bereits gesagt deine Schwester«, erklärte er.

»Schwester, Bruder, was soll mir diese Unterscheidung bedeuten?« schnaubte die Tür verächtlich. »Ist euch Kobolden noch nie aufgefallen, daß jede Tür mit einem Schloß gleichzeitig auch über einen Schlüssel verfügt? Bestimmt nicht! Denn so seid ihr: leichtfertig, gedankenlos, gleichgültig gegenüber allem, was euch nicht unbedingt etwas angeht …«

»Dieses vertraute Gejammer und Geflenne!« schimpfte Hutzel. »Die beiden sind wirklich miteinander verwandt.«

»Offensichtlich«, stimmte Brams zu. »Laßt uns einfach wieder gehen.«

Die vier Kobolde und das Erdmännchen wandten sich ab, was ihr Zetern aber nicht beeinträchtigte.

»Bilde dir nichts ein«, rief Brams, bevor sie um die Hausecke bogen. »Wir kommen vielleicht ein andermal zurück, wenn wir besprochen haben, wie nachtragend wir sind.«

Nun war es endgültig an der Zeit, daß jeder seiner Wege ging. Regentag begleitete Rempel Stilz, der ihm angeboten hatte, fürs erste bei ihm zu wohnen.

Hutzel schärfte allen noch ein, daß er die nächsten Tage einen

Mantel in hellem Violett tragen wolle – und zwar möglichst allein!

Brams begab sich auf den Heimweg.

Seine Nachbarn kamen ihm schon entgegen. Zerknirscht gestanden sie, daß keiner von ihnen einen Willkommensstreich ausgeheckt habe.

»Wir waren überzeugt, dich nie wiederzusehen«, gestanden sie. »Sonst hätten wir zumindest die Beine deines Tisches abgesägt.«

»Ist schon gut. Auch ich zweifelte manchmal daran«, antwortete Brams.

Er betrat sein Haus und untersuchte sorgfältig jeden Winkel. Es war eine einzige Falle! Manche Bastelei war so aufwendig, daß sie mindestens einmal wöchentlich gewartet werden mußte. Brams wurde ganz warm ums Herz. Sie hatten ihn längst nicht aufgegeben!

Glücklich und zufrieden rief er: »Beim Guten König Raffnibaff, welch herrlicher Streich!«

48. Von düsteren und sonnigen Tagen eines kaum beachteten Möbelstücks

Sanft fiel das Mondlicht durch die Fenster. Neben Brams' Bett stand wie stets der große Stuhl mit den furchteinflößenden Schnitzereien, unter den er seine Pantoffeln zu stellen pflegte.

Spratzquetschlach war wach.

Er scheute den Schlaf noch immer. Er fürchtete die Träume, die ihn während Brams' Abwesenheit wieder gequält hatten. Die schrecklichen Bilder aus seiner Vergangenheit, als seine Gläubigen Scharen verzweifelter und wimmernder Opfer vor ihn gezerrt und ihnen die Kehlen durchschnitten hatten. Als der Geruch dampfenden und gerinnenden Blutes das einzige gewesen war, was er Tag und Nacht gerochen hatte, und sein Dasein ein nicht endender Schrecken gewesen war. Ein Schrecken, dem er durch die Flucht in den Strangulierstuhl hatte entkommen wollen. Doch das hatte sich als Sackgasse erwiesen. Weiterhin wurden die Opfer zu ihm gezerrt, weiterhin klang ihr Kreischen und Winseln in seinen Ohren, und auch weiterhin hatte Spratzquetschlach bei dem Gedanken gezittert, die Gläubigen könnten herausfinden, wie sehr sich ihr Blutgott vor ihnen fürchtete.

Brams hatte ihn aus dem Ort der Hoffnungslosigkeit befreit! Er hatte ihn gestohlen und die bösen Träume zurückgelassen.

Heutzutage war Spratzquetschlachs Dasein gleichförmig und geruhsam. Es war frei von Höhepunkten, aber auch frei von Furcht, was viel wert war. Zwar dachte Spratzquetschlach bisweilen, daß die wichtige Aufgabe, die ihm Brams zugedacht hatte, nämlich seine Pantoffeln zu bewachen, auch eine unbedeutendere Gottheit nicht überfordert hätte, doch diesen Preis zahlte er gerne. Zumal an Tagen, wenn Brams' reizende Freundin vorbeischaute und sich mit ihrem niedlichen kleinen Hintern auf ihn setzte.

Spratzquetschlach lächelte. Ganz ohne Höhepunkte war sein Dasein ja doch nicht.

Anhang

Die wichtigsten Personen

Bernkrieg von Stummheim – ein Ritter der Königin
Blutbauer – ein Kerl wie ein Schrank; sein Name rührt von zwei Blutbirnenbäumen her, die bei seinem Haus wachsen
Bookweetelin – ein Klabautermann, der viele fremde Meere befuhr
Brams – ein Kobold, dessen Name eigentlich *Braaams* geschrieben werden müßte
Bückling, auch Grein von Hehring – treuer Knappe seines Herrn Gottkrieg vom Teich
Dinkelwart von Zupfenhausen – ein von allen unterschätzter Gelehrter, der sieben Dinge weiß
Efeu – Freund und Lebensberater Riettes
Erpelgrütz – einer von Moins Gehilfen
Friedebrech – eines Müllers Sohn
Gottkrieg vom Teich – ein Ritter und eine bekannte Erscheinung bei vielen Turnieren
Holla – eine Hexe, die im tiefen Wald wohnt
Hutzel – ein Kobold mit einem Näschen für vielerlei
Krieginsland von Hattenhausen – ein verwegener Ritter der Königin
Moin, genannt Moin-Moin – der Rechenkrämer
Mopf – einer von Moins Gehilfen
Neidhard von Friedehack – ein Graf und Widersacher des Königs
Regentag – ein Erdmännchen, das den Weg kennt
Rempel Stilz – ein Kobold mit Trollblut in den Adern
Riette – eine Koboldin, deren Haar in jeder Suppe auffällt
Schüttkoppen – ein alter Barsch und Freund von Brams
Snickenfett – ein Klabautermann; lokal der letzte seiner Art
Spinne – eine gute Freundin Riettes und alleinerziehende Mutter
Tadha – Spinnerich misterioso; sein Verbleib ist ungewiß

Koboldische Maße und Gewichte

Arglang – Längenmaß; ca. 1 Meter
Rechtkurz – Längenmaß; ca. 1 Zoll
Arglangundbreitunddannauchnochquerdurch – Flächenmaß; ca.
 1 Quadratmeter
Ziemlichschwer – Gewichtseinheit; ca. 1 Kilogramm
Undjetztallezusammen – Gewichtseinheit; ca. 1 Zentner

Danksagung

An dieser Stelle möchte ich mich bei einigen Personen bedanken:

bei Alina Hackbarth-Sabater, die den Kobolden freundlicherweise ihre Maße zur Verfügung stellte (auch wenn sie davon noch nichts ahnt)
   bei Anna Sabater Fuentes und Hacky Hackbarth, die Alina bereitwillig mit Zollstock und Maßband zu Leibe rückten
     bei Hacky zusätzlich für architektonische Anregungen
     bei Angela Kuepper, die mich zu diesem Buch anstiftete
und bei Friedel Wahren für die Unterstützung.

Karl-Heinz Witzko,
im August 2006

Inhalt

1. Kraut und Rüben und ein einsames Haus — 7
2. Willkommen zu Hause, Brams! — 28
3. Äpfel und Birnen und der Fortschritt der Wissenschaft — 48
4. Der letzte der blauen Klabautermänner und die Liebe der Kobolde zur See — 67
5. Unauffällige Anwesenheit — 87
6. Die Weiße Frau schreitet ein — 87
7. Ich war ein Opfer gewalttätiger Einflüsterungen — 102
8. Der Wunsch der Königin und die Versuchungen der Wissenschaft — 112
9. Ein Leben als emsiger Hausgeist — 116
10. Von den unvermeidlichen Folgen schrankenloser Gier und Habsucht — 127
11. Gottkrieg vom Teich und die Blüte der Ritterschaft — 137
12. Der Herr vom Teich unterweist den Bückling in wahrem Rittertum — 150
13. Wie Riette zu ihrem Namen kam, wahrheitsgemäß erzählt von ihr selbst in eigenen Worten — 153
14. Der stille Krieg und der Zustand des Menschenlandes — 155
15. Ritterlicher Alltag und ein unmoralisches Angebot — 167
16. Der Ritter der Königin und die Zwänge der Wissenschaft — 177
17. Das Gewerbe der Dame Huldegund und ein weiteres unmoralisches Angebot — 180
18. Ein absehbarer Zwischenfall am Rande des großen Turniers von Heimhausen — 184
19. Der Unmut der Weißen Frau — 197
20. Der Blutbauer und die Freiheit der Wissenschaft — 199
21. Von hohem und niederem Verrat — 212
22. Ein Kleid, so fein gewoben — 214
23. Der Weg ins trügerische Land — 231
24. Eine dunkle Stunde der Wissenschaft und die Äpfel der Erkenntnis — 235

25. Das Feentor beim alten Steinbruch	240
26. Gottkrieg vom Teich und die schöne Hexe	256
27. Eine neue Hoffnung und eine Warnung vor den Schrecken des Schindersschlundes	259
28. Herr Krieginsland beehrt die Hexe	261
29. Kobolde im Dorf der Hoffnungslosen und Verdammten	265
30. Vom Ende aller Hexerei	280
31. Verirrt im Wald der Verlorenen	282
32. Ein wüstes Hauen und Stechen	296
33. Ein Gespräch unter Überlebenden	305
34. Die Bestimmung des Ritters Gottkrieg vom Teich	310
35. Wie Riette zu ihrem Namen kam, abermals ganz wahrheitsgemäß erzählt von ihr selbst in eigenen Worten	313
36. Ein Bückling erkennt seine Bestimmung	315
37. Ein erfreuliches Wiedersehen und die Weitergabe einer schlechten Kunde	318
38. Alldieweyl, aber das Erdmannerchen eben nicht	325
39. Mittlerweile an einem düsteren Ort	337
40. Die verwirrende Reise durch das Land der Erdmännchen	342
41. Unterdessen an einem gefährlichen Ort	346
42. Gefangen und hungrig in den Eingeweiden der toten Berge	347
43. Inzwischen an einem Ort mangelnder Unsicherheit	366
44. Das Eindringen in die Grafenburg (mit Strategie)	367
45. Vom Diebstahl eines Kobolds und dem Lüften eines alten Geheimnisses	373
46. Allerlei unerwartetes und leicht verknotetes Seemannsgarn	387
47. Fast alles gut endet	398
48. Von düsteren und sonnigen Tagen eines kaum beachteten Möbelstücks	405

Die wichtigsten Personen	408
Koboldische Maße und Gewichte	409
Danksagung	410

PIPER

Michael Peinkofer
Der Schwur der Orks

Roman. 560 Seiten. Broschur

Wer Orks, Elfen, Zwerge und Trolle liebt, kommt an ihnen nicht vorbei: Balbok und Rammar sind zurück! Nach ihrer erfolgreichen Mission werden die Ork-Brüder in der Modermark als Helden gefeiert. Sie thronen auf erbeuteten Elfenschätzen und zechen nach Herzenslust. Doch die Zeit der Ausgelassenheit währt nur kurz. Schon bald erscheint ein Mensch im Dorf und ersucht das verfeindete Volk um Hilfe. Denn in den unheimlichen fernen Reichen von Erdwelt rüstet ein wahrhaft teuflischer Gegner zum Angriff auf den Kontinent ...
Die schlagfertigsten Helden der Fantasy treten erneut an, um ihren Feinden zu zeigen, wo die Streitaxt hängt!

»Bestsellerautor Peinkofer liefert beste Fantasy-Unterhaltung.«
Bild am Sonntag